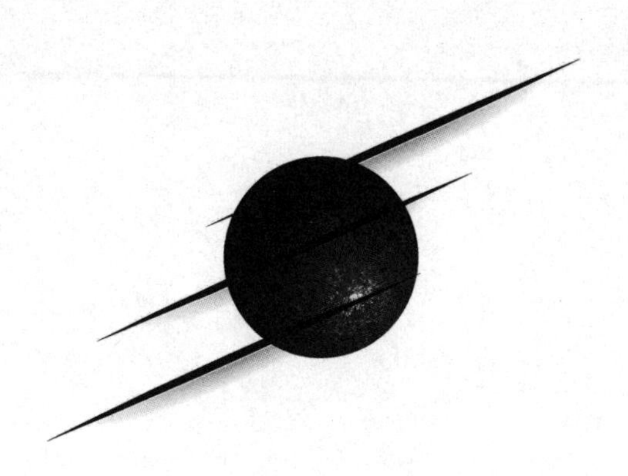

판

손선영 장편소설

"소설 상에서 때론 악인으로 등장하거나 카메오 정도로 스쳐간다고 해도, 비슷하거나 똑같은 이름으로 등장하는 수많은 분들께 무한한 존경과 감사를 바칩니다. 특히 마지막까지 응원해준 박현주 님께 특별한 감사를 더합니다."

차례

1—판의 파멸

2016년 11월 8일 늦은 오후

지축이 흔들렸다.

사람들이 웅성거렸다.

누군가 관동대지진을 언급했다. 97년 전 관동대지진에 버금가는 파멸이 뒤따를 거라고.

어떤 이는 1945년 8월 6일을 떠올렸다. 히로시마에서 단 10초 만에 8만 명이 사라진 일본의 대재앙.

한 노인이 2011년에 일어났던 동일본 대지진을 말했다. 그러나 모두가 알았다. 지금 일어난 지진과 동일본 대지진은 비교조차 되지 않는다는 걸.

사람들은 단 하나만을 떠올렸다. 죽음.

노인이 목소리를 높였다.

"도망가! 전부 죽을지 몰라."

동시에 외침이 묻혔다. 마을회관에 모인 사람들은 건물과 함께 깊이를 알 수 없는 지하로 몰락했다.

진앙지를 찾아내려는 도쿄 유수의 연구실이나 기상청조차 혼란에 휩싸였다. 결론은 하나, '정보없음!'

전기가 나갔고, 발전기가 보조전력을 돌렸다. 인터넷이 먹통이 되었다. 컴퓨터는 아무짝에도 쓸모없는 플라스틱과 금속 조형물로 변했다.

한번 흔들렸던 지축은 멈출 줄 몰랐다. 맥없이 건물이 무너졌다. 아스팔트가 지렁이처럼 휘거나 끊어졌다. 곳곳에 싱크홀이 생겼다. 도로가 내려앉자 마주 섰던 빌딩이 이마를 기댔다. 뿔을 맞댄 황소처럼 오르내림과 흔들림을 반복하던 두 건물은 급전직하하며 사라졌다. 웅성거리던 사람들도 동시에 모습을 감추었다.

침하는 동부 해안부터 시작되었다. 후쿠시마 원전은 바다 속으로 사라졌다. 붕괴나 폭발은 전해지지 않았다.

가속이 붙은 침하는 건물도, 도로도 집어삼켰다. 도망을 가던 차량의 긴 대열이 송두리째 땅 속으로 꺼졌다. 마치 자연이 화를 내며 땅을 갈아엎는 듯했다.

사람들이 말했다.

"일본이 가라앉는다……."

기능이 마비되지 않은 몇몇 기지국을 타고 SNS와 페이스북, 인스타그램을 통해 동부 해안을 찍은 사진이 간간히 전송되었다. 사진을 찍은 사람들은 하나같이 말했다.

"안녕."

사진을 끝으로 그들의 SNS와 페이스북은 더 이상 업데이트되지 않았다.

채 1분이 지나지 않아 전 세계 언론은 확인된 사망자들의 사진을 배경으로 헤드라인을 잡았다.

'일본 침몰!'

2—판의 미로

2014년 2월 어느 밤

채한준 깊고 푸른 밤

죽창이 척추를 끊었다. 남자는 긴 숨을 내쉬었다. 바투 힘을 주어 죽창을 비틀었다. 남자가 경련을 일으켰다. 비튼 죽창을 좌우로 흔들었다. 비명조차 지르지 못하는 남자가 어찌된 영문인지 눈을 맞추었다. 생이, 사멸했다고 판단했건만.

자비는 필요 없다. 독한 마음이 들끓었다. 조센징! 이 지진도, 또 이 전쟁도 모두 너희 때문이다.

十五 円 五十 錢(쥬우고 엔 고짓 센)! 이 말로 조센징의 운명은 판가름 났다. 어쩐 일인지 조센징들은 '쥬우十五'를 제대로 발음하지 못했다. '센錢' 역시 마찬가지.

죽창을 빼내자 허연 지방이 딸려나왔다. 구멍 난 상처에서 이삼 초, 분수처럼 피가 솟구쳤다. 힘을 잃은 핏줄기가 남자의 적삼을 물들이기 시작했다. 남자의 남은 생은 그것으로 끝이려나.

한결 마음이 가벼워졌다. 나도 폭동을 진압한 영웅의 대열에 합류하는 것인가?

돌아서며 외쳤다.

"'십오 엔 오십 전'을 발음하게 해!"

내 목소리를 들은 사람들이 죽창을 높이 쳐든다. 알았다는 신호였다. 그들을 향해 한 발자국을 내디뎠을 때였다. 무언가가 나를 전진하지 못하게 가로막았다. 무릎이 꺾이며 왼손으로 땅을 짚었다. 죽창! 남자는 죽창을 쥐고 있었다. 생이 꺼져가는 이 순간에도 의지를 발하는 저 남자, 무엇이 남았다는 건가.

나는 남자의 오른손을 발로 짓이겼다. 두 번, 세 번. 남자의 엄지가 흉한 각도로 뒤집어졌다. 기이하게 뒤틀린 엄지가 손바닥과 함께 경련을 시작했다. 팔딱, 팔딱. 그럼에도 남자는 신음조차 흘리지 않았다. 아니, 신음조차 내지를 수 없는 상황이었다. 남자는, 끝났다.

돌아서려는 찰나, 다시 한 번 죽창이 무거워졌다. 고통으로 손조차 들 수 없을 텐데. 고통을 느낄 수 있다면 말이다. 그런데도 남자는 계속해서 내가 쥔 죽창을 거머쥐려 했다.

"그만, 그만해."

"뭐라고?"

남자의 말은 그만큼 낮고 알아듣기 힘들었다.

"죄, 없는, 사람들이야."

순간 내 안의 무언가가 폭발했다. 돌아서려던 마음을 바꾸었다. 한 명의 조센징이든, 백 명의 조센징이든 상관없다. 완전히 죽여 놓는 것, 오로지 생의 끝으로 인도하는 것, 그것이 내 임무다. 여전히 피가 멈추지 않은 남자의 복부에 죽창을 쑤셔 박았다. 연거푸 죽창이 남자의 복부에 내리꽂힐 때마다 상처에서는 피가 뿜어졌다.

이성을 잃었을까.

눈앞이 환해지며 정신이 번뜩 돌아왔다. 마치 남자의 동공 속에서 헤매다 빠져나온 느낌이었다. 어깨에 고통이 전해졌다. 얼굴에서 무언가가 떨어졌다. 피였다. 남자의 배에서 분수처럼 튄 피가 내 손과, 얼굴과 정신을 적시고 있었다. 죽어, 죽어버려. 거머쥔 손에 바투 힘을 주었다. 재차 어깨의 고통이 심해졌다.

몇 번을 찌르고 몇 번을 헤집고 몇 번을 비틀었을까. 남자의 상반신이 하체와 따로 놀며 바닥으로 툭 나부러졌다.

이겼다. 이겼어. 웃으며 남자를 보았다. 바닥에 모로 누운 남자의 얼굴이 점점 변해갔다.

가만, 저 얼굴은. 저 얼굴은 내 얼굴이다. 뒤집어진 영상처럼 죽창을 든 남자의 얼굴마저 겹쳐진다. 죽창도, 얼굴도, 생각마저도!

저 얼굴은…….

내 얼굴이야…….

꿈이었다. 아마도 크게 비명을 질렀으리라.

눈을 뜨자 아무 일도 없다는 듯 요양보호사가 책을 읽고 있었다. 기척에 그녀가 눈을 맞추었다.

"물 드릴까요?"

그래, 말을 하려고 했건만 고개만 끄덕이고 말았다. 기력은 하루가 다르게 쇠했다. 번번이 생각이 입 밖으로 형상화되지 않았다. 늙었다. 아니 그것보다 너무 오래 살았다. 올해로 아흔여덟 살이 되었던가. 기억도 온전하지 않다. 연이어졌을 삶에서 딱 그 부분만 발췌한 듯 잊히지 않고 떠오르는 가을의 첫날.

용인하려는 것은 아니다. 선량한 백성들마저 선동가의 놀음에 놀아났다. 부화뇌동! 그만큼 일본도 흉흉한 때였다. 1923년 9월 1일의 일이었다. 벌써 90년이 넘었다. 일곱 살 아이의 눈에 비친 아비규환은 죽어도 죽을 수 없는 광경이었다.

관동대지진을 수치화한다고? 미친 짓이다. 12만 가구 붕괴, 45만 가구 소실. 무려 40여 만 명 사망 및 실종. 겪어보지 않은 사람에게 참상을 묘사한다는 것은 그래, 어불성설이다. 현대에서 가장 큰 재앙으로 여겨지는 인도네시아 수마트라 인근 쓰나미의 피해자가 12만 5천여 명이었다. 전 세계에 사진과 영상이 생생히 전송되었던 쓰나미의 참상은 지구인들에게 자연의 공포를 또렷이 각인시켰다. 그런 쓰나미조차 비교 불가능한 지진이었다.

관동대지진의 가장 큰 문제는 천재지변을 인재로 돌리려 한 야마모토 내각의 발상이었다. 관동대지진은 조센징과 사회주의자가 만든 인재다. 이를 통해 조센징은 혁명을 꿈꾸며 일본을 뒤엎으려 한다!

날개를 단 소문은 일거에 변화했다. 조선인이 폭동을 일으켰다.

소문은 간토, 시즈오카, 야마나시 전역으로 퍼져갔다.

공분[公憤]!

갈 길 없던 민심이 탈출구를 찾아냈다. 원망은 응징으로 뒤바뀌었다.

조센징을 죽여라.

조센징은 어떻게 찾아낼 수 있는가. 우리와 생김새가 같지 않나.

옷차림을 먼저 봐. 그들이 입은 조끼는 일본인의 옷과 완전히 구별돼.

그래도 찾아내지 못하면?

십오 엔 오십 전을 발음하게 해. 조센징의 썩은 혀는 우수한 일본인과는 비교조차 되지 않을 정도로 미개하니까.

거리 곳곳에서 '십오 엔 오십 전'을 외치는 일본인들이 죽창, 낫, 도끼, 칼 등을 무수히 휘둘렀다. 팔이 잘렸고 심장이 터졌으며, 내장이 적출되고 발목이 끊어졌다. 난자된 시체들은 거리에 무방비로 버려졌다. 하긴, 이미 폐허가 된 도시에 시체 하나쯤 더 버려진다고 해서 참혹함이 가중되는 것도 아니다. 그렇게 쌓인 조선인의 시체는 6천 구를 넘어섰다.

"수, 도망가. 내가 너에게 베풀어주는 마지막 보은이니까."

보은이라는 말의 뜻을 일곱 살, 김현수가 알 리 없었다. 그냥 도망가라는 말만이 머릿속에 들어찼다. 어제는 땅이 흔들리고 건물이 무너졌는데, 오늘은 사람들이 미친 듯 비명을 내질렀다. 죽는 사람이나, 죽이는 사람이나.

"자, 쥬우고 엔 고짓 센 해봐."

김현수는 아오타 노리오青田德男가 말한 발음을 몇 번이나 따라했다. 아오타는 현수의 발음이 좋지 않을 때마다 죽창으로 가슴을 툭툭 건드렸다. 무서웠다. 형처럼 믿고 따르는 아오타가 오늘만은 다른 사람으로 느껴졌다.

"필사적으로 따라하라고! 그렇지 않으면 내가 널 죽여야 할지도 모르니까. 그래도 좋아?"

"왜 그래, 노리오?"

"따라하라고!"

죽창이 가슴을 파고들 것만 같았다. 아픔보다 무서운 것이 아오타의 눈빛이었다. 절망과 분노, 연민이 담긴 몸짓에 압도되었다.

현수는 아오타가 시키는 대로 '십오 엔 오십 전'을 따라했다. 백 번, 이백 번, 오로지 그 말만을 되뇌었다. 현수는 매를 쥔 선생님의 얼굴을 떠올리며 죽을힘을 다해 발음했다. 중천에 떴던 해가 어느새 예각을 그리며 아오타의 머리 뒤에서 역광을 만들었다.

"누가 물으면 그렇게 발음해. 알았어?"

눈물이 그렁그렁해진 현수는 몇 번이고 고개를 끄덕였다. 그때 아오타는 다짐을 받듯 말했다. 수, 도망가. 내가 너에게 베풀어주는 마지막 보은이니까.

참았던 눈물이 떨어졌다. 아오타는 현수가 기억하는 한 형이자 가장이었다. 겨우 열두 살에 불과했던 아오타는 하루가 멀다 하고 매질을 일삼는 아버지에게 맞섰고, 여린 어머니의 일을 도우려 날품팔이며 심부름을 마다않았다. 현수는 친아버지가 부끄러웠다. 비록 일본인이라 해도 아오타의 어머니는 친어머니 이상이었다.

"알았냐고?"

입술을 감쳐문 아오타가 노려보았다.

"알았어, 형."

"오늘이 내게는 기회야. 어차피 어머니도 돌아가셨고 아버지는 쓸모없는 존재니까. 이제 나를 찾지 마. 형이라고도 부르지 말고. 살아남으면 너는 조선으로 가. 그곳에서 가급적 부자나 정치인, 세력가들의 눈에 띄도록 해. 성공하면…… 그래, 이름도 바꿔버려. 성공하면."

아오타는 더 이상 말을 맺지 못했다. 고개를 돌려 마치 해를 바라보는 모양새로 어깨를 들척였다. 아오타가 죽창으로 다시 한 번 가슴을 꾹 눌렀다.

"죽지 마. 십오 엔 오십 전, 내가 가르쳐준 발음 잊지 말고."

십오 엔 오십 전.

갑자기 목이 말라왔다. 물… 무울.

"여기 있습니다."

아오타는 역광 속으로 뛰어들었다. 물… 무울.

멀어지던 아오타와 2층짜리 목조 가옥의 마당이 급작스레 다섯 평 남짓 병실로 뒤바뀐다.

가만, 그랬지.

일곱 살이 아닌, 아흔여덟 살의 김노원. 그게 나였지. 물, 물을 좀. 요양보호사를 보았다. 요양보호사가 마법처럼 변신을 한다. 뱃살이 불룩하고 두툼한 손을 가진 여인에서, 이제 머리가 빠져 속살이 드러나기 시작한 군살 없는 남자가 된다.

"한준이였니?"

채한준. 그가 발굴하고 키워낸 자원이다. 다만 채한준도 김노원처럼 대한민국 사람이면서 대한민국 사람이 아닌 채로 살아가야만 한다. 서로가 받아들인 운명이다. 섀도 에이전트Shadow Agent, 대한민국에는 존재하지 않는 국정원 제4국의 대를 이은 국장.

"내가 며칠이나 잠에 빠져 있었던 거냐?"

우물우물 입 바깥에서 단어들이 뭉그러졌다. 잠시 고민하는 듯했던 채한준이 건조한 목소리로 대답했다.

"한 달이 조금 넘었을 겁니다."

"그래. 나이가 드니 뇌도 썩어가는 게야."

웃음이 났다. 죽어도 될 나이, 무에 그리 들어찬 한이 남았다고 아직 죽지 못하는 것일까.

"아버지, 지금처럼만 깨어나시면 됩니다. 그것으로 족합니다."

채한준의 목소리가 조금 낮아졌다.

"그럴까?"

"그럼요."

채한준이 물컵을 건넸다. 시리지 않을 정도의 온도다. 언제부터 손에 쥐고 있었을까. 아니, 언제 물을 달라고 했던 것일까. 방금 정수기에서 따랐다면 차가왔을 테다.

"사십 분쯤 됐습니다. 잠시 정신을 차리는가 싶으시더니 쥬우고 엔 고짓 센? 분명 그런 발음을 계속 하셨습니다."

"그랬나?"

꿈이었을까, 기억이었을까. 치매란 게 정신이 들어도 설명하기 힘들다. 죽었다 급작스레 살아나는 느낌이랄까. 어느 순간 형광등 불을 켜듯 정신이 돌아온다. 계속 깨 있었을 텐데도 기억은 아무것도 없다. 블랙아웃과 여러모로 닮았다. 다만 고주망태가 아니라는 사실만 다를 뿐이다.

"십오 엔 오십 전."

"네, 십오 엔 오십 전. 또 그 꿈을 꾸셨나 봅니다."

아버지라고 부르는 채한준답게 김노원에 대해 모르는 것이라고는 한국으로 밀항한 아홉 살 이전의 기억이다. 김노원이 아니었던, 김현수의 시절.

"6·25만큼이나 잊을 수 없는 기억이니까."

"참, 애 하나 찾았습니다. 아들 삼고 싶은 녀석입니다."

기억을 되새기듯 말이 없던 채한준이 불쑥 한마디를 던졌다. 아들 삼고 싶은 녀석, 제4국의 대를 이을 아들을 찾았다는 뜻인가.

"판을 읽을 줄 아는 녀석인가?"

질문에 까닥, 고개를 한번 움직인다.

"그렇다면?"

"아버지와 저는 판을 읽을 줄만 알면 됐습니다."

"그랬지."

"이 녀석은 판을 만들 줄도 아는 것 같습니다."

애매하던 정신을, 조금 전까지 김노원의 곁을 맴돌던 기억을 단번에 밀어냈다. 눈을 크게 뜨고 곁에 선 채한준을 바라보았다.

"물론 녀석은 그런 재주가 있다는 사실까지 인지하지는 못한 것 같습니다만."

"볼 수 있을까?"

"보여드리죠. 가까운 시일 안에. 그러니…… 깨어 계십시오."

채한준에게서 처음으로 감정이 드러났다. 그렇게 감정을 드러내지 말라고 가르쳤건만. 하기야 나니까 그렇겠지. 아버지라 부르라 가르쳤던 게 나였으니까.

저도 모르게 주먹을 쥐었다. 고무되었다. 판을 읽는 것도 힘들다. 판을 만드는 것은 그 너머의 경지다. 판을 만들 줄 안다니. 다른 사람의 말이라면 믿지 않았다. 그 어떤 수사와 사진, 영상과 첩보자료를 동원했더라도 고개 저었을 것이다. 그러나 채한준의 말이다. 그가 아들이 된 지 정확히 34년 만이었다. 손자가 생기는 건가. 오랜만에 심장이 세차게 뛰었다.

그런데 목이 왜 이렇게 마르지?

"물 좀 주겠나?"

뻑뻑한 눈두덩을 눌렀다. 고개를 들자 형광등이…… 눈이 부셨다.

눈이 아플 정도로 부셨다. 오후도 저물어간다.

다짐을 받은 아오타가 되돌아서 죽창을 꾹 쥐었다. 타박타박 뛰는 아오타의 등이 어느 때보다 비장해보였다. 서서히 붉어지는 산등성이가 아오타를 점점이 삼키기 시작했다. 순간 현수도 죽창을 쥐고 일어섰다. 조센징을 죽이러 가자.

2014년 7월 11일 오전

후쿠야마 준 사는 건 밀고 당기기

잔잔한 파도가 바람에 일렁거렸다. 더없이 맑은 날씨다. 열도의 반대편 남쪽, 오키나와의 이국적인 느낌마저 파도에 묻어온다. 고개를 들었다. 보이는 것은 전부 바다. 그래도 얼마 만에 마음을 내려놓은 것인가. 후쿠야마 준福山 潤은 뒷머리에 팔짱을 끼며 간이의자에 몸을 맡겼다. 낚시야 아무래도 좋았다.

"마사오 씨, 낚싯대, 찌가 잠겼습니다."

노 선장이 후쿠야마에게 다가왔다.

"마사오 씨!"

선장의 목소리가 높아졌다. 그제야 알아차렸다. 마사오 다케시, 국부 유출로 엄단에 처해진 자다. 마사오는 거의 모든 일본의 신차 디자인과 첨단기술을 빼냈다. 컴퓨터를 좀 잘했다. 일본에서 0.01퍼센트 안에 들 정도. 중국에 정보를 팔 거였으면서 소니 노트북 하나를 들고 장가계로 여행 가는 일정을 짰다. 중국산 노트북도 좋은 게 많았을 텐데.

마사오는 장가계에 가지 못했다. 가나가와 현 아쓰기 시 근처 산 속에서 영면에 빠졌다. 비록 신체가 일곱 조각으로 나뉘어져버렸지만 불만이라고는 없었다. 죽여주어서 고맙다는 표정이었다. 지문을 없애는 일이 귀찮았다. 황산을 준비하지 못했다. 라면을 끓이려던 휴대용 부탄가스에 토치로 불을 붙여 태웠다. 라면을 먹는 것은 결국 불가능했다.

"요즘은 통 여기로 휴가를 오지 않아요."

원전 이야기인가. 귀찮다. 체르노빌에 덧붙은 후쿠시마 일화로 진행될 게 빤했다. 결론조차 예상된다. 이 땅에서 살아도 되네, 마네 하는 푸념.

"마사오 씨, 여긴 참 살기 좋은 곳이에요. 원전이 저를 집어삼킨다 해도 저는 이곳에서 살 겁니다."

어라. 한방 먹었다. 선장은 그 말을 던지더니 후쿠야마의 낚싯대를 잰 손놀림으로 당겼다. 쉽게 딸려 오지 않는 모양새가 월척인 모양이다. 릴을 풀었다 놓아주더니 선장이 다시 말을 건다.

"사는 건 다 밀고 당기기예요. 죽거나 사는 것도 그렇죠."

선장의 말에 금세 미안해졌다. 이 배는 정확히 30분 뒤에 가라앉게 된다. 마사오를 기억하는 건 괜찮지만 후쿠야마를 기억하는 것은 안 된다.

오늘은 휴가다. 세 가지 질문에 답을 내리기 위한 목적을 가지고 왔다. 후쿠시마는 버릴 땅인가. 마사오를 행방불명시킬 것인가. 그리고 후쿠야마에게 휴가는 필요한가.

마지막 질문에는 답을 얻었다. 일이 곧 휴가다. 지리멸렬한 휴가 따위, 탈출구 없는 세일즈맨에게나 통하는 환상이다. 첫 번째. 마사오는, 행방불명시키기로 하자. 선장과 함께. 그리고 열도의 동쪽 후쿠시마는, 아직 모르겠다.

이야차! 선장의 거친 호흡이 상상을 깨웠다. 낚싯대와 힘겨운 싸움을 벌이는 선장에게로 다가갔다. 선장이 맞붙여 쥔 두 손 위아래에 후쿠야마도 손을 가져다댔다.

"한결 낫네요."

선장은 낚싯줄이 끝나는 수면 위를 응시하며 말했다.

곧장 직선으로 뻗은 낚싯줄은 보이지 않을 뿐 풀림과 감김을 반복하며 힘겨운 사투의 정점에 서 있다. 손끝, 감각만으로 알 수 있는 선장과 줄 끝, 수면 아래 포획물의 대립.

"지금쯤이면 기진맥진할 겁니다. 당깁시다."

말을 마친 선장이 잔뜩 힘을 주며 낚싯대를 수직으로 세웠다. 풀었다 감았다 하던 릴을 세차게 감기 시작했다. 활처럼 휘어진 낚싯대 끝이 부러질까 걱정될 정도였다. 웅크린 낚싯대가 부러지나 싶은 찰나, 검은 덩어리 하나가 물 바깥으로 형체를 드러냈다.

"옥돔이네그려. 이 동네에서는 잘 안 잡히는 녀석인데."

검은 형체가 채 모습을 갖추기도 전에 선장이 후쿠야마에게 말한다. 그제야 후쿠야마는 선장의 얼굴을 제대로 보았다.

1미터 60센티미터도 되지 않는 키에, 회색 수염이 얼굴의 절반을 덮었다. 이마를 뺀 주름 대부분을 수염이 감춰준다. 오랜 뱃사람임을 말해주듯 키에 비해 어깨가 거대했다. 물론 그만큼 배도 나왔다. 무엇보다 옥돔을 수면에서 2미터는 걷어 올린 팔뚝은 낚싯대보다 비싼 훈장 같았다.

가까이 다가오는 옥돔이 무언가 이상했다. 팔랑팔랑 흔들어대는 꼬리가 이상하게 왼쪽으로만 치우쳤다.

"물고기가……."

멀리 있던 옥돔이 일순간 그에게 가까워졌다. 눈에 띄게 척추가 휜 기형이었다. 옥돔이 버둥거린 탓에 낚싯줄이 후쿠야마에게 다가왔다. 덩달아 옥돔이 눈앞에서 파닥거렸다.

"드실라우?"

말을 건네고는 뭐가 좋은지 선장이 껄껄 웃었다.

"아무도 먹으려고 않지. 심지어 부정 탔다고 나에게 욕까지 해대는 걸. 그렇지만 잘 봐요. 이렇게 못난 녀석도 왜 이렇게 파득거리는지."

"왜 그런 겁니까?"

"살려고 그러는 게요. 살려고."

마사오는, 발버둥치지 않았다. 의지를 포기했다. 그게 죗값이라고 지레짐작했다. 남의 것을 빼앗아도 자신만 잘 살면 된다는 자본 우선의 논리. 마사오였다면 후쿠야마가 아니어도 누군가에게 죽임을 당했으리라. 이런 사람이 마사오만은 아니었다. 그런데 저 옥돔이 살려고 파득거린다니. 너무도 당연한 것인데 잊고 살았다.

낚싯줄을 끊어낸 선장이 아가미에 조심스레 두 손을 넣어 옥돔을 들어보였다.

"사진이라도 찍으시려오? 월척을 낚았는데."

휴가라. 성급히 결론 내린 휴가는 정말 필요했던 건가. 선장을 다시 보았다. 아버지가 살아 있었다면 저 나이뻘일까.

후쿠야마는 나라에 충성한다는 신념으로 뒤를 돌아보지 않았다. 이 일을 하며 죽음을 인정하게 되었다. 내가 누군가를 죽일 수 있지만 나도 누군가에게 죽임을 당할 수 있다는 것, 또한 죽음이 멀리 있지 않다는 사실도.

"젊은 분이신데 무슨 일 하슈?"

번뜩 정신이 돌아왔다. 마음이 풀어진 탓에 하마터면 "군인입니다." 하고 말할 뻔했다. 칼을 쥔 적이 눈앞에 있다면, 감상은 칼을 쥔 적 다음이다. 군인이었던 때도 있었다. 자위대 장교, 후쿠야마가 가장 기쁘게 생각하는 인생의 정점이자 도달점이었다. 지금은, 그래, 모르겠다.

"컴퓨터 관련 일을 합니다."

"컴퓨터라, 나와는 다른 세계에 사시는구려. 배나 몰고 생선이나 건어 올리는 게 전부인 사람한테는. 너도 그리 생각하냐?"

여전히 아가미에서 손을 빼지 않은 채 선장이 옥돔에게 말을 걸었다. 신기했다. 후쿠야마가 일하는 곳에서 저런 온정은 찾아보기 힘들다.

"자, 이제 그만 가거라. 가서 이 바다가 안전하다는 걸 계속해서 보여줘, 살아, 살란 말이다."

선장의 마지막 말은 자신에게 내비치는 다짐처럼 여겨졌다. 후쿠야마. 살아, 살란 말이다.

그때 태평양 바다 쪽에서 호화 요트가 접근하는 게 보였다. 시간을 보았다. 11시 30분, 점심을 먹기로 약속했던 시간이다. 시계에서 눈을 떼자 선장은 기다렸을 게 분명한 몸짓으로 옥돔을 바다에 던졌다. 두 손을 모아 고개를 숙인다. 어쩐다, 당신도 이제 죽어야 할 텐데.

선장이 후쿠야마를 똑바로 보았다. 눈가에 방울방울 눈물이 맺힌다.

"아들도 대를 이어 선장이 되려 했었소. 그런데 바다가 집어삼켰지. 바다는 삶도 주지만 죽음도 주니까. 마사오 씨 나이가 서른쯤 됩니까? 내 아들이 살아 있었다면 딱 서른둘이라오."

선장은 그 말을 끝으로 눈을 감고 옥돔이 사라진 방향으로 합장을 했다. 아들에 대한 기도라도 하는 걸까.

"마사오였다오. 마사오."

선장의 눈물이 이해되었다. 이름과 성씨의 차이였겠지만, 아들과 같은 발음으로 불러야 하는 남자에게 선장은 크게 동요했으리라. 하지만 그런 까닭에 더욱 죽일 수밖에 없다. 너무도 명확히 후쿠야마를 기억할 테니까.

"내가 너무 오지랖이 넓었어요. 손님의 일은 보고도 못 본 척, 알아도 모르는 척하는 게 이 일인데 말이요."

선장은 고개를 숙이더니 조타실로 몸을 옮겼다.

선장을 잠시 바라보다 태평양 연안으로 얼굴을 돌렸다. 또렷하지는 않았지만 누군가 세차게 손을 흔들고 있었다. 여통葉童이었다. 워낙에 소박한 이름이어서 본명이라 착각했던 귀화 첩보원 여통, 나중에야 알게 되었지만 그녀를 쏙 빼닮은 어느 여배우의 이름이었다.

여통을 처음 침대에 묶었을 때, 그녀는 누군가가 반드시 구하러 올 거라 믿는 눈치였다. 희망이 체념으로 바뀌는 데에 30분도 채 걸리지 않았다. 그녀에게 적절한 고문과 더불어 작전을 포기하고 돌아서는 중국 첩보원의 모습을 히든 캠으로 보여주었다.

"죽여주세요, 그 누구보다 아프게. 내가 내 나라에 충성했다는 사실을 잊지 못할 정도로."

마음에 걸리는 말이었다. 죽이는 방법이야 안다. 아프게 죽이는 방법도 누구보다 잘 안다. 엄지발가락 발톱부터 뽑기로 했다. 그런데 페디큐어를 하지 않은 발에 눈길이 갔다.

"대신 투입된 건가?"

후쿠야마는 발가락에 입을 맞추었다. 그 자신도 생각지 못한 행동이었다. 그때, 여통은 무언가 직감했다는 표정이었다. 사랑, 아니면 충성.

후쿠야마는 그날 하룻밤을 여통과 보냈다. 정확히는 사랑을 가장한 섹스였다. 그게 전부였다. 아침이 되어서 마음을 굳혔다.

사장에게 전화를 걸었다.

"회유 가능할 것 같습니다."

"'같은 것'은 소용없어. 회장님이 아시는 날엔……."

아버지에게 알게 하라고 전화를 건 것인데. 여전히 사장은 무능하다.

"저를 바꿔주세요."

여통이었다. 능숙한 일본어로 전화에 대고 설명한다.

635886, 중국 국가안전부 소속…….

여통은 몸을 쓰는 첩보원이었다. 중국 내에서도 드문 존재, 첩보원이라 하면 머리부터 쓰려고 달려든다. 특히 여자들이 그랬다. '첩보와 여성'이 화학작용을 일으킨 존재가치의 극대화. 반대로 창녀라면 어디서, 어떻게든 구할 수 있었다. 돈이면 고분고분, 사라져도 찾는 이 없기

다반사. 여통은 달랐다. 베이징대를 나온 수재이면서 상식과 맞지 않는 대첩보 활동을 위해 국가에 몸을 헌사했다.

딱 한 번 여통에게 물었다. 왜 몸을 직접 쓰는지. 잠시 고민하는 듯, 그러나 크게 웃어젖힌 그녀가 말했다.

"내가 죽일 상대의 마지막, 내 안에 가두어놓고 싶거든. 마지막이니까."

"이제부터는 몸 쓰지 마. 필요하지 않다면. 넌, 내 재산이니까."

후쿠야마의 말에 "옙!" 하고 경례를 하며 미소를 지었다. 그 뒤로 여통은 단 한 번도 몸을 쓰는 일에 투입되지 않았다. 여통이 안도하고 있다는 사실은 진작부터 알았다. 아무리 국가라는 이름을 걸었다 해도 여자에게, 몸을 허락하는 일은 지식이나 이성 따위로 제어할 수 없다.

여통이 로켓포를 어깨에 짊어지는 게 보였다.

후쿠야마는 여통이 탄 요트를 향해 몸을 날렸다. 바닷물이 더없이 시원했다. 뒤에서 선장의 목소리가 들려왔다.

"마사오 씨, 어디 가시는 게요?"

마사오가 바다에 빠졌다고 생각한 듯 선장도 몸을 날렸다. 거의 동시에 로켓포의 폭발음이 고막을 뒤흔들었다.

여통이 요트를 후쿠야마 가까이로 운전했다. 여통이 손을 내밀었다.

"잠시만."

바다에 떠 있는 선장을 보았다. 적어도 지금은, 기절했으리라.

손님 일은 보고도 못 본 척, 알아도 모르는 척하는 거라고. 죽거나 사는 것도 밀고 당기기라고! 선장이 이겼다. 밀고 당기기에서.

후쿠야마는 선장을 요트 위로 간신히 올렸다. 그러나 숨을 쉬지 않았다. 그의 심장을 거세게 두드렸다. 옥돔에게 말했듯, 살아, 살아나라고.

인공호흡이 이어졌다. 심장마사지, 다시 심장을 때렸다. 한 번, 두 번, 선장이 거칠게 물을 뱉어냈다.

"당신, 내 발가락에 키스할 때도 이런 마음이었어?"

양손을 허리에 댄 채 상황을 지켜보던 여통이 말했다.

"아니 달라."

후쿠야마는 거친 숨을 몰아쉬며 요트 위에 드러누웠다.

"당신에게는 사랑을 갈구하는 마음이었다면, 이번에는 아버지를 갈구하는 마음이었어."

"그랬구나. 당신 오늘, 사람 같은 걸."

그랬나, 이제야 여통에게 사람으로 보였다는 건가. 갑자기 웃음이 났다. 파란 하늘을 향해 크게 웃었다. 몇 번이고, 또 몇 번이고. 결론 내리기로 했던 세 가지는 저녁까지 묻어두기로 했다. 후쿠야마와 여통, 그리고 선장, 만약 선장에게 부인이 있다면 네 사람이 단 한 번쯤 편한 저녁을 먹는다 해도 누가 뭐라 하겠는가.

결론은 그 뒤다.

2012년 12월 21일 저녁

존 스미스 & 터너 1억 달러를 위하여, 건배!

터너는 웨스트가 49번지로 뛰었다. 뉴욕이 늘 그렇듯 도로 곳곳은 정체 상태였다. 아무리 돈을 많이 번다해도, 물론 이것은 터너의 상상이 현실이 될 때의 이야기지만, 뉴욕에서 만큼은 대중교통을 이용하리라 마음먹었다.

웨스트가 49번지 7번가에서 6번가 사이에 있는 '러버스 파스타'가 지금도 있다면 좋겠다. 가게 이름부터 마음에 들었다. 연인들의 파스타! 그곳에서 웨이트리스로 아르바이트를 하던 글로리아를 처음 본 순간, 머릿속에서 번개가 번쩍거렸다. 금발에 반짝이는 녹색 눈동자, 하이힐을 신지 않았는데도 우월한 몸매라니. 첫눈에 반한다는 말, 모르는 사람에게 어떻게 설명하랴. 그러나 터너 에반스는 글로리아를 본 순간, 알게 됐다. 운명은 존재한다.

7번가가 눈에 들어왔다. 얼마 남지 않았다. 글로리아에게는 오늘 거하게 쏠 테니 기대하라고만 말했다. 물론 글로리아와 터너는 요즘 들어 꽤 삐걱거렸다. 동부 뉴욕 출신인 글로리아는 도무지 서부 실리콘밸리의 생활에 적응하지 못했다. 터너의 재정 상태도 한몫했다. 아무리 1인 벤처를 만들고 뒤치다꺼리를 글로리아가 도맡았다지만 통장에 입금되지 않는 지적 생산이 유효할 리 없었다.

7번가를 지나 6번가로 들어서기 직전이었다. 발걸음이 빨라졌다. 얼른 글로리아를 만나 사랑한다고 속삭이고 싶었다. 내 모든 것은 당신으로 인해 축복받은 것이라 말하고 싶었다. 뉴욕의 도로처럼 뉴욕의 인도 역시 저녁 시간이면 인산인해다. 발걸음이 빨라졌던 탓에 갑자기 튀어나온 남자를 알아차리지 못했다.

"미안합니다, 선생님."

터너는 재게 말을 꺼내고 앞으로 나갔다.

"이보세요, 터너 씨."

뒤에서 들려오는 그의 이름에 터너는 깜짝 놀랐다.

"기다리고 있었습니다. 한시가 급했거든요."

남자의 뒤에서는 타임스퀘어의 거대한 전광판이 터너를 향해 불을 번쩍였다. 렉서스 자동차에 이어 삼성의 갤럭시 노트2 광고가 이어졌다. 연인들의 모습이 잘 부각된 광고였다. 글로리아의 얼굴이 겹쳐졌다.

"터너 씨!"

터너는 그제야 남자의 얼굴을 바라보았다.

"오늘 프레젠테이션은 정말 감동적이었습니다."

"저, 그 이야기라면 내일부터 차례차례 미팅이 잡혀 있습니다."

"압니다, 알아요. 그렇지만 이렇게라도 당신과 가장 먼저 접촉을 하고 싶었습니다."

터너는 잠시 고민에 빠졌다. 남자가 누구였지? 오늘은 구글과 페이스북, 야후와 월스트리트의 명망 있는 헤지펀드 회사들까지 도합 20명 앞에서 프레젠테이션을 시연했다. 구글과 페이스북이 시큰둥해한 반면, 야후는 눈을 반짝이는 느낌이었다. 물론 늑대 무리처럼 달려들겠다는 느낌을 준 곳은 헤지펀드 관련 회사들이었다.

"미스터?"

"존입니다. 존 스미스!"

존 스미스? 이렇게 기억하기 쉬운 이름이라고? 터너 에반스만 해도 한 번 들으면 기억할 만한 이름이 아닌가. 그런데 존 스미스라니.

"이름이 좀 쉽습니다. 그게 장점이죠. 저를 한 번 본 분은 얼굴은 잊어도 이름은 잊지 않거든요."

헛기침을 했다. 존에게 완전히 생각을 들켜버린 듯했기 때문이다.

그때 존 너머로 갤럭시 노트2 광고가 일곱 시를 알려준 뒤 사라졌다. 곧바로 톰 크루즈의 얼굴이 나타났다. 경쾌한 음악이 가미된 영화 예고였다. 〈잭 리처〉라는 타이틀이 멋진 폰트로 나타났다. 가만, 이런! 일곱 시가 넘었다.

"저, 중요한 약속이 있어 저는 가봐야 합니다."

글로리아를 만나야만 합니다. 그녀에게 제가 만든 'glory'(영광)를 선물하겠다고 약속했거든요.

"짧게 말하죠. 어차피 길고 긴 미팅을 해야만 할 겁니다. 당신의 모든 능력들을 조건 없이 팔아야만 할지도 모르고요. 물론 돈이라는 신이 당신에게 'glory'를 내려준 뒤겠지만요."

"저……."

남자의 말이 위화감을 만들었다. 'glory'라는 표현 때문일까. 방심한 탓에 남자에게 거절의 말을 정확히 건네지 못했다.

"삼천만 달러입니다. Glory's Stock Trading Prediction System(글로리의 주식 예측 시스템)을 제 회사에 파는 조건입니다. 그 외에는 어떤 조건도 없습니다. 물론 상거래 차원에서 두 번 다시 당신이 이와 비슷한 시스템을 만들지 않는다는 단서가 붙습니다만."

와우, 삼천만 달러라. 기대했던 것 이상이었다. 터너는 구글이나 페이스북, 야후가 잘 움직여준다면 내심 천만 달러는 기대했다. 승기를 잡으면, 시스템이 실제로 필요하고 향후에도 발전시킬 의지를 가진 헤지펀드 관련 회사나 증권회사에 팔아치울 작정이었다. 그런 뒤 바하마 제도의 휴양지에서 글로리아와 1년쯤 휴가를 떠날 계획을 세웠다. 물론 이 모든 것은 글로리아의 동의를 얻어야만 했다.

"저……, 여자친구의 동의가 있어야만 합니다. 그래서 당장은 거절할 수밖에 없습니다."

터너는 존을 향해 고개를 숙여보였다. 언제든 다시 거래하자는 여지를 담은 인사였다.

재빨리 뒤돌아 터너는 뛰기 시작했다. 요즘처럼 글로리아가 조바심을 내고, 둘 사이에 어떤 벽이 생겨간다면 헤어지는 것은 시간 문제였다. 그러기는 싫었다. 지금도 변함없었다. 글로리아는 터너의 운명적인 상대였다. 약간은 장난기 삼아 이름을 붙인 GSPS, 글로리의 주식예측 시스템은 사라져도 되지만 글로리아만은 안 된다. 그녀만 함께라면 또 다른 GSPS, 아니 그것을 넘어선 무언가를 만들어낼 수 있다. 터너에게 글로리아는 불가능을 가능으로 만들게 하는 존재였다.

러버스 파스타의 미니 돌출 간판이 눈에 들어왔다. 유리창 너머에 글로리아를 찾았다. 그녀의 얼굴이 보이지 않아 심장에서 털썩 소리가 나는 듯했다. 문을 밀자 색색의 종이 꽃가루가 얼굴을 향해 날아왔다. 축포도 터졌다.

어디선가 나타난 글로리아가 거세게 터너를 안았다.

"서프라이즈 파티야. 마스터께서 양해를 해주셨거든. 여기 손님들도 이해해주셨어."

터너는 글로리아의 입에 키스했다. 마치 영원에 빠져드는 듯했다. 그때 사람들이 일어서 박수치는 소리가 들렸다. 터너는 사람들을 향해 "감사합니다, 감사합니다."를 연발했다.

"글로리아, 우리가 이 사람들에게 포도주 한 잔씩 돌리는 건 어떨까?"

잠시 고민하는 듯했던 글로리아가 세상 그 어떤 아름다움조차 따라

올 수 없는 미소로 "좋아!" 하고 말했다. 곧바로 그녀는 마스터에게 귓속말을 속삭였다. 마스터의 얼굴에서도 미소가 퍼졌다.

자리로 안내된 터너와 글로리아는 처음 만난 날 먹었던 해산물 파스타를 주문했다. 마스터가 "파스타는 오늘 공짜네."라며 조금 전과 다른 미소로 화답했다. 마스터는 세상 어느 유리보다 투명하게 닦인 잔을 가져와 두 사람에게 포도주를 따랐다.

두 사람은 지난 육 개월에 대해 이야기를 나눴다. 글로리아도 인정했다. GSPS의 결과가 다가온 시점에는 그녀도 신경이 최고조로 곤두섰었다고. 반대로 한 달 전부터는 수없이 기도했다고 한다. 다만 터너가 마무리를 잘할 수 있도록 조금 거리를 둔다는 게 어색하게 느껴졌던 모양이라며 미안해했다.

터너는 글로리아의 손을 잡았다. 사랑해, 하고 말할 타이밍이었다. 그런데 조금 전 그와 만났던 존 스미스가 떠올랐다.

"놀라지 마. 조금 전 존이라는 남자가 GSPS를 삼천만 달러에 사겠대."

"우우와", 돌고래의 초음파 같은 소리가 글로리아에게서 터져나왔다. 맞았다. 글로리아도 GSPS의 상품가치는 알고 있었다. 다만 삼천만 달러까지는 생각해본 적이 없었으리라. 글로리아의 돌고래 목소리도, 또 너무 놀라 붉어진 얼굴도 처음 보았다.

"사랑해, 터너. 난 당신이 천재라는 걸 단 한 번도 의심하지 않았어. 당신은 내게……."

"아니 내가 먼저 말할래. 글로리아, 당신은 내게 하느님의 영광이자 축복이야!"

말장난 같았다. 글로리아가 하느님의 glory라니. 그렇지만 이보다 더

글로리아를 사랑한다고 어떻게 말하겠는가. 글로리아가 터너의 손을 맞잡았다. 그녀의 눈에서 굵은 눈물이 테이블로 똑 떨어졌다.

"저기……."

마스터였다.

"내가 분위기를 깨기는 싫은데, 돔 페리뇽을 두 사람에게 선물한다는 분이 계셔서."

러버스 파스타가 조금은 비싼 가격대의 파스타 가게이긴 하지만 돔 페리뇽을 팔 정도로 고급 식당은 아니었다. 마스터를 바라보다 너머에 초점이 맞지 않는 한 남자가 테이블에 앉아 있는 게 보였다. 마스터에게 주었던 눈길을 뒤편 테이블에 고정했다. 존이었다. 존 스미스.

마스터가 돔 페리뇽을 테이블에 놓았다. 사정을 알 리 없는 글로리아는 놀란 눈으로 상황을 주시했다. 글로리아를 보았던 눈길을 존에게 가져가자 포도주 잔을 들어 보인다. 그도 공짜 포도주를 선물 받았던 모양이다. 존이 괜찮다며 포도주를 들라는 시늉을 했다. 고개를 까닥숙인 뒤 마스터에게 잔을 가져갔다.

마스터는 능숙한 손놀림으로 와인 병을 오픈했다.

"와, 환상적인데."

글로리아가 진정되지 않은 목소리로 감탄했다. 그런데 여전히 마스터는 두 사람 곁에 서 있었다.

"두 사람이 포도주를 마시면 이것도 전해달라고 해서."

마스터가 두 번 접힌 종이를 터너에게 건넸다.

"뭔데?"

터너는 글로리아가 볼 수 있도록 몸을 기울인 뒤 종이를 펼쳤다.

GSPS, 1억 달러에 사겠습니다. 대신 당신과 글로리아의 고용도 승계하는 조건입니다. 죽을 때까지 일해 달라는거죠. GSPS 이외에 두 사람의 인건비로 매년 천만 달러를 지급하겠습니다. 어떻습니까? 물론 노예처럼 일을 시킬 겁니다.

글로리아에게서 생애 두 번째, 돌고래 초음파 목소리가 터져나왔다. 사람들이 일순간 두 사람을 바라보았다. 그들의 얼굴에서는 질투 섞인 표정이 어리다 사라졌다. 글로리아는 목까지 붉어졌다. 연이어 오른손으로 심장을 두드렸다. 테이블에 올려놓은 왼손이 심하게 떨리는 게 보였다. 그런데 그때 알았다. 터너 역시 알코올중독자라도 된 양 손을 떨고 있었다. 일억 달러라니.

글로리아와 터너가 동시에 존을 보았다. 검은 뿔테 안경에 짧은 목, M자로 벗겨진 머리에 갈색 콧수염이 푸근하게 보였다. 모직 코트로 몸을 감싼 탓에 어울리지 않는 냅킨을 옷깃에서 빼내며 존이 잔을 들어보였다. 건배!

글로리아도, 또 터너도 존을 향해 잔을 들었다. 건배!

2014년 5월 2일 밤

김기욱 특별한 날, 특별한 심장

서울역은 변했다. 자본의 물을 한껏 먹은 서울역에는 이제 낭만이 사라졌다. 생 라자르역에서 무작정 사랑을 기다리던, 영화 〈남과 여〉 속 장과 같은 사랑도 이제 찾아보기 힘들다.

서울역은 비대해졌다. 하루 서울역 지하철을 이용하는 인구만 평균 106,237명. 평균 135,595명이 드나드는 강남역 다음으로 서울에서 이용 인구가 많다. 지하철을 이용하지 않고 서울역을 드나드는 유동인구까지 합치면 평균 30만 명, 서울역은 강남이나 홍대입구역 같은 상권이나 문화 중심지가 아님에도 엄청난 유동인구를 자랑하고 있다.

가고 오는 사람이 많다 보니 구걸하는 노숙자도 서울에서 가장 많다. 경찰의 통계는 280명, 공무원의 통계는 154명이란다. 반면 점심 한 끼 5백 명 분의 무료급식을 준비하는 곳도, 또 2천 명 분의 하루치 무료급식을 준비하는 곳도 식사시간이 지나기 무섭게 급식이 동난다.

대한민국의 통계 경험상, 나쁜 것은 4배 정도 축소, 좋은 것은 5배 정도 부풀려진다는 '통계에 대한 또 다른 통계'가 존재하지 않던가. 통계의 오류까지 감안해본다면, 서울역 주변 노숙자는 적게는 5백 명에서 많게는 1천 명 가까이라고 볼 수 있다.

2014년 1월 20일 노숙자를 다룬, 신문 토막기사를 보던 김기욱의 머릿속에 그런 엉뚱한 생각들이 스쳐갔다. 무엇보다 김기욱은 '어쩔 수 없어서'가 아닌, '기꺼이 서울역 노숙자'로 살기를 자청했다.

철지난 신문을 두 번 접어 바닥에 깔았다. 주변을 둘러보았다. 스쳐가는 사람, 날아왔다 날아가는 비둘기, 피켓을 머리 위로 들어 올린 일인 시위자, 버려진 신문과 삼각김밥의 비닐. 그러나 그 모두를 존재하게 하는 배경.

서울역!

태어나 처음으로 얼굴에 검댕을 묻혀가며 구두닦이로 돈을 벌었던 곳. 1953년, 61년이나 된 기억이다. 그때 김기욱의 나이는 겨우 일곱 살이었다. 전쟁도 끝나지 않은 상황에서 돈을 벌겠다고 서울역으로 왔다. 구두를 닦겠다고 하자 몇 살 위 찍새와 딱새들이 엄청나게 두들겨 팼다. 통과의례였다. 맞고도 일하러 온다면 가족으로 인정해주었다. 그렇지만 대부분 아이들은 협박조차 이겨내지 못하고 사라졌다.

열다섯 살이 되었을 때 넝마주이로 일하며 밀수에 눈떴다. 그래도 서울역을 떠나지 않았다. 이십대가 된 이후부터 얼마 전까지 서울역을 떠나 살았다.

누가 뭐라 하든 지금은 사죄하고 싶었다. 서울역을 드나드는 사람들에게. 나아가 대한민국을 사랑하는 사람들에게. 누구에게도 말하지 않았지만 속죄의 십자가를 짊어지고 싶었다. 그래, 나는 죄인이다. 그 어디도 아닌 대한민국에게.

"김 씨, 이제 들어갈 건데 김밥이라도 줘?"

김기욱과 비슷한 연배의 매점 여사장이 묻는다. 손미자도, 또 그도 말년이 되었지만 서울역을 떠나지 못하고 있다. 수구초심이라던가.

"미자 씨, 됐어. 고생했는데 얼른 들어가. 오늘은……."

그때 기욱의 곁에서 사십대쯤으로 보이는 노숙자 몇몇이 눈을 내리까는 게 보였다.

"놓고 갈게. 김밥은 오늘 못 팔면 어차피 상하는 거니까. 소주도 두 병 놓고 가."

척하면 척, 미자가 봉투를 바닥에 놓는다.

몇 해 전 손미자의 매점 앞으로 자리를 옮겼다. 미자는 이 자리에서만 청춘을 보냈다. 주먹밥과 보리차, 약간의 미숫가루로 장사를 시작했다. 서울역 주변으로 밀수된 깡통과 미군 부대 물품이 무더기로 들어왔다. 이문이 붙어 전국으로 팔려나갔다. 미자는 오렌지주스용 가루를 타 넣은 냉차를 팔며 또 한 시절을 영위했다. 주먹밥은 김밥으로 바뀌었다. 대한민국이 어엿하게 캔을 만들게 된 뒤부터는 'Made in Korea'가 찍힌 캔 음료를 아이스박스에 넣어 팔았다. 깡통이 캔이 되고 가루주스가 천연 주스로 바뀐, 오십 년 동안을!

손미자는 직감적으로 김기욱을 알아보았을지 모른다. 구두를 닦다 넝마주이를 하던 이 동네의 앞잡이, 거기다 열다섯 살부터 서울역 아이들의 대장이었던 김기욱을. 다만 지금, 기욱의 모습을 이해할 수 없었을지 모른다. 풍문이라면 어디서든 김기욱을 포장했을 테니까. 거부, 김기욱으로.

손미자가 꼬리를 감추자 노숙자들이 다가왔다. 그를 가운데 두고 좌우로 도열한다. 시계탑을 보았다. 11시 50분. 노숙자들이 배고플 시간이었다.

"공짜는 없어. 파발마 주변에 배고픈 동료들이 없는지 살펴보고 데려와. 욕심을 부리며 혼자 먹으려는 녀석도 잡아오고."

김기욱이 주변에 앉은 노숙자들에게 말했다. 한 사람이 일어서자 모두가 따라 일어섰다.

파발마는 서울역 시계탑을 가리킨다. 조선시대 문서를 전달하는 말을 파발마라 불렀다. 들어보니 멋있었다. 김기욱이 서울역을 떠나기 전, 역장과 점심을 먹게 되었다. 그때 슬쩍 물었다. 혹시 파발마란 이름이 어떻겠느냐고.

서울역에 시계탑이 지어진 것은 일제강점기였다. 1926년에 세워진 뒤 김기욱이 역을 떠나려던 때까지 그 자리를 굳건히 지켰다. 또한 시계탑 주변은 약속의 장소였다. 파발마는 몰라도 서울역 시계탑 앞이라면 사람들은 으레 고개를 끄덕였다. 그래, 거기서 만나자.

부질없는 기억. 모든 걸 버리겠다 다짐한 마당에 무슨 회한이 남았다고. 그런데 말하고 싶어진다. 너희들 알아, 저 시계탑 이름말이야, 나랑 친했던 역장이 지은 거야. 적당히 큰소리치면서.

"데려왔어요."

시계탑을 하염없이 보는데 누군가 말을 걸었다. 아, 저 녀석인가. 은행을 14년 다녔다던 박상진, 아부하기 좋아하고 뭐든 앞장서는 척을 한다. 딱 간신배에 어울리는 녀석이었다. 그러나 이곳에서는 저런 놈이라도 필요하다. 김밥 한 줄과 소주 한 잔이면 놈을 부릴 수 있다.

박스 위에 미자가 놓고 간 음식을 펼쳤다. 그러자 몇몇 녀석들이 품에서 비닐로 싼 밥이나 음식을 내놓는다.

"자, 소주야."

미자가 준 소주를 꺼내자 노숙자들에게서 탄성이 터졌다. 품을 뒤져 오천 원을 꺼냈다. 그러자 탄성 소리가 한 옥타브 높아졌다.

"소주 있거나 동전이든 돈이든 있는 녀석들 내놔봐."

그 말에 주섬주섬 노숙자들의 호주머니에서 동전이 딸려나왔다. 남들은 동전을 볼 때 기욱은 몇 명이나 되는지 셌다. 무려 스물여덟 명이었다. 많이도 모였다. 그래도 더없나 싶어 파발마 주변부터 살펴보게 된다. 멀찍이 둘러보자 사람들은 노숙자 무리를 피해가기 바빴다. 그래, 그런 거란다. 넝마주이를 할 때도 마찬가지였다. 마치 벼룩이나 바퀴벌레라도 된다는 양 사람들이 피해 다녔다. 그때 멀리서 지켜보고 있는 스티브 킴이 보였다.

"제일 어린놈이 가서 술이든 뭐든 사와. 싸우지들 말고 먹게. 누가 제일 연장자지?"

서로가 서로를 보다 누군가가 손을 든다.

"그래, 자네가 잘 나누어주게."

손을 든 남자가 고개를 끄덕였다. 눈으로 다짐을 받았다. 곧 뒷짐을 지고 일어섰다. 기욱은 찬찬히 화장실을 가는 척하며 서울역 바깥으로 벗어났다. 삼화고속이 서는 광역버스 정류장이 멀찍이 보였다. 스멀스멀 다가온 스티브 킴이 곁에 섰다.

"회장님."

"회장님은 무슨. 왜?"

특별한 일이 아니면 절대 찾아오지 말라고 못 박았다. 스티브가 찾아왔다는 건…….

"특별한 일이 생겼습니다."

"그러니까 찾아왔겠지. 피차 불편하니 용건만 말하게."

"회장님."

벌써 16년이 지났다. 패기만만했던 수재 스티브 킴을 너무 믿었다. 아니, 스티브는 틀리지 않았다. 다만 그의 심장에는 대한민국이 없었다. 오로지 스티브는 돈을 버는 기계처럼 움직였다. 1998년이 떠오르자 머리가 지끈거렸다.

김기욱은 여러 부분에서 일천했다. 특히 학벌은 말할 것도 없었다. 다만 한 가지 신기한 재주라면 돈과 사람을 보는 눈이 비상했다. 스티브를 처음 본 순간에도 알아차렸다. 녀석은 천재다. 무엇보다 그가 하려는 일, 특히 헤지펀드와 기업 M&A를 통한 수익 창출에 타고났다.

기욱의 혜안도 거기까지였다. 스티브의 천재성이 대한민국의 발목을 잡으리라는 사실을 어떻게 알았겠는가.

통탄했다. 10년 가까이를 끙끙 앓았다. 김기욱이 노숙자로 살겠다 결심했던 9년 전, 스티브에게 일갈했다.

“겨우 대한민국을 안정시켰네. 그렇지만 나는 그 죗값에서 벗어나지 못할 거네. 자네도 마찬가지야. 자네에게 대한민국의 심장이 없다는 사실을 간과했네. 십 년이든 이십 년이든 좋아. 내가 고행을 하는 동안 자네에게 대한민국의 심장이 생긴다면 찾아오게. 아니면 그만큼 특별한 일이거나.”

스티브는 경악한 표정이었다.

“재산들은 다 어쩌실 겁니까?”

“서른 개의 분야로 쪼갤 거야. 각 분야마다 전문 CEO가 자리할 테고. 그 CEO 아래에 다시 서른 명의 전문가 집단이 구성될 거네. 전체 구백 명이 자산을 관리하는 거지. 최고 CEO 서른 명을 자네가 관리하게. 대신 어느 누구에게도 나에 대해서는 발설하면 안 되네. 딱 하나, 스티브 자네에게 거는 조건이야.”

스티브도 사람이었다. 기욱이 안 된다는 것은 해서는 안 된다. 스티브는 그것을 알았다.

당시 김기욱은 거대한 자산을 인공지능 컴퓨터 프로그램이 관리해준다면 얼마나 좋을까 생각했다. 영화 같은 꿈에 불과한 일이라 생각한 순간 씁쓰레하게 웃고 말았다.

스티브는 그 이후, 특별한 일이 없어도 찾아왔다. 신정, 구정, 추석. 그 이외에 명절이다 싶은 날은 빠지지 않고 모습을 드러냈다. 어쩌면 특별한 날이라 생각해서 찾아왔는지도 모르겠다. 스티브는 한국의 예절과 격식을 알아가는 게 심장을 찾는 일이라고 생각한 모양이었다. 틀렸다. 스티브는 아직 멀었다.

"대한민국에 도움이 될 방법 하나를 구상했습니다. 인천시장 출마자를 만나주십시오."

밤 열두 시, 이 시간에 찾아온 것은 처음이었다.

"도와달라는 건가, 아니면 자네의 명령인가?"

웃으며 물었다.

"그렇게 들렸다면 무례를 용서하십시오, 회장님. 하지만 제 솔직한 심정은 명령이라도 하고 싶은 정도입니다."

그리 다급했다는 건가, 그렇다고 약점을 잡혔을 리는 없다. 겨우 인천시장 출마자 정도에게. 스티브가 몸이 달을 정도라면 대한민국을 들었다 놓을 만한 큰 건이 분명하다. 인천시장 출마자 중 당선이 유력한 누군가가 아이디어를 냈거나, 스티브의 아이디어를 출마자에게 이식하려는 둘 중 하나.

"내용은?"

"회장님이 만나주신다면 그때 피칭하겠습니다."

많이 컸다, 스티브. 이제는 사람을 다루려 한다. 이대로만 큰다면 그의 전 재산을 쥐어주어도 아깝지 않으리라. 그렇지만 그에게는 심장이 없다. 반도, 오천 년을 지켜온 조선인의 심장이.

"만나보지. 자네가 얼마나 컸는지 가늠할 수 있을 테니까."

2013년 3월 22일 새벽

장민우 판타지 월드에 오신 것을 환영합니다

"박지성, 박지성!"

드리블을 하는 찰나 에당 아자르와 쉬얼레가 한꺼번에 덤벼든다. 볼은 포물선을 그리며 토레스에게 배달된다. 데 헤아와 일대일 상황, 아무리 토레스가 폼이 떨어졌다지만 이런 찬스를 놓칠 리 만무하다. 모니터에 'GOAL'이라는 단어가 장민우를 놀리듯 커진다. 동시에 아이돌 그룹 젠틀맨의 '내게 여자는 언제나 첫사랑'이 축포처럼 울렸다.

"하이, 펫!"

게임에서 골을 먹었으면서 패트릭에게 애완동물이라는 별명으로 소심하게 복수했다. 전화기 너머에서 혀를 차는 소리가 들려왔다. 예명을 패트릭으로 짓지 말라 그렇게 충고했건만. 장민우는 "왈왈!" 하고 짖으며 소심한 복수를 완성했다.

"웬일이야? 주인님께 전화하면서 허락도 없이 어디!"

"민우 너. 대한민국에서 이 패트릭을 놀려먹는 애는 너밖에 없을 거다."

"그러엄!" 잔뜩 허세를 담아 말했다.

"대한민국 아이돌 중에 애완동물이라고 스스로에게 이름을 지은 애도 너밖에 없을 거고."

장민우와 패트릭은 아이돌 보이그룹이 되기 위해 인생을 걸었다. 고등학교를 중퇴하고 데뷔가 임박했을 때 성공이 보이는 듯했다. 그때 장민우와 패트릭의 소속사가 고의부도를 냈다. 두 사람은 전속을 옮겨야 했다. 여기에 지금은 젠틀맨의 멤버가 된 하이와 현철이 함께 팀이 되었다.

새로운 소속사 'It 엔터'는 중국어와 한글로 된 두 장의 계약서를 내밀었다. 데뷔 조건으로 내세운 것이 10년의 노예 계약이었다. 군복무 기간 2년은 계약기간에서 제외되었다. 도합 12년, 서른한 살이 되어야 계약기간이 끝난다. 장민우는 이를 받아들이지 않았다. 향후 5년간 연예계 데뷔를 금지한다는 이면계약에 합의하며 장민우는 젠틀맨과 'It 엔터'에서 방출되었다.

보란 듯이 젠틀맨은 지난 12월 크리스마스를 즈음해 데뷔했다. 독일 최고의 DJ인 BTA가 믹싱을 맡았고, 미국 최고의 작곡가인 JOE가 5분 28초에 이르는 곡을 창작했다. 이대로라면 장민우의 인생도 끝이 났을 것이다. 그런데 패트릭이 고집을 부렸다. 함께 고생한 민우에게 가사라도 맡겨야 하는 거 아니냐며. 패트릭은 라임까지 맞춘 가사를 고쳐 노래에 붙였다. 일기장까지 공유하던 사이이니 패트릭이 민우 몰래 해볼 수 있는 짓이었다. '내게 여자는 언제나 첫사랑'은 크리스마스 시즌에 달달한 노래로 입소문을 타며 가요차트 1위에 오르는 기염을 토했다.

패트릭은 한 번 더 고집을 부렸다. 민우가 일기장에 끄적거렸던 가사를 젠틀맨 싱글에 사용하자고. 첫 곡의 반응이 대박이었기에 소속사도 패트릭의 고집을 들어주었다. 여기에는 나중에 벌어질지 모를 암투와 암초를 제거하자는 꿍꿍이도 있었다. 이를 위해 패트릭이 어떤 이면계약을 했는지 알 수 없었다. 패트릭의 고집 때문에 민우는 젠틀맨의 2집까지 전곡 가사를 담당하는 계약을 체결했다. 어느새 통장 잔고는 2억 원에 가까워졌다.

패트릭은 편부, 장민우는 편모였다. 비슷한 환경이 곤고하게 두 사람의 결속을 이끌었다. 패트릭과 민우가 형제처럼 지낼수록 '편부'와 '편모'는 마치 '부부'처럼 행동했다. 패트릭과 민우가 배달 일을 하며 고생할 때는 가난한 부부처럼, 패트릭과 민우가 각자 영역에서 돈을 벌기 시작하는 지금은 서서히 성공해가는 부부처럼.

젠틀맨은 아시아를 평정한 예능 프로그램에 덩달아 출연하며 단번에 인지도를 높였다. 오늘은 태국을 배경으로 예능을 찍는다고 들었다.

"너 보고 싶다야. 부추전에 막걸리도 땡기고."

두 사람이 배달대행 아르바이트를 할 때 새벽에 들르던 파전 가게가 그리웠던가 보다.

"참, 단심가 어땠어?"

말을 돌리려던 건데, 뱉은 순간 아차 싶었다.

"그럴 줄 알았어. 몸이 달았지? 젠틀맨 지금이라도 들어와라, 응?"

"지랄 옆차기는. 난 작사가로 만족, 작곡까지 도전해보고. 아, 짜식, 또 말 돌리네. 단심가 어땠냐고?"

스마트폰에 영상 파일이 전송되기 시작했다. 통화를 잠시 보류하고 영상 파일을 열었다. 순간 눈을 의심했다. 공개한 지 10시간도 되지 않은 노래를 2만 명이 넘는 태국 팬들이 '떼창'하고 있었다.

"우리, 성공한 것 같다야."

울먹이는 패트릭의 목소리가 끼어들었다.

"새끼, 한참 분위기 좋은데."

민우의 목소리도 어느새 축축해졌다.

"우리 이제 편부랑 편모랑 결혼시켜 드리자. 이제 너도 벌고 나도 버니까 행복하게 사시도록 해야지. 참 우리집에 전화했더니 편모가 받더라. 그러면서 편부한테 '여보~', 하고 바꿔주던데?"

에이, 대팔이 자식. 한참 분위기 타던 순간에.

패트릭, 본명 김대팔, 어른스러운 척은. 너와 내가 형제가 되는 거라고. 아직 포털사이트에 공개되지 않은 패트릭의 본명을 확 공개해버려?

"몰라 짜샤, 끊어."

황급히 전화를 끊었다. 모니터에서는 로고가 돌아가며 멈춘 축구 게임이 보였다. 게임은 무슨, 김샜다.

네이버를 연 장민우는 멤버 공개 카페인 '위키리크스 코'에 접속했다. 내부 고발자 사이트인 위키리크스를 본따 만든 카페였다.

장민우는 패트릭에게도, 또 엄마에게도 말하지 않았지만 하루하루 사는 게 고역이었다. 우울증이란 건 안다. 가수를 준비하던 지난 몇 년이 흐물흐물 녹아내려 먹을 수 없는 아이스크림처럼 변해버린 느낌이었다. 버리기는 아깝고 그렇다고 쥐고 있을 수도 없는 지난 기억. 아이돌가수 데뷔라는 절박한 인생 전체의 꿈을 치환할 다른 거리를 찾아내지 못했다. 다만 이 후유증이 언제까지 장민우를 움켜쥐고 있을지 알지 못한다는 게 문제였다.

자연스레 오타쿠의 삶이 기다렸다. 매일 컴퓨터를 켜 세상을 비틀어보기 시작했다. 비관, 비난, 비판. 아이돌가수에게 악성 댓글도 여러 차례 달았다. 마음 한 구석이 늘 허망했다. 그러다 알게 된 게 위키리크스 코였다. 디시인사이드에서 여기 재미있다며 추천한 비공개 카페였다. 카페회원이 되는 것조차 휴대전화 인증을 받는 폐쇄적인 곳, 그런데 게재된 글들을 보며 마음이 뜨거워졌다. 이 카페는 세상을 비틀어보는 사람들만 모여 있었다. 진실은 상관없었다. 얼마나 세상을 잘 비틀어보고 거꾸로 보는가가 핵심이었다.

위키리크스에 게재된 기사를 발 빠르게 국역했다. 한국의 내용도 꽤 차지했다. 천안함 사태에 대한 것이 많았는데 천안함 사태가 미국 핵 잠수함의 기동훈련 중 벌어진 사고라는 음모론이 다수였다. 프랑스 학자가 주장한 내용이라며 학자 이름과 기사내용, 게재 잡지와 날짜 등이 덧붙었다. 사실은 교묘한 가짜다. 그런 잡지를 찾을 수도 없었고, 교수도 존재하지 않았다. 하지만 홍수처럼 범람한 그런 창작물 가운데 진짜가 있을지는 알 수 없다. 대부분 음모론을 배경으로 그럴싸한 논리를 덧붙여 소설을 써내는 수준. 그런데 이러한 위키리크스 코의 기사들이 묘하게 매력적이었다. 장민우가 살고 있는 세계와 다른, 아이돌그룹이 되지 못한 현실이 아닌, 판타지 세계의 이야기랄까.

카페에 가입한 지 벌써 두 달, 그 사이 장민우의 하루하루가 몰라보게 변했다. 다만 그 변화를 아는 것은 민우뿐이었다. 처음에는 게재된 기사만 읽었다. 댓글을 달기 시작한 것은 한 달 전, 첫 댓글은 반도체 관련 회사의 자살률이 왜 높은가를 음모론으로 풀어낸 글이었다. 한 번 댓글을 달고 나니 웹상의 낯설음도 가셨다. 뻔뻔하게, 또 무식하게 댓글을 달아댔다. 어느 사이 민우도 '창작'을 해보기로 마음먹었다. 아무것도 하기 싫은, 그러나 너무나 마음이 뜨거운 오늘, 사고를 쳐보자.

회원들이 자발적으로 세계동향이나 특이한 기사를 업데이트한다. 오늘도 마찬가지, 2013년 3월 22일 최신 기사 하나가 업데이트되었다. 중국의 시진핑 주석이 아프리카를 방문하는데 30개 중국 국영기업이 동행했다는 것이다.

우리나라도 미국 순방이니, 중동 순방이니 대통령이 전용기 띄우면 늘 따라붙는 것 아닌가.

별 것 없어 보이는 기사 아래로 스크롤을 내리다 안 되겠다 싶었다. 직접 구글링을 했다. 'news'라고 쳤다. 그랬더니 구글 크롬이 친절하게 한국어로 번역까지 해준다. 때론 알아듣기 힘든 문구도 있었지만 뜻은 이해되었다. 특별한 내용이 없어 'africa'를 독수리 타법으로 검색란에 쳤다. 막대한 양의 기사가 화면에 떴다. 타이틀만 보며 몇 페이지를 넘겼다. 그러다 기사 하나가 눈에 콕 박혀왔다.

'미 핵 항공모함을 중동에 파견.'

연이어 미 해병대의 순환근무와 함께 중동, 동남아시아 지역에 특수전사령부 병력을 아프리카에 재배치하겠다는 리언 파네타 미 국방장관의 기사가 눈에 들어왔다.

이거다!

같은 시기, 미국과 중국의 군사비 문제가 대두되어 비교분석한 기사 역시 존재했다.

중국 시진핑 주석의 아프리카 순방. 미 핵 항공모함 중동 파견. 해병대 순환근무. 특수전사령부 아프리카 재배치. 네 개의 단서가 머릿속에서 꿈틀꿈틀 움직이기 시작했다. 마치 엄청난 멜로디를 악보에 적기 직전의 느낌이었다. 느린 타수였지만 가사를 쓰듯 가장 직관적이고 쉬운 말로 카페에 글쓰기를 시작했다.

'이번 시진핑 중국 주석의 아프리카 방문은…….'

2013년 3월 18일 오후

존 스미스 누구에게는 천사, 누구에게는 악마. 그리고

존 스미스.

누군가에게 천사의 이름이지만, 다른 누군가에게 악마가 되는 이름. 오늘은 천사도 악마도 아닌 사람으로, 중간지대에 왔다.

존 스미스는 문을 밀고 사무실로 들어섰다. 오토 도어락이 잠기는 소리. 연이어 철컥, 금속의 장전 소리가 귓가를 때렸다. 이때마다 속으로 세게 된다. 1초, 2초, 3초. 총은 격발되지 않았다. 감았던 눈을 떴다.

존 스미스는 뉴욕의 사무실이 영화와 다르기를 원했다. 홍채 인식, 지문 확인 같은 상상하는 범주 내의 확인 절차들부터 아직은 영화에조차 소개된 적 없는 쓰리 콤보, 맥박과 호흡, 입 냄새에 대한 인식까지. 이러한 절차에 약점이 없다고 단언할 수 있을까. 무엇보다 복잡하기 그지없는 절차가 '장착'된 건물은, 부수려면 부서진다. 외부에서 5톤의 중량만 연이어 타격해도 금이 가고 부서지는 게 건물이다. 안전금고? 헛소리하지 말라 그래. 무엇을 숨겨놓는다는 말인가.

존 스미스가 아닌 모두를 죽여버리는 것은 어떨까? 상상을 실행에 옮겼다. 그가 주목한 것은 '비 목표물'을 제외한 모든 목표물을 타격하는 체온감응식 동작감지 자동소총이었다. 폴 버호벤의 〈로보캅〉에서, 로보캅은 정확히 인식한 목표에만 발사한다. 이를 뒤집었다. 정확히 인식한 목표를 제외한, 섭씨 35~40도 사이의 움직이는 목표물에 대해 무조건 타격하는 것. 격발은 3초 내에 이루어진다. 칩을 장착한 존 스미스를 제외한 목표물에게.

"왔나, 빅 존?"

"네, 서Sir 존 스미스, 반갑습니다."

65세가 된, 가장 연장자인 'Sir First John Smith'가 먼저 인사했다. 그러자 그의 맞은편과 곁에 앉은 'IT, 하버드, 박사' 세 명의 존 스미스가 살짝 손을 들어 인사한다. 이러면 다 모인 건가?

고개를 들어 벽면을 보았다. 천장 모서리마다 장착된 네 대의 자동소총 역시 인사하듯 내려다보다 원래의 자리로 돌아간다.

그래, 이곳은 존 스미스만을 위한 사무실이다. 사무실 안은 인터넷이 연결되는 컴퓨터가 놓인 탁자 하나가 왼쪽 구석을 차지했다. 반대편은 다섯 명이 앉을 수 있는 원탁 테이블 하나가 놓였다. 보이지는 않지만 테이블과 연이어 빌트인 침대가 있다. 단출한 사무실 풍경. 이곳까지 들어오는 데 성공한다 해도 존 스미스가 아니면 누구도 나갈 수 없다.

원탁 테이블 빈자리에 앉았다. 다섯 명의 존 스미스가 모두 모였다. 8개월 만이었다.

"회의는 제가 소집했습니다."

다크브라운 헤어에 콧수염을 기른 영국 억양의 존 스미스가 먼저 말을 꺼냈다. 네 번째, 존 스미스다. 서른여덟 살. 하버드를 나온 천재 중 한 명이다.

"나흘 후 중국의 시진핑이 아프리카 순방에 돌입합니다."

"제지가 필요한 겁니까?"

가장 어린, 스무 살에 박사학위를 따낸 존 스미스가 묻는다. 이제 겨우 스물네 살, 존 스미스 중에서도 가장 활동파이다.

물리적 제지 여부를 물었다. 그것에는 반대다. 이란과 이라크로 인해 너무 많은 것을 세계는 학습했다. 중동 역시 마찬가지.

아버지 부시와 아들 부시는 세계관을 이었다. 미국의 세계 경영. 코웃음을 치는 국가도 많았다. 첫 물리적 제재가 가해진 국가가 이라크였다. 당시 중동의 여덟 개 국가인 바레인, 시리아, 아랍에미리트, 오만, 예멘, 이라크, 이란, 쿠웨이트가 전략적 제휴를 펼쳤더라면 세계의 어떤 국가도 중동에 대항하기는 불가능했다. 연대를 막은 것은 석유로 인한 막대한 부였다. 여기에 미국은 터키와 이스라엘, 이집트의 정치적 상황을 교묘하게 끌어들였다. 이라크 침공은 말하자면 미국에 대항하는 국가에 대한 본보기였다.

이라크 초토화는 '미국의 공포'를 전 세계에 단번에 각인시켰다. 호들갑스럽게 떠들거나 포장하지 않았지만 미국에 동조하는 것에 세계가 넌지시 동의했던 것이다. 반대로 미국에 대항하는 방법도 학습시켰다. 탈레반이 대표적이었다. 국가가 아닌, 종교와 부족 등으로 이루어진 국가 초월적 단체의 무장 테러!

이라크인 11만 명 가량이 사망했던 이라크에 대한 물리적 제지는 9·11 테러로 되돌아왔다.

9·11 테러의 배후로 지목된 국가 초월적 단체인 알카에다는 오사마 빈 라덴의 체포 작전까지 생중계되며 종말을 맞았다. 하지만 이 과정에서 또렷한 공포 역시 생중계되었다. 빈 라덴의 사망까지 9·11 테러로만 2,752명을 잃었다. 부차적인 피해와 발전된 위험까지 논한다면 이익에 버금가는 상징적 손해가 발생했던 것이다. 전쟁과 테러 이면에는 석유와 철강이라는 미국 내의 역학관계와 정치가 맞물려 있다. 이를 반드시 석유 따위의 표면적인 이익으로 포장할 수 있을까. 물리적

제지에는 결국 물리적 압박과 반대급부의 제지가 돌아오기 마련이다.

그런데 물리적 제지라니.

존이 고개를 돌렸다. 순간 물리적 제지를 말했던 다섯 번째 존과 눈이 마주쳤다. 그에게서 약간의 당혹감이 비쳤다.

존 스미스는 안경을 벗었다. 입김으로 분 뒤 손수건으로 닦았다. 천정에 대고 비춰본다. 얼룩이 없는가. 유리알에 얼굴 하나가 투영되었다. 짤따란 목, 얼굴의 반을 감싼 수염, 모직 코트로 몸을 가린 사십대 후반의 남자. 두 번째 '빅 존 스미스'가 되어버린.

몸을 일으킨 존 스미스는 여전히 외투를 벗지 않았다는 사실에 놀랐다. 긴장했을까. 코트를 벗어 출입문 쪽 벽 구석에 있는 옷걸이에 걸었다. 되돌아서며 말했다.

"제지 대신 견제로 합시다."

"견제라면?"

가장 어린, 다섯 번째 존 스미스가 눈을 반짝였다.

"병풍 작전을 펴자는 겁니까?"

무테안경 너머로 머리가 벗겨지기 시작한 금발의 존 스미스가 말한다. 세 번째. 그는 알려지지 않은 IT업계의 대부다. 이제 겨우 서른아홉 살인데. 전술에 능하다. 물론 '알려지지 않은'을 위해 첫 번째 서 존과, 두 번째 빅 존은 컴퍼니의 생사를 걸어야만 했다. 세 번째 존의 전술은, 첫째와 둘째를 합친 것보다 우월하고 품위가 있었다.

"특정 국가를 장악하는 건 어떻습니까? 나흘이면 충분히 내전 국가 중 한 곳에 승전을 가져다줄 수 있습니다."

영국 억양의 네 번째가 말한다. 세 번째 존과 네 번째 존은 비슷한 연배라 그런지 이합집산을 무시로 해댄다. 어떤 때는 적이다가도 어떤 때는 완전한 하나의 몸처럼 움직인다. 그런 둘을 아버지 같은 미소로 바라보는 이가 첫 번째, 서 존이었다.

어쩔 수 없다. '존 스미스'를 전략적으로 늘리는 것은 첫 번째 존 스미스와 두 번째인 자신이 계획했던 내용이다.

첫 번째와 두 번째 존은 나이 차이가 열여섯 살이었다. 나쁘지 않은 조합이었다. 그러나 나이 차이 탓인지 특정 문제에 대해 큰 이견을 나타냈다. 미국을 대표하는, 애플이나 GM 등에 대해 첫 번째는 반드시 지켜내자는 입장인 반면, 두 번째인 자신은 흘러가는 대로 그냥 두자는 쪽이었다. 거의 모든 기업들이 다국적 기업 형태를 취하는 마당에 전통적 미국 기업과 그렇지 않다는 걸 구분하는 게 무의미해보였다. 가장 큰 취약점을 간파하게 된 것은 영화 〈론머맨〉 때문이었다.

대략적인 내용을 파악한 자신에 비해 첫 번째 존은 개념조차 파악하지 못했다. 영화가 얼마나 조악했으면 원작자인 스티븐 킹이 이름까지 빼달라 요구했을까. 그러나 선진적인 개념만큼은 따라올 수 없을 정도의 내용이었다. 컴퓨터 속으로 인간이 들어간다! 〈론머맨〉이 상영된 1992년은 컴퓨터의 비약적인 발전이 이루어지던 시기였다. 윈도우가 대중화되고 월드와이드웹World Wide Web이 생겨날 때였다.

"저런 게 가능하다고 보나?"

영화와 소설을 모두 본 첫 번째가 잔뜩 이마에 주름을 잡은 채 물었다.

"네. 쥘 베른이 소설을 쓸 때만 해도 다 공상이라고 했잖습니까."

"얼마나 걸릴 것 같은가?"

"십 년 안에는 힘듭니다. 그러나 사십 년 안에는 실용 가능합니다."

첫 번째는 두 번째 존의 말이 '검증을 마친' 이야기라는 데 심각함을 나타냈다.

"우리…… 아니 정확히 나라고 해야겠지. 론머맨을 이해하지 못한다면 뒤처질 거야. 퇴출이 무얼 의미하는지 자네나 나는 너무 잘 알잖나."

"죽음이죠."

"맞아, 그래서 말인데 우리 둘로는 모자라지 않을까?"

"그건 당장 결정하기 힘들 것 같군요. 조금 더 지켜보시죠."

뉴욕 맨해튼 공원에서 비둘기에게 팝콘을 던져주던 첫 번째 존이 슬쩍 고개를 내렸다.

첫 번째와 두 번째, 두 사람이 존이 된 것은 대외 활동의 용이성이 목적이었다. 무엇보다 CIA의 컴퍼니들은 소련이 무너지자 급격히 흔들렸다. 'company'라는 표면적인 뜻에 적용하자면 부도가 나기 시작했다 할까. CIA의 컴퍼니들은 조직을 축소하기 시작했다. 그러다 1인 컴퍼니마저 생겨났다. '존 스미스' 역시 블랙 라벨 컴퍼니 두 곳이 완전히 축소된 뒤 1대1 합병을 한 결과였다. 퇴출되거나 퇴직을 당한 첩보원들은 아웃소싱을 맡았다. 납치, 감금, 고문, 전쟁지역 파견, 암살 등 얼굴을 드러내고 악당이 되어야 하는 일은 당연히 아웃소싱의 대상이었다.

'존'에 대한 이야기는 비둘기가 팝콘을 삼킨 이후, 언급되지 않았다. 몇 년 뒤, 알카에다를 추적하며 빈 라덴에 대한 풍문들이 나돌았다.

오사마 빈 라덴은 한 명이 아니다!

중동지역에서 건설업을 하는 한국계 첩보원이 넌지시 건넨 첩보였다. 7명의 사망자를 낸, 1996년 월드트레이드센터 테러로 오사마 빈 라덴이 미국의 중요 지명수배자로 급부상하던 시기였다. 충격이었다. 존이 한 명이 아니듯 오사마 빈 라덴도 한 명이 아니라면! '컴퍼니 존'을 떠나 미국의 대 첩보 활동이 새로운 국면에 직면한 것이다. 오래 묵었던 론머맨 이야기를 다시 꺼낼 때가 되었다는 걸 직감했다.

맨해튼 공원에서 체스를 두던 첫 번째 존이 상대인 어느 할머니에게 물었다.

"미스?"

"미스 마플이라고 하슈."

그러더니 할머니는 껄껄 웃었다.

"방송에 나온 마플도 실은 나보다 소문에는 약해요. 나 정도는 되어야지."

할머니의 말에 덩달아 미소를 지은 존이 되물었다.

"미스 마플, 당신이 다섯 명이라면 무얼 하시겠습니까?"

"하이고. 이거 어쩐다? 젊었을 때를 말하는 거라면 그러고 싶지 않은데. 죽은 남편이 워낙에 그걸 밝혔어야 말이지. 말은 안 했지만 그런 남편이 나도 좋았거든. 다섯 명이 남편 하나를…… 그건 안 되겠네그려. 난 다른 남편을 찾아야겠는 걸. 부자 남편, 로맨틱 남편, 척척박사 남편, 가사일 해주는 남편, 뭐 이렇게 몇 명을 찾아놓으면 다섯이서 서로 오 대 오로 번갈아가며 만나면 되지 않을까?"

할머니는 비숍을 움직이려다 말고 손이 흔들릴 정도로 웃었다.

다른 남편 찾기. 특기가 다른, 그러나 대체 불가능한 강력한 존을 찾아내는 것! 존을 늘리자던 첫 번째 존의 생각에 두 번째, 자신의 생각을 합쳤다. 그것이 오늘의 결과였다. 다섯 개의 블랙 라벨 컴퍼니가 합쳐진, 밸류 체인Value Chain.

'서 존'과 '빅 존'은 발 빠르게 두 사람을 찾아냈다. 'IT 존'과 '하버드 존'이 그들이었다. 물론 비슷한 영입 시기, 비슷한 연배로 인함인지 두 사람은 정책과 첩보에 대한 인식과 미래비전이 똑같을 때가 많았다. 마치 게이라도 되는 듯해서 자주 인상이 찌푸려졌다. 때문에 서 존은, 서 존과 빅 존의 관계를 승계하며 IT 존과 하버드 존을 견제할 막내로 블랙 라벨 컴퍼니 '존 스미스'를 완성하기에 이르렀다. '박사 존'의 존재 목적이었다.

노트북을 꺼내 무언가를 계속 두드려대던 세 번째 'IT 존'과 네 번째 '하버드 존'이 거의 동시에 자신을 응시했다. 자판을 두드리던 손도 딱 멈춘 모양새다. 하버드 존이 IT 존에게 오른손바닥을 내보인다.

"그럼 제가 먼저 말씀드리죠. 오키나와에 주둔한 해병대를 이집트나 이스라엘, 동남아시아까지 내리죠."

"아니라면 육만 육천 명에 이르는 특수전사령부를 나누어 아프리카에도 주둔하게 하는 겁니다."

"언제든 무력사용이……." 두 사람이 동시에 말한다. 멋쩍은지 IT와 하버드가 동시에 웃었다. 결론은 이건가.

"물론 그렇게 해야만 할 겁니다. 그러나 단기적인 사안입니다."

하버드 존이 보충한다.

한심한 것들. 욕을 할 뻔했다. 딱 서 존과 눈이 마주치고 말았다. 서 존의 눈빛에서, 또 빅 존의 거대한 콧김에서 두 사람은 아직 멀었다는 생각이 일치한다.

다섯 번째 박사 존이 네 사람을 번갈아보았다. 끼어들겠다는 의지가 엿보였다.

"그래, 자네 의견은?"

첫째인 서 존이 인자하게 웃었다. 그로 인해 조금 과열되었던 분위기가 누그러졌다.

"말해보게."

승인을 기다리는 듯한 태도 탓에 두 번째, 빅 존도 박사 존을 마주보았다. IT 존과 하버드 존은 어린 친구의 호기로움이 신기한 듯 완전히 웃는 모양새로 변한다.

"흑인 인권운동가들과 함께 조합 형태의 노동력 운용 단체를 동시에 투입합니다."

오호! 감탄사를 터뜨린 빅 존으로 인해 네 사람의 시선이 그에게 머문다. 제지를 말해놓고 생각을 떠본 뒤 반전을 이야기하다니. 저 녀석. 생각 이상이다. 빅 존이 무엇을 하려는지 정확히 이해하고 있다.

시진핑의 아프리카 순방으로 인해, 중국과 아프리카 간에는 자원 채굴 관련 협약들과 무이자, 무조건 원조 계획들이 연이어질 터였다. 국가 간에 벌어질 일이다. 다음은 회사와 사람으로 내려오게 된다. 결국 가장 아래에서는 사람이 국가와 국가 간의 계획을 받쳐주어야만 한다. 광산류 자원을 개발하려면 토굴을 하는 인부가, 인부가 일을 하려면 숙소가, 숙소가 지어지면 의식주를 위한 제반 시설이 수반되어야 한다.

결과적으로 가장 밑바닥에서부터 노동력이 투입되어야 한다는 선결조건이 생겨난다.

여기서 노동에 대해 생각해야 한다. 노동운동가의 투입은 정신에 관계된다. 지식도, 투쟁도 아니다. 벼룩의 간도 사지 못할 임금으로 착취를 당하는 노동자들을 일깨워줄 운동가의 투입. 고국의 개혁과 발전을 위해 발 벗고 나설 흑인 운동가의 모습이 눈에 선했다. 몇 번쯤 타임즈와 CNN을 통해 아프리카 흑인 운동가에 대한 탐사보도를 전 세계에 알린다. 그의 모습을 보며 아프리카 원주민은 전염된다. 적어도 내가 선구자라는 정신적인 자각을 통해서.

반면 조합은 자본가에 맞설 수 있는 조직적인 힘을 제공하게 된다. 여기에는 흑인 운동가를 위시해 노동에 대한 정신과 철학, 현실을 깨우친 선동형 노동자가 동참한다. 이 조합은 노동자와 노동자를 연계하며 계속해서 늘어날 것이다.

단언할 수 있다. 중국과 아프리카 국가 간에 맺어질 조약은 결코 하루 이틀에 진행될 수 없다. 반면 인간을, 특히 노동에 대해 교화하고 깨우치는 일은 1년이면 충분하다. 빠를 경우, 석 달이면 맹렬하고 복종적인 운동가 집단을 양성할 수도 있다.

한국에서 독재정권의 장기 집권을 막기 위해 여러 컴퍼니가 써먹었던 방법이다. 한국에서 주도권을 놓칠까 우려한 강경파의 한 컴퍼니가 결국 행동에 나섰다고 들었다. 강경파는 일본에서 다국적 기업으로 변했다고 했던가. 어쨌든 박사의 생각은 적확한 방법이다.

"다섯 번째, 박사 존! 자네 말이 맞네. 아, 아직 다 말하지 않았던가."

생각이 앞서고 말았다.

"그래 계속 설명해보게."

뜨거운 희열이 느껴졌다. 빅 존, 존 스미스가 은퇴해도, 또 첫 번째

서 존이 사망해도 존 스미스는 살아나갈 수 있다. 다른 건 필요 없다. 존 스미스만 있다면.

2014년 4월 30일 밤

후쿠야마 준 술은 악마다, 그리고 여자도 악마다

문자메시지가 울렸다. 끔뻑끔뻑 눈을 뜨려다 눈두덩을 꽉 눌렀다. 각을 꺾은 햇빛이 들어오는 것을 보니, 대략 3시. 암막커튼을 좌르르 펼쳤다.

정수기에서 이가 시릴 정도의 찬물을 두 컵이나 거푸 마셨다. 어제는 술이 과했다. 특별한 작전도 없는데 여통의 스마트폰이 꺼져 있었다. 작전상황이라는 반증이었다. 무엇이지, 후쿠야마가 모르는 작전이 있었나? 생각 끝에 회장님에게 전화를 걸 뻔했다. 여통은 나의 사람, 건드리지 마십시오.

신주쿠 근처 바 '베티 블루 37.2'에서 되씹고 되씹었다. 회장님이 그럴 리 없다는 결론에 너무 쉽게 도달했다.

조니워커 블루를 두 병이나 마셨다. 두 병째에야 바의 웨이트리스가 합석 여부를 물었다. 오전 1시 10분.

"이제 마치는 시간인데 같이 한 잔해도 되나요?"

술이면 된다는, 감정이 담기지 않은 얼굴이었다. 대답 대신 스트레이트를 건넸다. 몰트의 맛과 향, 후쿠야마는 그딴 것은 모른다.

크, 입술을 닦은 웨이트리스가 손을 뻗는다. 한 잔 더 달라는 말. 한 잔을 더 마신 뒤에 그녀가 말한다.

"몰트의 과일향이 어떠니, 꿀맛이 나니, 다 개소리예요. 술은 그저 술이죠. 전 식도를 가로지르는 독한 맛에 위스키를 마실 뿐이에요."

마스터인 여주인이 웨이트리스의 도발과 합석에 미안했던지 치즈 안주를 내놓는다.

"왜 위스키를 마신다고?"

"독해서요. 저 같아서."

"그래 보이지는 않는데?"

일부러 그녀의 몸을 눈빛으로 훑었다.

"당신은 작업남 축에도 못 껴요. 아세요, 제가 두 잔을 비웠으면 다시 술을 따르며 제 여기."

여자는 소파의 빈자리, 그녀의 옆을 가리켰다.

"여기, 딱 붙어서 젖가슴을 주무르려고 할 걸요. 조금 소심한 놈은 손을 잡으려거나."

그 말에 웃어버렸다. 그랬나, 바람둥이로 위장하는 짓은 해서는 안 되겠다.

"아이라야."

후쿠야마가 생각나는 대로 말했다.

"아이라 레빈? 너무 대놓고 거짓말 하는 거 아녜요? 하긴 나라도 이름을 물었으면 말해주지 않았겠다. 반가워요, 전 로즈마리입니다. 스물둘이고요."

아이라 레빈의 소설, 《로즈마리의 아기》? 적어도 무식한 아가씨는 아니란 생각에 한 잔, 두 잔 연거푸 그녀와 술을 마셨다.

세 잔째 물을 마시려 할 때였다. 침대 아래에서 "저도 물 좀 줘요."

하고 누군가 신음한다. 설마?

"로즈마리?"

술은 악마다.

"아유, 물부터 좀 달라니까요!"

로즈마리가 좁은 침대 사이 틈새에서 얼굴을 내민다. 저 좁은 곳에 왜 들어가 잔 것일까. 산발된 머리가 햄버거 패티처럼 눌렸다. 벌떡 일어서는 그녀의 몸이 나체였다. 오, 이런. 술은 천사다.

"오우. 뭘 그리 놀라세요? 온몸에 침을 묻혀놓고선?"

내가 그랬다고? 술은 블랙홀이다.

"보여줘요?"

그러더니 킥킥거리며 웃어댄다. 하긴. 후쿠야마도 웃고 말았다. 술은 코미디다.

"농담이에요. 제가 옷을 입고는 통 잠을 못 자는 성격이라서."

"그런데 너무 대담한 거 아냐?"

물을 건네며 물었다.

"게이라면서요? 어라, 그럼 아니었어요?"

물을 마시다 급작스레 침대의 이불로 몸을 덮는다. 그 모양새가 재미있었다. 술은 역설이다.

"아니었구나."

그녀가 급격히 움츠러들었다.

"걱정 마. 건드릴 생각은 추호도 없으니까."

다 비운 잔에 물을 채워 한 번 더 건넸다.

스무 평 3LDK의 침실, 테이블 탁자 아래에 곱게 접힌 그녀의 옷이 보였다. 게이라는 말이 그렇게 안심되었을까. 이불로 몸을 가린 그녀에게 옷을 건넸다.

"내 이름은……."

그때 스마트폰의 알람이 울렸다. 여통이 스마트폰 만남 어플리케이션인 바람개비를 통해 문자메시지를 보내왔다.

주오구 니혼바시에서 C 씨를 봤어요. 오늘 만나요. 9시. 신주쿠의 살롱 그레이스입니다.

여통이 무려 스무 통에 가까운 문자메시지에 암호를 넣었다. 어차피 저장 기능이 없는 즉석 만남용 어플리케이션이다. 실시간으로 모니터하지 않는다면 미국 NSA의 '에셜론3'라도 잡아내지 못한다. 기술은 그만큼 발전하고 있다.

"여자친구예요?"

"난 여자친구 없어."

"에게. 문자메시지 보면서 행복해 하셨거든요!"

로즈마리의 얼굴에 질투가 내비쳤다. 그러나 금세 눈꼬리를 내리며 웃는다.

"라멘 사 주세요. 엄청 라멘 잘하는 집을 알거든요."

사람 많은 맛집은 딱 질색인데. 번호표 뽑고 대기해야 하는 멘야무사시는 금으로 면발을 만들어준대도 가기 싫은 곳이다.

샤워를 마친 로즈마리는 머리가 채 마르기도 전에 나가자고 부추겼다. 양말, 팬티, 왼 무릎이 찢어진 청바지까지, 무엇 하나 눈에 차는 게 없었다.

"라멘 먹는 거, 삼십 분은 참을 수 있겠나?"

신주쿠 3초메 근처인 멘션에서 나오자 텁텁한 공기가 폐를 덮쳤다.

신주쿠 니시구치 근처에 여성의 옷을 원스톱으로 쇼핑할 수 있는 가게를 본 적이 있었다. 목을 적당히 덮는 머리와 긴 다리가 꽤나 신선하다. 그러나 로즈마리의 차림새는 여자라기보다 그냥 사람에 가까웠다. 로즈마리란 게 어떤 꽃이던가. 여성의 권력과 주체성을 우회적으로 나타내는 꽃이 아니던가. 게다가 어느 벌도 푸르고 유약해보이는 로즈마리를 그냥 지나치지 않는다. '로즈마리'를 '로즈마리'에 어울리게 만들어주어야겠다.

옷가게 '핑크'에서 나올 때 로즈마리는 여성으로 바뀌어 있었다. 무릎을 덮는 연보라 쉬폰 프리트 스커트에 은은한 베이지색 블라우스가 멋진 조화를 이루었다. 비칠 듯 말 듯한 블라우스 속 연보라 브래지어도 마음에 들었다. 모자를 하나 씌우려다 참았다. 화장품 가게에 들러 가장 예뻐 보이는 메이크업을 해달라고 말했다. 사용한 화장품은 전부 구매하겠다는 단서를 달았다.

로즈마리에게 약속했던 30분은 어느새 1시간을 훌쩍 넘었다. 바깥에 있다 화장품 가게 여직원이 불러 매장 안으로 들어갔다. 먼저 쥐어준 것은 계산서였다. 29,000엔, 얼굴에 떡칠 한 번 하는 가격으로는 과했다. 매장을 둘러보며 로즈마리를 찾았다. 가만, 여자는 한 명이 전부인데.

가까이 다가갔다. 매장 안에서는 얼굴밖에 보이지 않았는데 다가가니 로즈마리였다. 그런데 얼굴이……. 알아보지 못한 건 당연했다. 〈모리사키 서점의 나날들〉에 나왔던 맨 얼굴의 키쿠치 아키코가 그레이스

켈리처럼 변해버렸다고 할까. 물론 후쿠야마의 취향은 키쿠치 아키코에 가까웠지만.

"로즈마리!"

감탄을 붙이며 그녀 주변을 한 바퀴 돌았다. 정말 머리부터 발끝까지 다른 사람으로 변했다. 메이크업만 하랬더니 헤어스타일까지 바꾸어놓았다.

"사람 이렇게 부끄럽게 만드시는 게 취미이신가 봐요. 아니면 로봇으로 만드는 게 취미이시든지."

뾰루퉁한 표정으로 쏘아본다.

"자, 그럼 라멘 먹으로 갈까요?"

로즈마리가 일어서는 데 187센티미터인 후쿠야마와 얼추 눈높이가 맞아떨어진다.

"뭐야, 힐까지 바꾼 거야? 어쩐지."

"메롱! 언제 저한테 이런 기회가 오겠어요? 사실 오늘 한 번 이러고 나면 내일은 다시 원상복귀 됩니다."

로즈마리가 혀를 쏙 내밀었다. 그러더니 팔짱을 낀다. 슈트를 입길 잘했다. 아니었다면 후쿠야마가 부끄러울 뻔했다.

두 사람이 걷는 내내 오후의 신주쿠 거리가 할기족거렸다. 사람들은 몇 초쯤 두 사람을 바라보다 이내 고개를 흔들었다. 모델쯤으로 생각했거나 그들이 모르는 한류스타라고 생각했을지도.

"라멘 가게 가는 거 아냐?"

"그냥 따라오세요."

로즈마리가 혀를 쏙 내민다.

꽤나 걸었다. 신주쿠를 거의 횡단하다시피 하며 니시신주쿠 골목 어귀까지 다다랐다. 몇 번 좁은 골목을 꺾더니 “짜잔” 하고 로즈마리가 소리를 낸다. ‘미시마의 자룡 라멘’.

“마스터, 저 왔습니다.”

주방 너머로 로즈마리가 목소리를 높인다. 꽤나 단골인 모양이다. 칠순은 가뿐히 넘겼을 마스터 셰프가 젊은 보조들에게 소리치다 로즈마리와 눈을 맞춘다.

“오, 로즈… 마리? 맞구나. 그런데 다른 사람 같다. 화장이나 옷이 영 안 어울리네.”

로즈마리? 뭐야 그럼 본명이었단 건가?

마스터가 꽤나 놀란 눈이었던지, 눈을 맞춘 로즈마리가 호쾌하게 웃는다. 로즈마리는 “반반 두 개요.” 하고 말한다. 뭐야, 묻지도 않고 주문한 건가. 슬쩍 돌아본 벽면에 ‘반반’이란 메뉴는 없다.

2인용 식탁에 앉아 로즈마리가 하는 대로 둔다. 마스터와 유쾌하게 농담을 주고받다 내 눈을 보는가 하면, 마치 마스터라도 된 양 보조 셰프들을 다그친다. 보조 셰프들은 웃으며 잔소리를 반기는 눈치다. 그러다 막내로 보이는 보조 셰프가 라멘 두 그릇을 내왔다.

“뭐야, 이거!”

차슈가 없었다. 반반이라더니, 미소라멘에 소유로 볶은 듯한 야채고명이 얹어졌다.

“먹어봐요. 웬만한 라멘 저리가라니까.”

로즈마리를 보았다. 젓가락을 들더니 휘휘 야채고명을 저어 미소 육수에 섞는다. 인상이 찌푸려졌다. 소유와 미소의 조합이라니. 로즈마리는 후쿠야마의 눈빛이 꽤나 거셀 텐데도 무던히 국물을 후루룩거렸다. 후쿠야마도 로즈마리를 따라했다. 젓가락으로 고명을 휘휘 섞어 국물부터 맛보았다.

"어라, 이 맛은 뭐야."

"거봐요. 맛있다고 했죠? 미소와 소유의 배합이나 소유를 볶는 방법을 아무리 가르쳐 달라고 해도 웃기만 하시네요."

"영업비밀일 거 아냐."

로즈마리보다 더 빠르고 게걸스럽게 라멘을 흡입하며 말했다. 라멘을 먹던 로즈마리가 후쿠야마를 바라보았다. 눈빛. 저 눈빛은, 맞다, 기억에서 밀어낸 엄마가 단 한 번, 저런 눈빛을 했다. 니시신주쿠 인근이었다. 그래, 라멘 가게.

"제기랄!"

라멘을 먹던 후쿠야마는 젓가락을 내려놓았다.

"아이라, 제가 뭐라도 잘못했나요? 전 그냥, 제 할아버지 가게에서 함께 라멘을 먹는 분은 처음이라……."

"남자를 데려온 게 처음이라고 하는 게다, 그땐."

두 사람을 보고 있었던지 마스터 셰프가 거든다.

"그리고 지금은 라멘이나 로즈마리 때문은 아닌 것 같구나. 떨쳐내시오. 기억이란 건 가두면 가둘수록 떨어지지 않는 거외다."

마스터 셰프는 요리 실력으로만 따낸 자리가 아니라는 듯 통찰력을 내보였다.

감정을 내비친 자신이 바보 같았다. 묵묵히 젓가락을 놀렸다. 금세 라멘 그릇의 바닥이 보였다. 후쿠야마보다 30초쯤 늦게 로즈마리도 라멘 그릇을 싹 비웠다.

"가, 그만."

마일드세븐 라이트를 오른손에 끼운 마스터가 나가라는 듯 문을 연다. 인사를 건네며 가게를 나왔다. 로즈마리와 팔짱을 끼고 가다 뒤를 돌아보았다. 손녀의 남자에게 놀랐을까. 아니라면 손녀가 측은했을까. 필터까지 타고 들어간 담배는 아랑곳없이 로즈마리의 뒷모습을 응시하고 있었다. 다시 한 번 고개를 숙여 한 시절을 풍미한 노장에게 인사했다. 일본을 지탱하는 힘은 젊은이도, 오피니언 리더도 아니다. 바로 저런 사람들이다. 대를 이으며 소박한 땅에 뿌리를 박고 자신의 일을 천명으로 여기며 연마하는 장인들.

가게에서 멀지 않은 니시신주쿠 도토루에 자리를 잡았다. 2층에는 시간을 때우려는 남성 샐러리맨이 압도적으로 자리를 차지하고 있었다. 창가 구석 빈자리 한곳에 로즈마리를 앉힌 뒤 주문을 하러 1층으로 내려갔다. 아이스커피 두 잔을 들고 2층에 오르니 로즈마리의 곁에 치근거리는 두 남자가 보였다. 샐러리맨만 있었다고 생각했는데 모히칸 스타일과 포니테일을 한 남자 두 명도 있었던가 보다. 아니라면 커피를 주문하는 사이 올라왔던가.

두 남성이 로즈마리에게 하는 양을 지켜보았다. 전형적인 양아치. 구석에 앉은 로즈마리를 병풍처럼 감싼 뒤 툭툭 어깨를 건들고 팔을 만지고 손을 잡으려 든다.

"죄송합니다만, 커피 좀 놓겠습니다. 잠시면 됩니다."

반투명 유리로 가로를 길게 가른 뒤 다시 칸막이를 처 놓아 한 명씩 앉기 좋게 만든 테이블이었다. 양해를 구하고 트레이를 놓았다. 두 녀석을 바라보았다. 갈수록 가관이다. 모히칸이 로즈마리의 목을 감싸 안으며 손이 가슴으로 향한다.

자비는 필요 없다.

후쿠야마는 재빨리 도약을 했다. 로즈마리에게서 조금 떨어진 포니테일이 먼저였다. 발차기를 최대한 직선으로 밀었다. 2층 전면유리에 부착된 테이블에 가슴을 부딪친 포니테일의 가슴에서 우지끈, 파열이 발을 통해 후쿠야마에게 전달됐다. 최소 갈비뼈 두 개 이상, 전치 8주는 누워 있어라. 동시에 로즈마리의 머리를 건드리지 않으며 돌려차기로 모히칸의 턱을 적중시켰다. 휘청, 모히칸이 눈을 감기도 전에 초점을 잃으며 빨래 건조대에서 떨어지는 세탁물처럼 힘없이 스러진다.

1, 2초 뒤, 의자 끄는 소리가 일제히 들려왔다. 무슨 일인가 싶어 일어선 사람들의 기척이 등 뒤에서 느껴졌다. 몇몇은 서둘러 계단을 내려간다. 그들보다 1, 2초쯤 늦게 로즈마리가 일어섰다.

"죽여버리고 싶었어. 처음으로. 대낮에. 목적하지 않았는데도."

로즈마리의 눈에는 초점이 없었다. 충격을 받은 듯했다.

"어쩌고 싶어?"

후쿠야마는 눈짓으로 정신을 잃은 두 녀석을 가리켰다.

"가치도 없어. 나가자."

천천히 커피를 챙겨 계단을 내려왔다.

"영화 보러 갈까?"

로즈마리의 손에 이끌려 지난주 박스오피스 1위를 차지했다는 〈겨울왕국〉을 보게 되었다. 왜 이런 걸 보는 거야? 주체 못하는 초능력자가 세상을 얼리는 이야기잖아. 그런 생각을 하며 영화를 보는데 로즈마리가 속삭였다.

"당신, 태어나 데이트 처음이지?"

데이트? 이런 걸 데이트라고 부르나?

"저녁에 술까지 가는 거지?"

로즈마리가 묻는다. 그녀는 이딴 걸 데이트라고 생각하는 건가?

그저 그런 패밀리레스토랑에서 그저 그런 비프스테이크로 요기했다. 벌써 8시 40분. 이제 일을 해야 할 시간이었다. 적당히 눈치를 보다 '오늘은 그만' 하고 말하려는데 로즈마리가 선수를 친다.

"따라갈 거야. 어디든."

난감해졌다. 살롱이라고 했다. 그레이스. 남자 손님들, 돈깨나 뿌려댈 녀석들의 술 취한 눈동자가 벌써 아른거렸다. 거기에 로즈마리와 함께라. 현재 일본은 부조리의 극치다. 바다는 방사능에 오염되었다. 국민 전체가 쉬쉬하고 있다. 오키나와에는 미군이 잃어버렸다는 핵미사일이 심지어 몇 기인지도 모른다. 이러니 고질라가 나오지 말라는 보장도 없다. 지진과 쓰나미는 대륙의 판 아래에서 언제든 일본을 집어삼키려 혀를 날름거린다. 일본 전역이 검게 칠해진 방사능지도를 보고서도 낮 내내 경악하다, 밤이 되면 유흥을 찾아 불나방처럼 신주쿠 거리를 헤맨다. 그게 이 나라의 남자들이다. 이 나라는 언제 가라앉을지 모른다 말하면, 좌익, 공산, 매국노로 내몬다. 우익의 저격수를 자처하는 야쿠자는 집 앞까지 쫓아가 공포를 조성한다.

부조리.

지레 데이트라고 설레발을 치는 로즈마리에게 한 번쯤 부조리를 체험시키는 것도 나쁘지 않으리라. 가보자. 그레이스로.

약속보다 5분 일찍, 그레이스에 도착했다. 꽤 크고, 제법 고급스러운 가게였다. 회색 대리석 바닥, 베이지색 대리석 벽. 은은한 프로랄 향. 최고급 소가죽 소파는 갈라지거나 바랜 곳조차 없다. 진하지도, 연하지도 않은 조명이 십여 명 아가씨들의 분장을 적절히 가려준다.

부스 하나를 차지하고 앉았다. 놀란 눈으로 로즈마리가 오른쪽에 딱 붙어 앉는다. 살짝 입 꼬리를 올리며 마담이 다가왔다.

"조니워커 블루."

"여긴 꽤 비싸답니다."

"그럼 가게를 살까?"

로즈마리에게 곁눈질을 하던 마담은 입 꼬리를 조금 더 올리며 소리 없이 웃었다.

"당신에게라면 양도할지도. 주인입니다. 메구미에요. 아가씨는, 불편하지 않을까요? 저희는 양주 세트에 아가씨 두 명이 제공됩니다. 물론 자리는 자주 비울지 몰라요."

"아가씨 불러주세요, 팁은 제가 줄게요."

로즈마리의 눈이 호기심으로 빛난다. 조금 전과 확연히 달라진 눈빛이었다. 그녀의 눈 끝이 한 남자를 스쳤다 돌아온다.

가만, 이건.

위화감이 들었다. 생각이 정리되기 전에 한 아가씨가 트레이에 조니워커를 들고 왔다. 뒤이어 비즈가 달린 비취색 원피스를 입은 아가씨가 30인치는 될 만한 은제 접시에 과일을 내왔다.

두 아가씨를 조심스레 보았다. 곁눈으로 로즈마리를 살폈다. 그녀의 눈은 아가씨에 가 있지 않았다. 역시 아가씨가 앉는 사선, 회색 슈트

차람의 남자에게 쏠려 있었다.

"여기요."

아가씨가 스트레이트 잔에 조니워커를 따랐다. 의향을 묻지도 않고 얼음 하나가 든 온더락 잔에 다시 붓는다. 내 취향을 알다니. 아가씨가 누군가를 빼쏘았다. 하얀색 실크 블라우스에 목을 감싼 연분홍 스카프. 매혹적인 레드와인 색깔의 입술에 긴 속눈썹으로 실제 얼굴을 가렸다. 무엇보다 이 여자는…….

"여자를 데려오셨네."

여통!

"가봐, 넌."

여통이 넌지시 과일을 나른 아가씨에게 명령했다.

난감했다. 여자로 생각하는 한 사람은, 술집 작부로 변신했다. 반면 데이트를 갈구하는 한 여인은, 애인처럼 옆 자리에 앉아 있다. 공작을 가운데 둔 창녀와 소공녀만 같다. 더구나 두 사람은 평소와 달리 짙은 화장으로 서로의 본 모습을 가렸다. 내가 잘 보이고 싶은 여자 여통, 나에게 잘 보이고 싶은 여자 로즈마리. 그 가운데 낀 후쿠야마에게서 낮은 신음이 새나왔다.

짧은 순간, 두 여인의 눈빛이 대치한다.

"반가워요, SM! 당신이 후쿠야마를 따라오리라고는 생각지도 못했습니다."

SM이라니. SM이라면, 섹스… 머신? 그녀와 한 방을 쓰면 누구든 어디 한 곳이 잘려나가 시체로 발견된다는, CIA의 전설적인 살수다. 그녀가… 로즈마리였다고?

"아, 이런. 아이라, 당신을 속이려던 건 아니었어요. 그런데 저를 알아보는 분이 계실 줄은 몰랐네요. 성함이?"

"여통입니다. 꽃잎 할 때 엽葉 자에 아이 할 때 동童 자를 씁니다."

"로즈마리예요. SM은, 이 바닥이 그렇듯 과장된 거랍니다. 전 살인을 즐기지도, 또 남자와 한 방을 잘 쓰지도 않아요."

죽여버리고 싶었어. 처음으로. 대낮에. 목적하지 않았는데도.

"무엇보다 오늘은 아이라, 아, 후쿠야마와 함께 있고 싶었거든요. 저, 이 사람 마음에 들어요. 저 역시 마음을 바라지도 않지만 그 역시 몸을 탐하지도 않았거든요."

로즈마리가 그랬지 않았냐는 듯 눈을 맞추려 한다. 외면했다.

"여통, 후쿠야마, 아니 아이라. 전 지금 무직상태, 백수랍니다. 직장을 찾고 있어요. 계약직 정도면, 어떨까요?"

공황상태라는 말이 떠올랐다. 딱 지금, 후쿠야마의 가슴이 그랬다. 두 여인의 대치는, 조니워커 블루 온더락 한 잔을 채 마시기도 전에 두 살수의 대치로 변했다.

"긴장 풀지 마. 내가 보던 남자, 시진핑 직계 라인의 첩보부 부장이야. 고스트 급이고."

로즈마리의 말에 여통이 고개를 끄덕인다.

"미스 여통은 여기 있지 못할 거야. 저 남자, 여통이 누구인지 알아. 곧 저 사람 부하들이 이곳 전체를 압박하고 들어올 거야. 여통과 후쿠야마, 안됐지만 저들은 당신 둘이 목적이었어. 한 명은 배신자, 한 명은 뜨고 있는 이 분야 최고수잖아.

참, 한국에도 작전이 동시에 진행된다고 들었어. 지난해 아프리카 순방과 관련되었거나 아니면……, 그래, 아직 전체 그림은 몰라. 정확한 것은, 잡아서 물어봐야지. SM식으로. 난 긴 가죽 채찍이 좋더라고. 미안, 농담해서. 어서 나가. 당신도, 여통도!"

로즈마리의 말에 정신이 번쩍 들었다.

"그럼 로즈마리 당신은?"

"내 고용주가 될 사람에게 잘 보여야 하잖아. 어서 나가. 오늘은 어쩔 수 없이 살인을 해야 할 것 같으네."

로즈마리에게서 처음으로, 아픈 미소가 떠올랐다.

"내가 사랑할지 모를 사람을 살려야 하니까. 아니, 사랑하는지도 모르는 사람."

후쿠야마는 이 사람이 자신이라 속단했다. 더불어 로즈마리가 말한 사람을 찾아내는 데 몇 년이 걸릴 거라는 사실도 이때는 알지 못했다.

로즈마리는 가죽소파 아래에 손을 넣었다. 그녀의 여린 손에 팔뚝보다 조금 긴 검은 물체가 딸려나왔다. 우지 기관단총이었다.

"집에서 봐."

로즈마리가 총을 흔든다. 국자나 밥주걱인 것처럼.

여통이 바람처럼 몸을 날렸다. 동시에 후쿠야마도 여통을 뒤따랐다. 출입구까지 달려 나오는 데 채 1초나 걸렸을까. 우지 자동소총이 1초에 10번, 대리석 벽을 깨부수는 파열음이 터졌다. 여인들이 고함을 내질렀다. 도토루에서 그녀를 구할 때 들리던 의자 끄는 소리가 떠올랐다. 오지랖이었구나.

'죽여버리고 싶었어. 처음으로. 대낮에. 목적하지 않았는데도.'

로즈마리의 말이 되새김질되었다. 로즈마리는 지금, 죽이고 싶지 않을 것이다. 그러나 목적한 죽임이다. 한밤에, 처음이 아닌 살인. 그녀가 불쌍했다.

건물을 빠져나오니 우지의 소총소리는 들리지 않았다.

"당신, 너무 무신경했어."

여통이 타박했다. 그녀는 안전지대까지 뛸 모양이다. '여통이 보고 싶어 풀어졌다'는 말을 하려다 삼켰다.

미치도록 달렸다. 폐에서 피 냄새가 나기 시작했다. 여통을 뒤따르는데 사람들의 눈길이 오래 붙었다 떨어진다. 젠장! 필사적으로 술집여자를 뒤쫓는 야쿠자로나 보일 터. 스타일 구겼다. 팔짱을 끼고 우아하게 걷는 무명 한류스타가 나았다. 여통과 로즈마리. 이렇게 대비될 수가. 그렇지만 너무 무신경했다. 로즈마리가 CIA의 킬러일 줄이야. 안식년이 필요하려나. 아니라면 휴가라도. 그래, 휴가가 필요할지도 모르겠다.

"회장님이 메일 보냈어. 봤어?"

뛰어가던 여통이 말한다. 못 봤다. 데이트? 그런 비슷한 거 하고 있었다.

"한 놈 처리하고 후쿠시마에 좀 가보래."

후쿠시마라. 방사능이 후쿠야마를 핥아댈지 몰라도, 그래, 휴가 가기 딱 좋은 곳이겠다. 원전이 파괴되어 죽음의 땅이 된 환태평양 라인의 바닷가. 후쿠시마라면, 후쿠야마에게 어울리겠다.

"마……." 여통도 숨이 찬지 호흡이 끊어졌다. "사오라던가? 뒤처리하고 좀 쉬는 거 어떠냐고."

가보자, 후쿠시마. 단 이번만은 여통과 같이 가야겠다. 데이트 비슷한 거 말고, 데이트를 해보러.

2013년 4월 1일 오전

채한준 정보는 사람보다 못하다

채한준은 뻑뻑해진 두 눈 탓에 안경을 벗었다. 천장을 보자 나빠진 눈이 형광등을 페이스트리 빵처럼 수십 겹으로 나누어놓았다.

지지부진하다. 살아왔던 것도, 살아갈 일도.

송파구 방이동 211-2번지. 간판도, 건물 이름도 없는 7층짜리 빌딩의 꼭대기. 정사각형에 가까운 40평의 공간. 실내는 책상 하나와 데스크톱이 가운데에, 왼쪽 벽면에는 소파 테이블 세트와 벽면을 장식한 60인치 HD TV 하나가 전부라 살풍경했다.

비워둔 1층을 제외한, 2층에서 6층에는 30여 명의 직원이 상주하고 있다. 자신이 무슨 일을 하는지 모르기에 정규직이 되기 위해 무조건 열심히 하겠다는 계약직이 20여 명 이상, 자신이 무슨 일을 하는지 너무 잘 알기에 가급적 아무것도 하지 않으려는 정규직이 7명 일한다. 그들 중 누군가가 벨을 눌렀다. 엘리베이터는 6층까지 운행, 채한준을 만나러 7층에 오르려면 6층 비상계단에서 출입여부에 대한 확인을 받아야 한다.

책상 위 데스크톱에 얼굴 하나가 비친다. 유명 국립대를 졸업한 스물다섯 살의 박기림이었다. 그녀의 업무는 이상 정보의 탐색. 보고할 정보가 생겼다는 뜻일까. 모니터에 비친 눈빛일 뿐이지만 기백이 느껴졌다. 벌써 20년 넘게 저런 친구들을 보아왔다. 원격버튼으로 문을 여는 사이, 생각도 틈입한다.

1990년대 초반, 대한민국은 보이지 않는 치열한 격변기에 봉착했다. 문민정부의 등장과 이로 인한 민주주의의 성숙은 국가 최대의 화두였다. 오랫동안 독재와 군사정부에 맞서왔던 정치인들의 화두 역시 민주주의의 완성과 정치적 안정이었다. 이를 경제와 연결시키려는 노력은 정치에 비해 약했다.

미국은 한국의 상황을 영악하게 이용했다. 북한이라는 주적과 맞선 한국에서 적절한 위협과 정치에 대한 상황을 상기시켰다. 특히 김일성의 죽음과 불바다 사건이 전쟁의 공포를 또렷이 각인시켰다. 이때 미국은 최우방 지위를 놓치지 않으면서 유례없는 '물건' 하나를 슬쩍 건넸다. 에셜론이었다.

에셜론은 실체가 모호했던 미국 국가 안보국National Security Agency이 비밀리에 개발한 정보 분석 프로그램이었다. 에셜론으로 타국 첩보기관의 암호분석, 국민 전체의 실시간 정보 통제와 도감청 등이 가능했다. 그러나 에셜론도 '월드와이드웹'이 등장하며 상당한 기능이 무용지물에 가까워졌다. 전화나 전보, 팩스 등을 실시간으로 도감청 가능한 메리트만이 유용했다. 특정 환경 이상의 국민들이 컴퓨터를 사용하며 에셜론 역시 변화를 맞이해야만 했다. 막대한 컴퓨터의 실시간 정보를 에셜론이 버거워했던 것이다. 이동전화와 PCS, 호출기 등 에셜론에서 감당할 수 없는 정보수단마저 생겨났다.

폐기나 다름없었던 미국의 에셜론을 최우방인 한국이 덥석 물었다. 적게는 10억 불에서 많게는 100억 불을 지불했다는 에셜론, 그러나 미국은 이미 에셜론에게 종말을 고하고 '에셜론2'를 개발한 상태였다.

"에셜론이 들어왔다는 건 알지? 이걸로 물건 한 번 만들어보세."

"물건이라면?"

“남극에 있는 대원과도 컴퓨터 하나로 소통하는 시대야. 과거라면 꿈도 못 꿀 일이지. 미국이 에셜론을 만들 때는 컴퓨터가 세상을 지배할 때가 아니었지. 에셜론이 있고, 우수한 퍼스널컴퓨터가 있는데 우리라고 못 하겠나?”

일흔이 넘은 아버지, 김노원이 제안했다.

‘에셜론으로 물건 만들기’가 시작된 것은 1993년 가을이었다. 김노원은 종로 YMCA 뒤편, 2층 건물 전체를 30년 넘게 임대해 사용하고 있었다. 김노원은 1961년 중앙정보부가 신설될 때부터 은밀히 정보의 수집만을 담당하며 자신의 영역을 구축했다. 1981년, 전두환 군사정권이 박정희의 인물을 대다수 털어내며 안전기획부로 변모할 때조차 ‘숙청’의 카테고리 바깥에 있었다. 어떤 경우에도 안보와 방첩이라는 구실로 정치에 개입하지 않았다. 그러했기에 살아남을 수 있었다. 그러나 시대가 변했다. 다만 에셜론으로 물건을 만드는 것은 ‘제4국’의 순수한 목적인 ‘정보의 수집과 축적’이라는 원칙을 깨고 ‘실체’를 만드는 작업이기도 했다.

“에셜론의 한국화. 누구라도 시도할 거야. 이제 나도 나갈 때도 됐고.”

김노원의 말은 적극적인 변화를 예고했다. 제재가 뒤따를지 몰랐다. 그러나 채한준은 김노원의 말에 묵묵히 고개만 끄덕였다.

에셜론의 한국화는 곧바로 시도되었다. 그에 반해 에셜론의 한국화에는 상당한 시간이 소요되었다. 기반이 없었던 탓이다. 다양한 분야에서, ‘WWW’는 기적적인 시간 만에 국가라는 경계를 무너뜨리고 있었다. 이런 가운데 ‘윈도우 기반의 컴퓨터를 자유자재로 다룰 줄 아는 인물’, ‘세계 어느 누구보다 빠르게 정보를 수집할 줄 아는 인물’, ‘수집된 정보를 시뮬레이션 게임을 하듯 요소요소에 적용할 줄 아는 인물', 그리고 이들을 지원하기 위해 '신속하고 적절히 프로그램을 변형하고 새롭게 만들 줄 아는 인물'이 필요했다. 이를 정리해 채한준은 김노원에게 보고서를 제출했다.

"에셜론 한국화를 위해서 필요한 네 가지 선결과제입니다."

"필요 자금은?"

보고서에 기재된 사안이었지만 김노원은 직접 채한준에게 물었다.

"최소 천억 정도입니다."

고민하던 채한준이 덧붙였다.

"안타깝지만 기업을 움직이는 수밖에 없습니다."

김노원의 '행동'이 처음 드러난 때가 이때였다. 김노원은 대원물산 회장이었다. 40여 년에 이르는 첩보원 생활을 위장하기 위해서였다. 여러 인물과 기업, 자본이 물밑에서 움직였다. 어느 경우에도 이용하지 않았던 정보를 적절히 활용했다. 채한준이 처음이자 마지막으로 보았던, 4국이 가진 정보의 활용이었다. 김노원이 대원물산으로 관리하던, 몇몇 요충 기업을 적대적 M&A회사에 팔았다. 자본이 마련되었다.

얼마 지나지 않아 전략 시뮬레이션 게임이 생겨나며 게임 폐인이 양산되었고, 직접 게임을 만드는 대학생들까지 생겨났다. 1996년에는 인터넷시스템관리사, 인터넷정보설계사, 인터넷전문검색사 등 자격증으로 인한 전문 인력이 생겨났다. '미국식 에셜론'을 '한국식 에셜론'으로 발전시킬 모든 기반이 갖추어진 것은 1999년에 이르러서였다. 반면 대한민국은 IMF에 구제 금융을 받으며 국가적 부도사태에 직면해 있었다.

"우리가 관리하는 기업이 몇 개지?" 김노원이 물었다.

"그곳뿐만 아니라 IMF 때문에 전문직에서 강제 퇴직 당한 사람들도 꽤 되지?"

김노원의 말을 채한준도 대번에 알아들었다.

채한준은 눈여겨보던 인물들의 포섭에 적극적으로 나섰다. IMF라는 사회적 불안으로 인해 정년을 보장하는 회사를 많은 인재들이 원할 때였다. '때가 이르렀다'는 성경의 한 구절이 이리 맞아떨어지는 날이 오리라고는 생각지도 못했다. 모든 환경적 요인, 심리적 요인, 심지어 국가의 경제까지 에셜론의 한국화를 돕는 것 같았다.

몇몇 협회를 세웠고, 대원물산은 공중 분해되어 제2기를 맞았다. 변화에 발맞추어 회사를 'KC(주)'로 리네이밍했다. 회사를 운영해 자금을 축적하지 않는 대신, 대원물산의 자금을 펀드화시켰다. 자금의 절반은 헤지펀드로 운용했고, 나머지는 콘텐츠 사업, 특히 영화 분야에 투자했다.

단 3년 만에 채한준은 김노원에게 한국형 에셜론의 시험 가동을 보여줄 수 있었다.

휴대전화의 실시간 도감청, 특정 휴대전화의 복제, 위치 기반 추적, 특정인에 대한 전자적 추적 등 에셜론으로 불가능했던 기능들이 추가되었다. 가장 막강한 기능이 특정인에 대한 전자적 추적이었다. 가령 '테러'와 '밀명'이라는 두 단어를 프로그램에 입력했을 때, 프로그램은 이 단어를 사용하는 실시간 사용자를 추적한다. 특정인이 추적, 부각되면 그와 관련된 모든 전자 및 전기 정보가 해킹된다. 하루가 걸리든 한 달이 걸리든 개의치 않고 입력자가 명령한 정보를 얻을 때까지 특정인을 감시한다. 대부분 사흘 안에 특정인은 그와 관련한 전화번호부터 통화 녹음, 행동반경, 전자메일까지 고스란히 데이터화되어 3차원 지도로 만들어진다.

한국형 에셜론을 김노원이 '빛누리'라 명명했다. 빛의 세상, 나쁘지 않은 말이었다. 그러나 스마트폰, 태블릿 등 애플과 삼성이 주도한 퍼스널컴퓨터의 태생적 변화가 빛누리에도 변화를 요구했다. 해킹 기술의 발달도 변화의 요인이었다. 자체 암호화 기술을 가진 최고 기술자와 대한민국 최고 해커가 KC로 영입되었다. 빛누리는 재빨리 업데이트되었다. 이후 핵심 인력 몇몇을 제외하고는 대부분 잉여 인력이 되었다. 잉여 인력은 비밀서약서를 쓴 뒤 대부분 지방자치단체에 전산관련 인력으로 재투입되어 2차 정보원이 되었다.

숨 가쁘게 달려왔던, 채한준의 지난 20년이었다.

박기림이 6층에서 7층을 오르는 사이, 27인치 모니터에는 그녀와 관련된 사안들이 번개처럼 떠올랐다. 부모, 집안, 학력, 남자친구, 메일의 이상 여부, 그 외 '빛누리3'가 수집한 모든 정보가 떴다. 최근 일주일, 한 달, 일 년을 차례대로 요약한 빛누리 자체 보고서가 떴다. 그녀가 이곳을 오르겠다고 6층 도어벨을 눌렀을 때 벨의 감지기가 지문을 인식했다.

깨끗했다. 정보기관에 대항하거나 채한준을 팔아넘길 어떤 여지도 없었다. 안타깝게 남자친구와 회사 때문에 헤어졌다. KC에 입사한 한 달 뒤, 10개월 전인 2012년 7월 하순이었다.

노크소리가 들렸다.

"들어오세요."

박기림이 정중히 인사했다. 아무리 수직적인 관계 형성은 하지 말자고 강조해도 안 되는 건 안 된다. 페이스북과 구글 같은 문화를 만들고 싶었는데.

"용건만 말씀드리겠습니다. 제가 관리하던 카페에서 특이한 사람이 발견되었습니다."

박기림은 노트북을 반대로 돌려 채한준이 화면을 볼 수 있게 배려했다. 테이블로 박기림을 안내했다. 테이블 아래 HDMI 케이블을 박기림이 노트북에 연결한다. 박기림이 조작하는 화면이 벽면 60인치 TV에 떠올랐다.

"가까이서 읽어보시겠습니까?"

아이디가 '젠틀맨 싫어'. 이번 시진핑 주석의 아프리카 방문은, 으로 시작하는 글이었다. 3분의 1도 읽기 전이었는데 문법에 맞지 않은 문장이 많았고, 축약, 오타, 은어가 난무했다. 가만 오늘이 만우절이었던가?

"초등학생 아냐? 꼭 거짓말 하는 어린애 같은데."

"초딩요?"

박기림이 말을 하며 미소 지었다.

"저도 처음에는 초딩인 줄 알았습니다. 그런데 내용이나……."

채한준이 손을 들어 박기림을 막았다. 눈에 들어온 이야기가 마음을 끌었다. 결국 중요한 건 맞춤법이 아니라 내용이다.

'지금 중국의 기세를 미국도 막을 수는 없다. 그러나 미국은 자신들이 오랜 동안을 지배해온 세계의 패권을 쉽게 내주지는 않을 것이다. 중국은 정부를 통해 자원외교를 펼치려 할 게 뻔하다. 그러면 미국은 중국의 저지를 위해 여러 방법을 동원하겠지만 인식의 개혁을 통해 인력의 고급화와 조직화를 꽤할 것이다. 이러면 여러 장애가 나타난다. 한국이 이를 증명했다.

중국의 계획은 그들이 생각했던 이상으로 지연되거나 중대 고비를 맞을 확률이 높다. 최소 1~3년을 생각했을 중국의 자본회수 계획은 짧게는 5년에서 어쩌면 회수가 불가능할지도 모른다.

그렇다면 한국은 무엇을 할 수 있는가.

이들에게 한국의 문화를 팔아야 한다. 가장 먼저 기독교를 위시한 종교단체의 자원봉사자가 전면적으로 이들 나라를 지원한다. 자원봉사자들에게 국가 차원에서 태블릿, 스마트폰 등을 공짜 지급한다. 대기업도 자연스레 아프리카 국가에 지원하는 게 된다. 이들을 통해 한류를 수출한다. 드라마, 영화, 가요, 그리고 한글이다. 향후 20년을 내줄지는 몰라도 이들은 한국의 적극적인 우호세력으로 자라날 것이다.

반면 한국의 문화와 IT 등 선진문물을 접한 노동자들에게 자원봉사자들이 가져간 각종 첨단기기들을 주고 오게 하라. 필요가 정점에 이를 때 아프리카 정부에 한국의 산업단을 파견하라. 당연히 한류를 주도하는 연예인들의 공연도 준비하는 것은 필수.

이후 이를 인프라화시켜 학교를 만들고 전자제품 공장을 세우며 한국 유학을 무상으로 가능하게 하라.'

"처음에는 무시하려고 했습니다. 그런데 조악한 문장을 상상으로 옮기니 엄청난 이야기가 되는 겁니다."

박기림이 덧붙였다.

중국은 아프리카 국가 전체를 사려 했다. 정부를 매수했고, 무상원

조를 국회의원 보궐선거 공약처럼 남발했다. 심지어 10년간 국가 개발을 위해 10억 불 이상을 조건 없이 무상으로 지원하겠다는 낭설까지 돌았다.

여전히 부족 간의 결속력이 높고 국가라는 개념이 부족한 아프리카 국가에 막대한 자금은 정부를 공고히 하는 계기가 될 것이다. 반면 국민 개개인을 교육시키는 일은 당분간 요원하다. 아프리카 각 국가의 국민들은 의식주 해결을 위해, 특히 식량난 해결을 위해, 국가가 제시하는 광산류 채굴에 똥값도 안 되는 돈을 받고 일할 것은 자명하다.

이러한 개인들에게 노조를 설립하게 하고, 왜 국가의 광산 채굴을 목적 없이 도우면 안 되는지를 설명하는 운동가, 개혁가가 침투한다면 어떻게 될까?

국가 결속력이 약하고 부족이 여전히 우선하며 가족의 식량난이 심각한 개인들은 응당 더 나은 권리와 환경, 복지를 요구하기 시작할 것이다. 이러한 사례는 멀리 있지 않다. 1960년대부터 활활 타올라 1990년대 초, 정점에 이르렀던 한국의 노동운동을 보라. 당시 한국에는 인정할 수 없는 정권이 자리하고 있었다. 한국과 아프리카, 다르지만 다르지 않다.

저 어린아이는 여기서 한 발 더 나아갔다. 중국과 미국이 대립하는 사이, 한류를 판다?

흔히 한류라 하면 가요만을 생각하기 쉽다. 가장 즉흥적인 반응을 보이기 때문이다. 드라마나 영화와 같은 콘텐츠도 마찬가지다. 접근성이 쉬운 만큼 가장 빨리 반응한다. 하지만 한류를 통해 침투되는 것은 가요, 영화, 드라마가 전부는 아니다. 문화 전체의 수출이 뒤따르기 때문이다. 영상으로 접한 한국의 옷, 전자기기, 먹거리 전체가 수출된다.

다만 이를 수출할 의지가 있느냐 없느냐가 선결되어야 할 문제다.

정부가 의지를 가지고 아프리카에 한류를 팔기 시작한다면?

상상의 조합들이 채한준의 머릿속에서 움직이기 시작했다. 따로 놀던 그림들이 하나가 되자 대한민국 대통령의 손을 잡은 아프리카 대통령의 모습이 그려진다. 한국의 연예인들이 입국하는 공항마다 진을 친 아프리카 소녀들이 보인다. 이들이 공부하는 학교에 다큐멘터리 팀이 들어간다. 카메라맨을 가장한 인기 있는 아이돌 가수가 서프라이즈 파티를 해준다. 이름을 한글로 쓰고 "외워주세요."라고 부탁한다. 글자가 없는 아프리카 국가들이 세계에서 가장 배우기 쉬운 표음문자 한글을 정부 공식문자로 채택한다. 수많은 돈을 들여 한국으로 유학을 오기보다는 한국과 손을 잡은 아프리카 국가가 한국의 인력을 수입한다. 한국의 인력은 처음부터 아프리카에서 벌어진 한류의 수출을 재순환시킨다. 최신 가수와 드라마, 영화를 볼 수 있는 첨단기기들을 가진 채. 이때부터 한국의 기업들은 적극적으로 아프리카에 진출한다. 세계에서 가장 싼, 그러면서 한국에 우호적인 노동력을 위해.

아프리카 국가는 한국과 함께 개화, 발전, 성장한다. 한국과 이들 국가는 한글을 함께 쓰는, 영혼을 나눈 형제 국가가 된다!

판을 읽어낸 초딩의 상상력에 덧붙은 결말이 마음에 들었다.

"이 초딩, 소설 잘 쓰네. 누군가?"

"카페 회원정보를 봤더니 초딩은 아니고 고딩 나이였습니다. 열여덟 살 장민우였습니다."

"혹시 박기림 씨, 남자친구 있던가?"

1초 정도, 고민하던 그녀가 대답한다.

"없습니다."

"음, 혹시 일곱 살 연하를 남자친구처럼 둬볼 생각은 없나?"

말하고 웃어버렸다. 박기림은 이 회사가 무슨 회사인지조차 모른다. 게임 개발이나 전산 정보를 수집하는 회사 정도라고 짐작하지 않았을까.

"저는, 아니 먼저 제 생각을 말씀드려도 됩니까?"

박기림이 확인하며 물었다.

"제 생각입니다만, 저희 회사는 정부 소유 회사라고 생각합니다."

박기림의 말에 하마터면 표가 날 정도로 큰 숨을 내쉴 뻔했다.

"아니라면 천재를 발굴하거나, 특정 분야에 독특하고 특출한 인재를 발굴해 필요한 회사에 연결해주는……."

"연결해주는?"

"에이전시라고 생각했습니다."

"그래……."

대답은 아니었다. 그녀의 상상이 채한준의 가슴 속에서 미소로 변했기 때문이다. 우스웠다. 그렇게 생각할 수도 있겠다.

"혹시 오프라인에서 제가 발굴한 인재를 만나고 그를 평가해야 한다면, 저 하고 싶습니다."

"어떤 경우에도, 다른 누군가가 우리의 일을 알아차려서는 안 된다면?"

"어떤 경우에도, 아니 어떤 경우라도 책임지겠습니다. 제가 가장 사랑하는 저희 엄마에게도 비밀로 하겠습니다."

장민우라.

"참, 대표님, 원하신다면 장민우 군에게 여자친구처럼 접근해볼 수도 있습니다. 대신 뒤처리는 해주셔야 합니다. 매몰차게 차버릴 거니까요."

가만, 박기림 양이 남자친구에게 매몰차게 차였던 건가. 이런 것까지 빛누리3이 보고해준다면 얼마나 좋을까. 이래서, 사람은 사람으로 만나야 한다. 정보 따위, 그저 정보일 뿐이다.

장민우에게 액션을 가해볼 만하다. 박기림의 말처럼 인재가 아니라면 매몰차게 차버릴 테니까. 열여덟 살 장민우에게 성장할 수 있는 기억 하나를 심어주는 것이기도 하고.

2014년 5월 5일 낮

김기욱 노숙자에게도 태양을

파도 같은 인파가 포말처럼 오고 갔다 흩어진다. 각종 놀이기구에는 먹이에 달려든 개미떼처럼 새까맣게 사람들이 붙어 섰다. 특히 자이로드롭과 같은 인기 놀이기구에는 셀 수 없을 정도의 인파가 먹잇감을 분해해버릴 듯한 기세로 줄을 지었다.

잠실 롯데월드라니. 계속해서 고개가 저어졌다. 반바지 차림으로 최대한 편한 복장을 갖춘 인천시장 출마자는 선글라스와 모자로 얼굴을 가린 채 자이로드롭 주변을 맴돌았다. 십여 미터 꼭대기까지 올라간 놀이기구는 땅바닥을 향해 순식간에 곤두박질친다. 그때마다 사람들의 비명도 하늘에서 땅으로 떨어진다. 비명이 그의 귀를 긁어댈 때마다 깜짝깜짝 놀랐다. 시계를 보았다. 오후 1시 56분.

인천시장이 된다면 절대 놀이공원은 유치하지 말아야겠다. 특히 그가 꿈꾸는 송도 개발 청사진에서는 반드시 빼야겠다.

대한민국 민주주의의 뿌리는 2천 원짜리 다육식물과 마찬가지였다. 그에 반해 한국전쟁과 IMF 구제 금융 사태까지, 한 국가가 몇 백 년에 걸쳐 경험할 일이 단 50년 만에 벌어졌다. 절반의 반도 땅 위에 정부가 수립된 지 겨우 66년, 66년짜리 국가는 정치와 경제 발전을 위한 정책 수립과 실천에서도 미흡했다. 정책을 만들면 구멍이 생기고, 구멍에 규제를 덧대면 경제인과 정치인 들이 압박을 가했다. 그러나 정부가 잊은 것이 있었다. 잘 먹고 잘 살게 해주는 것이야말로 국가의 기본적인 의무다. 국가가 국민에게 이익집단이 되어서는 안 된다. 먹고 사는 것이 공포라면 어느 국민이 그 나라에 살고 싶겠는가.

1948년 정부 수립 이후, 열 명 중 일곱 명의 국민은 먹고 살기에 바빴다. 나머지 세 명은 아이이거나 노인이었다. 2014년 오늘도 상황은 마찬가지이다. 국민들에게 아무리 이 법이 악법이라고 설명해도 의식주 문제보다 중요하지 않다. 어떤 분야에서 어떤 규제를 완화한다 해도 국민은 미리 알 수도 없지만 관심을 가지지 않을 확률이 훨씬 높다. 너무도 간단한 이치다. 작금의 대한민국 국민에게는 먹고 사는 것이 공포이기 때문이다. 잘 먹고 잘 살게 해주겠다고 말하면, 인기를 얻게 된다. 그 어떤 규제가 숨어 있든 말든 간에.

송도 국제도시 경제자유구역에 대한 정책도 그렇다. 먼저 인기를 얻는 게 중요하다. 잘 살게 해주겠다! 그 공약 뒤로 기업의 숨통을 터주고 상당한 규제들을 풀어낸 뒤 안착하게 해준다.

인천시장 출마 예정인 윤상길은 여당 내에서 턱걸이로 공천 경쟁에서 승리, 단일화를 이루었다. 야당의 출마 예상자와 윤상길을 지역방

송이 설문조사한 결과로는 48.2퍼센트 대 47.7퍼센트로 오차 범위 내 접전이지만, 야당 출마 예상자의 승리를 점쳤다. 지역 신문에서는 그를 큰 키와 잘생긴 외모가 지지율을 3퍼센트는 높여준 듯하다고 비아냥댔다.

지지율 변화를 위해 강력한 한 방이 필요하다.

머릿속에서 여러 조합이 만들어지며 하나의 답안이 떠올랐다. 인천 영종도, 송도, 청라를 잇는 솔라 에너지벨트 라인의 구축!

상상의 구체화를 위해 백방으로 뛰었다. 믿을 수 있는 서울대 동기들에게 자문을 구했다. 유학을 갔던 프린스턴대학 경영학 동기들에게도 전화를 걸었다. 시장 후보로 출마한다는 말에 그들 모두는 시장이라도 된 듯한 축하를 건넸다.

"누구 좀 알아봐줘."

그들 하나하나에게 부탁했다. 일주일 전, 하버드에서는 IT 관련 박사학위를, 프린스턴에서 경영학 박사학위를 딴 괴짜에게 전화가 걸려왔다.

"나한테 돈을 대는 사람이 있기는 한데 조심스러워서. 그런데 네 이야기를 들어보니 재미있을 것 같더라고. 모르지, 네가 잘 되면 내가 한국까지 가서 떵떵거리면서 살지."

반톤 옐친이라는 러시아계 동기였다. 연이어진 이야기는 한국계 킴이라는 사람까지 다다랐다. 이름도 어려운 회사 최고 CEO라고 들었는데, 킴이 다시 누군가를 소개시켜주겠다고 말했다. '누군가'에 대한 정보는 전무했다. 그를 설득해야만 상상은 현실이 될 거라 킴이 조언했다.

눌러썼던 등산용 모자를 벗었다. 날씨가 찌는 듯했다. 그가 어렸던 1970년대 초반, 5월은 선선한 봄이었다. 몇 년 전부터 대한민국이 아열대 기후로 변해간다더니 틀린 말이 아니었나 보다. 선글라스를 벗어 손수건으로 땀을 닦았다. 순간 흠칫했다. 누군가 알아본다면? 그렇지만 너무나 허무하게도 사람들이 그를 모르쇠로 지나친다. 그저 동네 아저씨나 낙오한 아빠 정도로 보다니, 적지 않은 충격이었다.

자이로드롭 근처, 벤치 빈자리에 주저앉았다. 왼손에는 선글라스를 들고, 오른손으로는 모자를 쥔 채 부채질을 해댔다.

605만 평! 상상이 자꾸만 대답을 요구했다. 그만, 그만.

200조! 다시 상상이 말을 건다. 그만, 그만.

"저 윤상길 씨입니까?"

그럼 그렇지. 아, 이놈의 인기. 상상을 멈추며 "아닙니다."라고 대답했다. 선글라스를 끼고 모자를 다시 썼다.

"그런가요, 저는 스티브 킴이라고 하는데…… 아니시라면."

남자가 황급히 뒤돌아서려 했다.

"아이고, 맞습니다. 제가 윤상길입니다. 저는 또 제 추종자들인가 싶어서."

벌떡 일어서 남자의 양복 꼬리를 잡았다. 얼른 손을 놓았다. 시선 끝에 시계가 스쳐간다. 오후 2시. 정확히 약속했던 시간이다.

"자신감이 대단하시네요. 마침 서울에 와 있던 터라 한번 뵙고 싶었습니다. 저희는 옐친 씨와 좋은 파트너십을 유지하고 있거든요."

옐친이 아니었으면 만나주지 않았을 거란 뉘앙스였다. 윤상길은 금세 마음이 상했다. 한국에서 경제인은 정치인의 한마디면 추풍낙엽이란 사실을 모르는 겐가. '사뿐히 즈려 밟아' 주어야겠군.

윤상길은 모자를 고쳐 쓰며 킴의 뒤를 따랐다.

킴은 곧장 롯데월드를 나간다. 뭐 하자는 거지? 하루 한시가 바쁜 몸이 이렇게 변장까지 하고 왔건만. 윤상길은 그러잖아도 상한 마음에 재를 뿌린 것처럼 생각마저 칙칙해졌다. 사기꾼 아냐?

롯데월드 주차장에서 기다리고 있을 수행원들에게 문자를 넣었다.

나, 지금 나가. 실시간으로 문자를 넣을 테니 잘 따라와.

윤상길은 스티브의 차가 어떨지 기대됐다. 마이바흐? 아니라면 벤츠? 캐딜락도 좋겠다. 자본주의 천국이다. 돈이 그 사람의 가치를 결정한다. 첫 단추가 바로 차다.

척척 뒤따르는데 어딘가 이상했다. 롯데월드에서 연결통로를 따라 건더니 지하철 역사 내로 진입한다. 능숙하게 1회용 교통카드를 구입한다. 어라, 지하철이었나. 하긴 서울에서 가장 비싼 차라면 지하철일 테다.

킴을 따라 2호선 지하철에 올랐다. 외선순환, 잠실에서 성수, 시청을 향하는 노선이다. 복잡한 잠실답게 빈자리가 없었다. 킴은 열차 칸 끄트머리 문 앞에 섰다. 윤상길은 그의 곁에 섰다. 말없이 한참을 서 있었다. 그런데 궁금했다.

"왜 롯데월드에서 보자고 하신 겁니까?"

"아, 미국에서부터 표를 끊어 놓았거든요. 오늘 하루는 노는 날이었어요. 그런데 선생님 때문에……."

뭐냐, 그러니까 노는 날이었는데 만나자 해서 나를 거기로 불렀다고?

윤상길은 완전히 토라졌다. 사람을 우습게 봐도 분수가 있지. 버럭, 소리칠 뻔했다. 참자, 인천시장이 될 때까지만.

"내립시다."

동대문 역사문화공원역이었다. 2-4번 문, 4호선으로 환승한다.

"한국의 IT 수준은 놀랍습니다. 이렇게 갈아타는 게 가장 빠르다고 하더라고요."

시키지도 않은 이야기를 킴이 말한다. 어쩌나, 이제 네 놈에게는 별 볼 일이 없어지려 하는데. 지하철이나 타는 녀석이. 왜 반톤 옐친은 이런 사람을 소개시켜서.

가만히, 킴이 하는 본새대로 내버려두었다. 될 대로 되라는 심정이었다. 잠시 후 킴이 "내립시다." 하고 말한다. 서울역이었다. 설마 이번에는 KTX라도 타고 어디라도 가자는 건 아니겠지. 엉뚱한 생각을 하며 그를 따랐다. 킴은 2번 출구를 향했다. 계단을 오르자 구 서울역사가 보였다. 가만히 주변을 살피던 킴은 서울역 계단으로 향했다. 계단에는 수많은 사람들이 주저앉아 '세월호 진상규명'을 외치고 있었다.

"갑시다."

킴은 성큼성큼 앞장서 걸었다. 보폭을 줄이지 않은 채 계단도 세차게 올랐다.

"앉으세요."

이번만큼은 난감했다. 윤상길은 여당의 인천시장 출마 예정자였다. 이런 곳에서 괜스레 사진이라도 찍힌다면, 여당 수뇌부에게 찍힌다. 주춤주춤 어색하게 움직였다.

"그러다 사진 찍힙니다. 그냥 인파에 묻히세요."

킴이 조언한다. 나쁜 자식, 알면서도 데리고 왔단 말인가.

"죄송해요. 제가 어쩔 수 있는 일이 아니어서."

사과인 건가, 아니라면 설명인 건가. 킴과 눈을 맞춘 윤상길은 어깨를 움츠리며 주저앉았다. 그런데 서 있을 때는 알지 못했던 냄새가 코를 찔렀다. 썩어도 이런 썩은 내는 처음이었다. 얼른 코를 막고 인상을 썼다.

"냄새가 좀 심한가?"

예순은 족히 넘어 보이는 남자가 말을 걸었다. 이 더운 날에 긴팔 옷을 입었다. 딱 봐도 노숙자, 대답하고 싶지 않았다.

"시장 후보라면, 시에서 살고 있는 노숙자도 시민으로 대해야지."

남자가 훈계한다.

"전 인천시 후보라서요."

"그래?"

남자가 껄껄 웃었다. 그런데 킴이 깜짝 놀란 듯 "죄송합니다, 회장님." 하고 말했다. 킴은 귀까지 붉어졌다. 회…장…님? 저 노숙자가? 젠장, 지뢰를 밟았다. 지하철 탈 때부터 알아봤어야 했는데. 반톤 옐친, 이 새끼. 학창시절부터 괴짜인 건 알아봤다만.

"왜 보자고 한 건가?"

"알아서 뭐하시게요?"

"자네가 만나고 싶다고 하지 않았나?"

윤상길은 말해야 하나, 말아야 하나 고민했다.

윤상길이 눈여겨본 것은 인천에서 새로운 개발단지로 급부상한 영종도, 송도, 청라를 잇는 트라이앵글 라인이었다. 209제곱킬로미터에 이르는 삼각 라인을 산업단지니, 아파트단지니 하는 30년 전, 아니 50년 전 발상으로 자본과 사람을 유치하는 따위의 구태의연한 사업은 하고 싶지 않았다. 무엇보다 이런 일에는 이제 시민들, 특히 국민들이 반응하지 않았다. 인천이라는 한계도 존재했다. 서울과 가까운 인천지역은 그나마 사람들도 밀집되어 있고, 땅값도 괜찮은 편이었다. 그러나 서부 해안지대에 가까워질수록 땅값도 떨어지고 인구 밀집율도 떨어졌다.

굳이 사람이 없어도 이 지역에서 자본을 생산해낼 방법은 없을까? 그가 반톤 옐친과 연락했듯, 같은 방법으로 각 분야에 있는 전문가에게 자문을 구했다. 어떤 동창은 직관적인 이야기를 한 반면, 몇몇 친구들은 농담을 던지고 전화를 끊었다. 그러한 자투리 이야기를 이어 붙였다. 그리고 결론에 이르렀다. 세계에서 가장 안전하지만 가장 무한한 에너지, 태양열 에너지 집적 단지를 이곳에 만들자!

2014년 오늘, 태양열 에너지에 관련된 기술은 이론일 뿐이었다. 태양열을 에너지화시키는 효율이 낮았고, 무엇보다 중요한 문제는 에너지를 집적시키는 기술이 형편없었다. 즉, 태양열을 배터리에 담는 기술 자체가 걸음마 단계라는 뜻이었다. 하지만 세계 최대의 태양열 에너지 단지를 인천 영종도, 송도, 청라지구에 건설한다면 어떻게 될까? 굳이 많은 사람이 없어도 집적된 에너지를 환금화시킬 수 있다.

현재 세계 최대의 태양열 발전소는 모하비 사막에 있다. 8.1제곱킬로미터에 이르는 이반파 발전소에 들어간 자금은 무려 22억 달러, 2조 2,418억 원에 이른다. 8.1제곱킬로미터는 2,450,250평으로, 평당 900달러 정도의 비용이 들었다. 이반파는 40만 킬로와트 급으로 연간 392메가와트를 생산한다. 수용 가능한 발전 가구수는 14만 가구 정도이다.

이반파는 세계 최대 태양열 발전소로, 천연 에너지이긴 하지만 효율면에서 원자력에 비할 바가 못 되었다. 울진 원자력발전소 1, 2호기의 건설비용은 2조 1,192억 원, 1호기와 2호기의 연간 발전량은 12만 5,000메가와트에 이른다.

이반파와 울진 원자력발전소 1, 2호기는 거의 같은 건설비용이 들었다. 반대로 에너지 생산량은 319배나 차이가 난다. 그럼에도 전 세계가 태양열 에너지에 목숨을 거는 이유는 소모성 에너지가 아닌, 무제한 천연 에너지원이기 때문이다. 이면에는 원천기술의 선점이라는 치열한 국가, 기업 간의 전쟁이 숨어 있다.

원천기술이라, 어려웠다. 그래서 쉬운 것부터 찾았다. 간단히 휴대폰에 대한 정보를 조사했을 뿐인데도 윤상길의 입은 떡 벌어졌다.

대한민국 국민들이 현재 사용하는 휴대폰은 평균 50만 원 정도, 가입자는 이미 인구 1인당 1대를 넘어섰다. 과거는 제외, 인구를 5,000만 명이라고 가정했을 때, 오늘 현재 대한민국 국민들은 2조 5,000억 원을 휴대전화 구입비로 지출한 것이 된다. 그렇지만 이중 5퍼센트는 퀄컴이라는 회사에 반도체칩 원천기술에 대한 비용으로 지급된다. 무려 1,250억 원이 가만히 앉아 있는 퀄컴에게 입금된다는 뜻이다.

지금까지 판매된 휴대전화에 대한 퀄컴사 원천기술 지급 비용은 얼마나 될까?

현재 태양열 발전 기술은 걸음마도 떼지 못한 미미한 수준이다. 태양열 발전 기술이 비약적으로 개선되려면 두 가지 난제를 극복해야 한다. 하나는 배터리에 에너지를 모으는 집약 기술, 또 하나는 태양열을 받아들이는 기술이다. 두 가지 다 세계 최고의 공학박사들이 앞 다투어 원천기술 개발에 매달리고 있다. 이 원천기술이 얼마나 막대한 부를 생산할지는 추정조차 불가능하다. 원자력만큼 전기를 생산해낼 수 있다면, 원자력처럼 위험요소가 없다는 당연한 사실에서 모든 에너지 생산 설비는 태양열로 대체될지 모른다.

영종도-송도-청라를 잇는 트라이앵글 라인을 대한민국 태양열 에너지 메카로 조성한다. 여기에는 최근 발전을 가동한 미국, 아니 세계 최대의 태양열 발전 설비인 이반파를 참고한다. 반면, '신기술'이라는 '약간의 거짓'을 덧씌운다. 신기술은 있으면 좋고 없어도 그만이다. 평당 비용을 2천 달러로 올리고, 영종-송도-청라를 잇는 20제곱킬로미터에 이르는 세계 최대 태양열 발전소를 짓는다. 이를 위해 컨소시엄을 발족시키고 국가적 공약사업으로 지정한다. 컨소시엄을 통하는 여러 회사를 통해 평당 비용 중, 1천 100달러는 비자금으로 조성한다. 이반파를 기준했을 때, 영종도-송도-청라 라인은 605만 평으로, 건설 비용은 121억 달러, 약 12조 3,300억 원에 달한다. 물론 절반 이상은 비자금!

조성된 비자금으로 당권에 도전한다. 이어진 수순은 대선 도전! 치명적 달콤함에 윤상길은 웃음이 났다. 대한민국 대통령 윤상길. 이보다 원대하고 좋을 수 없다. 그런데 왜 이 원대한 꿈을, 첫 발짝도 떼기 전에 저런 노숙자에게 말해야 한단 말인가.

킴이라고? 미친 새끼.

"얼마 필요해?"

노숙자는 오히려 윤상길이 거지라도 된다는 양 묻는다. 이 사람아, 천 원, 이천 원이 필요한 게 아니라고. 그런데 사연을 그득 담은 듯한 노숙자의 눈을 보자 갑자기 말하고 싶어졌다. 내 계획을 안다고 해도 당신이 어쩌겠소?

"12조요!"

"배포는 크군. 정치적 사기인가? 아니라면 대국민 쇼인가?"

"미래에 가능한 기술의 선점입니다."

"입은 살았군."

노숙자는 껄껄 웃어댄다.

"그냥 대통령이 되고 싶으니 12조를 달라고 하지 그랬나? 자네가 어떤 사업을 구상했든 간에 적게는 30, 많게는 70퍼센트가 자네 호주머니로 들어갈 거 아닌가."

평소라면 미쳤습니까, 국민과 인천을 위하는 정직한 일꾼에게, 따위로 포장했을 것이다. 그런데 이 노숙자에게는 마음이 풀어진다. 어차피 선글라스에 모자를 쓴 윤상길을 알아보지는 못했을 것이다.

"맞아요."

갑자기 웃음이 났다.

"정확히는 55퍼센트죠. 그것으로 대선까지 가보려고 하는 거고요. 제가 눈독 들이는 기술이 뭔 줄 아세요? 바로 태양열입니다. 영종도, 송도, 청라지구를 태양열의 세계적인 메카로 만드는 거죠. 컨소시엄을 통해 전 세계 태양열 관련 인력들에게 연구를 지원하고요. 원천기술의 선점! 그겁니다."

말하고는 크게 웃어버렸다. 세월호 관련 시위자들의 매서운 눈빛이 윤상길을 건드렸다. 얼른 죄송하다고 굽실거렸다.

"킴, 데리고 가봐. 이야기를 자세히 듣고 12조 투자해서 배로 남길 수 있다면 착수해보게. 원천기술도 가질 수 있다면 조금 더 적극적으로. 원금 회수 십 년, 이익 회수까지 오 년, 십오 년 안에 가능하면 투자해봐. 명심할 것은 대한민국을 팔아넘기는 거면 안 돼, 어떤 경우에도."

노숙자는 그 말을 하더니 일어섰다. 계단을 내려가더니 구 역사로 향한다. 서울역 시계탑을 만진다. 미친 사람이었나? 하긴 미쳐도 곱게 미친 사람이다. 악행과 불행 대신 저런 희망적인 말을 해주니.

윤상길도 일어섰다. 속에 있던 말을 털어놓으니 마음이 한결 편해졌다. 임금님 귀를 당나귀 귀라고 말했던 그 마음을 알겠다.

"조건이 두 개 더 있습니다."

스티브 킴? 정신 나간 녀석이 윤상길을 바라보았다.

"일단은 당신의 계획부터 들어봅시다. 결정은 그 뒤. 타당성이 있고, 당신이 인천시장에 당선된다면 그 즉시 십이 조 투자하지요. 비자금이 오십오 퍼센트라고요? 그 중 절반은 저희가 회수하겠습니다. 일단 가시죠. 호텔에서 당신의 계획을 구체적으로 조목조목 듣고 싶군요. 아, 하나 더. 당신에게는 대한민국의 심장이 있어야 합니다."

스티브 킴이 일어나 서울역 광장 계단을 내려갔다. 곧장 도로로 다가간 스티브가 차에 올랐다. 한국에 몇 대 없다는 마이바흐였다. 아니, 올해 나온다던 모델 아닌가, 나온다던.

가만 이게……. 윤상길은 털썩 주저앉았다. 귀신에 홀린다면 이런 기분일 게다. 그런데 대한민국의 심장은 또 뭐야?

창문을 내린 스티브가 오른손으로 손짓했다. 윤상길의 다리는 덜덜 떨려왔다. 도무지 일어설 기력이 생겨나지 않았다. 다리의 떨림은 갈수록 계속되었다.

"여기는 먹을 게 해산물밖에 없어요. 마사오 씨."

하세야마 지호, 선장의 부인이 미안하다는 듯 눈을 끔뻑거렸다.

테이블에는 진수성찬이 차려져 있었다. 고등어구이, 낫토, 명란젓, 우메보시와 된장국까지.

"우리는 원전 사고가 난 뒤로도 거의 하루도 빠지지 않고 고등어를 비롯한 생선을 먹었다오. 정부에서 그랬잖아요. 아무 문제가 없다고. 만약 우리가 자연사를 한다면 일본 정부의 말이 맞는 거겠죠."

반대로 병사한다면 일본 정부의 발표를 전면 부인하는 죽음이 된다. 후쿠야마는 지호의 말이 가진 함축을 떠올렸다.

정부는 진도 9에 이르는 도호쿠 지방의 태평양 연안 지진 이후, 후쿠시마 제1원자력 발전소에 대한 방사능 누출 사고에 대해 '괜찮다, 이상 없다' 라는 말만을 되풀이했다. 2020년 도쿄 올림픽 유치가 코앞이었고, 체르노빌 원전 사고로 인한 막대한 피해를 학습했던 결과였다.

후쿠야마는 이곳으로 오기 직전 여통이 작성했던 보고서를 떠올렸다.

체르노빌 원자력 발전소 사고와 후쿠시마 제1원자력 발전소 방사능 유출 사고는 인류가 일으킨 최악의 원전 사고로 기록되었다. 후쿠시마의 원전 방사능 유출 사고는 당일에 4등급으로 발표되었다. 며칠이 지나 국제원자력기구에서는 5등급으로 조정했다. 하지만 사고 발생 31일 후인, 4월 12일 결국 최고등급인 7단계로 상향 조정한다. 7단계는 대형 사고를 의미하며, 생태계에 방사능으로 인한 심각한 교란이 우려될 때 발휘하는 조치이다.

7등급 사고였던 체르노빌 원전 사고 당시 인간에게 가장 해로운 방사성 요오드131은 176만 테라베크렐 유출, 세슘137은 79,500테라베크렐, 제논133은 650만 테라베크렐이 유출되었다. 다만, 국제원자력사고등급은 오로지 방사성 요오드131의 유출 양으로만 판단한다. 모순이 존재하는 지점이다. 간단히 체르노빌 사건 당시 유출된 방사성 요오드131은 킬로그램 당 제한 섭취 방사선 양의 880조 배에 이른다.

학자 중에는 방사능에 대한 위험이 없다고 주장하는 사람도 있다. 그러나 방사능이 위험한 이유는 방사능에 대한 위험을 알 수 없기 때문이다. 상반된 주장이 존재할 수 있는 이유 역시 연구할 자료가 없기 때문이다. 세슘, 스트론튬, 트리튬 등은 암, 폐암 등의 주요 원인이고 해로운 요오드가 갑상선암과 호르몬 분비 이상을 초래한다는 정도가 알려진 전부이다.

원자력 발전 시 우라늄과 플루토늄이 핵분열하며 발생하는 방사능은 무려 1,700종이 넘는다. 이들에 대한 연구는 거의 전무한 상황이다. 가장 거대하며 중대한 진실은 방사능 인간 피폭에는 치료약이 현재 존재하지 않는다는 사실이다.

도호쿠 지진과 후쿠시마 원전 사고 이후, "먹어서 응원하자"던 예능 프로그램에 적극 참여했던 그룹 토키오의 야마구치 타츠야는 세슘137 피폭 진단을 받았다. 간토 지방 이바라키 현 모리야 시에서 인체 방사능 피폭 여부를 조사한 결과도 충격이었다. 조사에 참여한 미성년자 85명 중 58명에게 자연 상태에서는 존재하지 않는, 즉 원전의 방사능 유출로 피폭되었다 의심되는, 세슘134와 세슘137이 검출되었다. 당시 농림수산성은 세슘이 2012년에 비해 16퍼센트 감소했다고 발표했다. 그러나 어이없게도 10월과 11월 방사능 오염수가 또 다시 유출되었고, 사고 현장 작업자 6명이 방사능에 피폭되었다. 야마구치 타츠야도, 또 최근 11월 사고 현장 작업자에게도, 안타깝지만, 치료약은 없다.

후쿠시마 원전 주변, 반경 20킬로미터 이내 모든 사람들은 바깥 지역으로 이주되었다. 그러나 바다는 다르다. 배를 몰고 언제든 근처까지 향할 수 있다. 바로 그 후쿠시마 인근 바다에는 매일 300톤에 이르는 원전 오염수가 방출되고 있다. 자연은 어떤 재앙을 인간에게 안겨줄까? 덕지덕지 혹을 단 듯한 사이타마 현의 거대 토마토, 나라 현에서는 속에서 싹이 자라 나온 토마토도 발견되었다. 오이 몸통에서 줄기와 잎이 자라 나온 오이도 있었다. 한 개의 꼭지에 네 개, 다섯 개씩 자라 나온 가지와 감도 화제가 되었다. 이러한 사례는 실제적인 방사능 오염이 입증되지 않았을 뿐, 이루 셀 수 없을 정도였다. 과연 이 정도가 자연이 경고하는 재앙의 전부일까?

"다 외웠어?"

후쿠시마로 오는 차 안에서, 여통은 보고서를 준 지 두 시간 만에 물었다.

"적절한 상황마다 여통이 상기시켜줘."

능치고 넘어갔지만 또렷이 기억하고 있었다. 방사능은 노벨이 만든 니트로글리세린 화학물의 최종 진화물이다. 폭탄은 발전에 발전을 거듭해 현재 핵폭탄에 이르렀다. 히로시마에 떨어진, 실제는 핵폭탄이었던, 원자폭탄만으로 단 10초 만에 8만 명이 사망했다. 히로시마 원자폭탄은 인류가 만든 가장 거대하고 강력한 빛이었으나 그 빛이 번쩍인 1초에 섭씨 6,000도의 열이 발생했고, 반경 1킬로미터 내 모든 사람들이 산화되었다. 최후 사망자 14만여 명, 부상자만 10만여 명 이상이었다. 방사능 오염이 그것보다 못하리라는 보장이 어디 있던가.

"배가 폭발했다는 게 정말인가요?"

지호가 물었다.

젓가락으로 태연하게 고등어를 집는 여통을 보자 소름이 돋았다. 모르는 것이 약일 때도 있다. 방사능에 대해서도, 여통이 정확히 겨냥했던 로켓포에 대해서도.

"맞다니까. 내가 물에 빠져 기절한 것을 마사오가, 아니 마사오 씨가 구해주었다니까."

선장인 하세야마 이치로의 목소리가 격앙되었다. 설마 죽은 아들 하세야마 마사오가 그를 구해주었다는 환상에 빠져 있지는 않기를.

이치로의 말에 또 다시 눈물이 그렁그렁해진 지호 부인이 낫토와 우메보시를 후쿠야마 앞으로 내밀었다.

낫토를 밥 위에 얹는데 여통이 젓가락으로 툭 친다. 낫토가 담긴 접시를 여통에게 가져갔다.

"이 정도면 돼?"

후쿠야마는 낫토를 여통의 밥 위에 얹어주었다. 뼛속까지 중국인인 여통이, 이성으로 통제하는 일본인 되기는 한계가 있다. 낫토 역시 마찬가지다. 후쿠야마가 취두부를 먹지 못하듯.

"맛있어요."

여통이 보란 듯이 지호와 이치로 선장을 향해 웃어보였다. 적절히 밥과 낫토를 섞어 먹는다. 경직된 표정도, 낯선 동작조차 없다. 특유의 낫토 냄새를 우메보시로 적절히 입가심하며 금세 한 그릇을 비울 태세였다. 마치 뼛속까지 일본인이었다는 듯.

"정말 오랜만이에요. 이런 밥상. 늘 도쿄에서는 혼자 도시락 사먹기 바빴거든요. 이이도, 일이 바빠 같이 밥을 먹지 않을 때도 많았구요."

여통은 그랬지 않았냐고 물으며 눈을 맞추었다. 도톰한 입술이 삐죽 튀어나오며 불만을 드러낸다.

"그래서 왔잖아. 여기까지. 난 휴가라고."

"일하러 온 게 아니고? 지호 아줌마, 이치로 아저씨, 여자친구에게 총까지 쥐어주며 열심히 살아가라는 남자친구가 세상에 존재한다면, 정말 나쁜 사람이겠죠?"

"나쁜 사람이지, 암. 그런 남자가 있지는 않겠지만, 그래, 전쟁 때에도 여자에게 총을 쥐어주지는 않았으니까."

지호가 웃으며 말한다.

"무슨 소리야? 당신도 나도 전쟁과는 관계가 없다고. 당신이나 나나 어렸으니까."

이치로도 지호를 바라보며 웃는다.

"그래도 뭐랄까, 그래, 전쟁보다는 사람이 우선이야. 우리는 그걸 몰랐던 거고. 나라가 전쟁을 하겠다고 말하면 무조건 해야 한다고 다들 생각했으니까. 그렇지만 국민이 고통 받는 전쟁은, 절대 하지 말아야 돼. 사람이 먼저니까. 사람이."

후쿠야마는 이치로의 말에 사레가 걸릴 뻔했다. 고개를 들자 이름 모를 날벌레들이 형광등 주위를 날아다녔다. 고개를 돌려 바깥을 바라보자, 담을 따라 수평선이 펼쳐진 게 보였다. 수평선은 조도를 낮춘 영화관처럼 천천히 어두워져간다. 일본 어촌의 밤, 후쿠야마가 사진으로만 보던 풍광이다.

"멋있네요, 진짜 멋있습니다."

"그렇지?"

마루 끝에 걸터앉으며 담배를 문 이치로가 시선을 바다로 향한 채 말했다.

"사람이 먼저이지만, 그 어떤 사람에게도 이 자연을 훼손할 권리는 없지. 그러고 보면 사람보다 먼저인 게 바로 이 땅인 것 같아. 저 바다이고."

후쿠야마도 마루에 걸터앉았다. 사위가 완전히 어둠에 잠기기 몇 분 전, 이 몇 분만이라도 눈에 담아두고 싶었다. 뒤에서는 달그락거리며 그릇을 치우는 소리가 들렸다.

"하나 묻고 싶은 게 있습니다. 우리 일본이 전쟁으로 고통 받은 아시아 국가들에게 유감이 아닌 사죄를 해야만 하는 걸까요?"

이를 인정하면 수많은 문제가 수면 위로 떠오른다. 배상, 외교문제, 위안부 등 난관은 엄청나다. 특히 일본인들에 대한 국제적 비난과 공격이 구체화될지 모른다.

"뭐야, 아직도 안 했던 게야? 내 생각은 그래. 애매한 말로 피해갈 게 아니라 잘못한 건 잘못했다고 말하고 관계는 새롭게 정립해야 한다고. 살인을 저지른 사람도 십 년, 이십 년이면 나와. 국가라고 해서 다른 국가들이 용서해주지 않는다고 생각하나? 우리가 미리 다른 나라를 겁냈던 것은 아니고?"

겁냈다고? 그럴지도 모르겠다. 독일이 지금처럼 당당할 수 있는 것은 적어도 국제사회에서 죗값을 치렀다고 인정받기 때문이다. 일본은 그렇게 하지 않았다. 시기를 놓쳤다. 한국전쟁과 이후 벌어진 냉전의 소용돌이로 인해. 치부를 드러내고 무릎을 꿇는 것에 일본인들은 겁을 냈던 게 아닐까.

"그러나, 마사오 같은 자네가 겁내거나 미안해 할 필요가 있을까? 만약 그 부분에 대해 이야기해야만 하는 상황에 처한다면 인정하는 것만으로도 상대는 이해해줄 걸. 그것조차 하지 않으려는 사람들이 문제지."

그랬던가?

그때 여통과 지호가 각각 마루 끝에 앉는다. 지호는 이치로의 곁에, 여통은 후쿠야마의 곁에.

"참 방사능의 분해에는 십만 년 정도가 걸린다고 하네요."

"십만 년? 그럼 이 바다를 십만 년이나 사용하지 말라는 건가?"

이치로 선장이 길게 담배연기를 내뿜었다. 바다를 향하던 연기는 어둠 속으로 스며들어 사라진다.

"하긴 인류가 십만 년이나 더 산다는 보장도 없으니까."

말을 하고 선장은 큭큭, 웃어대기 시작했다. 왠지 후쿠야마도 웃음이 났다. 무언가 통쾌했다. 웃음이 전염된 듯 여통과 지호 부인도 웃어댄다. 바다내음과 파도소리가 슬며시 웃음사이로 끼어들었다. 휴가 오길 잘했다.

부르르, 오른쪽 호주머니가 떨렸다. 무시했다. 그러자 마루 위 테이블에 놓인 여통의 전화기에서 노랫소리가 흘러나왔다. 여통과 눈이 마주쳤다.

"오늘은 데이트만 하자고. 전화 같은 거 받지 말고."

여통의 눈에 떠올랐던 두려움이 안도로 바뀌었다. 여통이 팔짱을 끼며 기댔다. 아직 해결하지 않은 문제 하나가 슬며시 후쿠야마를 자극해왔다.

가만, 그런데 왜 후쿠시마를 버린다는 거지?

파도소리가 잠잠해져갈수록 의문은 커져만 갔다.

로즈마리에게 이 일을 맡겨보는 건 어떨까?

밤이 깊어진 뒤 후쿠야마는 여통에게 의문을 말해보기로 다짐했다. 다만, 앞으로 두 시간만큼은 그 어떤 일이 벌어져도 이대로 마루에 앉아 있으리라. 여통의 팔짱을 꽉 낀 채로.

2014년 6월 16일 밤

존 스미스 빅 존, 패배하다

1947년 9월 18일 CIA가 창설되었다. CIA의 본부는 버지니아 주 랭리에 있다. CIA는 정보의 수집과 분석이라는 분연의 업무 이외에 국외 첩보를 맡았다. 오늘도 세계에서 가장 규모가 큰 첩보 집단은 미국의 이익을 위해 24시간 잠들지 않는다.

이제 버지니아 랭리에 CIA는 없다. 그저 얼굴마담이 존재할 뿐. 얼굴마담인 존 브렌든이 존 스미스를 호출했다. 새로운 CIA의 본부인 '조지 부시 센터'로.

CIA가 창설자인 트루먼 대통령이 아닌 부시의 이름을 본부 건물 이름으로 사용한 것은 많은 의미를 내포했다. 우익 성향이 강하고 총기 사용에 적극적이었으며 자국의 이익을 위해 전쟁도 불사했던 대통령. 부시의 성향을 고스란히 받아들인다 한들 나쁠 것은 없다. 세계 경영,

지구 보안관, 초일류 국가를 위한 미국의 이익을 위한 움직임에 진심으로 반대할 국민이 몇이나 될까. 또 이를 위해 모든 것을 비밀에 부친다 해도 국민 상당수는 옳은 일이라 말할 것이다.

그렇지만 마치 이것이 미국의 안위를 해치기라도 한다는 듯 마이크를 들이대고 날선 언어로 공격하는 기자들이 적지 않다. 이들의 가슴에 저널리즘이 있다고? 개소리 말라 그래. 이들은 그저 10만 불이 넘어가는 수입과 풍광이 좋은 마이애미에 별장을 두고 그의, 또는 그녀의 수입을 능가하는 배우자를 맞이하며 미국에서 성공한 인물이라는 이야기를 듣기 위해 쇼를 하는 것에 지나지 않는다.

물불 가리지 않는 기자들로 인해 상당한 CIA의 정보가 새나갔거나, 어쩔 수 없는 상황에서 공식적으로 언급되어야만 했다. 가령 DNI 국가 정보국의 1년 예산은 440억 달러 정도라는 매리 마거릿 그레이엄의 해프닝이라던가, CIA 산하에는 세계를 네 개로 나눈 지역그룹이 존재한다는 공식적인 이야기 등이다.

상황이 어떠했건, 이렇게 유출된 내용들은 정확한 정보였다. 중동과 북아프리카를 관리하는 MENA, 남아시아를 관리하는 OSA, 러시아와 유럽을 관리하는 OREO, 초기 지역 그룹으로 동아시아와 태평양, 남미와 아프리카를 관리하는 APLAA가 바로 지역그룹이다. 이들은 각각의 국가를 관리하는 그룹이지만 초국가적 그룹 또한 존재한다. 초국가적 그룹이란 세계를 미국의 관리 아래에 두고 정보전을 펼치려는 목적에서 만들어진 조직이다. 물론 '관리 아래'라는 말 대신 어감이 훨씬 부드러운 '국제 협력'이라는 표현으로 순화할 테지만.

이들 초국가적 단체 역시 공개되었다. 전 세계 테러를 분석하는 테러 분석 사무소 OTA. 초국가적 이슈 사무소 OTI. CIA 마약 범죄 센터. WINPAC이라 불리는 무기 정보, 핵확산 방지, 무기 통제 담당 부서. 외국 정보기관을 분석하는 대 방첩 담당 CCAG. 컴퓨터에 대한 위협을 제거하기 위한 정보 작전 센터인 IOCAG. 이 여섯 부서가 초국가적인 첩보 조직들이다.

CIA는 자체 무기 역시 개발한다. 가장 유명한 것으로 RQ-170과 RQ-180이 그것이다. 이들은 40미터에 달하는 무인항공기기로, RQ-170의 기능을 대폭 개선한 것이 RQ-180이다. RQ-180의 알려진 기능은 정밀 타격, 체공 시간 무제한, 공중급유 등이다. 당연히 위성사진보다 정밀한 촬영기술과 스텔스 기능을 갖추고 있다. RQ-180은 DARPA, 미래의 무기를 개발하는 미국 국방성 산하 '국방고등연구계획국'이 1960년대 말부터 상상했던 모습을 거의 그대로 구현해냈다.

9·11 테러 이후 미국은 각 정보 취급 기관이 개별적으로 수집, 축적하던 첩보를 하나로 통합하기로 했다. 이 결과물이 DNI, 미국 국가 정보국이다.

미국 국가 정보국에는 육·해·공 및 해병 4군의 정보국, 국방정보국 DIA, 재무성, 마약단속국, FBI, 국가지리정보국 NGIA, 국가정찰사무실 NRO, 국토안보부 DHS, 국가안보국 NSA과 이들의 단체 중 하나인 중앙보안서비스 CSS, 해안경비대, 에너지부, 국무부와 CIA까지 참여했다. DNI는 2005년 정식 업무를 시작했다.

이들 17개 통합 정보기관의 탄생은 CIA 요원들의 이탈과 퇴출, 이합집산을 가속시켰다. 물론 매리 그레이엄의 말이 단순히 CIA의 예산인지, 아니라면 이들 17개 연합기관이 사용해오던 예산인지는 두루뭉술하게 눙쳤다는 게 다행인 정도였다. 그러나 지금의 '존 스미스'처럼 스스로 자본을 생산해내는 CIA의 컴퍼니가 몇 개나 존재하는지는 알 수 없다. 무엇보다 이들 CIA의 외부 컴퍼니가 얼마나 어떻게 변질되었는지, 또 국익우호라는 목적성을 얼마나 간직했는지는 미지수였다.

존만 해도 그렇다. IT 기업을 운영하며, 영화투자사도 만들었다. 이로 인해 세 번째 IT 존과 갓 24살을 넘긴 다섯 번째 박사 존은 형제처럼 지낸다. 그래서인지 네 번째 하버드 존은 토라져서 두문불출하다 작년 말부터 서 존과 내통하기 시작했다. 새로운 아이디어를 시험하거나 새로운 기업을 신설, 외국 정부와 연계하자는 계획일 것이다. 흐뭇한 일이었다. 필요를 위해서라면 서로가 언제든 뭉칠 수 있는 존! 커다란 덩치 탓에 빅 존이라 그를 칭하는 서 존이 꿈꾸었던 일이었다.

조지 부시 센터로 들어서자 경비병이 출입증을 요구했다. 없다. 빅 존은 이미 퇴출된 CIA요원이다. 다만 서 존을 통해 CIA의 일을 하고 있을 뿐이다.

"방문 약속이 잡혀 있을 겁니다."

"성함이?"

"미치…, 미치 애런입니다."

얼마 만에 말해보는 본명인가?

"아, 네. 방문 약속이 잡혀 있으시군요."

경비병은 방문자 출입증을 건넸다. 이제는 견학까지 가능한 이 '조지 부시 관광센터'에 미치 애런을 부른 이유는 무엇일까? 그것도 존 브렌든, CIA의 국장께서.

모든 IT 관련 기기와 총기류를 반납하고 지하에 마련된 비밀 시설로 안내되었다. 노크를 하자 웃음소리를 겨우 멈추며 들어오라는 말이 이어졌다. 방 안에는 존 브렌든 국장이 홀로 TV를 보고 있었다. NBC의 오디션 프로그램인 〈더 보이스〉였다. 화면에서는 크리스티나 아길레라 역시 존 브렌든처럼 웃고 있었다.

"오, 너무 음치가 나와서. 이리 와 앉게, 미치."

존 브렌든은 테이블 맞은편을 가리켰다.

둘러본 방 안은 30제곱미터 정도, 작은 주방과 침대까지 갖추어져 있다. 마치 사람이 살고 있는 방처럼 인테리어가 되었다.

"위스키 한 잔 하겠나?"

"차를 가져왔어요."

"왜 이러나, 자네. 미치, 미치, 미치, 늘 이렇게 모범생처럼 굴지. 내가 나이가 몇 살 어리기 때문인가. 아니라면… 그래, 자네가 2대 존이라는 것 때문에?"

존 브렌든이 자신의 정보력을 과시했다. 어쩔 수 없다. 구체적이거나 확실한 정보는 아니어도 대략 어떤 일을 하는지 정도는 파악하고 있었을 것이다. 미치 애런이 존으로 살아가는 것에 대해.

"그럼 한 잔만 하죠."

"그런 군인과 같은 깍듯함은 좀 버릴 순 없겠나?"

위스키를 건네며 브렌든이 말한다. 그럴 수 있을 것이다. 그러나 그러기 싫다. 특히 속을 알 수 없는 상대라면.

위스키를 홀짝이며 브렌든을 마주보았다.

"알았네. 요점만 말하지. 일본에서 시진핑의 끄나풀이 사망했네. 지난 4월 30일 밤이었네. 마룽휘馬熔徽, 발음이 맞나 모르겠군. 마…리옹? 롱? 뭐 마라고 하지. 젠장! 미스터 마는 작년 시진핑이 아프리카를 방문하기 전, 방문했을 때, 방문한 뒤까지 시진핑의 그림자로 대부분 일을 처리했던 사내야."

알고 있었다. 마룽휘는 중국 국가안전부에서 숨어 있는 실세였다. 고스트, 블랙 등 다양한 언어로 바뀐 섀도 스파이. 마룽휘는 자신의 역량을 십분 발휘해 보시라이 전 충칭 시 당 서기를 낙마시키는 결정적 역할을 했다. 마룽휘는 이를 위해 자신이 거느린 첩보 군단을 충칭 시 전체에 풀어 몸이면 몸, 돈이면 돈, 공안과 기업가 전체에 침투시켰다. 소문에는 마룽휘를 움직이는 브레인은 따로 있다고 한다. 그러나 소문은 소문일 뿐.

취합된 정보는 거의 모든 충칭 시 실세를 낙마시켰고, 사형에 처하도록 했다. 시진핑의 가장 큰 적 중 한 명이었던 보시라이는 그렇게 역사의 뒤안길로 사라졌다.

"이 일에 대해 조치를 취하는 것으로 가닥을 잡은 것 같아."

브렌든은 녹화된 방송 하나를 틀면서 말했다. KBS, 한국의 국영방송 뉴스에 자막을 입혔다. 쑤룽 중국 전국인민정치협상회의 부주석이 사정당국의 조사를 받고 있다는 내용이었다. 쑤룽의 조카와 아내까지 체포되었다. 쑤룽은 엄격한 규율 위반과 위법이 혐의였고, 그의 아내와 조카 등은 장시성 토지 거래와 관련된 비리 의혹에 연루되었다는 자막이 이어진다.

"쑤룽이라면……."

"그렇네. 중앙정치국 상무위원인 저우융캉의 가장 최측근이지. 이것으로 마롱휘의 죽음을 덮을 것인지, 아니라면."

더 확대할 것인지. 저우융캉은 정치국 내에서 개혁파에 속했다. 또한 그의 수하인 쑤룽 역시 마찬가지였다. 쑤룽이 이번 일에 왜 책임을 지는지 그것부터 알아야 했다. 쑤룽이 숙청된다면 보시라이 이후 최고위급에 대한 공개 처형이 이루어지는 것이다.

"이 일이 마롱휘와 관계 되었다는 직접적인 단서는 없습니다."

"그렇지만 중국 내부에서는 마롱휘가 도쿄에서 살해된 것이 보시라이에 대한 보복이라는 평가가 뒤따른다는군. 그런데 마롱휘가 죽었을 때 근처에 있던 CCTV에 잡힌 인물이 있었네."

존 브렌든은 세 장의 사진을 미치 애런, 빅 존 앞으로 내밀었다. 모르는 남녀가 뛰고 있는 사진 두 장, 그리고 한 장은…….

"셋 다 모르는 사람들입니다."

"그런가? 이 사진은 복사본이 없네. 일본에 있는 소진사를 통해서 모든 자료를 없앴네."

하마터면 잘 하셨습니다, 라고 말할 뻔했다. 마지막 사진 속 인물의 실루엣은 여러 첨단장비를 통해 이목구비를 또렷하게 만들어낼 수 있을 것이다. 길지 않을 몇몇 과정을 거친 뒤 이름을 밝혀낼 게 빤하다. 로즈마리, 로즈마리 애런.

왜 저 아이가 마롱휘의 일에 관여했다는 거지? 머릿속이 어지러워졌다. 빅 존, 존 스미스는 브렌든이 따른 위스키를 단숨에 마셔버렸다.

"목이 타나보군, 미치. 이곳은 방음뿐 아니라 어떤 전파나 도청 등 실질적 외부 침입이 불가능한 방이네. 한 번쯤은 속내를 털어놓는 것도 어떤가."

브렌든이 말을 끝내기도 전에 위스키를 한 잔 더 따랐다. 거의 절반을 온더락 잔에 따라 들이켰다.

"혹시 미치 애런 자네는, 존이 자네뿐이라고 생각하는 건 아니겠지?"

당연히, 알지. 그를 포함해 다섯 명의 존이 존재한다는 사실.

"존은 말이네, 실제로는 내 아이디어였네. 지리, 경제, 역사, 과학에 통달한 사람들을 하나의 이름으로 묶어 하나의 단체로 만들어내자."

아무래도 좋다. 어차피 존 브렌든은 이제 얼굴마담일 뿐이다. 가만 그런데. 경제, 역사, 과학이라면 다섯 명의 존으로 가능하다. 미치 애런의 대학시절 전공 중 하나가 바로 역사였다. 그런데 지리가 빠진다. 지리에 관련된 존이 없다.

벌떡 일어선 미치 애런, 빅 존은 존 브렌든의 멱살을 거칠게 쥐었다. 그는 평소 단련했던 유도로 브렌든을 침대에 내동댕이쳤다.

"말해, 이 새끼야. 넌 내 부하였어. 내가 내 이름을 버리고 첩보원으로 숨어 산 반면, 넌 정권에 붙었던 거잖아!"

거세게 목을 비틀었다.

"어차피 이곳은 방음, 방파, 도감청이 불가능한 곳이라며!"

브렌든이 가소롭다는 듯 웃었다. 멱살을 쥔 손으로 복부를 가격했다. 브렌든의 얼굴이 구겨졌다. 한 번, 두 번, 같은 곳을 계속해서 가격했다. 브렌든의 호흡이 눈에 띄게 거칠어졌다. 하지만 그의 눈에서 절박함이 보이지 않았다.

오른손으로 경동맥을 눌러 브렌든을 제압한 빅 존은 커프스 핀을 재빨리 뗐다.

"이거, CIA가 개발한 신경독이야. 찔리면 삼십 초 정도 만에 죽게 되지. 콧구멍 안쪽이나 귓속, 입안 어딘가에 살짝 찌르면 어떤 검시관이라 해도 찾아내지 못할 거야."

빅 존은 커프스 핀을 브렌든의 입에 가져다댔다. 일 초, 이 초. 커프스 핀이 입에 닿은 찰나였다.

"말할게, 말하겠네. 대신 나를 위해서도 하나만 해줘. 난 지금 믿을 사람이 없네. 그래서 내 상관이었던, 그렇지만 미국을 위해 묵묵히 그림자가 된 미치, 자네를 부른 거였네."

그랬던가. 딜을 하자는 것. 로즈마리 애런의 사진으로!

"좋아, 하지만 잔꾀는 부리지 말아. 자네를 위하는 길이야."

빅 존, 미치 애런은 천천히 오른손의 악력을 풀었다. 곧바로 브렌든이 기침을 해댔다.

"미치, 솜씨가 죽지 않았네그려. 사진을 본 순간, 얼마나 놀랐는지 몰라. 왜 로즈마리가 도쿄에 있는 거지?"

침대에 걸터앉아 목을 매만지며 브렌든이 물었다.

"로즈마리가 CIA의 역대급 킬러라는 사실은 자네도 알지 않나."

의혹을 따지고 싶었다. 브렌든, 네 끄나풀이잖아! 빅 존이 수집한 정보에는 존 브렌든의 일을 로즈마리가 섹스 머신이라는 닉네임으로 처리한다는 확증이 있었다. 그런데 브렌든이 로즈마리에 대해 되묻다니.

"그럼, 어떻게 그걸 모르겠나."

평정심을 가장했다.

"일곱 살도 안 된 아이를 미치 자네 손으로 키웠잖아. 스파이로 만들기 위해."

브렌든이 비아냥거린 것은 아니었다. 하지만 아픈 구석을 찔렀다.

빅 존은 대답하지도 고개를 끄덕이지도 않았다.

로즈마리는 자신의 진짜 가족이 누구인지 알고 싶어 했다. 스무 살이 넘으며 계속해서 물었다. 빅 존은 말해주지 않았다. 얼마 뒤 로즈마리는 존의 명령을 거부했다. 곧바로 다른 컴퍼니로 이적을 했다. CIA 내부에 킬러가 있다는 것은 부담이다. 외부 단체라면 상관없다. 로즈마리는 사설 정보업체에서 사람을 죽이는 일 대신 동유럽에 있는 CIA 사설 감옥으로 주요 인사를 납치, 수송하는 아웃소싱을 맡았다. 그렇지만 2년 전, 사설 감옥의 존재가 언론에 폭로되며 자취를 감추었다.

CIA 내부 숙청 대상에 로즈마리가 올랐다고 들었다. 정확하게는 'SM'이라는 닉네임으로 무려 삼백만 달러의 몸값이 붙었다고. 가난한 히트맨들은 기꺼이 로즈마리에게 달려들 것이다. 대부분, 아니 전부가 로즈마리에게 죽임을 당하겠지만.

빅 존이 백방으로 수소문했지만 어느 선에선가 정보가 차단되었다. 로즈마리가 사설 감옥을 폭로한 것인지, 아니라면 그런 중에 로즈마리가 표적이 된 것인지 존조차도 알 수 없었다. 2년 만에 로즈마리가 얼굴을 드러냈다. 그런데 방식이 너무 투박했다. 로즈마리라면 저 따위 길거리에 널린 CCTV에 포착될 리 없다.

"조작은 아니겠지?"

빅 존이 브렌든에게 물었다.

"그딴 장난은 치지 않아. 그것보다 내 부탁을 들어줄 텐가?"

"뭘 묻습니까? 그런 걸. 이미 국장님을 살렸을 때 들어줄 거란 사실을 알았을 텐데."

빅 존은 위스키를 한 잔 더 마셨다. 겨우 진정이 되었다.

"좋아. 그럼 나부터 이야기하지. 시진핑이 중국에 간 작년, 미국 전체가 견제 방안을 고심했던 것은 알 테고."

알다마다. 견제 방법 대부분은 다섯 명 존의 머릿속에서 나온 것이었다.

"아프리카 정부와 규합했던 중국과 달리 사람들에게 침투하기로 했으니까. 지금 그 일은 착착 진행 중이야. 그런데 이 시점에 마롱휘가 살해된 거지. 미묘해. 일단은 시진핑 스스로 내부단속을 한 것 같지만 문제는 저우융캉이야. 보시라이를 통해 학습한 중국 고위간부들은 그냥 있지는 않을 거네. 더구나 저우융캉은 정보를 쥐락펴락하는 데 능통한 사내야. 우리가 가졌던 사진, 저우융캉이 가지고 있지 않으리란 법은 없으니까."

"그러니까, 국장님은 다된 밥에 코 빠뜨리게 생겼으니까 로즈마리를 데려오라는 겁니까?"

"아니, 아니오. 로즈마리를 중국에 내주십시오. 그리고 하나 더. 이라크 문제를 해결해주십시오."

브렌든이 급작스레 정치가의 얼굴로 변했다. 뻔뻔하기 그지없었다.

"지금, 나더러 내 딸을 중국에 넘기라는 거요? 죽을 게 뻔한데 말이요?"

빅 존은 위스키 잔을 거칠게 집어던졌다.

"못 들은 걸로 하겠소. 그 말을 위해 분위기를 조성했던 거군요. 그런 줄도 모르고 정말 당신을 죽일 뻔했소. 아시오? 못 들은 걸로 하겠소이다."

"미치, 당신은 한 번도, 그래요, 단 한 번도 로즈마리의 부모를 찾으려하지 않았소. 지금이라도 찾아야 한다는 생각은 없는 게요? 난 당신을 위해 정보 접근권을 줄 용의도 있습니다."

"미끼는 그 정도면 됐소. 오늘 이야기는 듣지 않은 것으로 하겠습니다, 국장님."

벌떡 일어섰다.

"그래요, 미치. 그렇지만 당신만이 존은 아니었다 들었소. 아니, 지금도 그는 존으로 살고 있소. 그를 만나본 뒤에 생각해도 늦지 않을 거요. 좋소, 좋아요. 한발 후퇴하지요. 이라크에 대한 문제 해결을 부탁합니다. 그리고 이거."

브렌든은 급하게 휘갈겨 쓴 메모지를 건넸다. 빅 존은 잠시 망설이다 휙 빼앗듯 메모지를 움켜쥐고 나왔다. 밤 10시가 넘었다. 시동을 걸자 비틀즈의 노래가 흘러나왔다. It's been a hard day's night! 빠른 기타소리가 불쾌한 기분을 조금은 가려주었다. 노랫말처럼 힘든 날이었다. 오늘은 정말 긴 하루가 될 것 같았다. 한동안 힘들고 긴 하루가 기다릴 거란 빗나가지 않을 예상이 떠올랐다.

브렌든이 건넨 메모지를 펼쳤다. 알래스카의 한 주소였다. 메모지를 받았다는 것은, 그리고 알래스카 주소를 외우는 지금은, 빅 존이 브렌든에게 패했다는 뜻과 같았다.

그래, 가보자. 알래스카든, 아니라면 도쿄든. 정 무엇하면 이라크라도 가서 죽는 시늉이라도 해주자. 로즈마리를 넘길 바에는 그러고 말리라. 다만 존이 행동하기 전에 브렌든이 로즈마리에 대한 다른 시도를 해주지 않기를 빌었다.

비틀즈의 노래를 크게 불렀다. 그리고 다짐했다. 미치 애런은 CIA 국장인 브렌든에게 졌을지 몰라도, 존 스미스는 그러지 않으리라.

2013년 4월 2일 새벽, 저녁

장민우 박기림, 그대의 이름은 여자

'저, 쓰신 글 보고 흥미가 동해서 쪽지 보냅니다. 너무 재미있었답니다.'

아이디 '미인박멸'. 쪽지에 장민우도 흥미가 동했다. 장민우가 올린 글은 카페에 상주한 논객들에게 집중포화를 맞았다. '상상력이 아이 수준이다.' '읽다가 마시던 커피 뿜을 뻔.' '소설도 이런 소설이 없네요.' 같은. 이 정도는 신사적이었다. 줄임말과 욕설이 난무하는 댓글 지옥이었다. 연예인들이 왜 자신을 비난, 비방하는 댓글을 보며 속상해하는지 단번에 알게 됐다. 제 발이 저린 나머지 '펫' 패트릭에게 몇몇 기사와 팬 카페에 장난삼아 썼던 댓글도 슬그머니 지웠다. 그런데 쓰신 글을 보고 흥미가 동해서 쪽지를 보냈다니, 단번에 기분이 좋아졌다.

'괜찮았나요, 처음 써본 거라 그냥그냥……. 댓글에 상심해 있었답니다.'

쪽지를 보냈다. 시간을 보니 새벽 4시 52분. 이 시간에 쪽지를 주고받다니, '미인박멸'도 어지간히 '오덕'인가 보다. 그런데 창이 하나 열린다. 클릭을 하자 1대1 채팅 창이었다.

미인박멸 안녕, 설마 진짜 초딩은 아니죠?

젠틀맨 싫어 그럴 리가요. 신체박약하고 사지불안정한 열여덟 살 청년입니다.

써놓고 얼른 아이디를 바꾸었다. 젠틀맨바라기. 간사한 자신에게 웃음이 났다. 내 스타일 아닌데.

젠틀맨바라기 죄송, 아뒤 점 바뀌었긔. 댓글의 무섬을 몸소 겪은 터라.

미인박멸 어라, 진짜 초딩? 뭐 그건 됐고. 어떻게 그런 상상력을 발휘하게 됐어요? 글이 생각 외로 흥미진진했어요. 소설가 해도 되겠더라능.

젠틀맨바라기 기사 하나를 봤어요. 지난 3월 22일자 기사였나. 중국 시진핑 주석이 아프리카 상당수 국가들을 순방한다는 얘기, 그런데 몇몇 기사들이 걸리더라고요. 글에서도 언급한 거지만, 미국의 군사문제나 기타 등등.

미인박멸 오호라. 완전 천재신데요. 한번 만날 수 있을까요. 저 이런 이야기, 정말 좋아하거든요.

젠틀맨바라기 만나자고요? 저를 뭘 믿고?

미인박멸 뭘 튕겨요? 여자가 만나자고 하면 얼른 예스하는 거죠. 맞잖앙!!!

젠틀맨바라기 어라, 여자셨어요? 전 미인박멸이라고 해 놨길래 남자인줄.

미인박멸 되용, 안 되용? 저녁에 맛있는 거 사줄게요. 서울 살죠?

젠틀맨바라기 네.

일사천리로 약속이 잡혔다. 저녁 7시 30분. 어디가 좋으냐고 물어서 강남구청역으로, 갈 만한 곳이 있냐기에 할머니 하시는 파전 가게가 있다고 엉겁결에 말했다. 금세 전화번호도 교환했다.

무언가에 홀린 듯, 멍하니 모니터를 보고 있는데 방문이 열렸다.

"아들, 엄마 일하러 간다."

말하는 얼굴에 불만이 가득했다. 편부, 아니 패트릭의 '아버지 되는 사람'과 싸우기라도 한 건가.

"뭐 할 말 있어?"

평소라면 고개만 까닥 했을 텐데 들뜬 기분 탓인지 엄마에게 물었다.

"잔소리라고 생각하진 마. 엄마는 울 민우가 정말 걱정되니까. 공부를 하라는 것도, 또 학교를 다시 가거나 검정고시를 보라는 것도 아니지만, 좀 정상적으로 살았으면 좋겠어. 뭐니, 요즘 너 사는 게."

황급히 엄마의 낯빛이 변한다.

"미안, 잔소리하려던 건 아닌데."

"그래, 잔소리네."

별 대꾸 없이 모니터로 시선을 돌렸다. 문이 닫히는 소리가 들렸다. 어쩌면 엄마는 아들이 패배자라고 생각하고 있는 건 아닐까. 그래서 어떤 잔소리도 미안해하며 눈치를 보는 지경에 이르렀나. 모르겠다.

팔베개를 하며 침대에 누웠다. 오늘 할 고민을 내일로 미루자. 민우는 엉뚱한 생각을 하며 눈을 감았다.

번뜩 눈을 떴을 때는 창문이 짙은 남색이었다. 뭐야, 몇 시까지 자버린 거야. 스마트폰 잠금 해제 패턴을 그렸다. 날씨 16도, 비가 오는 이모티콘이 화면에 떴다. 시간을 보자 여섯 시가 넘었다. 얼른 준비를 해야겠다. 집이 있는 상도동에서 적당히 7호선을 탄다고 해도 간당간당한 시간에 도착하겠다.

강남구청역에 내리자 약속시간이 5분 남았다. 계단을 올라 개찰구를 나왔다. 지하 1층, 넓은 홀은 비교적 한산했다. 역사가 큰 탓이다. 전화를 걸까 하다 조금 기다리기로 했다. 그런데 누군가가 어깨를 탁 쳤다. 뒤를 돌아보았다. 힐까지 1미터 75센티미터, 적당한 단발에 웨이브, 옅은 노란색 쉬폰 드레스와 하늘색 카디건이 보인다. 차마 얼굴까지는 못 봤다.

"뭐야, 지금 스캔하는 거야?"

웃으며 말을 놓는다. 민우보다 대여섯 살은 많아 보였다. 얼굴에는 구김살이 없었다. 밝고 화사한, 포카리 스웨트나 존슨즈 베이비 로션 광고에 어울릴 듯한 얼굴이다.

"박기림입니다."

소개를 한 그녀가 오른손을 내밀었다. 여자가 청하는 악수, 처음이었다.

"자… 장민웁니다."

"귀엽넹."

콧소리를 섞어 애교까지 부린다. 한동안 멍하니 박기림의 얼굴을 바라보았다.

"뭐 묻었어?"

"아, 아니요. 예뻐서요."

"뭐야, 작업? 사절입니다. 이 몸, 이별의 아픔에서 탈출한 지 얼마 안 되었어요!"

박기림이 가슴을 쥐며 애석한 표정으로 눈을 내리깐다. 어쩜 저리도 해맑지? 장민우는 박기림을 보며 슬며시 웃음이 났다.

"참, 어떻게 저인 줄 알았어요?"

"어라, 그 정도도 못 알아차리면서 민우 씨께 쪽지를 보냈을 거라 생각했어요? 나 탐정이잖아."

눈을 마주친 박기림이 방싯 웃었다.

"아… 아. 그러셨구나. 탐정."

"어머나, 정말 믿는구나. 아직 민우 씨 애구나."

애라는 말에 조금 자존심이 상했다. 그러면서도 꼬박꼬박 '민우 씨' 하고 존대를 하는 통에 이상하게 마음이 열린다. 연상이라고 해도 박기림 정도라면 여자친구라는 범주 안에 가둘 수 있으리라. 박기림이 상냥하게 말을 걸고 낮보았다 높이는 상황에 장민우는 조바심이 났다. 덩달아 심장도 뛴다. 조바심과 심장에 대한 대답을 얻기도 전에 박기림이 팔짱을 꽉 낀다.

"저보다 한참 어린 동생 같으니까, 편하게 대하는 거예요. 여기 주변에 딸기 케이크가 엄청 맛있는 집 있대요. 거기 가요. 딸기 싫어라하는 거 아니죠?"

어깨가 굳고 걸음도 쭈뼛쭈뼛, 목각인형이라도 된 듯하다. 팔짱 하나 낀 게 뭐라고. 그런데 심장은 더욱 거세게 뛰었다.

1번 출구를 나와 백여 미터를 걸었다. 고급 주상복합아파트 1층에 '달리 케이크'라는 간판이 보였다. 테이블 여섯 개, 크지 않은 가게의 창가자리에 앉았다.

"돈 없죠? 백수잖아요."

박기림이 시원한 미소를 보인다. 메뉴를 주문하러 계산대로 가는 그녀의 모습에 묘한 흥미가 일었다. 아무래도 스물 중반 정도, 돈이라면 민우가 더 많지 않을까. 그렇지만 하는 대로 내버려두기로 했다.

딸기 케이크 두 조각과 눈꽃 우유빙수가 탁자 위에 놓였다. 케이크는 그렇다지만 도무지 빙수에는 손이 가지 않았다. 맛이 없어 보여서가 아니었다. 때 이른 더위에 빙수만큼 시원한 게 있을까. 그런데 박기림이 먹는 빙수에 숟가락을 넣는다는 게 조심스러웠다.

"먹어요, 어서."

박기림이 숟가락을 들어 장민우에게 건넸다.

"아, 그게."

말하려다 멈췄다. 부끄러웠다. 그런 설명도, 이런 상황도.

"어머. 왜 내가 병이라도 있을까 봐? 홍, 치, 뽕이라 그래. 자!"

그러더니 그녀가 먹던 숟가락으로 듬뿍 빙수를 떠서 장민우의 입으로 가져왔다. 어, 하다 당하는 게 첫 키스라던 여성 블로거의 글이 생각났다. 딱 그 심정이었다. 어, 하는 사이 숟가락이 입으로 들어온다. 얼굴이 화끈 달아올랐다.

"여자친구 사귀어본 적 없어? 뽀뽀라도 하자고 하면 완전 대박 난리겠는 걸. 귀여워."

볼까지 꼬집는다. 그 탓에 몸 전체에 소름이 돋았다.

"저, 어떻게 저인지 알았어요? 아직 그 대답은 안 했어요."

화제를 돌렸다. 여전히 얼굴은 화끈, 심장은 두근거린다. 그녀가 볼을 건드린 탓인지 자꾸만 몸의 중심에 피가 쏠리려 했다.

"어머, 정말 몰랐구나. 자기, 차림새 봐. 앳되고 곱상한 외모인데, 아니 딱 봐도 미소년 고등학생인데 옷 입은 건 문제아처럼 입고 있잖아. 강남구청역에 자기 말고 그런 차림새의 열여덟 살 소년이 있었을까 봐!"

그랬던가. 얼른 차림새를 생각했다. 통이 넓은 청바지에 캔버스 운동화, 상표를 떼지 않은 메이저리그 캡과 두 사람은 들어올 듯한 박스 티셔츠. 그녀의 말에 설득력이 있었다. 해골모양 반지 세트를 열 손가락에 끼지 않길 잘했다. 문제아라는 듣기 싫은 말과 함께 자기라고도 한다. 다가오지 말라는 건지, 다가오라는 건지.

"예쁘세요."

"뭐야, 장민우 군. 작업인 거야?"

"아, 그, 그건 아니고요."

몸 가운데 쏠리던 피가 얼굴로 단번에 올라온다.

"여자 사귀어본 적 없지?"

박기림이 핵심을 찌르는 통에 덥석 빙수를 떠먹었다.

"민우 너, 그거 내 숟가락인데."

박기림이 눈을 가늘게 뜨며 힐난하는 듯했다. 그런데 곧 웃고 있다. 얼른 숟가락을 놓고 탁자를 보았다. 그녀의 숟가락은 그녀가 쥐었다. 완전히 그녀의 페이스에 말렸다.

"언제나 이렇게 어린 남자 가지고 놀아요?"

조금 삐딱하게 물었다.

"마음에 드는 남자일 때만. 그런데 거의 오 년 만이네. 남자한테 말을 거는 것도. 또 이렇게 편한 기분도."

박기림이 빙수를 뜨더니 창밖으로 시선을 돌린다. 무심한 그녀와 달리 장민우는 미칠 것만 같았다. 박기림이 아는지 모르는지, 완전히 민우를 쥐락펴락한다. 도무지 어떻게 해야 할지도 모를 정도였다. 중3 시절, 민우를 좌절하게 만든 수학문제처럼 박기림은 난해한 미지수를 온몸에 걸치고 있는 것만 같다. 심장이 떨리다 못해 손까지 전이된다.

숟가락을 든 손이 심장의 박동에 따라 움직인다. 두근, 마음에 드는. 두근, 남자일 때만. 박기림의 말이 심장에서 재상된다.

"파전 먹으러 갈래요?"

용기를 내어 물었다.

"그러자고 온 거잖아."

케이크와 빙수가 절반쯤 남았는데도 미련 없이 일어선다. 그녀를 따라 일어섰다. 길을 건너 능숙하게 골목으로 접어들었다. 할머니 파전 가게가 보였다.

가게로 들어서자 손자처럼 반긴다. 뒤편에 선 박기림을 보더니 의미를 담은 웃음을 건넸다.

"여자친구야?"

"여자친구 하고 싶어서요."

할머니에게 편하게 속마음을 말했다. 그녀가 들었으면 싶었다. 뒤를 돌아보니 전화를 걸고 있다. 실패.

모듬전과 부추전, 막걸리가 탁자를 차지했다. 두 손을 모아 박기림에게 막걸리를 따랐다. 그녀도 두 손으로 민우에게 따른다. 건배. 한잔을 쭉 들이켰다. 놋쇠사발을 내려놓는데 가만히 그녀가 민우를 응시하고 있었다.

"왜… 왜요? 뭐 묻었어요?"

"아니. 나, 전생에 나라를 구했나 싶어서. 일곱 살 어린 남자애가 마음에 들 줄은 몰랐거든. 너 애잖아."

스물다섯, 열여덟, 일곱 살 차이. 박기림의 나이가 짐작되었다.

"저랑 사귀실래요?"

흠칫, 놀랐다. 여자에게 처음 해보는 말이었다.

"처음 보는 여자라면 누나든 뭐든 상관없이 그렇게 말해?"

박기림의 말에 금세 화가 났다. 그렇지만 분노의 화살은 다시 민우에게로 향한다. 두서도, 맥락도 없이 사귀자고 말해버렸다. 만난 지 겨우 한 시간 남짓, 오해할 만했다.

"저 태어나서 누군가에게 이런 말해본 거 처음입니다. 여자는 사귀어본 적도 없고요."

민우는 홀어머니 아래에서 자란 과거와, 아이돌그룹의 멤버가 되기 위해 땀 흘렸던 지난날을 막걸리에 섞었다. 아이돌그룹 젠틀맨에 계약 이견으로 합류하지 못했던 날을 회상하자 눈물이 고였다. 어머니가 아닌, 다른 누군가에게 처음 털어놓은 고백이었다. 세상이 끝나는 줄 알았다고. 목적을 잃고 방구석에 처박힌 하루하루가 참으로 속절없었다고.

"죽고 싶었어요. 그만큼 쓸모없었으니까요."

작사로, 이제는 작곡으로 살아갈 용기를 얻었다는 이야기를 덧붙였다.

"나이보다 많이 컸구나."

박기림이 장민우의 두 손을 꼭 쥐었다.

"우리 한국 사람은 그렇더라고. 아프면 아프다, 좋으면 좋다, 말할 줄 알아야 하는데 괜찮다고 말하더라고. 괜찮지 않으면서도. 아프면 아프다고 말해. 좋으면 좋다고 말하고."

박기림이 마주 쥔 손에 손가락을 끼운다.

"저, 누나 좋아요. 오늘 본 게 전부지만, 그래요, 마음에 들어요. 잘 보이고 싶고 잘해주고 싶어요."

"어떻게 잘해주고 싶은데?"

"세상 어떤 여자보다 고귀하고 아름다운 존재로 만들어주고 싶어요. 내가 사랑하는……."

말해놓고는 놀랐다. 이런 말까지 하다니.

"여자가 어떤 사람들에게도 낮보이지 않게 해줄 자신이 있어요."

장민우는 무릎을 꿇었다. 젓가락으로 찢어놓은 파전을 집었다.

"제 사랑의 파전을 먹어주세요!"

민우의 말에 박기림은 배를 잡고 웃었다. 그렇지만 이내 진정하더니 박기림을 향한 파전에 입을 댄다.

"대신 조건이 있어."

장민우가 자리에 앉자 박기림이 다짐을 받으려 했다.

"민우 씨, 이제 열여덟 살이야. 어떤 경우에도 자기가 술을 먹고 한 행동은 정당화될 수 없어. 지금도 마찬가지. 자고 일어난 뒤에도 나에게 파전을 먹여줄 용기가 있는가."

장민우는 박기림의 말에 들떴던 정신이 차가워졌다. 맞다. 그녀가 생각하기에 처음 보는 남자가 술 먹고 주정부리는 것에 지나지 않는다.

"두 번째. 살고자 하는 목표가 뭔가? 왜 위키코 카페에 그 글을 올렸는지에 대한 정확한 목적을 찾아봐. 아직 그것에 대해서는 나에게 설명하지 않았어. 카페에 그 정도 글을 올렸을 때, 장난이 아닌 다른 진심이 무엇이었는지. 그럼 간다."

벌떡 일어선 박기림이 파전 가게를 나갔다. 이제 열 시. 신데렐라라면 두 시간 빨랐고, 장화홍련이라면 장화가 나오는 시간이 너무 빨랐다. 영혼을 빨아 여우구슬에 가두는 구미호라기에는 꼬리치는 시간이 짧았다. 그런데 홀렸다. 장민우의 마음도, 몸도, 그리고 생각마저도.

2014년 6월 4일 밤

김기욱 크렘린 궁 담 넘듯이, 심장이 콩닥거리듯이

"오늘 선거하러 갔다 온 놈?"

에이, 왕초, 그럴 리가 없죠. 몇몇이 불만을 말한다.

어느새 김기욱은 서울역 노숙자에게 왕초로 통했다. 마이바흐를 타고 왔던 스티브의 모습과 계단에서 윤상길과 이야기하던 모습을 눈여겨본 누군가가 소문을 부풀렸다. 과거에 거물이거나 왕초였을 거라고.

주위를 둘러보자 미자의 가게 옆 화단에 14명이 모여 앉았다. 시간이 더 이슥해지면 이 숫자도 늘어나리라. 오늘 보았던 사람과 이야기를 가지고서. 노숙자라고 사회에 무관심하다 생각하면 오산이다. 어제 일자 신문은 이불이 되고 방석이 되며 정보지가 된다. 또 누구보다 오랜 시간 사람을 관찰한다. 노숙자가 직업이라면, 동일 직종 종사자에게는 특별한 애정을 품는다. 당연히 노숙자는 노숙자에게 관대하다. 밥을 나눠먹고 소주를 함께 마시며 미래가 없는 서로를 위한다.

"돈 있는 놈?"

사십대로 보이는 두 사람과 오십대로 보이는 한 사람이 손을 들었다. 둘러앉은 가운데에 놓인 신문에 십 원짜리까지 도합 2,880원이 보였다. 김기욱은 호주머니를 뒤져 만 원짜리 한 장을 꺼냈다.

"제일 어린 놈?"

가만히 눈치를 보던 한 녀석이 조심스레 손을 든다. 옷차림이 다른 녀석들과 구별되었다. 오랜 노숙생활을 한 사람일수록 대부분 겨울옷을 껴입고 있다. 녀석은 봄옷을 입었다. 노숙생활을 한 지가 얼마 되지

않았다는 반증이다. 가만히 눈치를 보던 녀석이 "저 투표는 했습니다. 사전투표." 하고 눈치를 본다.

"됐고. 이 돈 가지고 가서 최대한 많은 술과 먹을거리를 사와 봐."

김기욱이 명령했다. 가슴이 콩닥거렸다.

아직 애네요. 많이 가르쳐야겠네. 미자의 편의점으로 사라지는 뒷모습에 두어 놈이 웃으며 말했다. 오래지 않아 되돌아온 어린 녀석이 비닐봉지 두 개를 잔뜩 부풀려왔다.

"저, 저저, 여사장님께서 많이 주셨어요."

다행이다. 이것으로 미자는 기욱에게 화해의 손길을 건넸다.

자식들을 출가시키고 혼자 사는 미자에게 소원이 무엇이냐 물었다.

"소원은 무슨 소원. 그냥 이대로 잘 죽는 거지. 그런데 요즘 티비 나오는 안마의자는 좀 좋더라."

그날 밤, 미자는 고급 안마의자를 선물 받았다. 누가 선물했는지 말하지 않아도 짐작했으리라.

안마의자를 선물하고 나흘이 지난 오늘 오후였다. 미자가 '으~리, 으~리'로 유명한 식혜음료 하나를 건넸다.

"오십 년도 넘었을 거야. 육십 년은 됐나. 이름은 기억나지 않는데 참 멋진 남자가 있었어."

급작스런 미자의 이야기에 그녀와 눈을 맞추었다.

"난 열 살도 안 된 애였고. 전쟁이 갓 끝났을 때라 구걸이라도 해서 먹고 살아야 했으. 그런데 또래 애들을 척척 데리고 다니면서 신사들의 구두도 받아내고, 없는 애들에게는 일당을 몰아서 주기도 하고. 성품이 참 좋았던 애였지. 오빠…였지. 자연스레 무리를 이끌고 넝마주이 오야봉을 하더라고. 그대로 서울역에서 자리를 잡았다면…….”

미자가 잠시 말을 끊었다. 갑자기 목이 탔다. '으리으리'한 식혜를 단숨에 마셔버렸다.

“깡패나 됐겠지. 아님 여기 이 동네 상인들 규합해서 돈이나 빼먹으려는 사기꾼이 됐을 거고.”

미자의 말이 묘한 울림을 만들었다. 무언가 김기욱이 입을 들썩이려 하자 미자가 말린다.

“그런데 그 남자가 가장 멋있을 때가 언제였는지 알아?”

“모르지 난.”

“얼마 전까지만 해도, 미련 없이 미국으로 가겠다며 아이들을 모아 말할 때, 그 몇 십 년 전이 그렇게 멋있었어. 기억 한 구석에 콕 백혀서는 빠지지가 않는 거여. 참 멋있었제. 그릇이 작은 사람이라면 서울역 주변을 쥐락펴락하는 것도 권력이라고 놓으려고 하지 않을 건데 말이여. 그런데 생각이 바뀌었어.”

미자가 말을 끊어버려 잠시 황망했다. 어색한 분위기에 애먼 음료수만 들이켰다.

“이렇게 혼자 두고 먼저 가버린 망할 할아범도 멋있긴 했는데, 안마의자 선물해준 적은 없었거든. 그 오빠가, 턱 안마의자를 선물해준 순간이 미국 갈 때보다 더 멋있더라고.”

사레가 걸리고 말았다. 생각보다 노련하다, 미자. 허, 바람 새는 웃음이 나왔다.

“그런데 하나 물어봐도 돼, 오빠?”

오…빠? 이런, 노련하다 못해 현란할 지경이다. 자칭 오십 년이나 사람을 상대했으니.

"왜 이러고 살아?"

미자의 물음에 깊은 한숨이 새나왔다. 그래, 왜 이러고 사는 걸까? 김기욱은 가슴 한편이 쿡쿡 쑤셔왔다.

"오늘따라 손님도 없담?"

미자는 침묵이 어색한지 딴소리를 했다. 아쉽지만, 미자의 가게도 서울역사가 새로 지어진 뒤 완전히 손님을 빼앗겼다. 굳이 구 역사 앞까지 와서 이것저것 물건을 사는 손님은 없다. 구석까지 와서 담배를 피거나, 기껏해야 길 모르고 지나가던 외지인들이 음료수를 사며 넌지시 길을 묻는 게 대부분이다.

"속죄야."

가슴이 아팠다. 적어도 지금, 그를 믿어주는 몇 안 되는 사람에게 속내를 내비친다면 어떤 결과가 기다릴까?

1960년대 초, 김기욱은 도미했다. 서울역 넝마주이 오야붕이었던 그는 밀수로 짭짤한 수익을 올렸다. 이를 바탕으로 정식 오퍼상을 시작했다. 눈이 트이고 'Made in USA'의 진가를 알게 된 때문이었다. 야망이 생겼고, 실천에 옮겼다. 스스로 메이드 인 유에스에이가 되기로 결심한 것이다.

이즈음 한국은 빈부의 격차가 심해졌다. '그룹'이나 '거부'도 생겨났다. 전쟁으로 나라가 초토화된 지 단 십여 년 만이었다. 부자들, 상류층 사이에서 미국 제품은 최고로 통했다. 보석, 전자제품, 유명 디자이너의 옷은 주문이 밀릴 정도였다. 그중에서도 특히 다이아몬드는 미친 듯이 팔렸다. 급기야 김기욱은 다이아몬드의 국가라고 할 수 있는 벨기에에 오퍼상을 세우기에 이르렀다.

벨기에를 드나들며 동유럽 국가들에 눈을 뜨게 되었다. 특히 소비에트 연방과 연결 라인이 생겼다. 서방 세계는 소련이나 공산권 국가에 수출하기를 꺼렸다. 공산 국가의 수뇌부는 왕과 같은 생활을 하고 있었다. 김기욱에게는 이들 수뇌부도, 또 이 나라들도 돈을 찍어내는 기계나 다름없었다.

가장 인기 있었던 것은 포르노 필름이었다. 미국에서 20에서 30달러에 불과한 복제품이 백 배 이상으로 팔렸다. 이는 미국산 전자제품과 옷, 다이아몬드로 변신했다. 벌어들인 돈은 동유럽 곳곳에서 땅으로 바뀌었다. 포르노 필름 장사가 '산업'으로 변한 것은 비디오 때문이었다. 그러나 이때가 발을 빼야 할 때라는 걸 김기욱은 직감했다.

포르노 필름이 비디오로 바뀐 1970년대 후반, 김기욱에게는 또 다른 기회가 찾아왔다. 연방의 붕괴를 예감했던 것이다. 종말에 다다른 국가가 으레 그렇듯 지배층의 향락과 이에 따른 사치는 극에 달했다. 정권이 불안한 수뇌부는 가족의 불법 이민과 신분 세탁을 장사치인 김기욱에게 의뢰했다. 김기욱은 대가로 개발 사업에 대한 이면계약을 체결했다. 이면계약 대부분은 석유와 전기 같은 에너지 분야였다. 열 배 뻥튀기한 다이아몬드를 석유 대금으로 지불하고 절반 가격에 불구한 석유를 제공받았다.

석유를 받아 그가 가진 땅에서 전기 발전을 시작했다. 비싼 가격으로 고스란히 소비에트 연방 국가에 전기를 대주었다. 김기욱은 이즈음 전 세계에서 비공식적으로 돈을 가장 많이 벌었다. 미국인들이 꺼리는 일에 앞장섰던 결과였다. 메이드 인 유에스에이이고 싶었던 김기욱을 미국인들은 알지 못했다. 동유럽과 소련에서는 그를 갓파더라 부르기 시작했다. 상당한 공산권 국가 수뇌부 가족을 미국으로 이주시키며 얻어낸 별명이었다. 나중에는 미국에도 소문이 돌기 시작했다. '미국을 제외한 세계 경제는 갓파더가 주무르고 있다.' 라는.

소비에트 연방이 붕괴될 때, 갓파더의 눈은 이미 아시아를 바라보고 있었다. 갓파더는 이제 장사꾼이 아니었다. 국가 수뇌부가 비공식 사업을 제안하고 갓파더가 이를 수락하는 위치였다. 한국 역시 갓파더의 주요 먹잇감이었다. 금융실명제가 없고 금융시스템이 후진적이어서 구린 돈을 세탁하기에 제격이었다. 또한 정경 유착이 심해 정권 실세에게 상자째 돈을 주기만 하면 모든 것이 용인되었다.

이즈음 세계 경제는 자본을 무기로 오로지 수익에만 집착하는 사냥꾼들이 생겨났다. 선물환 거래, 적대적 M&A, 신제품 개발과 특허, 폭력과 마약, 기업형 성매매 등 종목과 업종을 가리지 않고 막대한 수익을 챙긴 사냥꾼들 상당수가 갓파더가 돈을 쥐어준 일꾼이었다. 러시아 마피아이기도 하고 정치인이기도 하고 건실한 기업가이기도 한 이들은 각자의 나라에서 피를 뽑듯 돈을 챙겨 갓파더의 통장으로 입금시켰다. 이중 한 명이 눈에 띄었다. 스티브 킴이었다.

스티브 킴이 담당한 곳이 아시아였다. 그는 30년 전 김기욱처럼 아시아 국가의 고혈을 금으로 바꾸는 재주를 부렸다. 다만 동남아시아 투자가 찻잔의 태풍이 될 것이란 사실을 1990년대 초반에는 알지 못했다. 1998년이 될 때까지도 동남아시아 시장은 돈을 긁어모으는 황금시장이었다. 1997년 중반, 스티브가 이런 말을 했다.

"수익이 막대해질수록 리스크도 막대해집니다."

"당연한 것 아닌가?"

"동남아시아 시장은 이제 길어야 삼 년이 한계입니다. 이번 기회에 동남아시아 시장을 초토화시키고 빠져야 합니다."

넌지시 스티브의 말을 인정했다.

스티브는 충실한 개처럼 그가 내놓은 말을 실행에 옮겼다. 환율을 조작해 개미와 기관, 월스트리트 투자자에게 때늦고 적은 이익을 넘겨주며 손을 뗐다. 이 정보를 스티브가 몇몇 헤지펀드에 흘리고 말았다. 급기야 정보는 동남아시아 국가가 불안하다는 소문으로 바뀌었다. 달러 자본이 빠져나가자 동남아시아 경제는 연쇄적인 불안에 빠졌다. 불안은 곧 경기 침체를 불러왔다. 막대한 손해를 본 개미투자자 연합은 아시아 시장에서 철수하기에 이르렀다. 이 폭탄이 연쇄 발화해 대한민국에까지 영향을 끼칠 줄은 몰랐다.

1997년 당시, 한국은 급작스런 금융실명제 시행으로 기업을 움직이던 막대한 검은돈이 실체를 감춘 상태였다. 기업 자체의 윤택적인 자금 사용이 불가능해졌다는 뜻이다. 결과적으로 한국에 손을 내민 투자펀드는 신설된 몇몇 규제로 오로지 환율을 올린 뒤 수익만을 내는 악랄한 헤지펀드가 대부분이었다. 정부 스스로 외환보유고 및 은행의 자기자본비율을 조정하며 위기에 대응하려 했다. 하지만 이 위기 대응이 결국 족쇄가 되었다. 동남아시아 발 환율 위기가 거센 파도처럼 대한민국에 들이닥쳤을 때 이를 방어해낼 여력을 스스로 상실하는 원인으로 작용하고 말았다.

"당시 한국은 그래, 자발적인 민주정부가 겨우 5년째였으니 다른 건

볼 것도 없었지. 선진국의 첨단 물건을 가지고와서 분해하고 몇 달 만에 만들어내는 기술력을 가진 경제 이미테이션 국가였으니까. 선진적인 경제정책이나 기업이라고는 없었지. 또 너무 이념적인 것에만 매달렸어. 민주화, 노동권의 선진화, 언론의 자유 보장, 교육현장의 선진화 같은 추상적인 것들에 매달린 결과야. 적의를 가지고 단물만 빼먹으려는 외국의 집단들에게 저항조차 하지 못했으니까. 영화만 해도 1998년에 영화다운 영화가 있었는지. 이미 할리우드는 전 세계에 산업으로 영화를 뿌리내리고 있던 때니까."

"난 잘 모르겠네. 그래도 짝퉁 백들은 좋던데 왜. 오빠, 그래서 결론이 뭐야?"

오랜 이야기를 잠자코 듣고 있던 미자는 이야기가 결론에 다다랐다는 사실을 용의주도하게 알아차렸다.

"IMF, 내가 일으킨 거야."

"IMF?"

미자는 이해가 되지 않는다는 듯 되물었다.

"그래, IMF! 그거 내가 일으킨 거야, 내가."

"IMF를 오빠가 혼자 일으켜? 말 같지도 않은 소리한다. 자, 봐!"

미자는 가게 한 구석을 뒤적거렸다. 그러더니 감자칩 과자 하나를 건넸다.

"어때?"

"뭐가?"

"과자, 어떠냐고?"

김기욱은 미자가 건넨 과자를 봉투부터 꼼꼼히 살폈다.

"어라, 봉투 아래에 살짝 구멍이 났네."

"뜯어서 먹어봐."

김기욱은 미자의 말대로 봉투를 뜯었다. 거기까지는 별다를 게 없었다. 감자칩 하나를 입으로 가져갔다.

"에퉤퉤. 내가 아무리 노숙자라지만 상하고 눅눅한 과자는 못 먹겠네그려."

김기욱이 인상을 쓰며 미자를 보았다. 미자는 개구진 장난을 친 아이처럼 깔깔거리며 웃었다.

"내가 오빠에게 그 과자를 먹였다고 해서 그게 다 내 탓인가?"

과자는 어디인가에서 구멍이 났다. 생산과정에서 그랬을 수도 있고, 운반과정에서 그랬을 수도 있다. 미자가 과자를 진열하며 스크래치가 났으리라는 짐작도 가능하다.

"오빠의 자격지심이야. IMF? 오빠가 아니어도 났을 거야. 일본도 그랬다잖아. 거품경제? 뭐 그런 걸로 인해 장기불황에 빠졌다고. 그게 누구 한 사람의 몫이라고 말할 수 있어? 한국이 그때 어땠는지 알아? 세계화라면서 일곱 살짜리 유치원 꼬마까지 해외로 갈 때였다고. 결과만 놓고 말하는 걸지 몰라도 오빠에게 건넨 감자칩이나 IMF는 똑같은 거야."

"그럴까?"

"그렇지만 오빠는 비겁해. 이렇게 노숙생활을 하는 게 무슨 속죄가 되남? 속죄를 하려면 제대로 해. 대한민국을 위해서. 나가서 돈 없는 사람을 돕고, 돈 때문에 고통 받는 여자와 아이들을 돕고, 지금도 헐벗고 굶주린 노인과 아이, 미혼모, 그리고 서울역에 나자빠져 있는 이 노숙자들을 도우라고. 다시 살게끔."

미자는 그 말을 던진 뒤 가게로 들어가버렸다. 새시 너머로 보이는 그녀의 표정은 보통 샘난 게 아니었다. 오후부터 지금까지 미자는 김기욱과 말 한 마디 섞지 않았다.

얄팍했지만 김기욱은 만 원으로 미자와 화해를 시도했다. 어디서 굴러먹던 뼈다귀인지 알지 못하는 청년을 보내서. 미자도 화해를 시도했다. 불룩한 비닐봉지 두 개에 소주를 들려 보내서.

녀석이 바닥에 깐 종이박스 위에 비닐봉지를 풀기 시작했다.

"어라, 나폴레옹도 있네요."

은행원 출신이었다던 박상진이 '나폴레옹'을 김기욱에게 건넸다. 가만, 나폴레옹이라면 한국에서 1976년 즈음에 나왔던 해태의 저가 양주다. 롯데에서 생산했던 럼 계통인 '캡틴Q'와 양대 산맥을 이루었던 코냑.

잔뜩 찌푸린 채 병을 보았다. 꽤 오래된 듯하다. 어라, 그런데.

1976년 생산이었다. 미자는 언제부터 이 양주를 간직하고 있었던 걸까. 너무 바보 같은 생각에 김기욱은 웃어버렸다. 당연히 1976년부터였겠지. 그런데 왜, 이것을 간직하고 있었을까. 왜.

현기증이 일었다. 오늘, 이것을 건넨 이유는 무엇일까.

김기욱은 자리에서 일어섰다.

"따라가 봐."

박상진이 사전투표를 했다는 청년을 부추긴다. 작은 순간에도 잘 보이려 안달난 소인배처럼 야비하긴. 청년은 배가 고팠을 텐데 말없이 일어서더니 김기욱을 뒤따랐다.

미자의 가게 앞까지 왔다. 미자는 가게를 정리하고 있었다. 곧 불을 끄고 나올 것이다. 용기를 내어 가게로 들어갔다.

"왜?"

미자가 무뚝뚝하게 물었다.

"나폴레옹, 언제부터 가지고 있던 거야?"

"알아서 뭐하게."

"왜 가지고 있던 거지?"

"한국에서 좋은 술 만들었다고 하니까, 언젠가는 주겠지 싶었어. 나폴레옹 닮았던 사람에게. 이 정도는 나도 사줄 수 있을 시절이라는 것도 보여주고 싶었고."

"오늘이 아니어도 줄 수 있었잖아?"

"당신, 오늘 떠날 거 아니었어?"

야비한 박상진과 달리 제대로 나이를 먹은 판단력과 원숙함이 미자에게 보였다.

"참 바깥에 저 친구, 한번 이야기해봐. 물건이던데."

"무슨 소리야?"

"사법고시 1차 합격. 서울대 출신. 이름 장세욱. 스물아홉. 그런데 저러고 산다."

미자가 혀를 찼다. 잔뜩 미간도 구겨졌다. 그런데 김기욱도 그러고 있다. 똑같이 혀를 차고 미간을 찌푸렸다.

"왜 저러고 있대?"

김기욱이 물었다.

"대한민국이 싫어서라던데. 자기가 태어났을 때나 지금이나 변한 게 없다고."

미자의 미간에 더욱 깊은 주름이 파인다.

"참, 빈 방 두 개나 있으니까 데리고 오려면 데려와. 오빠도, 저 녀석도 이렇게 살지 않는다고 한다면."

미자의 제안이 놀라웠다. 포르노를 팔겠다며 러시아의 이고르 보시나예프 중장에게 복제 필름을 선물했던 때만큼 가슴이 뛰었다.

"그래도 될까?"

"알아서 하기. 그렇지만 저런 녀석, 사람 만드는 것도 오빠가 하던 거잖아. 오십 년 전에 내 머리채를 잡고 똑바로 살라고 말하던 때처럼."

그랬었나. 기억나지 않았다. 김기욱은 파사하게 웃어버렸다.

"그래, 그럼 오늘은 같이 퇴근할까? 저 녀석 데리고?"

"저 애한테 먼저 물어야지. 숙대입구역 방면으로 이백 미터만 걸으면 이십사 시간 하는 분식집 있어. 거기가 정원식당이지. 오늘 내가 쏠게. 저 녀석 데리고 가자."

미자는 말없이 불을 끄며 김기욱을 가게 바깥으로 내몰았다.

가게 바깥으로 나오자 녀석은 어찌할 줄을 몰랐다. 노숙자 무리와 김기욱을 번갈아 바라본다.

"떡볶이 좋아해?"

김기욱이 묻자 장세욱이 얼른 "네." 하고 대답한다. 스티브와 다르게, 미자와 장세욱의 손을 잡아보기로 했다. 결과야 아무려면 어떠려나. 그동안 너무 눈치를 보았다. 이고르 보시나예프가 총살을 당할 때도 눈 하나 깜짝하지 않았던 김기욱이다. 그런데 왜 이렇게 사람이 작아졌을까. 그래, 지금은 대한민국을 위해 그런 배포를 가져야 할 때다. 미자의 말처럼 자격지심으로 숨어 살 게 아니라. 무엇보다 지금 정도라면 장세욱이라는 청년에게 대한민국의 심장을 심어줄 수 있지 않을까. 일단 겨누어보고 가늠해보자. 인간에게는 세 번의 기회가 온다지 않던가. 미국으로 이민을 결정하고 포르노 필름을 팔았던 게 두 번의 기회였다면, 그래, 세 번째 기회도 있지 않을까.

2014년 6월 18일 새벽

존 스미스 & 터너 살기 위해 죽다

아이폰이 잠을 깨웠다. 본능적으로 침대 옆 스탠드 근처를 더듬었다. 맞춤하게 아이폰이 손으로 들어왔다. 눈을 감고도 밀어서 잠금을 해제하며 전화를 받았다.

"누구세요?"

"터너? 날세."

"아, 존. 지금 몇 시인 줄 아세요?"

눈두덩을 누르며 그제야 눈을 떴다. 시간을 보기도 전에 상대가 말한다.

"미안하네, 터너. 한시 바쁜 문제가 생겨서. 사무실로 올 수 있겠나?"

"그럼요, 누구의 명령이라고."

전화를 끊으며 침대를 보았다. 글로리아는 잠시 뒤척였지만 등을 돌린 채 새근새근 일정한 숨을 쉬었다. 얇은 홑이불을 덮었지만, 그녀의 바디라인은 이제 눈에 띄게 달라졌다. 볼록한 배가 6개월이 된 생명을 가늠하게 했다. 배를 쓰다듬으려다 그만두었다. 글로리아 옆 보조탁자에서 디지털시계가 4시 29분을 가리킨다.

빅 존은 터너와 글로리아에게 은혜를 베풀었다. 그가 1억 달러에 구입한 GSPS는 5년에 걸쳐 대금이 분할 지급되는 조건이었다. 글로리아는 계약서에 함께 사인을 하며 뚝뚝 눈물을 떨어뜨렸다. 덕택에 상류층만 산다는 마이애미 지역에 별장을 구입했다. 무려 230만 달러짜리였다. 부동산업자는 가격이 떨어져서 그렇지 500만 달러는 족히 나갈 물건이라며 목소리를 높였다. 며칠만 묵겠다던 장인과 장모는 아예 별장에 눌러앉아 그곳에서 생활한다.

글로리아가 뒤척이는 침대만 해도 그렇다. 부의 상징! 비벌리힐스 810 N Sierra Drive, LA 비벌리힐스 부호촌에서 거의 끝이긴 하지만 800만 달러라는 거금을 주고서야 구입할 수 있었다. 글로리아와 터너의 평생 꿈이 실현된 순간이었다. 글로리아가 이 집을 택한 이유가 바로 침실이었다. 비앙코 카라라 대리석으로 집안 전체를 밝게 장식한 것에 비해 침실은 로조 알리칸테로 포인트를 주었다. 붉은 빛이 감도는 침실은 세상 어느 곳보다 로맨틱했다. 거기에 침대마저 세트라니. 대리석으로 만든 더블 퀸 사이즈 침대가 침실에 기본으로 제공되었다. 대리석 침대는 온열기능과 냉방기능도 갖추어 희소성이 높았다.

"여기야, 여기."

글로리아는 부동산업자가 등을 돌릴 때마다 연녹색 눈동자를 반짝이며 속삭였다.

비록 중고차였지만 글로리아는 늘 갖고 싶다고 말했던 허머를 애마로 구입했다. 터너는 가성비를 따져 현대의 제네시스를 구입했다. 다만 두 사람은 어쩔 수 없이 포르쉐 한 대를 더 구입했다. 비벌리힐스의 보는 눈을 무시할 수는 없었다.

이 모든 은혜는 바로 존에게서 시작되었다. 존에게 신의 은총이 있기를. 그런데 어찌 존의 부탁을 거절하겠는가. 다만 존은 번듯한 실리콘 밸리의 사무실만은 거절했다. LA 남서부 공장지대인 버논의 폐업한 배터리 공장을 사무실로 개조했다. 자체적인 시스템 구축과 방어벽, 기타 GSPS를 위한 설비를 눈에 띄지 않고 운영할 수 있는 곳으로 제격이었다.

터너는 침대 맡 보조탁자에 "급히 사무실에 가니 놀라지 마. 일어나면 전화하고."라는 메모지를 놓았다. 차고로 다가갔다. 제네시스에 시동을 켜자 셔터가 자동으로 올라간다. 셔터 바깥으로 옅은 조명이 비치는 정원이 눈에 들어왔다. 사철나무로 담을 가리고 곳곳에 계절 꽃들이 심어져 있다. 잠시 정경을 감상했다. 터너와 글로리아가 이룬 것, 그리고 앞으로 더 이루어갈 것들의 상징이 바로 이 정원이었다. 주차장에 앉아 볼 수 있는 정원이 커지면 커질수록 두 사람의 성공도 커져가리라.

비벌리 가든스 공원을 지나는 노스 산타모니카 대로는 한산했다. 윌셔 대로와 겹치는 교차로를 제외하면 180도를 꺾다시피 해 진입한 베네치아 애비뉴마저도 적막했다. 이제 내비게이션이 없어도 익숙해진 길이다. 좌회전을 하며 링컨 대로에 들어섰다. 자잘한 공장이 많았던 곳답게 밤에는 완전히 어둠 일색이다. 널따란 주차장을 끼고 있는 홀푸드 마켓을 우회전, 다시 마켓 모서리에서 좌회전했다. 이제 거의 다 왔다. 우회전을 한 뒤 선셋 애비뉴 끝에 다다랐다. 선셋, 석양이 보이는 도로답게 바다냄새가 느껴진다. 평소 30분 걸리는 거리를 20분이 채 되지 않아 도착했다.

공장은 로즈 애비뉴와 선셋 애비뉴 사이 블록인데 선셋 애비뉴를 인접하고 있다. 공장 2층 모서리에 불이 켜진 것으로 보아 존이 도착한 모양이다. 셔터를 올렸다 내리는 게 귀찮아서 공장 담벼락에 차를 댔다.

휘파람을 불며 2층 사무실의 문을 밀었다.

"어라, 처음 뵙는 분도 계시네요."

"아, 그러네. 존… 스미스, 조나단 스트라이크 씨라네."

터너는 의아했다. 분명 존은 그와 동명으로 말하려 했다. 존 스미스라고. 이제 그도 애칭으로 부르기 시작한 빅 존과 달리, 조나단이라고 소개를 받은 남자는 좀생이 같았다. 1미터 80센티미터가 조금 못 되는 키에 머리는 완전히 벗겨졌다. 날씨가 꽤 더웠는데도 목을 감싸는 티셔츠를 안에 입고 단추를 푼 연분홍 와이셔츠를 걸쳤다. 키에 비해 꽤나 왜소했다. 어깨가 좁고 코와 볼 주변으로 긴 주름이 파였다. 게다가 몸과 어울리지 않는 통 넓은 바지가 시대감각을 완전히 잊었다는 느낌을 준다.

"조나단, 여기는 터너 씨."

조나단이 터너에게 악수를 건넸다. 아무렇지 않은 듯하려 애쓰며 조나단의 오른손을 꽉 쥐었다.

"저는 지질학자입니다. 판 구조론에서 조금 선진적인 이야기를 했더니만, 구석으로 보내졌어요. 떠들지 말라고. 제가 어린 시절에 좀 떠버리였거든요. 알래스카에만 벌써 이십 년 가까이 있었더니, 더구나 혼자였거든요. 노아턱 프리저브 와일더네스라고, 북미에서 사람이 살 수 있는 최북단지역입니다. 아니, 살 수 없다는 게 맞으려나요? 아, 그린란드는 빼야겠네요. 거기는 생각 외로 학자들이 많거든요. 또 노아턱에는……, 제가 일부러 그런 곳에 틀어박혀 있었으니까요. 존이 엄청난 모습으로 저를 꺼내주기 전에는요. 통조림만 이십 년을 먹었어요. 믿으시려나?"

좀생이에 수다쟁이라는 느낌이 더해졌다. 아니면 지독한 오타쿠이거나.

"네, 저는 프로그래머입니다. 주식 예측 프로그램을 최근에 만들었습니다. 뭐랄까, 인공지능 같은 걸 섞었다고 할까요. 그 결과 빅 존과 파트너가 되었구요."

"아아아, 프로그래머라. 아, 제가 이십 년을 지질학 신호만 살피느라 프로그램이 어느 정도로 발전했을지 궁금하네요. 시간이 된다면 한번 보여주실 수 있을까요?"

"자자, 조나단? 터너? 미안하지만 두 사람 모두 내 이야기를 좀 들어줘야겠네."

빅 존이 테이블로 두 사람을 안내했다. 어차피 빅 존과 같은 사무실을 쓰는 터라 조심스러운 그의 모습이 어색했다. 자리에 앉으려다 터너는 좀생이에게 최고급 블루마운틴 커피를 권했다. 커피향이 사무실에 들어찼다. 머그컵 가득 따른 세 잔의 커피를 들고 테이블로 돌아오자 빅 존은 사뭇 심각한 눈길이었다.

"빅 존, 왜 그래요? 무섭잖아요!"

"와, 이 멋진 커피향이 도대체 얼마만이야. 늘 기름기 절어 있는 썩어문드러진 커피향만 느끼다가, 와!"

좀생이 조나단이 재빨리 커피를 받아들었다.

"먼저, 터너에게 말해야겠네. 세상에는 때론 몰라도 되는 것들이 있어."

"존!"

터너는 빅 존이 정색을 하고 말하자 조금 두려운 마음이 들었다. 그와 글로리아에게 더없는 천국을 선물했던 존이기에 지옥을 천국이라고 안내해도 믿고 따를 것이다.

"듣기만 해. 판단은 나중에 하고. 자네, 올해 나이가 몇이지?"

"마흔두 살입니다. 한 달만 더 있으면 마흔세 살이 되고요."

"글로리아는?"

"스물아홉 살입니다."

"자네, 축복받았군. 아, 그렇지만 마음이 아프네. 오늘 이야기를 들으면 더 이상 자네와 나 사이가 그대로일지 장담할 수 없네. 하지만 나는 하지 않을 수 없다네. 지금은, 그래, 어쩌면 딸 같은 글로리아와 동생 같은 자네가 많이 좋아졌거든. 진심이야 이건. 그래, 먼저 인정할 것은 나도 이제 나이가 들었다는 게야. 전 같으면 자네는 내 손으로……."

말을 끌며 빅 존이 손바닥을 펼쳐 바라보았다.

"이 얘긴 넘어가지. 어쨌든 내가 이 정도로 뜸을 들인다는 게 우습지만, 그래, 내 입으로도 자네에게 말하기가 그만큼 껄끄러워서 그렇다네. 이해해주겠나?"

터너는 실체 없는 두려움이 점점 커져가는 것을 느꼈다.

"저, 커피 좀 더 없나요?"

갑자기 끼어든 조나단 탓에 안도했다. 벌떡 일어선 터너는 조나단에게 남은 커피를 따랐다. 그리고 이야기가 길어질 것 같아 다시 커피를 내렸다. 마음을 다잡았다. 빅 존이라면 믿을 수 있다. 2년이라는 시간 동안 단 한 번도 약속을 어긴 적도, 실망을 시킨 적도 없었다. 그가 이만큼 뜸을 들이면서도 그에게 이야기하려는 이유, 알고 싶었다.

"말해주십시오. 그런데 오늘 처음 뵌 조나단 씨가 들어도 되는 이야기입니까?"

"그렇다네. 그도 존이기에 이십 년이나 인생을 망치고 말았거든. 어쩌면 나도 그랬을지 모르고."

존이니까?

"듣기 전에 한 번 더 다짐을 받아야겠네. 이 이야기를 들으면 자네는 글로리아와 헤어져야 할 거야."

그 말에 벌떡 자리를 박차고 일어섰다. 아니, 도대체 무슨 이야기이기에!

"진정하게나. 조금, 내가 과했네. 그래, 이야기를 듣고 나서 자네가 노라고 말해도 늦지 않다네. 자네가 노라고 말한다면 나는 자네의 존재를 깨끗이 잊겠네. 그러면 되는 거야. 물론 약간의 제약이 뒤따르겠지만 자네라면 그 제약쯤은 금세 이겨낼 거라고 보고."

"후우. 존, 빅 존, 도대체 무슨 이야기이기에 이렇게 뜸을 들이는 겁니까?"

"존에 관한 거라네. 존."

빅 존은 조나단 스트라이크와 눈을 맞추었다.

"아, 아아. 네, 저도 존입니다. 존 스미스. 제 본명도 잊었어요. 존 스미스로만 살았거든요."

"뭐예요, 빅 존도 존 스미스, 조나단도 존 스미스. 장난하지……."

"장난이 아냐. 미국인이니 9·11 테러를 모르지는 않을 테고."

빅 존의 이야기는 1992년으로 거슬러 올라갔다. 미국에서는 크리스마스에 젖어있던 1991년 11월 26일, 소비에트 연방이 해체를 선언하며 냉전이 붕괴되었다. 냉전은 미국의 적대적인 존재인 동시에 언제든 국민들의 혈세를 빨아먹을 수 있는 수단이었다. 지구 대륙의 6분의 1을 장악했던 15개의 연합국가 소련이 붕괴되자 위성국가들 역시 민족주의 색체를 드러내며 사분오열을 일으켰다. 기실 미국의 입장에서는 이들이 구분십열을 일으키든 말든 상관없었다.

문제는 돈이었다.

1992년 당시, 공식 비공식으로 정보기관에 들어가는 돈은 400억 달러에 육박했다. 심지어 80억 달러를 써대는 국가안보국 NSA의 존재를 미국이 인정한 것도 10년에 지나지 않았다. 그런데 소련이 붕괴되며 적이 사라졌다. 정보국의 존재가치가 일거에 소멸한 것이나 다름없었다.

소련의 눈치를 보던 위성국가인 불가리아, 루마니아, 폴란드, 체코슬로바키아, 헝가리, 알바니아, 동독, 유고슬라비아 연방 공화국 등 여덟 개 국가의 공산주의 체재 변화도 가속되었다. 유고슬라비아와 체코슬로바키아 등은 민족, 지형에 따른 국가의 해체 역시 가속화되기 시작했다.

공식적으로 17개, 비공식까지 합친다면 숫자를 알 수 없는 미국의 정보기관들은 정보수집 이외에 수많은 사업을 벌여놓은 상태였다. 대표적인 것이 사법체계를 거치지 않은 채 반정부 인사, 살인광, 마피아 보스, 거대 마약 카르텔 두목, 기타 미국에 적이 될 수 있는 사람들을 납치하여 가두는 사설 감옥이었다. 이는 빙산의 일각이었다. 미국의 정보기관들 상당수는 수많은 첩보원, 정보원들을 이들 국가에 두고 석유, 전기 등 에너지 사업에 막후 실력을 행사하고 있었다. 영화, 서적 등 문화 침투, 민주주의 이념을 섭렵한 인물들을 대거 포섭, 지하세계를 통해 국민의 정신 개혁에도 착수한 상태였다. 결과적으로 미국의 적을 포섭, 공산국가를 미국의 우방으로 만들 적대적 국가 M&A 준비를 마친 상태였다. 천문학적인 돈이 만들어낸 미국판 판타지였다.

이 상황에서 돈줄이 끊어진다면, 2차대전 이후 진행해왔던 경제, 문화, 정치 개혁 사업 모두가 물거품이 된다. 자연스레 정보기관은 필사적으로 변했다. 정보기관은 어떻게 하면 천문학적인 자금을 계속해서 운용할 수 있을지에 주목했다.

첫 번째가 주적에 대한 변화였다. 공산권 국가 상당수가 민주주의 이념으로 갈아탄다면 미국은 '개발'이라는 명목으로 공식적인 사업들을 추진할 수 있다. 이럴 경우 정보기관의 존재보다 재무국을 비롯한 경제 관료와 기업들의 위치가 커질 수밖에 없다. 따라서 기존 공산권 국가를 버리고 미국에 위협이 되는 거대한 적을 재설정할 필요가 생긴다. 가장 먼저 부상한 곳이 중국이었다. 그렇지만 인구가 10억 명이 넘고, 미국에서도 5~6퍼센트에 달하는 아시아계의 반발을 무시할 수 없었다. 특히 인구수로만 따질 수 없는 이들 아시아계, 특히 중국계의 경제력은 미국 내 어떤 소수민족보다 거대했다. 미국 내에서 '인도계'로 분류하는 서남아시아 계통 사람들마저 아시아 편을 든다면 중국을 적으로 두는 것은 미국 자체를 분열시키는 일이 될 수 있었다.

간단히 미국의 인구를 100, 미국의 경제를 100이라 할 때, 동아시아 인구는 5~6을 차지하지만 남미계 미국인은 15정도가 미국전역에 분포한다. 하지만 남미계 미국인이 경제에 차지하는 비중은 소득과 소비에서 10정도를 차지할 뿐이다. 반면 동아시아 인구의 소득과 소비는 11~12정도를 차지하고 있다.

만약 중국을 주적으로 변화시킨다면, 미국 내에서 동아시아 인구의 정치적 이탈과 함께 소비 구매력을 완전히 감소시키는 부작용을 낳을 수 있었다. 무엇보다 'WHITE'로 분류하는 백인과 '기타 인종'의 대결 양상으로 치닫는다면 소비에트 연방의 붕괴가 '미합중국 연방 공화국'의 붕괴로 이어지지 않으리란 보장도 없다.

산유국이었던 소비에트 연방과 주변 위성국가들에게서 빼앗아오던 이익을 고스란히 취하면서 주적으로 변화시켜도 미국에 부담이 없을 곳은 어디인가. 1991년 12월 26일, 소비에트 연방의 붕괴 이후 미국 정보기관이 가장 고심한 부분이었다. 또한 주적의 변화는 잡음이 없어야 한다는 조건과 함께 어떤 때보다 은밀하고 신속해야만 했다.

주적이 없는 상태로 1년만 시간이 가버려도 400억 달러에 달하는 정보권의 자금은 발이 묶이게 된다. 실제 400억 달러는 보이는 것일 뿐 보이지 않는 무형의 자금으로 확대한다면 최소 100배, 4조 달러에 이른다. 이 400억 달러는 수많은 미국 기업의 유럽 진출 교두보이며, 미국 내 지하 경제를 움직이는 초석이다. 400억 달러로 미국을 직접 '경영'하는 사람들이 직업을 잃고 반발하는 기조로 바뀐다면, 또 미국의 동유럽 수출입과 아시아 수출입이 경색된다면, 미국 경제 자체의 유동성마저 굳어질 위기에 처한다.

주적에 대한 변화가 가져올 수 있는 부작용은 이처럼 막대했다. CIA, NSA, FBI, 재무성, 미 합참 등은 당장 적으로 써먹어도 무방한 국가를 전광석화 같은 속도로 찾아내야만 했다.

두 번째, 화석 에너지에 대한 지속적 확보가 필요했다. 미국은 공식 비공식 루트를 통해 상당한 양의 공산권 화석 에너지를 빼앗다시피 하여 축적했다. 소비에트 연방이 개혁에 착수하고 부패인사를 정리하며 공정한 경제체계가 확립되기 시작하면 당분간 미국은 에너지 획득 창구를 잃게 된다. 이는 미국인들이 소비하는 눈에 보이는 에너지와는 다른 분야였다.

당시 미국은 텍사스나 그린란드를 비롯한 자국 내 화석 에너지에 대한 보유량을 정확히 파악할 수 없는 상태였다. 파보지 않은 땅속 에너지가 얼마인지 추정하는 기술적 한계 때문이었다. 미국 내 생산량과 추정 가능한 주변 지형을 살펴 대략적으로 15년에서 35년 정도로 추정할 뿐이었고 이는 학자마다 근거와 판단이 달랐다. 그런 까닭에 미국 내 화석 에너지는 소비하지 않으면서 에너지를 축적하는 방법에 주력했다. 결과만 놓고 말하자면, 정보기관은 이 부분에서 최대 주적을 찾아내는 '성과'를 올리게 된다.

만약 화석 에너지가 없다면 대체수단은 있는가?

미국이 가장 심각하게 고려하는 부분이었다. 인류가 화석 에너지를 적극적으로 사용한 것은 겨우 100년에 불과했다. 1800년대 중후반만 해도 미시시피를 가로지르던 거대 유람선은 수증기로 움직이는 기관선이었다. 나무를 떼고, 석탄을 뗐다. 이런 에너지에 혁명을 가져온 것이 석유였다.

미국은 세계에서 가장 싼 돈으로 거의 백 년이나 석유를 펑펑 써댔다. 즉 미국 국민들은 석유에 대한 경각심이 부족하다. 아니, 거의 전무하다고 해도 틀리지 않다. 이런 미국 국민이 석유를 사용하지 못하는 현실이 도래한다면 어떻게 될까? 약탈과 살인이 난무하는 고대국가로 회귀하지 않으리란 보장이 있을까?

'화석 에너지가 고갈되었습니다.'

전 세계가 이런 상황에 처했을 때, 미국은 자국 내 에너지를 채굴하기 시작하고, 그간 비밀리에 준비해왔던 에너지를 공개한다. 이때 미국 국민들이 정부에 보낼 충성은 실로 막강할 것이다. 이후 완전히 석유 에너지가 고갈되었을 때 최소 10년 이상 미국 정부를 움직일 에너지를 보유하고 있다면 혼란을 최소화시킬 수 있을 것이다.

그만큼 에너지에 대한 문제는 심각했다. 또한 상당수 학자들이 화석 에너지 고갈을 예언했다. 미국은 그 시기를 최대한 늦추어야만 했다. 석유를 대체할 에너지를 찾을 때까지 미국 국민이 지금처럼 석유를 펑펑 써대며 혼란을 최소화시키는 것은 필수 과제였다.

"세 번째……."

"잠깐만요."

터너는 존의 말을 재빨리 잘랐다.

"역사 공부입니까? 이란을 침묵시키고 이라크를 침공해 미국의 노예로 만든 것을 정당화시키는 겁니까?"

"아니네, 아니야. 그 이야기를 하려던 게 아니야. 아마 지금은 조나단, 아니 빅 존, 내가 아닌 존 스미스 씨는 오늘의 나처럼 자신의 과오에 대해 뼈저리게 후회하고 있을 걸."

빅 존이 좀생이 존을 바라보았다. 좀생이 존은 마치 죽음을 목전에 둔 사람처럼 회한 가득한, 그러나 너무도 허망한 웃음을 지었다.

"뭡니까? 두 분이서 지금 국가 재난 대응 매뉴얼이라도 읊고 싶은 겁니까? 그런 거예요?"

터너가 반발했다.

"음, 솔직히 말하겠네. 지금부터 하는 이야기는 국가 재난 매뉴얼 따위가 아냐. 미국의 세계 정복 시나리오 따위도 아니라네. 터너 자네와 글로리아가 이 땅에서 유복하고 편안하게 사는 것에 대한 이야기라네."

"글로리아와 내가……."

갑자기 터너의 말문이 막혔다. 맞다. 존의 돈이 아니었다면, 글로리아는 그녀가 세상에서 가장 마음에 든다는 대리석 침대를 소유할 수 없었다. 하지만 존이 궁극적으로 꺼내려는 이야기를 짐작할 수 없었다. 존, 도대체 하고 싶은 말이 뭡니까?

"1992년을 기점으로 미국 첩보기관의 생존방식은 극명하게 변해갔네. 간단히 네 가지 정도 될 거야. 첩보를 입수해 팔아먹는 것, 분쟁지역에 직접 군사력을 행하는 것, 미국 이외의 지역에 회사를 설립해 운영하는 것, 미국 내에서 독립적인 지위를 획득한 정보기관을 설립하는 것!

이러한 과정에서 이탈해 개인적으로 움직이는 프리랜서에 대한 이야기는 빼겠네. 지금 하려는 이야기와 맞지 않으니까.

공군, 해군, 육군, 해병대 출신 정보원들은 산하에 독립적으로 움직이는 군사력을 보유한 경우가 대부분이었네. 이들은, 그래, 뼛속까지 군인들이지. 이들 군인은 위험을 즐겨. 오사마 빈 라덴을 잡기 위해 최전방에 가장 먼저 침투해 주변을 장악하고 특수대원들이 투입될 수 있도록 도운 사람들이 누구이겠나. 이들이야. 이들은 미국을 위해 목숨을 내놓고 일하지만 그저 '익스펜더블'로 불린다네. 쓰고 버리는 소모성 인간으로 불린단 말이네."

"실제로 그러한 사람들이 존재한단 말입니까? 영화가 아니라요?"

"아마 이만 명이 넘을 걸. 지금도 이라크와 이란, 파키스탄과 인도, 중국 접경지역과 북한 주변에서 국적을 버린 채 미국을 위해 그림자로 살고 있을 테니까."

빅 존의 목소리가 조금 격앙되었다. 이내 자신의 상태를 확인했는지 빅 존은 흠, 헛기침을 하며 감정을 가라앉혔다.

"돈에만 목을 맨 변질 첩보원들은 오히려 이때가 기회였어. 미국계 아시아인으로만 알려진 '갓파더'라는 닉네임을 가진 거상이 있네. 추정할 수 없지만 이 사람의 재산은 이제 세계 최고 수준이라더군. 워렌 버핏이 백방으로 수소문해 점심을 먹자고 할 정도라니까."

"올해 워렌 버핏과 먹는 점심이 얼마에 낙찰되었는지 아세요?"

터너는 빅 존을 향해 물었다. 대답은 다른 존에게서 돌아왔다.

"이백이십만 달러죠. 무슨 점심 한 끼에. 돈지랄하고 싶어 미친 겁니다!"

좀생이 존이 처음으로 격하게 목소리를 높였다.

"그렇지만 갓파더는 지하세계 모든 사람들이 알 정도로 돈을 모으는 기계였으니까요. 갓파더, 닉네임으로 이만큼 멋질 수 있을까요?"

좀생이 존이 크게 웃었다. 마치 감정 변화가 급격한 조울증 환자처럼 여겨질 정도였다.

"자자, 거기까지. 어쨌든 수많은 정보원들이 오로지 돈을 벌기 위해 갓파더에게 붙었네. 자신들이 얻어낸 정보를 자기 자신에게 써먹은 셈이네. 초기 자본이 없던 정보원들은 동유럽과 러시아 국가에 돈이 될 만한 정보를 지속적으로 제공해주는 조건으로 이중첩자가 된 거지. 그 돈으로 갓파더가 권하는 여러 사업들에 투자하기 시작했네. 결과적으로 이들은 동유럽이나 러시아, 중국 등지에서 미국인 사업가로 변신하는 데 성공했지. 이들은 이제 첩보원과는 먼 세계에서 살고 있다네. 미국을 팔아서!"

빅 존은 잠시 일어나 책상 서랍을 뒤졌다. 곧바로 그의 손에는 XO

라는 글자가 큼지막하게 적힌 위스키가 들려 있었다.

"저도 한 잔 주십시오."

터너는 일어서서 유리잔 두 개를 챙겼다. 좀생이와 터너는 자연스레 양주를 마셨다.

"하나가 남았네요. 미국 내에서 독립적인 지위를 획득한 정보기관을 설립하는 것!"

식도를 타고 양주의 알싸한 느낌이 내려갔다. 곧바로 위속에서부터 코로 넘어오는 특유의 스카치 향이 뇌까지 전해졌다. 터너는 지금까지 빅 존이 했던 이야기를 하나도 놓치지 않았다. 위스키와 함께 마지막 남은 하나가 또렷이 머릿속에 각인되었다. 그리고 어쩌면…….

"터너, 자네는 역시 머리가 좋아. 그래 맞았네. 정부기관과 보조를 맞추지만 독립적으로 움직이는 막후의 정보기관. 맞아, 그 중 하나가 바로 존 스미스라네."

"아하, 그런 거였군요. 존 스미스!"

말 같지도 않은 소리에 버럭 화가 났다. 빅 존이 놓아둔 위스키를 거칠게 따랐다. 거의 100밀리리터를 단번에 마셔버렸다. 식도가 타는 듯했다. 존 스미스라니, 그 말 같잖은, 그런데 조나단이 다시 보였다. 무슨 이유로 저 좀생이가 20년을 알래스카에 틀어박혀 있었을까!

"빅 존. 전 그래요, 전 당신을 존중합니다. 그렇지만 이 빌어먹을 이야기가 전혀 이해가 가지 않아요, 먼저 저 좀생이 같은……."

술기운이 대번에 올라왔다.

"미안해요, 조나단. 당신을 힐난하는 건 아닙니다. 그렇지만 제가 지금 이룬 행복이 날아갈지도 모른다고 말하는 빅 존보다, 전 먼저 당신의 이야기가 듣고 싶군요. 부탁합니다."

터너의 이야기에 좀생이 존은 왠지 감동 받은 모습이었다. 빅 존과 눈을 맞춘다. 빅 존은 터너를 잠시 바라본 뒤 고개를 끄덕였다.

"아, 어디부터 이야기를 해야 할까요? 제가 딱 갇힌, 아니죠, 제 의지로 몸을 숨긴 때가 1992년 1월이었거든요. 아, 제가 지질학자라고 이야기했던가요?"

좀생이 조나단이 갑자기 물어오는 통에 화들짝 놀랐다.

"네, 지질학자라고 말씀하셨죠."

"맞아요, 전 지질학자입니다. 저는 판 구조론의 신봉자입니다. 그런 까닭에 하나의 대륙에 대해 많은 연구를 했죠. 제가 1991년에 내놓았던 이론은 그거였습니다. 침몰한 아틀란티스 대륙처럼 판 구조론에 입각해 대륙을 침몰시킬 수 있다는 게 이론의 요지였어요. 그러나 한계가 있었죠. 수백만 년째 정확히 자리 잡은 현재의 여섯 대륙을 침몰시키는 것은 불가능합니다. 하지만 병풍처럼 둘러싸고 있는 지각 변동의 떨거지 국가들은 인위적 압력으로 침몰시킬 수 있다는 것!"

"네? 뭐라고요?"

터너는 좀생이 존의 이야기가 단번에 귀에 들어오지 않았다. 떨거지 국가라니?

"사실 전 그 반대를 주장했던 건데. 보자, 아, 세계지도가 있으면 좋겠는데."

"아니, 아니, 존, 거기까지만 하게. 그것만으로도 충분히 이해가 되었을 거네. 자네의 이론이 실체가 된다면 환태평양 라인에 걸친 국가들에게 얼마나 큰 위협이 될지."

잠시 술이 취한 건가, 터너는 자신에게 반문했다. 일반 지질학자와는 반대되는 이론으로 학계에서 내몰렸을, 20년 전 좀생이 존의 모습이 보이는 듯했다.

"제 이론은 사장되고 저마저 학계에서 축출되는 분위기였어요. 지금이라면 인터넷이란 게 있으니까 오히려 크게 화제가 되었을지도 모르지만, 그때는 월드와이드웹이라는 것도 초기 단계였으니까. 그때 존 스미스라는 사람이 손을 내밀었습니다. 그 남자, 저에게 이렇게 묻더군요. '자네의 소원이 뭔가?'"

좀생이 존은 어디든 숨어서 혼자 살고 싶었다고 말했다. 사십대 후반의 존은 그가 미국을 위한 몇몇 실험을 시작했다고 덧붙였다.

'자네는 이제 존 스미스로 살게 될 거야. 혼자 살고 싶다고 했지? 알래스카 정도는 어떤가? 대신 자네가 좋아하는 지질학은 마음껏 가지고 놀 수 있게 해주지. 그동안 자네는 자네의 이론을 확립시킴과 동시에 자네가 말한 것을 실행할 수 있는 근거를 만들게나. 십 년이 걸려도 좋고 이십 년이 걸려도 좋다네. 그것 외에 자네가 바라는 게 있는가? 어차피 자네는 내가 아니라면 자네가 지금까지 이룬 모든 것을 빼앗기게 될 거야. 하지만 자네가 또 이룬 게 뭔가. 기껏해야 스탠퍼드대학 박사학위 하나와 월세를 내지 않아도 되는 집 하나를 장만한 것, 매달 부모님께 부치는 이천 달러 정도가 전부 아닌가.'

조나단 스트라이크는 존 스미스의 제안을 고심했다.

'자, 자, 스트라이크. 자네 부모님에게 매달 일만 달러를 부치겠네. 자네 통장으로도 매달 이만 달러를 입금해놓겠네. 연금이라고 생각하게나. 아쉽다면 자네는 이제 알래스카로 가게 될 테니, 부모님을 한동안

보지 못할 거야. 하지만 자네가 주장한 이론을 실체화시킨다고 생각해 봐. 이론을 완성했을 때 당당하게 다시 학계로 진입하면 되지 않겠나!'

조나단 스트라이크는 자신의 이름을 존 스미스로 바꾸었다. 출생증명서, 운전면허증, 심지어 가짜 졸업장까지 받았다. 조나단이 미국을 망치는 요체라고 비판했던 하버드의 졸업장이었다. 그에게 존 스미스를 제안했던 '존 스미스'는 알래스카 북쪽 노아턱에 모든 실험장비와 기기일체를 구비해주었다. 노아턱이 턱이 빠질 정도로 춥다는 것만 빼면 스트라이크에게는 천국이나 다름없었다. 무엇보다 노아턱의 추위도 지질의 탓이다. 그 정도는 감수할 용의가 충분했다.

"그렇게 이십 년을 보냈습니다. 이제는 제 부모님도 돌아가셨고, 제가 왜 그곳에서 지금껏 살았는지도 잊어버렸어요. 국립공원을 관리하는 몇몇 사람들이 저에게 올 때는 제가 살았나 확인하는 차원이었답니다. 그러면 저는 냉동된 베이컨과 식빵, 기름 냄새 나는 커피를 건네며 자고 가라고 말하죠. 하지만 그 사람들은 커피도, 또 식빵도 손을 대지 않은 채 헬리콥터를 타고 사라진답니다."

"빅 존, 조나단의 이야기는 잘 알아들었습니다. 하지만 그의 이야기가 글로리아를 빼앗을 만큼 위중해보이지는 않네요."

짐짓 점잔을 뺐다.

"뭔가, 터너. 자네같이 머리 좋은 친구가 아직도 이해하지 못했나?"

빅 존의 호통에 알코올에 침몰 중이던 정신이 재빨리 돌아왔다.

"조나단, 그래, 나보다 육 개월 빨리 존이라는 지위를 획득한 이 친구는, 지구 몇 곳을 간단하게 침몰시킬 수 있는 무기라네. 알겠나? 그리고 터너, 자네가 나에게는 뭐라고 생각하나?"

"좋은 파트너 아닙니까? GSPS를 발전시켜 앞으로 예측 가능한 수익을 끌어 모을 파트너!"

"순진하군요, 터너 이 사람."

좀생이 존마저 터너를 힐난했다.

"제가 이렇게 말하지 않았나요? 지각 변동의 떨거지 국가들은 인위적 압력으로 침몰시킬 수 있다고. 만약에 터너, 제가 그 방법을 완벽히 알아냈다고 생각해보세요. 어떤 일이 저에게 닥칠지."

"그럼 조나단 당신이 이십 년째 알래스카에 있었다는 건……."

"맞아요, 제 자의였습니다. 제가 그 방법을 알아냈다는 사실조차 비밀로 해야만 했으니까요. 존 스미스, 제가 말하는 존 스미스는 이 사람이 아닙니다. 지금은 칠십대쯤 됐지 않았나 싶은데, 못 본 지가 벌써 십이 년째라서. 제게 그런 제안을 건넸던 존 스미스에게마저 비밀로 해야만 했거든요. 학계에서 얼른 독보적 위치를 차지하고 싶었던 망나니 조나단 스트라이크가 정신을 차렸을 때는 저 자체가 공포였습니다. 악마로 여겨졌거든요. 그래서 조나단 스트라이크가 아닌 존 스미스라는 사실이 감사했습니다."

좀생이 존의 말에 터너는 완전히 기력을 잃었다. 매달 2만 달러, 이십 년이면 500만 달러라는 거금이다. 물론 이십 년 전, 터너에게도 그런 제안이 왔더라면 단순히 돈의 향기에 매료되어 뿌리치지 못했을 것이다. 다만 가치와 기준이 바뀌며 터너에게는 1억 달러가 넘는 제안으로 바뀌었을 뿐이다. 맞다. 터너 역시 존 스미스의 제안에 졌다.

"도대체 존 스미스라는 사람은 누구입니까? 빅 존도 존 스미스이지 않습니까?"

"새로운 형태의 정보기관이네!"

"사람이잖아요?"

"맞아. 정치, 문화, 역사, 경제, IT, 지질학 등 각 분야 최고의 엘리트로만 뭉친 요체라고 해야 할까. 과거에는 고르바초프가 오른손으로 똥을 닦는지도 정보가 되었다네. 하잘 쓸데없는 것들이지. 기존 과거를 답습했다면 여전히 그러고 있을 거야. 엘리트 몇몇이 컨트롤타워가 되어서 학계와 정계, 문화계와 정보통신까지 움직이는 상상을 해봐. 그런 정보는 필요조차 없다네. 왠지 알겠나? 바로 우리가 정보를 창조하고 그것을 통제하며 새로운 트렌드를 만들어낼 테니까. 오로지……."

"존 스미스라는 가공의 한 사람이 되어서!"

터너는 그제야 존의 말을 완전히 이해했다. 그리고 최근 존이 GSPS의 업그레이드 방향을 제시했을 때 갸우뚱했던 존의 요구마저 정확한 목적을 알아차렸다. 조나단이 그가 주장했던 지질학으로 존 스미스에게 거대한 무기가 되었다면, 터너는 컴퓨터 정보 분야의 거대한 무기가 될 것이다.

"잠시만 터너, 앞서가지는 말아주게. 조나단에게도, 그래, 조나단을 설득시킨 것도 이 문제 때문이었네. 터너, 난 내 딸을 살려야만 하네."

"딸…이라고요? 존, 당신에게?"

터너는 글로리아가 떠올랐다. 그녀에게도 생명이 숨 쉬고 있다. 산부인과 의사는 6개월째에 접어든 며칠 전, 넌지시 딸이라고 알려주었다.

"아, 어디서부터 말해야 하나? 며칠 전이었네. CIA국장 브렌든이 나를 찾더군."

빅 존은 도무지 이름을 알아들을 수 없는 중국인 몇몇을 이야기하며 거대한 외교 분쟁이 될 수 있는 찻잔의 태풍이란 설명을 곁들였다. 그리고 그 분쟁을 일으킨 주인공이 존의 딸, 로즈마리일지도 모른다고 결론했다.

"브렌든이라는 사람, 나빠 보이지 않는데요. 빅 존 당신에게 딸을 구할 수 있는 시간을 준 거잖아요."

"존, 터너 이 사람, 참 순진하네요. 정말 순진해요."

좀생이 조나단이 어이없다는 듯 조소를 터뜨렸다.

"터너, 조나단의 말이 맞아. 내가 그래서 자네를 좋아하는 거고. 자넨 뭐랄까. 여전히 십대 같은 순수함을 간직하고 있거든. 정보를 무상으로 줄 때는 말이네, 그건 우리를 위한 게 아니라 자신을 위한 거라네. 터너 자네 말처럼 내가 딸을 구하기 위한 시간을 주려는 게 아니라 내 딸을 잡기 위한 시간을 번 거라네. 이해하겠나? 정보를 정보로 덮은 거라고. 그동안 나를 붙잡아 둔 거고. 보게나, 난 벌써 며칠째 딸을 구하러 가지 못했네. 내가 그날 곧바로 딸을 구하러 도쿄로 향했다면, 완전히 비어버린 내 주변을 CIA가 치고 들어올 거니까."

"가만, 잠깐만요, 존. 당신은 지금 당신 딸이 그 뭐냐, 이름조차 발음하기 힘든 중국 고위관료를 죽였다고 말하지 않았나요? 어떻게 그런 일이 생기죠?"

"아, 터너, 터너. 난 내가 자네에게 했던 제안이나 내가 살아왔던 그 모든 순간이 다 미국을 위한 일이라고만 생각하며 살았네. 서 존이, 서 존은 나와 처음 존 스미스를 꾸린 파트너라네, 조나단을 발굴할 때도 그랬겠지만 터너 자네를 끌어들일 때도 오로지 미국을 위한 일이라고만 생각했네. 미국을 위해서는 다른 국가의 그 어떤 손해 따위는 문제도 되지 않았으니까. 그러나 미국이 내 가족을 죽이려 한다면 이야기는 달라지지."

터너는 빅 존의 이야기에 공감했다. 누군가 글로리아를 해하려 한다면 터너는 그가 취할 수 있는 모든 방법을 동원할 것이다. 그게 무엇이든, 어떤 절차이든. 글로리아와 태어날 딸을 위해서는 살인도 불사할 수 있다. 어떤 것과도 바꿀 수 없는 그것이, 가족이다.

"존, 그럼 제가 무얼 하면 되는 겁니까?"

"CIA는 여러 경로를 통해 로즈마리, 아 내 딸 이름이네, 딸에 대한 정보를 흘릴 거야. 그것을 외교 카드로 사용하기 위해서 대책을 수립할 테고. 나는 그 전에 내 딸을 찾아야만 하네. 그렇지만 이렇게 될 때 내 주변 역시 초토화가 될 거야. 얼마 지나지 않아 자네에게까지 그 영향력이 미칠 테고."

"그래서 당신을 제가 글로리아와……."

말을 꺼내는 것도 싫었다. 빅 존조차 말하기를 꺼린 이후 문제는 상상하는 것조차 싫었다.

"그래, 상상도 말도 꺼내지 마. 가족이……."

빅 존의 눈가가 붉어졌다.

"나도 나쁜 상상은 하지 않는다네. 그러니 터너, 두 가지를 해주기 바라네. 아니 정확히는 세 가지려나?"

"뭡니까?"

마음을 단단히 다잡은 터너가 물었다.

"일단은 글로리아와 떨어져야만 하네. 헤어지는 게 가장 좋을지 몰라. 어떤 방법이든 좋아. 글로리아를 보호하기 위해서는 숨기는 게 더 나빠. 그녀를 CNN이나 동급의 언론사에 어떤 직위든 취직을 시키게끔 하겠네. 그럼 최악의 상황이 벌이지지 않는 한 안전할 걸세.

두 번째, 자네가 조나단을 좀 맡아주게. 이 공장은 내가 일본으로 떠나는 즉시 폐쇄해야만 하네. 조나단과 터너, 두 사람이 함께 일할 수 있는 곳을 찾아야 할 걸세. 터너 자네의 돈도, 또 조나단의 돈도 써서는 안 되네."

존은 세 사람이 앉은 가운데, 테이블을 한쪽으로 치웠다. 카펫을 들어내고 바닥을 건드렸다. 가로세로 60센티미터 정도의 비밀 공간이 나타났다. 안에는 마이클 조단의 로고가 박힌 나이키 가방이 들었다.

"삼백만 달러네. 그걸로 두 사람이 한 몸처럼 움직이게. 어디든 괜찮네. 여기서 나가는 길로 숨게나. 그래, 오히려 자네가 실종되는 게 낫겠네그려. 나와 연락하려는 시도조차 하지 말게. 어떻게든 내가 찾아낼 테니까. 그 정도 각오여야만 하네.

마지막. 조나단과 함께 GSPS2를 반드시 완성하게나. 그래야만 해. 조나단도 엄청난 실력자니까 자네가 며칠만, 아니 한 달 정도만 가르쳐도 웬만한 조무래기들은 따라오지도 못할 거야. 반드시 완성하게. 글로리아와 자네의 딸을 위해서."

긴 이야기를 마친 빅 존은 위스키를 가득 따라 마셨다.

"아, 마지막 말을 하지 않았군. 조나단, 터너, 자네들에게라도 내 이름을 말해야겠네. 내 이름은 미치 애런이야. 더는 존 스미스가 아니라."

미치 애런이라니. 그런데 존 스미스보다 미치 애런이라는 이름에 오히려 정감이 갔다. 더 정확하게는 빅 존이 처음으로 사람처럼 느껴졌다. 그리고 그가 마치 큰형처럼 당부했다. 반드시 완성하게. 글로리아와 자네의 딸을 위해서. 터너는 세차게 고개를 끄덕였다.

세 사람은 각오를 다지며, 또 서로를 위해 건배를 했다. 터너는 이렇게 외쳤다.

글로리아와 터너 2세를 위해서!

일곱 시간 반 뒤, 공장은 거대한 폭발을 일으켰다. 잿더미가 된 공장의 붉은 벽돌 곳곳에서 찢어진 살점으로 추정되는 흔적이 발견되었다. 그러나 섭씨 1,300도가 넘는 화재에 DNA를 비롯한 선진적인 감정 기술은 무용지물이 되었다. 다만 터너의 차가 공장 담벼락에 주차해 있었고, 터너의 지갑을 비롯한 잡기 일부가 차에서 발견되었다. 이틀 뒤 사망자는 터너 에반스로 결론 내려졌다.

2013년 6월 5일 오전

채한준 '볼매'가 뭐야?

"기습적인 몇몇 질문에 재빨리 반응했습니다."

박기림은 장민우와 한 달째 만났다. 기습적인 질문이란 넌센스와 상식 수준의 판단력을 검증하는 절차였다. 사하라 사막에 비상착륙한다면 가장 먼저 챙겨할 할 것은? 강물에 빠졌을 때 애인과 엄마를 동시에 구하는 방법은? 동계올림픽 단 3일의 스키활강을 위해 몇 천 년을 유지해온 가리왕산 원시림은 파괴되어야 하는가?

"처음에 돌아이인 줄 알았습니다. 거울을 챙겨들고 죽을 때까지 춤을 추겠다. 나부터 살고 튜브를 찾겠다."

박기림이 입술을 뾰로통하게 만들었다. 질투하듯 말하는 상황에 채한준은 웃고 말았다.

“이 친구, 대박, 대박, 젠틀맨 멤버였더라고요. 패트릭 사인 받아 주겠다기에 시크하게 거절했죠. 아, 완전 받고 싶었는데.”

채한준은 박기림의 짧은 수식어가 익숙하지 않았다. 어린 친구들과 너무 교류하지 않았다. 빛누리가 박기림과 장민우의 카카오톡 대화를 보여주었을 때 암호문을 읽는 느낌이었다. 특히 채한준을 미치게 만든 건 ‘ㅇㄷ’, ‘ㅈㅇㅈ’, ‘ㅈㅉ’, ‘ㄱㄹㄱㄹ’, ‘ㄴㅈ’였다. 도무지 무슨 말인지! 몇 번을 박기림에게 묻고 싶었다. 그랬다가는 엄청난 비난과 항의에 시달릴 게 뻔했다. 머리를 굴리다 박기림에게 넌지시 문자를 넣었다. ‘ㅇㄷ’.

아, 지금 장민우와 있습니다. 저녁을 먹자고 해서.

아, ‘어디’라는 뜻이었구나. 그제야 자음들이 실체를 띄고 단어로 변신했다.

어디, 집이지, 진짜, 그럼그럼, 놀자. 채한준이 짐작한 단어였다. 오후에 박기림에게 전송된 카카오톡 문자를 확인하기 위해 거의 여섯 시간을 끙끙거렸다. 박기림에게 문자를 넣기 직전에는 장민우와 박기림이 다른 기관의 스파이가 아닌가 의심까지 했다. 벼룩을 잡으려다 초가삼간 태운다더니, 내용을 알고 난 후 크게 웃어버렸다. 요즘 아이들이란.

박기림은 그녀가 주장한 것과 반대로 단 두 달 만에 장민우에게 푹 빠져버린 모습이었다. 채한준이 박기림 나이일 때만 해도 여자가 연하의 남자를 사귄다면 숨기거나 지탄을 받았다. 집에서는 필사적으로 말리거나 쫓아내기도 했다. 그렇지만 세상은 변한다. 절대적인 가치관이란 어쩌면 허상일지도 모르겠다. 그리고 박기림의 행복한 모습도 허상이어야 한다.

몇몇 서류를 박기림이 내밀었다. 기본적인 인성 및 적성 검사, IQ·EQ·MQ·PQ·DQ·GQ·EnQ 검사까지 받아냈다. 박기림의 능력에 대해 내심 감탄했다. 내 남자친구가 되려면 꼭 해봐야 돼. 난 사이코패스나 소시오패스를 남자친구로 두기는 싫거든. 특이한 카페에서 만난 때문인지 장민우는 "나 이런 거 꼭 한번 해보고 싶었어."라며 재미있어 했다고 하니 묘하게 두 사람은 궁합이 맞았다.

IQ야 수치화된 지능지수 검사 방법으로 굳었다. 장민우의 IQ는 88, 실소가 터졌다. 박기림의 IQ만 해도 146이었다. 최근 KC(주)에 입사한 어떤 계약직도 130 아래로 떨어진 사원은 없었다. EQ는 감성지수로 사회적응능력을 대인관계에 초점을 맞춰 수치화한 것이다. 장민우는 형편없었다. 도덕성을 수치화한 MQ에서는 거의 만점에 가까웠다. 도덕에 강박관념이 있지 않나 싶은 정도였다. 홀어머니 아래에서 컸다더니 늘 어머니가 아이에게 바르게 자라기를 강요했을 거란 추측이 가능했다. 열정지수랄까, PQ도 만점 수준이었다. 어린 나이에 아이돌그룹의 멤버가 되기 위해 온몸을 불살랐다는 요약 보고가 틀리지 않았다. DQ, 디지털을 이해하고 활용하는 부분에도 거의 만점 수준, 요즘 아이다웠다. GQ 글로벌지수만은 중간점이었다. 아마도 한국인과 세계인에 대한 개념적 이해도가 부족한 것 같았다. 그러나 마지막, EnQ 지수를 보고 놀라고 말았다. 엔터테인먼트지수, 사람들을 즐겁게 만들고 조직을 바람직한 방향으로 이끌 수 있는 능력을 지수화한 것으로 개인의 능력을 지수화한 개념 중 최신이다. 이 부분에서는 전 항목 만점이었다.

이 모든 수치를 둥글게 도표화한 모습을 보았다. 찌그러진 깡통의 모습이었다. 일반적인 기업의 경영가가 보았다면 '탈락'을 결정했으리라. 그렇지만 지금껏 채한준이 봐온 검사 도표에서는 어느 수치든 하나가 둥근 원을 뚫고 나오는 녀석이 진짜 물건이었다.

"작업 오늘 종료할 수 있겠나?"

채한준이 박기림에게 물었다. 피칭을 하던 박기림이 주섬주섬 자리에 앉았다. 고개를 숙인다 싶었는데 어깨를 들척이며 울기 시작했다.

"여기서는 울어도 되죠? 대표님은 왜 그런지 아니까."

그런데 금세 눈물을 그친다. 똑바로 채한준을 바라보며 눈을 맞추었다.

"매몰차게…… 매몰차게 차버릴게요."

이만, 하며 박기림이 자리에서 일어났다. 인사를 건네는 박기림을 보자 채한준은 그녀가 믿고 싶어졌다.

"잠시 이야기 나눌 수 있을까?"

나가려던 박기림이 돌아보았다. 곧 자리로 돌아와 앉는다.

"박기림 씨, 꿈이 뭐지?"

"꿈이라니요?"

박기림은 허를 찔린 표정이었다.

"저, 실은 초등학교 이후로 이런 질문을 처음 받았습니다. 저 스스로 무언가 되겠다 막연하게 생각해본 적은 있지만 꿈이 뭐냐는 질문은 어른이 된 후 처음 받아봅니다."

생각할 시간이 필요해보였다. 그럴 것이다. 켰다고 생각하는 순간, 사람들은 많은 것을 잊는다. 꿈도 그렇다. 어린 시절 가족이나 친지가 물어보는 꿈은 포장된 꿈이다. 아버지나 어머니의 눈높이에 맞추어 칭찬을 듣기 위한 것들. 하지만 스물이 넘어 꿈은 급전직하한다. 현실이란 옷을 덧입은 꿈은 상장기업 입사, 공무원, 은행원 등 상위급 연봉을 가진 샐러리맨을 지목한다. 이게 꿈인가. 자신의 꿈조차 알지 못한 채 살아가는 젊은이가 앞으로 영위할 미래에 정작 '미래'란 있을까.

"저 솔직히 말할까요?"

"글쎄. 그건 기림 씨 마음이겠지. 나나 장민우 군을 어떻게 생각하느냐에 따라서 아닐까. 이 자리가 그런 자리였으니까."

"저… 저는 지금도 외계인이 되는 게 꿈입니다."

"외계인?"

"웃으시는 거 아니죠?"

웃으려다 참았다.

"우주선을 타고 생명이 있는 별에 가보는 게 지금도 꿈입니다. 그들에게는 제가 외계인으로 보일 거니까요."

"나쁘지 않네. 하나 더, 기림 씨에게 대한민국이란 뭐지?"

"……집입니다. 대한민국 어디를 가든 제 집과 마찬가지이니까요. 반대로 해외에 나가면 그렇게 먹지 않던 김치와 청국장마저도 그리워지잖아요. 우익이니 보수니, 국수주의니 이런 게 아니라 그냥 저는 한국 사람이니까요."

"집이라, 그렇다면 만약에 누군가가 박기림 씨의 집을 부수려고 한다면 지켜낼 텐가?"

"어떻게든 지켜내야겠죠. 하지만 제가 무엇을 할 수 있을지 모르겠네요. 막연히 지켜낸다는 것과 제가 할 수 있는 것은 분명 차이가 있을 테니까요."

"기림 씨 연봉이 지금 얼마지?"

"삼천만 원이 조금 못 됩니다."

"그렇다면 삼천만 원이 조금 못 되는 직장과 연봉이 일억 정도 되는 직장 중에서 선택할 수 있다면?"

"당연히 일억 원짜리로 갈아타겠죠."

"현실적으로 가능하다고 보나?"

"카드사, 은행, 증권사, 삼성전자나 현대자동차 정도면 몇 년 뒤에 가능하려나요?"

"관심은 있고?"

약간 머뭇거리던 박기림이 "없습니다."라고 대답했다.

"그럼 전제 하나를 달아볼까? 자네에게 일억짜리 연봉을 제시하는 직장이 있다고 치세. 그곳은 집을, 아니 대한민국을 지켜야 하는 첨단에 서 있는 직장이야. 자네는 자네 나름대로 대한민국을 지키는 데 일조할 수 있네. 하지만 조건 하나가 선제되어야만 해."

박기림의 눈빛이 반짝거렸다.

"자네가 무슨 일을 하는지, 어떤 일을 하는지 누구에게도 말할 수 없다는 것."

"제가 민우 군에게 하던 것처럼요?"

"그럴까? 아니, 그 정도는 축에도 못 낄 걸. 어쩌면 평생을 고독하게 살아야 할 거야. 아무도 알아주지 않을 테니까."

박기림은 무언가 직감한 듯했다.

"만약에 민우 군과 함께라면요?"

역시 요즘 아이들은 용의주도하다. 아니 답안지에서 정확히 정답을 찍어낼 줄 안다. 하지만 아는 것과 실천할 줄 아는 것, 실천을 지속적인 행동으로 바꾸는 것은 다른 일이다. 무엇보다 지금, 박기림은 장민우를 염두에 두고 있다. 속내를 드러내지 않지만 '사랑'이라는 단어가 실체를 띤 현실로 이미 변했을지도 모른다.

"당분간은 만나지도 못할 거야."

"당분간이라면?"

"그건 자네와 장민우 군에게 달린 거겠지. 그만큼 두 사람이 열망하느냐, 아니냐 하는 문제가 아닐까."

박기림은 자세를 고쳐 앉았다.

"저, 대표님. 저는 오늘 정말 매몰차게 장민우 군을 차버릴 겁니다. 그게 대표님과 저의 약속이었으니까요. 하지만 민우 군, 볼매입니다. 만약 대표님이 말씀하신 집을 지키는 일을 제게 맡기신다면 하겠습니다."

대답 하나가 돌아왔다. 가능성일 뿐이지만 이 정도 결단력이라면, 또 장민우 군에게 해왔던 지난 두 달 가까이를 복기한다면 좋은 집 지킴이가 될 수 있으리라. 그런데 볼매는 또 뭐야!

"무엇보다 그 일을, 그게 언제가 되더라도 민우 군과 함께 할 수 있다면 정말 행복하게 대표님이 제시하시는 조건, 받아들이겠습니다. 일전에도 말씀드렸듯 우리 회사가 다른 회사에 특별한 인재를 소개하는 데 있어 민우 군이 좋은 인재가 되었으면 좋겠습니다. 아니, 저는 그럴 거라 확신합니다. 그리고 대표님이 염두에 두신 회사에 제가 파견을 간다면, 대표님을 생각해서라도 최선을 다하겠습니다."

마지막에 가서 어긋난다. 이 정도면 전부 짐작했으리라 생각했는데. 그래, 어쨌든 풀어보자. 때로 사랑은 사람을 더욱 단단하게 만든다. 아버지 김노원과 채한준은 어쩌면 거기에서 실패했다. 또 장민우가 박기림을 천생 배필이라 생각한다면 당분간 그것으로 많은 것을 가릴 수 있다.

"박기림 씨. 내 명함이네. 가서 장민우 군에게 전하게. 자네와 민우군이 만나려면 딱 하나, 대표님 이야기를 따르는 게 최선이라고."

"비밀 엄수하겠습니다."

"아, 하나. 시간은 말이네, 결국 사람을 데리고 오고 데리고 간다네. 그러니 매달리지만 말고 즐기기 바라네. 이상."

박기림이 명함을 받아들고 자리에서 일어섰다.

박기림이 모니터에서 6층으로 내려가는 모습을 본 뒤 재빨리 포털을 띄웠다. '볼매'라고 써넣었다. 볼수록 매력? 채한준은 요즘 아이들의 말에 파사하게 웃어버렸다. 이전에는 알지 못했다. 세상이 변한다는 걸. 늙어버린 뒤에 깨닫는 것은 솔직히, 크게 의미가 없다. 하지만 지금이라도 알아서 다행이다. 채한준도, 또 장민우와 박기림에게도 서로는 '볼매'이어야 할 테다. '집'을 지키기 위해서라면.

2013년 6월 5일 저녁

장민우 집을 지키는 것, 사람을 지키는 것

장민우는 진회색 슈트를 챙겼다. 박기림이 카카오톡으로 '오늘 꼭 할 말이 있다.'고 전해왔다. 마음이 설레었다. 만난 지 두 달, 그동안 두 사람은 하루도 빠지지 않고 만났다. 5분이 되었든, 아니라면 하루 24시간이 되었든 만나지 않고는 베길 수 없었다. 장민우는 젠틀맨에 탈락한 보상이 박기림이라고 생각했다.

천사란 정말 세상에 존재하는 것이 아닐까.

박기림을 만난 뒤 수도 없이 든 생각이었다. 내색하지 않았지만 운명이란 느낌을 지울 수 없었다. 만약 위키리크스 코 카페와 그곳에서 만난 박기림이 아니었다면 장민우는 어떻게 살아가고 있을까? 방구석에 처박혀 현실을 부정하며 음악을 만든다는 허상에 빠져 있지 않았을까.

일곱 살 나이 차이? 지금은 너무나도 큰 차이지만 나이가 찰수록 격차는 오히려 줄어들 것이다. 박기림이 스쳐가는 말로 "대한민국 남자가 여자보다 수명이 칠팔 세 정도 짧대."라며 웃었다. 생의 마지막까지 함께 하자는 암시가 아니고 무엇이겠는가.

오늘 극장가에는 최근 가장 '핫' 하다는 김수현이 주연한 〈은밀하게 위대하게〉가 개봉했다. 웹툰에만 몰두했던, 물론 집안에 틀어박혀 현실을 부정할 때 이야기지만, 1년쯤 전 은밀하게 웃고 위대하게 울었던 창작물이었다. 간첩 이야기도 이렇게 재미있게 풀어낼 수 있구나, 감탄하며 보았다. 오늘 박기림을 만나면 개봉일 극장사수를 하자고 조를 참이었다.

어머니께 돈을 찾는다고 말할까 하다 아이 같아 보여 그만두었다. 적어도 박기림을 만나려면 아이가 아니라 어른이어야 한다.

단단히 마음먹고 거리로 나왔다. 백화점에 들렀다. 쭈뼛거리는 장민우에게 주얼리 매장 직원이 웃으며 다가왔다. 18K에 0.1캐럿 이하의 멜리 다이아몬드가 중심을 잡고 있다는 커플링을 추천했다.

"나이가 어리신 것 같은데, 너무 비싼 커플링 아닐까요?"

직원은 내심 걱정하는 눈치였다.

"운명적인 날이거든요. 프로포즈하려고요."

"그런 건 어른이 되어도 늦지 않을 텐데요."

직원이 말을 흐렸다.

현금을 꺼내 결제하며 말했다.

"오늘은 어른이 되는 날이에요. 그리고 조금 빠르긴 하지만 운명을 만났거든요."

잠시 의아해하나 싶던 직원이 고개를 끄덕였다.

"하긴 인연이란 게 때가 어디 있고 장소가 어디 있겠어요. 매일매일 사는 게 지옥인데요. 당신에게 또 당신이 그 사람에게 천국이 되고 천국을 만들어주면 되지요."

신선한 답변이었다. 오늘은 어른이어야 한다. 속으로 몇 번이나 다짐했다. 그리고 직원의 말처럼 박기림에게 천국을 만들어주는 천사가 되고 싶었다. 이미 장민우는 박기림의 존재만으로도 천국을 선물 받았으니까. 백화점을 나오는데 카카오톡이 울렸다.

파전 가게에서 봐. 7시.

약속장소와 시간이 변경되었다. 술은 앞으로 먹지 말라더니.

문득 어머니 생각이 났다. 어머니는 오래도 홀앗이를 했다. 패트릭의 아버지와 만난 것이 어머니에게도 행복한 일이었을까? 되짚어 보니 무턱대고 두 사람에 대해 반대를 했다. 아마 박기림이 아니었다면 어머니의 연인에 대해 생각해보는 것도 한참이 지난 뒤였으리라. 집만 해도 그렇다. 상도동 언덕 비탈에서 오래도 살았다. 이 언덕을 내려가 평지에서 살아보는 게 엄마는 소원이랬다. 민우의 소원은 없었다. 젠틀맨에서 방출된 뒤 소원 같은 거, 믿지 않았다. 그런데 지금은 생겼다. 엄마와 대팔이의 아빠, 아니 패트릭의 아빠와 함께 상도동 언덕을 내려가 번듯하고 정원이 있는 2층짜리 주택에서 함께 사는 것! 그림처럼 꾸며 놓은 정원에는 어머니와 아버지가 앉아 있고, 정성을 다해 만든 음식을 두 분에게 대접해드릴 때 박기림을 며느리라고 말해주는 것!

가족사진을 상상해본다. 패트릭과 그의 아빠, 장민우와 엄마, 그 가운데 중심을 잡아주는 박기림이 앉은 사진. 그래, 이게 가족이다.

장민우는 부푼 마음으로 파전 가게에 다다랐다. 스마트폰을 보니 10분이 남았다.

"배 안 고파? 처자는 오기로 했고?"

할머니가 다가와 물었다.

"네, 금방 오기로 했어요."

"그래? 보기 좋더라. 처자한테 잘해줘. 여자는 별 거 없어. 늘 진실하면 돼. 속이지 말고."

"네, 그럴게요."

"그래, 파전 한 장 부쳐줄게. 서비스야."

할머니는 능숙하게 철판에 파전을 부친다. 할머니가 파전을 테이블에 놓는데 문이 열렸다. 박기림이었다. 그녀를 보자마자 장민우는 벌떡 일어났다. 오늘은 결심의 날이다. 박기림에게 품은 장민우의 마음을 하나하나 고백하고 함께 하자 말하려는 날.

"왔어요?"

반갑게 인사했다. 하얀색 블라우스에 검은 정장 치마를 입은 모습이었다. 그런데 박기림의 반응이 예상과 달랐다. 웃지도, 인사를 받아주지도 않았다. 가만히 눈치를 보자 박기림이 말한다.

"기다렸니?"

"아니요."

"그래, 앞으로는 기다리지 마."

"왜 그래요, 누나. 무섭게."

"너한테 내가 누나야? 아니면 여자이길 원하는 거야?"

박기림의 말에 상상했던 가족사진이 떠올랐다. 대답을 한다는 게 그만 고개를 끄덕이고 말았다.

"넌 착한 애야. 다만 아직도 네가 하고 싶은 것을 찾지 못한 어린애에 불과하지만."

분위기가 너무 달랐다. 박기림에게 압도되었다고 할까.

"저, 저랑 평생을 함께 해주십시오."

장민우는 재빨리 반지를 꺼냈다. 박기림의 눈빛이 잠시 흔들렸다. 희열에 찬 듯했지만 이내 냉담하게 바뀐다.

"말이 된다고 생각해? 고등학교도 나오지 않은 열여덟 살 꼬맹이가 스물다섯 누나에게 결혼해주십시오, 하면 고맙다 눈물 펑펑 흘리며 손을 잡고 함께 살자고 하는 게 세상이라고 생각해? 어린애 아니랄까 봐."

"기림이 누나, 왜 그래요?"

"몰라서 물어? 두 달 정도, 만만하게 대해주니까 아무렇게나 대해도 되는 사람이라 생각해? 내가 그렇게 우습게 보였어?"

"그렇다면 이러지도 않죠."

"그러니까 이러지."

눈치를 보던 할머니가 싸우지 마, 라며 파전을 놓고 갔다.

"그만하자. 나 너 미래가 없는 애라고 생각해. 당장 작사나 작곡 좀 한다고 그게 영원할 거라 생각지도 않고. 현실이란 게 그리 만만하지 않으니까. 난 너 같은 아이보다 연봉 일억을 줄 수 있는 직장이 더 중요해. 나 같은 여자, 잊고 살아. 자고 일어나면 아무것도 아닐 테니까. 그동안 너랑 놀아주느라 힘들었어. 잘 살아. 난 너 같은 거 깨끗이 잊고 살 테니까."

박기림이 벌떡 일어섰다. 장민우는 박기림의 오른팔을 붙잡았다.

"왜?"

"이러는 게 어딨어요? 우리 두 사람, 누구보다 잘 통했잖아요."

박기림이 마치 연출된 동작처럼 파우치에서 명함 한 장을 꺼냈다.

"잘 생각해 봐. 난 이제 너 정말 깨끗이 잊을 거니까. 만약에, 물론 만약일 뿐이지만, 그래도 나를 만나야겠다면 이 분 찾아가봐. 어떻게든 해주실 거야."

박기림은 매몰차게 장민우의 손을 뿌리치며 파전 가게를 나갔다.

쫓아가야 하는 걸까. 쫓아가는 게 맞지 않을까. 그런데 멍해진 정신은 주저앉기를 택했다.

"안 쫓아가도 돼?"

급기야 할머니가 물었다. 할머니의 말에 벌떡 일어나 바깥으로 나왔다. 골목을 꺾어 큰길로 달려나왔다. 강남구청역 방향으로 시선을 던졌지만 박기림의 뒷모습은 보이지 않았다. 반대 방향과 길 건너까지 살폈지만 박기림은 사라진 뒤였다.

도대체 어떻게 된 거야, 내가 무엇을 잘못한 거지?

장민우는 머리를 감싸 쥐고 주저앉았다.

똑같은 시간, 꺾어진 골목에서 박기림도 털 주저앉고 말았다. 그녀를 채한준이 일으켰다. 두 사람은 곧바로 차에 올랐다.

"괜찮겠나?"

채한준이 물었다.

15분 전이었다. 몇 번이나 눈시울이 붉어졌지만 박기림은 그때마다 입술을 깨물었다. 박기림은 채한준에게 결심이 서지 않을 거라며 부탁했다. 파전 가게 근처에서 기다려주실 수 없겠느냐고.

고민조차 필요 없었다. 만약 박기림이 평가한 대로, 또 채한준이 눈여겨본 장민우라면 시험해볼 필요가 있었다. 박기림과 만난 두 달 정도로 사람이 망가지지는 않으리라. 박기림도 장민우도 그 정도는 극복해낼 것이다.

파전 가게에 들어간 지 얼마 지나지 않아 박기림이 되돌아 나왔다. 박기림은 재빨리 차에 몸을 숨기자마자 폭풍 오열을 했다.

"괜찮아질 겁니다. 당장은 좀 힘들겠지만요. 오늘 술 한 잔 사주세요. 대신 왜 제가 일억 연봉이 가능한지, 또 장민우 군이 왜 필요한 건지 말씀해주실 수 있으신가요?"

채한준은 대답하지 않았다. 굳이 그녀가 알 필요도 없고, 그녀가 장민우를 다시 만나지 않으리란 보장도 없다.

"오늘이 며칠이지?"

"6월 5일입니다."

흐느낌을 겨우 진정한 박기림이 대답했다.

"일 년 뒤라면 어떨까? 정확히 일 년 뒤. 2014년 6월 4일인가, 그럼?"

채한준의 말에 박기림이 묵묵히 고개를 끄덕였다.

2014년 6월 4일 새벽

채한준 정원식당

10개월 사이 얼마나 변했을까?

서울역 시계탑 앞에서 채한준은 박기림과 장민우를 기다렸다. 고속버스터미널은 싫었다. 과거의 기억 때문이리라. 어쨌든 오늘 두 사람을 만날 수 있다.

그날 이후 박기림은 미친 듯 일에 몰두했다. 당연한 수순처럼 박기림은 채한준의 제안을 받아들였다. 그녀는 정보원이 되었다. 이미 장민우를 발견하며 대 정보수집과 수집된 정보에서 차별성을 찾아내는 데 성공했다.

박기림이 장민우를 만난 두 달은 철저히 계획적이었다. 난센스로 시작했지만 신문기사 분석과 이를 통한 추론까지 영역을 넓혀가며 장민우를 검증했다. 채한준에게 박기림도 그랬지만 장민우 역시 합격점을 받았다.

박기림은 KC(주)로 회사명을 리네이밍한 뒤 처음 맞이하는 정식 사원이었다. 10년 전 만 해도 직원을 리쿠르팅하면 아버지가 직접 나섰다. 북파공작원인 설악단과 맞먹는 체력 양성과 함께 CIA 최고 전술가가 받는 교육을 이수하게 했다. 하지만 이 교육에 합격한 사람은 없었다. 아니 정확히는 채한준 혼자가 전부였다.

채한준이 스무 살이었던 1980년은 굵직굵직한 사건들이 줄을 이었다. 장기집권과 독재, 정권연장을 위해 유신체제를 이어오던 박정희의

암살은 호시탐탐 정권을 노리던 군부세력에게 좋은 기회가 되었다.

전두환을 비롯한 신군부세력은 민주주의를 요구하는 국민들의 정서를 무시하며 반발을 샀다. 이런 가운데 서울역에서 큰 시위가 벌어졌다. 1980년 5월 15일이었다.

채한준에게는 1980년 5월 15일이 인생의 전환점이었다. 서울대, 이화여대, 연세대, 고려대를 중심으로 서울역 광장에는 대학생을 위시해 10만 명이 넘는 시민과 노동자들이 운집했다. 구호는 단 두 가지, 전두환 사퇴와 계엄령 철폐였다. 대한민국이 생겨나고 가장 뜨거운 순간 중 하나였다. 이날을 계기로 촉발된 것이 광주민주화운동이었다. 전남대생들의 투쟁이 시민들마저 움직이게 만들었다. 그만큼 모두가 제대로 된 국가를 염원하던 시기였다.

채한준은 이런 중에 소중한 친구를 잃었다. 5월 15일, 하숙집 룸메이트였던 진재훈이 광주로 내려가겠다고 선언했다. 채한준의 집은 경남 고성이어서 진재훈과 동행하기로 결심했다. 그런데 5월 16일 오전, 진재훈이 말렸다. 하숙집이라도 지키라는 명령. 어이없어하며 고속터미널까지 동행했다.

"정말 같이 안 가도 돼?"

"응, 고향 친구들이 서울에서 친구 왔다고 영웅 대접해줄 텐데, 너까지 끼면 몫이 반으로 줄잖아. 그건 안 되지. 다녀와서 보자. 일주일 있다 올 테니까. 전남대나 조선대 사정을 좀 살펴보고 올게."

거기라고 여기와 별반 다르겠냐? 속에서 치솟는 말을 삼켰다. 유리창에 대고 손을 흔드는 진재훈에게 채한준 역시 손을 흔들었을 따름이었다.

그날 이후, 진재훈은 행방불명되었다. 광주는 학살로 피바다가 되었다는 소문이 무시로 들렸다. 사실 여부를 확인할 수도 없었다. 1981년 1월 25일 0시를 기해 계엄령은 해제되었다. 그러나 8개월이 지난 그때까지도 광주를 드나드는 것은 쉽지 않았다. 간디가 대한민국에 현신해도 지금 상황에서는 신군부의 흐름을 바꾸기 어렵겠다는 판단이 들었다.

나중에야 알려진 사실이지만, 신군부는 광주민주화운동에 대처하며 두 가지 정보전을 펼쳤다. 하나는 '북한남침설'이었고, 하나는 미국의 '전두환 재가설'이었다. 이를 위해 신군부의 중심세력이었던 보안사가 고도의 정보전을 펼쳤다. 언론 검열을 시작했으며 무려 100만 건 이상의 기사를 조사, 조종, 유도했다. 재빨리 북한남침설은 버려졌다. 대신 '폭도들의 무장 폭동'으로 변했다. 이런 과정에서 미국 역시 가만히 신군부 세력을 내버려둠으로써 '전두환 재가설'에 힘을 실었고, 반미감정을 부추기고 말았다.

몇 년이 지나 미국은 여러 문서나 언론, 기타 경로를 통해 전두환을 반대했다는 정보를 흘렸다. 냉전이 지속되는 아시아 정세와 휴전이 된 한반도에 강력한 군부정권이 들어서는 것을 묵인했다는 사실에서 결코 미국은 자유롭지 않았다. 또한 강력한 언론 검열로 인해 TK, PK로 대표되는 영남지역 국민 상당수는 1988년 11월 '광주문제진상조사특위'로 광주민주화운동이 낱낱이 보고될 때에야 '광주 사태'라 불리던 당시의 상황을 알게 되었다.

주먹을 함께 쥐고 젊은 청춘의 밤을 불태웠던 동지 진재훈. 그를 찾기 위해 채한준은 백방으로 뛰었다. 하지만 실종된 진재훈을 찾아낼 수 없었다.

직접 검사가 되어서 뛰어다니는 건 어떻겠냐?

한 친구의 순수한 호의에 사법고시를 치렀다. 1·2차 합격, 3차 면접에서 '왜 법조인이 되려느냐?'는 물음에 채한준은 대답했다. '광주 항쟁 중에 사라진 친구를 찾고 싶어서입니다.' 합격은 요원했다. 그때 한 남자가 찾아왔다.

김노원이었다.

"자네 소문이 자자해. 친구를 찾기 위해 검사가 되려는 열혈 서울대생이라고."

남산에서 지는 석양을 바라보던 김노원의 등은 쓸쓸했다. 담배연기가 석양을 따라 흩어졌다. 김노원이 채한준에게 담배를 권했다. 당시 채한준은 알코올 의존이 극심했고, 담배 역시 두 갑 이상을 피워댔다.

"제정신으로 살고 싶은 맘은 없는 겐가?"

"당신 누구요? 정부의 개요?"

그 말에 김노원은 픽, 쓴웃음을 지었다.

"내가 자네 친구, 진재훈을 찾아준다면 내게 충성할 텐가. 국가가 아닌 나에게?"

담배 한 대와 맞바꾸기에는 도발적인 제안이었다. 웬일인지 그가 미워 보이지 않았다. 담배 한 대를 다 피운 채한준은 고개를 끄덕였다. 김노원은 말하지 않았지만 그의 아우라가 많은 걸 대변했다. 특히 그가 남산 노을 너머로 날려버린 담배연기에는 '고독'이 짙게 배었다. 어느 누구와도 타협하지 않고 살아왔을 그 짙은 우수가 고스란히 담겨 있었다. 하지만 고속버스만은 어찌 되지 않았다. 장민우와 박기림을 기다리는 오늘까지도.

먼저 모습을 드러낸 사람은 박기림이었다. 그녀의 외모는 몰라보게 달라졌다. 야구 모자를 썼는데도 머리카락조차 삐져나오지 않을 정도로 길이가 짧았다. 화장기도 완전히 사라졌다. 1년 사이, 탄탄해진 체격은 남자라고 해도 믿을 정도였다.

"아버지."

이제 저 단어가 어색하지 않을 정도가 되었다. 박기림은 채한준을 양아버지로 받아들였다. 다가오는 박기림을 조용히 안아주었다.

"고생했다. 나도 겪어봤던 일이라 힘든 줄 안다. 곧 장민우 군도 올 텐데, 만나보겠냐?"

"그럴게요, 그런다고 달라질 건 없을 테니까요."

짙은 회한이 채한준을 감쌌다. 채한준의 뒤를 이을 누군가를 발굴한다는 건, 국정원 제4국의 존속을 의미한다. 채한준에게서 끝내고 싶은 일이었다. 하지만 미래를 대비해두고 싶은 마음도 쉽게 사라지지 않았다.

만약 관동대지진이 일어났던 때에 한국의 정보부가 제대로 활동할 수 있었다면 어땠을까? 광주민주화운동에 정확한 정보를 흘려줄 수 있는 정보부가 존재했다면 어땠을까?

김노원은 정보의 중립성을 위해 국정원, 아니 더 먼 중앙정보부에서 제4국을 폐쇄시킨 인물이다. 김노원은 그가 획득하고 데이터베이스화시킨 정보가 박정희의 권력욕과 전두환의 신군부에 사용되는 것을 허락하지 않았다. 채한준이 김노원을 아버지로 받아들인 가장 큰 이유였다.

박기림 역시 그 점에 공감했다. 김노원과 채한준의 시대에는 혼자면 충분했다. 그에 걸맞은 돈과 적절히 부릴 수 있는 사람들을 모으면 그만이었다. 하지만 인터넷의 시대, 정보의 잉여 속에서 혼자 무언가 판단하고 행동하기란 불가능에 가깝다. 채한준이 없는 어느 때라도, 박기림과 장민우는 좋은 파트너가 될 것이다.

"저 왔습니다."

어느새 등 뒤에서 장민우가 두 사람에게 깊이 고개 숙여 인사했다.

"민우야!"

박기림이 먼저 장민우를 보았다.

"네, 선배님."

무뚝뚝한 장민우의 얼굴에서 결심이 엿보였다.

"잘해보자."

박기림이 장민우에게 악수를 건넸다. 두 사람은 세차게 손을 맞잡았다.

"자, 가자."

두 사람을 채한준이 안내했다. 서울역 계단을 내려와 우측으로 꺾었다. 그렇게 40미터 정도, 24시간 운영하는 정원식당으로 들어갔다.

채한준은 30년도 더 된 과거가 떠올랐다. 고속버스가 싫다 말했더니 "여기서 기다리마." 말했던 김노원. 채한준이 2년의 훈련기간을 마치고 돌아왔을 때 갈비탕을 사주며 "고생했지."라며 진로소주를 건넸다.

그날처럼 세 사람은 갈비탕을 주문했다. 많은 말이 떠올랐지만 한마디도 건네기 힘들었다. 김노원도 이런 마음이었을까.

"재미있었습니다. 세상이 다르게 보이기 시작했습니다."

박기림이 말했다. 박기림의 말은 여러 의미를 함축했다. 지금껏 보아왔던 세상과 앞으로 대할 세상은 실제로 다를 것이다. 그때 식당으로 세 사람이 들어왔다. 척 보아도 노숙자 두 사람과 그들에게 밥을 사려는 할머니였다. 육십대나 칠십대, 나이를 가늠하기 힘든 거구의 노숙자와 부러진 뿔테안경을 반창고로 갈무리한 이십대 후반 정도의 노숙자. 마치 할아버지와 손자처럼 보였다. 그 둘에게 갈비탕을 권하는 할머니.

가만, 그런데.

채한준의 머릿속이 갑자기 분주해졌다. 누구였더라, 분명 눈에 익은 인물이었다. 자리에 집중하지 못하는 탓인지 장민우와 박기림의 눈빛이 채한준에게 고정되었다.

맞다, 갓파더! 그런데 왜 그가 노숙인 차림으로 이 식당에 들어와 앉은 것인지. 갓파더는 거의 6년째, 현실에서 증발했다. 이를 두고 실종이나 납치 등 미국과 유럽 정보국들은 실체 없는 루머를 쏟아냈다. 몇 년 전, 모기지론에서 촉발되어 세계에서 가장 큰 보험사를 무너뜨린 미국·발 경제위기도 갓파더의 응징이라는 이야기까지 나돌았다. 그런 그가 왜?

채한준은 조용히 일어섰다. 자리를 옮겨 사진으로만 몇 백 번을 보았던 갓파더의 곁으로 가서 앉았다.

"이 자리는 제가 사지요."

"그래? 미자 씨. 밥값 굳었네. 저 사람이 사겠다니."

"무슨 소리! 이 밥값은 내가 낸다고 했을 텐데요."

잠시 정적이 감돌았다.

"그럼 소주를 사겠나?"

갓파더가 능치며 채한준에게 물었다.

"그러죠. 동석이 있는데 합석이라도 괜찮으시겠습니까?"

"나를 알아보았다면 오 분도 안 되어 이 식당이 내 사람들로 가득 찰 거야. 위기대응팀 정도라고 하지."

"오 분이면 충분합니다. 저 역시 중화기로 무장한 위기대응팀을 출동시킬 수 있죠. 아니, 삼 분이면 족할 겁니다."

"어떤 목적도 없는 자리인가?"

갓파더가 다시 물었다. 그러나 이번만큼은 그의 눈빛도 흔들렸다. 아무래도 노숙인으로 분한 그의 모습보다 동석한 사람이 걱정되었으리라.

"아니요, 있습니다."

"자네가 사는 소주 값보다 비싸다면 별로인데……. 어디인가? 미국? 아니면 영국? 국정원 정도는 나를 알지도 못할 테고."

"4국입니다."

"4국? 김노원 선생?"

갓파더의 눈빛이 커진다. 채한준은 말없이 고개를 끄덕였다.

"나에게 매국노라고 호통을 치시던 충심이 떠오르는군. 돌아가셨나?"

"살아는 계십니다. 다만……."

치매에 걸리셨습니다.

"말하지 않아도 알겠네그려. 그래서 자네가 나를 알아보았군. 많이 달라졌을 텐데. 저 아이들 오라고 하게. 자네의 아들딸이겠군."

오로지 돈을 벌기 위한 갓파더의 정보팀도 무시할 수준은 아니리라. 이제 정보는 돈으로 변했다. 전 세계 정보원들을 들쑤셔 그들이 가진 실체 없는 '이야기'를 돈으로 바꾸어줄, 또는 각국의 정보원마저 갓파더 휘하의 정보팀으로 포섭할 막대한 재력가!

장민우와 박기림이 합석하자 테이블이 하나로는 부족했다.

"잔치네."

미자라는 할머니가 웃으며 말했다.

"죄송합니다, 저 때문에."

채한준이 사과했다.

"그렇지만 김 선생님은 오늘 아니면 뵐 수 없을 것 같아서 무례를 범했습니다."

"일단 오늘은 여기서 잔치를 벌이고 나머지는 우리 집에 가서 이야기들 나눠. 그래도 되지, 오빠?"

미자의 말에 갓파더는 푸근한 웃음을 지었다. 오로지 돈을 위해 동유럽 국가 몇 개를 구렁에 처박았다 부활시킨, 심지어 대한민국의 IMF를 몰고 왔던 장본인이라고 보기에는 너무도 따뜻한 웃음이었다. 미자는 주인을 불러 특별안주를 내달라며 주문했다. 옆자리로 내몰린 박기림과 장민우, 그리고 이름 모를 청년은 눈치를 보다 서로에게 소주잔을 기울였다.

서울역은 참 신기하다. 많은 사람들의 순간이 부딪히고 스쳐가는 이곳에는, 거대한 운명이 똬리를 틀고 언제든 서로를 엮을 준비를 마치고 있다. 그리고 오늘의 이 만남이 어떤 식으로 발화해 어디를 불태울지 알 수 없었다. 다만 갓파더가 몸을 숨기고, 노숙자로 살아왔을지 모를 몇 년이 채한준이 급하게 결론지은 분석과 맞아떨어진다면, 서울역은 이들 모두에게 또 다른 운명을 준비하고 있을지 모르리라.

채한준은 갓파더에게 정중히 소주를 따랐다.

3—판의 퍼즐

2014년 7월 14일 밤

로즈마리 & 여통 소진사의 에이스 후쿠야마 준

"후쿠야마, 참 괜찮지 않아?"

우지 기관단총을 난사하던 로즈마리가 물었다. 호텔 3층에 남은 중국인들을 싹쓸이하듯 총구멍을 내주다 총알이 떨어진 찰나였다. 여통은 전방에 선 로즈마리가 되돌아보자 얼른 수류탄을 건넸다.

"남자로는 참 괜찮지."

"그지?"

볼에 바람을 넣으며 미소를 지은 로즈마리는 핀을 뽑아 세차게 수류탄을 굴렸다. 거의 동시에 로즈마리와 여통은 뒷면 유리창을 부수며 몸을 날렸다. 완강기에 묶인 등산용 로프가 하강점에 달하자 거칠게 두 사람을 낚아챘다. 반원을 그린 몸이 벽에 부딪히나 싶은 순간, 여통과 로즈마리는 동시에 2층 유리창을 부쉈다. 몸이 창을 뚫고 들어가 작용에 이은 반작용을 일으킬 때 착지했다. 로프를 재빨리 탈착한 뒤 전방을 주시했다. 1초, 2초.

"뛰어."

로즈마리가 명령했다. 자존심 상하지만 로즈마리는 여통보다 사람을 죽이는 일에 더 익숙했다. 또한 화려했다.

"몇 명 죽였지?"

알면서 로즈마리가 물었다.

"열두 명."

"그럼 아직 여덟 명은 더 있다는 뜻인데."

맞다. 아무리 외교관이라지만 신주쿠를 쑥대밭으로 만드는 일에 일본 외무성 국제정보국이 소대 병력 이상 입국을 허용할 리 만무하다. 게다가 겉으로 드러나지 않는 중국의 내각정보국은 상황을 관망할 것이고.

2014년 7월 3일과 4일, 양일간 중국 시진핑 주석이 대한민국을 방문했다. 한국과 일본에겐 중국의 미묘한 움직임조차 언제 어느 때 태풍이 되어 휘몰아칠지 모른다. 그만큼 시진핑 주석의 한국 방문은 전격적이고 이례적이었다. 방문 자체에만 국한해도 엄청난 역학이 숨어 있었다.

북한 김정은은 최근 중국에 대한 무조건적인 충성 대신, 러시아에 대한 입장 변화를 보였다. 중국은 대한민국을 신랄하게 비판하던 기조를 바꾸었다. 시진핑이 박근혜 대통령을 방문하여 만난다는 자체가 그간의 입장을 번복하는 것이다. 물론 한국 정부가 갈망하여 지난 2013년 박근혜의 전격적인 중국 방문이 이루어지기는 했다. 그러나 이번 방문은 중국이 박근혜 정부를 인정하고 나아가 국가 대 국가로 만나겠다는 의미였다. 시진핑이 단 이틀간의 일정으로 다녀간 후에는 양국가의 수많은 재계 총수들이 다시 만나야만 했다. 시진핑이 삼성을 비롯한 대한민국 재계 총수를 직접 지목하여 만나기를 원했기 때문이다.

시진핑의 전격적인 한국 방문이 결정된 2014년 6월 23일, 국제형사재판소 ICC는 천안함 폭침과 연평도 포격에 대해 '전쟁범죄'로 여길 만한 소지는 없으나 '북한의 소행'이라는 결론을 내렸다. 북한의 범죄를 인정하는 것과 동시에 중국과 관계가 없다는 일종의 외교적 선 긋기였다.

일본은 이에 대해 큰 압박을 느꼈다. 일주일 만에 아베 내각은 집단적 자위권을 각의 결정하며 헌법 해석을 변경했다. '일정 요건을 충족하면 집단 자위권을 행사할 수 있다.'는 내용, 대외적인 전쟁이 가능하다는 뜻이었다. 소니가 무너지고 현대차에 뒤지는 마당에 중국이 동아시아 무역 창구를 한국으로 단일화하거나 무게중심을 이동한다면 일본의 손해는 실로 막대해진다. 이즈음 중국이 넌지시 특별 외교관의 입국을 통보했다. 겉으로는 외교관이지만 마룽휘의 죽음을 밝히겠다는 노골적인 의도였다. 면책특권을 가진 국가안전부 소속 첩보원들이 무기를 들고 활개 치는 모습을 가만히 내버려두라는 저의도 숨어 있었다.

외무성 국제정보국은 20명에게만 입국을 허락했다. 겉으로는 한국과 중국을 견제, 그러나 이면에는 중국과 일본이 여전히 동반자라는 의도가 숨어 있었다. 하지만 입국한 지 딱 8시간 만에 외교관 일행은 8명으로 줄었다.

"당신은 진짜구나. 우아하고 세련되었어. 부러워."

여통이 진심을 말했다.

"그렇지만 후쿠야마에게 관심을 꺼줄 수는 없을까?"

여통이 이번에는 기선을 제압했다. 멈추지 않고 달려나갔다. 양손을 반대편까지 힘껏 당겼다 바깥으로 휘둘렀다. T자형으로 꺾어지는 모서리에 수류탄 두 개가 벽에 부딪혔다. 수류탄은 마치 당구공처럼 회전을 먹어 벽 안으로 각이 꺾이며 사라진다.

"와 그런 기술은 어디서 배운 거야?"

"중국."

여통이 대답하자 아하, 로즈마리가 고갯짓을 한다.

"여통은 왼쪽, 난 오른쪽!"

로즈마리는 기다리지 않고 먼저 달려나갔다. 그제야 수류탄이 터지며 객실이 진도 8.0의 지진이 발생한 것처럼 뒤흔들렸다. 뒤이어 파편과 먼지가 T자 가운데 접합지점으로 퍼져나왔다. 복도는 아수라장이 되었다. 콘크리트가 깨지며 자욱한 안개처럼 부유했다. 발자국 소리를 기다렸다.

"없네."

로즈마리가 뚜벅뚜벅 걸어 오른편으로 사라진다. 1초 정도, 상황을 주시한 여통도 왼쪽으로 걸어 들어갔다.

"여기는 세 명. 아직 한 명이 안 죽었어!"

로즈마리의 목소리 뒤에 탕, 콜트의 격발소리가 들렸다.

"여기는 네 명."

여통은 쓰러진 과거의 동료들 머리에 일부러 한 발씩을 가격했다. 어느새 다가온 로즈마리가 "확실하네."라며 어깨를 짚었다.

"나가자."

로즈마리가 앞장섰다.

"한 명이 부족해."

"도망갔을 거야."

로즈마리가 쉽게 단정한다. 가만, 어쩌면. 나머지 한 명은 로즈마리에게 정보를 제공한 인물일까.

두 시간 전, 무기를 잔뜩 트렁크에 지고 렉서스를 몰고 온 로즈마리의 내비게이션에는 신주쿠 4초메 26번지 요츠야에 있는 구 신주쿠 호텔이 찍혀 있었다. 여통조차 국가안전부 소속 요원들이 어디에 묵는지 알지 못했다. 오늘 입국한다는 정보마저 겨우 얻었다.

"하나 물어봐도 돼?"

지금껏 궁금했지만 여통이 로즈마리를 피해왔다.

"뭐든. 그런데 내가 선수쳐도 되나. 그간 몇 년을 숨어살던 CIA의 살수가 왜 그렇게 갑자기 모습을 드러냈느냐는 거지?"

여통은 로즈마리의 혜안에 놀랐다. 그러나 놀랄 새도 없이 사이렌이 울렸다. 구 신주쿠 호텔은 신주쿠 거리와 야스쿠니 거리 사이에 위치해 있다. 또한 구 신주쿠 호텔은 신주쿠 레지던스 호텔이 있는 가이엔니시 거리 'ㄱ'자 형태의 블록에 갇혀 있는 지형이라 도주가 쉽지 않았다. 그런데 도로를 관통하는가 싶더니 서쪽에 있는 하나조노 소학교로 달려간다. 1초메 방향이다.

사이렌 소리는 계속해서 더해지며 사람들의 시선을 끌었다. 반면 밤

늦은 소학교 운동장은 어둠에 휩싸여 다른 세상인 것만 같았다. 담벼락 근처에서 숨을 고른 로즈마리는 따라와, 하며 다시 뛰기 시작했다. 남서쪽으로 내려와 우회전을 하자 신주쿠 교엔마에역이 나타났다. 웃음이 났다. 〈코드기어스〉라는 유명 만화에서, 시작하자마자 박살이 나는 역이 교엔마에역이었다. 만화처럼 쑥대밭으로 만들고 싶다는 생각이 들었다.

"왜 그래?"

로즈마리가 물었다.

"아냐, 아무것도. 그런데 이렇게 당신 스스로가 목표물이 되어도 상관없는 거야?"

여통도 물었다.

여통의 물음에 로즈마리는 어떤 대답도 하지 않았다. 어쩌면 로즈마리는 생각보다 깊은 시름에 빠진 건지도 모른다. 오늘이 아니어도, 로즈마리라면 필요한 장소에 필요한 만큼 적들을 불러낼 능력을 가졌다. 그런데 무턱대고 그녀를 노출시키고 있었다. 지난 번 마롱휘를 사살할 때도 그랬다. 떠들썩했다. CIA는 물론 MI6, 모사드나 심지어 한국과 중국조차 그녀의 존재를 인지할 만한 쇼였다.

로즈마리는 주변 상황을 살핀 뒤 아무렇지 않게 도로를 건넜다. 이번에는 서쪽으로 걸어간다. 채 2분도 걷지 않아 그녀는 엘리먼츠 신주쿠 빌딩 지하로 향했다. 뚜벅뚜벅 그녀가 걸어간 곳에는 중국 깃발이 달린 벤츠 차량이 정차돼 있었다.

"뭐야?"

여통은 반사적으로 물었다.

"걱정 마. 난 여통처럼 좋은 파트너를 잃고 싶은 마음은 없거든. 그리고 남은 한 명."

벤츠의 우측 운전석 문이 열리며 남자가 내렸다.

"여어, 로즈마리."

짐짓 여유를 부리며 손을 흔든 남자는, 마룽휘였다!

여통은 로즈마리와 마룽휘를 번갈아 보았다.

"어떻게 된 거지?"

권총을 꺼낸 여통이 로즈마리와 마룽휘를 동시에 겨냥했다.

"이봐, 여통 동지. 당신이 한 명을 죽인다 해도 다른 한 명에게 사살될 거야. 그만 총구를 거둬."

마룽휘는 능숙한 영어로 이야기했다.

"걱정 마. 난 어차피 숙청될 몸이었으니까."

마룽휘는 여통을 향해 두 손을 들어 보인다.

"맞아. 이중첩자였거든."

로즈마리가 그제야 대답했다. 그렇지만 여통의 머릿속은 퍼즐을 맞추다 엎어버린 것처럼 복잡했다. 어떻게 된 거지?

"가자. 가면서 설명할게."

로즈마리가 여통의 어깨에 팔을 둘렀다.

"조금 지나서, 아니면 경찰력이 어떠냐에 따라서지만 교엔마에 공원에서는 우리를 찾느라 난리가 날 거야. 장난감 권총 몇 정을 묻어뒀거든."

도도 418호선을 지나 414호선으로 갈아타더니 잠시 후 좌회전을 하며 수도고속 4호 신주쿠선에 진입했다. 차는 점점 속도를 높였다. 수도고속도심 순환선과 11호 다이바선을 지나며 방향을 잡는다.

"도쿄국제공항?"

여통이 로즈마리를 날카롭게 쏘아보았다. 로즈마리가 대답하기 전에 녹색의 간판이 스쳐간다. Tokyo Bay Aqua-Line. 맞다. 이 길이라면 소데가우라를 거쳐 보소반도로 진입할 수 있다. 가마가와나 반도의 끝 다테야마, 아니면 정 반대로 동쪽의 해안선을 따라 센다이까지 북상할 수도 있다. 센다이에 이르기 1시간쯤 전에는 후쿠시마 원자력 발전소 인근도 스쳐간다. 다 합쳐도 4시간이면 족하다. 그것도 규정 속도를 지켰을 때. 이곳은 도망가기에는 딱 적격이다.

"걱정 마. 도망치려는 건 아니니까."

가만 보니, 로즈마리는 추리력이나 순간적인 재기가 남보다 뛰어난 듯했다. 아니라면 이런 교육을 어려서부터 받았을지도 모르겠다. 〈어벤져스〉에서 블랙 위도우는 어려서부터 스파이였다고 말하지 않던가. 여통이 겪어본 세상에 불가능이란 없다. 그리고 이곳 스파이 세계에서는 상상보다 현실이 먼저라는 게 드물지도 않다.

마롱휘는 내비게이션을 따라 도쿄국제공항을 지나쳤다. 잠시 비행기가 도쿄를 떠나는 모습에 눈을 빼앗겼다. 떠나고 싶다. 후쿠야마와 함께. 살인, 첩보, 난무하는 총질이 없는 미크로네시아의 휴양지로. 며칠 전 그와 보냈던 후쿠시마의 밤처럼. 그렇게 평범한 사람으로 살아가고 싶다.

가만, 이 모든 것은? 번뜩 정신이 돌아왔다. 도쿄 중심가, 신주쿠에 총질을 해대고 중국인 스파이들이 죽어나간다면 전 세계 첩보원들의 이목은 자연스레 이곳에 쏠린다. 모종의 거대한 음모가 있고 없고는 차후 문제다.

조금 더 생각을 가다듬을 필요가 있다.

현재, 로즈마리는 국가를 부정하고 개인의 안위를 중시하던 무정부주의자나 다름없다. 그녀는 오로지 정보에 따라 움직인다. 다만 그녀가 CIA를 버린 건지, 그 반대인 건지는 지금으로서는 알 수 없다. 그녀의 목적은 정보인가, 아니라면?

이야기가 진척되지 않고 벽에 부딪히는 느낌이었다. 처음으로 기억을 되감았다. 로즈마리가 모습을 드러냈을 때 그녀의 곁을 지킨 것은 후쿠야마였다. 후쿠야마는 며칠 전 로즈마리가 통곡했다고 말했다.

"죽여버리고 싶었어. 처음으로. 대낮에. 목적하지 않았는데도. 이렇게 말하는데 가슴 한쪽이 선득하더라니까. 그런데 슬펐어. 나 같은, 또 여통 같은 사람이 더 있다는 게."

후쿠야마는 먼 바다를 바라보며 이렇게 말했다.

만약 국가나, 정보도 아닌, 그녀가 움직이는 요체가 바로 후쿠야마라면?

이야기는 더욱 복잡해진다. 무엇보다 후쿠야마를 사이에 두고 연적이 생긴다면, 그게 로즈마리라면 두 사람은 시부야나 신주쿠 어딘가를 쑥대밭으로 만드는 전쟁을 불사할지도 몰랐다. 그런데 웃음이 났다. 커피점 도토루에 터진 수류탄으로 커피 알갱이가 포탄처럼 터지고, 라멘 가게인 멘야무사시에 총탄이 터져 면발이 날아다니는 영화 같은 상상이 덧입는다.

"왜 그래? 지금 표정은 도무지 읽어내지 못하겠네."

"때론 그러기라도 해야지."

여통이 로즈마리의 손을 슬며시 붙잡았다. 어쨌든 지금은 후쿠야마를 사이에 둔, 동지이다.

"이거 다 후쿠야마를 위한 거였지? 지금 같은 중차대한 시국에 소진사의 에이스인 후쿠야마가 모습을 감춘다고 해도 아무도 찾지 않게 말이야."

로즈마리의 귀에 대고 속삭였다.

"중국과 미국이 어부지리를 얻는 건 못 볼 꼴이거든."

로즈마리 역시 여통의 귀에 대고 속삭였다.

차는 도쿄만에 정차했다. 마롱휘는 내리자마자 트렁크를 열었다. 손발이 속박된 남자가 겨우 숨을 내쉬며 눈을 떴다.

"마롱휘가 제거된 건 진바오, 저 사람 때문이야. 시진핑의 아프리카 방문이 소기의 목적을 달성하지 못한 게 마롱휘 때문이라는 내부 문건을 시진핑에게 올렸거든. 마롱휘가 자신의 안위를 위해 모든 정보를 돈으로 바꾸었다고. 마롱휘의 죽음을 중국이 위장했다는 첩보가 지금쯤 전 세계 정보원들 귀에 들어갔을 걸. 아쉽게도 마롱휘는 돈보다 그가 존경할 수 있는 머리를 원했다고 해. 시진핑은 계략에 빠져 아랫사람을 믿지 못했던 거고. 지금은 위촉오가 천하평정을 논하며 싸움을 벌이는 삼국시대가 아니잖아."

"맞아. 가족도 없이 존경하는 시진핑 주석을 위해 살아왔으니까. 그렇지만 억울하게 목을 내놓는 건 용납하기 힘들더라고. 살아서…… 어떻게든 살아서 기회를 엿보고 싶어."

마롱휘, 저 사람은 뼛속까지 중국을 배반하지 못할 사람이다. 아니 정확하게는 시진핑을 배반하지 못할 사람이다. 지금은 배신자로 몰리고 부화뇌동하는 기운 속에 목숨을 부지하려 할 뿐이다. 그의 재기는…… 솔직히 힘들 것이다. 쓸모없어졌다.

"당신도 중국인이라 내 입장을 알 거야."

마롱휘가 여통에게 말을 걸어왔다.

"네버!"

여통은 그를 외면했다. 안면을 터서 좋을 게 없다. 잠시 후 배 한 척이 다가왔다. 실루엣만으로도 누군지 알아차릴 수 있었다. 후쿠야마다. 그런데 배 가까이 뛰어가자 다른 사람이었다.

"속았지? 오십 미터 전방쯤 보면 CCTV가 있을 거야. 혹시나 몰라서. 그런데 나랑 함께 수류탄 터뜨리고 총질한 거 후쿠야마에게는 비밀로 해줄래? 그가 용납하지 않을 거야. 이번 건도 그저, 마롱휘를 빼내는 작전으로만 승인해준 거니까. 또 중국 일이고 해서, 요즘 여통, 심심했잖아."

"어라, 전혀 아니었는데."

"그래?"

눈을 크게 뜨며 놀라는 척하는 로즈마리에게 여통은 혀를 쏙 내밀었다.

마롱휘는 트렁크에서 남자를 꺼내 배에 올랐다. 마롱휘는 왜 남자를 살려서 함께 배에 오른 걸까. 마롱휘의 일은 마롱휘의 일, 마롱휘의 남자도 마롱휘의 소관이다. 신경 끄자.

마롱휘가 두 사람에게 손을 흔들며 배 안으로 사라졌다. 로즈마리는 그에게 고개를 숙여 인사했다.

"재미는 있었어. 그건 인정하지."

두 사람은 마롱휘가 버리고 간 벤츠에 올랐다.

"오늘은 외교관이 되어 시부야의 바람둥이들을 꼬셔볼까? 외교관에 딱 어울리는 중국인 네이티브 스피커도 있겠다!"

로즈마리는 조수석에 앉으며 크게 깔깔거렸다.

"뭐야, 나더러 운전하라는 거야? 좋았어. 오늘 스피드레이스가 뭔지 단단히 보여주지."

여통은 버튼을 눌러 시동을 켰다. 도쿄만 허공에 커다란 배기음이 퍼져나갔다.

어차피 죽는 것은 하늘의 일, 여통은 후쿠야마로 인해 두 번째 삶을 살고 있다. 그리고 이런 삶도 나쁘지 않겠다. 여통도 로즈마리를 향해 크게 웃어보였다. 동시에 벤츠는 맹렬한 속도로 왔던 길을 되돌아가기 시작했다.

2014년 7월 3일 저녁

윤상길 & 스티브 김 국민의 개

윤상길은 고개를 갸웃거렸다. 인천시장도 떨어졌다. 두문불출, 심지어 바깥에서 사람을 만나는 것조차 두려웠다. 수재로만 살아왔던 그의 인생에 딱 하나, 얼룩이 졌다. 더러운 인생, 양주만 마시던 그가 중국집에 부탁해 탕수육과 소주를 마셨다. 이것 역시 없던 일이다. 저기, 소주 하나 배달될까요, 하고 묻던 자신이 얼마나 없어보였는지.

어제 저녁, 검은 양복을 쫙 빼입은 남자가 초대장이라며 문을 열어달라고 했다. 장난인 줄로만 알았다. 아파트 1층 출입구 문을 열고 잠시 기다렸다. 귀에 인이어를 낀 남자 두 사람이 초인종을 다시 누른다.

"청와대 경호관입니다."

"그런데 무슨 일로?"

남자는 대통령의 금박 봉황 마크가 찍힌 봉투를 건넸다. 혼자 오셔야만 한다며 양쪽 엄지손가락 지문마저 스티커 같은 데에 채취해간다. 3분이나 될까, 짧은 만남은 마치 귀신에 홀린 느낌이었다. 봉투를 뜯자 더욱 실감이 나지 않았다.

> 7월 3일 7시부터 석찬, 만찬은 9시부터 비공개로 진행됩니다. 저녁 6시까지 청와대로 오셔서 자리를 빛내 주십시오.
>
> —대통령

게다가 마지막에 적힌 대통령이라는 말이 더욱 현실감을 앗아갔다.

윤상길은 정치 초년생이다. 재수가 좋아 여당의 공천을 받았지만 야당에게 근소한 차로 패배하리라고는 생각지도 않았다. 겨우 1.1퍼센트 차이였다. 인천시장 당선이 유력하다던 때에는 받지 않아도 될 재계, 정계, 지역 유력인사들의 전화가 뚝 끊겼다. 말하자면 그는 퇴물이 되었다. 이를 반전시킬 계기가 없다면 그는 선거에 출마했다 인생이 부서진 패배자로 기억될 게 뻔했다. 게다가 그는 딱 패배자에 어울리는 선거 이후의 삶을 살고 있다.

기사를 검색했다. 웬 석찬에 만찬이람?

시진핑 전격 한국 방한. 청와대에서 만찬 예정.

가만. 초대장이라면? 시진핑 주석과 한국 대통령의 만찬? 갑자기 딸꾹질이 나왔다. 말도 안 된다. 윤상길이 청와대에 초청을 받을 하등의 이유가 없다. 하지만 '팩트'다. 그가 늘 사람들에게 뇌까리는 '팩트Fact'와 '트루쓰Truth'. 그리고 이 팩트에 사람이 엮이거나, 사건 하나가 얹어지면 트루쓰가 된다. 역사는 기록된 팩트를 트루쓰로 변환시키는 작업이다. 성공하면 영웅이 된다. 실패하면 기록조차 없이 사라져간 수많은 야심가 중 한 사람이 될 뿐이다. 그런데 그 기회가 넝쿨째 굴러왔다. 대통령을 만나고 시진핑을 만나는 자리다. 이 자리에는 유력 정치인뿐 아니라 삼성전자, 현대자동차 등 재계 인사마저 총망라된다. 거기에 끼어 눈인사를 하고 줄을 댈 누군가가 생긴다면 퇴물에서 단번에 주목받는 인물로 탈바꿈할지 모른다.

급하게 세탁소를 다녀왔다. 8,000원이면 족한 양복 드라이클리닝을 4시간 만에 해주는 대가로 3만 원을 건넸다. 그 사이 미용실도 다녀왔다. 동네 내과에 들려 영양제도 맞았다. 누가 독한 술이라도 권했는데 헤롱거리기라도 하면 바보가 된다. 영양제 주사가 끝나니 딱 옷을 찾을 시간이었다. 미국에 있는 아내와 딸아이에게 전화를 걸까 하다 그만두었다. 지금 전화했다가는 마누라에게 미친놈 소리 들을 게 귀에 선했다.

가만, 이럴 때는 차를 가지고 가야 하나? 처음이라 아무것도 아는 게 없었다. 가만, 기사도 없는데 차를 가져간다면 너무 낮추어 보이려나? 정작 중요한 순간에 이런 사소한 게 거치적거리다니. 모르겠다, 알 게 뭐냐. 택시를 타든, 아니라면 직접 차를 몰든. 시계를 보자 4시가 다 되어간다. 그가 사는 인천 검암역 근처에서 청와대까지 가려면 지하철을 타고 버스로 환승해도 1시간 10분은 족히 걸린다.

그래, 대중교통으로 가볼까? 나중에 자리 하나라도 차지하면 이 팩트를 엄청난 트루쓰로 포장해 써먹을 수 있지 않을까? 갑작스런 생각에 웃음이 솔솔 새나왔다. 그래, 어서 대중교통으로 가보는 거다.

아파트를 내려가자 정장을 빼입은 남자가 달려왔다. 남자가 달려온 곳에는 8미터는 족히 되어 보이는 리무진이 서 있었다.

"가시죠."

남자가 오른팔을 벌려 윤상길을 안내했다.

"누가 보낸 겁니까?"

리무진으로 향하며 물었다.

"저도 모릅니다. 저는 기사일 뿐입니다."

어라, 이거 완전히 계획에서 빗나가는데. 가만, 이러면 팁을 줘야 하나? 윤상길은 청와대로 향하며 엉뚱한 생각에 빠졌다. 마음속에서 엔도르핀이 마구 샘솟았다. 이만큼 흥분해본 게 언제였더라? 길을 가는 내내 차들이 비켜가거나 운전사들이 구경하기에 바빴다. 그것 역시 흥분을 부추겼다. 성산대교북단을 빠져나온 차는 금화터널과 사직터널을 지나 효자동 방면으로 선회했다.

청와대 앞으로 리무진이 향했다. 문득 인생은 참 알 수 없다는 생각이 들었다. 공부만 하던 범생이가, 공부로 돈을 벌고 인천시장 후보에까지 올랐다. 시장 같은 거, 정치를 꿈꾸던 사람의 최종 기착지 같은 게 아닐까, 선거운동 내내 생각했다. 몇몇 리서치에서 윤상길이 오차 범위 내 접전으로 앞선다고 할 때 마치 인천시장에 당선된 기분이었다.

갓 육십이 넘어 뇌출혈로 사망했던 아버지가 아들을 보았다면 뭐라고 했을까. 분수에 맞게 살라고 말씀하시지 않았을까. 한마디 덧붙였을 것이다. 이놈아, 인생 즐기면서 살아.

부풀었던 꿈은 단숨에 급전직하했다. 시장에 떨어지면서였다. 그런데 오늘은 청와대로 왔다. 태어나 처음으로 리무진을 탄 채로. 인생 참 알 수 없다. 윤상길의 의지로 해볼 수 있는 건 끝이 난 건지 모른다. 내 의지가 안 된다면, 그래 아버지 말씀처럼 인생 즐기면서 살자.

미리 약속이 되었던 건지 리무진은 멈추지 않고 청와대 정문까지 들어갔다. 지그재그로 세워둔 바리게이트도 능숙하게 비껴간다. 정문 앞에서 내렸다. 크게 호흡을 했지만 다리가 달그락거릴 정도로 떨렸다. 기합을 넣고 성큼성큼 걸었다.

청와대 영빈관 입구는 기자들로 북새통이었다. 여러 유력 인사들이 윤상길의 눈에도 띄었다. 기합을 넣고 어깨를 편다고 했지만 그 반대였던 모양이다. 인천 일간지의 기자가 툭 치며 말한다. 윤 후보, 어깨 펴고 힘 좀 내요.

영빈관으로 들어서자 넓은 내부에 들어찬 사람들로 웅성거렸다. 윤상길은 자신의 이름이 적힌 자리를 청와대 직원에게 물었다. 다섯 명이 앉는 테이블을 안내한다. 대통령과 시진핑이 앉을 것으로 예상되는 정면 중앙에서 가장 먼 자리였다. 그래도 감지덕지, 이게 어딘가. 자리에 앉으려다 하마터면 비명을 지를 뻔했다. 맞은편 자리에 스티브 킴이라는 이름이 보였기 때문이다. 오늘의 영광은 그의 초대였던가. 그는 시장에 당선되면 보자고 말했다. 시장에는 떨어졌다. 그런데 무슨 볼일일까. 시간을 확인하자 6시 30분이었다. 물을 마시며 애꿎은 시간을 죽였다. 7시가 가까워오자 스티브 킴이 나타났다. 눈으로 셈한 마지막 착석자였다.

정확히 7시가 되자 시진핑 주석과 대통령이 모습을 드러냈다. 공식적인 포토타임이 이어졌다. 기자들이 수없이 플래시를 터뜨렸다. 머리를 카메라로 만든 로봇 같은 느낌이었다. 아무도 주목하지 않는 구석에서 그 모습을 감상했다. 곧이어 중식과 한식을 섞은 퓨전음식이 등장한다.

지금껏 눈을 마주치지 않던 스티브 킴이 물 잔을 들어 포즈를 취했다. 마치 건배라도 하자는 듯. 모르겠다. 즐기자. 윤상길도 물 잔을 들어 그를 향해 웃었다.

무슨 말인지 알 수 없는 주석의 담화에 대통령이 답을 했다. 사람들이 낮게 웃는다. 알지도 못하면서 윤상길도 웃었다. 이런 게 외교라면 얼마든지 웃어주마. 어차피 오늘 이 자리는 시간이 한정된 골든타임의 영화와 같다. 끝이 나면, 다시 볼 수 없다. 대통령과 시진핑 공동주연의 영화, 마음껏 즐겨주겠다.

남들이 보건 말건, 윤상길은 나오는 음식을 남김없이 먹었다. 딱 다섯 조각, 하얀 사기 접시에 담긴 탕수육은 소스를 젤리처럼 덧입은 천하일미였다. 어제 시켜 먹은 탕수육에서는 왜 저런 맛이 안 났지. 엉뚱한 생각을 하며 젓가락을 놀리는데 스티브 킴의 시선이 느껴졌다. 그가 영어로 말을 걸었다.

"이제 조금 내려놓으셨군요."

굳이 영어로 대답할 이유를 찾지 못해 "그냥 즐기는 것뿐입니다." 하고 대답했다. 스티브 킴은 흠칫 놀라는 표정이었다. 곧바로 말한다.

"영어로 대답해주십시오, 부탁합니다."

"오케바리!"

남은 탕수육 하나가 아쉬웠다. 그런데 테이블에 있던 사람들이 쿡쿡거리며 웃었다. 조금 경망스러운 대답 때문이었나. 눈을 들자 스티브 킴의 귀가 빨갰다. 겨우 그 정도에 흥분하기는. 급하게 박수가 터졌다.

영빈관 정면을 보자 시진핑과 대통령이 악수를 하고 있었다. 공식적인 석찬은 끝이라는 건가. 곧바로 기자들도 빠진다. 이제 비공식으로 바뀌나 보다.

습관적으로 시계를 보았다. 겨우 7시 50분. 다들 급했군.

대통령과 시진핑이 자리를 나서자 상당수 사람들이 빠져나갔다. 아마도 경호원이었거나 보좌관쯤 되려나. 아니라면 그들 다음 거물일 것이다. 두 사람이 빠진 자리에 있을 필요가 없을 테니까.

스티브 킴과 윤상길이 앉은 자리도 마찬가지였다. 대통령도 봤겠다, 시진핑도 봤으니 이제 뭘 한다? 잠시 생각에 빠졌는데 스티브 킴이 자리를 옮겼다. 그게 신호라는 듯 빈자리 세 곳에 낯선 이들이 자리를 채웠다.

“미리 언질을 드리지 못해 죄송합니다.”

스티브 킴이 낮게 속삭였다.

“저 세 분은 중국 과학기술부에서 나오셨습니다. 완강 부장을 대신해 오셨습니다. 저우웨이유 부부장과 그의 수하들입니다. 두 분의 이름은 모르겠네요. 제가 알 필요도 없고요. 곧 윤 선생은 미래창조과학부의 장관 물망에 오르실 겁니다.”

물을 마시다 그대로 흘릴 뻔했다. 아내가 불륜을 저질렀다고 해도 이만큼 놀라지는 않았을 것이다.

“저들과 협력하셔야 합니다. 저들 역시 윤 선생처럼 엄청난 압박에 시달리고 있거든요.”

“저는 압박에 시달리지 않습니다만.”

시크하게 웃었다…고 생각했지만 파르르 입술이 떨렸다. 기회를 줄 테니 위기를 극복하라는 스티브 킴의 제안이었다.

"전화위복인가?"

"That's right! You get the chance of a blessing in disguise. 당신이 인천시장에 당선되었다면 저들이 손을 내밀고 여기까지 찾아왔을지 모르겠습니다. 인천시장이 할 수 있는 일은 인천에 국한될 테니까요. 오늘 당신은, 당신이 상상했던 에너지 관련 분야를 구체적으로 추진시킬 수 있는 에너지를 얻을 겁니다."

에너지 관련 일을 제안하면서 에너지를 얻을 거라니. 말장난도 이런 말장난이 없다.

"그래서요? 제가 당신의 개가 되어달라는 겁니까?"

"허허. 오해하지 마십시오. 개라니요. 그렇지만 개가 되는 것도 나쁘지는 않겠지요. 허울만 국민을 위하는 게 아닌 국민의 개가 되어준다면 기꺼이 그리 되라고 조언해드리고 싶습니다."

국민의 개? 짭새? 저 사람 그리 안 봤더니 제법 말장난을 쳐댄다. 가만 짭새는 국민의 지팡이 아니었나? 떨떠름한 기분에 물을 마시다 이번에는 진짜로 뱉어내고 말았다. 국민의 개, 라고? 대통령? 저도 모르게 윤상길은 벌떡 일어섰다.

"당신, 그랬다지요. 서울대에 들어가고 싶어서 고등학교 1학년 때부터 매년 봄이면 서울대에 갔었다고. 올해부터 매년 청와대 구경을 하도록 하세요. 지금 놀란 그 마음, 평생 간직하시고요."

스티브 킴은 통역을 통해 자리에 앉은 중국 과학기술부 인사들에게 말했다.

"윤상길 씨의 획기적인 비전은 중국 과학기술부를 진일보시킬 겁니다. 제가 보장하지요."

스티브의 말에 저우웨이유는 흐뭇하게 웃었다. 그렇지만 윤상길은 허공에 뜬 기분이었다. 왜 나지? 왜 나일까?

이틀 뒤인 7월 5일 오전, 대통령은 내각의 대대적인 개각을 단행했다. 김대중 대통령 이후, 국무총리가 두 번 낙마한 사례가 없었고 세월호 사태라는 거대 해양 사건을 무마하려는 의도였다. 게다가 세월호 이후 지하철 화재와 역주행 사고, 서울 마포 화력발전소 변압기 폭발과 대구 사대부고 화재 등 악재가 줄을 이었다. 제주시에서는 달리던 25인승 버스에서 화재가 났고, 시흥 시화공단에서는 광역 1호가 발령되는 대화재가 났다. 고양 버스터미널이 불탔고, 장성 요양병원 화재는 사망자만 무려 21명에 달했다. 월드컵 열기로 가려졌을 뿐, 팽팽한 공기는 어떤 식으로든 발화할 기세였다.

'과거를 청산하고 동북아, 나아가서 세계를 선도하는 대한민국이 되도록 태양열 에너지 허브를 인천 영종도, 송도, 청라에 건설합니다. 삼각벨트에 세계 유수의 자본과 기업, 첨단기술이 집약될 것이며, 중국과 손을 잡고 한국의 원천기술을 바탕으로 사막화가 진행되는 상당 지역에 태양열 발전소가 건설될 계획입니다. 이를 위해 영종도, 송도, 청라를 잇는 트라이앵글 지역에 투자될 121억 달러 전체를 이미 투자 받았습니다.'

내각 개혁의 모든 초점은 '미래'에 맞추어졌다. 동북아 태양열 에너지 허브로 대한민국이 전 세계를 선도할 것이라는 담화가 이어졌다. 과거를 청산하자는 대목을 두고 야권과 진보 성향의 유력 언론들은 실제적인 청산을 요구했다.

윤상길은 자신이 구상했던 이야기를 대통령이 그대로 읊자 심장이 터질 정도로 고무되었다. 심지어 121억 달러까지 똑같았다. 대통령은 말미에 이렇게 말했다.

'이를 위해 이 모든 구상과 투자 유치, 중국과 합작 사업을 이뤄낸 윤상길 씨를 미래창조과학부 장관으로 내정합니다.'

스티브 킴은 대통령이 담화를 발표하는 현장에서 윤상길에게 이렇게 말했다.

"이제 시작입니다. 저기, 담화를 발표하는 자리, 저 자리는 곧 당신의 자리가 될 겁니다."

스티브의 말이 끝나기도 전에 윤상길의 무릎이 푹 꺾였다. 도무지 다리가 후들거려 서 있을 수가 없었다. 윤상길은 담화를 발표하는 대통령보다 먼저 스티브 킴에게 고개를 숙였다.

"최선을 다하겠습니다."

2014년 7월 4일 오후

빅 존, 미치 애런 독립기념일

독립기념일이었다. 빅 존 역시 독립했다. 아니, 독립을 꿈꾸고 있다.

빅 존은 브로드웨이에서 풀턴 스트리트로 접어들었다. P턴을 해서 앤 스트리트로 접어들어야 한다. 사무실은 타인의 접근성을 최소화하려 했다. 그러면서도 월가와 브로드웨이라는 근접성은 버리지 않았다.

앤 스트리트의 좁은 일방통행 도로를 달리다보면 외관을 제대로 치장하지 않은 채 몇 년째 공사 중인 44-68번지 건물이 나타난다. 이곳의 1층은 상시 공사 중으로 나무판자로 가려놓았다. 다만 판자 너머 건물 안으로 들어온다면 인테리어를 제외한 모든 조명이 갖추어져 있다는 사실도 알게 된다. 사무실은 이 건물 4층에 자리하고 있다. 바깥에서 이 건물을 보면 공사 중인 건물에서 유일하게 창문이 달려 안을 볼 수 없다.

빅 존이 사무실 문을 밀자 예의 찰칵, 하는 자동소총의 장전 소리가 귀를 건드렸다. 안전하다고 머리로 되뇌지만 늘 소름이 돋는 것만은 어쩌지 못한다.

서 존은 며칠 전 불같이 화를 냈다. 쉬쉬했던 이야기가 2주 만에 존 스미스의 귀에 들어갔던 것이다. 짐작해보건대 IT 존일 가능성이 높았다.

"어떻게 향후 이억 달러가 들어갈 사업의 주연인 터너가 사망했단 말입니까! 그 프로그램이 어떤 프로그램인지 몰라서……."

서 존은 겨우 분을 삭이며 전화를 끊었다. 비상소집회의는 그 연장선상이다. 터너 에반스의 GSPS는 미래 역학을 미연에 대비하기 위한 프로그램이었다. 물론 터너는 그 사실을 인지하지 못했다. 개발자인 터너는 단순히 인공지능이 가미된 선택적 투자 프로그램으로 GSPS를 생각했을지 모른다.

최근 야후는 한 청소년이 개발한 어플리케이션을 삼천만 달러라는 거금에 구입했다. 뉴스 편집 앱으로 생각하면 이해가 쉽다. 다만 이 앱은 트래픽이 많은 뉴스를 소개하는 데서 나아가 한 개인이 관심을 둔 뉴스를 계속해서 좇고 연관된 뉴스를 상시 업데이트 하는 기능이 첨가되었다.

존 스미스에 대한 기사 하나가 떴다고 치자. 이 기사의 선정성이나 화제성에 따라 엄청난 트래픽이 발생한다. 기존 포털사이트에서는 이러한 뉴스를 소개하는 데 그쳤다. 하지만 중학생에 불과한, 소위 꼬맹이가 개발한 이 앱은 나라와 관심도를 따져 개인이 클릭한 뉴스를 계속해서 좇는다. 결과적으로 클릭한 개인이 그만 보기 전까지 이 앱은 존 스미스에 관계된 과거와 현재, 미래의 뉴스를 지속적으로 소개한다. 이 앱은 여기서 그치지 않고 뉴스의 내용을 편집하여 소개한다.

과거라면 존 스미스 헤드라인을 사람들이 클릭한다. 하지만 이 앱은 존 스미스에 관계된 뉴스의 내용을 편집하여 소개하는 것이다. 그리고 특정 문구나 단어를 다시 클릭하면 그 뉴스가 게재된 전 세계 모든 기사를 번역하여 보여준다. 사람들이 어렵게 생각하는 인공지능을 너무나도 직관적으로 풀이한 앱이었다.

IT 존 스미스가 주창한 것도 바로 이것이었다. GSPS와 같은 투자용 프로그램은 터너가 아니어도 누군가가 개발했을 것이며, 지금도 개발 중에 있다. 이러한 투자용 프로그램은 장중 자금의 흐름, 장 폐장 후 자금의 흐름, 선주문, 선물, 향후 투자가 예상되는 종목의 과거 사례, 투자 예상 종목의 미래 흐름, 기관 투자자의 움직임, 개미 투자자의 움직임 등 예상 가능한 모든 변수를 입력하여 당장 수익을 낼 수 있는 종목을 찾아낸다. 즉, 투자예언가인 셈이다. IT 존은 망설임 없이 터너의 프로그램을 지목했다.

"지금껏 개발된 투자 프로그램 중 인공지능이 기능하는 최고의 프로그램입니다. 이 프로그램은 원천 프로그램으로서 기능할 겁니다. 여기에 또 하나를 접목시켜야 합니다. 전 세계의 뉴스를 분석하는 인공지능 프로그램입니다. 이 뉴스 분석 프로그램은 백 년도 더 된 과거 사례 전체를 수집할 수 있는 기능이 포함되어야 합니다. 또한 모든 언어를 구십팔 퍼센트 이상 번역해내는 기능도 기본으로 장착되어야 하고요. 이랬을 때 새로운 프로그램이 탄생합니다."

IT 존이 3년 전 회의에서 주장했던 내용이다.

"터너의 프로그램은 가로축 역할을 해줍니다. 그리고 제가 예상하는 뉴스 수집 프로그램이 제대로 인공지능을 발휘하면 이는 세로축 역할을 해줍니다. 여기에 저희들이 필요로 하는 변수를 넣습니다. 이 가로축과 세로축이 정확히 기동할 때 저희가 넣은 변수는 미래를 예상하게 될 겁니다.

말하자면 이런 겁니다. 전 세계 모든 언어를 번역해낸 프로그램으로 '핵무기 분실'이란 키워드를 넣습니다. 그러면 세로축은 핵무기 분실과 관련된 모든 기사를 검색해냅니다. 여기에 가로축을 기능하게 합니다. '열 배에 가까운 금액으로 핵무기를 구입'이라는 키워드를 입력해봅시다.

인공지능 프로그램은 가장 직관적으로 수익을 최고로 올릴 수 있는 지역의 분실된 핵무기를 지목할 겁니다. 실제 투자는 이때 이루어집니다."

"잘 이해가 가지 않는데."

막연한 안개 같은 추측으로는 IT 존의 말을 이해할 수 없었다. IT 존은 빅 존을 향해 조소에 가까운 웃음을 날렸다. 문득 오키나와 해저에 미군이 분실한 핵무기가 스쳐갔다. 분실한 것인지 의도적인 것인지 알 수 없는 '분실 핵무기'는 전 세계적으로 천 기가 넘는 것으로 예상된다. 오키나와뿐 아니라 일본 해저에 처박힌 핵무기가 몇 기인지는 아무도 모른다. 이를 가지고 뭘 어떻게 한다는 말이지?

"설명이 어려웠나요? 가령 석유를 가장 싸게 살 수 있는 지역이 어디일까를 키워드로 넣었다고 칩시다. 이것은 가로축에 해당됩니다. 투자니까요. 그런데 세로축에 돈으로 하는 투자가 아니라 '돈이 아닌 방법으로 획득'이라는 키워드를 세로축에 입력합니다. 어떻게 될까요?"

IT 존의 이야기가 그제야 조금씩 실체를 띠며 안개를 걷어내기 시작했다.

"이해가 가실 거라 보는데……. 프로그램은 과거의 선례를 복기하고 새로운 대안을 제시할 겁니다. 전쟁을 일으키라! 그렇다면 그 지역은 어디일까요? 주체를 미국으로 설정하고, 답을 내라고 한다면 미국이 안전하게 석유를 획득할 수 있는 나라를 지목해 전쟁을 일으키라고 할 겁니다. 아니라면 그 나라를 '대항해 시대'처럼 정복하라고 명령하겠죠. 간단히 프로그램은 이라크라고 지목할 겁니다."

"너무 평범하지 않나?"

서 존이 반박했다.

"이런. 제 설명이 너무 간단했나 보군요. 만약 이 일이 제가 아닌 프로그램이 지목한다고 생각해보십시오. 전 세계의 모든 뉴스를 번역하고 투자를 살핀 프로그램이요. 투자입니다!"

IT 존이 목소리를 높였다.

"그래요, 간단히 이라크라고 칩시다. 이 프로그램은 전쟁을 일으켜도 되는 안전한 날짜와 가장 근접한 초단위의 시간, 또한 미군에게 무조건에 가까운 항복을 할 도시까지 짚어낼 겁니다. 어디부터 폭격을 하고 어떻게 상륙을 하며 누구부터 압박하는가! 제 이론이 판타지가 아니라 실제 현실이라면 어떻게 될까요?"

빅 존은 IT 존이 주창하는 미래에 경악했다. 무엇보다 IT 존의 말대로라면 가까운 미래에, 단순한 컴퓨터 프로그램만으로 미래를 예측하는 일이 가능해진다는 뜻이 된다. 미래를 조종할 수 있는 '실체'를 몇억 달러의 푼돈으로 살 수 있다는 이야기이지 않은가.

"이해가 되셨습니까? 이런 것도 가능하겠죠. 가로축에 '사랑을 이루어지게 해달라'라고 키워드를 줍니다. 터너의 프로그램은 이익을 위한 투자 대신 사랑에 대한 분석을 투자로 바꾸어 업무를 시작하겠죠. 세로축에는 터너의 연인인 글로리아라고 칩니다. 세로축은 트위터, 페이스북, 기타 블로그와 구동 가능한 모든 프로그램을 연계해 글로리아의 가족과 학력, 친구, 그들이 올린 모든 사랑에 대한 이야기를 분석해낼 겁니다. 언제 태어났는가, 부모는 누구인가 따위는 구차할 정도입니다. 정말 간단하게도, 아니 어이없을 정도로 짧은 시간 안에 프로그램은 답을 제시할 겁니다. 글로리아가 감정적으로 가장 흔들리는 시기나 시간대, 심지어 어머니의 죽음이나 생일 그 모든 것까지 분석하고 감안한 날짜와 시간, 장소를 찾아낼 겁니다. 가로축 역시 가만 있지 않겠죠. 사랑을 이루었던 모든 연인의 사례를 검색하고 통계화해 성공이 확실한 프로포즈 방법을 글이나 영상, 사진으로 보여줄 겁니다. 터너에게 말하겠죠. 글로리아에게 이렇게 하십시오. 어떻겠습니까? 터너의 사랑은 프로그램이 지목한 대로 따른다면 게임 셋이죠!"

맙소사!

빅 존은 커다란 한숨을 토해냈다.

"이건 존 스미스 최고의 무기가 될 겁니다. 그 어떤 정보기관도 따라올 수 없는 미래 예측, 아니 미래 실현 프로그램이니까요!"

IT 존은 이야기에 마침표를 찍었다. 실로 방대한 마침표였다.

"그렇다면 GSPS의 현재 가치는 얼마라고 생각하나?"

가만히 이야기를 듣던 서 존이 목소리에 위엄을 더했다.

"블록버스터 제작비로도 아깝지 않을 정도입니다."

IT 존이 의견을 말하자 들러리로 있던 하버드 존이 "일억 달러?" 하고 물었다.

그 말에 IT 존은 명백한 조소를 띠었다.

"아니, 제작사라고 하지. 이 제작사는 블록버스터 열 편을 제작할 자금은 가지고 있어야 할 걸."

IT 존이 단언했다.

"물론 이 자리에서 내가 꺼냈던 이야기를 아무도 발설하지 않는다는 조건 하에서."

IT 존의 말대로라면, 이 이야기가 바깥에 새나갈 경우 터너의 GSPS는 10억 달러 이상의 가치를 지니게 될 거라는 역설이었다.

"빅 존, 당장 터너와 교섭할 수 있겠나?"

"잠시만, 잠시만요. 터너의 프레젠테이션은 내일로 예정되어 있습니다. 게다가 제 수중에는 일억 달러는커녕……."

"내가 마련할 수 있네."

서 존이 재빨리 빅 존의 말을 끊었다.

"저, 잠시만요. 이것도 투자라면 우리 전부가 나누어서 부담해야 하지 않을까요? 그래야 서로에게 책임도 생겨날 거고요."

가장 어리다고 얕보았던 박사 존이 덩달아 동조했다.

그날, 다섯 명의 존은 인터넷 이체만으로 2억 3천만 달러의 자금을 만들어냈다. 교섭은 빅 존의 몫이었다. 빅 존은 휘하의 라인을 가동했다. 프레젠테이션에 참가하기로 했던 어느 IT 기업의 총수를 브라질로 보냈다. 마약을 탐닉한 결과였다. 브라질에서는 브라질 최고의 미녀 4명이 각종 마약을 가지고 대기했다. 프레젠테이션이 있던 날, IT 기업의 총수는 '파라다이스'라는 약물에 절어 네 명의 미녀와 함께 '천국'으로 갔다. 영영 돌아오지 못하는 천국으로.

지난 3년 동안 빅 존은 IT 존의 계획에 따라 단계적으로 GSPS를 발전시켰다. 동시에 글로리아와 함께 세로축이 되는 분석, 예측 프로그램 개발에 착수했다. 그런데 너무도 간단히 중학생에 불과했던 어느 꼬맹이가 야후에 뉴스 수집 어플리케이션을 판매했다. IT 존이 주창했던 내용이 고스란히 반영된 앱이었다. 다만, 이 앱은 뉴스에만 한정되어 방대한 IT 존의 상상력을 추가할 수 없다는 단점이 있을 뿐이었다. 단순히 그 앱만으로도 꼬맹이 녀석은 삼천만 달러라는 막대한 자금을 거머쥐었다.

황망하다고 생각하기만 했던 IT 존의 '상상'은 절대 상상이 아니었다. 실현 가능한 '가까운 미래'였다. IT 존의 배팅 역시 적절했다. 야후가 중학생에게 쥐어준 삼천만 달러는 미래가치를 생각했을 때 푼돈이었다. 다시 생각해봐도 터너에게 준 일억 달러 역시 푼돈에 불과했다.

보름 전 빅 존은 결행했다. GSPS는 IT 존의 예상보다 1년 빨리 완성되었다. IT 존이 '터미네이터'라고 이름 붙인 세로축 역시 개발에 착수한 상태였다. 이 시점에 브렌든이 빅 존을 압박했다. 넌지시 또 다른 존의 존재를 내비쳤다. 게다가 로즈마리를 '아직 잡지만 않은' 인질로 내세웠다. 상상력이 빅 존을 부추겼다. 존 스미스는 어떻게 될 것 같아? 서 존도 CIA였다. 빅 존도 CIA였다. 브렌든은 CIA의 국장이다. 단순한 이 조합이 화학작용을 일으켜 결과를 구체화했다. 단 하루도 미룰 수 없다.

사무실은 텅 비어 있었다. 비상회의는 오후 4시 소집이었다. 양복 소매를 걷자 까르띠에의 로마자가 3시 30분 다이아몬드에 걸린다. 이 정도면 충분하다.

'존 스미스'들은 너무 성공에 젖어 있다. 스스로가 미국을 움직인다는 환상에 사로잡혔다. 자신의 1분이 타인의 1분보다 값어치 있고 비싸다는 편견에 빠졌다. 빅 존, 미치 애런 그부터 그랬다. 거의 30년 만에 다시 깨달은 것이지만 어느 누구의 1분이든 소중하지 않은 1분은 없다.

사무실 창밖을 바라보았다. 뉴욕 거리 곳곳은 사연들로 가득하다. 앤 스트리트만 해도 그렇다. 뉴욕에서의 성공을 꿈꾸며, 그래봐야 물질적인 성공만을 좇을 뿐이지만, 사람들은 먹고 자는 시간마저 아낀다. 성공, 그만큼 인생을 소모할 가치가 있는 것일까? 획일화된 교육과 물질적인 성공만을 가르치는 이 사회에서 개인의 특성과 존재, 목적과 가치를 최우선한 성공을 찾아내는 것은 요원할까.

"왔습니다."

상념을 깨며 박사 존이 인사했다. 이제 20대 중반에 접어드는 데도 여전히 10대로만 생각된다.

"그래, 잘 지냈나?"

"제가 뭘 하는지는 일거수일투족 아실 거면서요."

"아니네. 그렇지 않다네. 자네들을 믿으니까."

"어라, 그러신가요? 몰랐네요. 이럴 때 광란의 밤이라도 보낼 걸 그랬군요."

"그랬나? 미안하네."

박사 존은 빅 존의 미안하다는 의미를 절대 알 길이 없으리라.

"참 박사 존, 자네는 꿈이 뭔가?"

"꿈이요?"

박사 존은 난감하다는 표정을 지었다.

"저 성인이 된 뒤로 꿈이 뭐냐고 물어보시는 분은 빅 존이 처음이에요. 그냥 지금은 존 스미스로 잘 사는 거죠."

어쩐다. 힘들지도 모르겠는데.

"좋은 꿈이야. 나도 그런 꿈을 꾸었으니까."

시계를 보았다. 7분 전이었다. 존 스미스 전체가 모이지 않는다면 이번 작전은 폐기된다. 마음이 한층 조급해졌다. 그때 뒤에서 두 사람의 목소리가 들렸다. IT 존과 하버드 존이었다. 라이벌이면서도 절친한 친구처럼 동시에 등장했다.

"자네들 이제 꽤 친해졌군 그래."

"그럼요, 상부상조해야죠."

IT 존의 말에 하버드 존은 허물없이 웃었다.

조바심을 애써 숨기며 늘 앉던 자리에 앉았다. 세 사람도 빅 존처럼 늘 앉던 자리를 차지한다.

"오늘은 서 존이 늦으시네요."

박사 존이 의아해하며 물었다. 능구렁이 같은 영감탱이. 설마 어떤 낌새라도 알아차렸다면 애써 준비한 모든 일이 엉키고 만다.

"자네 둘은 꿈이 뭔가? 아, 이미 박사 존에게는 물었다네. 이대로 존으로 살아가는 거라더군."

빅 존의 말에 IT와 하버드가 빅 존과 박사 존을 번갈아 본다.

"저야 뭐 스티브 잡스죠. 그렇지만 요절하고 싶지는 않아요. 가만…… 빌 게이츠가 나으려나?"

IT 존이 시시껄렁한 농담이라도 했다는 양 눈살을 찌푸리며 억지웃음을 지었다.

"저는 하버드 총장입니다. 가능성도 있고요."

IT에 비해 하버드 존은 단호한 태도였다.

"그래. 꿈이 있다는 건 아직 젊다는 거야. 꿈이 사라지고 추억을 되새기기 시작할 때 인간은 끝인 거니까. 그렇게 생각해보면 자네들이 역사의 주역이라고. 난 이제 늙었다네."

"힘내세요, 빅 존. 당신은 우리에게 스승이라고요. 스승의 약한 모습은 보기 좋지 않거든요."

빅 존의 엄살을 박사 존이 되받았다. 자못 심각한 모습에 웃음이 터질 뻔했다. 실없는 농담을 주고받는 사이, 4시가 넘어간다. 8분이 남았다. 왼쪽 이마로 땀이 흐르는 게 느껴졌다.

"회의를 시작할까?"

월권이었다. 서 존이 착석하기 전까지 회의를 시작하지 않는 게 암묵적인 규칙이었다. 그렇게라도 하지 않으면 압박을 이겨내기 힘들었다.

"더워요, 빅? 온도를 좀 더 낮출까요?"

박사 존이 문 옆 온도조절기를 건드렸다. 그때 문이 열렸다. 서 존이었다.

"이런, 벌써 회의를 시작한 것은 아니지?"

"그럴 리가요."

대답을 하는 빅의 목소리가 희미하게 떨렸다.

"자, 한시가 바쁜 사람들이니 어서 시작하세나."

서 존이 테이블 중앙, 자신의 자리에 착석했다.

"무슨 일인가, 빅. 자네가 비상회의를 소집할 때가 다 있고."

능구렁이다웠다. 전화로 역성을 낼 때는 언제고 누구보다 인자한 미소로 존들을 바라본다.

"도대체 어떻게 된 일입니까? 저희 정보가 새고 있는 것 아닙니까? 터너는 사망했고, CIA 국장인 브렌든이 저를 호출했습니다. 이유조차 모른 채 불려갔단 말입니다. 아무리 기억을 더듬어도 CIA 국장이 저를 직접 호출한 적은 없었다고요."

"그게 뭐 대수인가? 우리는 그런 세계에 살고 있지 않은가?"

서 존이 능쳤다. 이미 그는 상당한 정보를 손에 거머쥐고 있을 것이다. 회의에 집중시키려면 에두르면 안 된다.

"브렌든이 무엇으로 저를 협박했는지 아십니까?"

"왜, 자네 딸이라도 볼모로 잡았던가?"

역시 서 존은 정보를 쥐고 있는 것도 모자라 요리조리 활용하고 있는 게 분명했다.

"제기랄! 그래요, 브렌든은 제 딸을 볼모로 쥐고 있었습니다."

순간 어린 존들에게서 탄식이 터졌다.

"한 번도 그랬던 적이 없었어요. 어떤 정보 집단도, 또 에이전트들도 우리의 목을 겨눈 적은 없었단 말입니다. 그게 전부라면 이렇게 회의도 소집하지 않았어요. 7월 1일이었죠. 시진핑이 한국을 방문하는 것에 발맞추어 일본은 자위대의 해외파병을 공식화했습니다. 일본이에요. 그들이 다시 전쟁을 일으키는 것을 전 세계에 공식화했단 말입니다. 한국보다 일본에 무게를 두겠다는 미국의 복안이죠. 바로 동아시아 역학관계의 변화입니다. 이게 미국이 동조하지 않으면 가능한 일입니까? 그런데 우리 중에 그 사실을 미리 파악했던 존이 누가 있죠? 그뿐인지 아십니까? 브렌든이 다른 카드를 내밀었다고요. 서 존, 당신이 지금 우리 말고 다른 존들을 운용하고 있다고요. 아시겠습니까?"

빅 존은 분노를 극도로 표출했다. 물론 연극이었다.

"서 존! 우리가 아닌 다른 존이 있다는 게 사실입니까? 그렇다면 지금 우리의 연대는 상당 부분, 아니 근간부터 흔들리게 됩니다. 우리의 존재 기반은 바로 다섯 명의 존이란 말입니다."

IT 존이 빅 존의 이야기에 동조했다.

"맞아요, 서. 우리가 아닌 다른 존이 당신의 휘하에 있다면, 그건 큰 문제가 될 겁니다."

하버드 존 역시 빅의 편에 섰다.

시계를 보았다. 4시 9분. 초침이 회전판의 절반을 가로지르는 순간이었다. 4시 9분 30초.

"제가 너무 흥분했군요. 존, 저 잠시 세수라도 하고 오겠습니다."

빅 존의 이야기를 관망하던 서 존이 고개를 한 번 까닥했다. 재빨리 빅 존은 문으로 다가갔다. 시간이 없다. 10초나 남았을까? 문을 당겨 재빨리 바깥으로 빠져나왔다. 거의 동시였다. 자동소총의 파열음이 엄청난 기세로 문 밖까지 터져나왔다.

1분! 빅 존은 복도를 가로지르며 계단을 성큼성큼 뛰어내렸다. 1층에 다다라 공사 가림판이나 다름없는 나무판자를 부수듯 뛰어나왔다. 빅 존이 바깥으로 한발을 내딛는 순간, 거대한 폭발음이 앤 스트리트를 진동시켰다.

빅 존은 뒤도 돌아보지 않고 뛰었다. 자욱한 폭파먼지가 앤 스트리트를 에워쌌다. 50여 미터를 앤 스트리트에서 멀어지자 주변 건물에 있던 사람들이 웅성거리며 바깥으로 모였다. 그들 사이에서 '테러'라는 단어가 언급되었다. 그제야 빅 존도 큰 숨을 몰아쉬었다. 간발의 차이였다. 지금껏 닦지 않았던 이마의 땀을 황급히 닦았다.

빅 존은 처음으로 용병부대를 샀다. 다국적 용병부대는 누가 죽든, 또 목적이 무엇이든 관여하지 않는다. 주문한 일에 적정한 돈이라면 일사천리. 빅 존은 가장 먼저, 3시 30분부터 4시 10분 사이, 앤 스트리트 주변 50미터에 걸친 CCTV의 화면을 일주일 전 화면과 바꾸었다. 간단한 작업이었다. 또한 그가 자랑스레 생각했던 사무실의 안전시스템을 반전시켰다. '존들'에게만 반응하지 않는 무장 보호 장치를 '존들'에게만 반응하도록. 정확히 4시 10분이 기점이었다. 이런 중에 단 한 사람의 존이라도 회의에 참석하지 않는다면 빅 존이 계획한 일은 들통 나고 만다. 마지막으로 그들이 매입했던, 존의 거점을 완전히 폭파해버리기로 했다. 이를 위해 4층에 네이팜탄을 설치했고, 건물이 정확히 주저앉도록 폭파 해체 작업에도 공을 들였다. 연쇄적으로 1층부터, 꼭대기 층인 20층까지 다이너마이트를 설치했다. 그 모든 응집된 감정과 '존'에 대한 해체 작업을 위한 시간은 정확히 4시 10분이었다.

존의 계획은, 아니 미치 애런의 계획은 성공했다. 존을 벗겨낸 미치 애런은 앤 스트리트 뒤편으로 몸을 숨겼다. 주차해놓았던 앰뷸런스 차량에 시동을 걸었다.

빌어먹을 '존'은 해체되었다.

몇몇 첩보원과 정보원들을 통해 납치에 의한 테러라는 사실이 규명되기 시작할 것이다. CIA 역시 이들의 정보를 취합해 이슬람 세력의 테러로 정론화시켜 여론을 환기한다. 그 뒤, 서 존이든, IT이든 본명이 까발려지고 그가 왜 적국의 테러 목적이 되었는지도 그럴 듯하게 포장되리라. 그들이 태어난 고향 마을에 추모비 하나쯤은 생겨나겠지. 그 뒤, '존'은 완전히 사라진다.

단 두 블록 떨어진 스트루프 스트리트에 이르자 사이렌 소리가 도로를 가득 매웠다. 격렬한 울림은 오히려 데시벨을 높여갔다. 반대로 속도를 죽이며 뉴욕 장로교 맨해튼 정신병원에 차를 세웠다. 갑자기 눈물이 났다. 빅 존은 운전대에 기대 엉엉 소리 내어 울었다. 격정은 한동안 멈추지 않았다.

거짓된 삶. 지금껏 그가 살아왔던 인생은 무엇이었단 말인가.

미치 애런은 보조석에 놓아두었던 가운을 걸쳤다. 입구에 잠시 정차했던 차량을 건물 안으로 진입시켰다. 정신병원이라 형식에 불과한 응급실에 차를 주차시켰다. 시동을 끄기도 전에 운전석 창문을 누군가 두드렸다.

"접니다. 알프레드. 브루스 카일 박사님, 앤 스트리트에서 건물이 붕괴되었다고 지원요청이 왔어요. 어서 출발해야 하니 시동을 끄지 마십시오."

말을 마친 알프레드가 거친 목소리로 응급요원 둘을 불러냈다.

"미안하네. 차를 너무 오래 썼나 보군."

"아, 독립기념일에 테러라니, 너무하네요. 아니나 달라요? 오늘 같은 일은 저희 정신병원에도 일 년 가야 한 번 있을까 말까 한 일이잖아요. 다녀올게요, 브루스 박사님. 아, 원장님. 입에 익지를 않아서."

"그래, 조심해서 다녀오게. 참 자네 어머니께 드릴 치매 약은 처방해 놓았네."

알프레드가 웃으며 운전석에 올랐다.

응급실을 통해 병원 내부로 진입하자 간호사들이 인사했다.

"원장님, 눈 밑이 부으셨어요. 피곤하신가 보네요."

간섭하기 좋아하는 수간호사인 셀리나 웨인이 지나치지 못하고 물었다.

"그래, 요즘 통 잠을 이루지 못했거든. 게다가 한 달 간 한국과 일본에 출장을 가야하니 압박이 여간 심한 게 아니야."

"따라가고 싶네요."

"그래? 셀리나 스케줄이 어떻게 되지? 같이 갈 텐가?"

"아유, 그랬다가는 남편인 톰의 일이 두 배로 늘 걸요. 집은 엉망이 되고."

"그래, 아쉽게 됐군. 이만 원장실로 돌아가 보겠네."

얼른 셀리나의 말을 잘랐다.

꼭대기 층에 있는 원장실에 들어섰다. 평소 잘 앉지 않던 접대용 소파에 몸을 누이자 멈추었다고 생각했던 격정이 다시 찾아들었다. 존이었던, 그리고 브루스 카일로 23년째 이 병원을 지켜온 미치 애런은 흐르는 눈물을 한동안 내버려두었다.

왜 한국인가.

후쿠야마는 지금도 질문에 대한 답을 찾아내지 못했다.

얼마 전 구글이 만든 태양열 발전소는 미국 전역에서 천연에너지 생산으로 화제를 모았다. 사진으로만 접했을 뿐이지만 실로 압도적이었다. 태양열 집적판이 대지를 덮은 모습은 마치 미야자키 하야오의 애니메이션 속 미래를 구현한 듯했다. 아름다웠다. 그렇지만 일본은 지금 무엇을 하고 있는가. 스스로 반문했다. 후쿠시마 제1원전은 재기불능 상태였다. 매일 300톤의 방사능 오염수를 배출하는 것조차 쉬쉬하고 있다. 고질라의 대재앙이 현신하지 말라는 법이 어디 있던가.

크기가 2미터가 채 되지 않으며 독이 없고 혼자서는 개조차 상대하기 버거운 포유류가 바로 인간이다. 수많은 포유류가 깔보고 말았을 인간이 지구를 정복한 것은 미스터리이다. 그 미스터리에 고질라가 얹어진다 한들 이상할 리 없다. 아니, 인간이 고질라를 만들어낸다 해도 이상하지 않다는 말이 더 정확한 표현이리라.

일본과 중국은 자존심 싸움을 너무 오래 벌였다. 중국의 동북공정은 어차피 내민일체, 즉 중국인들을 하나로 단속하기 위한 수단이다. 김일성이 신이라고 믿는 북한의 주체사상과 다를 바 없다. 야오위다오, 센카쿠 열도가 일본 땅이면 어떻고 중국 땅이면 어떤가. 파보지 않으면 알 수 없는 지하자원을 두고 막대하니 어떠니 떠드는 것부터가 실체 없는 자존심 싸움이다. 지금껏 센카쿠의 지하자원이 없어서 일본이

유지되지 않았던가. 너무나 간단한 대답이 돌아온다. No!

줄 건 줘버려도 된다. 정치적 돌파구를 찾지 못한 자민당 의원들은 국민들에게 자존심을 부추겼다. 독도가 일본 땅이라느니, 야오위다오가 일본 땅이라느니. 유치했다. 석유의 잔존량은 50년이 채 되지 않는다. 대체 에너지 개발은 무엇보다 시급하다. 이산화탄소의 에너지화, 수소의 에너지화, 무엇보다 고갈이 되지 않는 무한한 태양 에너지야말로 미래를 영도할 가장 큰 권력이다. 한국처럼 중국과 손잡고 태양열 에너지를 생산하는 게 발전적이지 않은가.

어디 그뿐인가. 시진핑이 한국 좀 가겠다고 큰소리치자 깜짝 놀란 듯 집단 자위권 발동에 대한 각의를 결정했다. '우리, 전쟁할 수 있어!' 하고 큰소리친 것이다. 자국 국민이 죽어가는데 가만 있을 정부가 있을까. 실제적인 전쟁 목적이 아니라면 전쟁을 하지 못한다고 위장하고 있는 게 낫다. 그런데 하필 지금이다. 이에 대해 미국 정부는 환영한다는 입장을 나타냈다. 현실적으로는 불가능한 '전쟁 가능'이란 국민 달래기와 외교 카드라는 '명분'을 위해 미국에 무엇을 얼마나 내주었을까. 병신 같은 정치인들!

지난 7월 3일과 4일, 중국의 수뇌부는 전격적으로 한국을 방문했다. 수많은 중국과 한국의 재계 인사 역시 자리를 함께 했다. 이는 동아시아 역학의 상당한 변화를 의미했다. 중국은 전통적인 북한에 대한 지지를 상당수 철회했다. 심지어 시진핑의 방문 직전 북한을 향해 핵실험을 반대하는 이례적인 성명마저 발표했다. 중국은 향후 외교에서 상당부분 일본을 배제하겠다는 심산이 깔려 있다. 그렇다면 시진핑이 지금 한국을 방문한 이유는 무엇인가. 원인을 유추하는 것은 실로 간단했다.

데자뷰!

이번 시진핑의 한국 방문은 1년 전 아프리카 방문과 실로 흡사했다. 여기서 다시 하나, 유추가 가능해진다. 아프리카 방문은 실패했다! 원인을 파고들려면 수많은 정보원들을 아프리카로 보내야만 한다. 그렇다고 해도 은밀히 가려져 있을 시진핑의 실패를 찾아내리라는 보장은 없다. 후쿠야마 역시 아프리카 방문 카드는 포기했다. 조금 현명한 방법을 찾아냈다. 거저 주웠다는 표현이 맞을까. 모든 작업을 로즈마리가 지휘했다. 마롱휘의 위장 죽음. 물론 나중에야 알았다.

뷰파인더에 눈을 고정하고 시진핑과 한국의 대통령을 향해 셔터를 눌러대는 내내 그 생각이 떠나지 않았다. NHK 한국 특파원으로 분했다. 후쿠야마의 목적은 참석자에 대한 파악이었다. 최신형 소니 카메라는 단번에 20명 이상의 얼굴을 잡아냈다. 후쿠야마는 어느 때보다 집중했다. 분명 여기에 있다. 중국과 한국을 손잡게 만든 '실체'가 청와대 영빈관에 반드시 숨어 있다. 시진핑과 대통령은 결국 얼굴마담, 꼭두각시에 불과하다. 보이지 않는 은막 뒤에서 손가락마다 실을 건 채 인형을 움직이는 피노키오의 제페트는 누구인가. 그리고 왜 한국인가.

왜 지금에서 한국이란 말인가.

도무지 그 물음에 대한 답을 얻을 수 없었다. 중국이 한국과 손을 잡을 이유! 궁금증을 풀지 못한 채 에바 항공 19시45분 발 로스엔젤레스행에 몸을 실었다. 직항편을 고르려다 타이페이를 경유하는 항로를 택했다. 9만 엔에 가까운 돈을 결재했다. 마사오의 카드는 여전히 유효했다. 녀석은 LA에서 장렬히 사라지는 거다.

항공편을 핑계로 최대한 오래도록 혼자 시간을 보내고 싶었다. 해야 할 일이 산더미였다. 게이트를 통과하고 보안검색, 출국심사를 마쳤다. 대략 30분 정도 뒤 셔틀 트레인을 타고 탑승동으로 이동했다. 순간 웃음이 터지고 말았다. 비행기 표면에 인쇄된 '헬로 키티' 때문이었다. 에바 항공의 테마 제트기가 헬로 키티일 줄은 몰랐다. 휴대폰을 꺼내 사진을 찍었다. 로즈마리에게 보낼까 하다 여통에게 보냈다.

탑승교를 지나 헬로 키티 제트에 오르는데 다시 웃음이 났다. 비행기 안으로 이동한 뒤부터는 웃음이 떠나지 않는다. 비행기 시트, 좌석 후면에 설치된 LCD 모니터 역시 키티의 그림이 배경화면이었다. 일본의 힘이다. 드래곤 볼Z, 원피스, 도라에몽! 이루 셀 수 없는 일본의 애니메이션과 캐릭터 콘텐츠가 세계를 장악했다.

비행기가 이륙하자 LCD 모니터는 마치 비행기 조종사의 운항 계기판을 보는 듯한 화면으로 바뀐다. 비행경로, 소요시간, 방향, 고도, 속도가 디지털화된 직관적인 녹색선으로 구현되었다. 저도 모르게 와, 하고 낮은 탄성을 내질렀다.

"위스키 오어 디너, 아이스크림?"

까무잡잡했지만 매끈하고 탄력 있는 피부를 가진 스튜어디스가 물었다. 위스키를 주문하려다 아이스크림으로 바꾸었다. 그런데 이번에는 소리 내어 웃고 말았다. 헬로 키티 아이스크림이었다.

여통에게 스마트폰으로 다시 한 번 사진을 전송했다. 키티가 그려진 시트, 키티가 배경화면이었던 모니터, 그리고 아이스크림까지. 곧바로 회신이 왔다. www! 여통 역시 꽤나 웃겼던가 보다.

지도를 펼쳤다. 태평양을 직접 건너지 않고 두 시간을 반대로 운항한다. 늘 세계지도를 보면 가슴이 뛰었다. 세계지도 전체를 일본의 땅으로 만드는 꿈! 지도를 응시하다 랩톱을 열었다. 인터넷을 띄우고 메일에 접속했다. 메일을 열자 여통의 회신이 보였다. 사진에 대한 분석이었다.

지난 10여 일, 후쿠야마 역시 정보가 검색되지 않는 사람들의 배후를 좇았다. 일본 NHK와 중국 신화통신 기자를 통해 사진 속 인물들에 대한 간략한 정보를 들었다. "모르겠네."라고 대답이 돌아오는 인물이 목표였다. 그들 중에서 후쿠야마가 마주친 적 있는 국정원 정보원과 청와대 경호관들은 제외했다. 여통 역시 사진을 보자마자 중국의 정보부 요원들을 추려냈다. 굴러온 돌인 로즈마리 역시 여통과 함께였는지 미국 쪽 인사들을 걸러냈다.

일, 중, 미 세 나라의 조합은 그런대로 괜찮아 보였다. 여통과 로즈마리, 또 후쿠야마가 솎아낸 사람들을 시간이 되는 대로 좇았다.

중국 쪽에서 얼굴이 알려지지 않은 인물 상당수는 마롱휘의 라인을 축출시킨 새로운 정보원들이었다. 여통은 대부분 유학 등 타국의 문화나 정치에 영향력이 없는, 중국 내에서 자라난 가장 우국적인 성향들을 취합했다고 설명했다.

여통의 말이 틀리지 않는다면, 중국과 한국을 연결시킨 라인은 오히려 한국이라는 점에 무게중심을 둘 수 있다. 그런데 후쿠야마의 레이더에 걸려든 한국 쪽 인사들 역시 신통한 인물이 없었다. 심지어 미래과학창조부 장관으로 깜짝 발탁된 인물도 변변치 않았다. 왜, 라는 의문이 잠시 스쳤을 뿐 최근 불거진 '한국의 장관급 인물난'을 그대로 보여주는 거울에 불과했다.

중국과 한국이 손을 잡은 날, 미국은 치사한 방법을 택했다. 중국이 중심이 된 아시아 인프라 투자은행에 한국의 불참을 요구했다. 연합뉴스 정도를 제외하면 수많은 한국의 언론사가 이 사실을 외면했다. 이 역시 검은 힘이 작용했다고 볼 수밖에 없었다. 인터넷이 활성화된 뒤 신문기사도 아이돌그룹을 좇는 팬들과 같아서 트래픽이 없는 기사는 금세 사라지고 만다.

미국의 입장에서는 중국과 한국의 중한합작은 껄끄러울 수밖에 없다. 미국에게 한국이 어떤 나라이던가. 일본에 대한 2차대전의 응징을 미루기까지 하며 38선 이남 땅을 손에 넣었던 전략적 최요충지였다. 전 세계에서 유일하다시피 한 국가의 수도에 미국의 군대가 주둔하고 있다. 그랬던 한국이 미국의 영향권을 벗어난다는 사실은 동북아시아에서 미국의 현저한 영향력 상실을 의미했다. 여러 의미에서 미국이 시진핑의 전격적인 한국 방문과 그 이면에 숨어 있을 다양한 공작을 절대적으로 반대했으리란 사실은 불 보듯 뻔하다.

간단한 두 가지 결론이 도출된다. 이번 시진핑의 한국 방문은 중국도, 또 미국과 연관된 인사도 개입되기 어려웠다. 즉 한국의 보이지 않는 누군가가 중국을 움직이게 만들었다! 미국은 약화된 동아시아의 입지를 재확립하기 위해 일본과 손을 잡으려 할 것이다. 로즈마리와 여통이 함께 움직일 때, 시너지 효과를 낼 수 있는 첩보전이라면 후쿠야마도 환영이다.

비행기는 타이페이를 향해 고도를 낮추기 시작했다. 2시간 35분이 훌쩍 지나갔다. 그만큼 머릿속은 복잡했다. 한국인이라고 착각한 대만 스튜어디스는 더듬더듬 타오위안 공항에서 90분을 대기한 뒤 갈아타야 한다고 한국어로 설명한다.

직원의 안내를 따라 환승로를 걸었다. 얼마 지나지 않아 갈림길이 나타났다. 좌측으로 빠지면 타이페이로, 직진하면 면세점으로 향하는 길이었다. 후쿠야마는 갈림길에 섰다. 이쯤에서 미국행을 포기한다고 해도 뭐라고 할 사람은 없다.

미국행, 어쩌면 치기일지 모른다. 최근 한 달, 너무 많은 일이 벌어졌다.

"소진사가 일본의 적통이라고 생각해?"

의심해보지 않았던 터라 총알이 심장이라도 꿰뚫은 느낌이었다.

"로즈마리, 이런 식이면 곤란해. 자꾸 이렇게 근간을 흔들고 역 정보를 흘리면 당신을 미국에 넘길 수밖에 없어."

단단히 경고했다. 그런데 여통이 역성을 든다.

"한 번쯤은 들어볼 만한 이야기 아냐? 당신도 보면 너무 맹목적이야. 알 거라고 생각하는데. 또 들어서 나쁠 건 없잖아."

"소진사는 일본의 적통이야. 내각조사실이 반 강제로 해산되었을 때도 일본의 적통을 지키기 위해 억지로 이익기업으로 탈바꿈을 한 채 지금껏 기조를 유지해왔던 곳이라고!"

여통에게 호통을 쳤다. 이러려던 건 아닌데. 여통은 몇 걸음 물러나 등을 돌렸다. 여통에게 다가가려는데 로즈마리가 말을 걸었다. 타이밍 참.

"좀 비켜줄래?"

"아니. 이 이야기만 들어. 소진사, 내가 알기로는 CIA 라인이야."

로즈마리의 목을 들입다 움켜쥐었다. 로즈마리는 저항하지 않았다. 로즈마리를 놓으며 털썩 소파에 주저앉았다. 주책도 이런 주책이 없다.

"여통?"

후쿠야마의 말에 등을 돌려 바라보는 여통의 눈가가 촉촉했다. 어느새 여통은 여자가 되고 말았다. 후쿠야마 역시 그녀에게 바라는 것은 전사가 아니라 여자다. 마음이 저려왔다.

"시간을 벌어주겠어? 한 달이면 될 거야."

여통과 로즈마리에게 말했다. 로즈마리는 목이 아팠던 듯 몇 번이나 헛기침을 해댔다. 반면 여통은 짧게 한 번, 고개를 끄덕였다.

여통과 로즈마리, 후쿠야마는 한 인물을 결과적으로 지목하게 되었다. 시진핑이 한국을 방문했던 저녁, 영빈관에서 저녁 만찬이 치러졌던 때, 의외의 인물이 사진에 찍혔다. 스티브 킴! 그런데 비행기를 내리는 지금은 스티브 킴이 우선인지 로즈마리가 주장한 '소진사 CIA 라인설'이 우선인지조차 판단하기 힘들었다.

여통에게 약속한 한 달 중, 보름 가까이는 벌써 위장공작에 날아갔다. 마사오. 후쿠야마 제1원전의 염탐. 아름다웠던 일본 태평양 연안 바닷가. 한중합작. 머릿속이 복잡할 법도 했다. 공작에 대한 기초지식 습득, 첩보를 위한 사전 인프라와 인력망 확인과 구축, 첩보 지역 침투 및 동화, 첩보활동 및 정보습득 시작, 철수까지 기본 6개월에서 1년은 허비된다. 그렇지만 최근 10여 일은 후쿠야마가 생각해도 빠듯하고 정신없었다. 여통과 로즈마리가 후방에서 단단히 지원해주지 않았더라면 천하의 후쿠야마라도 이토록 날뛸 수 없었으리라.

여통에게 목걸이를 선물하려다 그만두었다. 자연스레 면세점으로 향하던 발걸음이 길을 잃는다. 헬로 키티 캐릭터 상품에 적힌 영어 때문이었다. 과연 누가 저것을 일본 것이라 생각할까? 정말이지 대중화되고 말았다. 후쿠야마가 일본 것이라 생각한 것은 과연 일본 것일까? 이렇게 희석되고 퍼지다보면, 결국 일본마저 없어지는 것은 아닐까?

일본은 없다. 결론을 내리자 자연스레 다음 할 일에 초점이 맞추어진다. 소진사가 CIA 라인이라면, 소진사도 없어져야 한다.

에바 항공의 라운지가 눈에 띄어 그곳으로 향했다. 은행의 VIP 룸처럼 인테리어가 고급스러웠다. 라운지 카운터에서 보딩패스를 맡기고 샤워실을 대여했다. NHK 특파원으로 분했던 지난 며칠이 아득하게만 느껴졌다.

뷔페식으로 제공되는 라운지 식당에서 샐러드바를 이용했다. 위스키가 무료여서 조니워커 미니어처 한 병을 골랐다. 라운지에 앉아 포크를 놀리는 데 기척이 느껴졌다. 아홉 시 방향 두 남자. 너무 무심했었나. 영상통화를 눌러 카메라를 역회전시켰다.

"여통? 듣기만 해. 내가 카메라를 향하는 방향에 남자 둘."

슬쩍 카메라를 남자들에게 맞추었다.

"누군지……."

"자위대야."

말을 마치기도 전에 대답이 끼어든다. 하마터면 자위대, 하고 큰소리를 낼 뻔했다. 영상통화를 종료하자마자 포토메일이 전송된다.

니시무라 이치로, 아베 사토시. 자위대 장교. 둘 다 계급은 대위. 정보부 소속이란다. 하긴 공안부가 따라 붙을 리 만무하니. 어쩌다 후쿠야마 준이 자위대 레이더에 걸려든 걸까. 아니다. 그럴 리는 없다. 그렇다면? 포크를 다시 쥐는 데 웃음이 났다. 쿡쿡, 웃음을 참다 결국 큰소리로 웃어버렸다.

마사오였나.

벌써 10년 가까이 소진사를 위해 일했다. 단 한 번도 의심해본 적 없다. 일본을 위한 우국충정, 불타는 충심으로 임했다. 일본을 배반하는 일본인을 처단할 때에도 그 마음이 전부였다. 그런데 알지 못하는 역학이 끼어들었다. 마사오는 미끼였다.

마사오에 대해 다시 알아봐줘. 하나부터 열까지. 나 타깃이 된 것 같아.

문자를 넣고 일어섰다.

라운지로 다시 돌아가 보딩패스를 내밀고 샤워실을 재대여했다. 라운지 직원이 의아하다는 듯 고개를 갸웃거렸다.

"생각보다 땀이 많이 나는군요."

샤워실에서 찬물을 틀어놓고 생각을 정리했다. 이 자리에서 저 둘을 처단하는 것은 문제도 아니다. 하지만 급하게 먹은 음식은 결국 체하게 마련이다. 미국행을 이틀 늦추기로 했다.

라운지로 돌아가는데 두 사람의 그림자가 언뜻 비친다. 1미터 80센티미터 정도의 비슷한 키. 군살 없는 몸매. 짧게 다듬은 머리칼. 니시무라 이치로와 아베 사토시는 마치 잘 만든 기성품 슈트 같은 느낌이었다.

라운지에서 LA행을 취소하고 필리핀행으로 변경했다. 두 사람이 계속해서 따라 붙는다면 후쿠야마의 결론은 답을 얻는다.

한 시간을 더 라운지에서 시간을 죽였다. 마닐라행 에바 항공에 올랐다. 두 녀석도 눈치 없이 따라온다. 한 시간이 조금 넘는 거리, 그런데도 기내식이 제공된다. 심지어 한국에서 타이페이로 올 때 제공되던 기내식보다 화려했다. 아마도 에바 항공의 인기 노선인가 보다.

마닐라에서 내리자마자 택시로 앙헬레스를 향했다. 아시아 최고의 환락 도시, 아시아의 소돔이자 고모라!

힐끔힐끔 뒤를 살폈다. 바보같이 두 사람이 탄 택시는 거리를 멀리 둘 생각도 없이 딱 붙어서 추적해왔다. 그동안 후쿠야마는 부족한 잠을 보충했다.

"다 왔어, 다 왔어." 하는 택시기사의 일본말에 눈을 떴다. 택시기사는 앙헬레스의 초입에 택시를 세웠다.

"클럽으로 가줘. 알지? 헤시엔다?"

"오케이, 헤시엔다."

잠시 정차했던 택시가 시내로 진입했다. 헤시엔다는 디스코클럽이다. 아시아의 졸부들이나 놀기 좋아하는 젊은이들의 파라다이스. 어디 그뿐이랴. 창녀들과 폭력배들의 공인된 영업장소이다. 그리고 이들 중에는 엠마가 있을 것이다.

부스를 빌린 후쿠야마는 예의 그를 향해 다가오는 창녀들에게 눈웃음을 지었다. 그녀들이 다가올 때마다 "엠마 찾아."라고 말하자 자리를 비킨다. 일본계 필리핀인인 엠마는 흔히 말하는 자피노, 액세서리 공장을 차린 일본인과 공원이었던 엄마 사이에서 태어났다. 무엇보다 엠마는 뜨내기나 신참 창녀들에게 귀신으로 통한다.

"준, 웬일이야? 유월이 지난 지가 언제인데."

어느새 나타난 엠마가 영어로 장난을 쳤다. 6월, June을 이름에 빗대. 스키니 진과 색깔을 맞춘 셔츠를 가슴께에서 묶었다. 머리에 끼고 있던 레이밴 선글라스를 빼내 장난스럽게 돌렸다.

부스에 비집어 앉으며 능숙한 솜씨로 주문을 한다. 곧바로 헤네시 한 병이 테이블에 놓인다.

"난 코냑은 별로인데."

"괜찮아, 준을 위한 게 아니니까. 나를 찾았다니 보나마나 용건이 있어서지? 내 몸이 필요할 리는 없잖아."

묘하게 섹시한, 자피노 특유의 피부 색깔이 조명에 따라 반짝거렸다.

"어쩌나, 이렇게 엠마는 모르는 게 없으니. 저기 저쪽 부스 슬쩍 봐."

후쿠야마는 세 시 방향의 부스를 향해 턱짓했다.

"남자 둘?"

조명이 후쿠야마의 부스를 지나가기를 기다렸다 대답한다.

"응. 귀찮게 여기까지 따라왔네. 재들 좀 재워서 방에 눕혀놓을 수 있지? 비용은……."

"됐어. 저 녀석들 턴 거면 충분할 거야. 뒷일은 후쿠야마가 책임질 거잖아. 이 술은 내가 살게."

엠마는 눈 한 번 찡그리지 않고 연거푸 세 잔이나 스트레이트로 비웠다.

"자, 몸이 달아오르네. 뜨거움이 식어버리기 전에 해치워야겠다. 참, 지난번에 구해줬던 약물, 고마워. 그런데 더 좋은 게 나왔어."

엠마가 100밀리리터짜리 시럽 감기약 병을 건넸다.

"사람들은 참 이상해. 어디서 이런 걸 만들었는지, 스치기만 해도 마취가 돼버려."

"여기 있을게. 엠마만 원한다면 오늘은……."

엠마는 뒤를 돌아보지도 않은 채 손을 흔들었다. 엠마는 유독 일본인에게 집착했다. 악마가 되거나 천사, 둘 중 하나로. 다행이라면 후쿠야마에게는 천사라는 사실이다.

엠마가 마시던 헤네시 잔에 가득 술을 따랐다. 질끈 눈을 감고 목 안으로 삼켰다. 코냑 특유의 강한 향이 목덜미를 건드렸다. 찡그린 눈을 떴을 때 황망함에 웃고 말았다. 후쿠야마를 주시하던, 아니 마사오를 주시하던 두 남자는 사라지고 없었다.

엠마는 10분쯤 지나 돌아왔다.

"거지들이던데. 샐러리맨인가."

"그랬을 거야. 자위대원들이거든."

후쿠야마의 대답에 엠마가 눈살을 찌푸렸다.

"공무원이었네. 어디 가서 털렸다고 말은 못 하겠다. 바보들!"

헤네시를 마저 비운 엠마가 후쿠야마의 손을 잡았다.

"어쩔 수 없이 당신이 필요하겠네."

엠마의 뒤를 따랐다. 엠마는 그대로 싸구려 모텔로 들어섰다. 문을 밀고 들어간 201호에는 침대에 누운 니시무라 이치로와 아베 사토시가 있었다. 침대 곁에는 키가 큰 트랜스젠더 여성 두 명이 대기하고 있었다.

"일단 알몸 사진을 좀 찍어둬."

후쿠야마가 엠마에게 말했다. 그 말을 듣고 엠마가 빙긋 미소지었다.

"이 사람들을 취조해야 하는데 내가 얼굴을 들이밀지는 못해. 나를 다른 사람으로 오인하고 있거든."

"재미있겠는데. 메이와 플로리에게 맡기면 될 거야."

후쿠야마는 엠마를 통해 몇 가지 질문을 부탁했다. 엠마는 트랜스젠더 메이와 플로리에게 질문사항을 전달한 뒤 "가자." 하고 옆방으로 이끌었다.

엠마는 옆방으로 옮기자마자 후쿠야마의 바지에 손을 넣었다.

"삼 년 만이네."

내키지 않았다. 하지만 엠마가 요구하는 대가가 이 정도라면 치러야 했다. 엠마에게 의무감으로 격전을 치르는 후쿠야마의 감정을 느끼지 못 하도록 신중하게 몸을 놀렸다. 예전의 감정이 살아났다. 그녀의 탄탄한 몸이 후쿠야마를 이끌었다. 어느새 집중하고 말았는지 엠마와 후쿠야마는 뜨거운 산꼭대기에서 거친 호흡을 토해내었다.

"당신 많이 변했다."

담배를 문 엠마가 후쿠야마에게 말했다. 그녀와 눈을 맞추자 피던 담배를 후쿠야마에게 물린다.

"당신은 여자 따위 배려하지 않겠다는 듯 폭력적인 섹스를 즐겼어. 그런데 지금은 배려할 줄 아는 남자가 되었네."

"그래서 싫었어?"

"글쎄. 내 개인적인 감정은 그때도 좋았고, 지금도 좋아. 후쿠야마니까."

엠마가 묘하게 수줍은 미소를 지었다.

9년 전, 엠마를 처음 보았다. 열아홉 살이 갓 지난 엠마는 그저 그런 창녀가 되어가고 있었고, 가난과 폭력, 갈취에 시달리던 상태였다. 후쿠야마는 일본인 아버지를 찾아내 재산의 상당수를 엠마와 그녀의 어머니에게 증여하게 했다. 동네 불량배들은 엠마 근처에서 얼씬도 못 하도록 손을 썼다. 그 무렵 후쿠야마는 소진사를 위해 일하기 시작했다.

엠마와 눈을 맞추는 잠깐 사이 기억이 끼어들었다. 후쿠야마가 미소를 짓는데 전화가 울렸다. 엠마는 필리핀 특유의 억양으로 예스나 노를 말한 뒤 전화를 끊었다.

"특이한 이야기를 했다는데."

마사오는 CIA 첩자를 찾아내기 위한 프로젝트 명이었다고 한다. 일본 내각조사실이 해체된 뒤 공식적이었던 정보원 상당수는 회사원으로 내몰렸다. 즉, 사설 정보원, 첩보원이 된 것이다. 이들의 목적은 불분명해졌다. 일본을 위하는지, 아니라면 개인의 영달을 위하는지 알아차리기 힘들어졌다는 게 더 정확한 표현일 것이다.

후쿠야마가 기억하는 사설 정보 조직만 10여 군데에 달했다. 분쟁지역 자위대 파견이 현실적으로 불가능한 일본이기에 이들 사설 조직은 때에 따라 미국이 개입하기 힘든 지역에서 작전을 수행하기도 한다. 이들은 정보원이라기보다 첩보원에 가까운, 자위대 퇴역 군인들이다. 반면 소진사는 오로지 정보를 위한 작전이 목적이다. 불가해하게 작전에 무력이 개입되거나 그에 준하는 상황이 불거질 때 후쿠야마가 일선에 선다.

마사오 건도 그런 작전 중 하나였다. 마사오로 인해 유출되는 산업정보는 무려 천억 달러에 달하는 고급 기술이었다. 최소 2년에서 무려 20년이 지나야 실현 가능한 기업들의 첨단 정보가 망라된 거대 기밀 유출이었다. 마사오를 의심할 여지는 없었다. 그런데 마사오가 프로젝트 명이라면 양상은 완전히 달라진다. 자위대에서 마사오를 내세웠다면 그 역시 A급 정보원에 속했을 것이다. 결과만 놓고 보았을 때 마사오는 후쿠야마에게 간단히 제압당했다. 이런 마사오를 위해 출격한 사람은 다름 아닌 소진사의 에이스 후쿠야마였다.

"어떻게 된 거야?"

엠마가 심각한 얼굴로 물었다.

"엠마, 돈은 얼마나 모았어?"

"아마 뉴욕 인근에 집 한 채 정도는 살 수 있을 걸."

9년 전에 비해 10배는 많아졌으리라 짐작되었다.

"미안하게 됐네. 이 생활 청산할 수 있겠어?"

"저 둘. 그 정도로 심각해?"

엠마의 미간에 잔뜩 구김이 생겼다. 그 모습이 귀여워 후쿠야마는 손으로 미간을 건드렸다.

"여전히 구 년 전이나 지금이나 변함이 없어 보여. 하지만 세상이 변했을 테니까. 그리고 저 녀석들을 족치기 전까지는 나도 몰랐어. 내가 엠마를 그토록 위험에 빠뜨리리라고는."

"어떻게 된 거야?"

"도마뱀 꼬리 자르기. 아마 나를 내치기로 한 것 같아."

"그런데 뛰어난 당신은 오히려 도마뱀의 두뇌에 다다른 거고?"

후쿠야마는 말없이 고개를 끄덕였다. 영리한 엠마는 짧은 대화 몇 마디로 상황을 이해했다. 후쿠야마에게 선택지는 없었다. 스티브 킴에 대한 조사는 부차적인 사안으로 변했다. 소진사가 왜 그를 내쳤는지가 더 중요했다. 왜 후쿠야마가 타깃이 돼버린 건지가!

"나랑 이틀만 더 있어줄 수 있어?"

엠마의 말에 담긴 의미를 되새겨보았다. 엠마는 사랑을 믿지 않는다. 하지만 그녀에게도 필리핀을 떠나보낼 이틀 정도는 필요할지 모르겠다. 고개를 끄덕였다.

"좋아. 까짓 거 이제 미국인으로 살아보지 뭐. 내겐 일본 같은 건 없으니까."

묘한 말이었다. 에바 항공 키티 제트기를 볼 때만 해도 일본의 힘을 생각했건만, 엠마는 일본 같은 건 없다고 말한다. 갑자기 소름이 돋았다. 타오위안 공항에서 후쿠야마도 느꼈던 감정이다. 그래, 어쩌면 일본은 이제 세계에 잠식당한 것이 아닐까.

마음 같아서는 보라카이에서 엠마와 이틀을 보내고 싶었다. 그녀에게 추억을 위한 여행은 절대 사치가 아니리라. 하지만 미국행을 위해 한시가 급했다. 엠마가 운전하는 밴 뒤에는 재갈을 문 니시무라와 아베가 절망적인 눈빛으로 앉아 있었다. 그들 발치에는 현금이 다발 째 쌓였고, 이틀이 지날 무렵에는 일본계 미국인 부부 그레고리 아사다와 오드리 아사다의 통장으로 현금은 사라졌다.

엠마의 밴은 엠마와 후쿠야마가 LA행 비행기에 몸을 실을 즈음 필리핀 오지에 버려졌다. 늪은 거대한 사자를 삼키는 보아구렁이처럼 천천히, 그러나 확실하게 밴을 처리했다고 한다. 그리고 사자의 배, 밴 속에는 니시무라와 아베가 죽어가는 사자의 먹잇감으로 소화되고 있었다.

비행기 창가자리에서 바라본 LA는 도쿄와는 확연히 달랐다. 도쿄가 누더기처럼 마구잡이로 커진 도시라면 LA는 마치 작정하고 만든 도시처럼 반듯하게 구획이 잘 정비된 도시라는 걸 비행기에서 알 수 있었다.

입국심사대에서 미국인이라는 '지위' 탓에 다른 어느 때보다 빠르게 통과했다. 짧다면 짧고 길다면 긴 며칠, 밤이 떠나며 7월 19일이 된 새벽 후쿠야마와 엠마는 부부가 되었다. 미국계 일본인 아사다 부부는 차분히 LA공항 입국심사대를 빠져나왔다.

"말도 안 되지 않아? 아사다 부부라니? 장난 치고는 좀 심했어."

엠마가 택시에 오르며 웃었다.

"그랬나? 오히려 그래서 안전할 걸. 특이한 이름이었다면 꽤 경계했을 거야. 우리뿐 아니라……."

일본에서도. 일본의 영웅인 아사다 마오의 성을 그대로 가져다 쓰리라 생각하는 사람도 없을 테니까.

"엠마."

할 말이 차고 넘쳤다. 사랑하지 못해줘서 미안하다는 말부터, 여러 이야기를 거치고 거쳐 버리듯이, 또 지금 헤어져야만 할 거라는 사실까지.

"당신답지 않게 뭘 그렇게 말을 끌어? 당신 변한 거 알아?"

"내가?"

"응. 당신 예전 같지 않아. 뭐랄까, 여자의 마음을 알게 된 남자 같다고 해야 하나……. 아냐, 그래 그게 맞겠다. 당신, 사랑에 빠진 것 같아. 당신이 알아차리지 못할 뿐이지만."

"말도 안 돼. 내가 무슨 일 하는지 당신은 알잖아."

"그거랑 사랑이랑은 별개 아닌가."

"이래서 안 돼, 남자들은 참 바보야. 사랑은 공기 같은 거거든. 보이지도 않고 맛도 볼 수 없고 만질 수도 없는 거. 아, 물론 남들은 모르겠다. 나한텐 그랬어. 당신은 한 번도 잡을 수 없는 존재였으니까."

이런. 코끝을 긁으며 엠마에게 말했다.

"미안하게 됐네."

"거 봐. 당신이 변한 게 그런 거야. 당신은… 내가 아는 당신은 그런 거에 전혀 연연해하지 않았거든. 그런데 지금, 당신은……, 똥 눌 곳을 찾는 치와와 같은 표정이란 말이야. 알겠어?"

똥 눌 곳이라.

"그리고 후쿠야마 당신. 전 같으면 공항을 나서자마자 나를 버리고 갔다고. 그 말을 못 해서 지금 미안해하는 거잖아. 당신이 변했다는 게 바로 그런 부분이고."

여자를 헤아리게 됐다는, 마음을 알게 됐다는 부분. 그런데 딱 부합하지 않는, 하나가 마음을 아리게 한다. 여통. 로즈마리.

"모르겠어. 그리고 지금은 그래, 내가 엠마 너에게 참 못해줬다는 걸 어찌어찌 알아차렸을 뿐이라고."

"그래서 말인데, 당신, 미국을 떠날 때까지는 나와 함께 보내는 게 어때? 이왕에 부부로 위장한 건데."

"죽을지도 몰라."

그러니 안 돼.

"죽어도 괜찮아. 당신이 눈 감는 순간을 바라봐준다면."

여자는 이래서 문제다. 여자 마음 따위, 죽어도 알고 싶지 않다. 눈 감는 모습을 볼 바에야 차라리 먼저 눈을 감고 말지. 흠칫 놀라고 말았다. 내가 지금 무슨 생각을. 후쿠야마가 방심한 틈을 타 엠마가 살며시 손을 잡았다. 여자에게 졌다.

후쿠야마는 LA 인근 안전가옥이 떠올랐지만 이내 포기했다. 후쿠야마를 내치기로 소진사가 결정했다면 안가로 들어가는 순간 사망이다.

택시가 공항을 빠져나가는 사이에도 새벽은 점점 멀리 아사다 부부에게서 멀어지고 있었다.

2014년 11월 14일 저녁

터너 & 조나단 빅 존, 함께 추수감사절을 기념해요

거저 기념할 어떤 의미도 사라져버린 두 남자는, 역설적으로 오늘 하루를 기념해보기로 했다. 추수감사절. 월마트 인터넷 판매를 통해 훈제 칠면조 고기를 주문했고, 와인 전문점에 웃돈을 주고 이름도 모르는 화이트 와인 15병 한 궤짝을 배달시켰다.

미국 남부 애리조나에 속하는 메사 시, 거기에서도 우저리 마운티 리저널 파크와 골드 캐년을 가는 길목인 인버네스 애비뉴 7557번지에 있는 조립식 주택 네 채를 매입했다. 단층짜리 조립식 주택과 넓은 도로가 이상하게도 눈길을 끌지 않는 곳이었다. 별다른 감흥이 없는 터너에 비해 조나단은 7557번지를 보자마자 "여기에요, 여기."라며 흥분했다.

부동산업자는 네 채를 한꺼번에 구입한다고 하자 흥분한 목소리로 최고의 투자를 하시는 거라며 침을 튀겼다. 업자에게 천 달러를 찔러주고 짐부터 부렸다. 정식 서류는 2주 뒤에 쓰자고 일렀다. 동시에 농장 자리도 계약했다. 차로 5분여, 도보로 30분 정도 떨어진 수퍼스티션 고속도로 인근에 있는 곳이었다. 농장 오두막 지하에 시스템을 구축하고 두 사람이 직접 케이블을 깔기로 했다.

터너와 조나단이 사라졌다면, 더구나 빅 존이 위험에 처했다면, 세 사람은 또 다른 존이나 그들 수하에게 쫓길지 모른다며 서로가 서로에게 경고했다. 급박한 순간에 이런 쪽으로는 두뇌를 써본 적이 없었을 조나단 스트라이크의 머리가 재빠르게 회전했다.

'동성결혼에 폐쇄적이고 가장 남부적인 교회 교리와 정서를 가진 도시에서 농사를 짓는 형제로 변신한다. 마을 모임에는 가급적 참석하지 않더라도 그들이 주장하는 남부적인 정서에 늘 동참해준다.'

단 5분도 지나지 않아 조나단은 메사를 지목했다. 메사에서도 사통팔달인 곳을 구글 어스로 재빠르게 찾아냈다. 남부인들이 외지인에 대해 얼마나 할기족거리는 눈길을 보내는지는 설명하지 않아도 충분했다. 메사에 터전을 잡고 이웃들과 어울린다면 그 어떤 외지인이라도 마을의 패밀리 레스토랑에서 아이스커피 한 잔을 다 비우기 전에 코에 난 점과 가르마의 방향까지 두 사람에게 전해질 것이다.

"어디인지는 말하지 말게. 내가 잡혔을 때도 대비해야 돼. 난 그들의 고문을 이겨낼 자신이 없다네."

빅 존이 터너와 조나단에게 경고했다. 빅 존은 사회보장국을 해킹하는 방법과 이를 통해 새로운 출생증명서를 받아내는 방법에 대해 간단히 설명했다. 터너는 재빨리 프로그램의 변수를 머릿속으로 떠올렸다. 변수는 연계된 여러 프로그램에까지 번져갔다.

빅 존이 공장을 불태운 그날, 터너와 조나단은 메사에 도착해 있었다. 터너는 한 시간도 되지 않아 출생증명서와 운전면허증을 해킹해 조작했다. 거기서 조금 장난을 더했다. 'John Smith'를 아나그램으로 조합했다. Niths Mojh! 이름을 지어놓고 조나단은 한참을 웃었다. 이런 성은 어디에도 없을 거야. 나이쓰 모즈. 입에 익어야 한다는 듯 조나단은 계속해서 그 이름을 되새김질했다. 반면 터너는 30분이 넘도록 마땅한 이름이 떠오르지 않았다. 그런데 조나단이 간단히 이름을 지어버렸다. Turglo Mojh!

"터너와 글로리아를 합치면 되지 뭐. 자네가 글로리아를 잊지 않도록."

단번에 터너도 고개를 끄덕였다. 모즈 형제는 이렇게 태어났다. 이틀을 사이에 두고 나이쓰와 터글로는 보건국을 방문해 출생증명서를 재발급했다. 운전면허증을 재발급하는 것은 더 간단했다.

집은 일부러 시간을 끌며 잔금 대금을 두 달간 미뤘다. 부동산업자는 조금 난감해했지만 두 사람의 개인 사정이라는 말과 매번 찔러주는 1천 달러에 함구했다.

집이 구비된 모즈 형제는 시스템을 구축해야만 했다. 이것만큼은 쉽지 않았다. 자가발전 시설이 문제였다. 그런데 묘한 지점에서 해결책이 생겨났다. 시범적인 태양열 집적판을 구축해 집전 시설을 만들고 이에 대한 사항을 주기적으로 업데이트해줄 경우 시설비 전액을 지원해주는 단체를 찾아냈다. 본래 농사를 지으려던 그들의 계획 상당수가 빗나가기는 했지만 인버네스 애비뉴에서 도보로 30분도 떨어지지 않은 수퍼스티션 고속도로 인근 농장은 오히려 동네 사람들로 북적거렸다.

정말 전기료가 공짜래. 어쩜 저리 영특한 건지. 동네 사람들은 미리 입을 맞춘 듯 음식과 술을 들고 두 사람의 농장을 방문했다. 덕택에 마을 사람 대부분과 쉽게 친숙해졌다. 이상하다면 생김새가 판이한 형제를 보고서도 의심하지 않았다는 사실이다.

11월 10일이 되었을 때 모즈 형제는 만반의 준비를 마치게 되었다. 태양열 집적판은 날씨가 맑을 경우, 모즈 형제가 최소 이틀 이상을 쓸 수 있는 전기를 생산해냈다. 이 전기는 고스란히 그들이 사용하게 될 컴퓨터 시스템에 소비되었다. 농장에서 전봇대를 따라 두 사람이 설치한 광케이블 역시 성공적으로 작동되었다.

"며칠 좀 쉴까?"

"그러죠."

오전에는 훈제 칠면조 고기가 배달되었고, 예약한 오후 2시보다 3분 빨리 와인이 배달되었다. 샐러드 야채는 이웃에서 구했다. 이웃들은 흔쾌히 샐러드용 야채를 나눠주었다. 배달된 와인 15병 중 9병은 인근 농장주들에게 선물했다.

모즈 형제입니다. 입에 붙지 않는 발음으로 말하자, 오히려 이웃들이 정확한 발음으로 "그래요, 모즈 형제."라며 고마워했다.

원목 식탁에 최대한 멋있게 칠면조 요리를 차렸지만 두 사람은 아무도 손을 대지 않았다. 반면 와인은 빠르게 비어갔다. 와인이 세 병째 비어갈 때 조나단이 먼저 말을 꺼냈다.

"혼자서만 이십 년을 보냈다네. 추수감사절. 자네라도 있으면 신이 날 줄 알았는데 상실감은 오히려 두 배군 그래."

"조나단. 솔직한 마음 감사합니다. 저는 제 아이와……, 무엇보다 글로리아가 잘 살고 있는지 궁금해서 견딜 수가 없어요."

"우리 시스템은 얼마나 안전하지?"

3분의 1쯤 남았던 화이트 와인을 마저 비운 조나단이 상기된 얼굴로 터너에게 물었다.

"글쎄요, 작정하고 찾아내려면 가능은 하겠죠. 하지만 저희 시스템을 누군가 건들려고 할 때 즉각적인 경고가 울리게 돼 있잖아요. 그때는 제가 나서서 그들과 싸우면 됩니다. 저를 이기려면 웬만해서는 힘들거든요."

"오호. 터너 자네가 바로 방호벽이었군. 그럼 장난을 좀 쳐볼까?"

조나단 스트라이크, 나이쓰 모즈는 몇몇 단계를 거쳐 에셜론에 접속했다. 깜짝 놀란 터너 에반스, 터글로 모즈는 "큰일 나는 거 아닙니까?" 하고 물었다.

"자네가 나서서 싸우면 웬만해서는 힘들 거라며?"

말해놓고 뭐가 우스운지 조나단이 크게 웃었다. 아예 와인을 병째 마시기 시작한다. 그런데 터너도 웃음이 터졌다. 맞아요, 맞아. 터너도 와인을 새로 딴 뒤 병째 마시며 웃어댔다. 그렇지만 조나단이 몇 번 조작한 컴퓨터 화면 탓에 터너의 웃음은 딱 멈춰버렸다. 컴퓨터 화면에는 CCTV가 실시간으로 재현되고 있었다. CCTV가 비추는 곳은 바로 터너의, 이제는 에반스 미망인이 살고 있는 비벌리힐스 집이었다.

"자네 부인에게 메일을 보내면서 스파이웨어를 심으면 집 내부에 있는 CCTV도 이렇게 볼 수 있다네. 컴퓨터는 원격제어가 가능하고."

"이십 년을 이렇게 살아왔던 겁니까?"

"그렇지. 이십 년을. 존 스미스로. 그리고 모르겠네. 앞으로 얼마나 더 나이쓰 모즈로 살아야 할지."

화면을 바라보다 고개를 돌린 조나단의 눈은 붉게 상기되어 있었다. 터너의 눈도 어느새 전염되듯 눈물이 송골송골 맺혔다.

"그렇지만 내 가족, 글로리아와 터너 주니어를 위해서라면 그 정도는 참을 수 있습니다."

"그래야지. 그래야만 해. 그런데 그래. 오늘 자네를 보니 나 축복을 받았다는 생각이 드네."

"네, 그게 무슨 말씀이십니까?"

"가족이 생겼잖은가. 터글로 모즈, 내 동생이 말이네. 오늘은 동생과 보내는 첫 추수감사절이군 그래. 행복한 걸, 정말 행복한 걸."

붉게 상기되었던 조나단의 눈에서 눈물이 떨어졌다.

"그렇군요. 정말 그렇네요. 저도, 제 아내와 딸, 그리고 형님을 지키기 위해서라면 무슨 일이든지 하겠습니다. 무슨 일이든지요!"

터너는 떨어지는 눈물을 닦지 않았다. 그런데 빅 존은 어디서 무엇을 하고 있을까? 어떻게든 찾아오겠다고 말했지만 벌써 5개월이 지났다.

빅 존, 당신은 살아 있는 겁니까?

2014년 8월 2일 저녁

장민우 다른 세상, 틀린 세상

"상하이는 참 신기한 도시네."

박기림이 장민우에게 말했다.

"그러네요, 선배. 과거와 미래가 공존하는 도시 같아요. 완전히 현재는 사라져버린 곳 같아요."

어색해졌다. 아무리 기를 쓰고 예전처럼 대하려고 했지만 되지 않는다. 그때마다 버름해진 박기림이 한 걸음씩 뒤로 물러나는 느낌이었다. 박기림을 위해 지난 모든 일들을 감수해왔다고 여겼건만.

장민우와 박기림은 아이돌그룹 젠틀맨의 일원이 되었다. 다만 그들이 하는 일은 노래와 춤이 아니라 잡역부에 불과한 매니저와 코디네이터였다. 젠틀맨에 합류하라고 채한준이 말했을 때 땅이 꺼져라 한숨을 내쉬었다.

"아버지, 그건 좀 아닌 것 같은데요."

반발하자 채한준은 겨우 웃음을 참는 표정으로 말했다.

"가장 적절한 그룹이라고 판단되었어. 신생 그룹 중에서 가장 열렬한 지지를 아시아 전역에서 이끌어내는 그룹이 누구인가. 그들이 하루가 멀다 하고 일반인이 드나들기 힘든 아시아 곳곳을 국빈 방문할 때 취합할 수 있는 정보의 극한은 어디까지인가. 그에 대해 젠틀맨이라고 대답한 것은 민우 너였던 것 같은데."

반박조차 할 수 없었다. 게다가 패트릭이라는, 형제가 될지 모를 친구가 있고 민우 역시 그 그룹에 일원이 될 뻔했다고 너스레를 늘어놓았던 건 다름 아닌 장민우였다.

"선배, 그런데 첩보원은 뭐고 정보원은 뭡니까?"

"말 그대로라면 가장 첨단이자 논란거리가 다분한 정보가 첩보이겠지. 반면 정보는 첩보보다는 한걸음 후퇴한 이야깃거리들일 테고. 당연히 이런 정보를 다루려면 첩보원은 몸을 좀 쓸 줄 알아야지."

"노가다꾼?"

"그렇지. 민우 너처럼."

"그럼 정보원은 저 같은 노가다꾼이 가져온 첩보를 안전하게 취합하고 관리하는 역할이라는 건가요? 책상때기?"

"뭐 틀리지는 않네. 007에서 보자면 딱 머니페니의 역할이라고 봐야지. 그녀가 단순히 M의 비서라고 생각한다면 오산이거든. 하지만 첩보원 휘하에서 정보를 캐주는 사람들을 정보원이라고 부르기도 하지만 끄나풀이라는 게 더 맞겠지."

오물거리며 말하는 그녀의 입술에 키스하고 싶었다. 그녀가 간단한 몸짓에 더해 섞는 손짓을 멈추게끔 손을 맞잡고 싶었다. 그러나 꿈이다. 아니, 이제부터 금기되어야 하고 넘지 말아야 할 두 사람만의 선이다. 지난 10개월을 첩보원이 되기 위한 훈련에 쏟았다. 해병대를 비롯한 여러 특수전부대를 돌며 체력훈련을 받았다. 어린 시절부터 격렬한 춤을 배운 장민우에게 무술과 전술을 익히는 일은 오히려 간단했다. 하지만 정보를 가장 빠른 시간 안에 머릿속에 저장하고 정확하게 분석하는 일만은 쉽지 않았다. 박기림을 통해 재미삼아 나누던 이야기와는 차원이 달랐다.

'주머니를 금으로 바꾸는 방법은?'

역사를 모르던 장민우에게는 완전 쥐약과도 같은 질문이었다. 어떻게 개화주머니가 달린 1900년대의 조끼를 떠올려 금으로 치환하는 상상으로 바꾸겠는가. 하지만 점점 익숙해져갔다. 그런 정보를 바탕으로 시뮬레이션 게임을 하는 것이 가장 재미있었다. 각각의 키워드와 명제를 선택해 즉석에서 실행되는 게임은 엄청나게 흥미로웠다. 그러나 게임 직전까지 분석해내야 하는 문제들은 난감하기 그지없었다.

'미니스커트의 길이와 경제의 상관관계는?'

일반적이라면 '미니스커트가 짧아질수록 경제는 어려워진다.'가 정답이다. 그렇지만 채한준은 잘못된 귀납법의 오류라고 지적했으며 어떤 근거도 없다고 결론했다. 전체 도시 여성 중 치마를 입는 여성수와 그들의 치마 착용 빈도, 당시 유행을 일으킨 디자이너 외에 변수를 일으킬 어떤 정확한 분석도 이루어지지 않은 낭설이라며 채한준은 일축했다. 오히려 치마와 화장의 유행 색깔이 붉은 계통일수록 경제가 어려웠다고 한다. 또한 한국에서 미니스커트와 장발이 등장한 시기는 고도 경제 성장기였다는 것이 채한준의 분석이었다.

이러한 질문들, 즉 말 같지도 않고 말도 되지 않아 보이던 질문들이 천여 개가 넘어갈 때부터 흐름을 알게 되었다. 채한준은 컴퓨터를 사용하는 것에 제약을 두지 않았다. 늘 그가 입버릇처럼 말하던 '판을 읽어라'의 의미를 깨우쳤다고 할까. 컴퓨터를 사용해 몇 가지를 검색하고 질문의 의도를 이해하자 판을 읽을 수 있게 되었다.

'IMF를 막는 방법은?'

이 질문 역시 난감했다. 여러 가지 상황을 분석하고 결론 내린 답은 '군부 독재의 10년 연장'이었다. 답은 틀리지 않았다고 여겨졌다. 그런데 무언가 어색했다. 채한준이었다면 과연 이런 답을 원했을까. 조금 더 생각하자 어색함의 원인을 알게 됐다. 너무 단순한 답이었지만 '그냥 기분이 나빴다!'

질문에 대한 답을 조금 더 파고들었다. 과연 근원에 가까운 답은 무엇이었을까. 여러 변수들을 감안하고 역사와 냉전기까지 살폈다. 그리고 결론 내렸다.

'독일과 같이 패전국이었던 일본에 대한 명확한 응징과 친일파 청산.'

간단했던 한 문장을 위해 거의 6시간 이상을 보냈다. 정확한 정답인지에 대한 여부는 대답해주지 않았지만 채한준은 "함정이 있었는데 많이 좋아졌네."라며 흐뭇해했다.

"정답은 없어. 방대하기는 했지만 하루를 다 써버릴 정도로 민우 너에게 힘든 질문이었는지는 스스로에게 물어봐."

'냉면과 쫄면의 차이는?'이라는 질문을 두고 터져나오는 웃음을 참지 못했다. 쫄면의 등장은 대중적인 먹을거리의 탄생을 의미했다. 등장도 아이러니했다. 냉면의 면을 몇 배나 굵게 잘못 만들었던 게 쫄면이었다니. 간단하다고 생각했던 질문에 의외로 고전하며 답을 정하지 못했다. 결국 '아빠는 평양냉면, 엄마는 함흥냉면, 딸은 쫄면.'이라는 말 같지도 않은 답을 써냈다. 장민우가 정확히 틀렸다는 사실을 기억하는 몇 안 되는 질문이었다. 지금도 정답은 알지 못한다. 그러나 이 질문으로 인해 당연하다고 생각했던 여러 사물에 대해 심도 있고 다양한 각도로 바라보는 계기가 되었다.

"선배, 상하이에서 쫄면 장사를 하면 잘 될까?"

"엉뚱한 생각 마시고 일에나 집중합시다."

박기림이 생각이 풀어진 장민우를 다그쳤다.

상하이 한류 페스티벌이 펼쳐지는 무대 뒤는 전쟁터나 다름없었다. 유명 걸그룹에 이어 대기하고 있던 젠틀맨의 노래가 시작되었다. 5분이 채 되지 않는 첫 곡 뒤 멤버들은 옷을 갈아입으러 황급히 뛰어오리라.

상해 시 우장로에 있는 중국대극장은 입석조차 부족할 정도로 대만원이었다. 무대가 여의치 않았는지, 아니라면 사소한 실수나 사고가 있었던 건지 젠틀맨은 환복을 하는 브레이크 타임조차 없이 네 곡을 연이어 불렀다. 옷을 잔뜩 챙기며 긴장을 했던 박기림도 안도하는 모습이었다.

"선배, 우리가 여기서 무엇을 보길 원하는 걸까요?"

장민우는 박기림이 안도하는 사이 궁금했던 것을 물었다.

"글쎄다. 나라고 전부를 알 수는 없지. 그렇지만 아이돌그룹을 표가 나지 않게 활용하는 방법이라면 어떨까?"

"더 모르겠는데 그건."

장민우가 박기림을 향해 웃음을 짓자 박기림이 살짝 볼을 꼬집었다. 순간 가슴이 뛰었다. '저 여자가 내 여자다, 왜 말을 못 해.' 하며 패러

디되는 드라마 대사가 떠올랐다. 나는 죽기 전까지 저 여자에게 내 여자다, 하고 말할 수 있을까.

"정신 차리지, 엉뚱한 생각 하지 말고. 눈빛만 봐도 알거든."

박기림이 재차 집중을 요구했다. 그렇지만 도무지 모르겠다. 적어도 첩보원이라면 접전 지역에 나가 적국의 스파이를 알아내고 회유하며 우리에게 이득이 되는 첩보를 캐야 하는 게 아니던가. 멀리 가지 않아도 된다. 너무 쉽게 볼 수 있다. 007! 그게 바로 장민우가 인생을 걸기로 다짐했던 화려함과 반대편에 서 있는 고독이 아니던가. 이를 위해 운명인 박기림을 눈앞에 두고도 사랑을 포기할 수 있었다. 007은 대의를 위한 명분이었다. 그런데 저 돼먹지 못한 패트릭의 뒤치다꺼리나 해야 하다니.

공연이 끝난 뒤에는 지역 인사가 주최하는 파티가 예정되었다. 참석이 예정된 그룹들은 재빨리 배정된 차량에 탑승했다. 언뜻 보아도 대형 버스 스무 대에 이르는 거대 행렬이었다. 눈앞에서 수많은 걸그룹이 움직이는 모습에 넋을 빼앗겼다. 덤으로 눈을 흘기는 박기림의 모습에도 넋을 빼앗겼다. 하나는 황홀해서, 하나는 혼이 빠질 듯 무서워서.

차는 10여 분을 달려 한자 하나조차 읽을 수 없는 어느 빌딩 앞에 도착했다. 호텔이란다. 패트릭이 신경을 써준 덕분에 파티장 안으로 들어갈 수 있었다. 매니저나 코디에게는 허락되지 않는 공간이다. 많은 사람들이 자유로운 분위기 속에서 이야기를 나누었다.

"저 사람들, 대부분 중국 연예계 관계자들이야."

패트릭이 박기림과 장민우에게 설명했다. 패트릭은 두 달 동안 꺼이꺼이 울어대며 죽겠다 몸부림치던 장민우를 달래주었다. 기림이 내놔, 하고 울 때는 어이없어 죽겠다는 반응이었다. 소속사에서 새로운 매니저와 코디네이터를 뽑았다며 두 사람을 소개시킬 때 패트릭의 표정은 가관이었다. 박기림이 안 보이거나 고개를 돌릴 때마다 "그 박기림 맞아?" 하며 연신 물어댔다. 지금은 장민우보다 더 박기림에게 잘 한다. 대견한 녀석.

"그런데 공안도 꽤 돼. 호기심에 오는 공안도 있고, 한류 열혈 팬이라 보고 싶어 오는 공안도 있고, 그런데 가만히 있다 그냥 가는 공안도 있더라고."

패트릭이 박기림과 장민우에게 애교를 섞어 설명했다. 그런데 머리털이 쭈뼛쭈뼛 섰다. 이런 데까지 공안이 오다니. 그들이 민우와 기림의 존재를 알고 있다면.

"바보야, 도둑이 제 발 저린 표정 짓지 마. 콱, 죽여버린다."

박기림이 장민우에게 웃으며 귓속말을 했다. 살벌한 내용에 화들짝 놀랐다. 그제야 채한준의 의도가 이해가 갔다. 아버지는 아무렇지 않을 상황에서부터 실전 감각을 쌓으라는 배려를 한 것이다. 이제 열아홉 살, 갓 미성년자를 벗어난 장민우에게 세상은 그야말로 무풍지대다. 작은 하나하나에 익숙해지고 때론 딱딱해지며 아무렇지 않아 해야 한다.

"이런 파티를 왜 열었다고 생각해?"

박기림이 물었다. 그런데 대답할 수 없다. 이 사람들은 왜 이런 파티를 연 거지?

"정말 모르겠어요."

"스타도 이제 권력자와 마찬가지야. 그들이 대중에게 미치는 영향력은 실로 엄청나거든. 너 남자니까 드로그바란 축구선수가 자국의 내전을 월드컵 기간만이라도 종식해달라고 했던 거 알지?"

안다.

"만약에 전쟁이 났다고 하고. 사람들은 갈팡질팡할 거야. 그런데 그들을 좌지우지할 수 있는 스타가 한마디를 한다고 생각해봐."

"드로그바처럼?"

"그렇지. 드로그바처럼."

알 듯 모를 듯한 이야기였다. 그때 패트릭의 곁으로 한 남자가 다가왔다. 남자는 북경어로 뭐라 뭐라 떠들어댔다. 패트릭은 아는지 모르는지 오로지 웃음으로만 화답한다. 그런데 번역을 박기림이 한다.

"이 분, 상하이 서기 조카님이래. 펑하이오 씨란다. 곧 국영 합작으로 매니지먼트를 설립할 건데 좋게 지내자고. 중국 갑부 순위 100위는 못 되어도 이분을 통해 많은 인맥을 쌓을 수 있을 거야. 고개 숙여 인사해."

놀랄 일이로세. 박기림이 언제 저렇게 유창하게 중국어를 했지? 상황 대처능력은? 거기다 머릿속에 저장된 인물에 대한 데이터는 어디까지일까? 패트릭과 장민우가 서로를 마주보며 눈을 크게 뜬다. 패트릭이 사는 세상도, 또 박기림이 사는 세상도, 그리고 이곳 상하이도 장민우가 사는 세상과는 다른 곳이다. 아니, 틀린 세상이다.

2014년 8월 31일 정오

김기욱 사람으로 살아가기

"흔히 우리가 백만장자라고 하잖아. 그런데 딱, 백만 달러가 인간이 쓰레기로 전락해 허우적대다 뒷골목에 처박히는 돈이야."

김기욱은 장세욱에게 개똥철학을 설파했다.

김기욱은 돈만 많을 뿐, 그 외에는 어떤 것도 가지지 못한 빈 수레였다. 아무리 빈 수레에 돈을 처담아도 수레는 채워지지 않았다. 반면 장세욱은 돈만 없을 뿐 모든 것을 가진 원석이었다.

"이해하고 싶지 않습니다."

"내가 아는 사람 중에 이희준이라는 사람이 있었네."

이희준의 아버지는 땅 부자였다. 경남 창원시 소답동 인근에 있는 논과 밭, 나대지 등 수십만 평의 땅을 소유했다. 그러나 이 이근은 39사단으로 인해 군사지역으로 묶여 있었다. 사고 파는 거래 자체가 허용되지 않았다.

변화가 찾아온 것은 1980년대 중반이었다. 창원이 도청 소재지가 된 데 이어 급격한 개발 붐이 일었다. 인구 유입도 엄청나 10대 도시 안에 들던 마산을 위협하는 수준에 이르렀다. 마산과 창원을 개천 하나로 구분했던 소답동 일대는 개발 요충지로 급부상했다. 어쩔 수 없이 군에서도 39사단 인근을 개발할 수 있게끔 군사제한구역에서 제외하는 방안을 발표했다.

인근 땅값이 들썩였다. 대한민국의 부동산업자들이 이 사실을 모를 리 없었다. 군에서 용도 변경이나 군사지역 제외 등을 발표하기도 전에 수십 개의 '떴다방'이 생겨났다. 그즈음 이희준의 아버지가 생을 마감했다. 아버지는 땅을 세 아들에게 똑같이 나누어주었다. 큰형과 둘째형은 그저 농사꾼에 불과해 땅을 팔려고 하지 않았지만 택시를 몰며 많은 사람들의 이야기를 들어 의식이 깬 이희준은 기회라고 생각했다. 당시 땅의 호가는 4억 원에 육박했다.

"그런데 말이야, 이런 희준이 놈을 어느 떴다방 업자가 대구 인근의 요정에 데려간 거야."

"요정이요?"

역사가 묻어나는 이야기에 비로소 장세욱도 관심을 보였다.

"그래, 요정. 상 한 판에 삼십만 원을 하던 데야. 당시 최고급으로 분류되던 시바스 리갈을 한 병 깔아주고 병이 비면 판을 갈아야 해. 양주 네 병만 먹어도 백이십만 원이 되던 가게였다네."

"저, 현실감이 없어서."

"그런가, 자네가 태어날 때쯤인가, 이때가……. 가만 보자, 이때가 서울 시내 짜장면 한 그릇이 육백 원 할 때야. 물가가 지금으로 치면 공 한 개 정도 없을 때라고 생각하면 맞으려나. 그래, 그게 가장 간단하겠네.

이 요정은 퇴폐영업의 온상이었어. 모델급 여자들을 접객원으로 고용하고 잠자리까지 알선했던 데거든. 뭐 당시라도 이런 데는 많았지. 그런데 여기는 특별한 기술이 있었어. 그 기술에 남자들은 맥을 추지 못 했지."

"특별한 기술이라니? 마약이라도 썼습니까?"

"오호, 그런 간단한 방법도 있었겠네그려. 그런데 아니야."

"그럼 뭐였습니까?"

"쓰리섬!"

에에, 그러더니 장세욱은 웩 토악질을 하는 표정으로 바뀐다.

"자네도 아직 가식덩어리구만. 섹스란 건 신성한 거야. 그것을 신성시할 줄 아느냐, 아니라면 물질과 쾌락의 극치로 보느냐의 차이지. 하여튼 이희준은 태어나 처음으로 여자 둘과 잠자리를 하면서 완전히 그 쾌락에 빠져버렸네."

이희준은 기회를 보다 부동산업자에게 다시 연락했다. 주변에서는 떴다방은 어떻게든 자네의 땅을 싸게 먹으려는 파렴치한이라고 만류했지만 이성과 몸이 따로 놀았다. 업자를 다시 만났을 때 이희준은 두 번째 섹스 접대를 받았다. 이전과 달리 다음날 아침은 업자가 기다리고 있었다. 허리가 40인치는 족히 넘을 정도로 뚱뚱했던 남자가 각서를 내밀었다. 각서에는 땅을 팔겠다는 누군지 알 수 없는 필체 아래에 이희준이라는 이름과 지장이 찍혀 있었다.

"어젯밤에 아가씨들 데리고 나가기 전에 이희준 씨가 찍은 지장입니다. 희준 씨는 사 년 전에 결혼해 아직 애기가 없는 것으로 아는데……. 아, 참 지금 임신 중이어서 오래도록 부인과 동침하지 못했다는 게 맞으려나."

업자가 넌지시 협박했다. 불륜!

그때 어제 잠자리에 동석했던 두 아가씨가 커피를 들고 나타났다. 두 아가씨는 커피를 놓은 뒤 인사를 하고 물러났다.

"저 아가씨들이 입만 뻥긋해도 희준 씨는 사회에서 매장돼요, 알죠? 대한민국에서 불륜이 얼마나 무서운지."

남자는 이희준이 땅을 매각한다는 각종 서류를 내밀었다. 부동산업자는 전혀 무섭지 않았다. 픽 웃으며 이희준이 방을 나서려는데 업자가 붙잡았다.

"아아, 왜 이렇게 성격이 급하십니까? 자, 얘들아."

능수능란했던 업자는 두 아가씨를 불러들였고, 술판이 다시 벌어졌다. 마약이라면 마약인 아가씨들을 외면할 수 없었다. 그날 일은 어떻게 지나갔는지 몰랐다. 그저 좋았다. 두 아가씨와 쾌락의 극치를 맛보았다. 다만 이희준은 아버지가 물려주었던 8만여 평 정도의 땅을 시세 절반가인 2억 2천만 원에 매각하고 말았다. 그것도 6개월 뒤에나 현금으로 받을 수 있는 어음으로.

"미친놈이군요."

장세욱이 분노했다.

"이희준도 당황했을 거야. 아가씨들이랑 자고 일어났더니 지갑에 이억 이천만 원짜리 어음이 들어있었으니까. 그런데 문제는 이희준이 이 쾌락을 잊지 못했어. 하루가 멀다 하고 이 요정을 드나들었던 거야. 아가씨 둘과 벌이는 잠자리에 미쳐버렸던 거지. 그렇게 십 개월이 지나기 전에 이희준이 팔았던 땅은 펑, 사라졌다네."

"그 사람 지금 뭐합니까?"

"아마 택시운전 그대로 하고 있을 걸. 가만 자네 고향이 어디랬지?"

"창원시 소계동입니다."

"그래? 인근이네 그려. 제일 친한 친구 이름이 뭐랬더라? 이……."

"지금은 연락을 거의 안 합니다만, 이진욱이요."

"진욱이 아버님이 택시를 하지 않던가? 이름이 이희준이고!"

"맙소사! 도대체 선생님의 정보력은 어디까지입니까?"

장세욱은 급기야 웃음을 터뜨린다.

"처음에는 선생님이 무슨 귀신인 줄 알았어요. 그런데 이제 저도 적응이 되나 봐요. 저한테는 도덕군자처럼 이렇게 살아라, 저러면 안 된다 하던 분이 진욱이 아버지였거든요. 그런데 그런 사연을 가지고 있는지는 정말 몰랐어요. 하하하, 그러고 보니 백만장자였네요. 진욱이 아버님 저한테 그럴 만도 하네요. 아들이랑 아들 친구가 아버지처럼 살면 안 될 테니까요. 아, 나 참. 그래 맞다. 어릴 때 진욱이가 몇 번 그런 말을 한 적이 있었어요. 삼촌들은 다 부자인데 아빠랑 만나려고 하지도 않는다고. 왜 그런가 했더니만."

장세욱이 호방하게 웃었다.

"자네는 참 좋은 심장을 가졌어. 그러니 이만 대한민국을 위해 일해 보는 건 어떤가?"

"또 그러신다. 숙자 형들 몰려오니까 밥주걱 단단히 쥐세요."

이미 건물 바깥에는 점심을 먹으려는 노인과 집 없는 사람들이 보이지 않을 정도로 줄을 섰다.

자식이라기엔 나이가 어리고 그렇다고 손자라고 하기에는 나이가 많은 장세욱. 녀석에게 천억 원을 주겠다고 했지만 거절했다. 농담인 줄 아냐, 하고 물으니 아니요, 하고 대답했다. 종잡을 수 없는 녀석이었다. 다만 욕심을 부리지 않았다. 나이가 차고 넘칠 정도가 되면 사람의 욕심은 단번에 알아차리게 된다.

"하고 싶은 거 있냐?"

"서울역 근처 건물 하나 사시죠."

농담처럼 대답했다.

"그래서?"

"우리 숙자 형님들, 밥이나 좀 주게요."

두 달 전이었다.

물질로는 녀석을 흔들기 힘들겠구나, 오랜만에 좋은 녀석을 만났어.

내심 웃으며 김기욱은 5층 건물을 매입해 '사랑의 집'을 세웠다. 여기에 산발적으로 운영되던 여러 봉사단체와 협약을 맺어 5층을 여러 사회봉사 단체의 사무실로 배정했다. 1층과 2층은 식당으로, 3층과 4층은 노숙자들이 언제든 들어와 쉴 수 있도록 개조했다. 다만 자활을 위해 3층과 4층에 지내는 사람들은 일을 해야만 했다. 그러나 즉각적인 경제활동 투입에는 오히려 역효과가 날 것으로 예상해 차근차근 배식봉사부터 시켰다. 배식봉사 단계를 지나고 일을 하겠다는 의지가 생기면 도시락 배달로 단계를 높였다. 그 단계를 넘어서면 돈을 버는 단계로 진행되었다. 이를 위해 김기욱은 협약 단체 역시 업무를 나누었다. 음식 나눔을 해줄 여러 구내식당, 학교식당 등과 협약을 맺는 단체, 이를 수거해올 단체, 음식들을 활용해 도시락을 만드는 단체, 직접 배식을 하는 단체까지. 그 모든 관리를 장세욱에게 맡겼다.

"나는 뭐 할까?"

귀신처럼 나타난 미자가 슬쩍 끼어든다.

"가게는?"

그러려던 건 아닌데 김기욱의 목소리가 높아진다. 미자는 김기욱의 기세에 눌린 듯 "그냥 잠그고 왔는데." 하며 실토한다.

"그만하세요, 선생님. 엄마는 뒤에 가서 반찬 좀 더 만들어. 도라지 조금 전에 가져왔거든요."

미자는 엄마고, 나는 선생님이라니. 장세욱 저 녀석 참.

녀석은 오늘도 흐뭇해하며 노숙자들과 노인, 갱생의 의지를 잃은 사람들에게 국을 퍼주었다. 밥은 꼭 선생님이 푸시라는 명령 아닌 명령에 밥주걱을 열심히 놀리는 중이었다. 오랜만에 행복했다. 전 세계의 자금 흐름이 어떠니, 이렇게 투자하면 얼마를 버니, 그딴 숫자놀음은 이제 지겨웠다. 되짚어보니 내 사람을 만들겠다고 장세욱에게 접근했는데, 김기욱은 장세욱의 사람이 되어간다. 아무렴, 이럼 어떻고 저럼 어떤가. 쓰레기 정도가 아니라 썩은 시궁창에서 살던 김기욱이 인간이 되어 가는데. 스스로 느끼는 긍지를 숨기며 김기욱은 밥주걱에 힘을 주었다.

2014년 7월 21일 오전

후쿠야마 준 지다

"당신, 잘못 찾아온 거 아냐?"

엠마가 속삭였다.

"확실해. 이곳이 소진사의 거점이라는 건."

후쿠야마도 많이 놀랐다. 왜 LA의 거점이 반전, 반핵을 가르치는 모임 장소가 된 것일까.

소진사는 LA와 뉴욕, 두 곳에 거점을 두고 있다. 최초 설립 시기는 관동대지진 이후. 설립자는 아오타 노리오였다. 아오타 노리오는 베일에 감춰진 전설적인 인물로 닌자라는 설과 조선인이라는 설도 있었다. 소진사가 정보업계에서 두각을 나타낸 것은 1945년이었다. 전쟁이 끝난 뒤 일본은 패전국이라는 멍에와 더불어 연합군의 엄청난 압박을 견뎌내야만 했다. 아오타 노리오의 능력은 이때부터 두드러졌다. 연합군과 일본 사이에서 엄청난 수완을 발휘하며 당장은 일본인들이 해내지 못하던 일들을 관철시켰다.

전쟁 이후, 일본은 무기를 생산할 수 있는 철강, 제련, 알루미늄 생산이나 이를 활용하는 공작기계 등은 첨단 수준에 있었다. 같은 군수

분야로 볼 수 있는 중화학공업 역시 세계적 수준이었다. 반면 자국민의 생계와 직결되는 농업, 어업, 비료산업, 가공식품 생산 등은 낙후된 상황이었다. 당장 일할 수 있는 남자들이 전장에서 산화하면서 석탄 채굴과 같은 에너지 분야 역시 상당한 후진성을 면하지 못했다.

패전의 결과는 1946년에 당장 불거지게 되었다. 국민총생산이 10년 전에 비해 30퍼센트 감소, 농업 역시 15퍼센트 감소, 광공업은 악화일로를 걸어 마이너스 72퍼센트라는 기록적인 수치를 나타낸다. 1946년에서 1949년 사이에는 이로 인한 경기불황이 뒤따랐다. 먼저 도매 물가지수는 60배 상승, 이로 인한 소매 물가지수는 79배에 달하는 실로 막대한 인플레이션을 나타내기에 이르렀다.

이런 결과는 역시 전쟁 패배가 원인이었다. 국민이 입고 쓰고 먹는 소비재 생산을 억제하고 근검과 궁핍 등을 강요했지만 반대로 전쟁 경비 조달을 위해 막대한 은행권, 즉 지폐를 발행한 데서 불거졌다. 자연스레 군사비가 막대해졌고, 은행 차입이나 대출이 급증했으며, 거기에 패전에 대한 처리비용이 맞물리며 통화정책 자체가 실패하고 말았다.

장기불황은 불을 보듯 뻔했다. 그러한 가운데 한국전쟁이 발발했다. 배후는 중국과 소련이었다. 그런데 한국전쟁 이전, 미군이 일본을 군사력 강화 거점으로 삼을 수밖에 없는 정보가 CIA에 접수되었다. 소련이 1949년 7, 8월 즈음 핵폭탄 제조에 성공할 것이라는 첩보였다. 이 첩보를 초기 CIA에 직접 전달, CIA 작전의 쾌거로 인정받게 만든 이가 바로 아오타 노리오라는 것이다. 결과적으로 미국은, 일본이 2차대전의 주범이자 패전국임에도 불구하고, 한반도가 아닌 일본을 군비확장의 거점으로 삼았다.

한국전쟁의 발발로 인해 직접적인 부흥이 일본에 일어난 것은 아니었다. 하지만 아사 직전의 사람에게 따뜻한 밥 한 끼는 어떤 보약보다 위력을 발휘하게 된다. 일본이 딱 그랬다. 미군이 일본 내에서 조달한 군수물자와 인력물자, 기타 한국전쟁 관련 지불비용 전체를 달러로 현금 지급한 것이다. 통화정책이 실패했던 일본에 달러가 돌자 사람들은 너나할 것 없이 소비에 몰려들었다. 달러로 인한 소비 확대가 결국 일본 경기 전체에 특수 소비를 불러오며 인플레이션을 회복하는 계기가 된다.

미군은 소련의 원폭 실험 성공에 자극받아 서구의 비 공산권 국가에 전쟁 당시만큼의 군비 확장을 요구한다. 이로 인해 전 세계 경기가 급작스레 생산 호황을 누리며 급반등, 세계적인 경제 부흥이 일어났다.

결과적으로 일본은, 한국전쟁에 대한 미국의 군비 현금 지급으로 인한 인플레이션 회복과 전 세계 경기호황으로 인한 동반 성장이 일어나며 최소 30년은 이어질 것이라던 불경기를 단번에 회복한다. 일본의 전후 경기 회복의 숨은 공신은 바로 소련의 원폭 실험에 대한 첩보였다. 원폭 첩보를 미군에 전달한 이가 바로 아오타 노리오, 소진사의 창립자였다. 일본 첩보계에 전해지는 전설적인 이야기다.

아오타 노리오가 소련을 주목한 계기는 승전국에 대한 관찰이었다. 1945년 한반도는 38선을 경계로 반으로 나누어진다. 남조선은 상해임시정부의 이념을 계승하는 대한민국으로, 북한은 조선 노동당의 이념을 계승하는 조선민주주의인민공화국이 되었다. 전 세계의 이목이 한반도로 쏠렸다. 그사이 소련은 은밀하게 과학자들을 수집했다. 패전한 독일의 과학자들이 상당수 소련으로 건너갔다. 은밀한 첩보와 회유가 빚은 결과였다. 아오타는 이 판을 읽어냈다.

과연 이 과학자들이 무엇을 하겠는가!

일본에 떨어진 원자폭탄, 즉 Atomic Bomb은 원자폭탄이 아니라 사실은 핵폭탄이었다. 핵폭탄의 실제적인 개발은 1941년으로 거슬러 올라간다.

미국은 과학자 오펜하이머를 선두로 맨해튼 계획을 세워 1941년 2월 6일 핵폭탄 개발에 착수한다. 여기에는 세계전쟁을 우려한 아인슈타인의 의지와 루즈벨트 대통령의 정치적 결단력이 작용했다.

독일은 이보다 2년 앞선 1939년 하이젠베르크를 중심으로 핵폭탄 개발에 착수했다. 독일은 벨기에에서 1,200톤의 우라늄을 빼앗았고, 노르웨이를 점령해 강탈한 중수, 즉 산화중수소도 보유하고 있었다. 또한 우라늄235를 분리해내는 기술도 선점한 상태였다. 하지만 독일은 판을 읽어내지 못했다. 핵폭탄이 과연 필요한가. 만든다면 어느 시기여야 하는가. 독일이 핵폭탄을 만들 재력을 언제까지 유지할 수 있는가. 1943년에 이르자 파산 상태에 이르러버린 독일은 핵폭탄을 제조할 모든 여력을 잃고 말았다.

1941년, 일본 역시 핵폭탄 개발에 착수한 상태였다. 이를 위해 두 과학자가 천황의 전폭적인 지지 아래 경쟁 체제에 돌입했다. 일본 육군이 주도했던 도쿄대의 니시나 요시오, 해군이 지지했던 나가오카 한타로가 그들이었다. 그러나 이들은 경쟁을 했을 뿐 화합을 이루어내지 못했다. 더불어 일본 역시 극도의 재정적 불안 상태에 이르며 진실과 거짓이 교묘히 섞인 보고서를 천황에게 올린다. '핵폭탄을 만들기 위한 우라늄235의 확보가 현실적으로 힘들고, 일본 전체 전력 생산량의 10퍼센트 이상에 이르는 막대한 전력이 필요하다는 사실, 이러한 몇몇 사실을 종합했을 때 핵폭탄의 개발은 10년이 걸린다는 예상'이 요지였다.

전쟁이 끝날 때까지 핵폭탄은 만들어지지 않는다. 독일과 일본의 예상이었다. 예상은 깨끗하게 빗나갔다.

1945년 5월, 오펜하이머를 위시해 4천여 명의 과학자가 참여한 미국의 맨해튼 계획 팀은 핵폭탄을 완성한다. 그런데 같은 달, 독일은 항복해버린다. 반면 수세에 몰렸다고 해도 일본은 여전히 연합군과 접전을 펼쳤다. 전 세계에 핵폭탄의 위력을 과시하려 했던 미국의 정치적 야심이 결국 사고를 치고 만다. 1945년 8월 6일 세계적으로 유례없는 불기둥이 히로시마에서 솟아올랐다. 사흘 뒤인 8월 9일에는 나가사키에 또 다른 불기둥이 타오른다.

핵폭탄은 상상에나 존재해야 했다. 물론 미국 역시 1945년 7월 16일 뉴멕시코의 사막에서 실시한 핵폭탄 실험으로 일본에 항복하라는 압박을 가했던 것은 사실이었다. 그러나 전격적인 핵폭탄 투하가 이루어질 것을 예상한 사람은 많지 않았다. 심지어 이를 만든 오펜하이머마저 평생을 '내 손에 피가 묻어 있다.'며 애통해했다.

나가사키와 히로시마에 떨어진 핵폭탄 개발, 즉 맨해튼 계획에 투입된 예산은 당시 2백억 달러를 초과했다. 만약 다른 나라에서 핵폭탄 개발이 다시 진행된다면 그에 수반되는 엄청난 '돈'이 여러 업자의 호주머니를 두둑하게 만든다. 이를 놓칠 장사치는 없다. 분명히 돈을 등에 업은 장사치가 과학자를 스카우트하러 오리라. 아오타는 이를 놓치지 않았다. 핵폭탄 개발에 참여했던 일본의 몇몇 과학자에게도 제안이 왔지만 여건이 좋지 않았다. 아오타는 장사치를 추적했다. 소련의 첩보원이었다. 아오타는 재빨리 소련으로 향했다. 소련은 맨해튼 계획 팀에 수

많은 스파이를 심었다. 그들 중 상당수는 실제 핵폭탄을 만들 수 있는 고급 첩보를 제공한 것으로 확인되었다.

아오타 노리오는 한 과학자에게만 집요한 추적을 벌였다. 소련이 핵무기를 개발하는 데 혁혁한 공을 세웠던 이고르 쿠르차토프였다. 어떻게 그에 대한 정보를 입수한 것인지는 현재도 미지에 가려져 있다. 아오타는 그가 할 수 있는 모든 방법을 동원해 정보를 캐냈다. 소련이 1949년 7월에서 8월 사이 핵폭탄을 완성해내리라는 첩보에 연이어 8월 29일 카자흐스탄의 사막에서 핵폭탄 실험을 한다는 첩보를 미국에 제공한다. 그리고 이는 정확한 정보로 밝혀졌다.

물론 역사는 엉뚱한 방향으로 전개되었다. 냉전은 이후 반세기동안 지구를 지배했다. 소련이 만든 핵폭탄에 위기를 느낀 미국은 이론으로만 가능하다고 알려졌던 수소폭탄 개발에 착수한다.

미국은 이후 천 번이 넘는 핵실험을 통해 대략 8천 기 정도의 핵탄두를 보유하고 있다고 추정된다. 공식 확인된 실전 배치 핵탄두는 무려 2,100기가 넘는다. 소련이 해체된 뒤 공개된 몇몇 문건에서 소련은 476회의 핵실험을 한 것으로 보고되었다. 러시아 역시 미국과 맞먹는 핵무기를 실전에 배치한 것으로 확인되었다. 영국이 225기의 핵탄두 중 160기를 실전 배치했으며, 프랑스 역시 보유 핵탄두 300기 거의 전체를 실전 배치한 것으로 추정된다. 베일에 싸인 중국의 핵무기는 확인된 것만 250기에 이른다. 천 년이 넘는 전통적인 종교 분쟁 지역인 인도와 파키스탄은 서로가 서로에게 100여 기의 핵무기를 겨누고 있다. 이스라엘 역시 유대인의 막대한 재력과 서방의 비호 아래, 아프가니스탄에 대한 점령 우위라는 목적으로 80여 기의 핵무기를 보유한 것으로 추측된다.

공식적으로 확인된 8개국 이외에 이란과 북한이 핵무기를 보유한 것으로 첩보되었다. 이란과 북한이 미국이라는 공공의 적을 향해 함께 핵무기를 공유했을 거란 추측은 상당한 설득력을 얻었다. 이란과 북한은 대략 10여 기의 핵무기를 보유했으리라 분석되었다.

이러한 흐름과 국가 간 대치 견제와 균형을 만든 것은 일본의 한 첩보원에게서 시작되었다. 서방세계의 흐름을 정확히 읽어내고 이것을 일본에 적극적인 이익으로 작용하게 만든 인물, 그가 바로 아오타 노리오였다.

일본인들이 패전에 젖어 있을 때 아오타 노리오는 일본인들의 기를 살리기 위해 여러 방면에서 노력한 것으로도 알려졌다. 일본이 세계로 나갈 수 있는 전쟁 승리의 출발점은 바로 러시아 발틱 함대를 무찌른 1905년의 쓰시마 해전이었다. 세계 최고의 해군이던 러시아 해군을 무찌른 이 해전은 세계 3대 해전이라는 전설의 반열에 든다. 이 해전의 상당수가 현재 대한민국의 진해에서 치러졌다. 심지어 진동이라는 이름마저 바다를 진압한다는 의미로 진해로 변경시켰다. 진해는 패전국이었던 일본에게 승전의 향수가 남은 곳이다. 그런 곳곳에 벚꽃을 심는 사업을 암암리에 시작했다. 외교가 없던 대한민국에 원조의 형식을 빌어 군산과 여의도 등 일본군이 주둔했거나 크게 승리했던 지역에 막대한 양의 벚꽃을 심었다. 이후 일본이 한국과 왕래하게 되었을 때 얼마나 일본인들이 자랑스러워할 것인가!

군계일학이었던 그를 서방세계로 내몬 것도 결국 일본이었다. 1976년 12월 일본 내각조사실은 개혁을 단행한다. 명칭은 내각정보조사실, 체제는 전과 같이 7개 부서, 1개 센터였다. 개혁에 대한 의견은 분분했다. 공안과 정보의 대립에서 공안의 승리로 인해 대폭 내부 정보를 다루는 것으로 바꾼다는 명분도 더러 존재했다. 하지만 내각조사실이 내각정보조사실로 바뀐 가장 큰 이유는 기존 CIA의 입김에 좌지우지되던 내각조사실을 일본 본연의 정보부서로 환골탈태하기 위함이었다. 이런 과정에서 CIA의 이중첩자로 낙인 찍혀 추방당하다시피 미국으로 쫓겨간 인물이 바로 아오타 노리오였다.

일본은 1952년 8월 총리부 설치령으로 내각 관방장관 산하에 내각조사실을 만들었다. 이후 1957년에 CIA를 모방하고 그들의 의견을 수용하는 형태로 재발족된다. 당시 마츠이 같은 그룹은 전 세계에 지사를 두어 일본의 정보 수집에 첨병 역할을 해냈다. 어디 마츠이뿐이었으랴. 서방이든 공산이든 국가를 가리지 않고 지소나 지사를 설립할 수 있는 상사는 정보 수집을 감행했다. 이 정보는 고스란히 정치권에 전달되었다. 그렇지만 표적 정보를 수집해야 하는 일도 허다했다. 미국의 이중첩자를 가려내기 위해 동구권에 일본인이 투입되어야 하는 경우 등이다. 이런 일을 일반인에게 맡길 수는 없었다. 궂은일을 도맡아했던 곳이 바로 소진사였다.

아오타 노리오가 이중첩자라는 여부를 떠나, 그가 미국으로 쫓겨난 이유는 두 가지 목적의 결과였다. 일본의 기본적인 '정보 획득 방법 변화', '미국의 영향력 축출'. 내각정보조사실의 발족을 통해 인적자원의 대거 변화가 일어난 것은 사실이다. 미국의 영향력 축출 여부는 정보를 캐거나 활용하는 시기나 관점에 따라 언제든지 바뀔 수 있다. 반면 후쿠야마가 지금까지 소진사의 이름으로 활동하고 있다는 사실에서 정보의 획득 방법에는 큰 변화가 없었다고 유추할 수 있다.

아오타 노리오는 이후 그가 생을 다할 때까지 명예회복을 위해 고군분투했다. 1976년 내각조사실이 해체와 변화, 개혁을 맞으며 이전 정보원들은 '주식회사원'으로 변해갔다. 정보를 돈으로 바꾸는 데 인색하지 않았다는 뜻이다. 그러나 소진사는 일체의 '정보 환전작업'을 하지 않았다. 비록 후쿠야마가 소진사에 몸담은 것은 십 년 남짓이지만 이 사실은 후쿠야마 스스로 증명할 수 있었다. 마사오를 쫓아서 퇴출시킨 이유도 일본의 국부 유출이라는 명분 때문이었다. 돈? 말 같지도 않은 소리다.

소진사에서 일하는 후쿠야마도 소진사에 대해 전부 알지는 못한다. 다만 일본답게 아오타 노리오의 이름은 남았다. 막후에서 워낙 영향력이 컸던 인물이라, 후계자를 정해 이름을 사용하게 했다. 가장 일본적인 정보단체이면서 미국 땅에 거점을 두는 형태로.

"이 사람들 반핵 운동하는 사람들인가?"

핵무기에 대한 설명이 끝나자 체르노빌 원전에 대한 피해로 옮아간다. 현재까지 체르노빌은 죽음의 땅으로 풀 한 포기 쓸 수 없다는. 지지부진했다. LA행을 위해 자위대 장교마저 죽이고 왔다. 이런 이야기를 찾아 LA까지 오지는 않았다. 그런데 연단의 남자에게서 후쿠시마 원전에 대한 피해가 언급되었다.

"후쿠시마 원전 사고로 인한 일본의 방사능 피해 지도입니다."

스크린에 투영된 일본의 지도 절반 이상이 검게 변했다. 피해지역이라는 뜻. 곧바로 독일에서 제작되었다는 〈후쿠시마의 거짓말〉이라는 다큐멘터리가 상영되었다. 2011년 3월 11일에 일어났던 사고에 대해 설명하기 시작한다. 사실성을 더하기 위함인지 나오토 전 일본 총리의 인터뷰가 독점이라며 삽입되었다.

'원전사고의 방아쇠는 쓰나미였을지 모르지만 당연히 해두었어야 할 사고 대책을 하지 않은 문제가 있습니다. 과실에는 책임자가 있습니다. 필요한 것을 하지 않은 책임입니다.'

진실의 여부를 떠나 원전 사고의 진실을 총리에게 알리지 않은 네트워크가 있었다는 모호한 폭로마저 뒤따른다. 현재도 후쿠시마 원전 4호기 4층에는 사용이 끝난 연료 1,300개가 냉각되고 있으며 그 위에는 새 연료봉과 기계류가 보관되고 있다고 한다. 이런 가운데 다큐멘터리 속에서는 지진 전문가가 끼어든다. 그는 4년 이내에 2011년 3월 11일 일어난 지진이 다시 일어날 확률이 75퍼센트에 달한다고 부연한다. 만약 다시 한 번 동일한 지진이 일어나 후쿠시마 원전을 파괴한다면 지구의 멸망으로 이어질 거라는 결론으로 다큐멘터리는 종영한다.

거대 지진 이후 여진이 일어날 가능성은 거의 100퍼센트에 가깝다. 또한 규모가 같거나 그 이상의 지진이 1년 이내에 발생할 확률은 90퍼센트 정도다. 5년 정도로 확대하면 70퍼센트 정도가 된다. 지진 전문가의 말은 틀리지 않다. 하지만 확률이고 추측일 뿐이다. 이래서는 의혹만 쌓일 뿐 어떤 해결책도 없다. 더구나 후쿠야마는 얼마 전 마사오로 분해 사고가 일어난 후쿠시마까지 다녀왔다. 후쿠시마 원전 사고로 인한 직접적인 방사능 피해지역 이외에 사는 사람들은 새로운 삶을 꿈꾸고 있다. 그런데 왜, 일본도 아닌 미국에서 돼먹지 않은 이런 반핵 활동이 벌어지는 것인가.

"조심해야 하는 것이 있습니다. 일본은 곳곳에 도쿄가 안전하다는 글을 인터넷을 통해 퍼뜨리고 있습니다. 대부분 사람들이 방사능 수치나 단위 등에 무지하다는 것을 이용한 사기입니다. 방사능 수치를 나타내는 단위인 베크럴을 면적이나 세슘의 단위로 변환해 눈을 호도합니다. 현재 일본의 방사능 수치는 일반적인 도시의 스물다섯 배에 가깝습니다."

순간 참석한 사람들의 입에서 탄식이 터졌다. 이후 몇 가지 괴담에 가까운 사실을 강단에 선 연사가 사진과 함께 설명한다.

마지막으로 강단의 연사는 다시 한 번 지도를 스크린에 투영했다. 미국 국립과학원 회보에 실렸다는 후쿠시마 원전 사고로 인한 세슘 137의 토양 오염 예측도였다. 무지개색깔 중 빨간색이 높은 오염도를, 보라색으로 갈수록 오염도는 낮아졌다. 이후 회색과 흰색에서 안전을 나타냈다. 일본은 가고시마나 고치 현 정도를 제외하면 모두 세슘에 오염된 상태였다.

"이러한 세슘은 바람과 지하수를 통해 움직입니다. 먹이사슬을 통해 결국 인간에게 축적되지요. 세슘137의 인간 부작용은 여러 인위적인 압박과 조작으로 인해 구체적으로 연구되지 않은 분야입니다. 과연 방사능 물질인 세슘137이 안전하다고 보십니까? 판단은 여러분에게 맡깁니다."

연사가 강단에서 내려오자 열렬한 환호와 박수가 터졌다.

침묵 속에서 후쿠야마는 자리를 지켰다. 이게 세상이 보는 일본이란 말인가. 마치 고질라 같은 괴물을 보는 듯한 인식, 참기 힘들었다. 그런데 왜 이곳이 소진사가 주재하던 곳이란 말인가!

사람들이 빠져나가자 소진사 내부는 언제 그랬냐는 듯 적막이 감돌았다. 소진사 내부, 강당인지 회의실인지, 조명을 끄려던 남자가 후쿠야마와 눈이 마주쳤다. 강사였다.

"일본인이십니까? 그 곁은……."

"미국인입니다."

엠마가 대답했다. 하긴, 그녀만큼 인종에 대해 질문을 많이 받은 사람도 드물 것이다. 그러나 억양은 숨길 수 없다.

"아 그러시군요. 필리핀계 미국인."

"어떻게 사람을 국가나 인종으로 가르려고 하면서 반핵 활동을 하시죠? 크게 실망했습니다."

후쿠야마의 날선 대답이 남자에게 다가갔다.

죄송합니다, 그게 아니라……. 남자의 대답이 뒤따랐지만 엠마의 왼팔을 거칠게 붙잡으며 소진사를 나왔다.

소진사는 LA 시티 칼리지 근처로 멜로즈 애비뉴 4015번지에 있는 5층 건물이었다. 남쪽으로는 코리아타운이 인근에, 서쪽에는 파라마운트 픽쳐스를 위시한 할리우드가 근접해 있다. 건물은 아이보리와 핑크를 적절히 섞은 고딕 양식의 5층 건물이었다. 남쪽으로 한 블록 건너인 멜로즈 애비뉴와 클린턴 스트리트 사이에 오히려 오피스 건물이 많았다. 주거와 사무를 동시에 보려던 의도로 4015번지에 자리를 잡은 게 아닌가 여겨졌다.

"어디로 간다?"

엠마가 아이폰을 꺼내 지도를 본다.

"코리아타운은 어때? 윌셔 대로 인근인가 봐. 걸어서 삼사십 분이면 되겠는데."

간단히 고개를 끄덕인 후쿠야마는 엠마가 걸어가자는 말에도 같은 제스처를 취했다. 엠마는 "재미없어."라며 툴툴거렸다.

"어라, 근처에 맥아더 공원도 있네."

"그럼 거기부터 가보자."

엠마는 후쿠야마의 말에 배고픈데, 라며 인상을 찡그렸다. 그 모습이 귀여워 이마를 건드렸다. 투덕거리며 다가간 맥아더 공원은 관통하는 윌셔 대로를 가운데 두고 맥아더 파크 호와 축구 경기장이 있는 숲으로 나뉘어 있었다. 맥아더 공원 주변을 걷는데 병풍처럼 둘러쳐진 구조물을 보게 되었다. 엠마와 후쿠야마는 구조물을 빙 돌아 정면으로 다가갔다.

"뭐야 맥아더 동상이잖아. 맥 빠지네."

후쿠야마가 푸념했다. 그렇지만 공원과 호수가 인상적이었다.

"벤치에라도 앉을까?"

"그러지 뭐."

엠마는 후쿠야마와 떨어져 공원을 살핀다. 후쿠야마가 벤치와 호수를 둘러보며 앉을 만한 자리를 찾는데 갑작스런 굉음이 들려왔다. 사람의 목소리란 건 알았다. 그렇지만 사람이 이런 목소리를 낼 수 있나 싶은 굉장한 음역대의 비명이었다. 고개를 돌렸을 때 한 여자가 엠마에게 돌진하는 게 보였다. 잠시 후쿠야마를 보는가 했던 엠마도 소리가 나는 방향으로 고개를 돌렸다. 순간 햇빛을 받은 금속이 눈부시게 빛났다. 더블액션 리볼버였다.

가만, 저게.

엠마가 후쿠야마를 향해 달려오는 게 보였다. 엠마가 후쿠야마를 덮치는 동시에 왼쪽 어깨가 떨어져버리는 느낌이었다. 후쿠야마는 엠마의 비명이 안단테의 자장가처럼 들렸다. 암흑은 어느 때보다 강렬하게 후쿠야마를 덮쳤다.

2014년 11월 15일 오전

터너 & 조나단 망할 놈의 추수감사절

시계가 0시를 가리켰다. 얼근하게 취한 두 사람은 터글로와 나이쓰를 서로서로 불러대며 장난을 쳤다. 아무래도 이름이 쉽게 입에 익지는 않았다. 누군가가 터글로, 나이쓰, 하고 이름을 부른다면 재빨리 돌아보아야 하리라. 물론 메사 시에서는 미스터 모즈 씨, 하고 격식을 차려 완고하게 부를 거라는 생각이 앞섰지만 어떤 일이 어떻게 벌어질지는 어느 누구도 알지 못한다.

"참 조나단, 제가 집사람에게 바이러스가 심어진 메일을 보내야 할까요? 당신은 이십 년이나 사람들과 떨어져 살았잖아요."

"이것 참. 그건 정답이 없는 얘기이긴 한데. 내가 지내보니까 아무한테도 연락을 하지 않는 게 맞더라고."

무언가 부연설명을 해줄 줄 알았는데 조나단은 입을 딱 닫아버렸다.

"저, 조나단, 빅 존은 어떻게 되었을까요?"

드라마틱했던 지난 몇 개월이 실체감이 없는 판타지로만 느껴졌다. 눈을 감고 잠에 빠졌다고 생각했던 조나단은 눈을 감은 채 이야기를 한다.

"내가 존으로 살아야 한다는 사실을 받아들인 건 공포 때문이었어. 내가 죽을지도 모른다는 사실을 알게 됐거든."

하긴, 터너가 1억 달러라는 돈을 받고 프로그램을 팔았다는 사실이 곳곳에 공표되었다면 전 여자친구와 그녀의 아버지가 터너를 죽이려고 들었을지 모른다. 네 것도 내 것, 내 것은 당연히 내 것이라는 마인드를 가진 가족이었다. 끔찍했다. 사랑한다기보다 필요에 의해 만났다. 물론 그들도, 또 터너도 사랑이라고 믿었지만.

"당신은 그저 지질학자잖아요. 저처럼 첨단 프로그램을 만드는 것도 아니고 지질학은 시대에 뒤처진 학문이라고요."

술기운인지, 웃으며 조나단에게 농담을 건넸다. 시대에 뒤처졌다는 부분에서는 일부러 과장된 악센트로 농담이라는 사실을 알아차리게 했다.

"아니야, 터너. 아니라고. 지질학은 말이네, 시대를 초월한 학문이야. 한번 생각해봐. 자네의 프로그램이 이십 년 뒤에도 필요할지."

"업데이트되어 있겠죠. 그래야만 하니까요."

"그래, 자네 말대로 그렇게 업데이트되는 프로그램이 나중에 가서 자네가 만들었던 그 뭐라고 그랬지?"

"GSPS요?"

터너는 그 이름에 담긴 의미에 한숨지었다.

"그래, 그게 이십 년 뒤에도 GSPS라고 단언할 수 있겠나?"

"글쎄요, 그건 저도."

"하지만 말이네, 지질학은 처음부터 끝까지 지질학이네. 지질학에서는 발명이 있을 수 없지. 발견이 있을 뿐이야. 우리는 여전히 지구의 구십 퍼센트 이상은 알지 못한다네. 뭐 이런 쪽에 수치화를 좋아하는 학자들은 구십칠 퍼센트라고 콕 집어 말하겠지만. 구십칠 퍼센트 미지의 분야가 공상의 세계가 되는 거잖나. 쥘 베른이나 조지 웰스 같은 작가들에게. 조지 웰스는 정말 당대의 천재였네. 자신이 가진 지식으로 미래를 내다보고 이것을 다시 구성해 이야기를 현실화시킬 줄 알았지. 《월드 셋 프리World Set Free》라는 소설 아나?"

"핵전쟁을 예견했던 소설이었죠?"

"그렇지. 1914년이면 아직 중성자도 발견되지 않았을 때야. 흔히 잘못 알려진 원자폭탄의 원자 무게도 재지 못하던 시절이 이때란 말이네. 그런데 조지 웰스는 핵폭탄을 예견했지. 심지어 계속 타오르며 십칠 일이 지나야 반감기가 올 거란 오싹한 예상까지 하지. 그는 인류가 배출한 천재야. 현재의 것들을 바탕해 미래를 구성해내는 재주를 가졌단 말이네. 이런 웰스가 소설가인 게 다행이지, 만약 근 미래를 분석하고 전쟁을 하려는 사람이었다면 어땠겠나!"

"섬뜩하지만 또 이해가 가는 말씀이네요. 웰스가 만약 전쟁에 직접적으로 참여하고 전쟁의 양상을 분석하고 미래를 예측했다면 실로 엄청난 사건들이 벌어지지 않았으리란 보장도 없었겠네요."

"그렇지. 하지만 웰스는 자신의 상상이 현실로 발화해 히로시마와 나가사키에서 이십만 명 이상의 사람들이 잿더미로 변한 모습에 극심한 충격을 받았다고 하지. 말년을 그로 인해 우울증을 앓았단 말이네."

"그랬었나요?"

"모르지, 그거야. 어떻게 알겠나. 하지만 조지 웰스가 《월드 셋 프리》에서 예견했던 핵전쟁과 미군이 히로시마에 폭탄을 터뜨린 것은 겨우 11년 차이였어. 조지 웰스는 1956년에 핵전쟁이 일어날 거라고 소설에서 썼으니까."

선각자라면 바로 조지 웰스와 같은 인물이리라.

"자네 지구공동체설은 들어봤지?"

"그럼요. 지구 속이 비었고, 그곳에 인류와 다른, 제2의 지구 정복 종족이 살고 있을 거라는 이야기잖아요. 누구는 그곳으로 드나드는 비행기가 바로 UFO라고 하기도 했고요."

"오우, 그렇지. 그만큼 알려진 바가 없는 게 바로 지구이니까. 우리가 다 안다고 생각하는 건 그저 착각이라는 사실이지. 최근에 그 이야기도 들었나, 지구온난화설에 관한 거."

터너는 고개를 저었다.

"그 어디였지, 마구 폭로해대던……."

"위키리크스요?"

"아 그런 이름이었나. 여튼 지구온난화는 전 세계를 한 국가나 몇몇 국가 이상의 어느 단체가 세계를 움직이기 위한 방편이었다고. 사진들이 꽤 공개됐지, 오히려 빙하가 확장되거나 어느 방향으로 움직여가던 사진들 말이네."

참 세상은 알 수 없다. 그딴 것으로 거짓말을 하다니. 인류의 존폐가 걸렸다고 주장하던 문제 아닌가. 온난화로 생겨난 엘니뇨니, 라니냐니 하던 단어도 허무맹랑한 이야기였다는 건가.

"아, 그런 눈으로 보지 마 터너, 나는 지질학자이지 대기환경학자는 아니니까. 더욱이 음모론자도 아니고."

문득 빅 존이 조나단에게 했던 말이 떠올랐다. 얼버무리며 무마했지만 조나단을 '무기'라고 언급했다.

"자, 자, 메사 시에 새로이 자리 잡은 나이쓰 모즈 씨. 얼음나라에 간혀 이십 년을 보내시다 이렇게 더운 곳에 오시게 됐는데요, 이제 당신의 이름은 조나단 스트라이크가 아니라 나이쓰 모즈입니다. 맞습니까?"

"아 나, 그럼요, nice. 아니죠. Niths……Niths Mojh입니다. 발음이 중요해요. 아시죠?"

와인 병을 마이크처럼 들었던 조나단은 꿀꺽꿀꺽 목을 축인 뒤 크억, 크게 트림을 했다. 그 모습에 한껏 웃어버렸다.

"자, 그러면 터글로, 이 말도 안 되는 이름은 어떻습니까? 터글로 모즈 씨!"

조나단이 와인 병을 터너에게 가져다댔다.

"최선의 이름이라고 생각합니다. 누군가는 글로를 보며 맞출 거예요. 글로리아라는 이름이 아니겠느냐고."

갑자기 눈물이 날 뻔했다.

"오, 터글로. 그런 자세는 안 됩니다. 나를 롤모델 삼아요. 터글로로 살아야 하잖아요. 그러지 않으면 당신이 지키려고 하는 것들, 지키지 못하게 됩니다."

와인 병을 입술 아래에 대고 휙, 휘파람 소리를 내며 조나단이 터너를 집중시켰다.

"참 묻고 싶은 게 있었습니다."

얼른 와인 병을 빼앗았다.

"왜 빅 존은 당신을 무기라고 했던 겁니까?"

"아, 무기! 좋은 표현이었네요. 저 같은 일개 지질학자를 빅 존이 무기라고 했었군요. 정말로 정말로 판타스틱한 표현이에요. 이왕 시작한 거…… 이야기를 계속해볼까요?"

조나단이 터너에게 눈을 맞추었다. 터너는 와인 병을 조나단에게 넘겨줘버렸다. 조나단은 와인 병을 입에다 댄 뒤, 아아, 하며 목소리를 가다듬는다.

"자, 하나 묻지요. 아폴로 11호가 달 착륙을 하며 이어진 해프닝은 잘 알 겁니다. 주변에 UFO가 있었다느니, 달 착륙 자체가 소련의 유인 우주선 개발에 압박을 받은 NASA의 조작설이라느니."

"네, 저도 제가 크면서 들었던 음모론 중에 가장 말도 안 되는 거였습니다. 조작할 게 따로 있죠."

터너가 대답했다.

"맞습니다. 맞아요. 물론 우주복을 입고 헬멧을 쓰면 당연히 시야가 좁아지죠. 또한 달에서 다닐 수 있는 거리도 한계가 있으니까요. 세트장 안에서 우주인들을 가둬둔 채 영상을 송신했다고 해도 알 수 없거든요. 하지만 근본적으로 말이 안 되죠. 나사가 이런 쇼를 해서 얻을 게 없거든요. 하지만 이 일 이후에 수많은 루머가 만들어집니다. 왜 나사는 다시 달에 가지 않는가, 이게 조작이었기에 그랬던 것 아니냐?"

"오, 네. 그에 대한 의견은 어떠십니까, 조… 아니죠, 나이쓰 모즈 씨!"

"더 이상 달에 갈 이유가 없어진 거죠. 토양 표본도 추출한 상태고, 대기 상태도 확인했고요, 말하자면 달에서 얻을 수 있는 연구 목적 이외의 그 어떤 유인 작업들이 필요가 없어졌다고 할까요. 거기다 유인 우주선을 달에 띄우기 위해 드는 막대한 자금에 비한다면 거의라고 할 정도로 이익이 없으니까요."

"아하. 경제학 원리이군요. 비용 대비 수익이 없다?"

"그렇죠. 제가 지질학자이기는 하지만 역사 공부는 젬병이라, 아마

2차 세계대전 당시 원자폭탄을 만드는 데 든 비용이 이백 억 달러 이상이었다고 하죠?"

"오호, 그 정도였나요? 저도 몰랐습니다."

와인 병을 서로의 입에서 입으로 가져다대며 만담 같은 가짜 인터뷰가 이어졌다.

"그런데 아폴로 11호까지 아폴로 계획이 달 착륙을 위해 쓴 돈만 이백사십억 달러가 넘었어요. 트랜스포머를 이백사십 편까지 만들 수 있는 돈입니다. 엄청나죠? 생각해보세요, 돈만 투입한다면 달에 갈 기술은 확보되었고 언제든 달에 갈 수 있는 상태이죠. 이런 상황에서는 다른 곳으로 눈을 돌리는 게 맞죠. 태양계의 다른 별이나 태양계 바깥으로요."

"맙소사, 간단하게 정리되네요. 그런 거였군요. 보이저 1호가 태양계 바깥으로 나가버린 거나, 여러 우주선이 화성을 넘어선 탐사를 하는 것도요. 그런데 이야기가 너무 멀리 간 것 같은데요. 달 이야기를 하고 있었잖아요."

"하하하. 당신은 참 좋은 파트너예요. 내가 정신이 오락가락하지 않게 붙잡아주는군요. 혹시 이런 이야기는 들어봤나요? 달은 아틀란티스 대륙이다!"

"오호, 그런 이야기, 아니 음모론까지 있었군요. 처음 듣습니다."

"뭐 이런 요지라고 보면 됩니다. 달은 항상 한 면만을 보여주며 돌고 있죠. 즉 자전이 없다는 겁니다. 사실 이건 말도 안 되죠? 왜냐. 그 사이 지구도 돌고 있기 때문입니다. 지구가 자전을 하지 않습니까? 자전을 하죠? 그동안 달도 지구와 똑같이 한 바퀴를 도는 겁니다. 실제 미스터리는 이거죠."

"오호, 나이쓰 모즈 씨. 그게 그렇게 미스터리입니까?"

"그렇죠. 어떤 사람들은 달이 아틀란티스 대륙이라고 주장하기도 합니다. 달의 나이가 삼십억 년에서 사십육억 년 정도로 봅니다. 그런데 따지고 보면 이건 지구의 나이거든요. 아틀란티스 대륙은 당시의 어떤 재앙을 피해서 그들의 우수한 기술력으로 달을 띄웠다, 보이지 않는 달의 뒷면이 바로 아틀란티스인들이 살고 있는 곳이다, 뭐 이런 주장입니다. 하지만 나사도 그렇고 소련도 그렇고 달의 뒷면에 관한 사진을 여러 번 찍었습니다. 일고의 가치도 없죠. 태평양의 심해가 바로 달이 떨어져나간 부분이 아니냐, 하는 이론입니다. 그러나 이 이론대로라면 달의 밀도가 지구에 비해 절반에 불과하고 철이나 코발트, 니켈 등 자연 상태에서 지구에 존재하는 물질의 결핍을 설명할 수 없죠. 그래요, 이 부분은 제가 지질학자이기 때문에 조금 더 유심히 이야기해버렸는지도 모르겠습니다. 이런 지질부분만 보아도 아틀란티스 대륙일 확률은 사라져버리죠."

"그럼 본론에 들어가기에 앞서 달은 어떻게 생성되었다고 생각하십니까?"

"음, 이건 제 개인적인 생각이기도 하고 많은 학자들이 동의한 최신 이론이기도 합니다. 가장 최근, 지구가 멸망할 정도의 운석 충돌은 공룡이 사라져버린 육천오백만 년 전이라고 봐요. 이후 인간, 즉 초기인류인 오스트랄로피테쿠스가 출현하기까지 약 육천만 년, 또는 육천이백만 년까지 지금의 지구로 자리 잡는 과정이었을 겁니다. 초기인류가 번성했다는 것은 그렇게 살아도 되는 환경이라는 뒷받침이니까 그보다 훨씬 전에 지금의 지구환경이 만들어졌다고 보는 게 맞겠지만 철저히 보이는 것만으로 생각해보십시다. 즉, 육천오백만 년 동안 지구 생물이 궤멸에 이를 만한 변화는 없었다는 거죠. 반면 공룡멸망설의 가장 확신 있는 이론이 운석충돌설인 것처럼 거대한 운석은 언제든 지구와 충돌할 가능성이 있죠. 이때 엄청난 먼지구름이 생성되죠.

자, 지구 성립시기 정도라고 합시다. 달의 나이를 감안했을 때 그 정도라고 봐줘야하겠죠. 이 혼란의 시기에 지구를 박살낼 정도의 운석이 떨어졌다고 하자고요. 그 어느 때보다 거대한 먼지구름과 지구 표면이 떨어져나왔겠죠. 이들은 지구의 중력이 버티는 한계까지 날아가 버릴 겁니다. 먼지구름이다 보니 질량이 무거운 녀석들은 먼저 가라앉겠죠. 그런데 가라앉지 않은 녀석들은 지구주변에 띠를 만들어 돌 겁니다."

"토성의 띠가 생각나네요."

"자, 떨어져나간 지표면도 중력이 있을 거라고요. 녀석들은 지구 주변에서 띠를 만들어 도는 동안 차근차근 뭉칠 겁니다."

"그럼 그 결과가 달이다? 우와, 제가 들은 달 생성 이론 중에 가장 그럴 듯합니다. 진실은 차치하고라도 가장 그럴싸해요. 대단한데요. 자, 그럼 제가 물었던 궁극적인 질문에 대답해주십시오. 왜 당신이 무기인 겁니까?"

"좋아요. 이렇게 지구 표면에 충격을 가하면 여러 현상들이 생겨날 겁니다."

나이쓰 모즈, 조나단은 와인 병에 주먹을 툭 가져다댔다. 오른손에 든 와인 병을 마치 지진이 난 것처럼 흔들었다.

"지진, 쓰나미, 용암분출, 침몰, 상승 등 엄청난 현상들이 생겨나겠죠. 그런데 혹시 터글로 모즈 씨는 건물을 붕괴시킬 때 특정 지점, 즉 위크 포인트라 불리는 약점에 최소한의 폭탄을 설치해 건물을 주저앉히며 붕괴시키는 모습을 본 적 있습니까?"

"네, 인터넷만 치면 언제든 볼 수 있는 걸요."

"그러면 지구 표면, 즉 지표면은 그런 것이 불가능할까요? 그러한 부분을 'weak point'라고 칩시다. 이 약점을 지구 전체에서 파악해 놓았어요. 우리의 기술력이 큰 지진이 일어나기 하루에서 삼십 분 정도 전이면 지진을 예측할 수 있다고 합시다.

자, 터너, 아니 터글로 모즈 씨. 이런 상상은 하기 싫지만, 글로리아와 그녀의 딸이 사는 비벌리힐스에 정확히 한 시간 뒤 지진이 나는 것으로 예측이 되었습니다. 당신이라면 어떻게 하시겠습니까?"

"지진을 어떻게든 막으려 하겠죠. 나이쓰 모즈 씨가 물었기 때문에 대답은 했지만 정녕 상상조차 하기 싫습니다."

"그렇죠, 상상이지만 가혹했네요. 미안합니다. 그런데 조금 전에 제가 말해죠. 지질학을 이해하고 위크 포인트를 저는 압니다, 물론 현재까지도 제 개인 이론으로 치부됩니다만! 저는 비벌리힐스를 무너지지 않게 할 수 있는 포인트를 압니다."

"당연히 거기를 건드려 비벌리힐스를 지진에서 해방시켜야죠!"

글로리아와 딸이 언급되어서인지, 아니라면 술기운 때문인지 터너는 조나단의 이야기를 자르며 재빨리 말했다.

"만약 비벌리힐스를 살리는 데 그랜드캐년이 희생되어야 한다면요?"

"딸과 아내를 살리기 위해서라면 그랜드캐년을 주저앉힌다 한들……."

맙소사! 터너는 그제야 빅 존이 왜 조나단을 무기로 취급했는지 알

것 같았다. 또 그가 왜 다른 국가나 첩보원의 매수나 회유 등에서 멀어졌어야 했는지도 깨달았다. 망할 놈의 조나단 스트라이크는 어쩌면 핵무기보다 무서운 존재였다. 물론 그 아래에는 그의 이론이 명확하다는 근거와 그가 말한 '위크 포인트'를 파악하고 있어야 한다는 전제가 필요하다. 만약 이론이 구체화된 뒤 조나단 스트라이크가 20년 동안 위크 포인트를 발견하는 데에 전력투구했다면?

"나이쓰 모즈, 당신은 두 번 다시 조나단 스트라이크로 살아서는 안 됩니다. 절대로!"

"그렇죠, 맞아요. 그래서 숨어 살았던 겁니다. 하지만, 하지만 터너, 당신도 그래요. 당신이 존의 눈에 들었다는 건 언제든 다른 조직에게도 걸려들 수 있었다는 겁니다. 존은 돈을 건넸지만 다른 조직이었다면 글로리아나, 아 생각하기도 싫군요, 딸의 시체를 건넸을지도 몰라요. 무엇보다 이제 내 동생이 된 터너 당신도 나처럼 숨어서 살아야만 한다는 겁니다. 너무나도 당연하게!"

터너를 바라보는 조나단 스트라이크의 눈에는 짙은 우수가 배어 있었다. 그의 눈에서는 곧바로 끝 모를 눈물이 떨어지기 시작했다. 터너의 눈에도 몽글몽글 눈물이 맺혔다. 망할 놈의 추수감사절!

2014년 7월 24일 새벽

후쿠야마 준 해야 할 때, 하지 말아야 할 때

"엠마, 안 돼!"

벌떡 일어났다. 아니 몸을 일으켰다고 생각했다. 그러나 후쿠야마를 둘러싼 링거와 링거줄, 각종 첨단기계들이 그를 제압하려는 사이보그처럼 놓아주지 않았다.

"깨어났어?"

"엠마?"

소리가 난 방향으로 고개를 돌렸다. 그러나 마음 저 깊은 곳에서는 이미 아픈 울림이 진동했다. 목소리의 주인공을 알아차렸기 때문이다. 게다가 엠마가 아닌 여통이 곁에 있다는 사실은 상황 자체가 상당한 곤경에 처했다는 의미이기도 했다. 결국 여통과 눈을 맞추지 않은 채 감아버렸다.

"후쿠야마, 애처럼 굴지 마. 사흘 만에 깨어난 거야."

로즈마리였다.

"어떻게 된 거야?"

"맥아더 공원은 밤이면 아시안계, 정확히는 한국계 미국인이 마약을 많이 하는 곳인가 봐. 길 하나 건너서부터 코리아타운이 시작되거든."

"엠마, 엠마 어떻게 되었냐고?"

"그 여자 이름이 엠마였어? 오드리 아사다 씨?"

로즈마리가 되묻는다.

"당신 빼오느라 힘들었어. 나 목숨 걸고 미국 들어온 거야. 여통이 급하게 일본 여권을 하나 만들기는 했지만 내 얼굴, 이미 여러 곳에 떴을 거야. 내 몸값 삼백만 달러가 넘거든."

로즈마리의 말투가 태평했다. 심지어 웃는 듯한 뉘앙스에 화가 났다. 마음 속 아픈 울림이 결국 언급이 없는 엠마를 향한 진동이라는 사실을 깨달았다.

"엠마, 죽은 거지?"

여통도, 로즈마리도 대답이 없었다.

"뭐랄까, 난 재수 없는 녀석이었어."

후쿠야마는 오사카에서 소문난 명문 사립 중, 고등학교를 나왔다. 또래 여학생들에게도 인기였다. 공부 잘 하고, 운동도 잘 하는 학교에 한 명 정도 꼭 있는 'Mr. Perfect'였다. 그래서인지 또래 남자는 두 부류로 나뉘었다. 매우 친하거나 적대적이거나.

사고가 난 날은 오랜만에 가족여행이 예정된 주말이었다. 아버지의 고향인 유노히라가 목적지였다. 유노히라는 벳푸와 유후인 사이에 있는 실로 인적 없는 마을이다. 오히려 아버지는 유노히라의 인적 없음을 사랑했다. 후쿠야마도 아버지의 고향인 유노히라가 마음에 들었다. 마을 곳곳에 있는 방랑시인 다네다 산토오카의 명언들 역시 어떤 정취나 과거를 느끼게끔 했다.

운전대를 잡은 아버지는 앞으로 다섯 시간은 가야 한다, 라며 어머니와 후쿠야마에게 다짐을 두었다.

마음이 들떴던 후쿠야마는 고등학교 2학년이라는 나이도 잊고 아이처럼 까불었다. 차는 오카야마를 거쳐 히로시마도 지났다. 자동차 여행은 중반을 넘어 이제 종반에 다다르고 있었다.

"아빠, 나 도쿄대 갈 수 있겠죠?"

들뜬 마음으로 아버지와 어머니에게 꿈을 말했다. 아버지가 잠시 뒤를 돌아보고, 어머니 역시 후쿠야마를 응시했다. 그 순간 정면을 바라보던 후쿠야마의 시선이 역전되는 경험을 했다. 영원 같았던 순간이 찾아오고, 차는 급격히 도로 바깥으로 튕겨져나갔다.

"그때도 깨어났을 때, 이런 심정이었어. 술에 잔뜩 취해 기억이 없는 블랙아웃과 비슷해. 의식을 잃은 순간은 그냥 시간이 갑자기 건너뛰어 버리거든. 기억이나 꿈, 의식 같은 건 없더라고. 아마 나는 아버지와 어머니가 돌아가신 그때부터 영혼이나 내세 같은 건 믿지 않게 되었나 봐. 대신에 사람에 대해서는 철저히 무감각해져버렸어. 죽음은 더더욱.

사고 원인도 아이러니해. 그게 나 때문이라고 말해야 할지 어떨지. 평소 나에게 엄청난 스트레스를 받은 친구가 아버지 차에다 못을 박았던 게 사고 원인이었어. 몇 시간을 달리다 못이 빠져버리며 타이어가 주저앉았고. 아버지 타이어에 못을 박았던 녀석은 스스로에 대한 압박감을 이기지 못한 채 자살해버렸더군. 지역신문이 사고로 일가족 전원이 사망했다는 오보를 냈거든.

그때 내게 다가왔던 사람이 이안이라는 남자였어."

"중국인이야?"

여통이 물었다.

"이름에서 느껴지는 느낌이 그런가? 아쉽게도 아니야. 이안 플레밍이라고 하더군."

"뭐야, 조잡한 장난이네."

"그렇지만 당시 난 공부벌레에 불과했어. 이안 플레밍이 007의 원작자인지도 몰랐어. 그냥 소진사 멤버들의 장난이었어."

"당신이 아이라라고 여자들에게 곧잘 소개하는 것처럼?"

로즈마리였다.

"그래. 하지만 난 엇나가기 시작했어. 막대한 보험금 탓에 평생을 먹고 살아도 될 만큼 돈은 있었고 대학을 가야 할 이유도 잘 보이고 싶었던 부모님도 사라진 뒤였으니까. 클럽을 다니고 파티에 술, 그게 스무 살의 내 전부였어. 그러다 알게 된 어느 졸부 녀석이 필리핀으로 마약 파티를 가자고 했어.

졸부 녀석은 돈으로 매수한 창녀들을 열 명이나 거느린 채 일주일 동안 파티를 시작했어. 거기에 갓 열일곱, 열여섯쯤 되어 보이는 여자애가 있었어. 보통은 필리핀 창녀들에게 듣지 못하게 말할 때는 일본어를 썼는데 그 아이는 상당수 일본어를 알아듣더라고. 그때 처음 알았어. 자피노란 게 뭔지.

그 아이는 엄마와 함께 살아가기 위해 이 일을 한다고 말하더군. 엄마는 아버지에게 얻어맞아 일상생활이 힘들 정도로 다리를 절고, 아이는 이미 아버지에게 동정을 잃은, 삼류 신파에나 등장할 끔찍한 가족이었지. 그리고 그 아이가 창녀 일을 나오기 한 달 전, 필리핀에서 일이 끝난 아버지는 두 사람을 버리고 일본으로 가버린 상태였고.

그 아이가 엠마였어. 나는 그날 일본으로 출국했어. 엠마의 아버지를 찾아간 나는 그가 죽지 않을 정도로만 패버렸지. 아니, 실은 죽이고 싶었어. 마치 아버지와 어머니를 죽게 만든 녀석처럼 여겨졌거든. 정말 죽이고 싶었어. 엠마의 아버지는 집을 팔아서라도 돈을 마련해주겠다고 하더군. 그리고 두 달 뒤, 난 엠마에게 이천만 엔이라는 거금을 가져다주었고."

"그래서 엠마가 당신을 그렇게 믿었던 거구나."

여통이 말했다.

"아니, 그 정도였다면 엠마가 나를 위해 대신 죽어주지는 않았겠지."

"그래, 맞아. 엠마는 총을 맞는 당신 위를 덮쳤어. 그녀가 리볼버의 나머지 탄환 다섯 발을 대신 맞았으니까."

여통이 입술을 깨물었다.

"내가 당신에게 그렇게 해줄 수 있을지조차 의문이 들 희생이었어."

여통의 목소리가 마치 한탄처럼 들렸다.

"엠마는 나와 결혼했었어. 비록 합법적인 결혼은 아니었지만 내가 관계를 맺은 첫 여자였으니까. 그러고 싶었어. 엠마는, 그래, 내가 처음 만났던 엠마는 나와 똑같은 눈동자를 하고 있었거든. 그 아픈 눈동자를 외면할 수가 없었어. 엠마는 내 첫사랑이야."

"이 남자, 이렇게 말랑말랑한 남자인지 몰랐네."

로즈마리가 흘금 눈을 맞추었다. 그러나 조소하는 눈빛은 아니었다.

"그래, 엠마는 내 첫사랑이었어. 사 년을 그녀와 살았으니까. 스물세 살이 되었을 때 무언가 다른 일을 해야만 한다고 생각했어. 아마 대학을 나온 어느 친구를 필리핀에서 마주친 게 계기였을는지도 몰라. 엠마에게 나는 내 생각을 말했어. 무언가 다른 일을 할 때가 된 것 같다고. 엠마는 순순히……, 그래 순순히……."

후쿠야마는 저도 모르게 눈물을 흘렸다.

"앞길을 막아서 미안하다며 세상을 위해 큰일을 해달라고 말했어. 그런데 결국은 내가 그녀를 죽게 만들었어. 이딴 게 무슨 큰일이라고. 무엇보다 난 그녀와 했던 장난 같았던 마지막 약속을 지켜주지 못했어. 눈 감는 순간을 바라봐주겠다고 했는데."

LA 공항에서의 약속.

"당신은 그래, 지금 이 말을 하는 게 분위기에 어울리지 않는다는 건 알지만, 참으로 행복한 남자야. 언제든 당신을 위해 죽어줄 엠마가 아닌, 또 다른 여자까지 있으니까."

여통은 눈물을 흘렸다. 언제부터인가 느껴왔던 거였지만, 후쿠야마는 여통을 여자로 만들었다.

"미안해, 하지만 지금은 이러고 누워 있을 시간도 아깝군."

후쿠야마가 몸을 일으켰다.

"더 누워 있어야 돼."

여통이 후쿠야마를 말렸다.

"아니, 이제는 내가 무언가를 해야 할 때야."

후쿠야마는 링거줄을 거칠게 떼어냈다.

"우리도 가만히 있었는 줄 알아? 소진사의 실체가 없어, 무엇부터 시작해야 할지 모른다고. 무엇보다 당신 상처, 목숨을 앗아갈 뻔했어. 총알이 심장 바로 위를 지났어."

이번에는 로즈마리가 말렸다.

"상처가 아물려면 일주일은 더 있어야 할 거야. 그동안 내가 어떻게든 움직여볼게."

2014년 12월 1일 오전

윤상길 & 스티브 킴 소원을 말해 봐

"대통령도 참석하신다고?"

윤상길이 비서에게 물었다.

"네, 오늘 열 시에 있을 기공식에 전격적으로 방문을 결정하셨다고 합니다."

하긴 그럴 만도 하다. 이명박 정권이 있는 예산 없는 빚 가져다 쓰며 4대강 사업에 쏟아 부은 돈만 22조 원이다. 수자원공사는 지금도 매일 9억 원에 가까운 돈을 이자로 낸다. 1년에 3,200억 원 가량. 이제 정부는 알게 모르게 각 지역공사나 기타 산하 단체에 빚 떠넘기기를 시도하고 있다. 그런 가운데 121조 원의 예산이 투입되는 태양열 발전 허브 기지 구축은 4대강 사업의 6배, 유행어처럼 사용되는 '건국 이래' 최대의 국가사업이 아닐 수 없다.

현재 취임 대통령 초창기에는 진보와 보수의 대립이 극심했다. 겨우 1퍼센트 정도에 불과한 지지율 차이로 당선된 것도 모자라 국가정보원이 선거에 개입했다는 초유의 사태가 벌어진 때문이었다. 유야무야 국정원 사태는 세월호 사건을 비롯한 거대 격랑에 묻혀버리고 말았다. 하지만 언제든 정권의 기반을 무너뜨릴 수 있는 암초로 도사리고 있었다. 대통령 재임기라는 난공불락의 '황제 군림'이 지나간 뒤 정권교체가 이루어진다면 과거는 어떤 식으로든 불거지게 마련이다. 대한민국 거의 모든 대통령이 그래왔듯이. 결국 약간의 과오가 생기더라도 그것을 덮고도 남을 거대한 업적이 필요한 법이다. 그리고 대통령은 윤상길과 손을 잡는 것을 마다하지 않았다. 바로 그 거대한 업적을 위해.

장관이 되고 나자 이런저런 업적을 위한 학연, 혈연, 지연이 총알처럼 날아들었다. 당장은 모두 거부하고 있지만 대통령이 부탁이라도 한다면? 죽을 만큼 싫어도 반색하는 척하며 해야 하지 않을까? 가면을 쓰고 사는 인생. 싫어도 벗겨낼 수 없는 가면. 상상에 치가 떨렸다. 이제 싫은 것도 싫다고 말하지 못하는 상황에 놓여버린 것이다. 반톤 옐친이 소개했던 스티브 킴만 해도 학연이 만든 고리였지 않던가. 장관을 해보니 대통령이란 자리가 그렇게 대단하게 느껴지지 않았다. 요즘은 딱 싫어졌다. 지연도, 혈연도, 특히 학연은. 내가 나로 살 수 있는 날은 언제 올까? 내가 만든 거대 이상에 잠식되어 내가 나인지조차 모르는 날이 아니라.

"잠깐 들러야 할 데가 있는 건 알지?"

시계를 보았다. 아침 일곱 시. 오늘은 청사 출근 없이 곧장 송도로 향하기로 했다.

스티브 킴에게 전화가 걸려온 것은 한 시간 전이었다.

"오늘 기공식이 있는 날이죠?"

스티브 킴이 이례적으로 직접 전화를 걸어왔다. 지난번 시진핑 방문 때 이후 처음이었다. 하긴 윤상길이 대한민국에서 장관의 자리에 있다지만 스티브 킴은 그를 좌지우지할 정도의 사람이다. 세계를 누비고 다닌다는 상투적인 표현조차 어울리는 남자다.

"제가 인천공항에서 잠시 시간이 날 것 같은데, 오시는 길에 잠시 들러주실 수 있겠습니까?"

공손한 제안이었다. 하지만 윤상길이 제안을 거절한다는 것은 불가능했다. 스티브 킴은 대한민국 전체를 통틀어도 윤상길이 가지기 힘든 배경이었다.

인천공항이 지근거리에 들어오자 윤상길은 전화를 걸었다.

"윤 장관님, 그러잖아도 전세기가 이십 분 전에 도착했어요. 인천공항 VIP라운지에서…… 아, 여기는 눈이 많네요. 제 차가 어딘가에 주차되어 있을 텐데."

통화를 하는 중에 윤상길이 먼저 마이바흐를 발견했다.

“아, VIP 주자창 남쪽에 있네요. 근처에 있겠습니다.”

“윤 장관님, 그럼 거기서 뵙죠. 곧 가겠습니다.”

장관이 되고 보니 마음가짐도 많이 변했다. 업무의 경중과 만남의 우열, 절대 끼지 말아야 하는 자리와 어쩔 수 없이 접대를 받는 것까지 가리거나 챙기게 됐다. 5개월 전만 해도 방구석에 틀어 박혀 인천시장 낙선을 술로 달래던 루저였건만.

“일단 전화할 때까지 공항 라운지에서 식사들 하세요. 일을 마치면 제가 그곳으로 가든지 전화하든지 할게요.”

전화를 끊고 스티브 킴의 차량 곁에서 그를 기다렸다. 장관이 되고 거의 처음이다 싶은 혼자만의 시간이었다. 난 잘해나가고 있는 걸까? 내가 장관이 되었다는 게 내 자신에게 어떤 의미일까? 가족과 오손도손 산다는 소박한 꿈은 딸의 조기유학을 결정하며 완전히 날아갔다. 딸과 아내에게 돈을 송금하려면 하루도 쉴 수 없었다. 10년 가까이 혼자서 저녁식사를 했다. 이런 곳이 대한민국인가. 한편으로 애잔하고 한편으로 치가 떨렸다.

제기랄! 윤상길은 그도 모르게 발치에 힘을 주었다. 정확히 오른발이 마이바흐 조수석 바퀴를 강타했다. 움찔 놀랐다. 경보기가 울리지 않아 다행이었다. 그의 몸값보다 비싼 차다. 엎드려 바퀴에 눈길을 고정하는데 뒤에서 말을 건다.

“스트레스가 이만저만이 아니신가 봅니다.”

“아, 아 스티브 킴! 스트레스라기보다 제 인생이 짠해서요. 이렇게 사는 게 잘 사는 건가 뭐 그런 거요!”

“아하, 그럴 만도 하시죠. 하지만 누구나 영웅이 되겠다고 해서 될 수 있는 세상도, 또 부자가 되겠다고 해서 될 수 있는 인생도 아니잖아요. 당신은 '빅 원'이 될 수 있는 티켓을 얻었어요."

"그렇죠, 빅 원. 가만 빅 원이라면 대통령을 말하는 겁니까?"

급작스레 다리에 힘이 풀렸다. 미래과학창조부 장관 윤상길이라는 말을 들을 때도 그랬다.

"도대체 스티브, 당신에게 불가능한 일이 뭡니까?"

"그냥 저희가 투자하는 백이십일조 원이 불러올 효과라고 해두죠. 오늘은 선생께, 아니 장관님께 드릴 부탁이 있어서 바쁘신 시간을 쪼개달라고 부탁드린 겁니다."

"스티브, 우리 사이에 무슨 부탁입니까? 내가 할 수 있는 거라면 당장에 들어드려야죠. 그렇지 않습니까?"

"우리 사이라, 우리 사이라니. 그래요, 윤 장관님. 우리 사이는, 당신이 앞으로 어떻게 처신하는가, 아 이 말은 듣기에 따라 고압적일 수도 있겠군요. 여하튼 장관님께서 어떤 행동을 하시는가에 따라 달라질 겁니다. 하지만 제가 부탁드리는 사소하고 간단한 몇 가지만 지켜주신다면 향후 당신의 행보는 매우 달라질 겁니다."

"그래요, 그래요, 스티브. 제가 무엇을 하면 되는 겁니까?"

"오늘 기공식이 열린 뒤 당신에게는 수많은 국내외 인사들의 접촉이 있을 겁니다. 그들 중 상당수는 당신과 저의 관계를 좌초시키려는 타국의 스파이가 섞여 있을 확률이 큽니다. 특히 분에 넘치는 여성이 접근해올 때는 더더욱 주의하셔야 합니다."

"분에 넘치는 여성이라니. 살면서 그런 적은 없었지만 만약 그런 상황이 온다면 저도 어떨지 모르겠네요. 당신을 만난 뒤 제 힘이 정말 미약하다는 사실을 깨달았어요. 모르겠네요. 정말 알 수 없군요."
"오늘 이후 당신의 비서진과 운전사까지 전부 물갈이될 겁니다. 당신의 그 어떤 비밀조차 덮어줄 친구들입니다. 특히 여비서에게는 어느 상황이든 상의하십시오. 심지어 육체적인 것도요."
스티브 킴이 마지막 말에서는 목소리를 낮췄다. 못 들은 것으로 하겠습니다, 라고 크게 말하고 싶었는데 얼굴이 붉어진다. 겨우 목에 힘을 주었다.
"저, 그런 것까지는. 모, 모, 못 들은 것으로 하겠습니다."
"그러세요. 그건 알아서 하십시오. 어쨌든 여자라는 유혹에 흔들린다면 새로이 만나게 될 백 비서에게 상담하십시오."
그러더니 마이바흐의 조수석 문을 두드린다.
"부르셨습니까?"
귀를 살짝 덮은 단발머리가 인상적인 여인이 차에서 내렸다.
"윤상길 장관님, 백진희입니다. 앞으로 잘 부탁드립니다."
"브라질 태생의 교포입니다. 아직 한국에 온 지 오 년이 전부이지만 누구보다 한국을 아끼고 태양열 허브 대한민국을 지지하는 분이죠. 윤장관님을 지지하고 존경한다는 뜻입니다."
스티브 킴이 부연했다.
"아, 네 백 비서님."
재빨리 백진희에게 옮아간 눈길이 떨어지지 않았다. 회색 계통의 오피스 정장과 블라우스가 괜찮은 볼륨을 만들었다. 시원하게 뻗은 다리와 하이힐의 조화도 괜찮았다. 짧은 사이 전체를 훑어본 윤상길이 고개를 숙여 인사했다.

"많이 도와주십시오."

"제가 많이 부탁을 드려야겠죠. 아직 한국에 대해 모르는 게 많답니다. 장관님의 그림자로서 일거수일투족 최손을……, 최선을 다하겠습니다."

말을 마친 그녀의 볼이 발그레해졌다. 가지런한 치아와 밝은 웃음이 윤상길을 들뜨게 했다. 스티브 킴이 그녀에게 차로 들어가라는 고갯짓을 했다. 그녀가 다시 한 번 인사를 한 뒤 조수석 속으로 모습을 감춘다. 저런 미모의 재원이 비서가 된다니. 그렇지만 스티브 킴의 영향력은 도대체 어디까지인가. 스티브 킴은 윤상길을 빅 원, 대통령으로 만들겠다고 귀띔했다. 스티브 킴은 윤상길의 어디가 마음에 든 것일까?

"자, 본론을 꺼내죠. 윤상길 장관님은 재임기간 중 어떤 단체나 모임, 지역이나 혈연, 학연과 관계된 인물들과 사적인 자리는 만들지 마십시오. 그게 제 첫 번째 조건입니다. 이것은 백 비서가 잘 조율할 거라 생각합니다. 또한 다음 대선 때까지는 어떤 정치적 성향도 드러내지 마십시오. 여당이든, 야당이든 선거 일 년 전에 생각하시는 것으로 합니다. 그저 장관 일만 멋지게 해내십시오. 그 어떤 장관보다."

스티브 킴의 말에는 울림이 있었다. 장관 일만 열심히 하라. 그래, 맞다. 상황이 어쨌건, 또 어떤 식으로 이 자리에 올라왔건 간에 윤상길은 대한민국에서 30위 안에 들어가는 실권자가 되었다. 하지만 세월호 사태에서도 알 수 있었듯 자기 자리에서 일을 열심히, 또 정확하고 꼼꼼히 하지 않은 결과는 재앙으로 변했다.

"맞습니다. 저는 지금 대한민국 미래창조과학부의 장관입니다. 어떤 루트로 장관이 되었고 앞으로 어떤 일이 벌어진다 해도 장관으로 책무를 다하겠습니다. 대한민국 그 어떤 장관보다 훌륭하고 멋진 장관이 되겠습니다."

"그거면 됩니다." 스티브 킴이 악수를 건넸다.

"참 백 비서에 대한 발령은 지금쯤 떴을 겁니다. 함께 동행하셔도 무리 없으리라 사료됩니다."

스티브 킴은 마지막으로 조수석 문을 한 번 두드린 뒤 되돌아섰다.

스티브 킴은 참 두려운 사람이다. 반대로 또 멋진 사람이다. 그래, 그를 믿어보기로 하자. 백 비서 역시 믿어보기로 하자. 몸에 기합을 준 윤상길은 식사를 하고 있을 '전 비서와 운전사'에게 전화를 걸었다.

"저는 대한민국 미래창조과학부 장관 윤상길입니다! 그동안……."

2014년 7월 27일 밤

후쿠야마 준 존 스미스?

엠마를 버리고 일본으로 돌아왔던 날, 후쿠야마는 이안을 찾아갔다. 단 일 초도 시간 낭비는 싫었다. 후쿠야마가 엠마에게 둥지를 틀었던 이유는 결국 반항이었다. 일본에 대한 반항, 친구에 대한 반항, 무엇보다 스스로에 대한 반항! 반항의 불필요함과 혐오를 깨닫는 데 거의 4년을 소비했다. 엠마에게도 무릎을 꿇고 이해해달라 간청했듯, 그녀가 싫어져서가 아니었다. 지금 새롭게 시작하지 못한다면 더는 도쿄대를 지망하던 후쿠야마는 없다.

반신반의하며 이안의 명함에 적힌 주소를 찾아갔다.

"자네 아버지는 자네가 생각하던 사람은 아니었네. 하지만 일본을 위해 충분히 필요하고 중요한 일을 해내셨지. 그런 까닭에 네 아버님의 죽음을 파악하려 일본의 자위대 소속 정보부대와 내각정보조사실까지 발칵 뒤집힐 뻔했어. 친구가 자살하지 않았다면 지금도 그런 측면, 아 이건 구체적으로 설명해주기 힘들겠지만, 거기에 맞추어 수사가 진행되고 있었을 거야."

"무슨 말씀이신지 잘 모르겠습니다."

"그렇지, 요점은 그거네. 내가 주저리주저리 떠들었다고 해서 반드시 자네가 알아야 할 이유는 없지. 어쨌든 네 아버지는 일본을 위해 큰 일을 하시던 분이란 거야. 자네에게도 아버지의 피가 흐르니 충분히 그 뒤를 이을 수 있을 걸로 생각하는데. 어떤가?"

이안이 명함을 건넸다.

"언제든 찾아오게나. 기다리겠네. 나는 자네를 일본 최고의 히트맨으로 키우고 싶거든."

흘려들었다. 그렇지만 영어를 사용하는 필리핀에서 히트맨의 의미를 정확히 배웠다. 흔히 말해 살인청부업, 조직의 뒤처리를 전담하는 사람, 만약 국가라는 거대조직까지 확대한다면 정확히 '007'이라는 결론에 도달한다. 살인면허를 가진 국가 최고위 첩보원! 아버지 후쿠야마 다니가키는 무역상으로 위장해 전 세계를 오가며 일본의 첩보를 다루고 결행이 임박했을 때 살인까지 서슴지 않았다는 뜻이다.

"저기야."

로즈마리가 아이보리색 건물을 가리켰다. 뉴욕 주 스탠튼 아일랜드 남부 하일란 대로 끝, 라리탄 만이 내려다보이는 해변 건물이었다. 정확히 아든 애비뉴 1760번지에 있는 별장지대로 3층 건물 중 1층을 자연석 마감재로 처리해놓았다.

“이안 플레밍은 본명이었어. 이런 일을 하면서……. 다만 m자 하나가 철자에 더 있더라고. 미들 네임은 랭카스터가 아니라 어머니의 성인 메구미였고. 그러니까 Ian Megumi Flemming인 거지. 이 층에 있을 거야. 우리가 올지 모른다는 낌새는 벌써 차렸을 걸. 자 보자.”

로즈마리가 열감지 망원경으로 건물 안을 살폈다.

순간 폭발음이 들려왔다. 화들짝 놀랐다.

“길 건너 해변, 백오십 미터, 폭죽놀이 하는 꼬맹이들이네.”

여통이 재빨리 말했다. 손에 들었던 야간투시경을 내려놓는다. 거의 동시에 세 사람이 살피던 건물의 1층 창 하나가 열렸다. 세 사람은 황급히 고개를 숙였다.

“폭죽놀이 하는 꼬맹이들인가 봅니다, 보스.”

언뜻 비쳤을 뿐이지만 승모근이 지나치게 발달하고 그로 인해 목이 짧아 보이는 체격이었다. 곧바로 창문이 닫혔다.

“직접 봐, 최소 아홉 이상. 문을 연 사람에게서 짐작하겠지만 대부분 특수부대 정도의 경력은 가지지 않았을까?”

맞닥뜨리자마자 죽이지 않으면 승산이 없다는 뜻. 〈캐슬 시즌 1〉, 파일럿 회에서 주인공이자 유명 추리소설가인 캐슬은 제임스 패터슨 등 실제 유명 추리소설가들과 포커게임을 한다. 여기에 〈콜롬보〉, 〈A 특공대〉 등을 창조해냈던 시나리오 작가이자 소설가인 스티븐 캐널Stephen Cannell이 훈수를 둔다. 적어도 시리즈가 잊힐 때까지 주인공을 죽여서는 안 된다고. 과연 주인공은 누구일까!

“자, 참새몰이를 시작해봅시다.”

여통이 로켓포를 어깨에 둘러멨다. 거의 동시, 건물의 1층이 맹렬히 불타오른다. 폭발음은 오히려 조금 늦었다. 로즈마리와 여통이 1층 창가로 달려가는 게 보였다. 후쿠야마는 동쪽으로 꺾어지는 2층 테라스로 달려갔다. 배수관을 재빨리 붙잡은 후쿠야마는 3층까지 단번에 올라갔다. 목표한 방은 단 하나, 3층 침실 유리창을 부수며 안으로 뛰어들었다.

소음기가 달린 콜트 권총을 두 사람에게 겨눴다. 여자는…… 간호사가 분명했다. 누워 있는 사람은 소진사의 대표이자 아오타 노리오라는 이름을 물려받은 2대 대표 정도로 해두자.

"생각보다 오래 걸렸네. 후쿠야마."

남자는 산소호흡기를 떼더니 간호사에게 비키라고 지시했다.

간호사가 비키는 사이, 명백히 2층이라고 짐작되는 장소에서 파열음과 폭발음이 연이어 들려왔다. 마음이 흔들렸다. 소진사 수장 아오타 노리오를 두고 아래층으로 내려간다? 하지만 이미 아오타를 붙잡은 상황에서 성급하게 움직인다는 건…… 자멸을 의미할지도 모른다.

간호사를 엎드리게 한 뒤 발로 목을 눌렀다. 침대보를 들추어 아오타의 주변을 재빠르게 살폈다. 제압. 재빨리 총구를 침실 바깥으로 향하게 했다. 황급히 간호사를 방패막이로 삼아 침실 문을 열었다. 순간 침실 문을 가로막은 남자에게 총을 발사할 뻔했다.

"사, 살려줘."

이안이었다. 부자연스러워 보이는 모습. 뒤에서 슬쩍 얼굴을 드러낸 여통이 미소를 짓는다. 이안은 여통에게 완벽히 두 팔을 제압당했다.

"자네 아버지는……,"

"아니, 듣고 싶지 않아. 여통!"

"예 서!", 하고 대답한 여통이 적절한 방향을 찾아 권총을 발사했다. 관자놀이가 으깨진 이안은 지지대를 잃은 기둥처럼 바닥으로 무너졌다.

"아이고 힘들어."

이번에는 여통의 뒤에서 앙증맞은 목소리가 들려왔다. 로즈마리였다. 잔뜩 미간을 찌푸린 채 곳곳에 피가 튄 모습은 캐리를 연상시킨다. 다만 스미스 & 웨슨 권총을 양손에 들었다는 모습이 상이할 뿐이다.

"간호사는 어쩐다?"

"알면서 왜 그래, 이 세계가 어떤지. 어떤 실마리나 끄나풀이라도 남겨두었다가는 거대한 태풍이 되어 상하이와 북경을 덮칠 거야."

나비효과, 적절한 비유였다. 게다가 간호사의 이력을 알아보느니 차라리…….

"죽이는 게 낫지."

로즈마리는 왼손에 들었던 권총으로 불을 뿜은 뒤 총구에 바람을 불며 영화 속 캐릭터를 흉내냈다.

"아오타 씨. 왜 제가 제거되어야만 했죠?"

시계를 보았다. 12시 48분. 결행에서 3분이 지났다. 이미 집 앞에는 폭죽놀이를 하던 청소년들이 몇 분 뒤면 스마트폰으로 사진을 찍어댈 게 뻔하다. 뉴욕 주 스탠튼 아일랜드 경찰의 평균적인 출동시간은 5분 이내, 이제 겨우 2분 정도가 남았다.

"으, 난 이런 얘기 싫어. 누가 어떠니 뭐가 어땠니. 그냥 죽여버리는 게 나에게 맞아."

미간을 잔뜩 찌푸렸던 로즈마리가 방 바깥으로 나갔다. 초능력자 캐리가 사라진 셈. 곧바로 침묵이 흐른다.

"듣고 싶은 말씀은 없습니다. 영화처럼 주절주절 말하는 거, 딱 제 스타일 아니거든요. 이제 일 분 정도가 남았네요. 그만 가보려구요."

후쿠야마가 여통에게 눈짓했다. 여통도 곧바로 모습을 감춘다.

"그래, 자네에게만 하고 싶은 말이 있었네. 소진사는 자폭 시스템이 가동되고 있었으니까. 어느새 잠입한 누군가에 의해, 소진사의 주요인물들이 하나하나 제거되거나 프로젝트, 사업 등이 난관에 봉착하거나 부도가 났거든. 어쩔 수 없이 살아남을 능력 있는 한두 명을 빼고는 소진사의 모든 흔적을 없애야만 했다네. 지금껏 우리가 첩보한 것은 존 스미스가 전부였네."

"존 스미스? 겨우 그 이름 하나를 찾아내려고 소진사를 위해 일했던 사람들에게 조국을 배반했다는 누명을 씌워갔던 겁니까? 저에게 그래왔던 것처럼?"

"그렇지만 이렇게 살아남을 사람도 생기지 않는가, 자네처럼. 자네의 이름을 지어줄 때가 기억나는군."

"죽을 때가 되셨군요. 쓸데없는 이야기를 하는 걸 보니."

후쿠야마는 거침없이 방아쇠를 당겼다. 찰칵찰칵, 탄창을 비운 방아쇠는 약실이 비어 부딪히는 타격음만 발했다.

소진사의 시리즈는 끝났다. 어쩌면 시리즈 주인공을 죽인 캐슬의 방법은 유효적절한 것인지도 모르겠다. 소진사 역시 끝났다. 모든 것은 그가 안고 간다.

백팩을 어깨에서 빼낸 후쿠야마는 지퍼를 열었다. 거대한 폭탄 뭉치가 보였다. 스위치를 켠 후쿠야마는 재빨리 가방을 바닥에 던졌다.

옥상으로 번개처럼 튀었다.

"이제야 오는 거야? 미련이 남았었나, 할 말이 많았었나?"

옆 건물에서 로즈마리가 깐족댔다. 10미터짜리 사다리를 두 개 겹쳐 옆 건물 지붕에 걸쳐놓은 게 오늘 밤이었다. 역시 궂은일은 여통이 맡았다.

해변을 따라 일렬로 늘어선 아든 애비뉴의 별장지대는 약 3미터 간격으로 다섯 채의 건물이 한 블록을 이루고 있다. 이미 옆 건물까지 사다리를 건넌 여통과 로즈마리가 어서 오라는 손짓을 했다. 평균대를 건너듯 중심을 잡은 채 사다리를 건넜다. 동시에 여통과 로즈마리가 작업용 장갑을 낀 손으로 사다리를 옮긴다. 반대편 지붕으로 넘어간 여통과 로즈마리가 다시 별장 지붕과 별장 지붕 사이에 사다리를 고정시켰다. 세 사람은 나란히 옆 건물까지 옮겨갔다.

사이렌 소리가 들려왔다. 동시에 지축이 흔들리는 듯한 폭발음이 이어졌다. 이안과 아오타의 사체가 있던, 아든 애비뉴 1760번지 건물은 네이팜탄과 플라스틱 폭탄을 섞은 폭발의 위력으로 완전히 전소되었으리라.

여통과 로즈마리, 후쿠야마는 꿈쩍 놀라거나 뒤도 돌아보지 않은 채 네 번째 건물에 다다랐다. 그런 뒤 사다리를 지면에다 놓았다. 1층까지 안착한 세 사람은 건물을 빙글 돌아 다섯 번째 건물과 마주한 소방도로로 빠져나왔다. 그들은 곧바로 폭발을 구경하려는 인파 속에 몸을 숨겼다.

"소진사는 끝난 건가?"

여통이 물었다.

존 스미스라고 했나? 그를 파헤칠 것인가, 아니라면 이대로 희희낙락하며 살아가는 게 맞을까.

"아니, 소진사는 끝내지 않을래."

여통과 로즈마리가 황당하다는 듯 눈을 크게 떴다.

"두 사람 그러니까 자매 같은데. 그런 비슷한 표정 짓지 마. 내가 마치 자매 둘을 데리고 다니는 포주 같잖아. 그리고 스티븐 캐널을 따를래. 잊혀지지 않은 캐릭터를 굳이 버릴 이유는 없으니까."

"뭐야 그럼, Little Truth Company 같은 사회고발 언론사라도 미국에 차리겠다는 거야?"

로즈마리가 어이없다는 듯 힐난했다.

"이야, 그거 좋은데. 리틀 트루쓰 컴퍼니라, 그거 딱이다. 이번 기회에 세 사람 다 완전히 새로운 삶을 살아보는 건 어떨까?"

"그래봐야 킬러일 텐데."

"맞아, 나는 남자나 꼬시는 킬러."

여통의 말에 로즈마리가 크게 웃으며 대답한다.

"나는 두 여자를 거느린 포주형 킬러인가, 그럼?"

후쿠야마가 대답하자 마치 약속이라도 한 듯 로즈마리와 여통이 옆구리를 가격했다.

그럼 소진사는 이제 3기를 맞는 건가? 그리고 아오타가 경고한 위험이 실재한다면 정면으로 맞닥뜨려 승부하리라.

2014년 12월 24일 저녁

김기욱 갈 데까지 가보자

대저 크리스마스란 게 무엇이건데, 칠십이 다 된 남자가 육십 중반의 여인에게 선물을 건넨단 말인가.

"세욱아, 그건 아닌 것 같다야."

"무슨 말씀, 여자 마음을 잡는 데는 로맨틱이 최고죠. 그건 열 살 먹은 아이나 구십 먹은 어른이나 같다니까요."

미자에게서 무슨 이야기를 들은 건지, 최근 들어 장세욱은 김기욱과 손미자를 연결시키려 무던히 애를 쓴다. 하긴 한 집에서 세 사람이 가족을 이뤄 함께 사니 '가족 같은 것'보다는 '진짜 가족'이 나을 것이다.

녀석은 계속해서 반지를 사라고 종용하다 결국 쌈짓돈을 모아 작은 금반지 하나를 사왔다.

지난 5개월 동안, 김기욱은 장세욱의 됨됨이를 파악하려 애썼다. 반대로 장세욱은 김기욱과 손미자를 파악하려 노력했다. 물론 관점은 조금 달랐다. 김기욱은 장세욱을 써먹으려는 분명한 의도가 있었던 반면, 장세욱은 세 사람의 유대를 위한 것이었다.

김기욱은 삼고초려의 기분으로 장세욱의 일거수일투족을 살폈다. 행동, 사상, 의지, 논리, 체력 등. 노숙자에게 음식을 주겠다는 사업은 사상과 의지, 체력이 뒷받침되어야 한다. 아무리 좋은 사상과 의지를 가졌어도 몸이 병약하면 아무 일도 할 수 없다. 반면 생각이 잘못된 사람이 논리가 부족하거나, 논리가 없는 사람이 생각만 올곧아도 결과는 엉뚱할 때가 많다. 불의를 못 참아서 관공서를 습격하거나 타인을 패고

윽박지르는 행동을 정의라 주장하는 사람도 있고, 순혈 민족주의를 위해 주변 국가를 초토화시킨 사례도 있다.

"크리스마스이브는 저에게 꿈이에요."

장세욱은 반지를 만지작거리다 말을 꺼냈다.

어린 시절에 교회를 열심히 다녔던 장세욱에게 크리스마스는 큰 잔치였다. 하지만 집안사람 중 교회를 나가는 건 어린 장세욱뿐이었다.

"크리스마스니까 응당, 교회에 나갔죠. 우리 가족 전부 잘 살게 해주세요, 뭐 그런 기도를 하는데 할머니가 저를 데리러 교회에 온 거예요. 온몸에 검댕을 묻혀서요."

불이 났단다. 당시 장세욱이 살던 곳은 마산의 판자촌이었다. 경남대학교 옆에 자리한 러시아 조차지로 소련이 생겨나며 땅주인이 애매해져 개발도, 또 주인도 없는 상태로 버려져 있었다. 이곳에 한국전쟁 이후 모여든 사람들이 판자로 집을 엮어 살게 되었다. 사람들은 이곳을 수용촌이라 불렀다. 못 사는 사람들, 전과자, 미혼모 등을 '수용'하다시피 해서 산다는 의미도 덧붙어 있었다.

이곳 수용촌에도 크리스마스만 되면 온정의 손길이 넘쳐났다. 각 기관이나 보조단체, 자선단체들이 연말이면 으레 모이는 지원금이나 기부금으로 집집마다 선물세트나 과자상자 등을 돌린다. 이러면 과자상자를 받은 아이들이 동네방네 모여서 밤새 놀게 된다. 과자상자는 동네 구멍가게에서 다른 물건으로 변한다. 담배와 술, 종착역에 다다른 기부금의 변신이다. 깊이도 알 수 없고 모르는 사람이 발을 들였다가는 길조차 찾을 수 없는 이 수용촌은 어린 아이들의 비행의 온상이었던 것이다.

"기환이가 불을 질렀어. 본드를 하고."

할머니는 숨이 넘어가는 소리로 교회 지하에 있는 SFC로 달려와 울먹였다. 신발을 챙겨 신은 장세욱이 달려갔을 때는 네 식구가 살던 판자촌과 양쪽에 있는 집까지 폭삭 주저앉아 잿더미로 변했다.

고주망태가 되었던 아버지는 연기를 흡입해 사망했다. 이후 할머니와 함께 소계동으로 이사해 살았다.

"제 꿈은 크리스마스만이라도 못 살거나 헤어졌거나 상처가 있는 가족들을 하나로 뭉치게 해서 행복을 선물해주는 거였어요."

장세욱은 멋지게 대학까지 붙었다. 의지가 이뤄낸 성과였다. 그러나 대학을 들어가고 난 뒤 세상이 반드시 생각대로 움직이지 않는다는 사실을 깨닫게 됐다. 계기는 할머니의 죽음이었다.

할머니는 어느 음주운전 운전사의 과속에 생명을 잃었다. 뺑소니를 쳤던 남자는 사흘 만에 인근 CCTV를 뒤진 경찰에 의해 덜미가 잡혔다. 그런데 이때부터 피의자의 가족들이 장세욱에게 하루가 멀다 하고 달려왔다. 합의서에 서명을 해달라는 거였다. 피의자는 도로 간판 공사업을 하는 남자로 세 번째 음주사고를 내며 형량이 꽤 무거워질 위기에 처한 상태였다.

"나중에는 협박을 하더라고요. 할머니 죽음은 뒷전이고 돈을 오백 더 주겠다, 육백 더 주겠다 이래가면서요."

그게 2005년이었단다. 녀석이 스물아홉이라고 했으니, 딱 스무 살 때의 일이다. 이후 몇 년은 사법고시만을 목표로 살았다. 하지만 내부에서 바람이 빠진 풍선은 결국 땅바닥에서 외부에 부는 바람에 헤매기 마련이다.

"잠실 송파구청에서요, 청소를 하는 할머니 할아버지들이 시위를 하셨어요. 비정규직에 대한 고용 보장을 하라는 거였어요. 거기 학보 신문 취재를 갔는데 어느 할머니가 저에게 발길질을 하시더라고요. 너네 같은 배운 녀석들이 잘못해서 그런 거 아니냐고. 배운 것 없이 열심히만 살아온 사람들이 IMF니 뭐니 피해보는 건 배운 사람들이 잘못해서 그런 거라고."

"그럼 그때부터 노숙생활을 한 거냐?"

김기욱이 물었다. 그런데 가슴 한켠이 저려왔다.

"세욱아, 이제부터 내 이야기를 해도 될까?"

김기욱은 장세욱에게 서울역에서 도미를 하고, 돈을 위해 살았던 지난날을 고백했다. 오로지 돈만을 좇았던 삶에 대해 신부님께 고해성사하듯 하나하나 설명했다.

"IMF, 결국은 내가 일으킨 거야."

"에이, 선생님. 아무리 그러셔도 장난이 심하시거든요."

"오빠 말 맞을 거야."

언제부터 듣고 있었는지 일을 마치고 온 미자가 끼어들었다.

"그래서 사죄하겠다고 노숙자로 살고 있었다고 하니까. 진짜인지 가짜인지 몰라도 자기가 세계에서 가장 돈이 많을 거랴. 자기를 보고 투자하는 사람도 많다 그러고. 한 번씩 왔다가는 놈은 본 적도 없는 차를 타고 다니던데."

"에엥, 정말이세요? 그런데 왜 이러고 사세요?"

장세욱이 어이없다는 듯 고개를 흔들었다.

"저 할망구는 그러더라고. 어차피 벌어진 IMF라고. 당신이 노숙자로 살아봐야 하나도 해결되거나 속죄할 수 있는 건 없다고, 오히려 돈이든 재능이든 썩히는 거라고. 그래서 대한민국을 위해 무슨 일을 할 수 있을까 찾아보는 중이야. 세욱이 네 놈이면 뭘 해도 되겠다 싶더라고."

"뭐에요, 그럼 노숙자들을 위한 보호시설을 만든 것도 제 말 한마디 때문에 그러셨던 거예요?"

장세욱은 질렸는지, 아니라면 크게 놀란 건지 이마에 주름까지 잔뜩 진 채로 눈을 치떴다.

"그래 이놈아. 너하고 함께라면 뭘 해도 되겠다 싶더라. 됐냐? 니가 아까 뭐랬지, 크리스마스는?"

"크리스마스이브는 꿈이라고요. 가족 모두가 모여서 행복하게 살아 보는 거."

장세욱은 미자와 김기욱에게 식당으로 모이라는 손짓을 했다. 짜잔, 하고 식당의 불을 켜자 잔칫상이 마련되어 있었다. 백설기로 만든 케이크에 건포도로 '가족'이라는 말을 수놓았다. 김기욱은 울컥, 감정이 격앙되었다.

"넌 우리가 가족이라고 생각하냐? 대리만족을 하려는 건 아니고?"

"전 아저씨 아니었으면 계속해서 노숙자로 살았을 겁니다. 저한테 그러셨죠? 선거했느냐고. 노숙자의 보스쯤 되는 사람이 선거는 의미 없어, 같은 이야기로 소주나 마시자고 할 줄 알았죠. 설마 선거했느냐고 물을 줄은 몰랐어요. 신선한 충격이었습니다. 아저씨는 그렇게 생각하신 거 아니었나요?"

김기욱은 그를 바라보는 장세욱과 눈을 맞추었다.

"한 표, 딱 한 표, 그게 세상을 바꿀 수 있다고요."

"맞아."

"뭐야, 떡부터 자르고 우리끼리 파티하는 거 아냐?"

미자 역시 언제 쟁여놓았던 건지 냉장고 채소 칸을 뒤지더니 복분자술을 꺼낸다.

"와인도 있어. 복분자!"

곧바로 세 사람은 식당 방에 있는 낡은 테이블을 차지하고 앉았다. 잔이 한 순배 돌자 미자가 말을 한다.

"오빠는 말이야, 당신이 돈이 많으니까 여전히 돈으로 무언가를 할 수 있을 거라 생각해, 그치?"

틀린 말은 아니었다. 묵묵히 잔을 비웠다.

"반면에 세욱이 이 녀석은……, 정말 지리멸렬하다 싶을 정도로 돈과는 거리를 두려고 해. 거기서 접점을 찾아봐. 두 사람의 뭐랄까, 꿈이랄까? 그런 걸 한번 맞추어봐."

"꿈?"

김기욱이 빈 잔을 들려다 화들짝 놀라며 물었다.

"그래, 세 살짜리 꼬맹이들도 꿈이 있다고. 오빠는, 물론 다 늙어빠져서 처녀를 보쌈해서 가져다줘도 신접도 못 차릴 나이지만 말이야."

에이, 그 정도는 아니지. 복분자도 마시는데.

"그렇지만, 아니 그래도 꿈은 있을 거 아냐. 세욱이 저 녀석도 꿈은 있을 거라고. 그 꿈을 서로가 맞춰보는 건 어떨까?"

미자의 말에 장세욱이 넌지시 김기욱을 바라보았다. 마치 아저씨의 꿈이 무어냐는 듯 진지한 눈길이다.

"나? 세욱이 너를 내 자식으로 삼는 거. 그건 최근 들어서 그랬으면 하는 거고. 사실 그래, 나 돈만 보고 살았어. 가난이 지겹도록 싫었거든. 그래서 돈이 된다면 소련이고 유고고 아프리카 오지까지 가보지 않은 데가 없었어. 돈? 이제는 죽을 때까지 써도 쓸 수 없을 정도로 벌었어. 최근 신문을 보자니 맨체스터시티인가 하는 데 축구 구단주가 그렇게 돈이 많다며? 아마 그 양반이 끌어 모을 수 있는 돈 전체보다 내일 하루 내가 움직일 수 있는 돈이 열 배쯤은 될 거야."

"에이, 아저씨. 왜 이러세요? 그분이……."

장세욱은 농담처럼 김기욱의 말을 받으려다 갑자기 멈춘다.

"진짜에요? 미자 엄마가 매일 장난처럼 말씀하시는 그거보다? 에이 장난치지 마세요."

"세욱아, 알아서 생각해. 니가 살았다던 수용촌을 지금 젊은이들에게 믿으라면 믿겠냐? 이천 년까지 거기가 있었다고? 우물 하나밖에 없고, 상수도조차 들어오지 않는 그런 동네가 있다면 믿겠느냐고? 사람들은 그렇지. 보지 않으면 믿지 않는다고. 하지만 맞아. IMF를 탈출시키기 위해 얼마나 많은 헤지펀드 회사와 M&A 회사를 설립해 돈을 버렸는지 넌 모를 거다. 그런데 지금 내 꿈은 말이다, 대한민국의 심장을 가진 녀석에게 이 돈을 이식시키는 거야. 돈이 아닌, 대한민국의 심장으로. 대한민국에 피를 대고 모세혈관 곳곳까지 움직일 수 있는, 그리고 세계에 부끄럽지 않은 대한민국이 되도록 행동하게 만드는 거."

"아저씨는 지금 그게 가능하다고 생각하세요?"

"안 될 건 없잖아."

오히려 미자가 거든다.

"나는 말이다, 이제는 투자라는 것에 질렸어. 팔십년 대 이후부터는 나를 찾아오는 모든 사람들이 투자를 권해. 이거면 괜찮을 거다, 저거면 떼돈을 벌 거다. 하지만 나는 이미 돈이 무의미해져서 더 번다는 것에는 어떤 관심도 없었다. 돈이 어느 정도 쌓이고 나니 돈은 그냥 굴러다니더라. 마치 눈사람을 만들기 위한 눈덩이를 굴리면 굴릴수록 불어나듯이 말이야. 어느 방향이든, 또 어느 길로 굴려도 막대하게 커지더구나. 투자? 웃기는 소리야. 돈에 달린 눈이 알아서 돈을 찾아내는데 무슨 투자가 필요하단 말이냐.

한번은 미국을 위험에도 빠뜨렸다. 오로지 투자가 살 길이라고 주장하는 흔히 말하는 미국의 지성인들에게 패배라는 걸 알려주고 싶었거든."

"에이, 설마요."

"너도 들어봤을 걸. 모기지론에서 촉발된 미국 경제의 위기가 상당한 투자가들을 알거지로 만들어버린 일 말이다. 그로 인해 민주주의의 첨단을 주장하는 나라가 AIG같은 거대 금융그룹에 공적자금을 투입하기까지 했잖느냐. IMF에 대한 소심한 복수였다고 할까.

어쨌든 사람들은 조국이라고 하면 주먹밥 하나로 일주일을 버티고서도 적군의 참호에 폭탄을 들고 뛰어들지. 국가란 말의 형이상학은 현존하는 철학이나 이념, 가치관으로는 설명할 수 없는 부분이 많지."

"그렇다면 아저씨가 가진 그 돈을 그냥 대한민국에 기부하는 건 어떠세요?"

"너는 내가 그 돈을 기부하면 네가 살았던 수용촌에 있는 팔순이 넘는 노인들에게도 전달될 거라 생각하는 거냐? 그렇게 순진해? 직접 노숙자 쉼터를 운영하고 단체를 관리하며 매일 국자와 주걱을 들고 밥과 국을 푸면서도 그런 아이 같은 생각을 한다는 게냐!"

김기욱은 도리질을 했다. 빈 잔에 넘칠 정도로 미자가 복분자주를 따랐다. 미자는 세욱에게도 한 잔을 권했다.

"아저씨는 제 어디가, 어떻게 대한민국의 심장이 될 수 있다고 보시는 겁니까?"

"나도 잘은 모른다. 아니 전혀 모른다는 게 맞겠다. 대한민국을 바로 세우겠다는 투사도 군사정권의 고문 한 방에 나가떨어져 앞잡이가 된 사례도 적지 않으니까. 그 시절과는 분명히 다르지만, 너는 적어도 사법고시의 허를 알고, 상류층에 대한 진입을 스스로 거부했고 노숙자를 도우며 물욕을 버리고 살지 않느냐. 너는 나라는 지원군과 돈이라는 갑옷이 있다면 흔들리지 않을 거라 판단된다. 또 오늘처럼 가족을 잊지 않는 너라면 최소한 변절하지 않고 대한민국의 심장이 될 가치가 충분하다고 생각하는데, 어떠냐?"

"꼭 저더러 정치를 하라는 말씀처럼 들리는데요?"

"그것도 나쁘지 않겠다만 너는 정치를 할 인물로는 보이지 않는다."

"뭐냐, 세욱아. 이 어미가 잘은 모른다만 그 유비가 그…… 뭐 그런 거 있지 않냐. 난 저 오빠가 너에게 이처럼 매달리는 게 딱 그것만 같은데."

"삼고초려요?"

"그건가?"

미자는 김기욱과 장세욱을 번갈아 보며 파사하게 웃었다.

"어쨌든 오늘은 크리스마스이브잖아요. 그냥 아저씨를 도울게요, 또 제가 하고 싶은 게 있으면 아저씨가 도와주세요. 대한민국의 심장, 이런 거 크리스마스이브보다 별로거든요."

장세욱이 건배, 라며 잔을 들었다. 당혹스러워하던 눈빛이던 미자도 얼른 잔을 든다. 김기욱도 잔을 들었다.

김기욱의 나이도 칠십이 다 되었다. 대한민국의 심장 같은 거, 어쩌면 크리스마스이브보다 별로라는 게 사실일지도 모르겠다. 아니라면 김기욱에게 아침마다 팬티 안이 기둥처럼 일어서는 게 기적이듯 대한민국의 심장 같은 것도 그런 쪽에 가까울지도. 결국 사람이 재산이라는 말은 진리였다. 돈에 알랑대는 초파리 같은 인간들 말고 '진짜 사람'을 찾는 일은 재산을 모으기보다 어렵다. 어떻게든 되겠지. 오늘 아침만 해도 가족이 새겨진 백설기를 선물 받으리라고 누가 생각했겠는가.

생각에 빠진 그를 두 사람이 잔을 들고 가만히 기다렸다.

"이런, 미안하네. 미자와 세욱이, 갈 데까지 가보자고. 이미 난 두 사람을 전적으로 믿으니까."

미자가 잔을 들어 외쳤다.

"갈 데까지 가보자!"

덩달아 세욱도 외친다, 갈 데까지 가보자!

문득 그제야 깨달았다. 김기욱이 크리스마스이브를 즐기는 건 거의 오십 년 만에 처음이라는 것을. 돈을 버는 기계였던 그가, 어쩌면 사람이 되어간다는 사실 역시.

2014년 12월 30일 밤

장민우 내 여자친구, 샤오미

완전히 지쳐버렸다. 며칠 뒤면 스무 살이 되지만 그 전에 몸이 닳아 없어질 지경이었다.

"죽을 것 같아요, 선배."

홍콩, 필리핀, 태국에 이은 나흘째 강행군. 오늘은 베이징의 한 행사장에서 두 곡을 부른 뒤 거물이 연다는 파티에 불려왔다. 얼굴마담. 겉으로는 젠틀맨, 속으로는 앵그리버드가 된 멤버들은 하나같이 불만을 터뜨렸다. 연말인데 하루라도 쉬게 해달라고.

소속사 대표는 완고했다. 물고기에겐 물때가 있다는 논리. 틀리지 않았다. 멤버들조차 반박할 수 없었다. 하지만 이들도 사람인지라 몸을 가눌 수 없을 정도의 강행군은 스태프들마저 주저앉게 만들었다. 파티장 안에 남아 있는 매니저라고는 장민우가 전부였다. 스타일리스트 역시 박기림 홀로.

파티장은 한국의 호텔 예식장을 연상시켰다. 다만 주례가 있어야 할 연단이 없고 거기에 젠틀맨 멤버들이 앉아 있다는 게 달랐다. 파티장 가장자리 병풍 뒤에서 파이프 의자에 앉아 녹초가 된 장민우가 박기림과 눈을 맞추었다.

"이건 어떻게 군사훈련 받을 때보다 강행군이냐. 체력이 다됐다, 다됐어."

박기림도 기어들어가는 소리로 불만을 터뜨렸다. 두 사람의 집중력은 완전히 바닥이었다. 누군가 말을 걸었다는 사실조차 겨우 알아차렸다.

"취엔쉬!"

십대 중후반으로 보이는 소녀였다. 하얀 드레스에 하얀 구두를 신고 양 갈래로 머리를 땋은 그녀가 장민우를 똑바로 바라보았다.

"뭐라는 거예요, 선배?"

장민우는 소녀와 박기림을 번갈아 보았다.

"사인해달라는데?"

"사인? 패트릭은 지금 단상에 있는데…… 슬쩍 불러올까?"

장민우가 패트릭을 보았다. 그러자 소녀가 그녀의 오른팔을 살짝 거머쥐었다.

"노, 노 패트릭. 유어 사인!"

소녀는 알아듣기 쉬운 영어로 장민우와 눈을 맞춘다.

"나?"

민우는 검지로 심장을 찌르는 듯한 포즈를 취했다.

"예스, 유."

이후 소녀의 영어 섞인 중국어를 박기림이 번역하기 시작했다.

당신이 저 멤버들보다 백 배는 나아. 그 말을 번역하고 박기림이 쿡 웃었다. 홍콩, 필리핀, 태국을 쭉 따라다녔어. 이번에는 박기림이 입을 비죽 내밀었다. 좋겠네, 라는 질투와 함께.

"말도 안 돼, 내가 뭐라고."

장민우는 도와달라는 눈빛으로 박기림을 보았다. 낸들 아니, 하는 표정으로 박기림이 두 손바닥을 천장을 향해 들어보였다.

사인 먼저. 소녀는 줄기차게 사인을 요구했다.

"난 연예인도 아니고, 그저 매니저에 불과합니다. 저한테 이러시면 멤버들이 많이 화냅니다. 저, 잘릴지도 몰라요."

그 말에 소녀는 곤혹스러운 표정을 지었다.

그렇다면 멤버들의 양해를 구하면 되는 건가? 소녀가 물었다. 통역을 하던 박기림도 무슨 소리야, 하는 반응이었다.

가만히 박기림과 장민우를 바라보던 소녀가 "Wait, wait." 하고 말한 뒤 어디론가 달려간다. 소녀가 달려간 곳은 연단에 앉은 젠틀맨에게서 가장 잘 보이고 가까운 테이블이었다. 게다가 소녀가 달려간 테이블 주변에는 상당한 거리를 두고 다른 테이블이 있었다. 소녀가 누군가에게 속삭였다. 그때 박기림의 전화가 울렸다. 박기림이 발신인을 보더니 자세를 잡았다. 보나 안 보나 뻔했다. 채한준.

"뭐야, 전화 안 받고."

목소리가 꽤 상기되었던 듯 스마트폰 바깥으로 삐져나온다.

"죄송합니다. 완전히 녹초가 되어버렸습니다. 너무 죄송합니다."

'미안하네, 두 사람만.' 거기까지는 알아들을 만했다. 이후로 박기림은 완전히 경직된 모습으로 변했다. 통화 내용이 자못 심각하다는 사실을 깨달을 수 있었다. 그런데 박기림의 눈길이 두려움에 젖어갔다. 박기림의 눈은 정확히 소녀의 등을 응시했다.

'뭐야, 무슨 상황이야?' 장민우가 입술로 물었다. 박기림은 조용히 하라는 듯 검지를 입술에 댔다. "네, 네." 하고 전화를 끊은 박기림이 재빨리 이야기를 던졌다.

"저 아이 이름은 아마도 왕샤오미. 베이징 시 서열 삼 위에 해당하는 왕티엔의 딸."

순간 장민우는 태국에서 베이징으로 넘어오며 황급히 외웠던 이야기가 생각났다.

중국의 국가주석은 기본적으로 2회 연임 가능, 3회 연임 불가로 10년의 임기를 보장한다. 국가주석을 뽑기 위해 전국인민대표회의 위원들이 투표를 하며 이를 소집하는 기관이 바로 중국공산당 중앙위원회이다. 중앙위원회 최고위직이 바로 총서기이다. 중국공산당 중앙위원회에는 국가주석 아래에서 당권에 도전하는 후임들이 차근차근 권력을 키우게 된다. 즉 공산당이 최고 기관이라는 뜻이다. 공산당에서 선출한 국가주석 이외에 국무원이나 전국정협(중국인민정치협상회의), 국가 중앙군사위원회 등의 국가 단체가 있다. 이들에는 각각의 주석이 자리하며, 대게 국가주석이 중국공산당 중앙위원회 총서기를 역임하는 게 통상이었다.

보시라이이라는 개혁파가 당권에 도전하던 이천 년대 초중반, 중국 권력 암투는 막후에서 치열하게 전개되고 있었다. 후진타오 주석이 10년을 채우고 퇴임할 경우, 중국의 권력체계는 과거처럼 소용돌이칠 것이 뻔했다. 개혁을 요구하는 세력을 잠재우며 후진타오 스스로 안전하게 보신할 수 있는 다음 주석 찾기, 즉 안전하고 훌륭한 퇴임은 그만큼 후진타오에게는 두렵고 거대한 사명이었다. 후진타오는 이를 위해 리커창과 시진핑이라는 카드를 10년간 준비시켰다. 결론적으로 모든 권력은 시진핑이 거머쥐게 된다.

유럽과 미국 등 서방세계와 중국의 직접적인 영향력이 미치는 아시아는 정세 분석에 골몰했다. 후진타오의 퇴임 시기, 권력과 막후가 혼합된 실제 거두는 장쩌민과 후진타오였다. 2013년 초까지만 해도 후진타오와 시진핑의 연대는 확고한 것처럼 예견되었다. 그러나 극적인 반전들이 일어났다. 후진타오의 비서였던 링지화, 충칭 시 서기였던 보시라이, 중앙군사위 부주석이었던 쉬차이허우, 공산당 중앙조직 부장이었던 리위안차오 등 후진타오의 '권력 신 4인방'이라 불리던 인물들이 하나같이 부정부패나 정변 혐의를 받게 되었기 때문이다. 이는 후진타오의 권력 이양 작업이 실패라는 사실을 의미했다. 반면 장쩌민

전 주석과 쩡칭홍 전 부주석이 시진핑을 후견했으며 이는 막후에서 은밀하고 치밀하게, 장기간에 걸쳐 진행된 권력 재탈환 작업이었다는 결론에 다다랐다. 반대로 후진타오가 밀었던 인물은 시진핑이 아니라 리커창이라는 분석이 힘을 얻었다.

시진핑은 더더욱 세력을 확장하며 중국공산당 중앙위원회 총서기와 국가주석, 중국공산당 중앙군사위원회 주석, 국가 중앙군사위원회 주석에 올랐다. 결과만 놓고 보자면 후진타오는 완전히 권력에서 밀려난 것도 모자라, 총애하던 인물들마저 잃게 된 상황이었다. 이는 장쩌민과 덩샤오핑과는 확연히 대비되는 퇴임이었다. 장쩌민과 덩샤오핑은 중앙군사위 주석직을 놓지 않으며 군권을 쥔 채 후임 주석을 견제했다. 반면 후진타오는 그를 감쌌던 인물들을 하나씩 잃으며 위기에 몰려가는 형국이었다. 언제든 후진타오가 역사의 이슬로 사라지지 않으리라는 보장이 없다는 뜻이기도 했다.

이런 가운데 후진타오 진영 인물이 권력을 쥐고 철옹성으로 방어하고 있는 곳이 베이징이었다. 2012년 베이징 시 당서기에 오른 궈진룽은 최근 일련의 사태로 인해 후진타오의 보루가 되었다. 나날이 입지가 약화되는 후진타오가 시진핑을 견제하면서도 전임 주석이었던 장쩌민까지 염두에 둔 삼각포석! 궈진룽만 있었다면 보시라이 꼴이 나지 말라는 법도 없으리라. 베이징의 2인자, 푸정화 공안부 부부장 겸 베이징 공안국장 역시 후진타오계였다. 후진타오계가 축출되거나 권력을 잃어가는 가운데에 궈진룽과 푸정화의 존재는 생명줄이나 다름없었다.

2014년 1월, 시진핑이 저우융캉에게 작업을 시작했다는 소문이 나돌았다. 저우융캉은 남아 있는 후진타오계의 최고 거두였다. 중국공산당 중앙위원회 서기 중 한 명이었고 전국인민대표회의 상무위원이었던 그가 돌연 자취를 감추었다. 이후 미국에 있는 저우융캉의 사돈인 잔민리가 월스트리트저널에 가족의 구금 사실을 밝히기 전까지 저우융캉과 그 일가에 대한 이야기가 바깥으로 새나온 적은 없었다. 이후 몇몇 서방 언론을 통해 저우융캉이 9백억 위안(약 15조 5천억 원)에 이르는 자산을 압수당했다는 보도를 내보냈다. 중국공산당이 흘린 것으로 추측되는 '신 4인방'과 저우융캉의 부정 축재 금액은 무려 2천억 위안이 넘는 막대한 금액이었다.

이즈음 궈진룽과 푸정화가 주축이 된 베이징 시가 테러진압 예방훈련이라는 목적으로 대규모 군사행동을 감행했다. 명백히 시진핑에 대한 무력행사로 비춰질 수 있는 상황이었다. 또한 시진핑과 후진타오의 권력 향방이 어쩌면 내부에서 극에 달하는 갈등으로 폭발하는 게 아닌가 하는 관측을 자아냈다.

12개월이 지났다. 극에 달한 권력 갈등으로 폭발할 것으로 예견했던 서방 첩보원들의 정보는 어느 정도 빗나갔다. 그런데 중국공산당 전체가 아닌 베이징 시 공산당 자체에서 궈진룽과 푸정화를 제거하는 것이 아니냐는 관측을 내고 정세를 분석한 기관이 있었다. 바로 한국의 국가정보원이었다. 익명의 정보를 분석한 사람이 바로 채한준이었다. 만약 내부에서 베이징 시 서기인 궈진룽과 푸정화를 제거한다면 그 인물은 왕티엔일 것이라고 못 박은 것도 채한준이었다.

"우와잇 덴장."

무심코 던진 탄식에 박기림이 웃음을 터뜨렸다.

"웃지 말아요, 선배. 다리가 달달 떨려오니까."

진심이었다. 장민우와 박기림이 젠틀맨과 동행하는 이유는 하나였다. 아시아 각 국가에서 언제든 파티를 열고 한류 유명 아이돌을 초청할 수 있는 재력가나 권력자들과 네트워크를 구축하는 것!

"무슨 일이야?"

패트릭을 비롯한 젠틀맨 멤버 여섯 명과 통역인 중국인이 장민우와 박기림에게 다가왔다. 그 뒤로 왕샤오미와 왕티엔이 서 있었다. 왕티엔의 뒤로는 명백히 보디가드로 보이는 사복 공안 십여 명이 병풍처럼 둘러쌌다.

"저, 저, 저, 이 아가씨께 사인을 꼭 부탁드립니다."

통역의 얼굴은 붉게 상기되었다. 양 관자놀이에서는 송골송골 땀이 맺히기 시작했다.

"이 분 왜 이러신데? 우리한테 통역할 때도 굉장히 뻔뻔하게 하시던 분인데, 본인이 베이징대 다니는 수재시라고. 돈만 아니면 안 했다면서."

패트릭이 끼어들었다.

"저기, 멤버들 초청해놓고 매니저에게 사인을 해달라고 하시는 건 실례가 아닌가 생각됩니다."

패트릭의 말에 멤버들도 동조했다.

당황한 통역은 차마 패트릭의 말을 통역하지 못한 채 눈치만 보기 바빴다. 이 상황을 아는 사람은 박기림과 장민우뿐이었다. 이때였다. 왕티엔이 딸을 향해 무어라 말했다. 중국어를 모르는 장민우였지만 딸을 나무란다는 사실을 알 수 있었다.

"통역, 통역해, 어서. 내 말 그대로."

장민우는 다급하게 통역과 박기림을 번갈아 보며 말했다.

"죄송합니다. 저는 여기 계신 분들과 젠틀맨의 어떤 분쟁도 원치 않습니다. 저의 불찰로 분쟁이라도 생긴다면 그 뒷감당을 할 능력도 없습니다. 생계를 위해 아르바이트로 하는 매니저 일이니 부디 너그럽게 용서해주십시오. 사인은 바로 해드리겠습니다."

장민우는 재빨리 왕티엔과 왕샤오미를 향해 '폴더식' 인사를 했다. 패트릭이 "너, 왜 그래?" 하며 반발했다. 언뜻 박기림을 바라보자 화가 난 듯도, 애절한 듯도 한 복잡한 표정이었다.

"괜찮아. 이게 뭐라고. 내가 사인만 해주면 끝나는 일 아냐?"

장민우는 패트릭에게 말했다. 물론 패트릭이 지금의 상황을 알아차리는 건 불가능하다. 네트워크를 구축한다는 게 분란을 만들라는 말은 아니다. 소리 없이 정보를 캐내고 인물을 파악해두면 된다. 지금 같은 상황은 장민우에게도 또 박기림에게도 하등 불필요하다.

이때 왕티엔이 장민우를 바라보며 무언가 말했다.

"무례를 범했습니다. 제 철없는 딸을 용서해주십시오. 폐가 되지 않는다면 저희와 함께 식사를 나눌 수 있겠습니까?"

통역을 거치기도 전에 박기림이 먼저 말한다.

"땡큐입니다."

엉겁결에 대답했다. 그런데 박기림이 그만 웃음을 터뜨리고 말았다. 시에시에, 하고 대답을 하면서도 웃었다. 그러자 왕티엔 역시 웃으며 박기림에게 말을 걸었다. 박기림과 왕티엔은 마치 처음 만나는 연인 사이처럼 대화를 이어갔다. 딸인 왕샤오미의 눈빛이나 박기림의 웃음에서 장민우는 슬며시 질투가 피어났다.

이래서야. 작전? 어림없어 보였다. 장민우가 고개를 잘래잘래 젓는 사이 세 사람은 마치 가족이라도 된다는 양 테이블에 앉는다. 결국 장민우까지 네 사람이 합석했다.

남자의 소개가 이어진다.

"저는 베이징 시를 위해 일하는 사람입니다. 약간의 사업을 딸을 위해 하고 있을 뿐입니다."

통역하는 박기림의 표정에 눈웃음이 지어진다. 저런 몹쓸 놈을 보겠나. 왕티엔? 박기림을 꼬시려고 온갖 감언이설을.

"제 딸아이는 왕샤오미라고 합니다. 한국의 아이돌그룹을 좋아한다고 생각했는데 아니었나 봅니다. 그래서 제안이 있습니다. 매니저 하신다는 분 성함이?"

"그건 알아서 뭐하게."

번역과 중국어를 번갈아 듣다 그만 실언을 하고 말았다. 박기림이 화들짝 놀란 듯 얼굴이 불쾌해졌다. 장민우가 통역에 놀라는 사이 오히려 박기림이 손부채를 부치며 이름을 말한다. 장민위張敏雨!

"그러십니까. 혹시 실례되지 않는다면 제 딸의 남자친구가 되어주실 수 없겠습니까?"

"아아, 그건 안 되지."

통역을 하던 박기림의 얼굴이 울상이 된다. 그러나 번뜩 정신을 차렸는지 왕티엔을 바라볼 땐 억지웃음을 짓는다. 입술을 다물고 마치 복화술을 하듯 장민우에게 덧붙인다.

"이거, 이건 아닌 거 알지?"

아닌 건 안다. 정말 아닌 건 안다. 그렇지만 절호의 기회라는 것도 안다. 시진핑과 후진타오의 눈길은 그 어느 때보다 북경에 쏠려 있다. 보이지 않는 전쟁터라고 해도 틀리지 않다. 이런 상황에서 베이징의 3인자, 왕티엔의 마음을 얻는다면 시진핑을 향하는 직계라인이 생기는 것과 다르지 않다. 그러나 박기림을 향한 장민우의 마음도 티끌 하나 미동 없이 그대로였다. 사랑한다, 분명 그녀를 사랑한다. 세상 그 무엇도 갈라놓지 못할 정도로. 이 일도 박기림을 볼 수 없었다면 시작하지도 않았다. 그것만이 목적이었다. 그녀를 위한 불타는 연정!

왕티엔이 무언가 이야기를 더한다. 통역을 하는 그녀의 목소리에서 완전히 생기가 빠져나가기 시작했다.

"제 딸아이와 좋은 인연이 되어주신다면 미국 체류를 위한 모든 조건을 구비해드리겠습니다. 원하신다면 미국 시민권을 받을 수 있는 최선의 방법도 도모하죠. 제 아이는 엄마 없이 지금까지 자랐습니다. 아빠가 아닌 다른 남자에게 관심을 보인 건 장민우 군이 태어나 처음입니다."

여기까지 말한 박기림이 땅이 꺼질 듯 한숨을 내쉬었다.

"선배도 나 잊지 못했던 거지? 그랬던 거지? 나 첩보원이고 뭐고 때려치울래. 그냥 누나랑 잘 되게 해달라고 아버지께 말할게. 응? 나랑 여기서 그만 나가자. 도망치자, 응?"

장민우가 낮게 애원했다. 입술을 깨문 박기림이 장민우만 알아볼 정도로 고개를 젓는다.

억양 없이 장민우를 위해 번역하고, 또 왕티엔과 왕샤오미를 위해 번역하던 박기림의 목소리는 이제 완전히 무감각해져버렸다. 그리고 결정타를 날리듯 왕티엔의 목소리를 박기림이 통역했다.

"이렇게 저의 청을 들어주셔서 진심으로 감사드립니다. 비록 제가 같이 가지는 못하겠지만 가정부와 집사까지 보내 같은 집에서 함께 살 수 있는 최대한의 배려를 하겠습니다."

거기까지 통역을 한 박기림이 귀신처럼 일어섰다. 그녀는 워시 마이 핸드 플리즈, 라는 짧은 영어를 내뱉고 장민우를 바라보았다.

"정말 네가 날 생각한다면 이 자리 어떻게든 성사시켜."

박기림이 파티장을 빠져나갔다. 짜고 치는 포커처럼 왕샤오미가 장민우의 곁에 다가와 앉았다. 왕티엔은 베이징의 3인자다. 중국공산당의 주요 간부가 그렇듯 그의 재산 역시 몇 조 원에서 수십조 원을 호가할지 모른다. 그래서인지 딸이 필요하다면 장난감을 사주듯 뭐든 해볼 수 있다고 생각하는 걸까. 마치 가정부나 집사를 두듯이 남자친구까지도.

좌절했다. 연단에 있는 패트릭은 뭔 일 있어, 하는 표정으로 바라본다. 뛰쳐나간 박기림은 어딘가에서 울고 있을까? 이명이 찾아왔다. 환청도 끼어든다. 정말로 민우 네가 날 생각한다면 이 자리 어떻게든 성사시켜!

장민우는 "예스."라는 대답 하나가 앞으로 몇 년을 잡아먹을 거라는 사실도, 또 예상치 못한 격전에 발을 담그게 되리라는 것도 알지 못했다. 눈물을 흘리지 않으려 무던히도 참고 있다는 것, 왕티엔의 눈에 들어 네트워크를 구축하는 업무 따위 아무래도 좋았다. 그저 박기림이 어떻게든 이 자리를 성사시키라고 했던 말만 거대한 두통이 되어 머리를 짓누를 뿐이었다.

4—판의 조립

2016년 1월 5일 밤

후쿠야마 준 사랑과 우정 사이

"다친 데 없지?"

후쿠야마가 여통에게 물었다.

"자긴?"

"미 투. 자, 가자."

후쿠야마는 벌떡 일어서며 총알이 날아왔던 방향을 가늠했다. 사무실의 절반은 제압되었다. 전방 왼쪽 기둥 옆 복사기 뒤편, 박살이 나서 지지대만 남은 유리문 너머 사무실 내부 공간 안, 두 곳이다. 후쿠야마가 복사기를 향해 총을 발사하는 사이 여통은 복사기를 향해 소형 수류탄을 던졌다. 척하면 척. 복사기 뒤의 남자는 총소리에 일어서지도,

또 수류탄을 피하지도 못한 2초 사이에…… .

"터졌네."

여통이 속삭였다.

"진격해볼까?"

여통이 먼저 유리가 부서져 격리 공간이 드러난 사무실로 뛰어들었다. 사무실 뒤편으로 출입구가 숨겨져 있다. 평소에는 전신거울 같은 것으로 가려놓았던가 보다. 성큼성큼 걸어간 후쿠야마가 문을 발로 찼다.

"꿈쩍도 않네, 제길."

"그렇게 힘이 없어서야. 비켜."

여통이 후쿠야마를 제치더니 자동소총을 발사한다. 총격에 사람머리가 들어갈 만한 구멍이 났다. 그제야 발로 차버리는 여통. 계단이 보였다.

"이 정도 힘은 줬어야지."

먼저 계단을 오른 여통의 모습이 사라진다. 연이어진 총격이 여통을 따라나갔다. 리듬이다. 총격의 리듬. 단 1초라도 버름해지는 순간을 기다렸다. 속으로 숫자를 세던 후쿠야마가 재빨리 문 바깥으로 뛰어나갔다. 양손에 움켜쥔 자동소총 총구가 불꽃을 튀겼다. 계단을 밟으며 차례로 올랐다. 왼손으로 당기던 방아쇠에서 약실을 때리는 공허한 울림이 반복된다. 재빨리 총을 버리고 권총을 뽑았다. 그런 가운데에도 오른손에 쥔 총은 정확히 계단 위를 겨냥해 사격하고 있다.

"항복! 항복입니다."

계단을 꺾기 직전이었다. 권총이 계단으로 버려져 후쿠야마를 스쳐간다. 권총을 버린 손에는 회색과 청색이 격자무늬를 이룬 손수건이

들렸다. 얼굴을 내밀자 반쯤 이마가 벗겨진 사내의 얼굴이 보인다. 다나타 우에하라. 후쿠야마가 습격한 다나타 상사의 회장이다.

"무슨 말씀을, 우리는 항복 같은 거 받지 않아요. 전쟁도 아닌데 포로도 필요 없고."

후쿠야마는 다나타의 이마를 향해 권총을 발사했다. 다나타가 쓰러지는 뒤로 "나 들어간다." 하는 장난스러운 목소리가 들렸다. 옥상을 제압하기로 했던 로즈마리다.

"이러면 끝난 건가? 어이, 여통?"

여통의 목소리가 이어지지 않았다.

"어이, 여통?"

다그치는 목소리를 넘어서며 로즈마리가 계단 아래로 뛰어내렸다. 설마, 설마 하며 몸을 회전시켰다. 순간 계단 바깥으로 겨우 얼굴을 내밀어 눈을 마주치려는 여통을 보았다. 대답조차 못할 정도의 부상에도, 대답을 하려 얼굴을 내민 여통.

"뒷일은 맡길게."

여통을 양손으로 껴안은 후쿠야마가 다나타 상사의 건물을 성큼성큼 빠져나갔다. 시마네 현 이즈모 시 타이사 초 키즈키니시 해변에 있던 현대식 2층 건물은 이제 완전히 사라지리라. 그러나 이 과정에서 여통이 부상을 입었다.

아이폰이 울리자 눈을 떴다. 새벽 두 시가 넘었다. 여통이 수술을 받은 지도 벌써 여섯 시간째. 뻔뻔하게도 다나타 상사의 헬리콥터로 도쿄까지 내달렸다.

"어디야?"

"나가메구로에 있는 도쿄정병원."

"여통은?"

"아직."

"수도고속도로 3호 시부야선이라고 내비에 뜨네. 여기서 야마테 거리로 나가면 되는구나. 그런데 너무 작은 병원에 간 거 아냐?"

"동방대학병원 의사들 네 명이 와 있어. 걱정 안 해도 돼."

"십분 안에 도착하겠어."

"그래."

전화를 끊은 순간 수술실 불이 꺼져 있다는 사실을 알아차렸다. 얼른 수술실 문을 밀고 들어갔다. 유리벽 너머 수술실에 누워 있는 여통이 보였다.

"수술은 잘 됐습니다. 나머지는 회복력에 맡겨야죠."

원장이 후쿠야마를 향해 웃어보였다.

"고맙습니다. 원장님 덕택입니다."

"그래도 조심하세요. 이번은 정말 위험했습니다. 국가를 위해 일한다는 게 힘들다는 건 알지만 부인을 저렇게 혹사시키면 어쩝니까? 수술 내내 당신의 이름을 불렀어요."

자위대 군의관이었던 원장은 후쿠야마의 어깨를 살짝 건들며 복도로 나갔다. 회복실로 나가는 이동침대를 다른 의사와 함께 밀었다. 응급에 비밀을 요하는 총상 수술이라 간호사는 없다.

침대를 미는 잠깐 사이 여통이 눈을 떴다. 무언가 말하려 했다. 밀던 침대를 잠시 세우고 귀를 가져다댔다.

"당신, 이상하지 않아? 당신이 하는 일? 난 당신 때문에 함께 하지만 줄곧 이상하다는 생각이 드는데 당신만 몰라."

곧바로 여통은 정신을 잃었다. 여통이 흘린 눈물 한줄기가 관자놀이를 지나 머리카락 속으로 사라진다.

침대를 밀었다. 그런데 후쿠야마도 눈앞이 흐려졌다. 앞이 보이지 않아 침대를 선두에서 미는 의사가 하는 대로 내버려두었다. 회복실에 침대를 넣고 바퀴를 고정시켰다.

"상심이 크시죠?"

낯모르는 의사가 등을 다독이는 순간에야 통곡하고 있다는 사실을 알아차렸다.

"저도 자위대에서는 정보장교였습니다. 기밀을 다뤘죠. 제대하고 의사로 사는 이런 평범한 삶이 참 싫네요. 비록 부인이 다치긴 했지만 당신이라면 알 거예요. 첩보원으로 사는 거, 즐길 만큼 즐기고 은퇴하세요. 기다리는 건 무료하고 긴장 없는 삶이 전부니까."

가만, 뭐라고? 즐길 만큼 즐기라고?

급작스레 눈물이 멈추었다. 그러면서 여통이 꺼냈던 말이 떠올랐다. 줄곧 이상했다고. 그런데 저 의사의 말처럼 나는 그 모든 상황을 즐기기에 바빴을까.

엠마의 죽음이 방아쇠를 당길 빌미가 되었다. 소진사를 습격했고 오늘 다나타 상사에 이르기까지 군소 정보업체 십여 곳을 탈탈 털었다. 이를 때는 일주일에 하나, 보통은 한 달에서 두 달 사이. 정보가 모이는 대로 작전을 감행했다. 개중에는 소진사에 필적할 만한 정보그룹도 있었다. 일본온라인신문이었다. 그 그룹을 해체하는 데는 7개월이나 걸렸다. 일본온라인신문의 최대주주는 이제 후쿠야마다. 대표이사는 로즈마리 애런.

"성이 애런이었어?"

대표이사로 로즈마리를 선임하며 물었다.

"다른 이름 하려다가, 이 이름을 왠지 써보고 싶었어."

로즈마리가 일본온라인신문의 대표가 된 것이 바로 9일 전, 작년 12월 28일이었다.

"괜찮겠어?"

로즈마리의 몸값은, 정확히 SM의 몸값은 3년이 지나는 사이 오백만 달러로 뛰었다. FBI의 내부문건에는 손대지도 않은 살인이 열 건 가까이 표기되어 있었다. 다만 정확한 사진이나 SM에 대한 정보는 차단되어 있었다. 또한 살인 역시 너무 뭉뚱그려 표기되었다. 언뜻 보자면 이 사람을 어떻게 잡으라는 건가, 의심할 정도였다. 그렇다고 대놓고 본명을 쓰다니, 로즈마리도 참 이해하기 힘든 구석을 가졌다.

"모르지 뭐. 본명을 쓰면 현상금 사냥꾼들이 떼거지로 찾아올지."

로즈마리는 낮게 속삭인 뒤 쿡쿡 웃어댔다. 곧바로 대표 취임연설을 위해 단상으로 올랐다.

여자 둘에 남자 하나, 로즈마리와 여통, 후쿠야마는 꽤 괜찮은 조합이었다. 세 사람이 손을 잡는다면 영원히 이 업계를 주무를 수 있을 것만 같았다.

"왜 이 일을 하는 거지?"

단상에서 대표 취임연설을 하던 로즈마리를 보며 여통이 귓속말로 물었다.

"당신과 나의 안전을 위해서?"

"작위적이라는 거 알아?"

여통이 후쿠야마의 손을 이끌고 복도로 나왔다.

"엠마의 복수는 이쯤하면 되지 않았어? 당신은 아마 그러겠지. 일본에 정보를 팔아먹는, 겉으로만 일본을 걱정하는 정보 주식회사들을 싹 쓸어서 진정 일본을 걱정하는 단체만을 남기자고. 그런데 왜 이 일을 로즈마리와 해야 하지, 아니 로즈마리가 온 뒤부터 당신의 새로운 일이 시작됐잖아? 이상하지도 않아?"

"말 같지도 않은 소리한다. 그만해. 이번에 회사를 하나 세우면 대표이사로 당신을 앉힐 테니까. 중국 같은 경우에는 성을 어떻게 해야 하지? 당신은 이름만 있잖아, 후쿠야마 여통이라고 그러면 되나? 난 좀 이상한데."

농담으로 마무리했다. 그러나 진심이었다. 어느 정도 안정이 되고 후쿠야마나 여통이 일선에서 물러나야 한다면, 그때는 여통과 결혼한다.

어느 정도 안정이라, 도대체 언제 안정이 될까? 오늘처럼 여통이 총상을 입고 사경을 헤매다 사망한 뒤에? 내가 하는 일을 나만 이상하다는 걸 모른다니, 여통, 쉬운 말로 해주면 좋았잖아.

"어때?"

방 바깥, 보조의자에 앉은 후쿠야마에게 로즈마리가 다가왔다. 로즈마리는 하와이안 풍의 옷으로 갈아입었다. 누가 보아도 관광을 즐기려는 일본계 미국인으로 느껴진다.

"로즈마리, 묻고 싶은 게 생겼어."

"와우, 사랑 고백이면 어떨까? 난 아랍식으로 살아줄 수도 있는데. 여통이라면 언니로 대접할 수도 있고."

가만, 여통이 로즈마리보다 언니였나.

"로즈마리, 영리한 로즈마리. 부탁인데 내가 하려는 말 이미 알잖아. 논점 흐리지 말고. 왜 나였어?"

"어머. 난 당신도 알고서 동참해준 거라 생각했는데, 이제야 궁금해진 거야?"

"그래, 멍청하게도 이제야 궁금해졌네. 뭐랄까, 오늘에야 알았어. 내가 실은 여통을 연인으로 생각하면서도 로즈마리 당신에게 완전히 빠져 있었다는 거. 그래, 이런 이야기, 나도 처음으로 입 밖에 내네. 베티블루에서 당신을 처음 만났을 때, 그리고 당신을 내 집으로 데리고 올 때도, 기억나지 않은 듯 위장했다면 믿을까? 당신은 그만큼 나를 충동적으로 만든 여인이었어. 그렇지만 내게는 여통도 있었거든. 둘 사이에서 한 사람을 결정하지 못하고 지금까지 와버린 게 실수였네. 중간에 엠마를 잃는 일도 있었고."

"에이, 좋다가 말았네. 나는 나에게 고백이라도 하는 줄 알았고만. 결국 여통이 당신 사람이라는 거잖아. 나는 동료이고."

"정리해줘서 고맙네. 차마 꺼내지 못했던 말인데. 그만큼 당신은 치명적인 존재잖아."

후쿠야마가 로즈마리를 향해 웃었다. 로즈마리 역시 환하게 웃는다.

"그래, 솔직히 말할게. 내가 CIA였다는 사실은 알 테고."

후쿠야마는 고개를 끄덕였다.

"미국이라는 나라만큼 정보에 관해서 복잡하고 혼재되어 있으며 기조를 알아차리기 힘든 나라도 없을 거야."

"정보기관도 난립해 있고."

"맞아. 그런 까닭에 겉으로 보이는 통합작업을 시작했지. 그게 십 년쯤 전이야."

"DNI 말하는 건가?"

"그렇지. 겉으로는 9·11 테러 이후 분열된 정보기관들을 응집해 하나의 정보력으로 거듭나자는 취지지. 테러분자 하나가 입국하는 데 CIA, FBI, NSA 등 산재한 수많은 기관들이 따로 관리를 한다면 그만큼 바보짓도 없잖아. 그냥 한 곳에서 관리와 명령을 하며 적합한 행동요원들을 부리면 되는 거니까.

이론이야 그럴 듯하지. 하지만 이게 실재로 변하는 데는 시간이 걸릴 수밖에 없지. CIA, FBI, NSA, 육군정보국, 해군정보국, 공군정보국 등등, 각각의 정보를 쥔 사람들은 막강한 권력과 재력을 가졌다고. 그걸 하루아침에 내놓고 밑으로 들어와 명령을 받으라고 한다면 누가 좋아하겠어?

처음에는 눈치 보기를 하던 정보기관들이 오바마 정부가 들어오며 주도권 싸움을 시작한 거야. 아무 일도 없는 것처럼 물 밑에서 유유히. 그런데 현직에서 밀려나서 주식회사, 즉 컴퍼니를 운영하던 군소업체들도 끼어들기 시작했어. 미국에서 정보판이 재편되는 것은 앞으로 천 년이 가도 없다. 지금이 적기다!"

"뭐야, 미국 내 모든 정보원들이 블록버스터의 주인공이 될 수 있다고 생각했단 말이야?"

"인정하기 싫지만…… 그래, 서로가 연합한 녀석들도 있고 독자적으로 움직이는 녀석도 있어."

"그럼 로즈마리는?"

"결과만 말하면 난 여전히 CIA야. 내가 여기까지 왔던 모든 상황들은 연출된 거고."

"그럼 소진사 회장이 죽으면서 말했던 '존 스미스'란 게 실체가 있는 이야기였어?"

일본 내 군소업체를 정리하던 작업과 병행해 존 스미스를 찾는 일에도 힘을 쏟았다. 그렇지만 지금껏 그 일을 로즈마리에게 맡겨두었던 게 패착이었다. 아니, 알면서도 가르쳐주지 않았으리라.

"CIA를 제거, 아니 장악이라는 단어가 맞으려나? CIA를 장악할 정도로 실력을 키운 사설 정보업체라는 말이 맞겠지? 가장 적확한 단어가 아닐까 싶네. 존 스미스는 바로 이 사설 정보업체 중에서 가장 선두에 선 단체야, 사람 이름이 아니라. 현재 파악된 존 스미스만 여섯 명, 내 아버지도 그들 중 한 명이었고."

"뭐야, 미국식 가족주의인가? 이 나라 팔아먹고 저 나라 해치운 것도 가족이면 다 용납된다는?"

"내가 일본으로 왔던 이유도 실은 그거랑 관계되어 있어. 난 내 아버지가 매국노라고 생각했으니까. 그런데 존 스미스가 제거된 정황이 포착되었어. 그러면서 존 스미스가 행해오던 사업들이 대부분 사라지거나 궤멸되었거든."

"그러면 존 스미스를 주적으로 가장시킨 다른 조직이 있다는 건가?"

"아마도."

도대체 무슨 이야기인지. 소진사랑 존 스미스가 무슨 상관이란 말인가. 게다가 일본과도 무슨 연관이 있다는 건지. 2대 아오타 노리오가 죽기 직전에 꺼냈던 이름 존 스미스. 존 스미스와 소진사, 그리고 로즈마리를 끼워 맞추려면 로즈마리의 이야기만으로는 편향적이 된다. 정보가 한쪽에 쏠린다는 건 그만큼 바보가 된다는 의미다.

"이 이야기는 세계의 정보판을 읽어내야만 해. 그러지 않으면 지엽적인 것밖에 알아낼 수가 없어. 당신에게 말하지 않았던 건…… 미안해."

"이게 미안이라는 말로 될 일이야?"

후쿠야마는 벌떡 일어섰다. 하지만 그녀가 하려는 말의 십분의 일도 알아차리지 못한 느낌이다.

"우선은 이야기부터 계속해 봐. 그런 뒤에 당신을 사랑해줄 건지 차버릴 건지 결정할 테니까."

"후쿠야마도 참."

로즈마리가 후쿠야마의 볼을 살짝 꼬집었다.

"일단 존 스미스 이야기는 빼자. 지금 하려는 이야기와 맞지 않으니까. 그 이야기는 조금 뒤에. 어디까지 이해한 거지?"

"미국의 정보기관들을 하나로 통합하려 한 거. 그런 중에 각각의 정보기관들이 주도권 싸움을 일으켰고, 무주공산인 미국 정보세계에서 주인이 되기 위해 심지어 은퇴한 정보기관원들까지 주인이 되기 위해 움직였다고. 맞게 이해했나?"

"거의 맞았네."

"거의?"

"그런 가운데 미국 땅에 다른 나라마저 발을 들여놓으려 한다는 풍문이 돌았어."

가만, 로즈마리가 일본에 와서 처음으로 했던 일은 마룽휘를 미국으로 인계하는 일이었다. 마룽휘를 미국으로 인계하는 작전에서 일본과 중국은 겉으로 드러나지 않은 심각한 외교 마찰을 빚었다. 결과적으로 상당 기간 일본과 중국은 정보기관 간에 교류가 사라졌다. 바탕할 신뢰가 무너졌기 때문이다. 그것마저 로즈마리가 내다본 작전의 일부였다니.

"지금 중국은 국가 내부적으로 시진핑과 후진타오의 내부 권력 싸움이 극에 달했어. 서방세계까지 정보가 차단되어 있을 뿐이지. 중국은 현재 미국 내 정보기관의 싸움에 끼어들 여력이 없어. 행여 한 번이라도 엉뚱하게 기조를 잡거나 정보를 흘린다면 언제 낙마할지 모르니까. 특히 중국공산당 같은 경우, 구리지 않은 인물이 없으니 죄다 긴장 상태야. 그래서 어쩔 수 없이 선택된 곳이 일본이었어. 하지만 중국을 배제할 수도 없으니까 등장인물 하나를 끼워 넣었어."

그게 마롱훠라는 건가.

"로즈마리. 이야기가 너무 많이 튀는데. 미국 내 정보기관의 싸움에 일본이 선택되다니, 말이 안 되잖아."

"이미 직감하고 있을 걸 당신도."

로즈마리와 몇 년 동안 한 일이라면 일본 내에 산재해 있던 군소 정보기관, 특히 미국과 일본 양 국가에 정보를 팔며 이중첩자로 이득을 취하던 업체들을 정리한 일이다. 오로지 일본을 위한, 정보기관의 자립성 확보와 정보요원의 투명성에 초점을 두었다. 그 결과 상당한 이중첩자와 다국적 정보기관은 소진사에 대항하기보다 투항하거나 도망치는 길을 택했다.

"당신과 내가 한 일은……."

이야기를 하려던 후쿠야마의 뒤통수를 무언가 강하게 강타하는 느낌이었다. 맞다, 그로 인해 현재 일본 내에는 미국에 우호적인 정보기관, 요원, 다국적 정보업체가 상당수 사라졌다. 특히 소진사의 실권을 후쿠야마가 거머쥐며 미국에서도 일본 내 정보 취득에 상당한 애로를 겪고 있는 지경이다. 이 말은 반대로…….

"미국을 완전히 떨쳐낸 일본계 정보기관, 특히 후쿠야마가 중심이 된 소진사로 미국을 침입한다? 그래서 미국 내에서 혼탁하게 전개되는 정보기관들의 싸움에 소진사를 투입한다. 그 중심에 로즈마리 당신이 있다는……."

"빙고. 작전명은 진주만."

"로즈마리, 당신. 지금 무슨 일을 벌이는 건지 알아? 만에 하나, 이게 잘못 소문이 난다면 일본이 미국을 상대로 적대적인 행동을 한 것으로 비치게 돼. 그래 당신이 말한 작전명처럼 미국을 침입한 거나 다름없는 상황에 놓이는 거라고."

맙소사! 일본이 미국을 침략해 전쟁 참여·빌미를 제공한 작전명을 미국에서 역으로 써먹다니. 후쿠야마는 엄청난 기세로 로즈마리를 노려보았다.

"실패했을 경우지, 그건. 그렇지만 성공을 했을 때는 향후 일본과 미국의 정보기관 사이에는 엄청난 유대관계와 함께 놀라운 라인을 공유하게 되는 거라고. 로즈마리와 후쿠야마!"

말 같지도 않은! 발끈했던 조금 전과 달리 냉정하게 상황을 되새겨 보았다. 벌써 후쿠야마가 처리한 업체만 십여 곳 이상. 이 바닥이 소진사로 통일되어 간다고 해도 과언이 아니었다. 내각정보조사실이 하지 못하는 일에 대한 의뢰도 점차 늘어가고 있었다. 여기에는 후쿠야마가 아닌, 새로이 뽑힌 인재가 투입되었다. '인재'라니 낯간지러운 단어지만 대부분 내각정보조사실에서 파견된 인원이었다. 후쿠야마가 없어도 소진사는 돌아가고 있다는 이야기다. 로즈마리의 말은 틀릴 수도 있고 맞을 수도 있다. 어떻게 미래가 펼쳐지느냐에 따라 달라질 뿐이다. 이 모든 상황은…….

"여통이 깨어난 뒤에 결정하자. 죽을 뻔했어. 열이 사십일 도까지 올라갔다더라. 참 여자들 다이아반지 좋아해?"

"죽음이지."

"그래? 미안하지만 여통에게 선물해야겠어. 나 오늘 깨달았거든. 당신이 정말 좋지만 여통만큼 사랑하지 않는다는 걸."

"뭐야, 그걸 이제야 알았단 말이야? 남자들이란 참! 다이아반지 지금 나랑 고르러 가자. 시부야에 가면 이십사 시간 온종일 문을 여는 보석 가게가 있을 거야. 여통이 깨어나면 얼마나 좋아할까?"

로즈마리가 웃었다. 그러나 얼굴은, 처음 만났던 날처럼 아파 보였다. 아, 도대체 후쿠야마는 곧바로 걷고 있는 게 맞을까. 로즈마리와 여통 사이에 끼어 알력다툼의 희생양이 되어가는 건 아닌지. 하지만 모든 일은 여통이 깨어나면 그녀와 상의해야겠다. 여통이 내리는 결론대로 가보는 거다. 지금껏 여통을 전장에서 굴러먹게 만든 벌은 그 뒤에 받자.

2016년 2월 15일 새벽

터너 & 조나단 The Collapse of Country, '파국'

밤샘을 하면 할수록 날짜를 어떻게 시작해야 하는지 의문이었다. 가령 오늘처럼 일요일에서 월요일로 넘어가는 새벽에는 일요일이 시작하는 것인지 아니라면 월요일이 시작인 건지. 그런데 밤을 새고 하루를 시작하면 이미 절반은 지난 시간이다.

"나이쓰, 형은 어떻게 생각해?"

"글쎄다, 나는 일어난 날짜를 기준해야 하지 싶은데."

"그러니까 형은 날짜가 바뀐 게 아니라 계속해서 하루는 진행되고 있다? 하지만 생각해보라고. 정확하게는 2월 15일이잖아. 벌써 시간이…… 새벽 두 시를 넘었다고. 우리는 정오가 한창 지난 오후에 일어났고. 이런 경우 우리가 일어난 2월 14일이 아니라 2월 15일을 시작으로 보아도 되잖아."

"그게 그런가. 이봐, 터글로. 나는 말이야, 기본적으로 누군가 내 이름을 불러주는 것과 날짜가 언제인가에 대한 질문을 이십 년 넘게 받아보지 못했어. 이런 이야기 자체가 재미있거든. 그러니 애써 결론 내리려 하지 말고 대충 마무리해. 다음에도 다시 다루게."

별다른 이야기도 아닌데 꼭 진지해진다 싶으면 두드리던 자판이나 지켜보던 모니터를 내버려둔 채 의자를 터글로, 터너 에반스에게 돌린다. 그런데 무언가 생각났다는 듯 나이쓰 모즈, 조나단이 짝 소리 나게 박수를 친다. 그 바람에 터너 역시 하던 일을 멈추고 의자를 돌려 그를 정면으로 바라보았다. 묘하게도 둘 다 닮아간다.

"참, 너! 제수씨에게 초콜릿이라도 보낸 거야?"

"왜?"

"밸런타인데이잖아."

"맙소사. 왜 지금에야 그걸 말하는 거야? 그런데 지금이라도 택배를 보낼 방법이 없을까? 요즘 같은 시대에 스물네 시간 배달하지 않는다는 건 말이 안 되잖아."

무심하게도, 지난해에는 살기 바빴다는, 아니 죽은 채 지내기 급급했다는 변명이 글로리아에게 통할까?

"찾아봐, 그럼. 그런데 뭐라 하고 보내려고?"

"밸런타인데이 경품 당첨 정도는 어떨까?"

"유치하다야. 그러지 말고 네가 죽기 전에 십 년 치 정도를 예약한 걸로 해라."

"그럼 지난해가 비는데. 그래도 될까?"

대답도 듣지 않은 채 터너는 구글 크롬을 열었다. 처음에는 초콜릿을 배달하는 업체를 찾았다. 하지만 하나같이 배달이 밀린 상태라는 전언이 돌아온다.

"꽃배달을 찾아봐, 그게 빠를 걸."

꽃배달을 검색하자 미국 전역이 네트워크화 되어 배달이 용이했다. 동네마다 거의 하나씩 배달점이 등록되어 있다. 여기에 적절한 금액을 보태면 추가 주문까지 동봉해서 배달해준다. 가장 많은 게 와인이었다. 이왕 보내는 거. 터너는 화이트 와인까지 골랐다. 결제를 하려다 괜스레 머뭇거려진다.

"형, 카드 좀 줘! 아무래도 터글로 명의로 된 내 카드는 좀……."

나이쓰 모즈 명의로 최근에 만든 아멕스 카드를 조나단이 건넸다.

"그런데 우리 사는 거 좀 스릴 있지 않아?"

조나단이 카드를 건네며 꺼낸 말이 묘한 의미로 다가왔다. 스릴 있는 삶, 게다가 언제든 집사람을 보면서 다시 다가갈 수 있다고 말할 수 있는 삶. 아니다, 그러나 무언가가 빠졌다.

"형은 프로그램 구축이 어떻게 돼가?"

대금을 결제하며 물었다.

"실은 오늘이면 될 것 같아. 그럼 네가 만든 GSPS3와 연계시키렴."

휘익, 터너가 휘파람을 불었다. 두 사람이 그 어느 것도 하지 않은 채 매달렸던 일이다. GSPS는 몇몇 버그나 트래픽만 좇던 단점을 고쳐 정확한 인공지능의 방향을 제시하는 프로그램이 되었다. 과거 인공지능이라면 프로그램이 맞닥뜨렸을 행동의 방향에만 초점이 맞추어져 있었다. 하지만 행동의 방향만이 문제가 아니라는 사례는 수많은 실패에서 증명되었다. 즉 행동에 따르는 '파워', 즉 무게나 양 따위와 더불어 행동을 해야 하는 '시기'가 무엇보다 중요했다.

터너는 이 설명을 위해 조나단에게 투수를 예로 들었다.

"투수가 공을 던진다는 건 예정된 사실입니다. 여기서 문제되는 것이 구질이죠. 어떤 공을 던질 것이냐? 커브? 슬라이더? 아니라면 투심이나 포심? 과거 인공지능은 이것에만 국한되어 있었습니다. 하지만 공을 던지기 전에 살펴야 할 것들이 생기죠. 이 타자의 최근 다섯 경기 타율은 어떤가, 또 지금 공을 던지는 투수에 대한 타율은 어떤가, 최근 다섯 경기 동안 안타를 친 코스는 어디이고 안타를 치지 못한 코스는 어디인가. 이 정도만 해도 과거와는 입력해야 하는 데이터양이 비교 불가할 정도로 엄청나집니다.

자, 그 데이터를 바탕으로 던질 구질을 정했다고 칩시다. 던질 코스도 정했다고 칩시다. 그렇다면 얼마 정도의 힘으로, 즉 스피드를 어떻게 할 것인가도 관건이겠죠.

이것을 투자로 옮겨와보자고요. 현재의 투자 시스템만으로도 개미를 짓밟고 기관투자가들이 만들 수 있는 수익은 조작이 가능합니다. 단 일주일만 어느 주식, 즉 기업체 하나에만 자금을 쏟아 부어도 사람들의 관심을 끌게 되겠죠. 그렇다면 얼마를 더 투자할 것인가, 어느 시기에 투자할 것인가. 투자한 뒤에는 언제 빠질 것인가. 이러한 사안들은 과거에 생각했던 인공지능만으로는 불가능하겠죠."

이 대목에서 조나단이 꽤 긍정적인 눈빛을 보냈다. 이해했다는 뜻이리라.

"그럼 이 '투자'라는 개념을 한 국가의 흥망성쇠로 보자고요. 이라크라고 보아도 무방할 겁니다. 이라크를 친다고 했을 때 단 한 번에 무너뜨릴, 야구로 치면 헛스윙 삼진이든 스탠딩 삼진이든 병살이든 가장 적절한 방법을 찾아내야만 하겠죠. 과거 인공지능이라면 이 한 방향에만 초점이 맞추어졌을 겁니다. 거기에 입력된 명령어는 '이라크 붕괴'나 '이라크 멸망' 같은 단순한 입력어에 그칠 테니까요. 하지만 지금 제가 야구로 설명했던 수많은 변수들을 생각해보세요. 이라크를 쳐서 가장 큰 수익을 낸다면 어떻게 해야 하는가. 시기라면 언제가 적절한가. 비용과 인원은 어떻게 할 것인가. 반대일 수도 있겠죠. 이라크를 치는 데 가장 손실이 적어지려면? 이러한 모든 변수를 감안해 조금 전 제가 말씀드렸던 '파워'와 '시기'를 감안한 모든 것을 만족하는 이라크의 멸망!"

조나단이 지금처럼 터너의 휘파람을 흉내냈다.

"대단하다. 그게 GSPS가 가진 가치라는 거지?"

"하지만 GSPS는 실행 프로그램이 아닙니다. 예측 프로그램이죠."

"그렇다면 그 실행이라는 건?"

"빅 존의 몫이 아니었을까요?"

조나단과 터너는 그 말을 끝으로 한동안 침묵했다. 침묵을 깨뜨린 건 문자메시지였다.

"우와, 일곱 시간 뒤쯤에는 바로 배달이 된다는데요?"

"그런 시대잖아. 창고와 배만 준비된다면 러시아 마피아가 핵무기까지 배달해주는 시대라니까."

"글로리아에게 설마 핵폭탄이 배달되지는 않겠죠?"

"나야 알겠나? 다만 인터넷에서 보여준 똑같은 와인과 시들지 않은 장미, 그리고 유통기한이 확실한 최근 제조된 초콜릿이 배달되기를 기다려야지. 자네가 몇 년 전부터 준비했던 이벤트라는 이야기와 함께."

갑자기 눈물이 났다. 빅 존이 GSPS를 1억 달러에 사겠다고 말했을 때는 천국을 부여잡은 기분이었다. 그리고 몇 년 간, 지구는 터너를 위해 존재한다는 듯 바삐 움직였다. 망할 놈의 CIA만 아니었다면.

"참, 형의 프로그램? 뭐라고 불러야 하지? 뭐 그건 어떤 개념인 거야?"

서로 분야가 전혀 달라 잘 묻지 않았던 이야기다. 오늘도 밸런타인데이가 두 사람의 입담을 터뜨려주지 않았다면 두 사람 모두 농장 지하에서 각자의 최신형 컴퓨터를 부여잡고 자판을 두드리고 있었으리라.

"지난 몇 년 동안 제일 힘들었던 게 전 세계에 산재한 지진연구소의 데이터를 하나로 통합시키는 작업이었지?"

그랬다. 터너는 신에게 물려받은 천부적인 재능으로 거의 모든 국가에 있는 기상청, 지진연구소, 기타 이와 연관된 연구소나 대학부설 기관 등에 침입했다. 이들을 하나로 묶어 관리하는 프로그램은 조나단이 만들었다. 존과 함께 알래스카를 떠나올 때 가져왔다는 게 더 맞을 것이다. 이를 터너가 조금 손보았다. 조금 더 직관적이고 불필요하다 싶은 데이터까지 관리할 수 있는 현대적인 프로그램으로 바꾸었다.

"그건 얼추 되지 않았던가요?"

"그렇지. 네 프로그램이 투자에다가 국가의 역사나 뭐, 내가 기억하지 못하는 수많은 자료들을 업로드해서 전방위적으로 합치는 작업이지 않았나? 나는 개념을 그렇게 이해했다네. 이 작업도 그것과 비슷했지. 오늘 오전쯤에 내가 마무리하면 터글로, 네가 해주어야 하는 일도 그거야.

자, 들어 봐. 현재 내가 하는 작업은 지구 전체를 바닷물을 걷어낸 등고선 형태로 만드는 게 먼저야. 대부분 자료는 구글어스를 3D행태로만 변환시켜도 된다고. 정말 간단하지 이건. 문제는 바다 밑이야. 이것은 예상만 가능할 뿐 정확한 형태를 만들어낼 수가 없어."

"이야, 그건 제 작업보다도 더 힘들어 보이는데요. 저야 생각한 것을 만들어내는 거지만 조나단의 작업은, 아이고 이 이름은 쓰지 않기로 했죠, 나이쓰의 작업은 정확한 자료가 바탕이 되어야 하잖아요!"

"맞아. 그런데 수많은 국가의 기상천외한, 이 단어 참 마음에 드네, 기상천외한 과학자들이 상상을 실험에 덧입혔어. 우크라이나에서는 돌고래를 붙잡아다가 음파탐지기를 장착해. 그러고 풀어주지. 미국에서는 심해상어에다가 음파탐지기를 쏘아서 붙여. 이들은 곳곳을 누비고 다닐 거야. 그들은 가리지 않고 다니지. 바다가 그들의 세상이니까. 그러다 그들의 음파가 중첩되는 지역이 생겨나. 물론 심해상어를 관찰하는 연구소는 심해상어의 자료밖에 얻지 못하고, 돌고래를 관리하는 곳은 돌고래의 음파밖에 알아낼 수 없지. 그렇지만 이 녀석들이 중첩

되는 지역에서 쏘아낸 음파를 몇몇 숫자변환을 거쳐 그림으로 만드는 거야."

"어라, 그러면 구글 어스와 다름없는 입체적인 등고선지도가 만들어지겠는데요. 와 조나단, 아 나이쓰, 당신의 직관력과 착안점은 정말 대단한대요!"

"이 사람아. 그것만으로 그친다면 되겠나? 지금 전 세계 해양학자들은 로봇 잠수함을 만들어 깊이 경쟁에 열을 올리고 있네. 거기에는 인간이 만든 최고의 발명품 중 하나가 장착돼 있지."

레이더!

"레이더를 상상했지? 맞아. 이 레이더라는 녀석은 기본적으로 거리측정이 가능하지."

"가만, 그러면 해저를 움직이는 모든 기계의 자료들을 끌어다 모으면……."

"그렇지, 훌륭한 자료가 된다네. 다만 이 자료는 한 국가가 해내지는 못해. 하지만."

"저라면 가능하죠. 제가 나이쓰에게 만들어준 몇몇 프로그램이라면 취합과 분석, 그것으로 새로운 자료로 변용까지."

두 사람은 신이 나서 이야기를 주고받았다.

"과거에는 레이더의 자료를 어떻게 활용하는지 몰랐다고 봐야 해. 그저 반대되어 돌아오는 금속물체에 대한 탐지와 거리 측정이 전부였지. 하지만 아니라고. 레이더의 속도와 함께 돌아오지 않는 지점도 측정이 가능해졌으니까. 그게 현대 컴퓨터와 프로그래머들의 힘이지."

"그렇다면 백 퍼센트 정확하지는 않아도 상당한 수준의 해저지도가 만들어지겠군요. 게다가 그 지도는 저와 나이쓰가 아니면 알 수도 없는 자료이고요."

"맞아, 맞다네. 여기에다가 지진이라는 키워드를 입력해보세. 아, 최근에……."

조나단은 몇몇 자료를 클릭했다.

"화면에 보이지? 환태평양조산대에 걸친 2014년부터 현재까지 일어난 지진의 움직임이야. 수백 번이나 지진이 감지되었다는 게 보이지? 대부분 이 라인에 걸친 곳에서, 지표나 해저를 가리지 않고 지진이 일어난 것을 알 수 있을 거야. 내가 언제인가 위크 포인트라고 말한 거 기억나나?"

기억이 날 듯 말 듯했다. 제대로 이해하고 있는지는 모르지만 지진이 일어날 수 있거나 지진이 일어났던 취약지대를 가리키는 말 같았다.

"흔히 진앙지라고 부르는 것과는 개념이 달라. 어딘가를 멋모르고 지구가 건드렸을 때, 이 표현은 내가 말했지만 심히 부족한 단어일세, 어떤 자연적인 힘이 이 위크 포인트를 건드렸을 때 지진이 일어날 수 있는 곳, 이곳을 찾아내는 게 내 궁극적인 일이었네."

조나단이나 터너나 똑같은 아픔을 가진 사람들이다. 그래서 필요하지 않다면 서로 묻지 않고 아픈 곳을 건드리려 하지 않는다. 조나단 스트라이크가 지질학계에서 쫓겨나다시피 했던 이론이 바로 저거였다. 위크 포인트를 알아낼 수 있다는 호언장담. 미리 위크 포인트를 방비한다면 지진의 피해를 최소화하거나 없앨 수 있다. 하지만 사람들은 조나단이 미쳤다고 몰아세웠다. 인류가 핵폭탄을 만들어 가지고 있다면 전쟁에서 벗어날 수 있으리라는 착각을 했던 것처럼 조나단의 이론이 실체를 띤다면 그 반대의 상황도 일어나지 않으리라 누가 보장할 수 있겠는가.

빅 존이 조나단 스트라이크라는 존재를 인지하자마자 숨겨버린 행동은 신의 은총과도 같았다. 조나단의 이론적인 연구는 대부분 완성에 이르러 있었고, 몇몇 기술적인, 즉 선진적인 프로그램이 수반될 경우 완성할 수 있는 단계였다. 그러나 미국의 과학자들이 핵폭탄을 만든 뒤 상심했던 것처럼 앞으로 일어날 미래가 어떨지는 누구도 알지 못한다. 그게 진실이다. 미래가 두려워 핵폭탄을 만들지 않았다면 2차대전은 종식되었을까. 핵폭탄이 촉발한 결과를 떠나, 핵폭탄이 없었다면 지구의 역사가 어떻게 변했을까. 이를 예언할 수 있는 사람이 어디 있겠는가.

"잘한 일일까, 이 프로그램을 완성한다는 거?"

진지해진 터너의 모습을 알아차렸는지 조나단이 물었다.

"나이쓰, 미래는 우리가 알 수 없어요. 우리의 개발이 인류의 발전적인 미래에 도움이 되기를 비는 수밖에요. 게다가 빅 존이 나타나지 않는다면……."

"우리 둘만 서로가 만족하고 칭찬해주면서 세월이 흘러가겠지. 뭐, 타임머신을 만들었다 그냥 죽었다는 어느 허무한 소설이랑 다를 게 없군그래. 포도주가 좀 남았으려나?"

그래, 오늘 정도라면 축배를 든다고 해도 나쁘지 않으리라.

"많지는 않을 거예요. 농장에서는 우리가 술을 마시지 않기로 했었잖아요. 추수감사절에 마시고 남은 게 두 병쯤?"

터너는 창고로 걸었다. 지금은 기쁨을 위한 축배도, 또 아픔을 위한 건배도 조나단과 나누어야 한다. 의미를 잃었던 밸런타인데이처럼.

"참 프로그램 이름은 뭐예요?"

창고 문을 열며 물었다.

"솔직히 말해?"

복도 너머에서 목소리가 울렸다. 터너는 네, 하고 크게 소리쳤다.

"장난삼아 붙였던 건데, The Collapse of Country라고. 그냥 C.C 라고 불렀어. 사람들이야 뜻까지 알 필요는 없잖아. 내가 한창 쫓겨 다니면서 위태로울 때 지은 이름이라."

맙소사, 작명 센스하고는. 파국이라니!

2016년 3월 1일 오후

장민우 700분의1

배우가 될 걸 그랬다. 이만큼 가면을 쓰고 살 수 있었는데.

1년이 넘는 시간을 샤오미의 연인으로 살았다. 단 한 순간도 행복하지 않은 적이 없었다. 겉으로는 그랬다.

1년이 넘는 시간을 박기림과 연락하지 않았다. 단 한 순간도 조바심 내지 않은 적이 없었다. 겉으로는 모른다.

연중 공연이나 강연, 기타 영화상영 등이 잡혀 있는 로이스 홀 맞은편에는 고딕양식이 적절히 섞인 도서관이 있다. 샤오미는 도서관에서 늘 북쪽 모서리에 자리를 잡는다. "왜 거기에 앉아?" 하고 물었던 적이 있다. 샤오미의 대답은 북쪽이라서. 아마도 '북'이라는 단어에서 베이징을 연상하는 건지도 모르겠다.

두 사람이 도서관에 드나든 지도 2년이 돼간다. 왕샤오미의 아버지인 왕티엔이 어떤 마법을 부렸는지 장민우는 알지 못한다. 다만 베이징의 어느 고등학교 졸업장이 장민우의 손에 들렸다. 빼어난 성적표도 모자라 UCLA에 들어가고도 남을 정도의 SAT 점수까지 생겨났다. 샤오미와 장민우는 작년 이맘 때 UCLA 영문학과에 입학했다.

도서관에 들어섰다. 하얀 드레스를 입은 샤오미가 한눈에 들어왔다. 기다렸다는 듯 샤오미도 눈을 맞춘다. 가방을 챙기는 모습에서 꽤나 지루했다는 심정을 느낄 수 있었다. 그녀가 다가오기를 기다렸다.

"오늘도 대시 받았다."

샤오미가 한껏 늘어지는 목소리로 기뻐한다. 샤오미의 외모는 마치 인형을 보는 듯하다. 가녀린 체구, 검은 머릿결, 즐겨 입는 하얀색 쉬폰 드레스의 조합이 딱 그랬다. 속설도 비켜간다. 예쁘면 머리가 비었다는 따위의. 처음에 두 살 어린 샤오미가 장민우와 UCLA에 입학할 때는 왕티엔의 조작인 줄 알았다. 아니었다. 샤오미는 이미 UCLA 장학생으로 입학이 확정된 상태였다. 갖출 건 다 갖춘, 샤오미는 천재라는 말이 어울렸다.

장민우는 모든 면에서 샤오미와 대비되었다. 오로지 춤과 노래에만 열정을 쏟았다. 그 두 가지만 뺀다면 민우는 바보였다. 다행이라면 공부라고는 해본 적도 없던 머리가 영어에 반응한다는 거였다. 상투적이지만 스폰지처럼 영어를 빨아들였다. 샤오미가 붙여준 가정교사가 한몫했다는 사실을 부인할 수는 없었다. 1년 사이, 장민우의 영어실력은 일취월장했다. 처음에는 모든 수업을 녹음해 가정교사와 하루 온종일 씨름해야만 했다. 지금은 구린 발음만 뺀다면 상대방의 영어를 대부분 알아들었다. 배우지 않은 게 도움이 되었다는 논리적이지 않은 설명은 싫었다. 하지만 그것으로밖에 설명할 수 없었다.

작년 이맘때였나, 샤오미에게 온달 전설을 설명했다.

“그러면 민우가 온달이라는 거야? 나는 평강공주고?”

“아니, 샤오미는 샤오미지. 나는 바보 온달 천치고. 아는 게 없는 걸. 지금 하는 영어도 샤오미 덕이잖아.”

웃으며 말했다.

“싫어, 난 평강공주 할래. 너무 로맨틱한 걸.”

샤오미에게 제대로 설명한 건지 모르겠다. 하지만 샤오미는 사랑하는 남자를 위해 공주라는 지위를 버리고 평범한 아내가 된 전설에 무척이나 공감한 눈치였다.

“어디 갈 거야?”

약간은 들뜬 샤오미를 보며 민우가 물었다.

“아니, 오늘은 좀 몸이…….”

괜찮다고 몇 번이나 말했지만 샤오미는 건강하지 못하다는 걸 부끄러워한다.

“샤오미, 건강하지 않은 건 약점이 아냐.”

잔소리를 하려던 건 아니었는데.

“미안, 샤오미. 그럼 집으로 바로 가자.”

겉으로만 본다면 천국이나 다름없다. ‘대가리에 똥만 들었던’ 민우조차 비벌리힐스가 얼마나 부촌인지 알고 있다. 비록 비벌리힐스 끝, 노스 시에라 드라이브 808번지에 있는 집이라지만 한국에서는 찾아보기도 힘든 거대한 집이었다. 이런 곳에서 집사와 가정부를 두고 평생 돈 걱정 없이 산다는 건 천국이지 않은가.

주차장으로 천천히 걸어갔다. 그녀의 안위가 걱정되었다.

샤오미는 심장이 좋지 않았다. 민우를 만난 뒤로도 세 번이나 UCLA 대학병원에 입원했다. 선천적으로 약한 심장이란다. 민우가 의학 분야를 알 리 만무했다. 의사는 가급적 충격을 받지 않도록 하라고 당부했다.

병원에 입원했을 때 왕티엔이 처음으로 속내를 말했다.

"미스터 장에게는 늘 신세를 지고 있습니다. 제가 왜 그토록 고집을 부려 당신과 미국으로 함께 가달라고 했는지도 지금은 알 거라 봅니다. 제 딸아이, 사실 언제 죽을지 모릅니다. 제가 가진 재력과 모든 노력으로 지금껏 버텨왔던 겁니다. 미스터 장을 보겠다고 홍콩과 필리핀, 태국을 다닐 때는 피가 마르는 심정이었습니다."

8개월쯤 전이었다.

왕티엔이 더 높은 당내 서열을 위해 베이징을 벗어나지 않으려는 이유도 설명되었다. 한국에서 서울이 그렇듯 중국 역시 모든 첨단 의료시설은 북경에 집중되어 있다. 왕티엔이 UCLA를 선택한 것도 이러한 이유다.

예상대로 집사는 차에서 기다리고 있었다. 민우 일행을 보자 재빨리 차에서 내린다. 상투적인 대사, 아가씨 괜찮으십니까, 라는 말과 함께.

UCLA대학 북쪽을 빠져나온 벤츠는 곧바로 선셋 대로에 오른다. 그대로 달리면 10여 분 만에 비벌리힐스까지 다다른다. 물론 안전주행이라 그렇다. 조금 속도를 낸다면 5분도 걸리지 않을 거리다. 샤오미의 안위를 살피는데 스마트폰이 울렸다. 패트릭이었다.

"하이, 펫!"

"또 장난이냐? 오늘 미국 왔거든. 서프라이즈 파티랄까."

서프라이즈 파티의 개념을 알기나 하는 걸까.

"그래서?"

"지금 너네 집 앞이야. 초인종을 눌렀는데 아무도 안 계신 모양인데? 제수씨랑 있는 거야?"

아, 이 속 없는 녀석. 말하지 않아도 아는 사이라고 생각했건만. 민우는 전화기를 샤오미에게 건넸다. 누구, 하고 입모양으로 묻는 그녀에게 패트릭이라고 말하자 반갑게 전화기를 든다.

"안…녕. 패트릭."

다음부터 두 사람이 어떻게 대화하는지는 모르겠다. 민우가 가르쳐 준 안녕이라는 말 외에 샤오미는 한국어를 모른다. 깡통인 패트릭 역시 영어를 알 리 만무, 그런데 샤오미와 중국어로 대화를 하는 모양새다.

"뭐래?"

전화를 끊는 샤오미에게 물었다.

"얼른 오라고. 집 앞에서 기다린다는데?"

"대화가 돼?"

"패트릭이 중국어가 꽤 유창하던데 뭘. 그동안 중국 팬들을 위해 많이 공부했나 봐."

차가 속도를 줄이기 시작했다. 벌써 도착한 모양이다. 창 바깥을 살피자 선글라스를 쓰고 한껏 머리를 뒤로 넘겨 멋을 낸 패트릭이 보였다. 그런데 패트릭의 곁에서 금발의 모녀가 무언가를 말하고 있었다.

"왜 그래, 패트릭?"

패트릭이 뒤를 돌아보았다. 차에서 내린 장민우가 얼른 금발의 모녀에게 다가갔다.

"무슨 일이십니까? 제가 이곳에 사는 장민우입니다. 발음이 어렵죠? 민우라고 부르시면 됩니다."

"미스터 민우?"

그녀가 되묻자 민우는 고개를 끄덕였다.

"아, 저는 글로리아 에반스라고 합니다. 여기는 제 딸, 터글로 에반스고요. 터글로, 오빠에게 인사해야지?"

여자의 말에 세 살쯤 되어 보이는 꼬마가 앙증맞게 손을 쥐었다 폈다 하며 웃었다.

"여기가 808번지죠? 저는 810번지에 살아요. 옆집입니다. 제 딸인 터글로가 키우는 새끼고양이가 사철나무 담장을 넘어 민우 씨네 정원으로 들어가버렸어요."

아하, 장민우는 차에서 내리는 샤오미와 집사에게 재빠르게 설명했다. 무슨 일이냐는 듯 바라보는 패트릭에게도 한국어로 말했다. 다섯 사람이 잠시 기다리는 사이, 차를 주차한 집사가 안쪽에서 대문을 열었다. 집사의 품에는 어느새 새끼고양이가 안겨 있었다.

새끼고양이를 받아든 터글로 에반스는 마치 잡지의 아역모델 같은 미소를 지었다.

"저는 한국에서 온 유명 가수 패트릭입니다. 혹시 저희랑 파티하시겠어요? 바비큐, 댄스."

여기까지 영어로 말한 패트릭이 민우를 본다.

"그 다음에 무슨 파티가 있냐?"는 한국어.

민우는 패트릭을 보며 웃어버렸다. 너나 나나 깡통이지.

"혹시 저희와 함께 저녁 드시겠습니까? 제 친구가 한국에서 꽤 유명한 가수인데 저녁식사에 초대하네요."

민우가 말했다.

"신세를 지는 건 싫습니다."

딸아이의 어머니 글로리아가 단호하게 말했다. 하지만 딸아이가 샤오미의 손을 잡은 채 정원 안으로 들어가자고 종용한다. 샤오미는 거절하지 못한 채 정원으로 들어가버렸고.

"어쩔 수 없네요. 딸아이를 위해서라면 못할 게 뭐 있겠어요. 그럼 저녁을 좀 신세질까요? 아 참, 지난달에 아이 아빠가 선물한 와인이 있어요. 그렇게 고급은 아니지만 그거라도 가져오면 어떨까 싶은데."

민우는 글로리아에게 문 앞에서 기다리겠다고 말했다. 상황을 파악한 집사는 정원을 가로질러 건물 안으로 사라진다.

"뭐라고 한 거야?"

그제야 끼어드는 패트릭.

"짜샤, 너 때메 두 집이 모여서 저녁 먹게 됐다, 오케이?"

"잘 됐다야. 와, 나 저 아줌마 눈을 보는데 숨이 멎는 줄 알았어. 어쩜 저리 예쁘냐, 넌 옆집에 산다면서 저런 여신의 존재를 몰랐던 거야? 하긴 샤오미에게 정신 팔려서 세상이 어떻게 돌아가는지 우찌 알겠으?"

고개를 팔랑팔랑 저으며 패트릭이 민우를 바라본다. 정말 속 편한 녀석이다. 어느덧 첩보원이 된 지 700일이 넘어간다. 패트릭 네가 내 마음의 700분의 1이라도 알아준다면 얼마나 좋을까?

2016년 4월 5일 아침

윤상길 다 누리고 살리라

미래과학창조부 장관인데 식목일 행사라니. 태어나 바람에 묻어온 클로버 잎사귀 하나 키워본 적 없는 사람인데.

작년만 해도 송도와 영종도, 청라를 잇는 삼각라인 중 가장 먼저 태양열 집적판이 시공되는 송도지구 개발 탓에 식목일 따위, 피해갈 수 있었다. 이번만큼은 피하기 힘들다며 백 비서가 단단히 주의를 주었다. 알았어, 알았다고. 침대 맡 스탠드를 끄며 대답했다. 나이트가운을 입은 백 비서는 짐짓 토라진 채 그녀의 방으로 건너가버렸다.

스티브 킴의 말은 진리와도 같았다. 은근히 부추기듯 잠자리에 대한 이야기까지 백 비서에게 말하라 하지 않던가. 언제였더라, 기억도 나지 않는다. 미국에 있는 딸아이가 생각나 홀짝홀짝 마시던 소주에 취해 엉엉 울고 말았다.

"아내분이 생각나셔서 그러십니까?"

안타까운 목소리로 백 비서가 물었다. 긍정도 부정도 하기 힘든 물음이라 대답하지 않았다. 그런데 좀처럼 눈물이 멈추지 않았다. 처음에는 딸아이가 그리워서 울었지만 나중에는 왜 우는지도 모르는 채 울었다.

"저라도 괜찮으시다면……."

마치 사전에 계획된 연극처럼 백 비서가 식탁에 앉은 윤상길을 향해 도발했다. 그녀의 블라우스 앞섶이 풀어지는 순간 마치 기다렸다는 듯 껴안았다. 격정적인 순간이 지난 뒤 두려움이 몰려왔다. 여자 문제로 낙마한 정치계 인사는 한둘이 아니다. 심지어 그의 유학시절, 절대적 존재였던 클린턴마저 그랬다.

"저, 저, 백 비서. 우리 말이야."

"침실에서는 자기라는 말이 더 듣기 좋은데요. 그리고 걱정하지 마세요. 전 르윈스키 같은 여자가 아닙니다."

미리 짠 듯한 각본 같았다. 그날 이후, 둘이 있는 관저에서는 자기라는 호칭으로 그녀를 불렀다. 장관 관저는 스티브 킴이 물색한 집인 듯했다. 바깥에서 보기에는 크지 않는 40여 평이 전부인 집, 그러나 내부는 완전히 달랐다. 주차장 위에는 기사가 쓰는 원룸이 구비되었다. 다만 이 원룸에서는 주차장 문과 정문을 여는 것이 가능할 뿐 집 내부로 들어오지 못한다. 남은 30평 남짓 공간은 지하 1층 지상 2층으로, 지하에는 놀이시설이 갖추어졌다. 노래방, 바 같은. 구석 한 칸은 마치 모텔 방처럼 꾸며놓았다. 1층은 집무실로, 2층은 침실인데 백 비서의 방은 1층에 있는 것처럼 위장되었다. 어느 때부터인가, 두 사람은 2층에서 함께 생활하게 되었다. 눈치 빠르고 재기 넘치는 백 비서는 좋게 표현하면 낄 때와 빠질 때를 알았다. 지금도 그렇다. 함께 있었다면 윤상길이 더 불평을 해댔으리라.

눈을 감았지만 잠이 들지 않았다. 30분쯤 지났을까. 슬며시 침실의 문이 열렸다.

"미안해용."

살짝 애교를 더한 콧소리, 오른손에는 온더락 잔이 들렸다.

"왜 한 잔이지?"

"뭣 하러 두 잔을 들고 와요? 한 잔이면 충분하지 않나요?"

양주를 마신 그녀가 키스를 해왔다. 알싸한 몰트의 향기가 그녀의 입에서 윤상길의 입으로 전해졌다.

"사랑하면 안 된다는 거 알아요. 그래서인지 더 당신을 놓을 수가 없네요."

영화 대사라면 관객을 녹이고도 남으리라. 물론 백진희의 말에 윤상길은 녹아서 형체마저 없어졌지만.

눈을 떴을 때는 아침 7시가 넘어버렸다.

윤상길이 가야 하는 곳은 역시 인천이었다. 태양열 집적판 공사가 마무리 단계인 송도의 태양열 단지 담벼락을 친환경으로 하자는 의견이 나왔다. 국가적 재산인데 힘들지 않겠느냐 반대했다. 이때 백 비서가 귓속말을 했다.

"섬입니다. 대규모 아파트 지구들이 있고요. 즉, 주민들 이외에는 불필요하게 이곳까지 올 사람이 적다는 뜻입니다."

"자, 그러면 태양열 단지는 사철나무로 감쌉시다. 어떤가요?"

윤상길은 비벌리힐스 부호촌에서 보았던 조경이 잘된 사철나무를 떠올렸다. 그대로 통과되어버렸다. 그래서 사철나무를 심으러 가야 한다.

차에 오르자 백진희가 황급히 서류뭉치를 꺼냈다. 귀찮다는 듯 고개를 흔들자 설명을 시작한다.

"제가 드렸던 서류는 이번 식목에 참여하는 외국 기자들 명단입니다. 외워 두시는 게 좋을 겁니다. CNN, 타임, 뉴욕포스트, 시카고트리뷴, 월스트리트저널 외에 신화통신과 NHK 등 십여 개 해외 유수의 기자들이 참여합니다."

"왜?"

지금에 와서 왜?

"아마도……."

뒷말을 흐렸다. 그래, 스티브 킴의 알력이구나.

"태양열 단지에 대한 중요성과 첨단 시설과 기술이 외국 기자들에게 좋은 취재거리가 되었나 봅니다."

표면적으로야 그렇겠지. 백 비서도 알잖아. 이게 얼마나 큰 사업인지. 아니 돈이 돈을 낳는 사업인지. 아직 태양열 집적 기술은 아이 걸음마에 불과하고 충전지 기술 역시 아이 똥오줌도 못 가리는 수준이란 걸.

"그래서?"

"아마 기자들의 초점은 기술 수준 같은 전문적인 것보다 윤상길 장관님께 맞추어질 것 같습니다. 획기적인 아이디어로 아시아에서도 유례없는 태양열 허브를 만드셨으니까요."

마치 백진희 비서가 감탄했다는 표정을 짓는다. 아유, 저 앙큼한 사람. 운전수만 아니라면 콱 깨물어주고 싶을 정도다. 이참에 운전대를 내가 잡아봐? 엉뚱한 생각을 하다 정신이 돌아왔다.

"그럼 어떻게 하면 되지?"

"제가 드린 자료 맨 뒷장을 보십시오. 거기에 기자들에게 충분히 답변할 내용이 적혀 있을 겁니다. 머리가 좋으시니 얼른 외우실 수 있겠죠?"

맨 뒷장이라고 했지만 스테이플러로 꽉 집힌 종이는 거의 10장에 가까웠다. 거기에는 참여 기자들의 성향이나 듣기 좋아하는 말, 그들의 경력사항 등이 적혔다. 백 비서 혼자 했다고 보기에는 시간이나 정보의 양이 맞지 않았다. 역시 그녀를 돕는 조력자들이 있다는 뜻일까. 최근 들어 자꾸만 궁금해진다. 도대체 스티브 킴이 원하는 건 무엇일까? 두렵기도 하다. 만약 스티브 킴의 꿈이 실패한다면 윤상길에게는 어떤 벌이 기다릴까. 그대로 누리련다. 장관이라는 직책과 기러기 아빠로 열심히 살아가는 이미지, 그리고 아무도 모를, 아니다 스티브 킴은 알겠지만, 백 비서와 나누는 사랑까지. 그래, 다 누리고 살련다. 그런다고 누가 뭐라 하겠어? 이게 자본주의 아닌가 말이다.

"아시겠습니까?"

백 비서가 다그쳐 물었다.

전부 누리고 살련다. 조금 머리는 아프지만. 윤상길은 백 비서를 향해 살짝 윙크를 건넸다.

2016년 5월 1일 밤

빅 존 한 명이 더 있다?

빅 존은 가쁜 숨을 몰아쉬었다.

뉴욕 외곽에서 펑크가 난 차는 버린 지 오래였다. 가급적 도로에서 떨어진 채 내달렸다. 그렇지만 추적자를 따돌린 건지 도무지 알아차릴 수 없었다. 도대체 어떻게 그의 존재를 알아낸 것일까.

빅 존 스스로 존 스미스를 지워버린 뒤 2년을 넘게 브루스 카일로만 살았다. 한눈팔지 않고 뉴욕 장로교 맨해튼 정신병원을 운영하는 데만 기력을 쏟았다. 그럴 수밖에 없었다. 존 스미스는 사라졌다. CIA 국장인 브렌든의 의도대로 되었지만, 빅 존 스스로 위기를 직감했다. 특히 그가 가진 정보력으로 그가 운영한다고 착각했던 존 스미스의 실체를 파악할 수 없다는 게 치명타였다.

우리가 전부가 아니다. 남은 존 스미스는 분명히 움직인다.

빅 존은 이 하나만을 믿었다. 결과적으로 존 스미스는 움직이지 않았다. 서 존, IT 존, 하버드 존, 박사 존, 그리고 조나단 스트라이크까지 친다면, 존은 빅 존까지 여섯 명이 된다. 정보를 다루는 사람이 직감을 믿는다면 우스울까. 그런데 직감이 계속해서 말을 걸었다. 한 명의 존이 더 있다. 죽여야 하는 대상을 기다리는 스나이퍼처럼, 무려 2년을 기다렸다.

빅 존 역시 지쳐갔다. 물론 귀를 닫고 지내지는 않았다. 다만 빅 존 스스로 정보업계에 뛰어들기를 주저했다. 어떤 계기나 시간이 필요했다. 두렵지만, 그 두려움을 상쇄할 만한 무언가. 그런데 너무도 간단히 구글 검색에 엉뚱한 정보가 떠버렸다. 애런이었다. 로즈마리 애런!

정신 나간 거 아냐? 도대체 무슨 짓을 하고 다니는 거냐?

인터넷 신문을 보면서 그도 모르게 큰소리를 쳐버렸다. 일본온라인 신문에 전화를 걸었다. 대표이사를 만나고 싶다는 뜻을 전하려 했다. 그런데 영어를 하는 직원을 바꿔달라고 해도 계속 머뭇거렸다. 이래서야, 아무것도 되지 않는다. 황급히 일본 출장 일정을 잡았다. 여기서 너무도 간단한 실수를 저질렀다. 로즈마리 애런의 실체를 아는 사람은 전 미국을 통틀어도 5명이 안 된다. CIA 최고 킬러의 신상명세가 나돈다면 어떻게 되겠는가. 로즈마리 애런은 그냥 SM으로 통한다. 당연히 브루스 카일의 이름으로 예약을 하는 게 맞았다. 멍청하게도, 일본에 도착해 로즈마리 애런을 만나려면 미치 애런이 나을 것이란 짧은 생각이 그를 지배해버렸다.

뉴욕 JFK 공항에서 도쿄행 비행기를 기다리는데 CIA 국장인 브렌든에게서 전화가 걸려왔다.

"이런, 이런. 빅 존! 자넨 지금 모든 정보기관의 감시대상이라는 생각이 들지 않던가? 다른 이름도 아니고 미치 애런이라니! 너무 성급했던 것 아니냐 이 말이네. 내가 그 정도 이야기했으면 딸 주변에서 빠져줬어야지."

브렌든의 목소리가 조금 상기되었다는 사실을 뒤늦게 알아차렸다. 두 해 전, 로즈마리의 사진을 두고 협박을 할 때와는 판이했다. 어색했다.

"미스터 브렌든. 나에게 솔직해지기가 그렇게 힘든 겁니까?"

넘겨짚었다.

"빅 존, 자네는 아무것도 몰라. 자네와 내가 〈터미네이터〉를 함께 보며 강대한 미국의 미래를 그리던 때가 생각나는군. 그때가 그립네. 정말이지 그때가 그리워. 〈터미네이터〉를 보던 향수에 다시 젖고 싶지만 우린 이미 늙다리들이라고. 그만 하게. 끊겠네."

너무도 허무하게 브렌든의 전화는 끊어져버렸다. 통화가 중단된 스마트폰 화면이 2분 18초라는 짧은 통화시간을 보여주다 대기화면으로 돌아갔다. 뉴욕의 날씨와 온도는 오늘도 맑고 평년의 온도였다. 하지만 빅 존의 마음은 어느 때보다 무거웠다. 가만, 그런데.

1980년대에 브렌든과 〈터미네이터〉를 본 적이 있었던가. 터미네이터를 황급히 검색했다. 아놀드 슈워제네거의 마초 느낌이 물씬 나는 얼굴이 전면에 드러난 포스터가 압권이었다. 1984년 6월 23일 개봉. 그런데 이 시기라면 브렌든과 미치 애런은 접점이 없다. 그보다 4년이 지나야 두 사람이 만난다.

1988년에서 1990년까지 미치 애런은 서독에서 활동했다. 1991년이 되어서야 미치 애런은 CIA 해외 대첩보 부서에서 두각을 나타냈다. 미치 애런이라는 이름 대신 브루스 카일이라는 이름을 사용한 것도 이 즈음이었다. 미치 애런의 경력이 급변할 때였다. 반면 브렌든은 CIA 내부에서 차근차근 정치인으로 변모해갈 시기였다. 이 시기가 그립다니, 브렌든은 무슨 생각을 하는 거지? 혹시 시네마플랜? 설마 이 고리타분한 구식 방법을 사용할 줄은! 맞다. 이 방법이라면 최근 첨단 분석기법을 상당히 피해갈지도 모르겠다.

기억을 더듬었다. 지금도 음성녹음메시지 서비스가 지원되는지 알 수 없다. 555에…… 9119! 공중전화, 공중전화가 어디 있지? 눈길을 돌리던 그는 공항 구석에 마련된 전화 부스를 찾아냈다. 황급히 뛰었다. 전화를 걸었다. 전화번호에 비해 비밀번호는 생생히 기억났다. CIA 넘버원. 두 사람만의 약속이었다. 숫자번호판을 보며 안내에 따라 CIA No1, 242…6…61을 눌렀다. '음성녹음 한 건이 있습니다.'라는 오래된 기계음이 흘러나왔다.

미치, 날세. 부탁이네. 자네는 로즈마리의 곁을 얼씬거리면 안 돼. 그렇게 경고를 주었지 않나. 이 년 동안을 잠잠하던 자네가 왜 갑자기 이 일에 끼어든 거지? 알량한 자식 사랑인가? 부탁인데 빠져주게. 지금 시간이 부족하니 저녁 무렵에 보안전화로 걸어주게.

빅 존은 브렌든이 말하는 보안전화의 번호를 재빨리 외웠다. 메시지는 삭제했다. 어쩐다? 브렌든이 이 정도로 사정을 했다는 건 심각하다는 반증이다.

항공사 예매 부스로 갔다. 일본행 티켓을 취소했다.

존 스미스를 없애버린 마당이라 전면에 나설 수 없었다. 2년을 기다렸다. 하염없이 로즈마리의 흔적만 더듬었다. 그런데 갑자기 웃음이 터졌다. 시네마플랜은 빅 존의 아이디어였다. 도청이 의심될 때 전혀 엉뚱한 영화 이야기로 통화를 끝내자. 실제 정보는 도청이 불가한 전화로 음성녹음메시지를 사용하자. 기실 단 한 번도 사용한 적 없는 멍청하고 한심한 방법을 브렌든이 기억하고 있었다니.

음성메시지만으로 모든 상황을 추측할 수는 없다. 단 하나, 로즈마리는 분명 브렌든의 통제 하에 있다. 작전 중이라는 의미로 받아들여도 된다. 브렌든이 빅 존에게 경고했던 때가, 2014년 6월 중순이었다. 벌써 2년이 되었다. 그렇다면 브렌든과 로즈마리가 준비한 작전은 최소 3년 이상 계획된 것이다. CIA 국장의 재임기간이나 이후 행보를 살폈을 때, 브렌든은 이 작전에 인생 전부를 걸었을 게 틀림없다.

터지는 웃음을 참지 못하고 공항 소파에 앉아 숨이 넘어갈 정도로 웃었다. 빅 존은 너무 많은 죽음을 보았다. 딸아이를 강하게 키우고 싶었다. 그가 죽더라도 분연히 일어날 수 있도록. 그런데 기대와 다른 길을 걸었다. 버젓이 CIA에 입사해 킬러가 돼버렸다.

딸에게는 몹쓸 거짓말도 했다. 일본계인 그녀를 입양했다고. 미시마 아야코는 빅 존이 브루스 카일이라는 이름으로 스탠퍼드 의대에서 정신과 전문의 과정을 이수할 때 만났다. 아야코에게 자신의 본명이 미치 애런이라는 것과 첩보 활동에 관한 모든 것을 고백했다. 그녀는 운명이었다. 그러나 아야코와 빅 존의 로맨스는 오래가지 않았다. 라멘 가게를 운영하는 장인의 반대가 너무 심해서였다. 파란 눈의 코쟁이를 사위로 들일 수 없다는 막무가내 식 반대였다. 아야코는 아이가 생긴 사실을 말하지 않았다. 그런데 아이를 낳자마자 장인이 미국까지 날아와 아야코를 데려갔다.

공항에서 아야코가 말했다.

"자기, 딸아이 이름을 로즈마리로 지어주면 어떨까?"

그러겠노라, 눈물로 다짐했다. 나중에야 알았다. 로즈마리의 꽃말이 기억이라는 것을. 어쩌면 아야코가 LA 공항에서 일본으로 돌아갈 때 다시는 오지 못하리라는 사실을 운명적으로 직감한 것 같았다.

웃고 있다고 생각했는데. 추태도 이런 추태가 없다. 소파에서 킬킬거리며 웃던 빅 존은 어느새 눈물이 뒤섞인 이상한 웃음을 짓고 있었다. 손수건을 꺼내 눈물을 닦으려다 한 남자와 눈이 마주쳤다. 50미터쯤 떨어진 곳이었다. 백인, 갈색머리, 검은 눈, 1미터 85정도, 군살 없는 몸매에 머리가 벗겨지기 시작했다. 남자는 호주머니에 손을 넣고 신문을 읽는 척했지만 왼쪽 겨드랑이가 완전히 심장 쪽에 붙지 않았다. 권총을 차고 있다. 미행이다. 어째서 몰랐던 걸까. 감정이 앞서면 일을 그르치기 마련이다. 첩보계의 진리! 간과했다.

빅 존은 천천히 눈물을 닦았다. 그런 뒤 화장실로 뛰어 들어갔다. 급박하다는 사실을 인지한 상대일수록 곧바로 따라 들어오리라.

화장실 출입구 뒤에 몸을 숨겼다. 생각했던 대로 문을 밀고 남자가 따라 들어온다. 잴 것도 없다. 인정사정없이 남자의 관자놀이와 경동맥을 가격했다. 동시에 니킥으로 사타구니를 올려 찼다. 한 방에 남자는 나가떨어졌다. 품을 뒤져 지갑과 권총을 꺼냈다. 화장실에 들어오려던 한 남자가 놀라서 나간다.

지갑을 열었다. 스펜서 만프레디. 소속은 NSA. 제기랄, 국가안보국이 따라붙다니. 남자의 멱살을 쥐고 변기에 앉혔다. 남자는 깨어나도 한동안 말할 수 없다. 지갑이 털리고 권총을 잃었다고 해도 그의 사무실까지 가지 않는 한 도움을 청하기는 힘들 것이다. 가방에 그의 지갑과 권총을 챙겨 넣었다.

주차장에서 낡은 BMW에 시동을 걸었다. 주차구획을 빠져나오려는데 굉음이 들렸다. 곧바로 정신을 잃을 정도로 차가 휘청거렸다. 다행히 머리를 부딪치지 않았다. 운전석을 향해 정확히 가격한 GM 승용차는 다시 존의 차를 처박겠다는 듯 후진했다. 가방에 넣었던 권총을 꺼냈다. 박살이 난 운전석 유리창을 마저 깨내고 총을 발사했다. 상대 차의 오른쪽 타이어가 펑크 나며 완전히 좌측으로 꺾였다. 기세를 잃지 않은 GM 승용차는 주차해 있던 다른 차를 들이받았다. 액셀러레이터에 힘을 준 빅 존은 다급하게 주차장을 빠져나왔다.

이 정도로 위급한 상황이란 말인가. NSA에 이은 차량 가격은 어디였을까. 맨해튼 장로교 정신병원으로 가려다 뉴욕 주변을 돌기로 했다. 따라올 테면 따라와 보라는 심정이었다. 문짝이 박살난 탓에 거센 바람이 운전석으로 돌진했다. 충격으로 휠 얼라인먼트의 축이 틀어졌는지 운전대를 45도쯤 기울여야 정면으로 나간다. 차가 바깥에서 보자면 박살이 난 상황이 아닐까. 그런데 사람의 이목을 끌지 않는다는 게 신기했다. 핸들을 꺾어 고속도로에 차를 올렸다.

반 윅 엑스프레스 웨이와 벨트 파크 웨이 교차로가 곧바로 눈에 들었다. 핸들을 고정한 채 반 윅 엑스프레스 웨이를 따라 북상했다. 8킬로미터, 15분여를 곧장 내달렸다. 동쪽인 그랑 센트럴 파크 웨이로 빠질까 했지만 미행이 붙었는지 알아차릴 수 없었다. 이대로 북쪽까지 달리면 브롱크스나 그리니치까지 도달할 수 있다. 그렇지만 10킬로미터 정도인 퀸즈 부근에 이르기 전에 미행차량을 파악할 수 있기를 바랐다. 퀸즈 대로를 알리는 표지판이 보였다. 결정을 내릴 때다.

해거름이 깔린 도로에서 전후좌우를 주시하는 운전이 편하지는 않았다. 무엇보다 미행이 붙었다면 10분을 넘게 달린 지금은 눈치를 채야만 한다. 어차피 노출이 된 상황이다. 퀸즈 대로와 반 윅 엑스프레스웨이를 전진하는 사이에서 갈등하던 빅 존은 갓길에 차를 멈췄다.

돌발적이었다. 잡을 테면 잡아 보라는 심정이었다. 가만히 팔짱을 끼고 기다렸다. 하지만 빅 존을 제어하거나 제지하는 차량조차 없었다.

트렁크를 열었다. 무언가 있을 거라는 막연한 생각이었다. 벌써 10년을 넘게 쓴 탓에 별의별 물건들이 트렁크에 쌓였다. 메이저리그 뉴욕 양키스의 레플리카 몇 장이 보였다. 그 아래에 총열이 지워진 스미스 & 웨슨과 콜트가 빛을 발한다. 아무렇게나 나뒹구는 펜치와 망치, 어디를 닦았던 걸지 완전히 더러워진 흰색 면, 그리고 선불전화기와 콜트 권총 100주년 기념 저번이 들어 있는 철제 트렁크도 보였다. 가만, 선불전화?

선불전화 전원을 켰다. 100달러치만큼 통화가 가능하다는 메시지가 뜬다. 총열이 지워진 권총 두 정을 집었다. 재빨리 탄창을 확인했다. 두 정 모두 탄창이 가득했다. 순간 존을 향한 사격이 시작되었다. 해거름이 빅 존을 역광에 숨기고 트렁크의 문을 열어놓지 않았다면 사격은 정확히 빅 존의 관자놀이를 가격했으리라. 빅 존은 차와 난간 사이로 몸을 숨겼다. 바람을 때리는 총탄소리가 끊이지 않고 주변을 스쳐갔다. 반대편 도로로 난 차체에 박히는 총알소리도 그에 못지않았다. 겨우 정신을 추스른 빅 존이 머리를 내밀었다. 어김없이 총알이 날아왔다. 그제야 보였다. 오십여 미터 후방, 건너편 차도에 멈추어선 갈색 계통의 자동차가 보였다. 오래된 재규어 모델이었다. 두 사람이 탈 수 있는 쿠페 스타일.

멍청한 녀석들!

단번에 상황을 파악한 빅 존은 조수석 문을 열고 차에 올랐다. 상대의 위치와 각도, 총탄소리를 가늠했을 때 작전에 처음 투입되었거나 실전이 서투른 녀석들이다. 재빨리 시동을 켜고 차를 출발시켰다. 동시에 차가 왼쪽으로 크게 휘청거렸다. 타이어가 터져버렸다.

결국 북상은 포기했다. 퀸즈 대로로 빠져나온 뒤 아무렇게나 달렸다. 도로를 긁는 바퀴소리에 정신이 번쩍 들었다. 이곳저곳을 30여 분이나 달렸다. 그 사이 타이어는 완전히 찢어졌다. 차에서 내린 빅 존은 흥분한 마음을 진정시키는 것조차 힘들었다.

커피라는 글씨가 눈에 들어왔다. 24시간 영업을 하는 동네 싸구려 식당이었다. 사십대로 보이는 웨이트리스가 주문을 받으러 왔다.

"오늘 주방장이 애플파이를 만들었어요. 꽤 맛있답니다."

"몇 시나 됐죠?"

"7시 20분요. 이제부터 11시간 40분을 더 일해야 하는 저보다 피곤해 보이시네요. 저는 메리라고 합니다. 처음 뵙는 분이시네요. 이 가게에 낯선 분은 잘 안 오시거든요."

"아 그런가요, 메리? 그래요, 애플파이와 커피, 진하게 부탁합니다."

메리는 채 이 분도 지나지 않아 애플파이와 커피를 내왔다.

"그런데 나사 하나가 빠지신 것 같아요. 무슨 문제 있으신 거죠? 선생님 나이나 제 나이쯤 되면 애 먹이는 자식들만큼 큰 문제도 없죠."

커피를 머그잔 가득 따라주며 메리가 말했다. 그녀의 친절함이 느껴졌다.

"맞아요. 저도 그래서 문제랍니다. 몇 년째 연락이 되지 않아서 걱정이 이만저만이 아니었는데 일본에 있답니다. 나 원 참!"

"데리고 오세요. 저도 마찬가지였어요. 제가 부모님의 기대를 저버리고 남자친구를 따라 여기까지 와버렸죠. 마치 폭우에 휩쓸리듯 벌어진 일이었어요. 남자가 저를 버리고 저는 만삭이 된 상태일 때 이곳 도시 여자랑 바람이 나버렸죠. 죽고 싶었답니다. 그때 부모님이 저를 데리러 왔었다면 이렇게 살고 있지는 않았겠죠. 저, 이런 이야기 상투적인지 모르겠는데, 〈록키 발보아〉 시리즈 파이널에서 마지막 라운드를 앞둔 록키에게 아들이 이렇게 말해요. 증명할 건 다 했다고. 이제 그만 쉬어도 된다. 하지만 자식을 위한 부모의 마음은 증명한다는 걸로는 끝나지 않죠. 우리가 죽지 않는 한."

메리의 간곡한 진심이 느껴졌다.

"여기서 일한 지 오래되셨나보네요?"

"그럼요, 간판도 나가떨어져서 이름도 없는 식당이잖아요. 저 간판이 새 것일 때부터 일했으니까요. 아이는 지금 LA에서 배우를……."

메리가 든 커피포트가 깨졌다. 그녀가 두른 에이프런에서 붉은 피가 번져나왔다. 마치 청각이 상실된 듯 눈앞의 장면만이 느껴졌다. 곧바로 깨지고 부서지는 파열음이 뒤따랐다. 가게의 전면유리가 박살이 났고, 몇 안 되던 손님들은 비명을 질러댔다. 몸을 바짝 낮추고 주방으로 뛰어들었다. 빅 존보다 덩치가 큰 주방장이 뒷문으로 빠져나가는 게 보였다. 빅 존도 주방장을 뒤따랐다.

그 뒤로 얼마를 내달린 걸까? 폐에서 마치 피가 뿜어지는 듯했다. 호주머니를 뒤졌다. 권총은 어디 갔는지 사라졌다. 네모난 물건이 잡혔다. 선불전화였다.

남은 건 이게 전부인가. 전원을 켰다. 어디로 전화를 건단 말인가. 메리의 말이 귓전을 맴돌았다. 우리가 죽지 않는 한 자식에게는 증명을 한다는 건 끝나지 않는다고. 맞다. 빅 존은 딸에게 자신의 사랑을 증명해주지 못했다. 그렇지만 이제 어쩐다?

2016년 7월 4일 저녁

장민우 이상한 귀결

"지금에 와서 그 프로그램들이 무슨 소용이 있을까 싶어요."

1억 달러짜리라는, GSPS라는 프로그램에 대해 두 시간 가까이 떠들던 글로리아가 겨우 마무리를 한다. 샤오미와 장민우는 한 순간도 지루해하거나 인상을 찌푸리지 않고 글로리아의 이야기를 들어주었다.

"엄마, 나 쉬."

딸인 터글로가 엄마를 향해 간절한 표정을 지었다. 그 바람에 샤오미가 까르르 웃었다.

처음에는 투자 프로그램이었다. 그런데 이것을 글로리아의 남편 터너 에반스가 존 스미스라는 프로그램 구입자의 부탁으로 완전히 새로운 인공지능 프로그램으로 탈바꿈시켰다고 한다. 실리콘밸리에서 낮은 확률로 일어날 수 있는 신데렐라 스토리였다. 다만 이야기가 허황되고 실현가능성이 없어보였다. 가로축이 어떻고, 세로축이 어떻고. 그 둘을 잘 조합하면 나라 하나는 거뜬히 들썩일 정도의 투자적기를 찾아낼지도 모른다니.

"아유, 아이 데리고 가야겠어요. 큰 건 가리는 앤데, 기저귀가 엉망이 됐네요. 또 봬요."

글로리아가 딸을 데리고 황급히 집 바깥으로 나갔다.

샤오미는 글로리아와 딸이 언제든 집으로 들어올 수 있게 두 집 사이의 사철나무 담벼락에 작은 문을 달았다. 외로웠던 샤오미와 상실감에 젖었던 글로리아는 좋은 친구가 되었다. 물론 샤오미에게는 민우라는 버팀목이 있지만 사람에 대한 그리움 전부를 해결해주지는 못한다. 민우에게도 글로리아는 좋은 친구이기도 했지만 숨 쉴 구실이기도 했다. 벌써 2년이 돼가는 LA 생활, 샤오미 역시 이 생활이 영원하지 않으리라는 걸 안다. 두 사람의 생활을 연장하고 있을 뿐이라는 사실도.

한번은 샤오미가 "불공평하지 않아?" 하고 물었다.

"뭐가?"

"민우의 모든 것. 곧 군대도 가야 하잖아. 나 그럼, 아마 못 살 거야. 아, 이런 이야기하려던 건 아닌데. 그냥 민우에게 미안해서."

영어와 중국어를 번갈아가며 이야기하던 샤오미는 급기야 눈물을 뚝뚝 떨어뜨렸다.

"괜찮아, 그럴 일 없어."

샤오미를 달랬지만 군 문제는 샤오미와 떨어질 수 있는 최후의 보루였다.

"나 글로리아네 좀 다녀올까 봐."

샤오미는 터글로와 더 놀고 싶었는지 민우의 의중을 살폈다. 그녀의 눈에는 함께 가지 않겠느냐는 물음이 담겨 있었다.

"샤오미, 오늘은 내가 좀 피곤하네. 게다가 이수하지 못한 학과목이 있어서 여름학기를 들어야 하기도 하고. 준비 좀 할게."

샤오미가 활짝 웃으며 글로리아의 집으로 갔지만 역시 부자연스러웠다. 이제는 샤오미에게 책임감마저 느낀다. 샤오미는 민우가 없으면 어쩌려고 저럴까.

2층 방으로 올라온 민우는 노트북을 켰다. 이제 아버지라는 호칭밖에 생각나지 않는 채한준에게 주저리주저리 메일을 보낼 시간이었다. 형식적으로는 업무 메일이었다. 하지만 요즘은 푸념 메일이라고 해야 맞겠다. 다만 보안을 위해 메일을 발송하는 형태가 아니라 하나의 포탈 계정으로 메일을 작성하여 '나에게 쓰기'를 하면 한국에서 확인하고 삭제하는 식이었다.

민우는 지난 한 주 벌어졌던 일들을 나열했다.

여름방학이 시작된다는 것, 샤오미가 일주일 정도 중국에 다녀올 예정, 옆집 글로리아와 친해졌는데 남편에 대해 처음으로 듣게 되었다는 내용 등이 전부였다. 메일을 보내려다 GSPS가 1억 달러라는 믿지 못할 가격에 판매되어 부호가 되었으며, 존 스미스라는 인물이 프로그램을 샀다는 내용을 덧붙였다.

메일을 보내고 침대에 누웠다. 천장에 박기림의 얼굴이 그려졌다. 그녀만 있으면 전부인데 이러고 산다는 게 무슨 의미인지. 벌써 1년을 넘게 그리워만 했다. 샤오미가 걱정하는 대로 군에 입대한다며 사라져 버릴까. 그런 엉뚱한 생각을 하는데 전화벨이 울렸다. 스마트폰을 보자 박기림이라는 이름이 뜬다. 맙소사!

"웬일이야?"

그런데 그토록 하고 싶었던 말들은 목구멍 너머에서 넘어오질 않았다.

"쓸데없는 생각은 말아."

이미 알고 있다는 듯 박기림이 단단히 주의를 준다.

"존 스미스와 GSPS에 대해 피칭해봐."

급작스러웠다.

"이유는?"

"너부터 먼저. 명령이야."

장민우는 글로리아에게서 들었던 Glory's Stock trading Prediction System에 관해 비교적 상세하게 설명했다. 존 스미스와 함께 일하던 공장의 폭발로 터너가 사망했으며, 2년여 전 죽은 터너에게서 예약된 와인과 꽃이 도착했다고 마저 덧붙였다.

"작년에도 와인과 꽃이 왔었대?"

"그런 건 안 물어봤는데. 왜 그래, 선배?"

"일단 기다려 봐. 곧 전화할게."

부부의 인연이라면 참으로 매몰찬 연이다. 아니, 서로가 한때 연모의 정을 나누었는데 결국 이런 업무적인 이야기나 나누어야 하다니. 이제 샤오미보다 못한 사이가 돼버린 것만 같다. 그런데 왜 이토록 급박하게 반응할 것일까? 나쁜 박기림. 그런 생각에 빠졌는데 다시 전화가 울렸다.

"선배, 너무한 거 아냐?"

"나다."

박기림의 전화였는데 전화를 건 사람은 채한준이었다.

"너에게 첫 번째 임무를 하달해야만 하겠다."

"네? 임무요?"

"글로리아와 샤오미 주변, 그리고 글로리아에 관계된 모든 것을 정보화시켜. 왜 그러는지는 말하기 힘들다. 무언가 이상하다고만 하자. 또 전화로는 방대하고 정확한 내용을 전달할 수 없다. 네가 존이라는 인물의 근처에 어떻게 다다랐는지 모른다. 기림이가 일 년 넘게 힘을 기울이던 정보다. 네가 있던 곳에서 왜 그런 정보가 떠돌게 된 건지는 우리도 모른다. 그래서 기림이 거기 간다. 알아서 처신해. 샤오미라는 유일한 인맥이 끊어지지 않게."

"옙!"

전화를 끊는데 무력감이 밀려왔다. 박기림이 온다고? 샤오미와 1년 넘게 지낸 이곳에? 마치 결혼을 한 남자의 집에 첫사랑이 찾아오는 것 같은, 이런 더러운 기분으로 박기림을 맞이해야 한다고?

2016년 7월 4일 밤

존 스미스 경고

인기척에 잠이 깼다. 습관적으로 침대 스탠드에 놓인 시계를 보았다. 오전 2시 14분. 잠시 반짝이는 붉은 글씨에 눈을 고정했다. 2:14, 밸런타인데이. 손을 더듬어 아이를 살폈다. 새근새근 잠든 터글로, 마지막 남은 글로리아의 희망이다.

가만.

그제야 글로리아는 자신이 인기척에 잠이 깼다는 사실을 깨달았다. 보안이 잘된 집이라 누군가 침입한다면 경비회사에서 출동했을 것이다. 하지만 그녀가 잠을 깬 이유는 낯선 소리 때문이었다. 가만히 소리에 귀를 기울였다. 문득 터너가 살아온 것이 아닐까 생각했다. 그럴지도 모르겠다. 나이트가운을 단단히 여미고 침실 문을 열었다. 최대한 소리를 죽이고 나선형 계단을 내려갔다. 잔잔하게 켜진 조명이 거실을 비추었다. 적막이 감도는 거실에는 사람의 기운이 느껴지지 않았다. 거실까지 내려온 그녀는 조심스레 난롯가로 움직였다. 무쇠로 만든 부지깽이를 들었다. 이사 오고도 만져본 적이 없던 터라 무게에 놀랐다. 단단히 부지깽이를 쥐고 휘두르는 상상을 해보았다.

천천히 벽을 따라 눈길을 옮겼다. 달그락거리는 소리. 무언가를 따르는 소리. 부엌, 인기척은 그곳에서 난다.

글로리아는 부지깽이를 단단히 쥐고 부엌으로 걸음을 옮겼다. 부엌에 가까워질수록 다리가 떨려왔다. 격자 유리문이 닫힌 부엌에 거구의 남자가 보였다. 911에 신고를 할까. 아니라면? 그런데 남자의 실루엣이 낯설지 않았다. 터너는 아니었다. 빅 존! 맞다, 저 실루엣은 빅 존이다. 장례식에도 얼굴을 비치지 않아 막연히 그 역시 어떤 사건에 휘말리지 않았을까 짐작만 했던, 존 스미스였다.

부지깽이를 쥔 손에서 힘을 빼지 않았다. 혹시나 존이 아니라면 상황은 난감해진다. 슬며시 부엌문을 열며 불렀다.

"존? 당신인가요?"

"허어. 이런. 글로리아를 깨워버렸나 보네요."

"당황스럽네요, 존. 어떻게 여기까지. 아니 그것보다 어떻게 들어오셨어요?"

"정원에 있던 사철나무 담에 경계가 취약한 부분이 있더군요. 거기를 넘었습니다. 현관문 비밀번호는 GSPS가 아니면 터너일 거라 생각했어요."

"네, GSPS입니다. 이제 바꿔야겠네요."

"미안해요, 이렇게 불쑥. 사실 들어온 지는 꽤 됐습니다. 터너의 흔적을 좀 찾을 필요가 있었어요."

"터너의 흔적이라니요?" 글로리아는 갑자기 눈물이 솟구쳤다.

"혹시 터너가 살아있나요?"

"아니요, 아닙니다. 그냥 알고 싶었을 뿐입니다."

부엌의 불을 켰다. 그제야 존 스미스가 완전히 몰골이라는 사실을 알아차렸다. 눈은 퀭했고 옷은 며칠이나 빨지 않은 듯 곳곳에 기름때가 묻어 있었다.

식탁에는 글로리아가 먹다 남긴 위스키와 터글로의 콘플레이크가 놓여 있었다.

"존, 무슨 일 있었어요? 차림새가?"

"아, 좀 거지같죠?"

"혹시 터너가……, 터너 때문인가요?"

차마 '죽어서'라는 말을 꺼내지 못한 글로리아가 에둘러 존을 바라보았다.

"무관하지 않습니다. 다만 터너의 흔적이 좀 필요합니다. 접점이 당신밖에 없어요."

글로리아는 고민을 거듭하다 밸런타인데이에 터너에게서 예약된 꽃과 와인이 배달되었다는 이야기를 꺼냈다.

"혹시 어디에서 배달되었는지 아십니까?"

"제가 꽃배달 업체의 카드와 명함을 받아두었어요."

“그거면 충분합니다.”

존은 잔에 약간 남아 있던 위스키를 꿀꺽 단번에 마셨다.

글로리아는 식탁 수납 칸을 뒤져 꽃배달 업체의 명함을 건넸다.

“참 2월 14일이 아니라 하루 뒤에 배달이 되었어요.”

“아, 그래요? 훨씬 좋은 정보군요.”

“그런데 존, 먹을 거라도 만들어 드릴까요? 그동안에 손님용 욕실에서 좀 씻으시는 건 어떨까요? 존에게 맞을지 모르겠지만 터너가 크게 입던 옷이 몇 벌 있을 겁니다.”

존은 붉어진 눈시울로 호의를 받아들였다. 옷을 세탁바구니에 넣고 존이 샤워를 하는 동안 글로리아는 먼저 옷부터 챙겼다. 그럭저럭 존에게 맞을 것 같았다. 이어서 캔으로 된 비프스튜를 데웠다.

“엄마? 누구 왔어?”

한창 비스스튜를 데우는 데 터글로가 갑자기 말을 걸었다. 화들짝 놀란 글로리아는 터글로의 머리를 쓰다듬었다.

“아빠 친구가 왔어. 존이라고…….”

“아, 엄마와 아빠의 GSPS를 사주었다던 아저씨?”

“그래, 그게 나란다. 참 예쁜 아이구나.”

어깨 부근이 꼈는지 단추를 두 개나 푼 존이 터글로에게 눈웃음을 지었다.

“엄마, 나 졸려. 아저씨 안녕.”

앙증맞게 손바닥을 쥐었다 폈다 하며 터글로가 존에게 인사를 했다. 터글로를 침실에서 재우고 내려오자 비프스튜는 완전히 사라졌다.

“좀 더 해드릴까요?”

"아니요, 많이 먹었습니다. 저 글로리아……."

존이 자세를 고쳐 앉았다. 서 있던 글로리아 역시 마주보며 탁자에 앉았다.

"제가 하려는 이야기는 모르는 게 나을 수도 있고, 아는 게 약일 수도 있습니다. 지금도 주저됩니다. 무엇보다 제가 이곳에 온 게 과연 잘한 일인지조차 알 수 없습니다. 하지만 저는 당신에게 왜 제가 이곳에 왔는지, 또 당신의 도움이 필요하다는 사실 역시 설명해야 합니다."

"알고 싶습니다."

잠시 고민했다. 그러나 존은 궁지에 몰렸다. 글로리아라고 그러지 말라는 법은 없다.

"잘 들으십시오. 그리고 오늘 나누는 이야기는 어디에도 발설해서는 안 됩니다. 경우에 따라 글로리아와 따님의 목숨까지 위태로울 수 있습니다."

"그 정도로 심각한가요?"

"먼저 저는 CIA 요원입니다. 아니, 요원이었다는 게 맞겠네요. 존 스미스는 제 이름이 아닙니다. CIA에서 분파를 나눈 일종의 회사입니다. 들어보셨을 겁니다. 정보도 사고판다고. 그런 회사라고 보시면 됩니다. 하지만 조금 더 적극적인 회사입니다. 사고파는 것으로 그치지 않고 CIA를 비롯한 여러 단체들과 작전도 벌이니까요. 최근 들어 정보업계 전체적으로 M&A가 이루어졌습니다. 이러면 알아들으시겠죠?"

"네, 충분해요."

"이런 가운데 존 스미스는 조금 뒤처지고 말았습니다. 미국 내 정보업계의 판을 잘못 읽었고요. 어디서 잘못된 건지는 솔직히 모르겠습니다. 그 결과로 존 스미스를 향한 공격이 가해졌습니다. 어쩔 수 없이 저는 모습을 감출 필요가 있었고요. 비겁하게 들릴지 모르겠지만 제가 살기 위해 피할 수 없는 선택을 했습니다."

"그럼 저희 남편 터너는요?"

"죽었습니다."

"하지만 존, 당신은 제 남편의 흔적을 찾아왔다고 말했어요. 앞뒤가 맞지 않아요."

글로리아는 존을 노려보았다.

"잠깐만요, 제가 정리해볼게요. 존, 당신은 지금 모종의 세력에게 쫓기고 있다는 거죠. 그 세력에게 어쩌면 터너는 살해당했을지 모른다는 거고요. 맞나요?"

존이 고개를 끄덕였다.

"당신의 행색으로 봤을 때 여기 오기 직전까지 쫓겼던 거고요. 당신이 여기에 왔다는 건 그 정도로 갈 곳이 없었다는 반증이네요?"

"맞습니다."

"그것 보세요. 지금 당신은 저를 통해 터너를 찾으려고 하는 겁니다. 아닌가요?"

"글로리아, 당신의 논리는 진심으로 대단합니다. 추측 역시 훌륭하고요. 하지만 저는 아니라고밖에 대답하지 못합니다."

존의 말에 글로리아는 확신이 섰다. 터너는 살아있다.

"좋아요, 존. 제가 무엇을 도와드리면 되죠?"

"일단 현금이 좀 필요합니다. 그리고 차도 필요하고요. 노트북도 있으면 좋겠는데……."

"저, 만 달러 정도 있습니다. 백 달러짜리 뭉치에요. 터너의 보험금 일부로 받았던 건데 침실 어딘가에 처박혀 있을 겁니다."

글로리아는 재빨리 침실로 올라갔다. 터글로는 대리석 침대 위에서 고른 숨을 내쉬고 있었다. 붙박이장을 뒤졌다. 작년 언제인가 넣어두었던 박스가……, 왼쪽 구석에 보였다. 얼른 백 달러 뭉치를 쥐고 침실을 나왔다. 아니, 이것으로는 부족하다. 다시 침실로 돌아간 글로리아는 신용카드를 챙겼다. 터너가 살아오기라도 한 것처럼 계단을 뛰어 내려갔다.

"여기요, 존. 만 달러와 신용카드에요."

"괜찮으시겠습니까?"

"그럼요, 존. 제 통장에는 당신이 준 현금이 가득 쌓여 있습니다."

"다행이네요. 신용카드의 비밀번호는 역시……"

"네, GSPS! 4777입니다."

"가야겠습니다. 그리고 다시 말하지만 저나 터너를 찾아오는 사람이 있다면 무조건 도망치십시오. 아니라면 집에 남자를 두는 것도 나쁘지 않을 겁니다. 도망갈 시간을 벌 수 있을 테니까요."

존의 말에 샤오미와 민우가 생각났다.

"참 존, 당신은 존이 당신의 이름이 아니라고 하셨어요. 혹시 이름을 물어도 됩니까?"

잠시 고민하는 듯했던 존이 말했다.

"제 이름은 미치 애런입니다. 글로리아, 혹시나 누군가에게 생명의 위협을 느끼거나 당신을 추궁하는 사람이 생기면 제 이름을 말하세요. 저를 안다는 의리나 명분으로 입을 다물고 있다가는 죽게 될 겁니다.

아시겠죠?"

존, 아니 미치 애런의 말에 글로리아는 갑자기 어지러웠다.

"미치, 그렇게 할게요. 그리고 부탁합니다. 터너를 잘 돌봐주십시오."

미치 애런은 글로리아의 말에 긍정도 부정도 하지 않았다. 다만 빤히 그녀를 노려보다 크게 숨을 내쉬었을 뿐이다. 돌아선 그는 여름이 시작된 정원 바깥으로 사라져갔다.

2016년 7월 5일 오전

후쿠야마 준 & 여통 & 로즈마리 정보의 무게

잘못되어간다는 느낌을 받으면서도 전진해야만 할 때가 있다. 로즈마리에게서 '진주만 작전'이란 끔찍한 프로젝트명을 들은 지도 6개월, 그럼에도 로즈마리를 처단하지 못했다. 구차하지만 버리지도 못했다.

한 달 가까이 사경을 헤맨 여통이 웃으며 "준?" 하고 불렀을 때는 눈물이 났다.

"여통, 나랑 하던 일이 편했나봐. 옆구리에 살이 쪘던데? 당신은 이제 사무직으로 물러나야 할 것 같아."

겨우 눈물을 참으며 여통에게 말했다.

여통이 병상에서 일어서고 근력을 회복하기까지 5개월, 그동안 로즈마리는 여통의 충실한 친구로 회복을 도왔다. 후쿠야마도 마찬가지였는데, 소진사로 하달되는 잡다한 작업거리는 대부분 폐기했다. 그중에는 CIA 출신 변절 킬러인 SM에 대한 절멸 지령도 있었다. 로즈마리에게 그 전문을 보여주자 쿡, 웃기만 했다.

"5억 엔이야, 봤어?"

"그 정도 몸값이면 아직 부족하네. 10억 엔 정도는 되어야 이 몸이 좀 쫓기는구나 생각하지."

여통은 로즈마리의 말에 옆구리를 부여잡고 웃었다. 웃다가 아프다고 징징거린다.

의사의 의견과 달리 빠른 회복과 안정을 위해 퇴원을 고집하는 여통을, 후쿠야마는 끝까지 말렸다. 환자복을 벗고 타이트한 진과 하얀색 실크블라우스를 걸치는 여통은 5개월 전의 건강한 모습과 다름없었다. 차를 몰았다. 여통이 라멘을 먹고 싶다고 우기는 바람에 니시신주쿠 5초메 구석에 있는 미시마의 자룡 라멘을 찾아갔다.

"뭐야, 차로 왔으니 알았지, 니시신주쿠를 흘러내리는 하천이 이런 곳에 있는 줄 몰랐네."

"칸다가와神田川잖아, 가만 보면 후쿠야마도 참 무심해. 북쪽에 있는 하쿠닌 초에서 이 하천을 따라난 길로 벚꽃을 구경시켜준 적도 있으면서."

여통이 후쿠야마에게 타박을 했다.

"내가? 뭐야 그럼 이 하천이 칸다가와였어? 이렇게 길 줄은 몰랐지."

후쿠야마가 묻는 사이 여통이 능숙하게 "반반 세 개요, 하나는 곱빼기입니다."라며 주문을 한다.

"가만 오늘은 직원들이 안 보이네요?"

뒤늦게 주차를 마친 로즈마리가 들어오며 묻는다.

"오, 로즈! 마이 로즈!"

마스터가 육수냄비에 불을 붙이다 문이 열리는 소리에 반응한다. 능숙한 솜씨로 프라이팬에 야채를 담는다.

"매월 첫째 주 토요일은 가게도 쉬는 날이란다. 하지만 습관이 되어서 문을 닫을 수가 있어야지."

"어라, 마스터 죄송합니다."

여통이 혀를 쏙 내밀며 고개를 숙였다.

"마스터, 여통에게는 특별히 차슈를 부탁합니다. 총 맞아서 죽다가 살아났거든요."

"그래? 그렇다면야!"

마스터는 여통이 주문한 곱빼기 반반 라멘 위에 차슈를 다섯 장이나 얹는다.

여통과 로즈마리, 후쿠야마가 후루룩 쩝쩝거리며 라멘을 먹는 동안 마스터는 가만히 세 사람을 응시했다. 여통은 차슈에 곱빼기 면도 모자라 국물까지 들이켰다.

"와, 오랜만에 몸보신하는 느낌이에요. 병원 밥, 진짜 못 먹겠더라고요."

여통이 만세를 하듯, 또 기지개를 켜듯 마스터에게 감사를 표한다.

"지난번에는 경황이 없었습니다. 귀신에 홀린 듯한 기분이었거든요. 저는 어머니에 대한 기억이 없습니다. 아니 없다고 믿은 게 맞을 겁니다. 그런데 라멘을 사주던 어머니의 눈빛이 그만 기억나버렸어요. 그런데 마스터가 그랬죠? 기억이란 가둘수록 떨어지지 않는 거라고. 마스터의 혜안에 깜짝 놀랐습니다."

"혜안은 무슨. 사람을 상대하다 보니 조금 넘겨짚은 게지요."

"저, 마스터는 이곳에서 장사한 지 몇 년이나 되셨습니까?"

"오십 년쯤 됐나? 전쟁 전부터 아버지가 하던 걸 물려받았으니까."

"가게를 접으려는 생각을 해보신 적은 없었습니까?"

"솔직히 말해서 매일매일이 그랬다오. 그만두고 싶다는 마음과 가게를 계속하자는 마음이 부딪혔지. 젊고 의욕 넘치던 직원이 갑자기 그만두면 내가 뭘 잘못했나, 아니라면 가게에 문제가 있었나, 끊임없이 스스로를 다그쳐야 하니까. 손님도 그렇지. 최선을 다해 라멘을 만들었는데 손도 대지 않고 나가버리면 내 음식에 문제가 있다는 뜻이니까. 그 자괴감이란 이루 말할 수 없지. 농담이 아니라 하루하루가 전쟁이라고 봐야지."

"마스터. 그렇게 자괴감이 느껴지고 스스로를 다그쳐도 가게를 그만두고 싶다는 생각이 들면 어떻게 하십니까?"

여통과 로즈마리는 마스터와 후쿠야마가 나누는 이야기에 끼지 못한 채 가만히 듣고 있었다.

마스터는 여통과 로즈마리를 심각하게 바라보았다. 후쿠야마가 이유 없이 심각한 이야기를 마스터에게 꺼냈을 리 없기 때문이다.

"그래, 그런 순간이 늘 찾아오지. 불현듯 온몸의 기운을 다 빼앗아가버리지. 그럴 때마다 난 라멘을 먹네. 내가 만든 라멘에서 정답을 찾는다고 해야 맞겠지. 나는 결국 라멘을 만드는 사람이니까."

"마스터. 혹시 마스터가 그런 순간에 먹는 라멘을 한 그릇 만들어주실 수 있겠습니까?"

"한 그릇 더 먹게?"

"네."

"그럼 나도."

여통이 함박웃음을 지으며 마스터에게 주문했다. 덩달아 로즈마리도 주문한다.

"그래, 그럼 내가 인생을 그만두고 싶을 때마다, 가게를 닫고 싶을 때마다 먹었던 라멘을 만들어 오지."

마스터는 파를 총총 썰었고, 숙주와 양파를 간장에 볶았다. 볶은 숙주와 양파에 살짝 데친 면을 함께 볶았다. 볶은 면과 야채를 접시에 담은 뒤 사골국물을 자작하게 담았다. 그 위에 총총 썰었던 파를 소복할 정도로 덮었다.

"자, 미시마의 특제 라멘이다!"

마스터는 자신의 것까지 네 그릇을 만들었다.

그릇을 받아든 후쿠야마는 말없이 라멘을 먹기 시작했다.

"우와, 할아버지. 이 라멘, 정말 맛있어요. 왜 이 라멘은 메뉴로 팔지 않으셨어요?"

"으음. 그래, 이 라멘. 그래, 이 라멘. 이름이 미시마의 자룡 라멘이지."

마스터는 갑자기 깊은 시름에 잠겼다. 팔짱을 끼고 턱을 쓰다듬으며 쉽게 말을 꺼내지 못했다.

"이 가게 이름이 뭔지 아나?"

"미시마의 자룡 라멘이요."

여통은 어렵게 꺼낸 마스터의 물음에 쉽게 대답한다.

"그래, 미시마. 본래 간판은 그냥 자룡 라멘이었다네. 아마 이 사실은 손녀인 로즈마리조차 제대로 알지 못할 거야. 벌써 이십 년도 더 된 일이지. 총명했던 내 딸은 스탠퍼드 의대에서 유학을 했지. 정말이지, 어떻게 나 같은 놈에게서 그런 천재가 태어났는지 너무도 신기했어. 그 애 이름이 미시마 아야코였어. 정말 애지중지 키웠어. 행여 라멘 가게를 물려받는다고 할까봐 유학을 가겠다고 할 때는 진심으로 반겼다네. 그런데 아야코는, 그래, 미국에서 어느 양키놈을 만났더라고. 나는 전쟁을 거친 세대야. 패전 이후에 미군들이 승전국이란 지위로 또 연합군이라는 이름으로 일본을 깔보던 모습을 고스란히 보았다네. 그런 내가 양키놈을 사위로 받아들이는 것만은 참을 수가 없었어. 미국에서 양키놈 사진을 보내왔더구만. 결혼할 남자라고. 나는 그 길로 가게를 중단하고 미국으로 갔다네. 어떻게든 설득하면 데리고 올 수 있을 줄 알았지. 내 딸이니까. 그런데 미국으로 간 그날 알게 됐다네. 이미 내 딸이 그 양키놈 사이에서 딸을 낳았다는 걸. 나는 양키놈에게 손녀를 떼놓고 아야코를 강제로 데리고 왔어."

어느새 마스터는 훌쩍이기 시작했다.

"내가 가진 상식으로는 양키놈의 딸을 낳아 기르는 아야코를 용납할 수 없었다네. 도무지, 도무지 용납할 수 없었어. 어떻게 키운 딸아이고 내게 얼마나 자랑스러운 존재인데. 딸아이가 하루아침에 미워지더군. 나는 딸아이에게 정신이 똑바로 박히지 않았다, 고생을 덜했다, 미친년 같은 악담을 퍼부어댔어. 그런데 일본으로 데리고 온 아야코는 마치 꽃이 시들어가듯 시름시름 앓더니 결국에는 자살을 해버렸어. 하지만 망할 놈의 양키 자식은 매년 나에게 손녀의 사진을 보내오더군. 생일에 찍은 사진. 또 학교에 간 사진. 메이퀸으로 뽑힌 사진 등. 난 차마 그 양키놈에게 아야코가 죽었다는 말을 하지 못했다네. 바보같이 아야코가 죽은 뒤에야 깨달았어. 딸의 사랑은 딸의 사랑이라는 거, 그때 인정해주었어야 한다는 거. 이 라멘의 레시피는 이야코의 것이다. 이야코가 남편에게 자주 만들어주었다더구나."

"그럼 혹시?"

로즈마리는 경악에 찬 표정으로 물었다.

"그래, 지금껏 숨겨왔다만 미치 애런은 네 양아버지가 아니야. 네 친 아버지란다. 그리고 로즈마리라는 이름, 꽃말은 네가 더 잘 알 게다. 기억이라는 뜻이잖니. 일본으로 끌려가던 아야코가 애런에게 지어줬다고 들었다."

"맙소사! 아버지는 저를 입양한 딸이라고 말했어요. 그리고 강하게 커야 한다며 온갖 생존방법과 무술, 특히 남자를 제압하는 방법을 가르쳤고요."

"아마도, 아마도 나 때문이었겠지."

마스터는 끝내 눈물을 떨어뜨렸다.

"장인에게 아내를 빼앗긴 아빠가 딸에게 할 수 있는 몇 안 되는 강박관념이었을지도 모르고. 그리고 그 사람 직업이, 내가 알기로는 CIA의 정보원이라고 들었다. 언제든 죽을 수 있는 직업이었다고."

"아, 아. 이건 아니에요. 이건 아니라고요. 진주만 작전. 아버지를 제거하는 것도 포함되어 있단 말이에요. 나는, 나를 그렇게 매몰차게 대하고 강하게만 가르친 아빠가 친아빠가 아니기 때문이라고 생각했어요. 오로지 업무적인 사람으로만 키워낸 아빠는, 그저 자신의 일에 미친 냉혈한이라고만 판단했단 말이에요. 그래서 아버지가 죽어도 되는 환경이라면, 업무적으로 그래도 되는 상황이라면 아빠는 당당히 죽음을 택할 거라 믿었어요. 말도 안 돼! 이제, 이 작전. 되돌릴 수도 없다고요. 왜 진작 할아버지는 제 친아버지라는 사실을 말씀해주시지 않은 거예요?"

"차마, 차마 너에게 말할 수 없었단다. 이 할애비가 평생을 갚아도

다 갚지 못할 죄였으니까. 네가 이곳 일본 땅에서 하고 싶은 정보원의 일을 하면서 살면 된다고 생각했거든."

마스터는 북받치는 감정을 이기지 못하고 바를 내리쳤다.

"후쿠야마. 솔직히 말해. 당신, 지난 오 개월 동안 파헤친 게 이거였지? 나에 관한 것. 오늘 이 마지막 미시마의 라멘도 당신이 연출한 거였지? 내가 진주만 작전을 포기하게끔 하려고?"

눈물이 그렁그렁한 눈으로 로즈마리는 후쿠야마를 쏘아보았다.

"부인하지는 않을게. 이 가게에서 마스터 다음으로 오래 일한 부마스터에게서 들은 정보였어. 그리고 로즈마리의 출생 등 내가 취합하거나 조사할 수 있는 정보를 지난 오 개월 동안 종합한 거니까. 이 라멘 한 그릇이면 가능할 거라 생각했어. 미시마 아야코의 자룡 라멘, 그거 한 그릇이면."

"나빴어. 하지만 잘했다. 내가 볼 때는 그래."

여통이 솔직한 마음을 말했다.

"어떠냐, 진주만 작전이라는 게 로즈마리의 말처럼 돌이킬 수 없는 거냐?"

마스터가 간절한 눈빛으로 로즈마리에게 물었다. 로즈마리의 눈물이 아직 반쯤 남아 있는, 미시마의 자룡 라멘 위로 하염없이 흘러내렸다.

후쿠야마는 로즈마리와 마스터에게 압도되었다. 지금의 상황에 대해서는 어느 정도 예견했다. 20년을 함께 일했다는 가게 부마스터도 전적인 상황을 몰랐다. 다만 마스터가 비장의 라멘을 숨기고 있으며, 기분이 우쭐하거나 오히려 그 반대일 때 미시마의 자룡 라멘을 한두 번 끓여준 적이 있다고 말했다. 로즈마리에 대한 뒷조사와 미시마의 자룡 라멘을 결합시킨 게 오늘의 결과였다. 이런 사연이 숨어 있을 거라는 짐작은 솔직히 못 했다.

"전쟁을 치러야 할지도 몰라요."

로즈마리가 눈물을 닦으며 말했다.

"전쟁이라니?"

마스터 역시 눈물을 훔치며 물었다.

"진주만 작전의 요지는 간단해요. 일본의 정보업계가 미국의 정보업계를 일시에 습격, 완전히 와해시킨다. 이를 위해서는 일본의 정보업계에 대한 교통정리가 먼저 필요했죠. 지난 몇 년 간, 일본 정보업계를 소진사, 아니 정확히 말하죠. 후쿠야마의 소진사로 만들기 위해 수많은 공작들이 있었습니다. 이 일은……."

"성공했네."

여통이 감정 없는 목소리로 거든다.

"맞아요. 성공했습니다. 내각정보조사실이라는 공식적인 단체를 제외하면 일본의 정보업계는 후쿠야마의 소진사가 주도권을 쥐었으니까요. 여통에게는 미안하게 생각합니다만, 저와 여통이, 거의 모든 군소정보업체들을 싹쓸이해버렸거든요. 내각정보조사실에서 퇴임한 요원들이 다시 정보요원으로 재취업하려면 이제 소진사 외에는 창구가 없을 정도니까요."

"그 다음은, 그 다음은 뭐야?"

오히려 다급해진 후쿠야마가 물었다. 오늘 이 자리, 어머니의 죽음과 아버지를 알게 된 감정적인 상태의 로즈마리가 아니라면 그녀는 입을 다물게 뻔하다. 미시마의 자룡 라멘에서 결정을 지어야만 한다.

"소진사가 미국을 침략하는 거지. 진주만 기습처럼."

로즈마리가 얼마 전과 비슷한 말을 꺼냈다. 그래서 진주만 작전이라고 이름 붙였다 설명하겠지만, 아니다. 틀렸다. 이 작전은 너무 번거롭고 규모가 크다. 그리고 소진사만으로 해낼 수 없는 작전이다.

"무언가 다른 게 있어. 분명히. 작전이 너무 튄다고."

후쿠야마가 반발했다.

"그건 나도 몰라. 모든 건 CIA 국장인 브렌든이 알고 있어."

브렌든이라. 그렇다면 이 모든 계획이 브렌든의 머리에서 나왔다는 말인가.

"아니야. 그렇다고 보기에는 작전의 규모와 세부적인 치밀함이 그의 범주를 넘어서. 그가 가진 인력과 운용할 수 있는 자금에서 한계가 있다고. CIA의 한 해 예산은 백억 달러가 되지 않아. 기껏해야 칠십억 달러라고. 브렌든이 아무도 모르게 진주만 작전을 운용하려면 최소 십억 달러 이상을 주무를 수 있어야 해."

정보업계에서는 정보가 곧 돈이다. 러시아 마피아가 훔쳐낸 핵무기를 타국의 정보기관이 사들이는 데에만 10억 달러 정도가 든다. 이는 당장 발사 가능한 핵미사일 가격일 뿐, 핵미사일을 제외한 작전비용은 포함되지 않는다. 물론 돈이 급했던 러시아 마피아가 북한이나 이란 등지에 1억 달러 정도의 헐값으로 매각을 시도하려 했다. 이 모든 사실은 '풍문이거나 낭설'일 뿐 확인된 바는 없다. 이 '풍문과 낭설'에도 수백만 달러의 비용이 들었다. 브렌든이 일본의 정보업계에 수많은 '그럴 듯한 루머'를 흘리고 군소 정보업계를 움직이게 하려면 바탕에는 정보를 조작할 요원과 돈이 필수이다. 게다가 로즈마리처럼 공격 일변도로 밀어붙일 행동요원에게는 상응할 대가가 따른다. 이 역시 돈이다.

우연하게 밝혀졌던, 과거 CIA의 한해 예산은 30억 달러였다. 미 과학자 연맹이 정보위성에 대한 소송을 제기하면서 미 하원이 유출시킨 탓에 알려지게 되었다. 30억 달러는 1996년의 예산이었다. 이후 9·11 사태의 참담한 결과로 유출된 CIA 예산이 50억 달러였다. 9·11 테러 이후 DNI, 국가 정보국이 생기며 440억 달러의 예산을 지출한다는 내용이 밝혀졌지만 이는 10여 개가 넘는 미국 전체의 정보업계 이야기였다.

2002년 이후, 공식적으로 CIA의 예산이 유출된 적은 없다. 다만 물가상승률과 인건비, 정보료 등 몇몇 상승 요건을 감안했을 때, 로즈마리의 말처럼 70억 달러 정도가 적절한 분석이었다. 하지만 CIA에는 몇몇 지역그룹이 존재한다. 이들은 자체적으로 본토에 있는 CIA에 필적할 규모이며 예산 역시 만만치 않다. 물론 이 지역그룹에는 사조직, 즉 소진사와 같은 주식회사들이 자체적인 영업활동을 하며 수익을 만들지만 이것은 별개로 다루어야 한다. 결과적으로 본토의 CIA가 다룰 수 있는 돈은 70억에서 적게는 5분의 1, 많게는 2분의 1 정도라는 추측이 성립한다. 다시 본토의 돈을 각각의 주 정부별로 세밀하게 나눈다면 CIA 국장이 다룰 수 있는 돈은 1억 달러 이하라는 결론에 다다른다. 그런데 CIA 국장이 진주만 작전을 기획하고 지금껏 관리해왔다고? 어불성설이다.

"진주만 작전의 배후를 찾는 게 급선무겠네."

여통도 속으로 셈을 마친 듯 날카로운 이야기를 꺼낸다.

"그럼 마롱휘는 어떻게 된 거지?"

후쿠야마가 물었다.

“시진핑에 대한 보안장치야. 일본과 미국이 정보에서 전면전을 개시했을 때, 중국이 개입하지 못하도록.”

가만히 이야기를 듣던 마스터가 한마디를 꺼낸다.

“지금껏 자네들이 이야기하는 내내 왜 한국은 한 번도 언급되지 않지? 한국이란 나라의 정보업계가 그렇게 허술한가?”

“한국이야 참새 눈물만큼도 걱정할 필요가 없죠.”

후쿠야마가 속단했다.

“가만, 나도 좀 이상하네. 한국은 작전요원들이 조금 서투를 뿐 정보의 취합에서는 상당한 수준이라고 들었어. 그런데 왜 한국이 진주만 작전에서는 단 한 번도 언급되지 않았을까?”

여통이 팔짱을 끼며 의문을 제기했다.

“나도 언제인가 들은 적이 있어. 소진사에 대해서 파헤칠 때. 소진사의 아오타 노리오와 형제 사이인 누군가가 정보국? 이런 말이 맞나 모르겠네. 여하튼 그런 단체를 창립할 때부터 관계했다고. 지금도 존재한다고 들었어.”

로즈마리가 의아하다는 듯 이야기를 꺼낸다.

“그런 단체? 국정원 말고 그런 데가 존재한다고?”

후쿠야마가 물었다.

“글쎄, 나도 정확한 기억인지는 모르겠는데 오륙 년 전에 들은 것 같아. 대한민국 국정원에도 기밀부서가 존재한다고.”

“일단 쓸데없는 데 관심은 끄자. 지금 우리 앞에는 진주만 작전을 포기시켜야만 하는 명분이 남았어. 맞지?”

후쿠야마는 로즈마리의 말을 자르며 물었다. 로즈마리와 여통 모두

고개를 끄덕였다.

"로즈마리는 전쟁을 치러야 할지도 모른다고 말했어. 전쟁이란 말, 상당한 설득력이 있을 거야. 실제 전쟁을 치러야 할 테니까. 자, 이제 어떻게 진주만 작전을 중지시킬 것인지 행동하자. 우리의 사활은 거기에 달렸다고 봐."

"왜 꼭 중지시켜야 하지?"

로즈마리가 반발했다. 감정적인 반발에 불과했나. 아니라면 맞대응할 별다른 탈출구를 찾지 못한 것일까. 팔짱을 낀 로즈마리는 더 이상 이야기를 꺼내지 않았다.

진주만 작전, 정말 그게 전부일까. 후쿠야마는 이때 눈빛 너머를 엿보고 말았다. 로즈마리는 여전히 거짓말을 하고 있다. 아니라면 말을 하기 싫은 진실 하나를 지금도 숨기고 있다. 아버지를 더 부추기고 그를 살리자고 압박한다면 로즈마리가 불게 될까? 그 수가 마지막이라면 밀어붙일 수밖에 없다.

"아유 두 사람 다 그만해. 지금 정도의 정보와 그걸로 상황을 추리하라면, 내 의견은 '모르겠다'야. 먹던 라멘이나 마저 먹고 하자. 응? 어디서 이렇게 맛있는 마스터의 라멘을 맛보겠어?"

여통이 다시 젓가락을 들었다. 그런데 후쿠야마에게는 그 말이 마치 '다시는 맛보지 못할 거야'라는 역설적인 이야기로 들렸다. 어떻게 진주만 작전을 포기하게 만들지? 게다가 국정원? 모르겠다. 여통을 따라 젓가락을 드는 게 후쿠야마가 지금 내릴 수 있는 가장 손쉬운 결정이었다. 오히려 떨떠름해진 마스터만 마일드세븐 라이트에 불을 붙였다.

2016년 8월 5일 새벽, 오후

터너 & 조나단 하나가 된 모즈들

8월, 메사의 농장은 한가했다. 길게 자라나는 잡초를 그냥 두어도 상관없었다. 수확할 작물이 없는데다 남미계 인부들에게 일당으로 몇 달러만 쥐어줘도 감지덕지하며 제초 작업에 열을 올리기 때문이다. 옥수수뿐 아니라 바나나까지 이 지역 농장은 가리지 않고 생산한다. 반대로 특별한 주 생산물이 없다. 그런 탓에 사람들 역시 농장에서 생산에 열을 올리지 않는다. 간혹 이웃들이 경작해야죠, 하고 묻는다. 이런 물음에 모즈 형제는 조금 더 경험이 쌓이면요, 하고 대답한다. 묻는 상대나 모즈 형제나 딱히 간절하지 않기 때문에 웃으며 넘어간다.

농장 주변에 장착된 12대의 CCTV에서는 벌레들이 종류를 가리지 않고 UFO처럼 날아다녔다.

"나이쓰, 이런 한가한 생활이 전 너무 익숙하지 않아요."

적당히 불콰해진 터너가 와인 병을 입에서 떼며 불평했다.

"아직 자네에게는 시간의 신이 강림하지 않은 게로군. 조금 더 지나봐. 모든 것에 무감각해질 테니까."

조나단이 어깨를 으쓱하며 모니터에 시선을 고정했다.

조나단은 파국, The Collapse of Country의 마지막 단계에 접어들었다. 애당초 이 프로그램은 그가 알래스카에 갇힐 당시는 구동이 불가능한 프로그램이었다. 이유야 간단했다. 전 세계를 아우를 월드와이드 웹의 존재가 없었기 때문이다. 하지만 조나단의 직관은 틀리지 않았다. 세계를 한손에 거머쥔 거대한 인프라가 탄생할 경우 이 프로그램은 마치 악마처럼 지구의 혼돈을 관리하게 된다. 다만 그 혼돈을 조나단은 별다르지 않게 받아들였고, C. C를 구체화할 프로그래머가 없었다.

조나단은 '파국'이라는 반어적 농담으로 자신의 프로그램을 명명했지만, 실제로는 'The Guardian of World, 세계의 수호자'라는 말이 정확했다. 조나단이 '파국'으로 구현하려던 것은 세계의 혼돈이나 파괴가 아니었다. 바로 안정과 수호였다. 거대 지진이 일어날 곳과 원인이 되는 진앙점을 정확히 파악해 지진과 쓰나미에서 도시를 보호하는 것, 이것이 힘들다면 예견되는 지역의 사람들을 미리 피해지역에서 대피시키는 것이 목표였다. 그러나 조나단 스트라이크, 이 괴짜에게는 사람들을 유혹할 대화법이 거의 전무했다.

끝이 곧 시작이라는 말처럼, 조나단의 파국 프로그램을 전혀 다른 관점으로 받아들인 사람도 있었다. 지진이 날 지역과 시간, 원인과 진앙점을 안다면 파괴를 배가시키거나 부추길 수도 있지 않겠느냐는. 말하자면 조나단은 미래에 닥칠지도 모를 The Collapse of Country, C.C의 공포 탓에 〈마이너리티 리포트〉의 앤더턴 국장처럼 미리 처단을 당해버렸다. 무려 20년이나! 그가 바로 존 스미스였다. 다행이라면 두 사람에게 은인이나 마찬가지인 빅 존이 어떻게든 사태를 바로잡으려 고군분투하고 있을 거라는 기대랄까.

터너는 조나단의 파국 프로그램을 완전히 뒤바꾸었다. 물론 조나단의 직관은 그대로 살려둔 채 전 세계 모든 지진 관련 데이터에 접속이 가능하도록. 하지만 아무리 프로그램을 첨단, 선진화시켜도 결말에 다다를 수 없는 구조적 한계에 부딪혔다. 소설이라면 작가들이 바라마지않는다는 'The End'라는 단어를 써넣을 수 없다는 뜻이다. 방아쇠가 없었다.

조나단이 지질학에서 이를 예견하고 프로그램으로 구체화시킬 때는 모든 자연재해의 원인이 되는 '위크 포인트'에 대한 진압이 필요했다. 거대 토네이도가 도시를 집어삼킨다. 이를 본 슈퍼맨이 토네이도의 중심으로 날아간다. 슈퍼맨은 토네이도와 반대로 회전해 거대 재앙을 잠재운다. 바로 그 'SUPER'가 조나단에게는 없었다.

지난 2월, 터너와 조나단이 몰두했던 각각의 프로그램은 '완성'이라는 비극에 다다랐다. 이 비극은 고스란히 알래스카를 애리조나 주 메사에 옮겨온 것에 불과했다. 죄수는 그대로, 감옥만 바뀌었다. 얼음장에서 모래난로로. 다만 죄수가 늘었다. 하나에서 둘. 아쉽게도 두 사람이 메사를 탈출할 수 있다는 희망은 점점 마모해간다.

"그만 가요, 나이쓰."

"아, 조금만 더 보고. 지금 멕시코 지역의 해변 한 곳에서 약한 지진이 감지될 거거든."

거거든? 아, 이런. 미래형 시제라니.

감지된 기운은 실제 지진이 될 것이다. 100퍼센트! 지진이 나고 대처가 이루어지고, 인터넷에 기사가 뜨고, GSPS3가 트래픽이 많은 기사부터 찾아가며 지진이 난 지역의 역사와 인구, 기업 등 전방위적인 내용을 검토해보리라. 이런 뒤 다음 예상되는 지진의 규모, 진앙지, 진앙점 등 세세한 부분과 지진 피해를 최소화시키기 위한 대책을 GSPS3에 입력하자고 조르게 된다. 이즈음이면 앞으로 6시간에서 8시간 뒤, 오후 2시를 거뜬히 넘기고 만다. 그만 가자는 말은 당연히 무용지물.

"아, 나이쓰. 알잖아요, 우리가 어떻게 할 수 없는 거."

"그래도, 그래도 어떻게 안 될까?"

"안 돼요! 제발 오늘은 일찍 들어가 자요, 네?"

터너는 비어버린 와인 병에 입을 대고 마지막 한 방울을 혀로 핥았다. 남은 거 없죠, 하고 물으려다 얼른 입을 닫았다. 와인에 볼모가 되어 정오에 집으로 향하거나 지하 연구실에서 잠든 게 하루 이틀이 아니었다.

"버드가 좀 있기는 한데."

"됐어요, 오늘은 좀 가서 자요, 네?"

"그럴까?"

조나단은 겨우 엉덩이를 의자에서 뗐지만 여전히 모니터에서는 시선을 떼지 못했다. 할 수 없이 터너는 모니터의 전원을 꺼버렸다. 일괄적으로 구매했던 삼성의 42인치 모니터 10대가 동시에 암흑 속으로 빠져버렸다.

"그래, 그래, 알았어. 가자고. 집에서 버드 마실래?"

"뭐야, 그럼 이곳에 있던 게 아니었어요?"

조나단의 능청스러움에 터너는 웃어버렸다.

지하를 벗어나 오두막 바깥으로 나오자 더위가 엄습했다. 길게 자란 잡초들이 마치 경작물이라도 되는 양 바람에 일렁였다. 수퍼스티션 고속도로를 달리는 몇 대의 차에서 연무처럼 긴 헤드라이트 불빛이 다가오고 멀어지기를 반복한다. 고속도로 인근 오두막에서 인버네스 애비뉴 7557번지까지 다다르는 30분 정도의 도보가 두 사람이 하는 운동의 전부다.

농장인근 오솔길을 따라 걷다 마이애미 돌핀스의 로고가 박힌 미식축구공이 보였다. 공은 바람이 빠져 완전히 탄력을 잃었다. 터너가 공을 집었다. 전봇대 아래에서 터너는 조나단을 향해 공을 던졌다.

"뭐야 이거!"

깜짝 놀란 듯 배로 공을 받아낸 조나단이 터너를 향해 공을 돌려준다.

"제가 이래도 고등학교 때는 쿼터백이었다고요."

터너는 10여 미터 전방으로 달려가 뒤에 있는 조나단에게 공을 던졌다. 정확히 조나단의 가슴께에 날아간 공이 퍽 소리를 낸다. 공을 놓친 조나단이 약이 올랐는지 받아봐, 라며 전력을 다해 조나단에게 공을 던졌다. 슉, 귓전을 스쳐간 공은 전봇대의 조명이 미치지 않는 어딘가로 날아가 사라졌다.

"아하, 역시 난 운동에는 젬병이라니까."

공을 사라지게 만들고는 미안했는지 달려와 어깨동무를 한다. 잠깐의 운동에 신이 난 건지 조나단은 존 덴버의 'take me home country road'를 신나게 불러댄다. 터너는 덩달아 신이 났다. 함께 목소리를 높여 존 덴버의 노래를 불렀다. 가사가 틀리면 처음부터 다시 부르고, 끝났다 싶은데도 또 불러댔다.

"어라, 집이네. 와아."

능청스러울 정도로 멋진 감탄사를 덧붙이며 조나단이 시시덕거렸다.

"자, 오늘은 어디로 들어가 잔다?"

조나단과 터너는 인버네스 애비뉴 7557번지에 있는 목재 가옥 네 채를 한꺼번에 구매했다. 세 채는 세를 내줄까도 했지만 바보 같은 생각이었다. 이미 인테리어가 다 되었고, 침대마저 구비된 네 채를 돌아가며 쓰기로 했다. 그때그때, 마음 가는 대로.

"난 오늘 삼 호로 할래. 넌?"

"나이쓰랑 버드를 마시려면…… 가만, 삼 호에 버드 넣어두신 거죠?"

"빙고!"

존 덴버의 노래 때문인지 한껏 기분이 고무된 조나단이 살살거리며 바라본다.

"좋아요, 오늘은 삼 호에서 함께 자죠, 형은 소파, 저는 침대."

선수를 쳤다. 나중에야 뭐, 소파에서 잠드는 신세가 되겠지만.

"소파든 침대든 알아서 하라고. 나야 버드만 있으면 되니까."

"우리 이러다 배가 축구공이 되겠어요. 운동 안 해, 술만 마셔대."

터너도 웃으며 조나단의 말을 받았다. 그때였다. 어디선가 신음소리가 들려왔다. 남자였다.

"나이쓰, 아니, 조나단. 혹시 들었어요?"

터너가 조나단을 향해 고개를 돌렸을 때 조나단은 이미 도로 가장 이슥한 곳에 자리한 4호 가옥으로 달려가고 있었다. 터너도 뒤따랐다.

4호 정문에는 아무도 없었다.

"집 옆쪽!"

구석이라 보이지 않는 곳으로 조나단이 재게 발을 놀렸다. 터너 역시 간발의 차로 조나단을 따라잡았다. 맙소사! 4호의 모서리에 널브러진 것은 사람이었다. 아이폰을 꺼내기도 전에 터너가 외쳤다.

"빅 존! 어떻게 된 거예요? 응?"

아이폰을 꺼내 플래시 모드로 '사람'을 비췄다. 정말 빅 존이었다. 그런데 그의 옆구리에는 흥건했을 피가 말라붙어 있었다. 빅 존은 완전히 정신을 잃은 상태였다.

"터너, 부축해줘. 어서."

재빨리 빅 존을 부축해 4호의 문을 열었다. 오토도어락을 설치해두길 잘했다. 4777을 눌러 문을 열었다. 거실에 있는 소파에 번개처럼 빅 존을 눕혔다.

"의사를 데려와야 할까요?"

"동네에 의사였다 은퇴하신 양반이 있지 않던가, 이름이, 이름이……."

"로드 그리썸 씨요."

터너는 육십대에 이른 은퇴를 했던 남자를 기억해냈다. 윗머리가 벗겨지고 아랫배가 불룩한 남자였다.

"맞아, 그리썸. 내가 데려오겠네. 자네는 빅 존을, 빅 존을."

제대로 말을 마치지도 못한 조나단이 대문을 부술 듯 달려나갔다. 곧 시동 켜는 소리가 들렸고, 자갈길을 밟는 자동차의 소리가 멀어졌다.

경황이 없던 터너는 급한 대로 빅 존의 웃옷을 벗겼다. 며칠을 입었는지 옷에서는 피가 섞인 땀냄새가 진동했다. 본 적은 없지만, 옆구리를 관통한 총상이 분명했다. 대야에 물을 받아와 수건으로 빅 존의 몸을 닦았다. 열이 펄펄 끓었다. 찬 수건으로 몸을 닦을 때마다 빅 존이 신음했다. 빅 존의 신음이 터너의 마음 한 구석을 후벼 팠다.

"빅 존, 어떻게 된 거예요, 네?"

정신없이 빅 존의 몸을 닦았다. 할 수 있는 게 없다는 사실은 터너에게 충분한 좌절을 안겨주었다. 일어나요, 빅 존, 어서. 어르고 고함지르며 빅 존에게 호소했다. 제발 깨어나요. 네?

"그만, 그만해."

조나단이 터너를 말렸다.

"언제 왔어요, 조…나이쓰?"

그의 뒤로 로드 그리썸이 보였다. 그와 조나단을 향해 비켜섰다.

"보자, 옷에 피가 얼마나 흘렀던가? 옷이 있나?"

로드 그리썸은 노련했다. 빅 존이 흘린 피를 옷을 통해 추측하려 했다.

"참, 미스터 모즈, 내 차 트렁크에 봉합용 가위랑…… 아니, 다 가져와요. 트렁크에 보이는 건 전부 다."

"제가 갈게요."

조나단을 빅 존의 곁에 있게 한 뒤 터너 에반스는 바깥으로 나왔다. 그리썸 차의 운전석 문을 열고 트렁크 이젝트 버튼을 눌렀다. 트렁크로 돌아간 터너는 링거부터 시작해 트렁크에 실린 모든 물건을 요령껏 챙겼다. 집으로 들어와 테이블에 가져온 것들을 놓았다.

"보통 이 정도라면 의사들은 정확한 검사 운운하며 엄청난 돈을 뜯어낼 거예요. 피를 흘린 양이 적지는 않은데 이 분이 처치를 잘 했어요. 아마 이 분, 의사가 아닐까 싶은데. 아, 얘기가 옆길로 샜네요. 총상은 다행히 관통상이에요. 총알이 박혀 있지 않다는 말이죠. 꿰매지는 않았지만 지혈을 상당히 잘했습니다. 일단 봉합부터 하고. 가만 링거부터 달까? 옷걸이, 옷걸이 가져와요, 어서."

터너가 옷걸이를 거실 구석에서 소파 옆으로 옮겨왔다. 로드 그리썸은 한치의 오차도 없는 동작으로 링거를 걸고 정맥을 찾아 바늘을 주사했다. 그런 뒤 탈지면을 알코올에 흥건히 적신 뒤 총상 부위를 닦았다. 재빨리 봉합 작업이 이루어졌다.

"걱정 말아요. 이 분이 먼저 알았을 게요. 전면 옆구리 지방에서 후면 옆구리 지방을 관통했거든. 나머지는 찰과상들이에요. 이후 붓기나 기타 징후들로 판단을 해야 하니까 한 번 더 봐야 할 테고. 그런데 의식이 없는 건……."

로드 그리썸이 말을 하다 말고 껄껄 웃었다.

"영양실조예요. 며칠은 굶었을 겁니다. 그러니 정신을 차리면 맛있는 것부터 줘요. 저염식이니 뭐니 필요 없으니까 잔뜩 기름진 걸로. 참, 화장실이 어딥니까?"

로드 그리썸이 피 묻은 손을 들었다. 터너가 손가락으로 화장실 방향을 가리켰다. 로드 그리썸은 그 나이에 어울리는 느린 걸음으로 화장실에 들어갔다.

"휴, 저는 빅 존이 죽는 줄 알았어요. 정말 그가 죽는다고 생각했어요."

갑작스레 터너는 감정이 북받쳤다.

"괜찮아, 괜찮다고 했잖아. 우리의 의사선생님께서."

"그래요, 그랬죠."

눈물을 훔치며 조나단을 보았다.

"사실 글로리아도, 또 한 번도 본 적 없는 제 아이도 그렇지만 빅 존도 상당히 그리웠어요. 그렇지만 뭐랄까, 애증이랄까 그런 모호한 감정이었어요. 그런데 애정이 맞았던가 보네요."

"자네 마음 알아. 안다고. 우리 같은 생활을 하다 보면 시궁쥐의 똥까지도 고마운 법이거든. 그러니 조금만 진정해, 응?"

그때 화장실에서 로드 그리썸이 나왔다.

"자, 일단 점심을 먹고 다시 들리리다. 약품은 내가 그때 좀 챙겨오지요. 그게 나을 거외다. 그런데 모즈 형제들, 이 분은 누구요?"

"빅 존."

말해놓고는 아차 싶었다.

"저희 큰형입니다. 조니 모즈라고요."

"조니? 바람둥이 같지는 않은데? 이름은 꼭 그런 이름을 지었구랴. 아마 이 분도 의사이지 싶으니 다시 만나면 재미있는 얘기를 좀 나누겠구랴."

아쉽게도 로드 그리썸의 예상은 빗나갔다. 그리썸이 점심을 준비해 온 12시 30분까지 빅 존이 깨어나지 않았기 때문이다.

그리썸과 모즈 형제가 레토르트 스튜에다 밭에서 따온 샐러드로 식사를 할 때 빅 존이 깨어났다. 빅 존은 깨어나고도 이삼 분은 제 정신이 아닌 듯했다.

"큰 형! 조니, 조니 모즈. 정신이 들어?"

터너는 일부러 과장되게 말했다. 빅 존의 손을 쥐며 다시 큰소리로 반복했다.

"빅 존, 조니, 조니 모즈 형, 어떻게 된 거야? 응? 어쩌다 총상까지 입게 됐냐고?"

닥터 그리썸은 가만히 팔짱을 낀 채 두 사람을 응시했다. 총상이다. 아무리 동네에서 안면을 튼 사이이고, 상처에 관한 연유를 묻지 않았다지만 알아두려 할 게 뻔했다. 다그쳤던 터너에 비해 조나단은 빨대를 꽂은 물부터 건넸다. 5백 밀리리터는 족히 될 물을 다 마시고 난 빅 존이 입을 뗐다.

"너희를 찾아오다 메사 입구쯤에 있는 휴게소에서 강도를 당했지 뭐냐. 깊은 밤에다 이슥한 곳이라 이런 상처를 안고 두 시간을 넘게 걸었다고. 그러니 정신을 잃을 만도 하지. 아, 저 뒤에 계신 분이 치료를 해주신 건가? 정말 감사합니다, 닥터?"

빅 존이 소파에서 그리썸에게 눈을 맞추었다.

“닥터 그리썸입니다. 댁은?”

“아, 네. 저도 의사입니다. 사람들은 닥터라는 말 대신 그냥 빅 존이라고 부릅니다. 저는 주로 ‘국경 없는 의사회’를 통해 아프리카에서 일하거든요.”

“오호, 그러시군요. 혹시 폐가 되지 않는다면 저에게도 아프리카 난민을 도울 방법을 좀 알려주시겠습니까?”

“기꺼이 그러겠습니다. 그런데 좀 어지럽군요. 가족끼리만 있었으면 하는데.”

“아, 눈치 없기는. 그러세요. 필요한 약은 일주일 치를 가져다놓았습니다. 그러면.”

그리썸이 빅 존에게 살짝 고개를 숙여 인사했다. 곧바로 자동차가 자갈길을 밟으며 집을 떠나는 소리가 들려왔다.

그리썸이 바깥으로 나가자 빅 존이 크게 한숨을 내쉬었다.

“저 의사, 신원은 확실하지?”

“이 동네에 정착한 지 삼 년쯤 되었다고 하던데요. 의사치고는 조금 일찍 은퇴했고요. 한적한 전원생활을 즐기고 싶었답니다.”

터너는 빅 존에게 고개를 저으며 설명했다.

“나를 좀 일으켜주겠나?”

빅 존이 손을 내밀었다. 터너가 눈치를 보자 조나단이 빅 존의 손을 잡는다. 힘겹게 소파에 앉은 빅 존은 다시 한숨을 내쉬었다.

“위급한 상황일세. 내가 노출되어버렸어.”

“무슨 말이에요, 그게?”

“내가 노출되었다고. 내가! 나와 관련된 모든 게 위험하다는 뜻일세.

내가 노출이 되었다는 건 존 스미스 전체가 노출되었다는 뜻이네. 이 년 전에 공장을 폭파시키고 존 스미스와 관련된 모든 것을 내 손으로 지웠어. 그 무시무시한 과정을 거쳤는데도 존 스미스가 노출이 되었단 말이네."

"빅 존, 일단 진정하세요. 네?"

"망할 터너 에반스. 그럴 상황이 아니라는 말이네. 내가 노출이 되었다는 건 자네 부인과 딸도 모자라 내 딸까지 죽을 위기에 처했다는 뜻이라고. 그런데 진정하라고? 응? 진정하라고!"

빅 존이 테이블을 쾅, 내리쳤다. 빅 존의 노여움 때문에도 그랬지만, 글로리아와 이름도 모르는 딸이 위험하다는 말에 터너는 그만 바닥에 푹 주저앉아버렸다.

"우리까지 위험하다는 겁니까?"

터너에 비해 냉정을 잃지 않은 조나단이 물었다.

"조나단, 아직 그것까지는 모르겠네. 나도 상황이 어떻게 되는 건지 도무지 알 수가 없다니까."

"터너를 시켜 CIA라도 해킹해볼까요?"

"바보 같은 소리 말게. CIA가 왜 아직까지 타자기를 쓴다고 생각하나?"

영화 같은 데서 1급 기밀이나 특급 작전이 있을 때 타자를 쳐서 정보원을 시켜 작전 명령서를 들려 보내곤 하더니. 진짜였던가 보다. 터너는 말의 의미를 곱씹으며 보조 소파에 앉았다. 조나단 역시 식탁에서 의자를 하나 빼왔다.

"제 딸과, 글로리아까지 위험하다는 건 당신이 두 사람을 만났다는 뜻이죠?"

용기를 짜내 물었다.

"그래, 미안하네. 정말 미안해. 하지만 나 역시 이런 상황이 닥치리라고는 생각지도 못했네."

빅 존의 눈시울이 붉어졌다.

"아, 아니에요, 존. 당신이 지금껏 우리를 찾지 않았던 거나 기타 여러 상황을 통해 되짚어보면, 당신이 글로리아를 찾아갈 수밖에 없는 상황이었겠지요. 아닙니까?"

"먼저 자네 둘에게 물어야겠군. 터너, 자네의 프로그램은."

빅 존의 말이 끝나기도 전에 터너가 대답했다.

"벌써 완성했어요. 지금은 비슷하거나 업데이트가 가능한 프로그램이 있을 때마다 스스로 정보를 취합, 적용시키는 단계입니다."

"그렇다면 조나단, 자네는?"

"저야 뭐, 이십 년 전이나 지금이나 똑같죠. 다만 터너의 도움으로 제가 생각한 프로그램이 만들어졌다는 거네요."

짐짓 조나단이 점잔을 뺐다.

"그래, 그랬군. 힘들었을 텐데 정말로 수고했네."

이때 집전화가 울렸다. 분위기 탓이었는지 화들짝 놀란 조나단이 황급히 수화기를 집어 들었다. 곧장 그의 얼굴이 사색이 되었다 돌아온다.

"저, 그리썸 씨 전화야. 이곳에서 총 맞은 사람이 없는지 묻는 사람이 있더래. 자신은 모른다고 말했는데 의사인 자신에게 왔으니 약국도 찾아가지 않겠느냐고. 약국 국장인 메리험허트 씨는 분명 그리썸 씨가 약을 사갔다는 말을 떠벌릴 거라고."

전화를 끊지 않은 조나단이 어쩔까, 하며 물었다.

"그리썸 씨에게는 나중에 반드시 사례를 하겠다고 오늘부로 며칠 여행이라도 떠나시라고 전하게. 그리고 우리도."

거친 숨을 몰아쉬며 빅 존이 일어섰다.

"자네들의 프로그램은 우리가 가진 최선이자 최고의 무기일지 몰라. 어디 있나?"

"차를 타고 농장으로 가야 합니다."

터너가 대답을 하는데 조나단이 덧붙인다.

"약국의 메리엄허트 씨에게 모즈 씨의 큰형이 왔더라는 말을 해버렸다고. 큰형의 상처에 관해서 말하지는 않았지만 혹시나 그것으로 꼬리가 밟힐까 걱정된다고 그러시네."

조나단은 말을 전한 뒤 반대로 빅 존의 이야기를 로드 그리썸에게 전했다.

세 사람은 집을 빠져나왔다. 터너가 2천 달러에 구입한 GM의 낡은 트럭에 시동을 걸었다. 시동이 켜지지 않았다. 저도 모르게 터너는 핸들을 후려치고 세차게 액셀러레이터를 밟아댔다. 시동이 네 번 만에야 켜졌다. 급하게 핸들을 꺾으며 인버네스 애비뉴에서 수퍼스티션 고속도로 방향으로 차를 몰았다. 황급히 몰았던 만큼 채 5분도 걸리지 않아 농장 오두막에 도착했다.

"이곳에 시스템이 있는 건가? 이 오두막 전체에?"

거친 숨을 몰아쉬던 빅 존이 터너에게 물었다.

"시스템을 가져오지 못한다면 파괴하는 게 맞겠지?"

"기다리세요."

터너는 빅 존을 향해 살짝 미소를 지었다. 차 안에 있는 존이 보았는지는 알 수 없었다.

재빨리 지하로 뛰어내려온 터너는 맥북 프로를 챙겼다. 몇몇 웹하드에 분할하여 프로그램을 암호화시켜 놓았다. 언제든 프로그램은 다시 구동시킬 수 있다. 핵심적이고 백업이 불가한 부분들을 랩탑에 보관해 두었을 뿐이다. 터너는 나머지 일상적인 시스템을 보완하던 컴퓨터의 하드디스크를 거칠게 빼냈다. 얼마 안 될 거라 생각했는데 2테라기가 하드디스크가 5개나 되었다. 됐다, 이거면. 아, 이곳도 안녕인가. 아니면 언제든 돌아올 수 있을까? 굳이 비벌리힐스 같은 남이 만든 부호촌에서 남의 기준에 맞춰 살아갈 필요가 없었는데. 만약 죽기 전, 단 한 번만이라도 기회가 된다면 글로리아와 딸, 그리고 터너가 한 가족으로 이곳에서 살아볼 수 있을까.

계단을 올라 오두막을 나오려는데 차 뒤에서 총을 든 남자가 보였다. 달려가기에는 거리가 멀었고, 고함을 내질러도 남자의 대응이 더 빠를 것만 같았다. 주저하던 그 순간 존과 눈이 마주쳤다. 완전히 굳어버린 터너를 존이 이상한 눈빛으로 바라보았다. 존의 눈빛을 외면하듯 GM의 짐칸 뒤에 몸을 숨기는 남자로 눈길을 옮겼다. 순간 운전석에 있던 조나단에게 빅 존이 무언가 속삭였다. 맹렬한 소리를 내며 낡은 GM이 후진했다. 남자는 차에 부딪히며 넘어졌다. 그 바람에 남자의 발이 뒷바퀴에 깔렸다, 동시에 총탄이 허공을 향해 발사된다. 허공을 때리던 소리가 잠잠해지자 터너도 바깥으로 질주했다. 뒷좌석 문을 채 닫기도 전에 차가 출발했다.

"어, 어떻게 알았어요? 총을 든 남자를 보는 순간 저는 얼어버렸거든요."

"자네의 눈빛이 거울이었어. 반사가 되었다고나 할까. 그쯤 해두고. 이제 어디로 간다?"

"빅 존. 제가 낄 타이밍인지 모르겠습니다만, 터너의 부인과 딸을 데려오는 게 낫지 않을까요? 당신도 그랬잖아요. 노출이 되어버렸다고. 이런 마당에 가만히 앉아 딸과 부인이 무사하기를 기다리는 건 어불성설 아닐까요?"

"죽어도 같이 죽고 살아도 같이 산다?"

심각한 표정이 된 빅 존과 조나단이 터너를 돌아보았다.

"아, 저도 모르겠습니다. 어느 게 가장 안전한 방법인지요. 하지만 빅 존의 말처럼 살아도 같이 산다? 그건 좋죠. 하지만 죽어야 한다면 저만 죽겠습니다."

차는 고속도로에 올랐다. 고속도로를 날개 달린 듯 달리는 신형 차들에 비해 GM 픽업은 감기 걸린 개처럼 시끄럽고 느렸다.

급하게 오른 수퍼스티션 고속도로는 동부로 향하는 방면이었다. 조나단의 제안처럼 방향을 틀어 비벌리힐스까지 향한다면 거리로만 650 킬로미터에 달한다.

"그런데 조나단, 터너. 나 배가 너무 고프군. 어지러워 정신을 잃을 지경인데."

첫 키스를 하는 소녀처럼 부끄러운 얼굴로 빅 존이 말한다. 맞다, 로드 그리썸은 총상보다 영양실조를 걱정했는데.

"그래요, 일단 어디든 들어갑시다. 정크푸드에 맥주로 실컷 배를 채우고 보통사람처럼 하루만 늘어져봅시다. 뭐 어때요, 우리, 그 정도 사치는 부려도 되는 거 아닙니까?"

운전대를 잡은 조나단이 흘금흘금 돌아보며 말했다.

끝을 알고 가는 길과 떠나야 할 때를 아는 것만큼 밍밍한 인생이라면 위인전 스토리와 다를 바가 무엇인가. 터너의 모험은 GSPS라는, 몇몇 사람만 알아주는, 희대의 프로그램에 당도했고 끝 모를 길과 어느 것도 정하기 힘든 상황에 다다랐다.

"우리, 그렇게 하루만 쉬고 비벌리힐스로 갑시다."

어떤 위험이 기다리고, 누가 그들을 위협할지 알지 못해도, 글로리아와 내 딸은 내가 지킨다. 반드시. 바투 주먹을 쥔 터너는 이제 독감에 고열이 한창인 GM 픽업의 뒷좌석에 등을 댔다.

2016년 8월 6일 밤

장민우 꿈틀거리는 판

박기림은 7월 7일 LA에 도착했다. 그날 밤, 샤오미는 그녀가 할 수 있는 최선의 파티를 열어주었다. 직접 국수를 삶았고, 꿔바로우를 만들었다. 종류도, 가격도 알 수 없는 와인을 테이블에서 꺼냈다. 박기림과 샤오미는 화기애애했다. 박기림은 월등히 늘어난 중국어 실력을 자랑하듯 샤오미와 수다를 떨었다. 간혹 두 사람이 목소리를 죽이며 장민우를 바라보았다. 장민우도 샤오미와 지내는 사이, 중국어 실력이 많이 늘었다. 다만 미국이라는 곳에서 영어를 쓰지 않는다는 건 서울에서 한국어를 익히지 않으려는 외국인과 다를 바 없다는 생각이었다. 열두 시가 다 되어갈 때 샤오미가 물었다.

"참, 한국에는 언제 가시는 거예요?"

몇 시간을 참은 끝에 꺼낸 샤오미의 본심이었다. 과학이 아무리 발달하고 철학과 심리학이 인간 근원에 근접해도 설명하기 힘든 것이 바로 남자를 향한 여자의 본능적인 직감이다.

"샤오미, 나 직장 구하고 방을 잡을 때까지 이곳에 있으면 안 될까? 게다가 난 샤오미와 민우가 잘 되기를 바란다고."

박기림의 웃음은 너무나 아름다웠다. 속에 감춰진 거짓말은 얼마나 아프고 힘들까. 민우는 참지 못하고 일어나 방으로 올라와버렸다.

채한준이 박기림을 보내며 그랬단다. 첫 임무를 내리겠다고. 그래서 안 된다는 걸 알지만 따지고 싶었다. 샤오미와 사는 이것도 임무이지 않았느냐고. 그렇게 1년을 넘게 보냈건만! 민우가 아무리 어리다지만 샤오미는 모두를 가진 여자였다. 재력, 지력, 인맥까지. 그녀가 장민우를 원했다. 지금은 미국까지 파급력을 넓힌 젠틀맨이 아니라, 그저 매니저에 불과했던 그를. 그랬던 샤오미가 1년 반을 함께 살며 단 한 번도 장민우란 남자를 갈망하지 않았을까. 가족도 아니면서, 연인도 아닌 채로 함께 사는, 그저 샤오미를 괴롭힌 지난 시간은 임무가 아니었단 말인가. 그런데 이제와 임무라니, 작위적이었다.

지난 한 달간 샤오미의 말수는 급격히 줄었다. 정확히 표현하자면 박기림이 주변에 있을 때와 아닐 때라고 해야 맞을 것이다. 박기림은 구직을 핑계로 여기저기 다니는 눈치였지만 누가 봐도 샤오미의 집을 적극적으로 떠나려는 의지는 없어 보였다.

일주일 전, UCLA 도서관에 딸린 매점에서 샤오미가 물었다.

"도대체 박기림 씨는 왜 당신과 그렇게 친한 거야?"

스쳐가는 것처럼, 절대로 연출하지 않은 것처럼 말했다. 그때 샤오미는《오만과 편견》을 읽고 있었다. 제인 오스틴이 스무 살에 쓴 영국 최고의 명작. 재산도 지위도 아닌, 사랑만을 갈구하던 엘리자베스 베넷이 샤오미에게 투영되었을까. 반대로 누군가를 질투하는 자신이 얼마나 한심하게 느껴졌을까.

"아버지의 딸이지."

"아버지?"

"응. 양아버지. 기림 누나도 나도 양아버지가 거둬서 키운 자식들이야."

"뭐야, 그럼 피는 섞이지 않았지만 남매라는 거네."

샤오미의 얼굴이 눈에 띄게 밝아졌다. 오만도, 편견도 없다는 얼굴이었다. 그때 박기림에게서 전화가 걸려왔다.

"기림 씨야?"

급작스레 그녀의 얼굴에 편견이 들어찬다. 검지를 들어 잠시만, 하고 말한 장민우가 전화를 받았다. 박기림의 전화는 채한준이 미국으로 왔다는 내용이었다.

"아버지가 오셨다네."

샤오미에게 애써 부연했다.

"양아버지가 오셔서, 샤오미도 보고 며칠만 묵고 가면 안 되겠느냐고 물으시네."

주객이 전도된 듯한 느낌이었다. 박기림에 더해 채한준까지 묵게 되다니. 왕샤오미의 아버지인 왕티엔조차 아직 LA 집을 다녀가지 않았다. 물론 많은 권력자들이 숙청당하는 현실에서 자리를 비운다는 건 저승길을 재촉하는 일이다. 그런데 양아버지라는 말에 샤오미가 오히려 눈을 반짝거렸다.

"잘 보이고 싶어. 당신 양아버지께."

"나쁠 건 없겠지."

샤오미에게 무언가 더 설명하고 싶었다. 하지만 무얼 더 말하랴. 샤오미가 책을 읽는 동안 머릿속이 복잡했다. 박기림과 채한준을 움직이게 만든 요체는 글로리아다. 글로리아는 지난 7월 4일 이후 두문불출이었다. 가끔 딸인 터글로 에반스가 샤오미를 찾아오기는 했지만 그때마다 앞뒤가 맞지 않는 핑계를 대며 터글로를 데려가기 바빴다. 샤오미가 글로리아를 걱정하며 몇 번이나 전화를 걸었지만 휴대전화는 꺼져 있기 일쑤였다.

두 시간쯤 지난 늦은 오후, 샤오미가 기지개를 켜며 일어섰다. 주차를 하고 현관으로 향하다 깜짝 놀랐다. 거의 한 달 만에 두 집 정원 사이에 낸 나무문이 열려 있었다. 샤오미가 먼저 뛰어 옆집 정원으로 들어간다. 장민우도 뒤를 따랐다. 정원에 있는 비치파라솔 테이블 세트에 박기림과 채한준, 글로리아와 터글로가 함께 앉아 레모네이드를 마시고 있었다. 샤오미가 달려가자 터글로가 뛰어와 안긴다.

"민우 씨 아버님이 집을 잘못 찾으셨어."

글로리아가 한 달 만에야 시원한 웃음을 보여준다. 글로리아는 터글로에게서 눈길을 떼지 않았지만 샤오미나 민우와 대화하고 싶어 했으리란 사실을 짐작할 수 있었다.

"얼마나 걱정했다고요. 글로리아와 따님은 이제 우리 가족이잖아요."

사심을 담은 진심을 말했다. 동시에 글로리아가 손으로 얼굴을 가린다. 잠깐 사이, 채한준이 한국어로 장민우에게 말한다.

"잘 들어라. 매우 중요하다. 제한된 정보만으로 모든 것을 알 수는 없다. 추론과 유추, 추리만으로 알 수 있는 건 반드시 사실일 수는 없으니까. 그런데 미국의 정보업계에 일본이 도전하는 것 같다. 아니라면 누군가 두 나라의 정보판을 뒤흔들어야 할 필요가 있거나. 그런 중에 글로리아의 남편이 휘말린 것 같고."

글로리아라는 이름이 언급되자 눈시울이 붉어진 그녀가 번뜩 두 사람을 보았다.

"글로리아가 많이 외로워보였대요."

장민우가 채한준의 말을 동시통역하는 것처럼 영어로 설명했다. 글로리아의 입에서 낮은 탄식이 터졌다.

"내가 폐를 끼친 것 같아. 오늘 저녁은 내가 대접해도 될까?"

글로리아의 목소리가 가늘게 떨렸다. 거의 동시에 박기림이 해맑게 웃으며 연막을 친다. 함께 요리해도 되겠느냐며.

"이게 뭐에요, 저 이런 상황, 정말 싫습니다. 사람을 속이고, 또 거기서 정보를 캐내고."

장민우가 채한준에게 불평했다.

"아, 하지만 알아요. 이것마저 제가 감당해야 하는 일부분이라는 거요. 전 그러기로 하고 가족을 받아들인 거니까요, 아버지도, 또 누나도."

"나야말로 미안하구나. 나 같은 경우라면 냉전과 남북관계, 민주주의라는 대의명제가 있었지만 민우 너와 같은 세대에게는 그런 말조차 유치하게 들릴 테니까. 어쨌든 이야기를 계속하마. 영어를 최대한 자제해야 하니, 이야기를 잇는 게 좀 힘들다만 알아서 들어라."

"굳이 여기서 이리도 급하게 말하실 필요는 없잖아요."

"어리석기는!"

채한준이 단호한 목소리로 일갈했다.

"넌 샤오미가 한국어에 능통하다는 사실도 몰랐던 거냐?"

"네? 한국어에 능통하다뇨?"

금시초문이었다. 샤오미와 지낸 1년 반 동안, 한국어에 반응하는 샤오미를 단 한 번도 보지 못했다. 얼굴이 확 달아올랐다. 샤오미가 한국어를 아는 정도가 아니라 능통했다니. 민우는 첩보원으로 완전히 낙제이다. 미리 박기림과 약속이 되었던 건지 박기림은 재빨리 샤오미와 터글로에게 다가가 함께 잔디밭에서 구른다.

"샤오미의 집에서는 위험했다. 게다가 글로리아를 만나 이야기할 필요도 있었고."

글로리아의 이름이 언급되는 바람에 다시 변명 같은 통역을 했다. 너무 아름다우시다고 아버지가 주책을 떤다며. 민우는 상기된 얼굴에 손부채를 부쳤다.

"여러 경로를 통해 조사했지만 미국과 일본의 정보계가 요동친 이 년 전에 무언가 일이 벌어졌다. 특히 한국에 지사를 둔 다국적 기업 네 곳이 지난 이 년 사이에 사라졌다. 기림이가 바쁠 수밖에 없었던 이유였고. 일본 내의 일은 일본이 먼저 공개하지 않으면 알지 못하는 때가 더러 있다. 하지만 정보를 사고파는 다국적 기업이 이 년 사이에 사라졌으니 한국뿐 아니라 미국까지도 동향을 감지했을 거다. 물론 상당수 다른 나라들도 인지를 했을 테고. 여기까지는 평범했다. 벌어질 수 있는 기업의 구조조정 작업이니까. 여기에 몇 가지 사건을 연결하니 전혀 엉뚱한 그림이 그려졌다."

채한준은 장민우에게 재빨리 말을 전하며 단 한 마디의 영어단어도 사용하지 않았다. 그런 뒤 스마트폰을 꺼냈다. 야후를 접속하더니 뉴스 프로그램을 연다. 창이 여러 개 열려 있었다. 하나하나 창을 보여준다.

—2013년 3월 18일 밤에 벌어진 사건으로 신주쿠에서 총격을 당한 중국계 실업가.
—2014년 7월 4일, 뉴욕 시 앤 스트리트 인근 존 스미스 소유 건물 붕괴. 승인도 없이 건물 중간층을 수리, 호화로운 생활을 하던 존 스미스 씨 외 네 명의 사망자 발생.
—2014년 7월 27일, 뉴욕 주 스탠튼 아일랜드 남부 하일란 대로 아든 애비뉴 1760번지에 있는 어느 별장 건물의 전소.
—FBI 주요수배자 목록 중, 닉네임 'SM'인 킬러의 500만 달러 몸값 책정.
—2016년 1월 5일, 일본계 미국인 로즈마리 애런, 일본온라인신문 사장 취임.

처음 세 개의 기사는 하루 정도, 트래픽이 엄청났으나 곧바로 시들해졌다. '테러'라는 단어가 등장할 법했으나 오히려 댓글에 테러가 없다는 게 신기할 정도였다. 중국계 실업가는 야쿠자에게 보복 살해를 당한 것 정도로 취급되었다. 뉴욕 앤 스트리트 인근 건물은 수직 증축 중 벌어진 일로 붕괴사고로 다섯 명의 사상자가 난 것으로, 뉴욕에서는 꽤나 유명했던 사건인 듯하다. 반면 별장 건물의 전소는 해변에서 불꽃놀이가 잦았으며 이런 중에 불이 옮겨 붙은 화재라는 기사가 났다. 별장 건물에서는 난교와 마약 파티가 벌어졌고, 화재의 와중에 총탄이 발사되었으리라는 추측도 덧붙여졌다.

“기역 남편의 티비 편성표를 지읒이 구입했다고 하지 않았던가. 이 기사로 내가 준 정보와 그림을 그려봐. 굳이 지금 설명할 필요는 없네. 말만 길어질 테니까. 아, 마지막 기사가 좀 뜬금없지? 신문사는 소진 사가 접수한 정보 수집 기관이야.”

약속한 적 없던 치환 단어였지만 어렵지는 않았다. ‘ㄱ’ 기역, ‘글로리아’의 ‘티비 편성표’, ‘GSPS’를 구입한 인물은 ‘ㅈ’ 지읒, ‘존 스미스’였다.

“기역의 남편이 죽었다. 지읒은 신문에 날 정도로 이름이 등장하고. 자, 이 사진 한 번 글로리아에게 보여줄 텐가?”

글로리아라는 이름이 등장하자 재빨리 그녀가 눈을 맞춘다. 상당히 긴장했다는 느낌이 들었다. 글로리아가 평소와 다르다. 장민우는 글로리아와 눈을 맞추며 천연덕스럽게 이야기를 이었다.

“글로리아, 혹시 이 사람 알아요?”

글로리아가 고개를 젓는다.

“아버지가 좋아하는 영화배우랍니다. 한국 사람들이 다 이래요. 미국이 얼마나 넓은지는 모르고 미국 사람이다, 그러면 마구 이 사람 아느냐고 묻거든요.”

민우가 아버지와 글로리아를 보며 함박웃음을 지었다. 민우의 말에 글로리아가 어색하게 웃었다. 채한준 역시 미안하다는 듯 머리를 긁적인다. 민우의 말에 이어진 사람들의 행동은 자연스러웠다. 그런데 글로리아가 분명히 겉돈다.

“우리가 어렵게 얻은 건물주 사진이야. 기사대로라면 그 사람이 지읒이어야 하고. 아니라고 하잖아, 모른다고.”

능청스러운 한국어로 글로리아와 터글로를 보며 웃기도 하던 채한준이 말을 이었다.

"내 짐작이 틀릴지도 모르지만, 지읒은 사람이 아니라 집단인 것 같아."

"조직이라는 말씀이세요? 저희와 같은 정보 집단?"

장민우는 뜻밖의 이야기에 갑자기 목소리가 높아졌다. 정원 안에 있던 모든 사람들이 장민우에게 눈길이 쏠린다.

"넌 아직 배우가 되려면 멀었구나."

여기서도 치환단어인가. 아니라면 정말 배우 같은 연기가 필요하다는 건가?

"머리가 복잡해지네요."

"최대한 간단하게 생각해. 기역의 남편은 지읒이 거금을 들여 포섭해야 할 정도로 거물이었거나 편성표가 시대를 앞질렀을 거야. 네가 메일에 요약했던 내용으로 유추했을 때."

"어떤 식으로든 지읒의 남편은 살아 있을 가능성이 크다는 거군요. 거기다 지난 초콜릿 주는 날에 왔던 선물은 지읒의 남편이 살아 있다는 의미라고 보아도 무방한 증거겠네요."

"그래. 현재로는 모든 판을 읽어낼 수는 없다. 하지만 미국과 일본의 정보업계가 요동치고 있다는 사실만은 변함없다. 다만 왜 지읒과 기역의 남편이 일시에 모습을 감추었는가는 정말 중요한 문제라고 봐야 한다. 무엇보다 왜 네 여자친구가 이곳에 집을 얻었는가. 애초부터 이 일에 여자친구의 아버지까지 연관된 것인가."

"아, 잠깐만요. 아버지, 그 말씀은 좀 지나치세요."

"뭐가?"

"여자친구라는 말이요."

장민우의 말에 채한준이 크게 웃었다.

"지금 상황에 그것만큼 적절한 단어가 어딨냐? 여하튼 이러한 거대 역학의 이면을 알아내면 미국과 일본의 정보업계가 술렁이는 이유에도 상당부분 접근할 수 있을 것이다. 그런데 여기서도 하나는 분명 간과하지 말아야 돼. 너의 여자친구와 그 아버지가 어떤 근거나 상황 인식 없이 이곳에 집을 얻었다고 보기는 어려워."

지난 한 달, 박기림이 무시로 장민우에게 정보를 건넸다. 모든 게 구술이었지만 내용은 머릿속에서 잘 정리되었다.

현재 일본과 미국의 정보업계에 커다란 지각변동이 일고 있다. 일본은 상당 수준에 있던 군소 정보업체들이 제거되었다. 가장 먼저 미국에 거점을 둔 소진사가 완전히 공중 분해되었다. 물론 소진사는 업무를 재개했지만 예전만 못하다는 게 중론이었다. 공식적으로 440억 달러, 업계 전반을 살피면 최소 다섯 배에서 많게는 스무 배 이상 소비될 막강 자본력의 미국 정보업계 역시 국가 정보국 DNI를 중심에 놓고 치열한 주도권 싸움이 전개되고 있었다. 지난 정보로 종합한, 부인하기 힘든 사실이다. 그러나 몇 가지 의문이 소거되지 않으면 정답까지는 도달하지 못한다.

먼저, 일본과 미국의 정보업계 전쟁은 왜 동시에 벌어졌는가. 두 번째, 관련이 있어 보이는 중국은 왜 적극적으로 개입하지 않는가. 그렇다면 이 전쟁은 미국에서 시작한 것인가, 아니라면 일본에서 시작한 것인가. 무엇보다 이 전쟁의 귀착지는 어디인가? 돈인가, 아니라면 세력 확장인가?

"그렇다면 중국, 특히 제 여자친구 아버지가 중심이 된……."

샤오미를 여자친구로 표현하는 것은 상당히 거슬렸다.

"중국 쪽 세력은 이곳에서 기역의 부인과 딸을 이 년째 관찰 중이었다, 그렇게 보아도 무방할까요?"

"그게 지금부터 민우 네가 알아내야 할 임무야."

"그리고 하나 더. 지읒이 숙청된 마당에 왜 기역의 남편은 모습을 드러내지 않는 걸까요?"

"너무도 간단하다. 우리가 간단한 기사 하나와 기역의 진술에서 찾아낸 지읒만 해도 둘이야. 그 말은……."

"지읒이 더 있거나 지읒과 기역의 남편이 살아 있다는 뜻이겠군요."

두 사람의 대화에 글로리아가 끼어들었다.

"뭐 좋아하세요? 지금부터 저녁이라도 준비했으면 하는데."

"저희 메이드에게 준비시키라고 할게요. 그냥 저희 집에서 함께 먹어요. 우리는 넷이지만 언니네는 하나 반이잖아요. 아, 터글로가 들으면 섭섭하려나?"

샤오미도 다가와 말을 건다.

"그럼 오늘은 남자 두 분이 저녁을 준비하시는 건 어때요? 저희는 놀게요."

박기림이 기다렸다는 듯 이야기를 꺼냈다. 그녀의 성격으로 보아 미리 이 말을 준비해두었던 게 틀림없다.

"그래, 그러자꾸나."

장민우가 대답을 못한 것에 반해 채한준은 인자하게 웃었다. 배우가 되기 멀었다더니, 그 말이 실감났다. 한참을 멍하던 장민우는 부족한 연기력 생각에 그만 웃고 말았다. 어울리지 않는 것들은 그것들끼리 모여야 어울릴 때가 있다. 지금 정보가 그렇다.

—2013년 3월 18일 밤에 벌어진 사건으로 신주쿠에서 총격을 당한 중국계 실업가.
—2014년 7월 4일, 뉴욕 시 앤 스트리트 인근 존 스미스 소유 건물 붕괴. 승인도 없이 건물 중간층을 수리, 호화로운 생활을 하던 존 스미스 씨 외 네 명의 사망자 발생.
—2014년 7월 27일, 뉴욕 주 스태튼 아일랜드 남부 하일란 대로 아든 애비뉴 1760번지에 있는 어느 별장 건물의 전소.
—FBI 주요수배자 목록 중, 닉네임 'SM'인 킬러의 500만 달러 몸값 책정.
—2016년 1월 5일, 일본계 미국인 로즈마리 애런, 일본온라인신문 사장 취임.

이 어울리지 않는 다섯 가지 기사. 그러나 채한준은 이미 밑바탕에 수많은 그림을 덧칠해놓았을 것이다. 박기림은 기꺼이 물감이 되어주었고. 두 사람이 결론하여 내민 다섯 기사는 언뜻 보기에는 어울리지 않는다. 그래서 어울린다. 하나로 관통할 플롯이 캐릭터와 배경을 달리한 채 도사리고 있다. 채한준과 장민우는 바로 그 플롯을 찾아내야만 한다. 샤오미와 글로리아를 채근하고 압박해서.

2016년 8월 6일 밤

터너 & 빅 존 와해되다

처음에는 관통상을 입었던 빅 존이 빴다. 그러거나 말거나 터너와 조나단의 눈은 완전히 맞았다.

농장에서 도망친 세 사람은 메사 동쪽에서, 북쪽으로 직진하는 노스 컨트리클럽 드라이브를 따라 무작정 달렸다. 5킬로미터쯤을 북상해 웨스트 맥캘렙스 로드에서 좌회전, 레드 마운틴 프리웨이에 올랐다. 이 도로를 따라 서쪽으로 6시간을 넘게 달리면 LA에 도착한다. 레드 마운틴 프리웨이가 끝나고 파고다 프리웨이가 시작되는 교차로에 이르자 이미 늦은 저녁이 되었다. 낑낑거리는 GM을 핑계로 남쪽으로 우회전, 피닉스 시로 진입했다.

다소 황량한 주택가를 지나 무작정 간판이 보이는 곳으로 달려갔다. 엉클 조의 샌드위치. 그런데 유리창에 적힌 메뉴가 없는 게 없다. 위스키, 맥주부터 스테이크에 햄버거, 폭찹, 심지어 피시앤칩스까지. 그 곁에는 아담한 모텔까지 이웃하고 있다.

"저기에요, 저기."

마치 눈에서 하트라도 발사하듯 반짝이는 눈으로 조나단이 엉클 조의 샌드위치를 바라보았다.

"저도, 저도."

초등학생 아이가 선생님께 정답을 말하겠다고 조르듯 터너 역시 조나단을 바라보았다. 빅 존이 빴다. 어쩌랴. 터너와 조나단의 눈은 완전히 맞아버렸는데.

가게 앞에 차를 세운 세 사람은 술부터 주문했다. 제일 싼 위스키 한 병과 생맥주요!

술이 나오자 저녁 메뉴 역시 과다하다 싶을 정도로 주문했다. 메뉴판에 있는 것 하나씩 다 주세요!

"먼저 요리되는 것부터 가져다드리죠."

가슴이 화산처럼 솟았고 그 아래에 있는 배에 잔뜩 용암이 퇴적이 된 것 같은 몸매를 지닌 사십대 백인 웨이트리스가 웃으며 되돌아섰다.

"오우, 저 분, 완전히 용암지대인데요."

터너가 소리 죽여 말했다. 위스키를 스트레이트로 마신 조나단이 터너의 말에 침이 튀어나올 정도로 웃었다.

첫 번째 요리로 등심 스테이크가 나왔다. 그 전에 이미 술은 동났다. 이리 빼고 저리 빼던 빅 존도 위스키가 한 잔 들어가자 '다음 메뉴 주세요, 어서!'라며 목소리를 높였다. 배가 고프다더니, 거지처럼 굴었다.

"이봐요, 품위는 지켜야죠."

술김에 터너가 한마디 했다. 그러자 빅 존이 말한다.

"식당에서는 말이야, 배가 고픈 게 품위라고!"

그러더니 "맞잖아, 아냐?" 하고 되물으며 웃기 시작했다. 웃음은 마치 독감처럼 번져 세 사람은 음식을 씹지 못할 정도로 웃어댔다. 냉동 요리였던 듯 피시앤칩스와 폭찹을 동시에 가져오던 용암지대마저 세 사람을 보며 웃었다.

얼마나 마셨을까. 터너의 기억이 돌아온 것은 새벽 두 시였다. 모든 사람이 테이블에서 일어나 생맥주 잔을 포크로 치며 애국가인 '성조기여 영원하라'를 부르고 있었다. 술을 마시다 블랙아웃이 생기고, 그런 중에 정신이 번뜩 들어 이성을 찾은 것은 처음이었다. 그런데 '성조기여 영원하라'를 용암지대와 어깨동무를 한 채 부르고 있다니. 노래를 부르던 터너는 갑자기 웃음이 났다.

"어머, 동생. 오랜만에 웃네."

용암지대가 터너의 낭심을 움켜쥐며 웃어댔다. 가게에 있는 사람은 모두 다섯, 이미 셔터마저 내려졌다. 그렇다면 조나단의 옆에서 목이 터져라 국가를 부르던 남자는 가게주인인 엉클 조이리라.

"조니 모즈, 나이쓰 모즈. 이렇게 유쾌한 형제들 봤나. 그런데 어쩔 거야? 미스 재클린이 내 직원이기는 하지만 영계 킬러라고. 동생을 용암지대에서 구출해야지."

엉클 조마저 침을 튀기며 웃는다. 도대체 어쩌다 상황이 이 지경에 이른 거지? 빅 존과 조나단은 자고 일어난 뒤 기억이나 하려나?

"게다가 바람둥이 조니 모즈는 함께 바람피운 여자의 남편에게 총까지 맞았다며! 자네들 정말, 미친 형제들이야. 알지?"

그때 부엌에서 알람이 들렸다. 곧바로 엉클 조는 오븐에서 구운 피자를 들고 나왔다.

"자, 먹어. 먹으라고. 피자는 내 서비스야. 알지?"

"우와!"

비명 같은 감탄사를 내지른 터너가 피자를 들고 눈을 감았다.

번뜩 눈을 떴다. 코고는 소리가 엄청나게 들렸다. 머리가 지끈거렸다. 화장실로 달려간 터너는 눈알이 빠질 정도로 게워냈다. 겨우 토악질을 멈추고 물로 입안을 헹궜다. 그제야 조금 정신이 돌아왔다. 모텔이었다. 어제 보았던 그곳인가. 일회용 칫솔에 흘러내릴 정도로 치약을

졌다. 양치를 하면서도 두 번이나 더 게웠다. 찬물에 샤워를 하자 정신이 겨우 돌아왔다.

화장실에서 나오다 기절할 뻔했다. 코를 골아대던 게 조나단일 거라 생각했다. 그런데 여전히 정신을 차리지 못한 채 누워 있는 건 용암지대였다. 이름조차 기억나지 않는 저 여인과 함께 잠들었다니. 설마 별다른 일이야 있었으려고. 생각에 잠긴 사이 크어억, 코고는 소리가 급작스레 멈춘다. 벌떡 몸을 일으킨 용암지대, 급하게 터너와 눈을 맞춘다.

"아, 미안해요. 당신을 보려던 건 아니고요. 갑자기 일어나셔서."

"그래? 내 귀염둥이. 어때, 어젯밤 좋았어?"

그러더니 윙크를 한다.

"아, 그건 아니고요. 저 어서 나가볼게요."

황급히 달려나왔다. 예상대로 엉클 조의 샌드위치 옆 모텔이었다. 갈 곳도, 아는 데도 없다. 오로지 엉클 조의 샌드위치 말고는. 셔츠의 단추를 여미며 가게로 들어서자 엉클 조를 비롯한 조나단과 빅 존이 한창 이야기에 열을 올렸다.

"그래서 내가 그 여자에게 그랬지. 당신은 식빵 같은 여자라고. 버터를 잔뜩 발라 먹어치워 버리겠다고."

말을 하던 엉클 조가 박장대소를 했다.

"저 친구 왔구만, 내 가게에서 재클린을 꼬신 남자는 쟤가 처음이야."

그 말에 두 사람이 바에서 되돌아보았다. 조나단이 의미심장한 눈빛으로 웃는다. 빅 존 역시 옆구리를 붙잡더니 웃기 시작한다.

"아, 왜 그래요, 다들. 아무 일도 없었다고요."

변명할수록 초라해졌다. 입을 다무는 게 낫지. 바람을 피우는 게 이런 기분이라면 해서는 안 될 짓이다.

"아무 일도 없는 거 알아. 술에 잔뜩 취한 자네를 일부러 재클린의 방에 옮겨 놓은 거니까. 장난 좀 친 거야."

거짓말에 재주가 없는 조나단이 먼저 실토한다.

"이 사람 참, 끝까지 비밀로 하자고 했지 않나."

엉클 조가 조나단을 타박했다. 그러더니 허물없는 웃음으로 바를 가리킨다. 자리를 잡자 기다렸다는 듯 수프를 내왔다. 버터를 잔뜩 넣어 직접 끓인 크림수프였다.

"이 빵도."

슈크림 빵 위에 치즈를 얹어 오븐에 구웠나 보다.

"얼른 해장을 하라고. 참 좋은 형제들이야, 자네들. 별거 중인 막내 동생과 부인을 이어주려고 이렇게 뉴욕에서 횡단 여행을 하다니."

거짓말에 완전히 속은 엉클 조가 손바닥을 내밀었다. 하이파이브? 엉겁결에 터너는 하이파이브를 해버렸다. 아, 왜 이렇게 필름이 끊긴 다음날은 떠밀리듯 모든 일이 벌어지고 말까. 징크스라면 징크스다. 식사를 마칠 때쯤 재클린이 가게에 들어섰다. 재클린은 끈적끈적한 눈으로 터너를 바라보았다.

"어땠어, 자기? 오늘 아침 황홀했지?"

재클린이 장난을 걸었다.

"죽여줬어요. 솔직히 형들과 엉클 조에게는 아무 일 없었다고 했는데. 당신, 정말 남자를 천국에 빠뜨리는 능력을 가졌더군요."

장난으로 응수했다.

"진짜야?"

역시 조나단이 먼저 반응한다. 어디를 가도 거짓말은 못할 사람이다. 눈치를 보던 빅 존과 엉클 조가 거짓말을 알아차리고 웃기 시작했다. 조나단은 자신만 모르는 무슨 일이 있었냐는 눈으로 사람들을 번갈아 본다.

"어떤가? 재미있었지? 사람 사는 게 이런 거야. 별 게 있냐고. 사람은 그저 이렇게 사람처럼 살면 되는 거라고."

엉클 조가 사람들에게 말했다. 순간 머리가 지끈거릴 정도로 충격이 왔다. 사람 사는 거, 별 게 있냐고. 너무 큰 것만 보며 성공이라는 꿈을 꿨다. 하지만 성공이란 가장 평범할 때 가장 위대할 수 있다는 사실을 깨닫지 못했다. 지금 이 순간이 가장 위대한 순간인데, 곁에는 글로리아가 없다. 누가 그랬더라, 죽기 직전에야 삶이 소중하다는 걸 느낀다고. 이게 마지막은 아니겠지.

"이 친구 참. 너무 그렇게 심각해하지 마. 우리끼리 장난친 거잖나. 우린 가족이라고."

"그렇죠, 맞아요."

충격이 가시지 않아 적당히 응수했다.

"그리고 우린, 가족을 찾아가는 여정 중이잖아."

울컥 눈물이 쏟아지려 했다. 왜 몰랐을까. 가장 소중한 것은 가장 평범한 것, 그리고 가장 가까이에 있다는 사실을.

"그래요, 조나단. 아, 아니, 나이쓰! 그리고 조니도요. 브런치 먹고 출발하는 거죠?"

8월 6일 오전 10시 40분이었다. 왠지 떠나기에 좋은 시간이라는 생각이 들었다. 차에 오르고 시동을 켜기까지 30분이나 이별의 시간을 가졌다. 사랑을 찾아 다시 떠난다는 말에 용암지대 재클린은 거대한 가슴과 퇴적층인 아랫배에 잔뜩 힘을 주고 터너를 껴안았다. 꼭 다시 한 번 와요, 라며 눈물까지 짜냈다. 엉클 조 역시 풀코스로 대접하겠다며 팔이 끊어질 듯 악수를 했다.

"우린 가족인 거죠?"

파고다 프리웨이에 차가 오르자 겨우 진심을 말했다. 운전대를 잡은 조나단은 '그럼, 그럼.' 하며 존 덴버의 노래를 흥얼거렸다.

"이제 어쩌실 거죠?"

터너가 빅 존에게 물었다.

"아직 결정하지 말자고. 결정할 이유도, 또 그래야 할 필요도 없잖은가. 일단 글로리아를 만나자고. 위험에 대해 충분히 이야기하고 그 다음을 도모하자고. 어때?"

"가족으로서?"

"그래, 가족으로."

조나단이 차를 출발시켰다. 빅 존과 터너는 곧 잠들어버렸다. 조나단이 흔들어 깨웠을 때는 여전히 농장이라는 착각에 빠져 있었다. 번뜩 정신이 들어 주변을 살펴보고 그제야 깨달았다. 차가 선 곳은 비벌리힐스였다. 전방 50미터 앞에는 꿈에 그리던 보금자리가 보였다.

"한 번도 쉬지 않고 운전하셨던 거예요?"

터너의 물음에 조나단은 고개를 끄덕인다.

"빅 존은요? 몇 시쯤 된 거죠?"

"정찰을 나갔어. 어떤 상황인지 알아보느라. 어, 일곱 시가 다 됐네. 자네를 위해서 100마일로 달리고 싶었는데 차가 나가줘야 말이지."

조나단은 오히려 미안하다는 듯 눈을 내리깔았다.

"고생했어요, 조나단."

두 사람은 약속이나 한 듯 침묵에 빠졌다. 그러고도 얼마나 흘렀을까. 조수석 문이 열리는 소리에 번뜩 눈이 뜨였다.

"제가 잠들어버렸나요?"

"아, 뭐 그런 걸 가지고. 지금 여덟 시 팔 분이니까, 한 시간쯤 잤겠네."

조나단의 말에 터너는 한심스러워졌다. 눈앞에 글로리아를 두고도 태평하게 잠이자 자다니.

"어떻게 되었어요, 존?"

"뭐라고 해야 하지? 모르겠어. 정말 모르겠어. 중국계인지 일본계인지 알 수 없는 사람들이 자네 집 정원에서 터글로와 놀고 있더라고."

"터글로라니요?"

맙소사! 딸아이 이름이 터글로였단 말인가.

"제 딸아이 이름이 터글로였어요?"

"아, 내가 미처 자네에게 말하지 못했군그래. 미안하네. 나도 거기까지는 생각지 못했네. 나 하나 추스르기도 급급했으니까. 너무 미안하이. 그건 그렇고 글로리아나 자네가 아는 사람 중에 일본계나 중국계가 있었나?"

"아니요, 없습니다."

"뭐예요, 벌써 글로리아가 인질이 된 겁니까?"

조나단이 끼어들자 빅 존이 버럭 화를 냈다.

"왜 이러나. 성급하게 단정하지 말자고. 우리는 지금 정보라고는 종이쪼가리 한 장도 없단 말일세. 참 근처에 월마트가 있나?"

"에이, 이 비싼 동네에 그런 게 있겠어요? 클렌쇼 대로까지 가야 해요. 여기서 팔 킬로미터쯤 떨어졌을 거예요."

"어쩐다? 자네 나에게 한 가지 약속해줄 수 있나?"

빅 존이 간절한 눈빛으로 터너를 바라보았다.

"그럴게요."

"자네 집 북서쪽 모서리에서 보면 집 안으로 들어가지 않고 딱 몸 하나를 숨길 만한 정원의 빈 곳이 있네. 사철나무가 겉으로는 풍성한데 속이 빈 곳이야. 거기서 집 안을 관찰하게. 관찰만. 몸을 너무 가까이대면 경비업체가 출동할 테니까. 그럴 수 있겠나?"

쉽게 대답할 수 없었다. 그런데 조건반사처럼 고개를 끄덕이고 있었다.

"한 시간 안에 오겠네. 그러니 집 안을 관찰만 하게. 오케이?"

"또 잠들지 말고."

잠들지 말라며 조나단이 껌 한 통을 건넸다. 한 통의 절반 정도를 입 안에 넣었다.

터너를 내려놓은 차는 황급히 남쪽 방면으로 꼬리를 감췄다. 터너는 빅 존이 시킨 대로 북서쪽 모서리로 향했다. 딱 북서쪽 모서리에 비집고 들어가면 몸을 숨길 공간이 보였다. 이곳에 살게 된다면 반드시 수선이 필요하겠다.

빅 존이 시킨 대로 모서리에 숨었다. 정원이 바로 보였다. 정원 안에는 낯선 아시아계 남자가 둘, 또 아시아계 여자가 둘, 그리고 글로리아와…… 딸이 있었다. 딸아이는 무척이나 아시아계 여자들과 친한 듯 행동한다. 잔디밭을 함께 구르기도 하고, 엄마 곁에서 무언가 말하기도 한다. 정원을 뚫고 달려가고 싶었다. 그러나 그럴 수가 없다. 어제도 충격 사건에 휘말렸고, 빅 존은 심지어 총에 맞은 채 모습을 드러냈다. 총알이 관통했다지만 그 몸으로 움직이는 빅 존이 존경스럽기까지 했다. 빅 존을 움직이는 불굴의 힘은, 딸이다. 빅 존이 죽을힘을 다해 버티는데 똥물을 튀길 수는 없다. 빅 존의 말처럼, 또 조나단의 말처럼 우리 모두는 가족이다. 내 가족을 살리겠다고 빅 존의 딸을 사지로 내몰 수는 없다. 무엇보다 내 딸과 글로리아에게는 아무 일도 벌어지지 않았다. 그저 관찰하자, 관찰만.

깜짝 놀랐다. 너무 앞으로 몸을 숙인 나머지 체온에 반응하는 동작 감지선을 건드릴 뻔했다.

정신을 차린 뒤 정원을 바라보자 여섯 사람이 이웃한 정원 속으로 사라진다. 가만, 저게 뭐지? 터너가 살았을 때는 없던 문 하나가 정원에 있었다. 그렇다면 저 여섯 사람은 이전부터 친했던 게 아닐까. 적인가, 적이 아닌가 하고 물으면 아니라고 답할 사이. 조금 안심이 되었다.

"이 친구 참."

조나단이 힐난했다.

벌떡 일어서다 사철나무 가지에 머리를 부딪쳤다. 또 잠이 든 건가.

"관찰만 하라 했다고 잠을 자고 있네요."

이제는 혀까지 찬다.

"자 받아. 혹시나 해서."

빅 존이 권총을 건넸다.

"이걸 왜 저에게?"

"자네 몸은 자네가 지켜야지."

빅 존이 파사하게 웃었다. 조나단도 덩달아 웃더니 말한다.

"나도 있어, 보여?"

권총을 꺼내 터너에게 발사한다. 딱, 하고 발사된 총에서 터너의 배를 따가울 만큼만 때리는 총알이 발사됐다.

"자네 건 물총!"

조나단은 크게 소리 내어 웃기 시작했다.

"미안하이. 안전가옥까지 갈 엄두가 나지 않았네. 어떤 상황인지 알 수가 없었으니까."

빅 존이 오히려 사과한다.

"그래요, 죽어요."

터너는 물총을 빅 존을 향해 발사했다. 붉은 색 액체가 빅 존의 셔츠에 묻더니 이내 흘러내렸다.

"아윽. 뭐야, 이거. 보기 좋지 않은데요."

"괜찮아. 셔츠 이 딴 게 뭐라고."

빅 존이 어색하게 웃으며 말했다.

그때였다. 아이의 비명소리가 들렸다. 얼른 눈을 들었다. 건장한 남자들이 정원을 가로지른다. 괴한이었다.

먼저 반응한 빅 존이 모서리 사철나무를 뚫고 들어갔다. 멍해진 터너에 비해 조나단이 재빨리 뒤따른다. 바보같이, BB탄이 발사되는 권총을 들고서.

갑자기 마음이 급해졌다. 그런데 멍청한 몸뚱이는 왜 이리도 반응이 느린 걸까. 터너 역시 물총을, 마치 권총처럼 겨누며 정원으로 달려들었다. 심지어 고함까지 내지르면서.

이런 상황이라면 아수라장이 되었어야 할 정원은 눈이 부실 만큼 아름다웠다. 달빛을 토해내는 잔디는 푸르게 반짝거렸고, 옆집 담 위로 낮게 뜬 달조차 눈이 부셨다. 하지만 그 사이에 인질로 잡힌 딸은 눈물을 쏟아내고 있었다. 모순이다, 이건.

"터너!"

"글로리아!"

두 사람의 목소리가 공허하게 정원을 빠져나갔다.

상대를 겨눈 빅 존과 조나단의 총! 저런, 저런! 대치한 상대는 네 명, 글로리아와 터글로를 인질로 잡고 있었다.

"너희는 뭐야."

터너도 합세하며 물총을, 상대에게 겨누었다. 대치상황. 하지만 저들은 어둠 아래에서 권총을 식별하지 못할 뿐, 이 대치는 장난과도 다름없다. 들키는 순간 모두 죽는다.

"애를 내려놔!"

빅 존이 총을 겨눈 채 소리쳤다. 대치상황.

네 명의 남자는 정확히 2인 1조로 움직이는 듯했다. 글로리아는 머리채를 잡히고 팔이 뒤로 꺾였다. 고통에 비명조차 지르지 못했다. 반면 터글로는 입을 틀어 막힌 채, 방패처럼 들려 있다. 그 반 보 뒤에는 총을 든 두 사람이 언제든 총을 발사할 태세다. 당장에 도망치기 힘든 정원 안이 아니었더라면 총격은 반드시 일어났으리라.

서로가 거리를 좁히지도 못한 채 대치한 그 순간, 이웃집으로 난 나무문이 열렸다. 동시에 여자의 비명이 들렸다. 남자들은 나무문을 향해 총을 발사했다. 터너 일행을 향해서도 총을 발사했다. 애석하게도 총이 발사된 순간, 이 싸움은 끝이 나버렸다. 남자들은 의아해하며 집

안으로 돌진, 문을 잠근 뒤 주차장 건물로 옮겨갈 것이다.

터너는 재빨리 주차장으로 뛰어갔다. 어떤 임기응변도 떠오르지 않았다. 그저 터글로와 글로리아를 구해야만 한다는 생각뿐이었다. 터너는 주차장 사각지대에 몸을 숨겼다. 호주머니에 있던 아이폰을 꺼냈다. 지금껏 입안에 있던 껌을 아이폰 뒷면에 붙였다. 거의 동시였다. 주차장 셔터가 열리며 맹렬한 엔진음이 들려왔다. 이것 말고도 뭐가 없을까. 잔디 갈고리! 터너는 차가 튀어나오는 앞으로 잔디 갈고리를 던졌다. 타이어 터지는 소리가 들렸다. 글로리아의 허머가 중심을 잃으며 반 바퀴를 회전한다. 운전수가 놀라 핸들을 꺾었던가 보다. 터너는 허머의 뒤꽁무니에 아이폰을 붙였다. 전장을 누비는 차답게 허머는 재빨리 중심을 잡더니 열린 셔터 너머로 완전히 사라졌다.

터너는 사라지는 허머를 향해 달려갔다. 심장이 터지도록 뛰었지만 허머는 멀어지기만 했다. 얼른 몸을 돌려 닫히기 시작하는 주차장 셔터로 몸을 굴렸다. 그가 집안으로 들어오는 것과 동시에 셔터가 땅을 내리쳤다. 터너는 정원을 가로질렀다. 여전히 얼어붙은 조나단에 비해 빅 존은 터너를 향해 달려왔다. 아시아계 소녀도 마찬가지였다. 그녀 뒤로 줄줄이 아시아인들이 따라왔다.

비밀번호를 누른 뒤 거실로 뛰어갔다.

"조나단! 차에서 컴퓨터를 좀 가져다줘요, 어서."

거실에 있는 삼성컴퓨터는 그가 떠날 때나 지금이나 그대로였다. 너무 구형이다. 컴퓨터를 건드리자 화면이 떴다. 끄지도 않았다니. 오후 9시 58분.

"누구세요? 혹시 터너 에반스 씨?"

스무 살쯤으로 보이는 소녀가 물었다.

"넌 누구지? 누군데 남의 집에 함부로 들어와서 터너 에반스를 찾는 거지?"

"왕샤오미라고 합니다. 중국정보국의 최연소 국장 중 한 명입니다. 터너 에반스 씨 맞죠?"

"샤오미!"

샤오미 뒤에 서 있던, 또래로 보이는 남자가 놀란 듯 소리 질렀다.

2016년 8월 6일 밤

후쿠야마 준 & 여통 & 로즈마리 와해되다

"각오는 됐어?"

오히려 여통이 후쿠야마에게 물었다. 로즈마리는 뻔뻔하게 전방을 주시하고 있다.

너 때문에 벌어진 일이야. 속에서 부글부글 분노에 가까운 감정이 끓어올랐다.

로즈마리가 어떤 계통을 통해 CIA 국장의 스케줄을 빼냈는지는 모른다. 그만큼 로즈마리는 브렌든을 잘 알고 있었다. 스케줄을 꼼꼼히 챙겨본 로즈마리는 갑자기 바뀐 하루 일정을 주목했다. 로즈마리와 여통은 브렌든의 여러 경로를 건드렸다. 사용하는 신용카드, 운전하는 승용차, 만나게 될 사람, 전화기는 복제하지 못했다. 보안회선이라 반드시 칩을 복제해야 하는데 그럴 기회조차 없었다.

딱 하루! 공항에서부터 미행했다. 비서나 가드도 없이 CIA 국장이 혼자 움직였다. 브렌든은 전세기를 타고 LA로 향했다. 이후 스케줄은 베일에 싸였다. 로즈마리의 추측은 맞아떨어졌다. 급작스레 스케줄을 변경한 하루가 작전일이다.

7월 5일 이후 꼬박 한 달, 후쿠야마 일행은 미국에 머물렀다. 로즈마리의 고집이 후쿠야마와 여통을 이겼다. 출발점은 CIA, 중심에 브렌든이 있다. 미행을 위해 두 팀으로 나누었다. 남자 하나, 여자 둘. 의심받기 힘든 조합이다.

공항을 빠져나온 브렌든은 위장이라고 생각한 건지, 혼다 시빅에 올랐다. 그대로 북상하기 시작해 샌디에고 프리웨이에 올랐다. 일본 자동차라 그런지 멀찍이 미행해도 될 정도로 눈에 띄었다. 계속해서 북상을 하던 브렌든의 차는 선셋 대로를 우회전하며 진입했다. 도로를 따르던 차는 버지니아 로빈스 가든스 인근에서 꺾어지는 길을 따라 잠시 남하하다 다시 90도를 꺾어 북상했다. 내비게이션에서는 프랭클린 캐넌과 저수지가 나타났다.

"저 사람 구린 거야."

여통이 장난치듯 말했다.

"그러니까 이렇게 외진 곳으로만 가는 거잖아. 애인을 만나면 딱 좋을 텐데. 덮쳐서 애인을 고문하면 그녀를 버릴지 어떨지. 저 사람 인간성을 시험한 뒤에 천천히 죽여버리고 싶어."

"그 애인이 나야."

덤덤한 말투로 로즈마리가 말했다.

"나도 알아. 엘렉트라 콤플렉스란 거. 치료 따위는 개나 줘버리라 그래. 얼마나 즐거웠는데, 나를 이렇게 포근하게 사랑해주는 나이 지긋한 존재가 있다는 게. 물론 지금은 자연 치료가 됐나 봐. 후쿠야마를 만난 뒤로."

"진심 뻔뻔하다, 로즈마리."

"아아아, 이 사람들아. 그만 하시게. 내 몸은 내가 지킨다. 몰라?"

여통과 로즈마리에게 전혀 엉뚱한 대답을 했다. 그러자 전화기 너머에서 여통과 로즈마리가 깔깔거리며 웃었다.

노스 비벌리 드라이브 북쪽으로 운전하자 차는 현저히 줄어들었다. 콜드워터 캐넌 공원을 지나 좁고 오래된 길인 콜드워터 캐넌 드라이브로 북상하자 미행하는 것조차 버거워졌다. 차가 너무 줄었다. 브렌든의 차는 콜드워터 캐넌 드라이브 2421번지 인근에서 멈췄다.

야자수가 담처럼 늘어선 구옥에는 특별한 보안장치조차 없어 보였다. 대여섯 대의 자동차가 주차 가능한 아스팔트 정원이 휑뎅그렁해보였다. 2차대전 시기에나 만들어졌을 목재가옥은 약 12미터 길이로 남북 방향으로 길게 이어졌고, 현관문은 도로에 면한 동쪽에 위치했다. 조금 서행을 하다 뒤에서 따라오는 여통과 로즈마리에게 말했다.

"2421번지야. 거기에 차가 섰어. 나는 일단 지나쳤다가 유턴을 할 테니까 두 사람은 알아서 위장해."

대답은 개뿔, 아웅다웅 다투듯 여통과 로즈마리가 장난치는 소리가 들렸다.

곧 세 사람은 비어 있는 집을 찾았다. 어떻게 된 게 이런 일에 로즈마리는 천재적이다. 아버지를 엿먹이고, 브렌든과 놀아나고, 후쿠야마를 찾아내 몇 년째 이용해먹는다. 게다가 첫눈에 빈집까지 찾아내다니.

브렌든이 주차한 집에서 맞은편으로 다섯 집 북쪽이었다. 현관 격자 유리창 중 하나를 깨고 문을 열었다. 로즈마리는 마치 자기 집처럼 요리를 시작했고, 검은색 개량 치파오로 갈아입은 여통은 늘어지게 잠을 잤다. 저 여자들 참. 고개를 도리질하며 어쩔 수 없이 후쿠야마가 망원경으로 주변을 살폈다. 해거름이 깔릴 때까지 별다른 일은 없었다.

"그 사람 아마 잘 거야. 늘 잠이 부족했거든."

"어련하시겠어? 로즈마리의 말인데."

어깨를 으쓱하며 말한다. 로즈마리는 지금껏 요리한 스테이크를 테이블에 놓았다.

"나 이제 이십대 중반이야. 정말 사랑이었다 착각할 수 있는 나이였다고. 스무 살부터 후쿠야마를 만나기 전까지."

"말로는 이길 수가 없네."

"총으로도 안 될 걸."

"것 봐. 말로는 못 이기잖아."

"여통도 잠이 부족한가 봐. 당신을 지켜야 하니까. 내가 죽일지도 모른다고 생각하거든. 남자가 좀 강해져."

후쿠야마의 낭심을 툭 건드리며 깔깔거리기 시작했다. 곧바로 여통을 깨운다.

"뭐야, 최후의 만찬이야?"

여통이 눈을 비비며 물었다. 그녀의 말에 후쿠야마는 괜스레 심각해졌다.

"최후의 만찬이라니, 잘 되자고 여기까지 온 건데."

"여통의 말이 맞을 걸. 우리가 브렌든을 턴다는 건 미국을 상대로 전쟁을 선포하는 거나 다름없으니까."

"아니야. 아니라고. 그만 생각하지 말자. 우리는 우리 앞에 가로놓인 장애물을 하나하나 헤쳐나가는 것뿐이니까. 알고 그랬든 모르고 그랬든 계속해서 누군가가 우리를 건드렸으니까."

"누군가를 우리가 건드린 게 아니고?"

여통이 로즈마리를 노려보았다. 후쿠야마의 말을 되받은 거지만 로즈마리를 힐난하는 게 눈에 띌 정도였다.

"참 이상하단 말이야, 우리 세 사람. 전혀 어울리지 않는데 이렇게 멋진 조합을 이루고 있잖아. 견제와 균형이 딱 맞는 미국 정부처럼."

지난 월드컵에서 콜롬비아 축구대표팀 선수인 수니가를 둘러싼 브라질 마피아와 콜롬비아 카르텔, 이탈리아 마피아의 삼각관계만 할까, 말하려다 그만두었다. 말꼬리를 놓치지 않고 로즈마리가 받아칠 게 뻔하다.

"아, 지금 후쿠야마가 뭔가 생각했는데 그것까지 알 수는 없네. 아쉽다."

로즈마리가 정말 아쉽다는 듯 쩝 입맛을 다셨다.

여통이 망원경에서 손을 떼지 않는 후쿠야마를 위해 스테이크를 잘라왔다.

"칭다오 맥주가 있더라고."

후쿠야마가 맥주를 집으려 하자 노련하게 망원경을 빼앗는다. 이제 임무 교대라는 듯.

맥주를 마시고 여통과 로즈마리가 교대하기까지 별다른 일은 없었다. 밤 10시 정각이었다. 로즈마리에게서 망원경을 건네받으려 했다.

"당신은 왜 처음 본 그날처럼 사랑해주지 않는 건데?"

입술을 비죽 내민 로즈마리가 귀여웠다. 그렇다고 사랑해달라니, 너무 어리광피우는 것 아닌가?

"여통!"

후쿠야마가 부르자 재빨리 여통이 다가온다.

"로즈마리가 동생이라고 너무 봐주는 거 아냐? 아무리 동생이라 해도 따끔하게 질책할 때는 하고, 말을 안 들으면 엉덩이라도 때려줘야지. 안 그래?"

후쿠야마의 말에 비죽 입술을 내밀었던 로즈마리가 눈을 흘기며 주방으로 사라진다.

"그만해, 당신. 왜 일부러 로즈마리에게 못 되게 굴어? 난 지금껏 당신과 우리가……."

여통의 눈이 커졌다. 재빨리 망원경 초점을 브렌든이 숨어든 집으로 맞추었다. 차 한 대가 멈추어선 게 보였다. 붉은색 계통의 허머였다!

"저렇게 눈에 띄는 차를……."

"훔쳤을 거야. 가자."

언제 토라졌나 싶게 나타난 로즈마리의 목소리가 높아졌다.

여통과 로즈마리가 바깥으로 나갈 때까지 눈을 떼지 않고 주시했다. 어린 여자애 한 명, 성인 여성 한 명이 인질. 그들을 붙잡은 남자 넷.

바깥으로 번개처럼 뛰어나왔다.

"브렌든까지 최소 다섯. 인질 둘."

"인질? 인질은 그의 방식이 아닌데."

로즈마리가 고개를 갸우뚱했다. 무언가 분석이 뒤따를 줄 알았는데 침묵만 들어찼다. 여통이 가장 먼저 일어선다.

"각오는 됐어?"

"아니. 그런 건 댁한테나 필요한 거지. 난 그냥 총 들고 총 쏜다."

그러더니 여통과 눈을 맞추고 달려나간다. 델마와 루이스가 따로 없다.

두 사람이 맹렬히 달려가나 싶은 찰나, 자동소총의 연속발사음이 허공을 깨운다. 여통이 푹 고꾸라졌다.

“여통!”

여통을 안아 상반신을 일으켰다.

“제기랄. 허벅지를 관통했나 봐. 아, 나 요즘 왜 이러지? 비육지탄도 아니고.”

“유비의 나이는 오십대였어. 괜찮아. 자책하지 마. 지원사격해.”

“아, 이제 미니스커트는 못 입으려나?”

여통은 등에 멘 우지소총을 가슴으로 돌린 뒤 앙감질로 야자수 정원에 걸터앉았다. 그런 뒤 가보라는 듯 손짓을 한다. 후쿠야마가 발을 떼는 것과 동시에 건물을 향해 앉은 그녀의 우지 총구에서 불꽃이 일었다.

무언가 이상하다.

후쿠야마는 전장에서, 단 한 번도 마주한 적 없던 감정과 대면했다. 총을 쏘려다 뒤를 돌아보았다. 자동소총을 갈겨대던 여통과 눈이 딱 마주쳤다. 여통이 고개를 갸우뚱했다. 고개를 돌려 브렌든이 몸을 숨긴, 여섯 명의 사람이 들어간 문을 슬며시 열었다. 동시에 이상했던 감정의 실체를 알게 되었다. 함정이다!

먼저 뛰어들었던 로즈마리는 이미 제압당해 바닥에 엎드렸다. 그녀를 감싸듯 이십여 명에 달하는 소대 병력이 권총과 자동소총을 겨냥한 채 후쿠야마를 기다리고 있었다. 어떻게 후쿠야마가 반응해 되돌았는지조차 알 수 없었다. 그저 본능이었다. 들어가면 죽는다.

“엎드려!”

여통이 소리쳤다. 동시에 나무주택을 관통하는 총알세례가 이어졌다. 여통이 응사했지만 역부족이었다. 여통이 수류탄을 꺼냈다. 창을 향해 정확히 던졌다.

"로즈마리는?"

엎드려 외쳤다.

"알 게 뭐야? 알아서 살아야지!"

여통의 목소리가 갈라졌다. 폭발이 일어나자마자 달려나왔다. 야자수가 일렬로 늘어선 정원에서 여통을 부축했다.

"도망가자. 어서!"

어느새 여통은 괴한들이 타고 왔던, 세계에서 가장 강력하고 안전하다는 허머에 올라타 있었다.

"어서 타!"

채 3초나 되었을까. 수류탄이 터지고 여통이 허머의 시동을 걸기까지. 여통의 작전수행 능력과 상황 대처는 가히 세계 최고 수준이다.

"타이어 하나가 터졌네. 그래도 대단해. 핸들이 조금 묵직한 거 말고는 달릴 만한데."

"가자, 어서."

"어디로?"

"어디든. 숨을 만한 곳으로."

제기랄! 방법이 없다. 너무 적을 얕봤다. 천하의 CIA 국장 존 브렌든을. 그제야 바보 같은 생각 하나가 떠오른다. 몸을 쓰는 후쿠야마와 달리 머리를 쓰는 첩보원. 존 브렌든이 존 스미스는 아닐까. 아니, 존 스미스의 시작은 아니었을까.

2016년 8월 7일 자정

장민우 판에, 끼어들다

남자는 미친 듯이 컴퓨터를 설치했다. 일행이 가져온 맥북 프로를 구형 삼성 컴퓨터와 교체했다. 능숙하게 인터넷을 연결한다. 컴퓨터를 켠 뒤 '애인추적' 어플리케이션을 다운받았다.

"침착하세요. 부탁드립니다."

샤오미가 남자에게 말했다.

"개소리하지 마. 넌 누구야 도대체?"

격앙된 남자, 혹시 글로리아의 남편인가? 죽었다고 하지 않았던가? 정확한 이야기는 듣지 못했다. 다만 샤오미의 고백은 들어버렸다.

뒤에서 이야기가 들려왔다.

"자네가 중국정보부 요원이라고?"

"네. 당신은 아마도 존 스미스 씨겠군요. 완전히 잠적해버렸던. 글로리아에게서 들었습니다. 저 분은 누구신지 모르겠네요."

샤오미가 성마르고 좀생이처럼 생긴 남자를 가리켰다.

"허허허. 글로리아에게 그렇게 조심하라고 일렀건만."

설마 존 스미스? 도대체 어떻게 되는 상황인 건가.

장민우는 도무지 이해할 수 없는 상황에 어안이 벙벙해졌다.

"민우에게도 어쩔 수 없이 고백해야겠네. 나 중국정보부 소속 해외첩보부 제12부 부장이야. 여기서 이렇게 말하게 되어서 미안해. 하지만 언젠가는 해야 할 이야기였어. 민우에게는 너무 미안하네. 나… 평범한 여자가 아니어서."

12부는 또 뭔가. 어린 여자애들을 모아서 첩보원으로라도 쓰는 부서란 말인가. 샤오미는 장민우와 1년 반을 이곳에서 보냈다. 착실히 학교를 다녔고, 천재이지만 심장이 아픈 비운의 소녀로 살아가고 있었다. 그런데 그 모든 게 위장이었다니. 철저히 베일에 싸인 중국정보부의 모습에 혀를 내두르게 된다.

"아가씨는 좀 빠지는 게 낫지 않을까?"

스티브 잡스를 연상시키지만, 열 배쯤 멍청하게 생긴 남자가 샤오미에게 총을 들이댔다. 장민우는 샤오미를 손으로 제지하며 총구 앞에 섰다.

"괜찮아, 민우. 저 총, 가짜야. 아, 민우는 그런 거 모르겠구나."

아니, 알고 있었다. 알고 있었기 때문에 더 당당히 가로막았다. 정보가 더 필요하다. 더 많은 정보가. 여기에 있는 모든 사람들이 더 말하게 해야 한다. 그때 집안으로 박기림과 채한준이 달려왔다. 뒤로는 집사가 보였다. 장민우는 채한준과 박기림을 보자마자 휘청거리며 소파에 주저앉았다.

"아버지, 샤오미가, 중국첩보원이랍니다. 제가 사랑하는 여자가요. 모든 게 거짓이었답니다."

민우는 얼굴을 두 손으로 감쌌다. 배우가 되라고 했던가. 바로 지금 이 순간이다. 제발 눈물이 좀 나기를. 그런데 정말 눈물이 났다.

"샤오미가 얼마나 힘들었을까요? 그냥 첩보원이다, 저 남자는 첩보원의 남자다, 왜 말을 못 해! 바보같이."

엉겁결에 생각나는 대로 내질렀다. 그런데 박기림이 웃어버렸다.

"아주 LA의 연인을 찍지 그냥. 샤오미는 너 이용한 것뿐이잖아."

"언니, 그런 건 아니에요."

샤오미가 드문드문 한국말을 했다. 화들짝 놀란 건 말을 꺼낸 박기림만이 아니었다. 장민우도 놀랐다. 채한준도 역시 놀란 표정이었다. 어디서든 조심하라던, 그래서 메일을 보내든 전화를 걸든 보안에 신경 쓰라던 채한준의 이야기가 새삼 무섭게 다가왔다.

"제발 좀 조용히들 해. 내 딸과, 글로리아가 잡혀간 곳을 찾아야 한단 말이야!"

남자는 결국 터너로 확인되는 셈인가.

"여기서 가장 무술 실력이 출중한 사람이 누굽니까? 아니 바꾸어 말하죠. 전투력이 가장 좋은 사람이 누굽니까?"

채한준이 물었다. 곧바로 집사가 손을 든다. 거실에 들어찬 사람들을 둘러보다 장민우도 손을 들었다.

"그래, 집사님과 민우 너. 샤오미 차든, 여기 있는 차든 어서 타라. 그리고 글로리아 씨 남편이시죠? 추적할 수 있는 겁니까?"

"그럼 내가 이 빌어먹을 짓을 왜 하고 있다고 보십니까?"

터너가 대답했다.

"집사도 민우도 전화기 챙기도록 해. 일단 이곳에서 전화를 건다. 배터리 확인하고. 보조 배터리와 차량용 충전기까지 챙겨. 어서!"

채한준의 말에 집사와 장민우가 재빨리 집으로 돌아갔다. 집으로 들어가는 정원을 가로지를 때 집사가 말한다.

"민우 군. 그동안 속여서 미안해. 자네, 참 착하고 좋은 사람이던데. 그래도 우리 아가씨, 아니지, 우리 부장님 잘 부탁해. 자네를 진심으로 사랑하는 것 같으니까."

"그럼 집사님도?"

"미안. 본의 아니게 속이게 됐네. 이렇게 정체를 드러내면 안 되지만 부장님의 판단이니까."

고개를 잘래잘래 저으며 2층으로 올라갔다. 전화기 보조 배터리를 챙겼다. 황급히 뛰어 내려왔다. 집사가 기다리고 있었다.

"벤츠면 충분하겠지?"

집사가 시동을 걸며 물었다.

"그럼요."

"그런데 자네, 무섭지 않아? 이런 일은 처음이잖아?"

"죽기밖에 더하겠어요? 샤오미가 하는 일인데, 도와야죠."

"그것 참."

집사는 고개를 몇 번이나 저었다.

"내 이름을 말하지. 나는 마롱휘라고 하네."

마롱휘라. 마롱휘, 어디선가 들었던 이름이다. 기억해내야만 한다. 민우는 생각을 집중하면서도 마롱휘에 대해 무던히 대처하려 애썼다.

"참 오늘 들었던 이름은 못 들은 것으로 해주게. 이 년 동안이나 샤오미에게 신의를 지킨 데 대한 내 최소한의 예의니까."

"알겠습니다. 솔직히 전 이름이 없으신 줄 알았어요. 그냥 집사가 이름인 줄 알았거든요."

민우가 농담했다.

"나도 입이 근질근질거렸어. 남자가 살면서 훌륭한 남자를 만난다는 건 몇 번 없는 영광이니까."

마롱휘가 차를 출발시켰다. 거의 동시에 전화가 걸려왔다.

"지금 차가 멈춰 섰어. 3.1마일이니까, 약 팔 분 거리야. 내비게이션에 찍어. 콜드워터 캐넌 드라이브 2421번지."

"알았습니다."

스피커폰으로 이야기를 듣던 마룽휘가 재빨리 주소를 찍는다. 노스 시에라 드라이브에서 도헤니 로드를 타고 가다 우회전해서 북쪽으로 로마 비스타 드라이브를 타야 했다. 벌써 10시가 넘어간다. 주변이 우거진 수풀과 낮은 목재 단층집이 전부인 곳이라 가로등마저 뜸했다. 맞은편에서 비슷한 속력의 차가 나타난다면 피해가기조차 힘들어보였다. 어둡고 좁은 소방도로를 맹렬히 달린다는 건 그만큼 노련한 기술이 필요했다. 상향등을 적절히 사용하며 마룽휘는 속도를 줄이지 않았다. 거의 5분을 달려 로마 비스타 드라이브는 체로키 레인으로 이어졌다. 이곳 역시 소방도로로, 방금 지나쳐온 로마 비스타 드라이브와 다를 바 없었다. 그러다 거의 90도에 가깝게 차를 꺾는다. 비슷한 도로가 계속해서 연이어지다 콜드워터 캐넌 드라이브에 진입했다. 다만 2차선으로 폭이 넓어졌고 인가가 조금 더 늘어났다는 게 달랐을 뿐이다.

"이제 1분 거리인가?"

그때 다급히 스마트폰에서 터너로 추정되는 남자가 목소리를 높였다.

"잠시만. 차가 움직입니다. 차가 움직여요. 당신들이 콜드워터 캐넌 드라이브에 진입했다면 맞은편에서 달려올 겁니다. 주시하세요, 네?"

"알겠습니다."

터너의 말은 틀리지 않았다. 전방에서 선홍색 허머가 맹렬히 달려오고 있었다. 마룽휘는 노련하게 골목길로 차를 넣었다. 허머가 지나쳐가자 헤드라이트를 끈 채 T턴을 했다. 곧바로 허머를 뒤쫓기 시작했다. 전방 2백 미터 정도, 허머의 불빛을 따라 마롱훠는 운전했다.

"대단하네요."

"기본이지."

"그나저나 민우 너, 총 챙겼어?"

마롱훠의 말투에서 민우를 친구로 대한다는 사실을 알 수 있었다. 재빨리 고개를 저었다.

"민우, 조수석 열어 봐. NP-28이 두 정 있을 거야. 콜트를 거의 본 딴 총인데 성능은 괜찮아. 하나는 나에게 줄래?"

양손으로 권총을 쥐었다. 무게로 가늠했다.

"권총은 처음 쥐어봐서."

정확하게 알 수는 없지만 조금 더 가볍다고 생각되는 권총을 마롱훠에게 건넸다.

"총알이 여덟 발 들었네. 이걸로 충분해야 할 텐데. 민우, 한국인이라면 기본적인 사격 정도는 하지?"

"설마요. 그렇지만 총 겨누고 총 쏘기 할게요."

민우의 말에 마롱훠가 크게 웃었다. 이 남자, 긴장하지 않았다. 배포가 크거나 죽음의 사투를 수없이 넘나든 베테랑 요원이 분명했다.

남쪽으로 계속해서 하강하던 허머를 보던 마롱훠가 고개를 갸우뚱했다. 민우 역시 마롱훠가 갸우뚱하는 이유를 알아차렸다.

"마롱훠, 저 차 따라잡아요. 운전석에 여자가 앉아 있어요. 옆자리에는 남자고요. 두 사람 모두 머리가 검어요. 글로리아도 터글로도 아니에요. 어서!"

마롱훠는 장민우의 말에 속도를 높였다. 허머는 순식간에 따라잡혔다. 그렇게 백여 미터 이상을 앞지른 뒤 헤드라이트를 켜며 갑자기 유턴했다. 단번에 대치하듯 두 차가 멈추었다. 서로의 헤드라이트가 눈을 어지럽혔다. 마룽휘가 재빨리 헤드라이트를 끄며 바깥으로 튀어나갔다. 상대 역시 마찬가지로 허머의 모든 등을 꺼버렸다. 민우 역시 한 치의 망설임도 없이 허머를 향해 달려갔다. 옆에서 뒤엉키는 소리가 들렸다. 달려가다 직감했다. 사람이다. 민우는 맹렬히 달려가 머리로 가슴을 들이받았다. 그런 뒤 유술로 제압하려는 찰나, 가슴이 만져졌다. 남자가 아니었다. 게다가 상대는 해파리처럼 흐물흐물했다. 민우에게 들이받힌 여자는 단번에 고꾸라졌다. 여자의 입에서 중국 욕이 튀어나왔다. 민우는 여자를 찍어 누르며 샤오미에게 배웠던 중국어로 말했다.

"나는 한국에서 온 장민우입니다. 저 허머로 글로리아와 터글로가 납치되었어요. 당신들은 누구입니까?"

여자는 고함을 내질렀다.

"후쿠야마, 살려줘."

"여통?"

"가만, 이 목소리는 후쿠야마인데."

상대 남자가 다급하게 부르자 낮게 말하는 마룽휘의 목소리가 들렸다.

"여통, 나 마룽휘야. 이 남자는 후쿠야마인가?"

거친 숨소리가 이어졌다. 거의 동시라고 생각될 만큼 투덕거리는 소리 역시 멈춘다.

"민우, 그 여자 죽이면 안 돼. 여통은 이 일과는 관계가 없는 사람이라고."

장민우는 여자를 내리누르던 힘을 빼냈다. 그렇지만 앞뒤 관계는 재볼 일이다. 어째서 이런 중에 마롱휘는 아는 사람을 만난단 말인가. 불가능하다! 여자의 팔을 단단히 꺾었다. 방아쇠에 검지를 단단히 걸었다. 총은 여자의 팔이 미치지 않을 경추부에 가져다댔다. 여자는 다리에 총상을 입었다. 아직 응급조치도 취하지 못한 상태였다. 마음이 흔들렸지만 지금은 우선순위가 여자의 치료가 아니다.

마롱휘가 걸어왔다. 그의 몸은 온통 흙투성이였다. 뒤로 낯선 남자가 보였다.

"놔줘, 내 여자야."

여자의 입에서 탄식이 터졌다. 숨기려 했지만 가늘게 훌쩍거리기 시작했다.

장민우는 상황을 어떻게 인식해야 할지 알 수 없었다.

"저, 마롱휘. 어떻게 당신이 아는 사람을 이곳에서 만날 수 있죠? 미안하지만 전 믿지 못하겠어요."

마롱휘는 한숨을 내쉬었다. 재빨리 차로 다가간 마롱휘가 자신이 소유했던 권총을 장민우에게 밀었다.

"기다려 봐. 이건 우리 부장님이 해결할 문제 같으니까."

마롱휘는 전화기에 대고 재빨리 샤오미를 바꿔 달라 부탁했다. 마롱휘는 민우가 알아듣기 힘들 정도로 빠르게 북경어를 말했다. 민우가 알아들은 건 샤오미가 민우에게 여통과 후쿠야마에 대해 설명하게 해 달라는 정도였다.

"민우 거기 있어? 그 사람들 같은 편은 아니지만 이번 사건과는 관계없어. 오히려 그들의 이야기를 들어야 할 것 같은데. 게다가 여통이 다쳤다는데 많이 다쳤나? 여통은 과거에 우리 쪽 살수였어. 지금은 일본 소진사에서 활동하고."

소진사? 장민우의 머리가 한층 복잡해졌다. 그렇다면 저 남자는 소진사의 에이스인 후쿠야마란 말인가? 그가 왜 글로리아와 터너의 납치에 관여하게 된 거지?

"일단 자초지종을 들어보자고. 후쿠야마와 여통에게."

"그것보다 터글로와 글로리아를 구하는 게 먼저 아냐?"

장민우가 마롱휘가 든 아이폰을 향해 소리쳤다.

"미안한데, 좀 끼어들어도 되나?"

일본식 억양의 영어였다.

"거기는 누구지? 혹시 천재소녀이신가? 샤오미? 나 후쿠야마야. 잘 지내나?"

"그래, 후쿠야마. 오랜만이네. 이렇게 목소리를 듣게 될 거라고는 상상조차 못했어."

"미안한데 지금 우리 넷으로는 납치된 꼬마아이와 여자는 구해오지 못해. 그래봐야 용병이겠지만, 거의 이십 명에 가까운 남자들이 중무장하고 기다리고 있었다고. 에이급 킬러만 두 개 소대 병력. 당신들도, 우리도… 이번 작전은 엿먹은 거야. 우리는 요원까지 잃었다고. 망할 로즈마리를 잃었단 말이야."

"가만, 뭐라고. 로즈마리라고?"

전화에 남자의 목소리가 끼어들었다. 샤오미가 말했던 존 스미스라는 남자였다. 장민우의 머릿속은 더욱 분주해졌다. 그림을 그려내라. 이야기를 이어라. 판을 조합하라!

2016년 8월 7일 새벽

빅 존 정보가 죽음으로 바뀌려는 찰나

빅 존은 한창 컴퓨터에 열을 올리는 터너를 보았다. 터너의 컴퓨터에 연결된 '애인찾기' 앱에서 휴대전화의 위치를 비벌리힐스 노스 시에나 드라이브로 표시한다. 거의 동시에 스피커폰으로 켜놓은 샤오미의 전화에서 '문 열어주십시오.'라는 집사의 목소리가 들렸다.

빅 존이 커튼을 열어 창밖을 응시했다. 허머와 벤츠가 10여 미터를 두고 나란히 비벌리힐스 글로리아의 집 주차장으로 들어왔다. 조나단이 '시스템, 시스템!'을 외치며 30분 전에 감기 걸린 픽업을 입고시켰다. 자동차 3대가 들어갈 수 있는 글로리아의 저택은 샤오미의 벤츠가 주차하며 가득 찼다. 중국계 여성을 부축한 일본인이 현관으로 들어서는 순간, 빅 존은 소진사의 후쿠야마라는 사실을 간파했다. 그러나 이 바닥에서 얼굴이란 그저 얼굴일 뿐이다. 후쿠야마는 온통 찰과상으로 힘겨워보였다.

도대체 오늘, 무슨 일들이 휘몰아쳤던 것인가.

빅 존은 후쿠야마를 보자마자 테이블을 내리쳤다. 거실에 있던 조나단이 빅 존을 말렸다.

"후쿠야마라고 했나? 어떻게 자네가 이 일에 끼어든 거지? 게다가 로즈마리는?"

빅 존은 쉬이 분노가 가라앉지 않았다. 분명 로즈마리를 잃었다고 후쿠야마가 말했다. 우리 쪽 요원이라고 했다. 여기서부터 막힌다. 로즈마리는 CIA 사람이다. 브렌든의 보이지 않는 칼이다. 빅 존이 해결하지 못한 그의 치명적 약점이기도 했다.

"여통의 치료부터 합시다. 안 보이세요? 허벅지를 총알이 관통했다고요. 저 사람, 소진사에서 가장 유력한 제 사람입니다."

후쿠야마가 빅 존에게 반박했다.

가만히 사태의 추이를 살피던 샤오미가 빅 존과 후쿠야마 사이에 끼어들었다.

"저기, 잠시 정리 좀 하죠. 일단 집사님은 미스 여통을 치료하세요."

샤오미가 그래도 되겠냐는 듯 빅 존과 눈을 맞춘다. 이내 눈을 내리깐 빅 존은 거실 소파에 주저앉았다.

"이 층, 두 번째 침실부터는 손님용 방입니다. 방마다 욕실이 구비되어 있으니 아무 방이나 쓰세요. 첫 번째 방은 안 됩니다. 그 방은 저와 글로리아의… 침실입니다."

터너가 마롱휘에게 2층으로 가라는 턱짓을 했다.

마롱휘가 여통을 부축하며 층계를 올랐다. 모습을 감추었나 싶은데 금세 층계를 내려온다. 샤오미에게 인사하더니 현관을 나선다. 비상용 응급 키트를 찾으려는 게 분명해보였다.

마롱휘가 사라지는 것을 확인한 샤오미가 여전히 엉거주춤 서 있는 후쿠야마에게 말을 건넸다.

"앉으세요, 후쿠야마. 조금 놀라실지도 모르겠네요. 지금 존 스미스 씨가 상당히 격앙되었거든요."

"존 스미스?"

후쿠야마의 눈매가 매서워졌다. 후쿠야마는 분명 빅 존에게 선입견을 가진 게 분명했다. 둘 사이를 번갈아 보던 샤오미가 "아, 그만요."라며 분위기를 갈랐다.

"미스터 후쿠야마. 부탁인데 확인되지 않은 정보나 과거 어떤 공작에서 남아 있는 앙금으로 지금의 존 스미스 씨를 판단하지 마세요. 그는 지금 완전히 털려버린, 정말 탈탈 털린 거지꼴이랍니다. 그가 격앙이 된 이유는 간단해요. 솔직히 저도 조금 전에야 진실을 알았지만…… 그는 로즈마리의 아버지거든요."

"네?"

후쿠야마의 입가가 허를 찔렸다는 듯 벌어졌다.

"죄송합니다. 존……?"

"미치 애런이네. 로즈마리 애런이 내 딸이라네. 내 친딸."

"이런! 이야기를 어디서부터 꺼내야 할지."

후쿠야마가 맞은편 소파에 털썩 주저앉았다. 괴로운 듯 후쿠야마는 손세수를 하며 얼굴을 비볐다. 잠시 고민하는 듯했던 후쿠야마가 빅 존을 바라보았다.

"저……. 미치 애런. 아니 로즈마리의 아버님. 로즈마리가 이곳에 온 이유는 브렌든을 압박해 잘못된 작전을 중지시키기 위해서였습니다. 가만 그런데 이 여자아이는 누굽니까? 그리고 왜 이런 이야기를 이렇게 많은 사람이 자리한 곳에서 해야 하는 거죠? 당신이라면 오히려 더 잘 아실 텐데요."

후쿠야마가 의아하다는 듯 물었다.

"자네도 긴 설명이 필요하지?"

빅 존이 후쿠야마에게 물었다. 후쿠야마가 고개를 끄덕였다.

"나 역시 마찬가지네. 이십 년, 아니 로즈마리가 태어난 때부터 이야기를 해야 하니까. 그러려면 엄청나게 길어지겠지. 결론만 말하자면 저 중국인 일행을 빼고 나면 이곳에 있는 사람들은 모두 이야기를 들을 자격이 있는 사람들이야."

"뭐예요? 지금 아버지뻘 되시는 분이 딸보다 어린 저에게 논란을 넘기시는 건가요? 후쿠야마는 저를 알 거예요. 중국에 작업을 하러 왔었죠. 그때 소진사 여기자 한 분이 잡혀 계셨거든요. 모든 남자들을 무찌르고, 이렇게 표현해야 후쿠야마가 좋아하죠? 끝판에 다다랐죠. 게임이라고 치면요. 물론 끝판왕은 저였는데 여자에게 한없이 약한 분이더군요. 저와 여기자분을 함께 구출하셨어요. 웃으며 '구출을 당해주었던' 기억이 나네요. 나중에 중국정보부 이름으로 감사하다는 편지까지 받으셨을 걸요. 제가 그러자고 했으니까요. 이 이야기는 이쯤하고. 어쨌든 그 기사도 정신에 감동해 축출될 위기에 있던, 표현을 바꾸죠, 황산을 부어 약 육 주에 걸쳐 천천히 죽게 될 운명이었던 여직원 한 분을 선물해드렸어요."

"뭐야, 지금. 여통을 말하는 거야?"

후쿠야마가 벌떡 일어섰다.

"상상에 맡길게요. 뭐, 여전히 로맨티시스트네요. 하여튼 여자에 약해."

샤오미는 존 스미스와 후쿠야마를 번갈아 보다 두 사람 모두에게 인사했다.

"너무 경황이 없어 제대로 소개를 하지 못했죠. 자, 제 소개를 하죠. 저는 시진핑 주석의 숨은 조력자 중 한 명입니다. 중국정보부 12부 부장이고요. 이곳에서 이 년을 넘게 글로리아를 관찰해왔습니다. 부장 정도나 되는 양반이 이곳에서 이 년이나 썩었던 거, 네, 저 잉여자원이 되어버렸거든요. 중국 내부 이야기는 이것으로 끝내죠. 이곳에 계신 한국

분들은 저의 손님입니다. 또 글로리아의 신실한 친구였고요. 이들도 최소한 왜 글로리아가 급작스레 납치되었는지 정도는 알아야 할 권리가 있다고 봅니다."

빅 존은 터너에게 샤오미가 자신을 소개할 때부터 알아차렸다. 단번에 추리했다. 그녀는 시진핑의 가장 총애를 받는 비밀요원이다. 중국 내에서 시진핑과 후진타오 세력의 전쟁은 소리 없이, 그러나 상대를 확실히 척결해가며 15년째 계속되고 있다. 이런 가운데 왕샤오미를 미국으로 빼냈다는 건 패배를 대비한 시진핑의 포석이다.

미국에서 활동하고 있는 중국정보부 요원만 해도 상주, 비상주 5만 명에 이른다는 추산이다. 하와이와 알래스카 정도를 제외한 거의 모든 주에 평균 천 명 정도의 조직을 갖추고 있다. 굳이 샤오미를 미국에 보낼 이유는 없다. 게다가 은둔형 스파이로 보냈다는 건 더욱 말이 안 된다. 무난한 결론에 다다른다. 왕샤오미는 시진핑이 미국에 마련해놓은 비밀 컴퓨터이자 은닉 무기이다. 안전한 곳에서 실패를 대비한 포석으로 바둑판에서 빼놓은 돌이라고 보아야 한다.

빅 존은 상황을 떠보기로 했다.

"샤오미, 샤오미, 그렇게 말하지 말게나. 먼저 후쿠야마. 어떻게 마롱휘라는 집사를 알게 된 거지?"

"벌써 삼 년이 넘은 것 같은데요. 이곳에 집사로 있던 마롱휘는 중국 내에서 숙청될 위기였다고 합니다. CIA를 통해 망명 작전을 폈습니다. 로즈마리의 계획이었고요. 안전하게 미국까지 왔죠."

그때 비상용 응급 키트와 몇몇 약 봉지를 든 마롱휘가 현관으로 뛰어 들어왔다. 곧바로 2층으로 올라간다.

"그럼 후쿠야마, 자네가 아는 샤오미에 대한 정보는 어떤 것인가?"

"기획 작전의 천재죠. 기획 작전의……. 맙소사. 그렇다면 마롱휘에서 로즈마리에 이르는 망명 작전은 결국 안전한 자기 사람을 미국에 심어놓기 위한 작전이었군요. 완전히 당했네."

말을 하던 후쿠야마가 어이없다는 듯 샤오미를 바라보며 고개 저었다.

"그렇게 되면 마롱휘는 CIA에도 협조하고, 미국에서도 작전을 펼칠 수 있으니까. 왕샤오미 당신, 정말 작전을 기획하는 능력만큼은 타고났구나!"

첩보요원의 작전분야는 그만큼 다르다. 007? 뒤치다꺼리나 하는 하위급 킬러일 뿐이다. 로즈마리가 그런 하위급 첩보원이 되는 것만큼은 말리고 싶었다. 바로 저 후쿠야마처럼!

"제 소개를 그렇게 휘황찬란하게 해주실 줄은 몰랐네요. 자, 그러면 이제 누구부터 말씀을 하실까요? 뭐 굳이 제가 간단하게 브리핑을 하자면 존 스미스 씨는 자신도 모르는 사이에 거대한 작전의 일부가 되셨죠. 존 스미스는 그들 스스로 하나의 퍼즐이었어요. 그들 퍼즐이 모이면 하나의 거대한 버튼이 되죠. 그 버튼을 누르려는 사람을 찾아내는 게 제 임무였고요."

빅 존은 직감했다. 샤오미는 허세를 부리고 있다. 그녀는 추정만 할 뿐 손에 쥔 정보가 부족하다. 그 증거가 바로 이 자리에 있다. 조나단 스트라이크! 그 역시 존 스미스였다. 다만 조나단은 퍼즐이 아닌 버튼이었다. 이를 아는 사람은 이제 존 스미스를 기획했을 '존 스미스'와 빅 존뿐이다.

"후쿠야마 씨는 실은 존 스미스의 대항마처럼 여겨졌죠. 그러나 아니었습니다. 철저히 CIA를 위한 수족이 되어주었습니다. 미국 내에서 군소 정보업체는 최소 천 곳이 넘을 겁니다. 대부분 은퇴한 정보기관 요원이죠. 작전지역을 떠돌면서 정보 부스러기를 모은 뒤 마치 상당한 정보인 것처럼 포장해 팔아먹으려 하죠. CIA인지, 아니라면 DNI의 작전인지는 알지 못합니다. 하지만 미국은, 정보기관 스스로 난립한 정보업체를 쓸어버릴 필요에 직면했습니다. 미국은 정보 부스러기에 너무 많은 돈을 소비하고 있었거든요. 그런데 그 작전을 미국인이 미국인의 손으로 한다면 우습겠죠? 발각되었을 경우 후폭풍은 만만치 않을 겁니다. 그러면 이 일을 하나씩 해결해줄 나라나 업체는 어디인가? 바로 후쿠야마였죠."

"나?"

후쿠야마는 어이없다는 듯 샤오미를 쏘아보았다.

"맞아요. 중국인들은 돈에는 움직이지 않아요. 한국인 역시 강하지만, 자국이 관계되지 않으면 잘 움직이지 않죠. 하지만 일본인들은 달라요. 미국 다음으로 자본주의화된 민족이자 국가이거든요."

"뚫린 입이라고 잘도 떠드는군."

듣기 싫었는지 후쿠야마가 반발했다.

"하지만 더 들어보도록 하지. 나도 지금 좀 정신이 멍하거든. 작전은 실패한 데다 내가 미국으로 보낸 사람과 이런 곳에서 해후하게 될 거라고는 생각지도 못했으니까. 게다가 그 사람을 만나기 전에 나는 내 살이자 피나 다름없는 사람을 잃었는데, 이곳에는 그녀의 아버지마저 있었으니까."

후쿠야마는 슬그머니 빅 존과 눈을 맞추었다. 더 들어도 되겠죠, 하는 눈빛이었다. 빅 존은 어깨를 으쓱했다.

"여러 정보나 현상에서 아마 후쿠야마는 죽여야 하거나 죽임을 당할 상황이었겠죠. 저처럼 암체어 디텍티브가 아니라 액션파 탐정인 후쿠야마는 기꺼이 총을 들고 그를 죽이려 한 사람들을 처단해나갔을 거고요. 가장 먼저 해체를 당한 곳이 소진사, 이후로 일본의 정보업체들이 하나하나 해체당하죠. 소진사에 죽임을 당할 뻔하다 되레 소진사를 없앤다. 그런 뒤 일본의 업체를 없애나간다. 이러면 최근 이 년 동안 벌어졌던 일본 정보업체의 M&A 사태가 단번에 해결되죠. 그렇죠?"

샤오미가 후쿠야마에게 물었다. 후쿠야마는 예스도 노도 말하지 않고 팔짱을 낀다.

"그런데 여기서 저도 심각한 의문에 부딪히게 되죠. 이대로라면 소진사는 미국의 군소 정보업체를 해체하는 작업을 해야 합니다. 말해놓고 나니 해체라는 단어는 자본주의 사회에 맞지 않네요. '부도'로 바꾸죠. 후쿠야마라면 앞뒤 재지 않고 옳다고 생각하는 일을 처리해나갈 겁니다. 그런데 군소 정보업체를 처리하지 않고 단번에 미국 정보기관의 최고 수장 중 한 명인 존 브렌든, CIA 국장을 왜 공격하려 했을까요? 제가 알아낸 것은 여기까지네요. 이건 후쿠야마가 직접 설명해주지 않으면 알 수 없겠어요. 자, 후쿠야마. 제 이야기를 이어주세요. 부탁합니다."

중국의 최고 첩보요원인 샤오미는 그녀가 안정적으로 판단한 지난 이야기를 설명했다. 터너마저 숨죽인 채 시선을 후쿠야마에게 돌렸다. 이곳에 자리한 모든 사람들이 한계에 직면했다. 바로 '왜'라는 물음에 대한 한계였다. 이 물음은 임계점을 다하고 나면 '누구'라는 물음으로 옮겨가게 되리라.

"샤오미가 정보를 토대로 판단하고 추측한 이야기는 백 퍼센트다 싶을 정도로 맞아요. 일본의 군소 정보업체는 거의 정리가 되었습니다. 이렇게 되면 소진사의 힘은 상당히 커지죠. 물론 소진사가 인원이 많거나 거대 작전을 수행하는 업체는 아닙니다. 제가 제 회사를 이렇게 소개하려니 부끄럽네요. 저희 회사는 정보를 획득해 적재적소에 활용하는 일이 주요 업무입니다. 사고파는 건 뒤죠.

자, 여기서 가장 중요한 문제가 불거집니다. 왜 소진사가 일본의 정보업계를 통일해야만 했는가."

"미안하지만, 빅 존. 이렇게 떠들어대는 게 무슨 소용이죠? 글로리아, 터글로, 심지어 당신의 딸인 로즈마리까지 붙잡혔다고요."

아마추어와 일한다는 건 이래서 어렵다. 거실에 모인 사람들을 둘러보자 한국인, 중국인, 미국인의 시선이 빅 존에게 쏠렸다. 그런데 위화감이 들었다. 이 상황이라면, 터너처럼 반응하는 게 당연하다. 터너의 반응은 조나단과 한국인에게서 폭발하듯 터져나와야만 한다. 한국인. 그들의 반응이 너무나 정적이다. 국민성인가? 조나단을 보자 안절부절못하고 빅 존이 어떻게든 도와주기를 바라는 모습이었다.

"그래, 터너. 자네 마음 알아. 자네가 그렇게 나오는 것도 무리는 아니지."

빅 존의 말에 터너가 혀를 찼다.

"빅 존, 당신 딸이 잡혔다고요. 내 딸과 아내는 납치됐고요. 그런데 이렇게 나오는 게 무리가 아니라니. 미친 겁니까? 네? 존, 이 사람들에게 겁먹은 거예요?"

터너는 완전히 이성을 잃어가고 있었다. 마치 액션 영화처럼 허머에 장착했던 아이폰은 되돌아왔고, 생면부지의 일본인 정보요원은 최고급 시트를 피로 버려놓았다. 파티도 아닌데 비벌리힐스 저택은 각국의 대표들이 모였다. 아쉽다면 술에 절어야 할 파티가 인상 쓰기 시합장이 돼버린 거지만.

"터너, 터너. 자네가 CIA 국장이라고 생각해 봐. 자네를 해치우려는 녀석이 있다고 하고. 그들을 자네가 유인했다고 치지."

"글로리아를 납치하고, 일본인들을 끌어들이고, 중국인 첩보원과 한국인 UCLA 대학생이 뒤쫓는 그런 거요?"

터너가 UCLA 후드티를 입은 한국인을 경멸하듯 노려보았다.

"그렇지. 그래. 그렇다면 자네는 지금쯤 어떻게 하고 있겠나?"

"저야, 멀리 도망갔겠네요."

터너의 목소리가 완연하게 기어들어갔다.

"또 다시 찾아올 것을 대비해서 주변 곳곳에 대비를 해놓았을 거고요. 지금 간다고 해봐야…… 아무것도 건지지 못하고 그냥 당하겠군요."

빅 존은 터너를 꽉 껴안았다.

"내가, 이럴 수밖에 없는 마음을 알아주게나. 나 역시 여기 모인 사람들을 모두 죽여서라도 내 딸을 살리고 싶으니까."

터너의 귀에 속삭였다.

"후쿠야마, 계속해보게."

"반복하죠. 왜 소진사가 일본의 정보업계를 통일해야만 했는가. 이게 로즈마리의 작전이었던 겁니다. 그를 일본에 잠입하게 만든 사람은 분명 존 브렌든이었겠죠. 일본이 정보업계, 조금 더 액션적으로 말해서, 스파이업계는 로즈마리가 일하는 소진사로 통일되었습니다. 로즈마리는 그때…….”

“FBI 수배범으로 오백만 달러의 몸값이 책정된 상황이었지. ‘SM’이라는, 너무도 로맨틱한 닉네임으로 말이네.”

섹스 머신이라니! 도무지 생각이나 하고 지은 닉네임일까. 어이없어하며 후쿠야마를 바라보았다.

“일반적인 현상금 사냥꾼들은 자기 주제를 압니다. 이 정도 거물에게 접근하려고 들지 않죠. 글로리아, 아니 SM이라고 해야 맞죠. SM에게는 오백만 달러의 몸값은 있는데, ‘왜’라는 죄목이 없어요. 만약 SM이 이곳에 오지 않았다면, 즉 작전을 묵묵히 수행했다면 오늘쯤 미국 전역에 있는 정보업체들에게 마치 실수인 것처럼 위장해 ‘왜’ SM인지, 왜 글로리아인지를 까발려주었겠죠. 어쨌든 이 작전을 ‘진주만 작전’이라는 가짜 이름을 붙였더군요. 하지만 이 작전은 부도 처리되었어요. 글로리아가 브렌든을 습격했으니까요.”

빅 존에게 두 가지 의문이 고개를 들었다. 하나는 후쿠야마의 말처럼 왜 글로리아인가, 두 번째는 글로리아는 왜 브렌든을 습격해야만 했는가.

“정보를 제대로 확보했다면 샤오미와 로즈마리의 아버지는 브렌든의 작전을 수행하던 SM이 왜 반대로 브렌든을 쳐야했는가 하는 질문에 도달할 겁니다.”

후쿠야마, 생각 외로 능글맞은 녀석이다. 머릿속으로 생각을 정리하거나 시간을 재고 있다. 반면 후쿠야마도 분명 이 자리가 마뜩찮은 것이다.

“왜 브렌든을 쳐야했는가. 이 질문부터 먼저 대답을 드리면 로즈마리는 미치 애런 씨가 친아버지라는 사실을 몰랐더군요. 그 사실을 할아버지에게서 알게 되었습니다. 어머니가 애런 씨에게 자주 해주었다던 미시마의 라멘을 먹으면서요. 브렌든이 제안했던 작전을 수긍했던 이유는 아버지 역시 이 작전에 포함되어 있었기 때문이라고 했습니다. 오로지 스파이로만 자신을 키웠으니 스파이가 된 그녀의 작전을 보면서 죽는 것도 나쁘지 않을 거라는 판단을 했던 모양입니다. 친아버지가 이곳에 계신줄 알았다면 글로리아가 굳이 잠입하지 않아도 됐을 텐데요."

빅 존은 후쿠야마의 말에 갑자기 어지러워졌다. 장인이라니. 라멘이라면, 미시마 아야코가 해주던 그 라멘 말인가. 일본에는 이런 라멘이 없다면서 '아버지의 라멘'이라고 말하던. 게다가 로즈마리마저 빅 존을 어지럽게 했다. 그렇게 자신의 목숨을 지키는 방법을 가르쳤건만, 목숨을 버리는 길을 걷다니. 적어도 스파이라면 아버지를 죽여서라도 정보를 캐내고 작전을 수행해야 하건만. 로즈마리에게 가르쳤던 스파이 정신은 미국을 만든 가족주의에도, 또 라멘 한 그릇에도 미치지 못했다는 말인가.

"따님이 잘 큰 겁니다. 이상한 생각하지 마세요."

후쿠야마가 마치 빅 존을 잘 안다는 듯 달랬다.

"아니, 자네는 몰라."

"저, 저도 먹어봤습니다. 미시마의 라멘! 진짜 맛있던데요. 마스터께서 그러셨습니다. 딸의 사랑을 인정해주지 못한 것을 후회한다고요."

갑자기 빅 존의 눈에서 눈물이 흘렀다.

"미시마는 그것을, 그래, 나에게는 아버지의 라멘이라고 했다네. 그런데 장인은 가족의 이름을 붙였군. 미시마의 라멘이라고."

"네, 거기에는 당신도, 또 로즈마리도 가족으로 받아들인다는 의미를 두신 겁니다. 딸만을 인정했다면 아야코의 라멘이라고 했겠죠."

"내 사는 것만 바빠서 너무 돌아보지 못했군."

빅 존은 절감했다. 쓸데없는 명분에 휘둘리며 이름을 버리고 말았다. 로즈마리 애런의 아버지인 미치 애런으로 살아야 했건만.

그때였다. 한국인의 아버지로 보이는 남자가 말했다.

"미안합니다만, 여기 모이신 분들은 이곳이 안전하다고 생각하고 계신 겁니까?"

부메랑! 날려 보냈으면 돌아오는 법이다.

"피하세요!"

소리 친 것은 샤오미였다. 후쿠야마는 2층에서 여통을 업은 채 뛰어내려왔다. 어린 한국인이 후쿠야마를 재빨리 부축한다. 터너는 컴퓨터를 챙기고 조나단은 선을 정리한다. 그림들이 한순간에 직소 퍼즐처럼 떨어졌다 붙는다. 퍼즐의 완성을 축하하듯 2층에서 선을 그리며 조각이 된 유리창이 거실로 떨어진다. 천장에 붙었던 샹들리에가 낙하한다. 여통이 묵었던 옆방에서 불꽃이 터져나온다. 붙었다 싶었던 퍼즐이 다시 떨어지며 완연한 파편이 된다.

귓전을 강타하는 소리에 빅 존이 쓰러졌다. 조나단이 그를 부축했다.

"제기랄! 아직 하나가 남았는데."

샤오미를 비롯한 사람들이 부엌으로 난 메이드 전용인 부엌문으로 빠져나갔다. 터너가 재빨리 빅 존을 떠밀었다. 덩달아 조나단도 밀려갔다. 언제 챙겼는지 터너는 맥북만은 놓지 않고 겨드랑이에 끼고 있었다.

이번에는 자동화기의 총소리들이 박자와 리듬을 달리 하며 거실을 휩쓸었다. 간발의 차이였다. 함께 뛰어가던 빅 존이 흘금 뒤를 돌아보고 신음했다.

"괜찮아. 다음 번에는 중심가에 새로 빌딩을 짓자."

터너가 들었는지 어땠는지는 알 수 없었다.

사람들은 정원에 나 있는 쪽문으로 빠져나갔다. 빅 존 일행도 쪽문을 통과했다. 뒤를 돌아보자 마치 축제처럼 총탄이 불꽃을 만들었다. 맹렬한 불꽃이 도로를 면한 모서리부터 타올랐다. 반대로 불꽃이 거세게 타오른 곳부터 조금씩 무너져갔다.

2016년 8월 7일 새벽

장민우 판의 재조립? 이론이 맞지 않으면 사실을 바꾸어라

마롱휘의 지휘 아래 사람들은 건물을 크게 돌아 뒤쪽으로 빠져나왔다. 글로리아와 샤오미의 집이 있는 노스 시에라 드라이브는 역삼각형으로 생긴 블록이었다. 북쪽으로는 도헤리 로드를 접하고 있었고, 역삼각형 꼭짓점을 중심으로 왼쪽은 노스 시에라, 오른쪽은 선셋 대로를 면하고 있었다. 삼각형의 오른쪽 꼭짓점은 노스 시에라 드라이브 810번지, 글로리아의 집, 그 사이 더 넓은 부지를 차지한 808번지가 샤오미의 집이었다. 시에라 드라이브를 따라 806, 802번지까지 네 집이 인접해 있었다.

네 집의 정원을 구멍 내며 역삼각형의 꼭짓점을 돌았다. 시에라 드라이브와 선셋 대로에 동시에 접해 있는 802번지에는 11층짜리 선셋 빌딩이 자리하고 있었다. 마롱휘가 뛰어든 곳은 선셋 빌딩이었다. 건물 뒤편에서는 토마토 썩는 냄새와 쓰레기 냄새가 났다. 1층에 파스타 가게가 있는 모양이다.

장민우는 사람들이 모두 뛰어가고 난 마지막에야 나무 정원을 넘어 선셋 빌딩으로 뛰어들었다.

"괜찮을까요?"

마롱휘에게 물었다.

"어차피 이 동네 경비업체 신호기들은 엉망이 됐을 거라고. 사람들을 데리고 11층으로 올라가. 샤오미 부장이 쓰는 사무실이 거기 있으니까."

사무실이라니. 장민우는 깜짝 놀랐다. 2년 가까이 샤오미를 파악했다. 그런데 몰랐다. 부끄럽게 여겨졌다.

샤오미, 후쿠야마와 여통을 필두로 빅 존, 미치 애런 일행, 그리고 박기림과 채한준까지 엘리베이터에 올랐다. 샤오미가 장민우에게 손짓했다.

"다이어트한 게 보람이 있네요. 엘리베이터 과적 알람이 울리지 않았어요."

샤오미가 농담을 건넸다.

10층에 오르자 사무실에 있던 십여 명의 중국인들이 재빨리 샤오미에게 인사했다.

"LA 지부쯤으로 생각하세요. 이곳은 '로얄 비쥬'라는 액세서리 수입업체입니다."

간단히 설명한 샤오미는 도로가 내려다보이는 사무실로 성큼성큼 걸어 들어갔다. 문에는 'CEO's Office'라는 푯말이 붙어 있었다. 샤오미가 문을 열었다. 사무실은 넓었다. 대략 보아도 십여 평 이상, 반면 구석을 차지한 책상과 창문 쪽에 배치된 소파 세트가 전부였다. 샤오미는 책상에 가 앉았다. 마롱휘는 파이프 의자 여섯 개를 가지고 왔다.

창문 밖으로 LA 중심가가 한눈에 들어왔다. 뒤편 터너의 집은 잿더미가 됐을 테지만 앞으로 보이는 LA는 매혹적으로 반짝거렸다.

3인용 소파에 여통이 누웠고 발치에 후쿠야마가 앉았다. 마주보는 1인용 소파에 터너와 빅 존이 앉았다. 두 사람을 살피다 터너의 옆 3인용 소파 한 자리를 조나단이 차지했다. 장민우와 박기림, 채한준은 사무실 가장 깊숙한 북쪽에 나란히 섰다.

"이 정도면 전쟁을 하자는 거죠?"

후쿠야마가 분한 듯 씩씩거렸다.

"로즈마리의 작전이 뭐였나? 꼭 알아야겠네."

빅 존이 후쿠야마를 응시했다.

"당신을 포함해 CIA와 별개로 작전을 진행하고 있는 거대 업체들의 정리였습니다. 로즈마리가 이곳에 오지 않았다면 아마도 이번 주나 다음 주 중에 'SM'에 대한 거의 모든 신상기록들과 혐의 내용이 공개될 예정이었습니다."

후쿠야마를 바라보는 빅 존의 입이 크게 벌어졌다. 충격을 받은 듯했다.

"진주만 작전으로 처음에는 저희를 속였습니다. 하지만 이곳에 오는 비행기에서 말하더군요. 로즈마리에게서 들은 작전명이 뭔지 아십니까? '미션 임파서블'이었습니다. 로즈마리답게 장난삼아 이름을 지었나 싶었어요. 처음에는 그랬거든요. 그런데 아니었습니다. 정말 미션 임파서블이었습니다."

그 말은. 장민우는 단번에 직감했다. 다음 주에 모든 신상이 공개될 정도라면 로즈마리가 CIA 내부에서 엄청난 정보를 빼냈던 것이다. 이 정보에는 영화 〈미션 임파서블〉에서처럼 CIA에 협조하고 있는 미국 내 정보업체의 숫자와 규모, 그들이 은밀하게 수행하고 있는 작전이 포함되어 있다. 로즈마리가 빼낸 정보가 공개될 경우 미국 정보업계는 큰 타격을 입게 된다. 여기에는 아프리카 반군을 통해 전쟁을 조장하거나 러시아를 견제하기 위해 인접 국가의 독립을 지원, 내전을 일으키는 등 수많은 반인륜적 내용도 포함되어 있지 않을까. 그뿐일까. 베일에 싸인 수많은 과거와 현재, 미래에 진행될 작전과 이에 관여한 정보업체의 명단과 관련 인물에 대한 실명, 재정 규모나 재정 획득 방법 등이 총망라되어 있으리라. 이를 두려워한 정보업체는 로즈마리를 찾아 일본을 향하게 될 것이다. 최신형 총기와 포탄을 지닌 킬러들, 아니 소규모 국가의 군대 규모 인원들과 함께. 작전 초기, 미리 깔아두었던 포석 하나가 로즈마리를 옭아매는 것이다.

"말도 안 돼!"

빅 존이 벌떡 일어섰다.

로즈마리가 빼낸 정보에는, 빅 존이 추진해오던 작전도 누출되었을 것이다. 그래야만 로즈마리가 아버지도 포함되었다는 말과 그녀가 입장을 바꾼 이유도 설명된다.

미국은 이 정보가 공개될 경우, 도덕적 타격과 함께 세계 경영이라는 미국의 모토마저 흔들리게 된다. 미국을 망라한 정보업계가 로즈마리를 찾으려 혈안이 될 게 뻔하다. 하지만 이 모든 상상은 근시안적인 상상에 불과하다.

"미쳤군요."

장민우도 벌떡 일어섰다.

"로즈마리로 인해 일본으로 킬러나 용병, 기타 군부대를 보내는 모든 정보업체가 단번에 파악될 겁니다. 미국은 1945년 이후, 냉전을 핑계로 정보업계 전체의 판을 무분별하게 키웠습니다. 그 결과 미국 스스로도 현재까지 얼마나 많은 정보업체가 있으며 얼마나 많은 정보원이 활동하는지조차 알지 못하죠. 공식과 비공식에는 그만큼 많은 차이가 존재하니까요. 로즈마리는 무분별했던 미국 내 모든 정보업체를 단번에 파악하고 그들의 활동력을 끊어버릴 수 있는 판도라의 상자였군요. 소진사를 통한 일본 내 정보업계 정리는 예행연습에 불과했구요. 이로 인해 로즈마리의 위험성도 부각될 테니까요. 상상이 지나칠지 모르겠지만 그런 상황이 된 일본에 세 번째 원자폭탄이라도 떨어진다면, 단번에, 완벽하게, 미국을 움직이려는 각종 조직들이 정리되겠네요."

로즈마리로 인해 부각되는 달의 뒷면, 장민우는 상상을 단번에 토해냈다.

"말이 지나치잖아!"

"당신으로 인해 촉발된 상상이에요."

후쿠야마의 말에 장민우도 지지 않고 받아쳤다.

"그래도 세 번째 원자폭탄이라니, 너 인마, 일본의 아픔을 알기나 하는 거야?"

"그런 당신들은 어땠는데? '대동아'라는 명분 아래 한국을 지배한 것만도 삼십육 년이었어. 아시아 전체로 확대하면? 원자폭탄 따위로는 설명할 수도 없는 상처를 안겨줬다고. 알기나 해? 아시아 전체의 아픔을?"

"그만, 그만하지. 그런 소모적인 논쟁이 지금 이 자리에 필요한 것 같지는 않으니까."

빅 존이 후쿠야마와 장민우 사이에 끼어들었다.

"민우, 진정해."

박기림이 어느새 장민우의 곁으로 다가와 오른손을 붙잡았다. 박기림과 눈을 맞추었다. 사무실 뒤편에 존재감 없이 듣기만 하는 채한준의 모습도 보였다. 그의 얼굴이 어느 때보다 복잡해보였다.

장민우가 상상한 결말은 지나치게 비약이 심했다. 특히 원자폭탄 운운했던 부분은 스스로 생각해도 한심했다. 하지만 로즈마리를 통해 작전을 계획한 CIA의 '브레인'은 분명히 어떤 결론을 유도했을 것이다. 적게는 백여 곳, 많게는 천여 곳이 넘게 참여할 '로즈마리 제거 계획'! 장소는 일본. 목적이 참여업체 제거라면 어떤 식이든 결론이 필요하다.

"저, 제가 말을 해도 될지 모르겠네요."

채한준이 사무실 모서리에서 말을 꺼냈다.

"아마 여기 계신 분들은 누군가, 어떤 식으로든 벌어질 일을 상상하고 있을 겁니다. 제 아들놈인 민우의 상상도 결코 상상만으로 그치지 않을 거라는 생각도 하실 테고요. 하나만 생각해봅시다. 후쿠야마 씨가 말했던 '미션 임파서블'의 최종 목적이 뭐라고 생각하십니까?"

사람들의 이목이 단번에 채한준에게 쏠렸다. 샤오미도, 또 후쿠야마도, 심지어 빅 존까지 허를 찔린 표정이었다. 장민우도 마찬가지였다. 언제나 듣기만 하는 채한준이 의견을 말하리라고는 생각지도 못했다.

"설마 로즈마리 씨의 제거라고 생각하시는 분은 아무도 안 계실 테죠? 그렇다면 민우의 상상처럼 일본에 원자폭탄을 투하하는 거요? 명분이 없습니다. 원자폭탄을 투하한다고 해도 더욱 은밀하고 드러나지 않을 방법을 찾겠죠. 아니라면 전 세계인들이 수긍할 수 있는 정당성이 필요합니다. 민우가 왜 이런 상상을 했을까요? 로즈마리가 일본에 있다면, 벌떼처럼 모여들 정보원들을 제거할 방법이 없거든요. 오늘도 봤지만, 일급 용병 스무 명에게 쫓겨와버린 후쿠야마 씨와 여통 씨로는 로즈마리를 죽이려 덤벼드는 불나방들을 모두 제거한다는 건 불가능할 테니까요.

여기서 조금 생각해봅시다. 후쿠야마 씨 말처럼 미션 임파서블이 이번 주, 또는 다음 주에 공개될 예정이었을까요? 제 생각이 맞는다고 볼 수는 없지만 아마 작전 공개는 더 뒤였을 겁니다. 이 작전 전체를 아우를 수 있는 '결과'를 기대할 수 있어야 하니까요. 즉, 로즈마리는 '결과'가 구체화되기 전에 작전의 요체라고 할 수 있는 브렌든을 제거하려 했을 겁니다. 그래야만 미션 임파서블이 수면 아래로 가라앉을 거니까요. 그러나 오늘 일로 결론하자면 미션 임파서블의 진행은 오히려 가속될 겁니다. 여기 계신 빅 존 씨를 비롯해 후쿠야마 씨의 소진사, 샤오미 씨가 몸담은 중국 국가정보부까지 원인을 파악하고 필요하다면 미션 임파서블을 중지하려 들 거니까요. 그렇지 않나요?"

채한준이 사무실에 모인 세 국가의 정보원들을 둘러보았다.

"미천한 저의 의견입니다만, 미션 임파서블에는 더 큰 밑그림이 숨어 있다고 생각됩니다. 이제 손도 대기 힘든 중국을 견제하고, 늘 문제를 일삼았던 일본 우익을 압도하며, 미국 내 반발 세력을 단번에 제거할 수 있는 결론에 도달하는 세계적 판의 재조립!"

"저 사람은 누구지?"

빅 존이 주변을 둘러보았다. 장민우는 입이 근질거렸다. 이름과 기조를 달리하며 정권에 따라 흔들리던 한국 정보업계에서 어떤 정치에도 이용당하지 않은 채 오로지 중립적인 정보만 모아오며 '정보인'으로 평생을 살아왔던 사람, 채한준이라고.

"민우 씨 양아버지세요."

샤오미가 말했다. 그녀 역시 믿기지 않는다는 얼굴이었다.

"채한준입니다."

채한준이 사람들에게 정식으로 이름을 소개했다.

"여기서 조금만 더 상상해봅시다. 세계적 판의 재조립을 통해 이익을 얻거나 단번에 권력을 쥘 수 있는 사람이 누구일지."

"브렌든이네요."

터너가 대답했다.

"틀리지 않습니다. 하지만 그게 다는 아닐 겁니다."

순간 조나단이 손뼉을 치며 벌떡 일어섰다.

"이래서 한 곳에 오래 있으면 썩는다고 하나 봅니다. 저 혹시 브렌든이라는 분의 사진을 좀 볼 수 있을까요?"

조나단의 말에 샤오미가 컴퓨터를 간단히 조작했다. 곧바로 책상에 있던 LED 모니터를 사람들에게 향하게 했다.

"어쩐지."

"왜 그러나 조나단?"

"아 빅 존. 이게 이십 년도 넘은 일이라. 제 입으로 이런 말씀 드리려니 쑥스럽네요. 왜 제가 이십대 초반에 말 같지도 않은 이론들을 마구 쏟아낼 때였죠. 제가 아인슈타인을 참 존경했답니다. '이론이 맞지 않으면 사실을 바꾸어라.' 뭐 분야도 전혀 다르면서 그런 말을 실천했다고 할까요. 제가 수없이 쏟아냈던 이론 중 하나가 보울bowl 이론이라는 게 있었어요. 보울, 알죠? 알루미늄 보울. 튀김반죽을 하거나 과일 같은 거 담을 때 쓰는 거요. 이 볼을 누르면 어떻게 됩니까? 누른 쪽은 밑으로 내려가지만 보울의 반대편, 원의 지름 끝에 해당하는 부분은 누른 만큼 올라오게 되죠."

"그게 지금 상황에 어울리는 말인가 보죠?"

후쿠야마가 조나단을 힐난했다.

"기다려봐요, 일본인 양반. 당신들에 관한 거니까. 환태평양 지진대는 말 그대로 둥글죠. 위에서 내려다보면 그렇다는 말입니다. 이걸 입체로 보자고요. 태평양까지 쳐서. 그러면……."

"조나단, 자네의 말처럼 둥근 보울 형태가 될지도 모르겠는데?"

"그렇죠, 빅 존! 하지만 지질이란 건 알루미늄처럼 동일한 상태가 아니죠. 어딘가는 비었고, 어딘가는 성기고 또 어딘가는 딱딱하죠. 알루미늄 보울처럼 한곳을 누른다고 해서 반대편이 누른 만큼 불쑥 솟아오르지는 않는다는 겁니다.

이걸 이 환태평양 조산대에 적용시키는 겁니다. 이 환태평양 조산대는 간단히 말해 성기고 비어 있는 곳이 많습니다. 그곳을 통해 지구의 멘틀에서 계속 에너지를 분출시키죠. 자, 제가 보울의 한쪽을 누른다고 칩시다. 제가 누르는 나라를 일본이라고 하고요. 그러면 반대쪽이 솟아오르겠죠. 거기는 캘리포니아 지역, 바로 LA가 있는 이 근방일 겁니다. 하지만 아까도 말했듯이 성기고 비어 있는 곳이 많은 이 환태평양 조산대의 일본을 정확히 계산된 특정 힘으로 누르면 일본은 침몰하면서 에너지 분출구가 되는 반면, 정 반대에 있는 캘리포니아 일대, 멕시코에 이르는 이 지진대는 반대편의 영향으로 인해 빈 곳이 메워지고 성긴 곳도 균일하게 될 거예요. 즉, 지진의 영향에서 벗어나게 될 겁니다. 알루미늄처럼 딱딱하고 균일한 성분으로 변할 테니까요."

후쿠야마가 조나단에게 다가갔다.

"더 들어주기도 힘들 정도입니다. 화가 날 지경인데요."

"후쿠야마. 부탁인데 좀 진정하시기 바랍니다. 여기 있는 우리는 비록 하룻밤이었지만 동지들이라고요. 여기 모인 사람 중에 장민우 씨 일행 정도를 빼면 누구든 상대를 죽이려면 죽일 수 있는 사람들이에요. 모르세요?"

샤오미가 반 협박으로 후쿠야마를 진정시켰다. 후쿠야마는 도리질을 하며 여통의 발치에 가 앉았다. 여통은 약 기운 탓에 잠이 든 듯 미동이 없었다.

"제가 이 이야기를 존 스미스가 되어달라며, 뭐 결과적으로 알래스카에 처박은 사람이지만, 자신을 존 스미스라고 소개한 사람에게 했었어요. 그런데 얼마 뒤 똑같은 이야기를 한 번 더 해달라며 누군가를 데려왔더라고요. 그 사람이 바로……."

"존 브렌든이었나?"

빅 존이 물었다.

"그래요. 저도 까마득하게 잊고 있었지 뭡니까? 그런데 장민우 군이 일본 원자폭탄 어쩌고 하니까 생각이 번뜩 났습니다. 제가 그때 그랬거든요. 원자폭탄 백 발 정도면 제 이론을 실체화시켜 보여줄 수 있을 거라고요."

"그게 언제쯤이었나?"

"제가 갓 학부에 입학할 때나 그 전이었을 때니까 스물 둘 정도이지 않을까 싶네요. 한 번도 꺼내본 적 없던 기억이라. 정말 장민우 군이 아니었다면 생각지도 못했을 겁니다."

"그때 왔던 사람이 바로 브렌든이었다는 거군요."

샤오미가 이야기를 거들었다.

이 작전은 하루 이틀에 걸쳐 이루어진 게 아니라는 사실이야 진즉 알았다. 하지만 천재 지질학자의 스물두 살 무렵까지 거슬러 올라가리라고는 상상치도 못했다. '겨우' 터글로 가족의 납치나 죽음, 로즈마리의 죽음 따위로 끝날 일이 아니다. 채한준의 말이 어떻게든 실체를 띄게 되지 않을까.

"세계적 판의 재조립이라."

장민우처럼 후쿠야마가 중얼거렸다. 반면 빅 존과 터너, 조나단에게서 이질감이 느껴졌다. 샤오미와 후쿠야마, 장민우는 어찌 보면 같은 입장에 처했다. 채한준이 꺼낸 말과 조나단의 말은 아시아인인 세 사람에게 엄청난 걱정거리를 안겼다. 이 마음은 박기림과 바쁘게 머리를 굴리며 정보를 해체, 재조합하고 있을 채한준도 마찬가지일 것이다. 무엇보다 샤오미와 후쿠야마는 기다리고 있다. 브렌든이 왜 로즈마리를 비롯한 세 사람을 납치한 것인지! 빅 존과 터너, 조나단에게 브렌든은 분명히 요구조건을 밝힐 것이다. 그래야만 납치의 이유가 설명이 된다.

"저기, 샤오미. 미안한데 태블릿이나 컴퓨터 같은 거 좀 사용할 수 있을까? 혹시나 더 배려해줄 수 있다면 우리 세 사람, 같은 사무실을 좀 사용할 수 있게 해줄래?"

장민우의 부탁에 샤오미는 중국정보부 요원이 아닌, 여자친구 샤오미로 돌아와 미소를 지었다.

"그래, 그럴게."

2016년 8월 7일 새벽

후쿠야마 준 무언가 진행되기 시작하다

장민우를 비롯한 아마추어가 다른 사무실로 옮겨갔다. 하루 만에 겪기에는 너무 큰일을 세 사람이 치렀다. 그들은 지칠 대로 지쳤으리라.

"빅 존. 아마추어가 빠졌으니 제안 하나 하죠. 샤오미를 비롯한 일, 중, 미, 세 국가의 첩보원이라면 거창할지 모르겠지만, 존 브렌든에 대항해 연합합시다. 아무래도 샤오미는 CIA로 치면 부국장쯤 되는 위치니 언제든 인력 조달과 군사행동이 가능하겠죠. 빅 존이야 미국통입니다. 게다가 브렌든이 탐내는 터너와 조나단을 데리고 있죠."

"무슨 소리야, 그게!"

빅 존 이야기가 나오자 터너가 반발했다. 특히 데리고 있다는 말이 터너를 자극했을 것이다. 노림수였다. 왜 빅 존이 터너와 조나단에게 성심을 쏟는가. 반문해보라는 뜻이다. 겉으로는 연합이어도 할 일은 해야만 한다. 이익 따위를 말하려는 게 아니다. 후쿠야마는 직감했다. 다만 후쿠야마가 쥔 정보는 보잘 것 없었다. 반나절이 지나기 전에 샤오미도, 또 빅 존도 캐낼 수 있는 것들이었다. 그래서 먼저 공개했다. 샤오미가 이 작전에 왜 관여하게 된 건가. 또 터너의 역할은 무엇인가. 조나단 역시 마찬가지. 왜 조나단이라는 지질학자가 20년도 더 전에 존 스미스로 스카우트가 된 것일까. 소진사의 아오타가 죽기 직전 '존 스미스'를 언급했다. 이제 후쿠야마에게는 두 가지 과제가 남는다. 존 스미스, 그 너머에 있는 로즈마리로 인해 촉발될 작전. 어떻게든 로즈마리 너머를 알아내야만 한다.

"아마추어들이란! 가급적 터너 씨와 조나단 씨는 빅 존을 거치도록 하세요. 각설하고, 저와 여통은 작전수행 능력에서는 일인자들이죠. 이 정도면 연합에 대한 설명이 될 거고요. 무엇보다 저는 제가 가진 카드를 다 깠어요. 여기서 쫓겨나면 저는 빈털터리라고요. 이 말은 반대로 제가 무엇이든 할 거라는 이야기죠."

"자네의 협박을 우리가 겁내야 하는 건가?"

빅 존이 물었다. 그런데 웃고 있다.

"우리가 무엇이든 하려면 결국 상대가 움직여야겠죠?"

샤오미도 물었다. 안타깝게도 샤오미의 지적은 정확했다. 셋이 연합한다고 해도, 당장 무엇을 해볼 수가 없다. 상대는 움직임을 읽고 있었다. 멍청하게도 그물을 쳐놓고 기다리는 그들에게 멋지게 당했다.

"납치라는 원시적인 방법을 썼으니 요구조건을 말하겠죠."

후쿠야마가 대답했다. 그렇다. 지금은 아무리 떠들어댄다 해도 기다리는 방법밖에 없다. 한숨을 내쉬었다. 그때 여통의 발이 후쿠야마에게 와 닿았다.

"괜찮아, 당신?"

여통이 물었다.

"정신 차렸네. 많이 아프지?"

"뭐 이 정도야. 그래도 몸이 아픈 게 낫지, 마음이 아픈 것보다. 당신도, 또 애런 씨도 마찬가지로 마음이 아플 텐데."

식은땀을 흘리면서도 남 걱정을 하다니. 팔을 뻗어 여통의 식은땀을 손으로 훔쳤다. 여통이 후쿠야마의 손을 볼에 가져다댔다. 얼굴이 뜨거웠다.

"아프지 마. 죽지도 말고."

"응."

여통이 힘없이 고개를 끄덕였다. 그때 마롱휘가 사무실 문을 열고 들어왔다. 몇 초 정도, 두 사람을 바라보다 샤오미와 눈을 맞춘다. 샤오미가 책상에서 일어서 문 바깥으로 나갔다. 동시에 후쿠야마와 빅존도 눈이 맞았다.

무언가, 진행되기 시작한 건가.

2016년 8월 7일 오전 4시

장민우 갇히다

태블릿을 열어 검색을 하려 했다. 그 순간 채한준이 제지한다. 태블릿 위에 손가락으로 '도청'이라는 글씨를 쓴다. 잠시 고민하는 듯하더니 채한준이 호주머니에서 자동차 열쇠꾸러미를 꺼냈다. 자동차 스마트키인 줄 알았다. 책상 위에 스마트키를 놓았다. 버튼을 누르자 빨간 불이 들어왔다. 빨간 불을 확인하더니 재빨리 말한다.

"도청 방지 장치야. 이 사무실, 그 태블릿, 모두 샤오미의 수중에 있는 것들이야. 이 도청 방지 장치도 오래 켜놓지 못할 거야. 중국정보부, 그렇게 만만하지 않거든. 저들도 어쩌면 느끼고 있을지 몰라. 위화감의 정체에 대해."

"우리 역시 정보요원이라는 거요?"

박기림이 속삭이듯 물었다.

"그래. 어느 순간 빠졌어야 했는데 그러지 못했어. 게다가 민우가 속내를 말하는 바람에 더 깊이 관여하게 돼버렸고. 빠질 수 없는 상황이기는 했다. 민우의 잘못은 없어. 하지만 선택을 해야 할 것 같구나."

"커밍아웃 하자는 말씀이신가요? 우리도 정보원이라고?"

박기림의 말에 채한준은 대답하지 않았다. 오히려 대답이 돼버렸다.

"민우가 생각한 그림은 뭐냐?"

채한준이 장민우에게 물었다.

"아직은요, 그런데 조금 더 자료를 뒤지다보면 왜 이런 일이 촉발하게 되었는지 알 수 있을 것도 같아요. 일본에 원자폭탄을 투하한다, 이런 식의 단순한 결말은 아닐 것 같아요. 더 큰 그림, 더 먼 미래가 도사리고 있다는 생각입니다."

"동감이다. 하지만 네가 말한 것만으로도 충분히 큰 그림이 그려졌다. 원자폭탄이라는 상징적인 단어 선택이었지만 그로 인해 많은 추론 가능한 상상이 따라붙었으니까. 존 브렌든이 노리는 것은 미래일 거다. 대통령도 좋고, 그것보다 큰 판에서 가져갈 수 있는 권력이라고 해도 좋겠지. 단순히 돈은 아닐 거야. 아니, 지금의 토대에서는 어떻게 돈을 만들 수 있는지 하는 그림을 그리기가 힘들구나. 반면……."

스마트키의 빨간 불이 깜빡거렸다. 동시에 채한준이 검지를 입술에 댔다.

"어떻게 하죠? 저 며칠 내로 젠틀맨 세계투어에 참여해야 하는데요. 그런데 너무 겁이 나서 아무것도 못할 것 같아요. 어딘가로 가서 숨고 싶어요."

임기응변, 박기림이 상황과 상관없는 이야기를 꺼냈다.

"저도 좀 나가 있고 싶어요."

장민우도 박자를 맞추었다. 그때 누군가 사무실 문을 노크했다. 세 사람이 동시에 문을 보았다. 샤오미였다.

"민우, 혹시 불편한 거 없어? 나 때문에 많이 놀랐지?"

채한준은 슬며시 열쇠꾸러미를 호주머니에 넣었다.

"샤오미, 조금 생각할 시간이 필요할 것 같아. 너무 놀랐거든."

정말 생각할 시간이 필요했다. 장민우의 말에 샤오미의 안색이 안쓰러울 정도로 붉어졌다. 그녀의 눈빛을 외면했다. 어쩔 수 없었다. 중대기로에 직면하고 말았다. 샤오미는 장민우와 달리 단체를 관리하고 움직여야만 한다. 그랬기에 넘어야 할 선이 닥쳐오자 재빨리 정체를 드러냈다. 이로 인해 충분한 우위를 점했다. 빅 존도, 또 후쿠야마도 중국정보 12부 내에 머무르고 있다. 일거수일투족이 감시된다. 반면 장민우가 정체를 드러낸다면 어떻게 될까. 샤오미는 경악할 것이다.

"그래, 그럼."

샤오미가 문을 여는데 사무실 바깥에 있는 사람들의 시선이 이곳을 향했다. 분명 감시당하고 있다. 관계의 종말을 고할 때가 왔다. 장민우는 채한준을 흘금 바라보았다.

"샤오미 이야기 좀 하자."

장민우가 그녀를 불러 세웠다.

"이 사무실에 온 이유, 솔직히 말해봐."

가만히 생각에 잠겼던 샤오미가 대답한다.

"도청 장치가 먹통이 됐다고. 당신들이 무슨 이야기를 하는지 알아들을 수가 없다기에."

"벌써 이곳에 한국어 통역관을 배치한 거야?"

"조선족이 있어."

철두철미하다. 하긴 그게 샤오미와 지낸 시간이었지. 그녀가 오로지 장민우만을 바라본다고 생각했는데.

"당신만 들었으면 좋겠는데. 어차피 기술팀이 도청 방지 장치도 다 뚫었을 것 같은데."

"맞아. 나는 그냥 확인만 한 거야. 설마 세 사람이 도청 방지 같은 거, 할 거라는 생각은 하지 않았으니까."

두 사람에게만 맡길 수 없다는 듯 채한준이 한 걸음 앞으로 다가왔다.

"샤오미. 부탁인데, 어떤 기록도 녹음도 안 되네. 샤오미만 이 자리에 입회하는 걸 허락하지. 그게 아니라면 우리는 이곳을 무력으로라도 뚫고 나갈 수밖에 없으니까."

"우리를 뚫어요? 여기를?"

샤오미가 방긋 웃었다.

"그래야 한다면. 그리고 그럴 수 있다고 생각하는데. 우리 셋이면."

"오호. 한 번 보고 싶은데, 어쩌나."

말이 끝나나 싶은 순간, 박기림의 발차기가 샤오미의 코끝을 스치며 지나갔다. 샤오미가 곧바로 반격을 하려할 때 장민우는 샤오미의 목덜미를 움켜쥐었다. 뒤에서 살며시 감싸며 양손을 교차해 목을 틀었다.

"미안해, 샤오미. 약간만 힘을 줘도 목이 부러질 거야. 이대로 당신을 안고 나가 총을 발사하기 시작하면 어떻게 될까? 난 당신을 누구보다 아끼고 사랑하지만 내 아버지와 기림 씨만큼은 아냐. 정말 미안해, 이런 말을 해야만 해서."

말을 끝마치기도 전에 사무실 바깥에 사람들이 도열하는 소리가 들려왔다. 도청에 이은 신속대처, 놀라웠다. 반면 샤오미는 충격을 받은 듯 조금씩 몸을 떨었다.

"미안하다, 샤오미."

장민우는 샤오미를 압박했던 힘을 풀었다.

"이야기, 듣고 싶어요. 당신들이 이곳을 걸어나갈 가치가 있는 사람들인지."

샤오미는 중국어로 "모두 제자리로." 하고 명령했다. 사람들이 흩어졌다.

"도청기 끄세요. 어떤 기록도 녹음도 안 돼. 내 명령을 어겨 도청이나 기록을 했다는 게 알려지면 내 손으로 죽일 테니까."

웬일일까. 그토록 샤오미와 지내야 하는 '명령'이 싫었는데도 그녀가 내리는 명령에 눈물이 나려 했다.

"이야기를 들어볼까요?"

샤오미는 사무실 한편에 마련된 소파에 털썩 주저앉았다. 세 사람도 소파로 걸어갔다.

"미안해, 샤오미."

"이런 말은 둘만 있을 때 해주면 얼마나 좋아. 먼저 내가 미안해. 당신을 오랫동안 속였으니까. 늘 양심에 가책을 받았거든."

"그럼 두 사람 다, 미안함은 없던 일로 하면 되겠네."

박기림이 끼어들었다.

"일단 감정은 접어둬. 이야기가 우선이니까."

세 사람의 눈길이 채한준에게 쏠린다.

"먼저 다짐을 받아야겠네. 우리는 어떤 경우라도 대한민국에 해가 되지 않는다면 이 일에 끼어들 생각은 없어. 반대로 샤오미도 우리의 이야기는 어떤 경우에라도 발설하지 않아야 한다는 조건이네. 그렇지 않다면 장민우와 샤오미는 정말……."

채한준이 걱정스럽다는 듯 샤오미와 장민우를 번갈아 보았다.

"서로를 죽여야 하는 상황에 놓일지도 모르니까."

샤오미의 입에서 낮은 탄식이 터졌다. 장민우 역시 끓어오르는 감정을 주체하기 어려웠다. 순간 채한준이 품에서 중국제 NP-28을 꺼냈다. 정확히 샤오미를 겨눈다. 장민우는 너무 놀라 NP-28의 총구를 붙잡을 뻔했다. 박기림과 눈이 맞지 않았다면 분명 권총을 거세게 쳐냈을 것이다.

정확히 3초. 바깥에서는 기척이 없었다. 기다리던 채한준이 총구를 내리며 탁자에 놓는다.

"미안하네. 확인해야만 했어."

"저 그렇게 비겁하게 작전하지는 않습니다."

샤오미가 말했다. 안쓰러움에 장민우는 샤오미의 오른손을 쥐었다. 가만있으리라 생각했는데 그녀가 재빨리 손을 빼냈다.

"장민우, 박기림, 그리고 나까지. 한국의 국가정보원 4국이라네. 들어본 적 있나?"

"맙소사. 국가정보원은 4국이 없는 걸로 압니다. 공식적으로는 3국까지. 하지만 비공식적으로 작전을 위한 5, 6, 7국이 존재하는 것으로 파악하고 있습니다. 4자가 죽을 사 자라고 아무도 안 쓴다고 했는데. 너무 강력한 미신이잖아요.

1국은 대북첩보 및 수사, 2국은 주로 국가안보 관련 범죄수사, 3국은 해외첩보를 담당하는 것으로 압니다. 물론 3국으로 분류되어 있지만 특정한 사업에는 힘을 합치기도 하고요. 5, 6, 7국은 저와 같은 작전부서이지 않나요?"

"뭐, 거의 정확한 정보군. 대한민국 국민만 국정원이 무얼 하는지 모른다는 게 아이러니한 현실이랄까. 국정원 4국은 지금으로 따지면 연혁이 백 년은 되었네. 의암 손병희와 뜻을 같이했던 제비회에서 출발하니까. 이후 필요에 따라 중앙정보부, 안전기획부, 국가정보원으로 이름이 바뀌었지만 단 한 번도 드러난 적은 없었네. 정보를 한 권력자가 좌지우지하는 모습을 본 뒤 어떤 경우에도 정권에 가담하는 경우는 없었으니까. 말하자면……."

"제가 처음으로 실체를 확인하는 사람이 되는 거군요."

샤오미는 기쁜 듯 장민우를 바라보았다.

"아버님과 기림 씨, 민우까지 졸지 않고 당당했던 게 이제야 이해되네요. 그리고 민우라면 지금 제 마음을 알아주겠군요. 제가 이러지도 저러지도 못하고 있다는 걸요."

정확히 그 말은 맞았다. 장민우 역시 이러지도 저러지도 못하고 있었으니까.

"조금 전에 살려줘서 고마워, 민우. 이야, 잘 하면 국제적인 첩보커플이 탄생하겠네요. 여통과 후쿠야마처럼요. 아버지께 다시 말씀드려야겠다. 제발 죽이지 말라고."

이 말에 대꾸를 해야 하나.

"그런 뒤에 기림 씨를 따돌려야 하겠지만요."

뭐야, 진작부터 알고 있었다는 건가?

샤오미가 가볍게 웃는 통에 분위기가 한결 누그러졌다.

"자, 이야기 초점이 흐려지면 안 되니 결론만 말하지. 우리가 정체를 드러내면서도 샤오미에게 말하고 싶은 건 그거라네."

"저, 제가 이야기하면 안 될까요?"

장민우가 채한준을 바라보았다. 사람들의 눈이 단번에 장민우에게 쏠렸다. 헛기침을 한 장민우가 이야기를 시작했다.

"터너 씨와 조나단 씨는 빅 존이 직접 보호해야만 하는, 지금 순간에 글로리아보다 더 챙겨야 하는 사람들입니다. 후쿠야마와 여통은 로즈마리를 따라 진주만 작전을 포기시키려 했겠죠. 물론 미션 임파서블이라는 이름으로 밝혀진 작전입니다만.

존 브렌든의 노림수가 딱 하나 여기서 드러나지 않습니다. 이미 밝혀진 것이지만 미션 임파서블은 시간 끌기에 위장용, 그렇다면 진짜는 터너와 조나단이라고 봐야 합니다. 그런데 상대가 적극적으로 터너와 조나단을 쫓지 않고 빅 존까지 어쩌지 못하는 가족들을 납치한 것으로 볼 때, 모종의 정보만 있으면 되는 것으로 판단됩니다. 브렌든은 그 정보만 필요한 겁니다. 정보를 획득하기 위해 협박하다 결국에 글로리아와 터글로는 풀어주겠죠. 로즈마리는 좀 힘들 걸로 보이고요. 이 정보는 현재까지 파악한 정보를 토대로 유추해볼 때 일본을 뒤흔들 어떤 정보일 겁니다. 하지만 여기까지라고 보기에 작전 자체가 너무 거추장스럽고 이십 년 이상 공을 들일 가치가 없어 보이는 작전입니다.

분명히 브렌든으로 인해 일본을 뒤흔들 정보이지만, 그게 다가 아닌, 더 먼 미래를 알아내야만 하는 게 결국……."

그때였다. 벌컥 문이 열렸다. 마롱휘가 보였다. 엄지와 새끼손가락으로 전화기 모양을 만들었다.

"브렌든입니다."

결국 올 것이 왔다.

"함께 가죠. 마이 파트너!"

샤오미가 세 사람을 안내했다. 네 사람은 곧바로 빅 존과 후쿠야마가 있는 사무실로 안내되었다.

"연결!"

샤오미가 소리쳤다. 사무실 샤오미 책상 위 키폰이 울렸다. 샤오미가 전화를 스피커 모드로 바꾸었다.

"다들 거기 계실 거라 생각했다네. 어떤가, 빅 존?"

브렌든이었다.

"미친놈. 글로리아와 터글로까지 납치한 이유가 뭔가! 거기다 로즈마리는…… 자네의 애인이었지 않나!"

빅 존이 호통 쳤다.

"알 만한 사람이 왜 이러실까. '작전상'이라는 말도 모르나? 참 녹음 같은 구식 수법 따위 쓰지 말게나. 지금 소리 들려?"

브렌든의 말이 떨어지기 무섭게 헬리콥터의 프로펠러 소리가 들려왔다. 헬리콥터의 서치라이트가 사무실을 정확히 비추었다. 대략 5초 정도, 사무실을 비추던 서치라이트가 꺼졌다.

"자, 이정도면 사태는 파악했을 거고."

샤오미가 손가락으로 목을 치는 시늉을 했다.

"그래, 그래. 샤오미 양의 손동작이 보이는구만. 그래야지. 뭐 준비되었다고 보고, 용건만 말하겠네. 혹시 조나단이 보울 이론에 대해 설명하던가. 그 이론이 진짜고 가짜고를 떠나 이십사 년이 지나 완전한 프로그램으로 바뀌었을 거야. 그치? 거기에 터너의 프로그램 역시 함께 구동될 테고. 날짜와 시간만 알려주게. 일본 침몰이라고 해야 더 극적인 표현이려나. 그래, 일본에 가장 타격이 큰 물리적 위치와 공격을 가할 날짜와 시간, 정확히 분초까지!"

결국 이거였던가.

"왜 그래야 하지? 우리가 왜 그럴 거라고 믿는가?"

"꼭 설명을 해야만 하나? 딸과 부인을 구해야 하는 아빠에, 딸에게 부정을 증명해야 하는 아빠. 그리고 이십사 년을 학계에서 추방당해 돌아이로 불린 지질학자의 케미스트리. 쉽게 결론에 도달할 걸. 우리는 물리적 위치와 날짜, 시간을 줄 수밖에 없다! 아 물론 일본놈은 반대하려 하겠지. 하지만 자신도 속마음에 대해 진실할 필요가 있을 걸. 책임감으로 여통을 맞이할 건가, 아니라면 진정으로 사랑하는 로즈마리를 살릴 것인가. 조금 전 헬기는 사실 드론이라네. 헬기에는 로즈마리와 글로리아, 터글로가 타고 있지.

자, 지금이 몇 시지? 맞아, 내가 정확한 시간에 전화를 걸었군. 이제 네 시가 될 거야. 일 분 후면.

앞으로 한 시간, 한 시간을 주지. 다섯 시까지. 어서 컴퓨터를 연결하고 내가 요청한 것을 파악해. 빠듯할 거라네. 아니면 로즈마리와 글로리아, 그리고 그 앙증맞은 터글로가 탄 헬기가 자네들이 있는 선셋빌딩 11층을 꼬라박게 될 거니까. 미국에 거점을 둔 중국정보부 12부도 단번에 드러나겠지. 그것도 미국 사람들에게. 왕티엔이 숙청되는 모습이 그려지는군! 자, 그럼 카운트다운을 하겠네. 한 시간 후에 다시 걸지."

전화가 끊어졌다. 사무실에 모인 사람들의 얼굴에는 어이없는 책망의 눈빛만 가득 찼다. 장민우도 허탈한 나머지 사무실 바닥에 그만 주저앉고 말았다. 왕샤오미의 존재도 드러났다. 게다가 헬기로 꼬라박겠다는 협박이 뒤따랐다. 그런 뒤 가족이 숙청되는 그림을 그려준다. 후쿠야마는 어떤가. 사랑의 존재조차 몰랐다는 식으로 밀어붙이다니. 일본인의 심리를 정확히 파악했다는 뜻일까. 터너와 빅 존, 게다가 조나단은 어떤가. 완전히 그들의 상황과 심리를 파악하고 있었다.

졌다. 완전히 패배했다.

가만, 하지만 브렌든은 장민우와 채한준, 박기림의 존재를 파악하지 못했다. 샤오미가 슬며시 다가왔다.

"끄기를 잘 했네. 도청 장치, 완전히 역탐지 당했었나 봐."

민우의 귀에 대고 속삭였다.

"민우, 잠시만."

사람들이 허를 찔린 표정이었다. 그사이 샤오미는 장민우를 데리고 도청기가 꺼진 사무실로 되돌아왔다. 마롱휘에게 목을 긋는 시늉으로 도청 역탐지 장치와 도청 방지 장치를 가동하도록 했다. 그런 뒤 장민우를 똑바로 보았다.

"민우. 국정원 4국, 실은 정보분석을 하는 거지? 제한된 정보를 바탕으로 그 정보가 만들어낼 미래를 미리 탐지하는 것. 말하자면 톰 클랜시 소설 속 잭 라이언 같은 요원."

"맞다."

뒤에서 목소리가 들려왔다. 채한준이었다.

"자, 일단 날짜와 시간, 물리적 타격 장소는 넘겨준다. 터글로와 글로리아, 로즈마리를 되찾고."

"말이 안 되잖아요, 아빠!"

"민우야, 냉정해라. 너도 이미 이런 결론에 도달하지 않았느냐!"

정확했다. 날짜와 시간, 물리적 타격 장소가 당장 내일이라는 보장이 없다. 최대한 시간을 번 뒤, 브렌든을 막아내야만 한다. 그런 뒤 후쿠야마와 샤오미, 빅 존을 연합해서 움직이게 해야 한다. 필사적으로 그들이 저지른 실수를 만회하게 해야만 한다. 세 국가의 각기 다른 목적을 지닌 정보원들을 하나로 뭉치게 하려면 그 방법이 최선이다.

"맞습니다. 그래서 미칠 것 같아요. 이들을 하나로 뭉치게 하는 방법, 또 필사적으로 움직이게 하는 방법은 하나의 거대한 실수를 만회하게 하는 거니까요. 하지만, 하지만……."

"제가 전달할게요."

샤오미가 재빨리 방을 빠져나갔다.

2016년 8월 7일 오전 4시~5시

4개국 정보요원들 판의 재조립

"벽면의 시계 주시하세요. 4시 2분. 정확히 58분 남았습니다."

샤오미가 사무실 내에 있는 사람들을 주목시켰다.

"내가 말해도 될까?"

장민우는 샤오미를 제치며 앞으로 나섰다.

"저, 여러분. 저는 대한민국 정보요원입니다. 정확히는 정보분석 요원이라는 말이 더 맞을 겁니다. 제가 가진 짧은 식견과 정보를 바탕으로 분석했을 때, 브렌든에게 일본이 공격받았을 때 가장 타격이 큰 물리적 장소와 날짜, 시간과 분까지 넘겨주는 게 맞다고 봅니다. 그런 뒤를 도모해야 합니다.

일단은 정보를 넘겨줍니다. 후쿠야마 씨는 그런 뒤 일본의 모든 정보망을 동원해 브렌든을 저지시키는 데 총력을 기울여주십시오.

빅 존 씨 일행은 일단 물리적 장소와 시간을 넘겨준 뒤, 반대로 그 타격을 제어할 수 있는 물리적 장소나 시간이 존재한다면 그것을 파악해 주십시오.

현재, 이곳에서 부대를 움직일 수 있을 정도의 기동력을 갖춘 집단은 샤오미밖에 없습니다. 샤오미는 모든 인력을 동원해서 드론을 해킹할 수 있는가. 그리고 헬기에 탄 세 사람을 구해낼 수 있는가에 모든 집중을 해주십시오. 시간이 없습니다. 부디!"

"무슨 헛소리야!"

가장 먼저 반발한 것은 후쿠야마였다.

"일본을 망치는 일이라고. 그리고 자네가 한국의 정보요원이라고? 그 어떤 식으로도 확인이 되지 않은 자네가? 만일 자네가 정보요원이었다면 샤오미가 가장 먼저 파악했을 거 아닌가?"

"아니요. 몰랐습니다. 모를 수밖에 없었고요."

"내가 국정원 4국의 국장이라면 믿겠나? 전 세계에, 대한민국에 국정원 4국이 존재한다는 사실을 처음으로 알리는 거네. 후쿠야마라면 아오타 노리오에 대해 들어보았을 거야. 국정원 4국은 아오타와도 관계가 있다네. 4국을 창설한 김노원 선생이 바로 아오타 씨의 동생이었으니까. 긴 이야기이니 이 얘기는 생략하겠네. 언젠가 기회가 된다면 들려주도록 하지.

국정원 4국은 오로지 정보의 분석과 분석한 정보가 향후에 미칠 영향력에 대해서만 주목한다네. 반대로 어떤 현실 개입은 하지 않는다는 것이 원칙이고. 물론 그 원칙은 몇 번 깨지긴 했다네. 한국에 IMF 사태가 왔을 때나 미국에서 퇴물이 된 에셜론을 팔아먹었을 때 등이네. 그리고 장민우는 내 아들이자, 내가 평생을 들여 발굴한 내 후임이라네."

그때 빅 존이 일어섰다.

"일단은 방법이 없네. 터너와 조나단은 일을 진행시키게."

후쿠야마가 벌떡 일어나 권총을 꺼냈다. 하지만 어디를 겨냥해야 할지 모를 정도로 총구는 허공을 향하고 있었다. 곧바로 사무실을 샤오미의 인력들이 감쌌다. 그들의 손에는 이름이 다른 자동화기들이 쥐어져 있었다. 어쩔 수 없다는 듯 후쿠야마가 권총을 내렸다.

빅 존이 말했다.

"그런데 하나 파악되지 않는 게 있네. 브렌든에게 왜 이 일이 중요한지 그걸 알아내야만 하네. 만일 미스터 채와 미스터 장, 맞나? 당신들이 분석요원이라면 지금 활동을 해주게나. 시간은 촉박하겠지만 적어도, 아니 최소한만이라도 브렌든의 의도를 알고 싶다네. 그 뒤라면 나도 어떻게든 움직여보겠네. 나는 아직 조나단과 나를 제외한 존 스미스가 누구인지를 파악하지 못했다네. 그를 죽이고 싶으니까. 로즈마리를 이 작전에 끌어들인 새끼를 살려두고 싶지 않다고."

"그거면 되겠습니까? 후쿠야마. 빅 존. 모두 수긍하시겠습니까?"

샤오미가 물었다. 사람들이 침묵했다. 샤오미의 인력들이 마치 결론을 내린 것처럼 물러섰다.

“좋습니다. 샤오미. 민우와 박기림 양, 그리고 저에게 컴퓨터를 쓸 수 있게 해주세요. 어서. 그리고 터너 씨와 조나단 씨도 빨리 일을 하십시오. 시간이 없습니다. 브렌든은 정말 드론을 이곳에 처박을지 모른단 말입니다.”

어어. 무언가 말을 더 하려던 터너가 재빨리 컴퓨터를 테이블에서 들어올렸다.

장민우는 채한준과 함께 다른 사무실로 달려왔다. 마롱휘를 비롯한 사람들이 책상과 의자를 움직였고, 컴퓨터도 세팅되었다.

벽면에 걸린 시계를 보았다. 4시 8분. 모든 일을 52분 안에 끝낼 수 있을까?

자리에 앉은 박기림과 채한준, 그리고 장민우는 지난 3년 사이, 이목을 끌 만했지만 묻혀버린 뉴스들을 검색하기 시작했다. 이 3년 사이, 수많은 사건 사고가 터졌다. 이스라엘의 팔레스타인 진압. 우크라이나 반군의 말레이기 격추. 대만 비행기 불시착. 아프리카 다수 국가의 내전.

4시 20분. 검색을 하는 사이 시간은 강처럼 흘러갔다.

“아버지, 아버지. 이건 아닌 것 같아요. 조금 더 표적을 둔 검색을 해야 할 것 같아요. 생각을 해야만 한다고요. 뭘까요. 브렌든이 바라는 것. 돈일까요? 아니라면 미국을 넘어서는 국가 권력일까요?”

“거기에 주목하고 싶다. 미국을 넘어서는 권력. 일본이 사라진다고 가정하면, 가장 먼저 타격을 받게 되는 곳은 아시아, 제길 대한민국이잖아. 이 쉬운 사실을 놓쳤다니. 대한민국의 기사를 검색해 봐. 대한민국과 어울리지 않는 이야기들 말이야.”

장민우는 채한준의 이야기를 참고하며 다시 검색을 시작했다. 한 인물이 걸렸다. 윤상길. 그는 단 몇 년 사이, 에너지 정책의 성공을 등에 업고 여당의 대통령 후보까지 거론되고 있다. 인천시장에서 떨어진 이력이 전부인 인물이다. 그의 성공은 그만의 성공이 아니다. 윤상길 연관 검색어는 태양열이었다. 윤상길의 태양열 사업은 송도, 영종도, 청라를 넘어 중국과 몽골까지 확장되었다. 한중 합작으로 고비사막에 대단지 태양열 사업으로 발전, 진행되기 시작했다. 거기뿐이랴, 상당수 아프리카의 초원지대와 집적판을 깔 수 있는 대단위 지역은 대한민국과 합작 사업으로 컨소시움이나 펀드가 조성되고 있다.

가만, 태양열? 장민우는 그 말에 기시감을 느꼈다. 아니 지금 그들이 찾고 있는 것과 반대지점쯤에 있는 단어가 생각났다. 원전. 후쿠시마 원전. 일본에 만약 원자폭탄급의 폭탄의 다시 터진다면, 과거 후쿠시마 원전 사태는 재현된다. 다시 후쿠시마 원전 사태가 재현된다면 일본은 국제사회에서 완전히 신임을 잃게 된다. 거기에 유기적으로 자위대가 붙었다.

폭발. 원전사고. 자위대. 윤상길. 태양열.

움직여 봐. 어서 움직여보라고.

단어들이 장민우의 머릿속에서 능동적으로 움직여 퍼즐을 완성해주길 바랐다.

“저 혹시 말이죠. 일본 파괴가 허수라면요?”

박기림이 물었다.

“어떻게 그런 생각이 들었지? 그런데 일본이 파괴된다는 것은 정수이지 않나?”

컴퓨터를 미친 듯이 두드려대던 채한준이 물었다

"저야 아버지와 민우에게 도움이 안 될 게 뻔해서 계속 상상만 하고 있었거든요. 그런데 왜 우리가 일본의 침몰을 걱정해야만 하는 거죠? 너무 아이러니하잖아요."

한편으로는 수긍이 가는 생각이었다. 그런데 가만, 허수라니. 벌떡 일어나 박기림을 껴안아주고 싶었다. 허수! 거기서 다시 생각을 진행했다.

원전이 파괴되고 일본이 엄청난 타격을 입게 된다면 전 세계는 단번에 에너지원을 바꾸려 들 것이다. 그렇다면 전 세계 국가들은 핵을 대체할 수 있는 친환경 에너지, 특히 가장 선진화된 태양열 에너지를 획득하려 들지 않을까? 상상 하나가 옷을 입었다.

후쿠야마는? 순간 후쿠야마가 생각에 끼어들었다. 후쿠야마는 오늘 이후, 어떤 식으로든 일본 침몰에 대한 정보를 일본 수뇌부에 전달하려 들 것이다. 그렇다면 일본의 수뇌부 중 상당수는 날짜를 피해 달아나려 할 게 뻔했다. 날짜가 닥치면? 전쟁? 어쩌면 전쟁이 일어날지 모른다. 그렇다면 날짜가 닥쳤다고 할 때, 전쟁을 해야 하는 국가는?

대한민국이다!

이 전쟁에서 일본이 승리한다면? 그러면 어떻게 되지? 윤상길이 만든, 또 만들고 있을 전 세계 최고 수준의 태양열 에너지가 고스란히 일본에게 가게 되는 건가?

그런데 이 상황은 무언가 앞뒤가 맞지 않다. 일본이 침몰하면 일본인들은 엄청난 죽음을 피할 수 없다. 가만, 그런데 대한민국이라면? 북한이 대한민국과 일본의 전쟁에 끼어들지 않는다면? 마롱휘에게서 이어지는 왕샤오미 계열, 이 계열은 시진핑까지 올라간다. 만약 샤오미가 반대세력에게 볼모로 잡히고 왕티엔이 시진핑에게 북한을 복지부동하게 만든다면?

더 상상해 봐. 어서!

장민우는 자신을 채찍질했다.

일본의 인구는 최소 1억 2,800만 명. 이중 그들 스스로 떨어내야 할 필요가 있는 고령자, 노숙자, 기타 사회 부적응자나 죄수, 취약계층은 일본 침몰로 단번에 사라진다. 말하자면 일본 인구에서 향후 일본에 필요 없는 인구가 단번에 떨어져나간다.

미국은? 미국은 어떻게 되지? 브렌든이 주도한 미국은 일본의 타격으로 인해 대한민국과 일본이 전쟁을 벌이게 된다면 침묵하지 않을까? CIA 국장인 브렌든이 대한민국과 일본의 전쟁에 불개입을 천명하게 한다면?

모든 국제정세를 장악한 브렌든 너머에 있는 판조합자 '존 스미스'는 여기까지 염두에 두었다는 건가?

밑그림이 단번에 장민우의 머릿속에 들어앉았다. 그리고 이렇게 판을 만들어낼 수 있는 사람이 존재한다면 그는…….

"아버지! 저 알아냈어요. 이 계획. 일본인의 대륙이주계획이었습니다!"

벌떡 일어선 채한준과 박기림의 얼굴은 완전히 상기되어 있었다. 장민우가 벽시계를 보았다. 4시 44분. 하필 시간하고는!

장민우 일행은 재빨리 샤오미의 사무실로 뛰어들었다.

"저 알아냈습니다. 이 일, 브렌든이 계획한 게 아니에요. 이 계획은 일본의 대륙이주계획입니다."

"뭐!"

후쿠야마가 고함을 내질렀다. 그가 생각했던 내용과 완전히 반대되는 이야기에 경악한 모습이었다.

"시간이 없으니 빨리 말하겠습니다.

현재 한국에서는 전 세계에서 누구도 이룬 적 없는 태양열 사업이 진행 중입니다. 이 사람은 갑자기 부상해 한국의 차기 대통령 후보로까지 거론되고 있습니다. 윤상길이라는 인물입니다.

자, 반대로 오늘의 정보로 인해 일본이 상당한 타격을 입는다고 하죠. 일본이 침몰까지는 아니더라도 상당한 타격을 입은 일본은 불모지가 되고 말 겁니다. 우리는 후쿠시마 원전 사태에서 그 사실을 학습했죠.

여기에 후쿠야마 씨가 끼어들게 됩니다. 왜냐고요? 그는 일본이 침몰할 날짜와 시간, 물리적 타격 지점까지 이곳에서 정보를 획득하게 되니까요. 후쿠야마 씨는 어떻게든 이 정보를 국가 수뇌부에 전달하려 할 겁니다. 그리고 날짜와 시간이 닥친다고 하죠. 일본 수뇌부는 어떻게 할까요? 정치 관료, 또 자산가들을 먼저 이주시키려 할 겁니다. 그런 뒤 상당한 일본인들은 일본 탈출을 감행하겠죠. 거기가 어디겠습니까?"

"대한민국?"

샤오미가 소리쳤다.

"네, 맞습니다. 일본과 대한민국의 전쟁은 피할 수 없죠. 여기에 샤오미가 있습니다. 샤오미는 아마 오늘 이후, 어떤 식으로든 누군가의 공작에 말려들게 될 겁니다. 벌써 그녀가 관할하는 정보 12부까지 공개되었잖아요. 그러면 왜 샤오미냐고요? 일본과 한국이 전쟁을 치를 때 중국이 관여하지 않아야 하거든요. 샤오미의 아버지 왕티엔은 시진핑의 숨겨진 비밀무기 중 한 명입니다. 그런 그가 시진핑에게 전쟁에 참여하지 못하도록 의견을 개진하면 어떻게 될까요? 아니 왕샤오미가 인질로 붙잡힌다면 왕티엔은 어떻게든 중국 불개입을 실천시킬 겁니다. 결론적으로 중국이 불개입하는 이유는 북한 역시 개입하지 못하도록 하기 위해서입니다.

미국이요? 마찬가지죠. 존 브렌든이 있으니까요. 사태의 추이를 지켜보자, 라는 CIA 보고서가 채택된다면 미국 역시 가만있을 겁니다. 로즈마리를 볼모로 잡힌 애런, 빅 존 씨도 브렌든의 편을 들어야 할 거고요.

상황이 이렇게 돌아가면 일본과 대한민국만의 전쟁이 됩니다. 그런데 이 시기에 핵폭탄 한 발을 일본이 서울에 발사했다고 치죠. 끔찍한 상상입니다만, 인구 천만 명이 거주하는 서울은 그야말로 쑥대밭이 될 겁니다. 무조건 항복할지도 모르고요.

아이러니입니다. 세계대전을 일으키면서까지 대륙을 염원하던 섬나라 일본이 일본 땅을 없애고 대륙에 거점을 마련하는 거니까요. 일본은 그렇게 대륙에 발을 들이는 겁니다. 그리고 일본의 수중에는 그토록 버리고 싶었지만 어쩌지 못했던 원자력 대신에 태양열이라는 안전한 에너지원을 가지게 됩니다. 현재도 그렇지만 향후에도 윤상길이 계획한 태양열 에너지원은 전 세계에서 유래를 찾아보기 힘들 정도로 발전할 겁니다. 여기에 엄청난 돈을 대는 분이 계시거든요. 그리고 태양열은 무한한 돈을 양산해낼 거고요. 현재까지 대한민국 인천 지역에만 투자된 돈이 약 121억 달러, 컨소시움과 펀드 형태로 고비사막과 아프리카 등지에 투자되는 돈을 합치면 단일 사업 중 전 세계에서 가장 큰 사업이 됩니다. 이 수익권에 대한 상당수 지분이 브렌든에게 있다면요?

그는 미국 대통령뿐 아니라 나라 하나를 새로 만들 수 있을지 모르죠.

그렇다면 존 브렌든이 존 스미스냐고요? 아닙니다.

결론하자면, 존 스미스가 이십오 년 가까이 획책했던 계획은 바로 일본의 대륙이주계획이었습니다. 이 계획에는 바로 백 년 가까이 숨을 죽인 채 커다란 판을 그리고 움직인 사람이 있었고요. 바로 소진사의 아오타 노리오 씨입니다. 그가 바로 존 스미스의 실체였습니다."

"무슨 소리야? 아오타 노리오는 내 손으로……"

"후쿠야마. 우리가 죽인 사람은 이대 아오타 노리오였어. 만약에 삼대가 있었다면?"

어느새 이야기를 듣던 여통이 말을 했다. 여통의 말에 충격을 받은 듯 후쿠야마는 털썩 소파에 주저앉았다.

눈치를 보던 터너가 "저." 하며 끼어들었다.

"장소와 시간을 알아냈어요. 조나단이 설명하는 게 낫겠네요."

장민우는 재빨리 시계를 보았다. 4시 56분. 이제 4분 남았다.

"일본 해저에는 타무 매시프라는 지구 최고의 화산이 숨어 있습니다. 일본 동해안에서 태평양으로 약 천육백 킬로미터쯤 떨어진 해안입니다."

조나단은 컴퓨터그래픽으로 재현한 타무 매시프의 입체도를 보여주었다.

"현재는 휴화산입니다. 하지만 여기에 빨대를 꽂는다고 생각해보세요. 적확한 지점에 핵미사일 몇 방을 꽂으면 타무 매시프는 완전히 뚫려버릴 겁니다. 이러면, 먼저 엄청난 쓰나미가 일본을 덮치게 됩니다. 화산활동 여하에 따라 일본 동해안은 완전히 초토화가 되고요. 바꾸어 말하면 활발한 화산활동으로 인해 침하작업이 일어나게 됩니다.

여기서 하나 더!

태평양과 반대되는 한국의 동해에서 가나자와와 하쿠산 인근 바다 약 이백 킬로미터 지점에 수심이 삼천 미터쯤 되는 해구가 있습니다. 침하가 진행될 때, 바로 거기에 강력한 핵폭탄을 하나에서 둘 정도 발사하면 일본 전체가 태평양 방향으로 기울어지게 됩니다. 건물이 한쪽 방향으로 쓰러지는 영상, 영화 같은 데서 보셨죠. 그렇게 일본이 기울어져 잠기는 겁니다.

일본 땅의 피해는 최소 삼분의 일 이상 침몰, 인구 피해 역시 최소 오천만 명입니다. 무엇보다 일본인들이나 전 세계인들이 가장 충격을 받는 날짜까지 만들어지네요. 미국에서 새 대통령이 선출되었을 2017년 1월 1일 새해 첫 날입니다. 이렇게 되었을 때……."

"그만 거기까지. 조나단 고맙네. 프로그램이 만들어낸 미래를 굳이 앞서서 들을 필요는 없지 않나."

빅 존이 조나단을 말렸다.

"자, 이제 삼 분 남았습니다. 후쿠야마 씨. 이 정보를 브렌든에게 넘겨주는 것에 대해 동의하십니까? 그리고 동의하신다면 이후에 벌어질 일을 최대한 무마하기 위해 사력을 다하실 수 있겠습니까?"

장민우가 물었다.

"그러지. 어떻게든 전쟁을 막는 데 최선을 다하겠습니다. 장민우 군이라고 했지? 기억할게."

후쿠야마는 남자 대 남자로 장민우를 인정하는 눈빛이었다.

"빅 존, 아니 미치 애런 씨. 오늘 정보를 넘겨준다고 해서 로즈마리를 되찾지 못할 수도 있습니다. 그래도 브렌든을 제지하는 일에 최선을 다해주실 거죠?"

"내 모든 것을 걸고 약속하지."

"좋습니다. 샤오미 양. 제가 박기림 씨 다음으로, 아니 어머니가 계시네요, 세상에서 세 번째로 아끼는 여인 샤오미. 부디 오늘 일의 수습을 위해 최선을 다해줄 거지?"

장민우가 샤오미를 바라보았다. 샤오미의 눈빛은 예전 장민우를 그리는 눈빛으로 돌아와 있었다. 천천히 그녀의 눈에 눈물이 맺혔다.

"민우야, 꼭 그럴게. 꼭. 넌 내 첫사랑이잖아."

"오늘, 여기 일은 이곳에 속한 네 국가의 요원들밖에 알지 못합니다. 그래서 누구 하나라도 최선을 다하지 않는다면 이 일은 엄청난 지구의 재앙으로 기록될 겁니다. 그러니 부디 죽을힘을 다해, 아니 죽게 되더라도 할 수 있는 최선을 다해 저지해주십시오. 부탁드립니다."

장민우는 사무실 내부에 있는 사람들에게 구십 도 가까이 허리를 숙여 인사를 했다. 그의 진실된 호소에 박기림도, 또 샤오미의 눈에서도 눈물이 흘러내렸다. 동시였다. 전화벨이 울렸다. 마롱휘가 전화기를 빅 존에게 건넸다.

"말하겠네, 잘 듣게. 일본에 가장 큰 타격을 입힐 물리적 위치와 일시이네."

빅 존의 손이 가늘게 떨리기 시작했다. 보조를 맞추듯 헬기의 소음이 건물 가까이 다가왔다. 장민우는 조용히 눈을 감았다. 이렇게 끝나서는 안 된다. 절대 이렇게 끝나서는 안 된다.

2016년 11월 8일 저녁

장민우 판의 몰락, 그러나

그룹 젠틀맨이 두 달 전부터 반전운동에 동참했다. 그 어떤 전쟁도 정당화될 수 없다는 것, 특히 전 세계에서 벌어지는 전쟁은 당장 종식되어야 한다는 캐치프레이즈를 세계투어 콘서트 현장마다 걸었다. 반향은 대단했다. 특히 일본 콘서트 현장에서 반전을 주제로 한 다큐멘터리를 상영한 뒤 콘서트를 진행했을 때 많은 관객이 울먹였다. 박기림의 아이디어였다.

윤상길에 대한 전방위적인 조사 역시 이루어졌다. 털 수 있는 거의 모든 것을 털었다. 비서인 백진희와 윤상길에 대한 관계를 상당부분 조사했다. 그러나 윤상길이 누구에게 지원을 받아 태양열 사업을 시작하게 된 건지는 난관에 봉착했다. 이때 일본 소진사의 후쿠야마가 2014년 7월 3일에 찍은 사진이라며 윤상길이 찍힌 사진 30여 장을 보내왔다.

"대단한데요, 후쿠야마 씨. 언제부터 한국에서도 작전을 했던 걸까요?"

그가 찍은 사진 중 단 한 장에서 인물 하나가 포착되었다.

스티브 킴이었다.

스티브 킴에 대한 자료는 곧 빅 존에게도 전해졌다. 미국인인 그의 자료를 빅 존만큼 포착해낼 인물이 없었기 때문이다. 빅 존이 사력을 다해 조사했다. 여기서 놀라운 사실이 밝혀졌다. 스티브 킴은 베일에 싸인 거부 갓파더의 수하라는 풍문이었다. 갓파더가 미국 재계에서 완전히 사라진 10여 년 전부터 그의 재산을 관리한다는 소문이 떠돌았다. 소문은 사실로 판명되었다.

"내가 밝혀낸 건 여기까지네. 참, 오늘에야 글로리아와 터글로가 숨겨진 별장을 급습한다네. 웬일인지 이들이 완전히 별장을 노출시켰어. 이유가 있겠지. 로즈마리도 함께라면 좋을 텐데."

빅 존이 미안하다는 듯 전화를 끊었다. 장민우는 로즈마리를 꼭 찾을 수 있을 거라는 말을 꺼내려다 말았다.

"저, 스티브 킴이 갓파더라는 사람의 재산 관리인이라고 합니다."

채한준에게 보고했다. 순간 채한준이 자리에서 벌떡 일어섰다.

"가자."

채한준은 방이동 211번지에 있는 4국 건물을 거칠게 빠져나왔다. 민우를 태운 채한준은 서울역에 간다, 라는 짧은 말을 던졌다.

방이역을 지나 양재대로를 따랐다. 동부간선도로를 따라 청담대교 방면으로 고가도로에 진입했을 때였다. 머리 위로 CH-47 치누크 헬기가 지나갔다. 쌍발 헬기였다.

"잘 봐둬라. 저런 것 하나도 허투루 대하면 안 된다. 저 헬기는……."

"알아요. 한미연합사의 헬기죠. 저 헬기에는 한미연합사령관이 타고 있을 확률이 높고요. 방향을 보았을 때 청와대로 향하고 있네요. 이유야……."

전쟁 위험에 대한 경고였다. 어떤 식으로든, 여러 채널을 통해 빅 존은 브렌든과 대척관계를 만들어냈을 것이다.

"잘 아는구나. 이제 나는 은퇴해도 되겠다."

채한준이 미소를 띠며 장민우를 보았다.

차는 반포대교를 지나 어느덧 서울역 근처에 다다랐다. 채한준은 근처 주차장에 차를 세운 뒤 노숙자 급식단체인 사랑의 집으로 황급히 뛰었다. 사무실 5층으로 올랐다.

"저기, 김기욱 선생님 계십니까?"

문을 밀자 삼십대 초반 정도로 보이는 젊은 남자가 두 사람을 맞이했다. 그때였다. 티비에서 속보가 방송되었다. 일본 동해안에서 원인 모를 거대 지진이 발생했다는 기사였다. 진도는 가늠 불가. 일본 전체가 위험할 거라는 말과 함께 아나운서는 '침몰'이라는 단어를 조심스레 꺼냈다.

장민우는 속보를 보는 순간 주저앉고 말았다. 우려했던 일이다. 하지만 날짜대로라면 오십여 일이 남았다. 그런데!

브렌든과 스티브 킴, 아니 아오타 노리오는 미국 대통령이 뽑히는 날을 디데이로 잡았다. 전혀 예상하지 못했다. 완전히 허를 찔렸다. 이는 중국과 미국, 일본과 한국에서 전쟁을 막기 위해 애쓰는 모두를 주저앉게 만들기에 충분했다. 글로리아와 터글로가 감금된 별장이 노출된 이유도 간단히 설명된다. 두 사람이 필요 없어졌다. 어쩌면 로즈마리도 탈출할 수 있을지 모르겠다.

문제는, 일본의 침몰에 대한 예상이 가시화되면 미국의 대통령 선거 판도가 단 24시간 만에 급변하게 된다는 것이다. 불안 가중으로 인해 오히려 무기와 전쟁에 우호적인 후보에게 표가 간다. 나아가 강력한 미국과 보수적인 분위기가 힘을 얻게 된다. 눈이 흐려진 미국 국민으로 인해 선거는 조작된다. 브렌든이 잔머리를 굴린 것이다.

장민우의 전화기가 울렸다.

"나야. 후쿠야마. 터질 게 터졌네. 제기랄. 위크 포인트를 브렌든이 정확히 찾아낸 거야. 단 한 발로 타무 마시프를 움직이게 할 수 있는 위크 포인트! 러시아 마피아가 보유하고 있던 K-19 잠수함 하나가 타무 마시프에 핵무기를 날렸어. 오십 년도 더 된, 이제 영화에서도 다루지 않는 고물덩어리 핵잠수함이 기동했다고. 잠수함을 운행한 것은 퇴역한 소련의 군인들이라는군. 아무도 예상하지 못했어. 언제부터인가 분실된 핵미사일 십여 발이 타무 마시프 근처에 수장되었다나 봐. 화산은 터졌고 쓰나미가 발발했어. 곧 해안가로 들이닥친다. 연이은 지진도 뒤따르겠지. 민우의 예상대로 일본은 이제 끝이라고 봐야 하나."

후쿠야마의 목소리에서 씁쓸함, 아니 그를 넘어선 허망함이 묻어났다. 일본의 동해안은 쑥대밭이 된다. 그리고 절반에 가까운 일본 국민마저도. 재앙이 벌어졌다. 일어나서는 안 되었을 재앙이.

"나는 한국을 미워했다. 아니, 같은 동아시아에서 승승장구하는 두 나라 중 일본이 더 강대해지기를 바랐다는 말이 맞겠지. 하지만 지금은 무엇이 정의이고 무엇이 진실인지 헷갈린다. 만약에 일본이 과거 '대동아'라는 허울에 천착하지 않고, 전쟁에 대한 진정한 사과를 했더라면 이런 일까지 벌어졌을까? 극우로 치달은 이 정신은 결국 일본을 망하게 하는 요체가 아니었나 하는 생각이 들어. 물론 지금, 일본이 망했다는 건 아니야. 하지만 민우 네가 말했던 전쟁이 구체화된다면 나는 아마 참을 수 없을 거야. 미리 알고 있었으면서도…… 일본인이 삼분의 일이 죽게 될 지진과 연이어 벌어질 전쟁을 막지 못했으니까. 대륙이주계획이라는 게 말이나 되느냐고. 그렇게 한국을 점령하고 다시 아시아를 점령해나가는 시나리오로 미래가 만들어진다고 하면 과연 정당한 역사일까?"

후쿠야마의 목소리 뒤로 다급한 사람들의 외침소리가 들렸다. 전화기 너머로 후쿠야마가 소리쳤다. 하세야마 선장님, 사모님과 어서 헬기에 오르세요. 여통, 어서 선장님을 챙겨!

"자, 이만 가야겠다. 헬기로 원전 주변에 있는 사람들부터 이주시키고 있거든. 두 번이나 아픔을 겪어야 하는 사람들이야. 그들부터 구하는 게 맞다고 생각했어.

장민우. 만약 전쟁이 난다면 나는 피하지 않을 생각이야. 일본이란 나라, 내 나라니까. 하지만 하나만 알아줘. 나는 대한민국과 대한민국 국민에게 진심으로 미안해. 만에 하나, 전쟁이 발발하고, 어떻게든 전쟁이 종식된다면, 나는 반드시 대한민국 국민에게 사죄하겠다."

"그래요, 반드시 그렇게 해주십시오. 무엇보다 먼저, 일본인들에게 이 지진에 대해 낱낱이 밝혀주세요. 특히 전쟁이 발발하지 않도록 사력을 다해주십시오. 지금이라도 늦지 않았습니다. 과거를 청산하고 반드시 사죄하십시오. 2차대전의 과오를 되풀이하지 마십시오.

후쿠야마 씨와 샤오미, 그리고 빅 존 씨와 설계했던 일본인 구조작전은 물론 실행 중이었지만, 본격적으로 실행하겠습니다. 상당한 피해가 예상됩니다만, 어떻게든 세력을 늘려 진행시키도록 하겠습니다. 그리고 갓파더를 만났습니다. 그라면 저희가 못 하는 일까지 해줄 수 있을 거라고 봅니다.

단, 당신 말처럼 만에 하나 전쟁이 발발한다면 저도 싸울 겁니다. 죽을힘을 다해서 싸우겠습니다. 그때 서로에게 총을 겨누어야 하는 현실이 된다 해도 후쿠야마를 책망하지 않겠습니다. 역사니까요. 우리가 사는 하루하루는 스스로가 인식하지 못할 뿐, 지구를 움직이는 역사니까요. 그리고 두 달 뒤로 예상됩니다만, 동해안에 발사될지 모를 핵미사일을 막겠습니다."

"그래, 꼭 그래다오. 부탁한다. 이제 전쟁을 막는 것은 너의 몫이다. 나는 먼저 사람들을 구하겠다."

후쿠야마가 전화를 끊었다.

채한준 정면에 한 노인이 일어섰다. 낮잠을 자다 깨어난 듯 머리 왼쪽이 눌렸다. 언제인가 보았던 노인이다. 맞다. 장민우가 박기림만이 세상의 전부라고 자학하던 시절, 첩보 훈련을 마치던 날 만났다. 서울역에서 늦은 밤 함께 밥을 먹었던 노인이다.

채한준이 이야기를 시작했다.

백 년 전 아오타 노리오에서, 석 달 전 벌어졌던 LA 비벌리힐스의 소리 없던 전쟁까지. 스티브 킴과 3대 아오타 노리오를 설명했다. 김기욱의 입이 벌어졌다. TV와 채한준을 번갈아 바라보았다. 노인은 어지러운 듯 벽을 짚었다. 동해안에 발사될 미사일. 필요 없는 사람, 꼬리를 잘라낸 일본의 대륙이주계획. 이로 인해 속전속결로 촉발되고 말 전쟁!

역사는 매 순간 창조된다. 2016년 11월 8일, 74억 명이 넘는 전 세계 인구는 역사를 만들고 있다. 말없이 지구는 인간의 역사를 굽어본다. 지금 이 순간, 무슨 일이 일어나도 지구는 그저 인간을 굽어볼 뿐이다.

장민우는 주먹을 쥐었다. 앞으로 동해에 미사일이 발사되기까지 얼마나 남았을까. 터너와 조나단의 말처럼 오십여 일이 남았을까. 전쟁은 떠올리지 않겠다. 대신 인간의 역사에서, 무엇보다 한국과 일본의 역사에서 전쟁이 되풀이되는 현실을 어떻게든 막아내리라. 그 하나에 모든 힘을 쏟을 것이다. 장민우는 바투 주먹을 쥐었다. 그때 전화가 울렸다. 샤오미였다.

"민우, 어떻게 해? 결혼식은 취소해야겠지?"

"기다려줄래? 곧 다시 전화할게. 나, 지금, 전쟁을 막아야 하거든. 아 참. 12월 31일 터뜨리기로 했던 거, 지금 전 세계 인터넷에 풀어줄래?"

샤오미의 전화가 다급하게 끊어졌다.

채한준과 장민우를 번갈아 보던 노인의 입에서 회한이 터져나왔다.

에필로그

2017년 가을, 어느 날

"아, 어디서부터 시작해야 할까요."

채한준은 지난 세월이 야속하게만 느껴졌다. 설명할 것은 설명하고 따질 것은 따져야 한다. 그러나 주름살마저 산화해버린 듯한 노인은 여전히 눈을 감은 채 말이 없다. 속으로 되뇌었다.

아버지, 듣고 계시는 거죠?

그래요, 처음에는 몰랐습니다.

왜 아버지가 저를 아들로 삼으려 했는지. 좋게 말해서 저는 착했고, 나쁘게 말해 순진할 정도로 멍청했으니까요. 그때는 다 그러지 않았습니까? 조국을 위한다고 하면, 폭력을 행사하고 검은 것을 하얗다고 말해도 고개를 끄덕이려 할 때니까요. 하지만 지금 대한민국 국민들은 그렇지 않답니다. 많은 사람들이 틀린 것을 다른 게 아니라 틀렸다고 말할 줄 알지요. 그런 면에서 보자면 그래요, 세월이 참 많이 변했습니다.

어느덧 40년 가까운 세월이 흘렀습니다.

그렇군요. 먼저…….

"전쟁에 대한 이야기부터 하셔야죠."

"그래야겠지?"

잠시 주저하던 사이 민우가 끼어들었다.

"그래요, 결과부터 말씀드려야 할 것 같군요. 전쟁이요, 일어나지 않았습니다. 수많은 국가 정보원들에게 재앙이 벌어질 것이라는 첩보가 전달이 된 상태였죠. 그리고 한국에서 동원 가능한 모든 배들은, 동해를 항해하고 있었습니다. 만에 하나를 대비해 재빨리 일본에 정박, 일본인들을 데려올 준비를 마친 상태였거든요.

일차적으로 상당한 몽골의 땅을 일본인들에게 할애하기로 협정이 맺어지고 있었습니다. 척박하고 성마른 땅이지만 한국인들처럼 일본인들도 근면 성실하니 상당한 땅으로 바꾸어놓을 겁니다. 이 계획은 장세욱과 김기욱, 갓파더라고 아시지요? 그 분이 설계한 것입니다. 지금껏 해왔던 일들을 바꾸어 단번에 일본인들이 살 수 있도록 배려했거든요. 물론 그런 중에 몇몇 사람은 이슬이 되었습니다. 스티브 킴, 윤상길, 존 브렌든 같은 사람들이었죠. 국가가 결국 묵인하기에 이르렀거든요."

채한준은 잠시 물을 마셨다. 해야 할 이야기가 많았다. 순간 EKG 모니터가 드문드문 직선을 그리다 규칙적인 높낮이로 바뀐다.

"이야기가 샜네요. 피해 상황부터 말씀드릴게요. 다행히 일본의 삼분의 일 정도만이 해저로 가라앉았습니다. 일월 일일이었다면, 네, 조나단 스트라이크 씨의 말을 빌자면 일본 거의 전체가 가라앉았을 거라고 하더군요. 오히려 이건 다행이었다 해야 할까요?

피해는 막대합니다. 지진으로 인해 도쿄는 폐허가 되었습니다. 거의 모든 원자력 발전시설들은 잿더미가 되었습니다. 인근 주변을 떠나 상당한 지역에서는 풀 한 포기조차 나지 않을 겁니다.

인명피해를 말해야겠죠. 솔직히 말씀드리겠습니다. 집계가 불가능한 상황입니다. 일본의 기간시설 상당수가 파괴되어 사용할 수 없게 되었거든요. 최소한이라도 또 임시라도 복구가 되려면 앞으로 일 년은 더 있어야 한다는군요. 복구가 된 뒤에야 사망자 파악에 나선다 해도 얼마나 많은 사람들이 바다 속으로 사라졌는지, 또 땅 속으로 꺼져버렸는지 어떻게 알겠습니까?"

채한준은 분노를 참지 못한 탓에 주먹이 벌벌 떨려왔다.

"제가 마저 이야기할까요?"

장민우가 채한준을 바라보았다.

"그렇게 해주겠니?"

"들으신 대로입니다. 일본은 초토화가 되었지만 그렇다고 희망이 없는 땅으로 변한 것은 아닙니다. 시간이 걸리겠지만 몽골로 이주하게 되는 일본인들도 일본이 복구되는 대로 다시 돌아가려 하거든요. 일본인들이, 일본 땅을 버린다는 건 말도 안 돼요. 그저 머릿속 상상으로 만들어낸 그림이라고요. 아, 그 이야기는 나중에 하는 게 나으려나요?

저와 아버지, 그리고 할아버지인 김노원 선생님에 대한 이야기를 해야겠네요.

아마도 오 년이 조금 못 된 것 같습니다. 국정원 4국에서 아버지라는 존재에 대해 설명을 들었습니다. 일 년 정도, 특수훈련을 받은 뒤 국정원 4국으로 배속되었을 때 아버지가 이곳에 데려왔어요. 그리고 누워 계신 당신에게 인사를 시켰지요. 할아버지라고요. 정말이지 아버지가 당신을 바라보는 눈빛은 친아버지를 넘어서, 존경 그 자체였습니다.

성씨 김에, 노 자, 원 자를 말할 때 아버지는 정말 행복한 표정이었습니다. 할아버지만큼이나 아버지도 이 일을 사랑했고 이 나라를 사랑한 게 제 눈에 보일 정도였습니다. 제가 비록 치기어린 첫사랑에 대한 감정으로 이 일에 지원했지만, 아버지의 눈을 보는 순간 선택하길 잘했다는 생각이 들 정도였으니까요.

앞서 말씀드렸지만, 어쨌든 전쟁은 일어나지 않았습니다. 그래도 일본은 상당한 땅이 침몰했고 수많은 사람이 사망했습니다. 역사 어디를 뒤져도 없을 불행, 아니 재앙이 닥치고 말았습니다. 하지만 미국을 위시한 미치 애런 씨, 중국에서는 샤오미 양, 그리고 일본에서는 소진사를 대표하는 후쿠야마 씨까지 전쟁을 막기 위해 고군분투했습니다. 이 과정에서 존 브렌든 씨는 로즈마리에게 제거되기에 이르렀고요.

불행도, 또 행복하지도 않은 미래가 기다립니다. 모두들 일본을 구하기 위해 백방으로 노력하고 있다고 하지만요. 그런데 한 가지, 이상한 사실을 알아차렸습니다.

소진사는 소진사대로, 또 국정원 4국은 4국대로 무언가 다르지만 비슷한 기조가 존재합니다. 물론 후쿠야마 씨를 몰랐더라면 저나 아버지조차 알아차리지 못했을 겁니다.

치매가 걸린 김노원 씨, 할아버지는 자주 중얼거리셨다고 하죠. 십오 엔 오십 전, 쥬우고 엔 고짓 센을 발음하라고."

장민우가 스마트폰을 꺼냈다. 스마트폰 녹음 어플을 켜고 파일을 재생시켰다.

—민우, 뭐라고? 쥬우고 엔 고짓 센을 발음해보라고?

후쿠야마의 녹음된 목소리였다. 목소리에는 짙은 의문이 배어 있었다.

—뭐 별 건 아니지만 해볼게. 쥬우고 엔 고짓 센. 됐어?

재생은 종료되었다.

"물론 이 녹음은 최근에 이르러서야 녹음한 겁니다. 저도, 또 아버지도 이딴 일 따위에 신경을 쓸 겨를이 없었거든요. 그런데 몇 가지 상상이 갑자기 눈앞에서 흔들리다 제게 말을 거는 겁니다. 그래서 아버지에게 물었습니다. 무언가 구별할 것이 없을까? 그때 아버지가 이 말씀을 하셨어요. 이 발음이면 되지 않을까? 어떤가요? 오리지널 일본인의 발음인데요? 아버지 듣기에는 어때요?"

"벌써 몇 년째 들었다. 할아버지가 하던 발음과 똑같구나."

여전히 채한준은 상기된 표정이었다.

"이것은 무엇을 뜻할까요? 여기서 의문을 품어봅니다. 왜 소진사 역시 대물림을 하는 집단으로 만들어졌으며, 4국 역시 대물림을 하는 조직으로 만들어졌을까?

할아버지가 그랬다지요? 당신은 소진사를 만든 아오타 노리오와 재혼한 부모를 둔 형제지간이었다고요. 아버지는 한국인, 새어머니는 일본인. 당신의 아버지는 한국인. 아오타 노리오의 어머니는 일본인, 새아버지는 한국인. 그리고 아오타 노리오가 당신에게 어떻게든 조선으로 돌아가 살라고 말했다고 하지요. 바로 관동대지진에 이은, 관동대학살이 벌어지던 곳에서. 해체되어버린 가족에 대한 그리움이나 반대로 가족을 만들고 싶었던 걸까. 모르겠습니다. 저 같이 좋기만 한 시대를 살아온 사람이 어찌 짐작이나 하겠습니까?

전 그저 딱 하나만 상상해보았습니다. 일곱 살에 불과한 아이가 과연 학살 현장에서 빠져나올 수 있었을까? 그렇다면 일곱 살짜리 조선인 동생이 죽는 것을 목격한 아오타라면 어땠을까? 아니라면 더 나아가, 어쩔 수 없이 자신의 손으로 동생을 죽여야만 했던 형이라면 어떨까! 그 기억은 인간에게 어떤 영향을 미치게 될까?

당신의 기억은 너무 거대했어요. 지진이 일어나고 수많은 사람이 죽어나가고. 그러면서 벌어진 아비규환의 현장에서 묵도된 학살까지.

기억은 전쟁을 거치며, 정확히는 패전을 거치며 실로 거대한 망상으로 변했을 겁니다.

일본은 대륙을 벗어나야 한다!

어쩌면 이미 오래 전, 당신은 동생에 대한 죄책감으로 조선에 와 있었을 겁니다. 김노원이 되어서 패전을 목격했을지도 모르고요. 그뿐 아니라 동생에 대한 죄책감은 또 다른 인생으로 발현해 동생으로 살게 만들었을 테지요. 이런 현상을 정신의학에서는 '해리성 박리 장애'라고 부르기도 합니다. 쉬운 말로 다중인격이라고도 하고요. 물론 당신이 다중인격인지 아닌지는 아버지도, 또 저도 알지 못합니다. 당신 스스로 김노원으로 살려한 것인지도 모르죠. 하지만 이것 하나만은 확실하게 말할 수 있어요.

당신은 패배자입니다.

다시 말할까요? 당신은 패배했습니다. 그리고 당신이 당신의 인생 전체를 통틀어 만들어왔던 일본의 대륙이주계획도 실패했습니다. 오히려 한국인들과 일본인들은 과거를 청산하고 새로운 미래를 모색하기 위해 힘쓰고 있습니다.

어떻습니까? 완전히 당신의 계획은 실패했지요? 김노원, 아니 아오타 노리오 씨."

잠시 채한준과 눈을 맞추었다. 그런 뒤 김노원에게로 시선을 돌렸다. 김노원은 아무 말도 하지 않았다. 마치 백 년 가까이 잠에 빠져든 미라처럼.

장민우는 여전히 눈을 감은 노인을 바라보았다. 검버섯이 피어난 그의 눈은, 굳게 감긴 채 아무 대답도 하지 않았다. 민우가 고개를 돌렸을 때 이미 EKG의 선이 직선을 긋고 있다는 사실을 그제야 알아차렸다.

채한준이 눈짓했다. 장민우는 그를 따라 뚜벅뚜벅 병실을 빠져나왔다.

판 PLATE

초판 1쇄 발행일 2016년 9월 6일

지은이 | 손선영
펴낸이 | 박희연

펴낸곳 | 트로이목마
출판신고 | 2015년 6월 29일 제315-2015-000044호
주소 | 서울시 강서구 양천로 24길, 34, 101-1301
전화번호 | 070-8724-0701
팩스번호 | 070-8724-0701
이메일 | trojanhorsebook@gmail.com

ISBN 979-11-955829-12-3 (03810)

• 이 도서의 국립중앙도서관 출판시도서목록(CIP)은 e-CIP 홈페이지(http://nl.go.kr/ecip)와
국가자료공동목록시스템(http://nl.go.kr/kolisnet)에서 이용하실 수 있습니다.(CIP제어번호: 2016018207)

• 책값은 뒤표지에 있습니다.
• 잘못된 책은 구입하신 곳에서 바꾸어 드립니다.